Veronika Rusch

Brudermord

Ein Fall
für Clara Niklas

GOLDMANN

FSC
Mix
Produktgruppe aus vorbildlich
bewirtschafteten Wäldern und
anderen kontrollierten Herkünften

Zert.-Nr. SGS-COC-1940
www.fsc.org
© 1996 Forest Stewardship Council

Verlagsgruppe Random House FSC-DEU-0100
Das für dieses Buch verwendete FSC-zertifizierte Papier
München Super liefert Mochenwangen.

1. Auflage
Originalausgabe April 2009

Umschlaggestaltung: Uno Werbeagentur München
Umschlagfoto: FinePic, München
BH · Herstellung: Str.
Satz: DTP Service Apel, Hannover
Druck und Bindung: GGP Media GmbH, Pößneck
Printed in Germany
ISBN: 978-3-442-47004-4

www.goldmann-verlag.de

MM, in Liebe

Wir sollten unsere Gesellschaft so rekonstruieren,
dass alle von Geburt an trainiert werden, selber zu wollen,
was die Gesellschaft von ihnen fordert.

(James McConnell, US-Psychologe,
in seinem Bericht »Criminals Can Be Brainwashed«)

PROLOG

Die alte Frau blinzelte mühsam mit den Augen. Es war dämmrig im Zimmer, und sie wusste nicht, wie spät es war. Draußen plätscherte der Regen. In diesem morgendlichen Zwielicht konnte die alte Frau noch schlechter als sonst sehen. Im Grunde erkannte sie nur Schemen in unterschiedlichen Grautönen.

»Eva?« Sie hatte Schritte im Flur gehört. Doch niemand antwortete. Das war ungewöhnlich. Die Pflegerin, die ihr morgens beim Aufstehen half, machte sich immer schon von weitem bemerkbar, um sie nicht zu erschrecken.

»Bist du das, Eva?«, fragte sie noch einmal und hörte selbst, wie zittrig ihre Stimme klang. Mühsam richtete sich die alte Frau in ihrem Bett auf und lauschte. Es war totenstill im Haus. Sie musste sich getäuscht haben. Doch gerade als sie sich wieder zurück in ihre hohen Kissen sinken ließ, hörte sie wieder etwas. Schritte, die näher kamen. Und dann eine Stimme. Sie kam von der Tür her, flüsternd, für die schwachen Ohren der Greisin kaum vernehmbar.

»Wer ist da?« Die Frau wollte energisch klingen, wollte sich solche Späße verbitten, doch die Stimme versagte ihr den Dienst. Hilflos lag sie im Bett und versuchte zu hören, was dort hinter der Tür gesprochen wurde, während langsam die Angst in ihr hochkroch. Als sie die Worte endlich verstand, erstarrte sie. Es waren die Zeilen eines Gedichtes, Worte, die sie seit Jahren nicht mehr gehört hatte. Hastig versuchte sie, die Lampe auf ihrem Nachttisch anzuknipsen, doch ihre von Arthritis verkrümmten Finger bekamen den Schalter nicht zu fassen. Mit einem dumpfen Schlag landete die Lampe auf dem Boden. Die Frau konnte hören, wie die Glühbirne zerbrach. Sie begann zu zittern.

»Die Gefangnen im Turm halten den Wächter gefangen ...«

Die Tür öffnete sich langsam, und die flüsternde Stimme wurde deutlicher:

»und üben mit ihm das Einmaleins der Stunden ...«

Die Frau hielt sich die Ohren zu. Sie wollte diese Worte nicht hören. Nie mehr. Doch sie hatten sich so tief in ihr Gedächtnis eingegraben, dass sie unwillkürlich die Lippen bewegte und lautlos mitsprach, während die schemenhafte Gestalt langsam näher kam:

»Nachts holen die Gefangnen verstohlen die Welt in den Turm ...«

Sie begann zu schreien. Ein dünner, hoher Altfrauenschrei, zu schwach, um die grauenhafte Stimme zum Verstummen zu bringen, die immer weitersprach, noch immer flüsternd, ewig die gleichen Zeilen wiederholend, gleichförmig, unbeteiligt.

»Die Gefangenen im Turm halten den Wächter gefangen ...«

Als Johannes Imhofen an diesem Abend nach Hause fuhr, war er mit sich und der Welt vollkommen im Einklang. Seine Befürchtungen hatten sich als unbegründet erwiesen. Nichts von dem, was er sich ausgemalt hatte, war eingetroffen, und es sah so aus, als würde es dabei bleiben. Sie war zahm geworden. Endlich. Seine Anstrengungen waren nicht umsonst gewesen. Auch wenn er nicht hatte verhindern können, was dieser windige Pfuscher mit seinem krankhaften Ehrgeiz ins Rollen gebracht hatte: Sein Leben würde trotzdem weitergehen wie bisher.

Er ahnte nicht, wie sehr er sich damit täuschte.

Mit einem sanften Klicken schloss die Fernbedienung seinen Wagen ab, diese elegante silbergraue Limousine mit allem Pipapo, den man sich denken konnte. Dieser Wagen war ein Vermögen wert. Und dabei das pure Understatement. Ein kurzes warmes Aufleuchten der Blinklichter antwortete ihm, dann war alles ruhig. Friedlich. Seine Schritte hallten durch den leeren Raum. Von der Tiefgarage führte ein direkter Zugang hinauf in seine Villa. Natürlich hätte er selbst sie nie so genannt, er war schließlich keiner dieser protzigen Neureichen, die ständig mit ihren Besitztümern angeben mussten. Das hatte er gar nicht nötig. Aber es war unbestritten eine Villa. Alt und ehrwürdig noch dazu.

Grundstück in Grünwald, die allerbeste Gegend. Gerade kam er von einem kleinen Umtrunk bei Bekannten nach Hause, sehr angenehme, kultivierte Leute. Seine Frau war heute unpässlich gewesen, wie so oft in letzter Zeit. Die ganze Geschichte hatte sie natürlich sehr mitgenommen. Es war nicht einfach für sie, all das wieder in den Zeitungen zu lesen. Nicht sehr schön, aber nicht zu vermeiden. Er hatte es versucht; vor allem für Sybille, sie litt so sehr darunter, sie hatte damals schon immer Angst gehabt. »Sie ist unheimlich«, hatte sie immer gesagt. »Beunruhigend.« Nun, Sybille war immer schon recht leicht zu beunruhigen gewesen.

Johannes Imhofen verbrachte die letzten Sekunden seines Lebens damit, in seinem staubgrauen Burlington-Mantel nach dem Schlüssel für die Tiefgaragentür zu suchen. Er war nicht in seinen Manteltaschen, wo er ihn vermutet hatte, und auch nicht in der Hosentasche. In dem Moment, als er im Innenfutter seines Jacketts den silbernen Anhänger ertastete, an dem der Schlüssel befestigt war, traf ihn ein Schlag auf den Hinterkopf. Es war ein heftiger, gut gezielter Schlag, und Johannes Imhofen ging augenblicklich zu Boden. Sein Blick fiel noch auf die verschlossene Tür vor ihm, und er bedauerte plötzlich, seine Frau nicht mehr gesprochen zu haben. Sie hatten sich nicht mehr viel zu sagen gehabt in den letzten Jahren, hatten mehr geschwiegen als miteinander geredet, aber in dem Augenblick, in dem ihm klar wurde, dass dieser Schlag tödlich war, erfasste ihn eine große Sehnsucht nach ihrer Stimme, wollte er noch einmal mit ihr sprechen. »Sybille«, flüsterte er, dann traf ihn ein zweiter Schlag, und nichts konnte mehr gesprochen werden zwischen ihnen. Nichts gab es mehr, was gehört oder gesehen oder wiedergutgemacht werden konnte. Er spürte es nicht mehr, als ein weiterer Schlag ihn traf. Und noch einer. Obwohl seine Augen weit aufgerissen waren, konnte er das Blut nicht mehr sehen, das aus seinem zertrümmerten Schädel auf den grauen Betonboden sickerte. Er fühlte nicht, wie das Leben ihn verließ. Spürte nicht, wie seine Organe ihre Arbeit einstellten, der Herzschlag verstummte und Kälte aus dem Boden in die Glieder kroch. Er war tot.

CADAQUÉS

Der Himmel war leer. Er hatte keine Farbe, kein Licht war darin, kein Anfang und kein Ende. Er starrte mit weit aufgerissenen Augen hinein, in der Hoffnung, aufgesogen zu werden von dieser unerbittlichen Leere. Irgendwann wurde ihm schwindlig, der Himmel begann, sich zu entfernen, löste sich in viele winzige Punkte auf, die zu flimmern begannen, und endlich schloss er die Augen. Blind ging er in die Knie und ließ sich zur Seite fallen. Der Sand war hart wie ein Brett. Kälte kroch ihm in die Glieder, er fühlte seinen Körper steif werden. Er fühlte, wie er schwerer wurde, wie ein Stein, den irgendwann einmal das Meer heraufgespült und dort liegen gelassen hatte. Das Päckchen an seiner Brust zog ihn hinunter in die sandige Kälte. Er wollte sterben.

Als er die Augen wieder öffnete, wusste er einen Augenblick lang weder, wo er sich befand, noch was für eine Tageszeit war. Alles um ihn herum war von einem hellen, klaren Grau, wie ein künstliches, lebloses Abbild der Wirklichkeit. Mühsam richtete er sich wieder auf. Sein erster Griff galt dem Päckchen in seinem Hemd. Es war noch da. Er zog es heraus und wog es unschlüssig in den Händen. Er sollte es ins Meer werfen, davontreiben lassen und zusehen, wie es sich voll Wasser sog und langsam unterging. Warum nur hatte diese Frau ihn aufgesucht? Warum hatte sie ihm diese Last aufgebürdet? Er schüttelte den Kopf und schob das Päckchen wieder zurück. Er wusste genau, warum.

Die Frau hatte in Miguels Bar im Hafen auf ihn gewartet,

eine leere Tasse Kaffee vor sich. Ein großer Hund lag zu ihren Füßen, grau wie ein Schatten. »Ich heiße Clara«, hatte sie gesagt und ihm ohne ein Lächeln ihre Hand hingestreckt. Clara. Nichts weiter. Ein Name, der Helligkeit, Licht versprach. Doch der Name trog. Er hatte es in dem Moment gewusst, als er ihre Hand ergriffen hatte. Trotzdem hatte er sich zu ihr gesetzt. Miguel hatte ihnen eine Karaffe Wein gebracht und zwei Gläser. Sie waren allein in der Bar, es war noch zu früh für Gäste. Und Touristen gab es um diese Jahreszeit sowieso nicht. Nur ihn und diese rothaarige Frau. Clara.

Er begann zu trinken. Die Frau sagte nichts. Sie saß nur da, noch immer in ihrem grünen Wollmantel. Sie trank den Wein mit ihm. Rauchte Zigaretten. Irgendwann zog sie den Mantel aus und hängte ihn über den Stuhl. Langsam füllte sich die Bar mit Menschen. Arbeiter aus der Umgebung, junge Leute, Mädchen mit hohen Absätzen, ihre Freunde in pastellfarbenen Hemden und Collegepullovern. Sie standen an der Bar, tranken kleine Gläser mit Wein, Fino, oder ein Bier aus der Flasche. Dazu gab es Tapas. Fette Chorizo, gebratene Datteln mit Speck, rohen Schinken, weißes Brot. Miguel brachte auch ihnen einen kleinen Teller, obwohl er wusste, er würde ihn nicht bezahlen können. Irgendwann holte die Frau ein Päckchen aus ihrer Tasche und schob es ihm hin.

»Kommen Sie zurück«, sagte sie, und ihr Blick war eine Bitte. Dann ging sie, und der graue Schatten folgte ihr.

MÜNCHEN, ZWEIEINHALB WOCHEN FRÜHER

Rechtsanwältin Clara Niklas hielt den Hörer noch eine ganze Weile in der Hand, als der Anrufer längst aufgelegt hatte. Erst als das drängende Besetztzeichen ertönte, legte sie den Hörer langsam zurück. Dieser Anruf war entschieden seltsam gewesen. Ein gewisser Dr. Lerchenberg, von dem sie noch nie gehört hatte, Ralph Lerchenberg. Clara warf einen Blick auf die Notizen, die sie sich während des Telefonats gemacht hatte. Dr. Lerchenberg war Arzt in Schloss Hoheneck, wie er ihr mit gehetzter, fast flüsternder Stimme mitteilte, eine Privatklinik am Starnberger See. Es gehe um eine vorübergehende vormundschaftliche Betreuung für eine ehemalige Patientin, hatte er gemeint, und ob sie bereit wäre, diese zu übernehmen? Clara hatte gezögert. Sie machte nur sehr selten Betreuungen. Auf ihre Frage, weshalb er sich damit an sie wandte, hatte er nur ausweichend geantwortet, er wolle ihr dies lieber persönlich erklären. An diesem Punkt war Clara misstrauisch geworden.

»Hören Sie«, sagte sie ungeduldig. »Ich habe keine Zeit, zu Ihnen hinaus nach Starnberg zu kommen, wenn es also so dringend ist, wie Sie sagen, müssen Sie jemand anderes ...«

»Nein! Bitte, hören Sie mir zu!« Seine Stimme klang, obwohl er noch immer sehr leise sprach, fast flehentlich. »Ich komme zu Ihnen, heute Nachmittag. Können wir uns irgendwo in der Stadt treffen?«

»Warum kommen Sie nicht einfach in die Kanzlei?«, wollte Clara wissen.

»Das … wäre nicht gut für Sie.« Er verstummte einen Moment. »Und für mich auch nicht.«

Clara schüttelte den Kopf. Was hatte sie hier für einen Spinner in der Leitung? »Ich glaube nicht, dass ich die Richtige für Sie bin«, versuchte sie, das Gespräch zu beenden, doch der Mann unterbrach sie erneut. »Bitte, Frau Niklas! Ich kenne Ihre Mutter sehr gut!«

»Hat meine Mutter Sie etwa zu mir geschickt?«, fragte Clara ungläubig. Was hatte, verdammt noch mal, ihre Mutter damit zu tun? Noch nie hatte ihre Mutter, Ärztin und Psychotherapeutin, Medizinerin mit Haut und Haaren, den Beruf ihrer jüngsten Tochter mehr als nur zur Kenntnis genommen.

»Nein! Sie hat damit gar nichts zu tun. Ich wollte damit nur sagen, bitte … Sie können mir vertrauen.« Er verstummte.

Clara rieb sich die Stirn und kniff die Augen zusammen. Sie war gerade dabei, wieder einmal Zeit und Energie für irgendeinen Schwachsinn zu vergeuden, der einen Haufen Arbeit machen würde und kein Geld einbrachte. »Also gut«, sagte sie. »Wo sollen wir uns treffen?«

»Um 15.30 Uhr im Café am Botanischen Garten«, kam es wie aus der Pistole geschossen. Clara musste fast lächeln. Dr. Lerchenberg hatte bereits alles geplant. »In Ordnung«, sagte sie. »Bis dann.«

»Äh, da wäre noch was«, kam es zögernd aus der Leitung.

»Was noch?« Clara seufzte.

»Der Termin beim Vormundschaftsgericht, mit dem Ihnen die Betreuung übertragen wird, ist um 15.00 Uhr …«

»Wie bitte? Sie haben den Antrag bereits gestellt, ohne mich zu fragen?« Clara konnte es nicht fassen. »Was fällt Ihnen denn ein?«

»Es gab keine andere Möglichkeit, Frau Rechtsanwältin. Bitte, glauben Sie mir.«

Etwas an seiner Stimme brachte Clara dazu, ihren Zorn über

die Eigenmächtigkeit dieses merkwürdigen Arztes ein wenig zu dämpfen.

»Ich soll also da hingehen und eine Betreuung beantragen, ohne einen blassen Schimmer davon zu haben, um was oder wen es sich dabei handelt, so stellen Sie sich das vor, ja?«, fragte sie wütend.

»Ich schicke Ihnen ein Fax. Die Richterin war so freundlich, uns sofort einen Termin zu geben.«

»Warum eilt die Sache denn so? Hat Ihr Schützling etwas angestellt?«, wollte Clara wissen.

»Nein!« Die Antwort kam heftig. »Nichts hat sie angestellt, gar nichts! Da bin ich mir hundertprozentig sicher ...« Er brach ab und Clara bemerkte, dass er die Hand auf die Muschel legte. Dumpfe Stimmen waren zu hören. Jemand sprach schnell und laut. Lerchenberg antwortete zunächst zögernd, wie es klang, dann wurde seine Stimme immer erregter, und obwohl Clara kein Wort von dem verstand, was gesprochen wurde, war deutlich zu hören, dass es sich um einen heftigen Wortwechsel handeln musste. Dann war Lerchenberg plötzlich wieder zu hören, seine Stimme klang merkwürdig zittrig, doch gleichzeitig sehr entschlossen: »Entschuldigen Sie bitte die Unterbrechung, Frau Anwältin, wir sehen uns dann also heute Nachmittag?«

»Äh, Moment ...«, warf Clara vergeblich ein. Dr. Lerchenberg hatte schon aufgelegt.

Als wenige Minuten später unten bei Linda, der Sekretärin, das Fax zu rattern begann, sprang Clara auf und rannte neugierig die drei Stufen hinunter, die den Arbeitsbereich von ihr und Willi Allewelt, Claras Sozius und Freund, vom Sekretariat trennte. Ihre Kanzlei war in einer ehemaligen Buchhandlung untergebracht, die Clara damals, vor einigen Jahren, als sie sich Hals über Kopf in die Selbstständigkeit stürzte, vornehmlich aus Geldmangel weitgehend unverändert belassen hatte. Mittlerweile hatten sich alle daran gewöhnt und die Eigenheiten ihrer Kanzlei lieb gewonnen, und so war es bis heute bei dem großen Schaufenster und dem offenen Raum auf zwei Ebenen, der zwar wenig Privatsphäre, dafür aber viel Ablenkung bot, geblieben. Im oberen Stockwerk, das man über eine offene Holztreppe erreichte, war noch ein weiterer Raum untergebracht, der ein wenig mehr Diskretion bot: das Besprechungszimmer.

Das Fax kam tatsächlich von Schloss Hoheneck und war nichts weiter als die Kopie der Ladung zum heutigen Termin beim Vormundschaftsgericht. Kein Begleitschreiben, keine Erklärung. Nicht einmal der Antrag, mit dem die Notwendigkeit einer Betreuung begründet wurde. Aber wenigstens wusste Clara jetzt den Namen der Patientin und das Aktenzeichen. Ruth Imhofen stand dort, geboren am 2. April 1960 in München. Clara hob die Augenbrauen. Die Frau war erst 47 Jahre alt. Weshalb benötigte sie eine vormundschaftliche Betreuung? Wahrscheinlich war sie psychisch krank. Clara nahm das Papier mit zu ihrem Schreibtisch. Die Einzelheiten würde sie hoffentlich heute Nachmittag erfahren. »Ich kann es nicht fassen, dass ich mich habe breitschlagen lassen«, sagte sie, an Elise, ihre große graue Dogge gewandt, die neben ihrem Stuhl auf einer alten Matratze döste und bei Claras Worten den Kopf hob. Clara strich ihr über den faltigen, weichen Nacken: »Was hältst du von einem kleinen Spaziergang?«

Nicht viel, besagte Elises Miene, und ihr Kopf sank zurück auf ihre großen Pfoten. Demonstrativ schloss sie die Augen.

»Na, komm schon!« Clara zupfte sie am Ohr. »Es gibt nachher auch ein Croissant bei Rita.«

Elise horchte auf. Rita's Café ein paar Häuser weiter war das Lieblingscafé aller Mitarbeiter der Kanzlei Niklas & Allewelt, Elise mit eingeschlossen. Ihr Augenmerk richtete sich dabei jedoch weniger auf Rita als auf die Schwingtür, die zur Küche führte, aus der so mancher Leckerbissen kam und für sie abfiel, und die täglich frischen Croissants, die eigentlich Cornetti hießen, weil Rita Italienerin war. Mit derartigen Aussichten geködert, erhob sich Elise gähnend von ihrer Ruhestatt, streckte ausgiebig ihre langen Glieder und trabte Clara hinterher.

Nach den letzten verregneten Tagen hatte sich die Sonne heute erbarmt. Mit aller Kraft schickte sie ihre schwächer werdenden Strahlen auf die Stadt hinunter und brachte die Luft noch einmal zum Leuchten. Clara mochte den Herbst. Sie hatte nichts gegen stürmisches Wetter und konnte sogar dem Nebel mitunter etwas abgewinnen. Am liebsten aber waren ihr Tage wie heute. Es störte sie nicht, dass es trotz des sonnigen Wetters schon empfindlich kühl war und überall das Laub in den Rinnsteinen lag. Sie hob eine glänzende Kastanie auf und schob sie sich in die Tasche. Früher, als ihr Sohn Sean noch klein gewesen war, hatte sie auf ihren Spaziergängen immer die schönsten Kastanien aufgehoben und ihm mitgebracht. Oder sie waren zusammen in den Englischen Garten geradelt und hatten eine ganze Einkaufstüte davon gesammelt. Manchmal hatten sie auch Drachen steigen lassen: Sean hatte einen ganz einfachen, kleinen Drachen in Form eines Raubvogels gehabt. Hochkonzentriert, die Schnur fest in den Fäusten, hatte er zugesehen, wie sich sein Adler immer höher schraubte und dann, als er fast nur als glänzender Punkt zu sehen war, hatte er seiner Mutter stolz zugelächelt. Clara zündete sich eine Zigarette an und marschierte mit Elise an ihrer Seite die Straße entlang. Sie gingen ein gutes Stück, bis sie zu der hohen Mauer gelangten, die den alten Südfriedhof umschloss. Mitten in der Stadt gelegen, bot der kleine, längst aufgelassene Friedhof eine Insel der Ruhe und war einer von Claras Lieblingsplätzen. Sie drückte das schmiedeeiserne Tor auf und ignorierte dabei, wie jedes Mal, wenn sie hierherkam, das ausdrückliche Hundeverbotsschild, das dort angebracht war. Solche Verbote ließ sie für

Elise, die sich niemals einfallen lassen würde, Gräber aufzubuddeln oder gar mit ihren Hinterlassenschaften zu verzieren, nicht gelten. Zumindest so lange nicht, bis sie nicht irgendjemand dazu zwang, was bisher noch nicht geschehen war.

Die Stille, die diesen Ort umgab, umfing sie wie ein Freund. Alte, efeuüberwucherte Gräber von prominenten Münchner Bürgern, Privatiers und ihren Gattinnen, Künstlern, Amtsräten, Brauereibesitzern und Kohlelieferanten säumten beschützt von steinernen Engeln die sorgfältig geharkten Wege. Obwohl die meisten der Bäume längst ihr Laub verloren hatten, drang die Sonne kaum durch die dichten Zweige, und es war schattig und kühl. Clara verlangsamte ihren Schritt, wanderte ziellos hierhin und dorthin, während Elise ein paar halbherzige Versuche machte, die Amseln zu jagen, die geschäftig zwischen den Gräbern herumhüpften. Schrilles Hohngezwitscher quittierte ihre tollpatschigen Sprünge, doch sie trug es mit Fassung. Mit einem kurzen Blick auf Clara, die sich mit angezogenen Beinen auf eine Bank gesetzt hatte und ihr Gesicht in einen der wenigen Sonnenstrahlen hielt, die zwischen den Bäumen den Weg zum Boden gefunden hatten, entfernte sich Elise, die Nase schnuppernd am Boden, zwischen den Grabsteinen hindurch in den hinteren Bereich des Friedhofs, begleitet vom boshaften Gekecker der Vögel.

»Imhofen, Imhofen.« Clara murmelte den Namen gedankenverloren vor sich hin. Er kam ihr irgendwie bekannt vor. Aber sie kam nicht darauf, wo sie ihn schon einmal gehört hatte. Was war das nur für eine merkwürdige Sache. Weshalb diese Heimlichtuerei? Clara bemerkte einen Spatz, der sich ihr vorsichtig näherte, den Kopf misstrauisch geneigt. Er folgte einem der Sonnenstrahlen, die wie dünne Zeiger auf dem Weg lagen. Jetzt war er fast bei der Bank angelangt und blieb stehen, den Blick unverwandt auf Clara gerichtet. Sie erwiderte nachdenklich seinen Blick, bemüht, sich nicht zu bewegen. Wie mochte ein Vogel wohl die Welt sehen? Nahm er die Umwelt genauso wahr wie sie? Wohl kaum. Er sah etwas ganz anderes, etwas, das seiner Perspektive, seinen Notwendigkeiten entsprach. Der Gedanke machte sie plötzlich traurig. Zwei Lebewesen waren in diesem Moment an genau dem gleichen Ort, und doch befanden sie sich in verschiedenen Welten. Nicht eine Sekunde ihres Lebens würde sie je die Welt aus der Perspektive eines Vogels sehen können. Clara hob die Hand, und der Spatz flog in der gleichen Sekunde weg. Sie versuchte, ihm mit den Blicken zu folgen, aber er verschmolz mit den Schatten zwischen den Ästen.

Ihre Gedanken kehrten zu dem Anruf von heute Morgen zurück. Dieser Arzt hatte so aufgeregt geklungen. Völlig untypisch für einen Mediziner, wie Clara fand. Ärzte waren immer so abgeklärt und distanziert, vor allem, wenn es um ihre Patienten ging. Und selbst wenn sie es einmal nicht waren, so setzten sie alles daran, wenigstens so zu wirken. Dieser Dr. Lerchenberg dagegen war ein Nervenbündel gewesen. Wahrscheinlich hatte er irgendetwas verbockt. Und jetzt versuchte er, es wieder geradezubiegen, bevor seine Vorgesetzten etwas bemerkten. Clara nickte langsam und ließ ihren Blick über die verwitterten Gräber schweifen. Dann drückte sie ihre Zigarette an der Schuhsohle aus und ließ die Kippe zurück in die Schachtel fallen. Sie hatte keine Lust, in irgendwelche Klinikschweinereien hineingezogen zu werden, obwohl sie zugeben musste, dass sie die Sache auch ein wenig neugierig gemacht hatte. Doch sie wusste einen Weg, vielleicht etwas mehr über diesen Arzt herauszufinden. Dr. Lerchenberg selbst hatte sie darauf gebracht. Clara seufzte und versuchte vergeblich, das Gefühl der Unzulänglichkeit zu unterdrücken, das sie jedes Mal überkam, wenn sie an ihre Mutter dachte. Als die Kirchturmuhr elf schlug, stand Clara auf und pfiff nach ihrem Hund. Der Anruf bei ihrer Mutter konnte noch ein bisschen warten. Zuerst würde sie Elise das versprochene zweite Frühstück gönnen und sich selbst einen extragroßen Cappuccino.

Ihre Mutter klang überrascht, als Clara sie anrief. Was kein Wunder war, da ihre gegenseitigen Telefonanrufe äußerst selten waren. Obwohl Dr. Thea Niklas ihre Praxis schon vor einigen Jahren aufgegeben hatte, hatte sie nicht das Bedürfnis und auch keine Verpflichtung, sich jetzt, da sie im Ruhestand war, in das Leben ihrer drei Kinder einzumischen. Claras Verhältnis zu ihrer Mutter war geprägt von liebevoller, aber zugleich unüberbrückbarer – so wirkte es zumindest – gegenseitiger Distanz. Frau Niklas, von ihrem Naturell her ein kühler, verstandesmäßig geprägter Kopf, war ihrer jüngsten, impulsiven und rebellischen Tochter nie wirklich nahe gekommen. Es war nicht so, dass sie ihre Tochter nicht geliebt hätte. Im Gegenteil. Doch Clara hatte sich von Anfang an so sehr von ihren älteren Geschwistern unterschieden, dass man kaum glauben konnte, dass sie miteinander verwandt waren. Sie war aufsässig, frech, kaum zu bändigen gewesen. Ihre karrierebewussten und durch und durch intellektuellen Eltern, die an zwei reibungslos funktionierende Kinder, die sich weitgehend problemlos in ihren Tagesablauf einfügten, gewöhnt gewesen waren, erwiesen sich im Umgang mit der jüngsten Tochter als schlichtweg überfordert. Was sie jedoch nie zugegeben hätten. Claras Vater reagierte auf diese Herausforderung so, wie er gelernt hatte, auf alles zu reagieren, was er nicht verstand: mit Sarkasmus, Spott und Ablehnung all dessen, was Clara tat oder sagte. Dies hatte zermürbende Grabenkämpfe im Hause Niklas zur Folge, die regelmäßig damit endeten, dass Clara weinend vor Wut die Tür hinter sich zuschlug und sich entweder in ihr Zimmer einschloss oder das Haus verließ. Was wiederum zu Hausarrest, Moralpredigten und neuen Streitereien führte.

Claras Mutter versuchte, das Problem rationeller anzugehen. Sie las populäre Bücher über antiautoritäre Erziehung, über »das schwierige Kind« und als Psychotherapeutin natürlich alle einschlägig bekannten Fachautoren zu dem Thema. Der Erfolg war gleich null, Clara reagierte geradezu hysterisch auf die klugen und durchdachten Argumente ihrer Mutter, und je mehr diese versuchte, auf ihre Tochter einzugehen, sie zu überzeugen, desto mehr flippte Clara aus. Irgendwann gab Thea Niklas es auf, aus ihrer Tochter ein wohlgeratenes Exemplar der Familie Niklas machen zu wollen. Sie ließ sie sein, wie sie war, ignorierte Claras Versuche, sie zu provozieren, und meldete sie statt zum Ballettunterricht im örtlichen Fußballverein an.

Und was für Dr. Niklas anfangs eine Kapitulation bedeutet hatte, entpuppte sich erstaunlicherweise als Beginn eines Waffenstillstandes, der sich im Laufe der Jahre in so etwas wie ein gegenseitiges Akzeptieren verwandelte und fast etwas Liebevolles bekam. »Unsere Wunderblume«, pflegte Thea Niklas zu sagen, wenn sie über ihre jüngste Tochter sprach, und manchmal klang so etwas wie Stolz dabei mit. Leider hatte Claras Vater nie die Gelassenheit seiner Frau in Bezug auf seine jüngste Tochter übernommen, sodass sich ihre Beziehung bis heute höchstens ein paar Grad über dem Gefrierpunkt bewegte.

Die Überraschung über Claras unerwarteten Telefonanruf wandelte sich von anfänglicher Besorgnis in noch größeres Erstaunen, als Frau Niklas den Grund ihres Anrufs erfuhr.

»Dr. Lerchenberg, sagst du?«, fragte sie nachdenklich.

»Ja. Ralph Lerchenberg.« Clara wartete. Fast hoffte sie, ihre Mutter habe nie von dem Mann gehört, und sie könnte die Sache vergessen, doch nach einigen Sekunden Schweigens meinte ihre Mutter: »Ist das nicht der Junge von Dr. Lerchenberg, dem Augenarzt?«

»Keine Ahnung! Ich kenne ihn ja nicht. Er sagte, er würde *dich* kennen!«

Claras Mutter murmelte etwas vor sich hin, dann wandte sie sich offenbar an ihren Mann. Ihre Stimme wurde leiser, als sie sich vom Hörer abwandte.

»Sag mal, Ralph Lerchenberg, kennst du den? Ist das nicht der Sohn von den Lerchenbergs, die unten an der Hauptstraße die Praxis haben?«

Clara hörte die barsche Stimme ihres Vaters etwas antworten, was sie nicht verstehen konnte, dann erklang das Lachen ihrer Mutter. »Natürlich, wie konnte ich das nur vergessen!«

Sie wandte sich wieder Clara zu, die bereits ungeduldig mit den Fingern auf ihre Schreibtischplatte klopfte. »Hör mal, Liebes, dein Vater hat wirklich ein brillantes Gedächtnis.«

Clara schnaufte, verkniff sich jedoch einen Kommentar.

»Ralph Lerchenberg ist tatsächlich der Sohn der beiden Augenärzte hier bei uns. Wir kennen die Familie, und dein Vater hat mich daran erinnert, dass dieser Ralph unbedingt auch Arzt werden wollte, schon als er noch ein Dreikäsehoch war. Ein netter Junge. Ich glaube, er ist Nervenarzt geworden, in einer Privatklinik hier irgendwo in der Gegend. Seine Mutter hat mal so etwas erwähnt. Weshalb willst du das denn wissen, kennst du ihn näher? Er dürfte ein paar Jahre jünger als du sein.«

Clara konnte förmlich hören, wie ihre Mutter rechnete und überlegte, in welcher Beziehung ihre Tochter zu diesem netten Jungen stehen mochte.

»Das ist rein beruflich«, erstickte Clara alle möglichen Spekulationen ihrer Mutter im Keim, bedankte sich und wollte sich schnell verabschieden, doch ihre Mutter hatte noch etwas anderes auf dem Herzen. Sie bat Clara, einen Augenblick zu warten. Clara merkte, wie sie in ein anderes Zimmer ging, damit ihr Vater sie nicht hören konnte. Sie ahnte, was jetzt kommen würde. Und tatsächlich, der Ton ihrer Mutter war vorsichtig geworden, als sie wieder zu sprechen begann, so als würde sie sich mit einer Fackel in der Hand einem Sprengstofflager nähern.

»Ich wollte noch mit dir über Vaters Geburtstag sprechen.«

»Mm, ja.« Clara schloss für einen Moment die Augen. Ihr Vater hatte am 6. Dezember Geburtstag, und dies war in der Familie seit jeher der Anlass gewesen, ein großes Fest zu geben, mit Kammermusik und Gourmet-Büffet und ihrem Bruder Georg als Nikolaus, der alle geladenen Honoratioren aus Starnberg und Umgebung mit feinsinnigen Bosheiten und kleinen Aufmerksamkeiten bedachte. In diesem Jahr wurde ihr Vater fünfundsiebzig, was in Bezug auf die Größe der geplanten Festlichkeit nichts Gutes ahnen ließ.

»Deine Schwester kommt in der nächsten Woche für ein paar Tage zu uns zu Besuch, und wir wollen bei dieser Gelegenheit gleich über die Gästeliste und das Essen sprechen. Sie wird dieses Jahr wieder das Gestalten der Einladungen übernehmen. Möchtest du nicht auch einen Abend zu uns herauskommen?«

Clara schluckte. Diese wenigen Sätze genügten, um das vertraute schlechte Gewissen in ihr wieder hochzuspülen.

Gesine, ihre sechs Jahre ältere Schwester, Innenarchitektin und mit einem erfolgreichen Mann und drei wohlgeratenen Kindern gesegnet, kam extra aus Hamburg angereist, um ihrer Mutter bei den Vorbereitungen für das Fest zu helfen, während Clara, die nicht einmal 50 km entfernt wohnte, wahrscheinlich eher dazu geeignet war, die Feierlichkeiten zum Platzen zu bringen.

Clara ermahnte sich, nett zu sein: »Ich werde versuchen zu kommen!«, versprach sie und legte auf, bevor ihre Mutter noch auf die Idee kam, sie mit der Auswahl der Tischdekoration zu beauftragen.

Der Termin beim Vormundschaftsgericht verlief unspektakulär und für Clara wenig erhellend, da die Richterin selbstverständlich davon ausging, dass Clara über den Sachverhalt Bescheid wusste und sich deshalb nur auf die Aktenlage bezog. Clara ließ sie in dem Glauben und nahm am Ende mit gemischten Gefühlen den Betreuerausweis für Ruth Imhofen entgegen, den die Richterin ihr überreichte. Umso gespannter machte sie sich auf den Weg zum verabredeten Treffpunkt.

Das Café am Botanischen Garten war nur ein paar Schritte vom Gericht entfernt und hob sich wohltuend altmodisch vom durchgestylten Einheitsbrei moderner Café-Lounges ab. Samtbezogene Stühle und Kronleuchter an der hohen Stuckdecke erinnerten an Wiener Kaffeehäuser, die aktuellen Tageszeitungen hingen in Zeitungshaltern an der Wand, und klassische Klaviermusik erklang diskret aus dem Hintergrund. In der Vitrine am Eingang türmten sich Torten und Kuchen in verschwenderischer Fülle und ließen Clara den Grund für ihren Besuch einen Augenblick lang vergessen. Nach eingehender Betrachtung aller Köstlichkeiten bestellte sie bei der rundlichen Bedienung eine Trüffel-Schokoladentorte. Dann suchte sie sich einen Tisch, der sowohl Platz für ihren Hund bot als auch einen guten Rundumblick, um Dr. Lerchenberg nicht zu verpassen. Sie hatte keinen blassen Schimmer, wie der Arzt aussah, außer dass er laut ihrer Mutter um einiges jünger sein musste als sie selbst. In dem gut besetzten Café gab es jedoch keinen einzigen Mann, der alleine an einem Tisch saß, deshalb vermutete Clara, dass er sich verspätet hatte. Er würde jeden Moment kommen. Nach Genuss der Schokoladentorte und zwei Tassen Kaffee wurde Clara unruhig. Es war bereits kurz nach halb fünf, und niemand war gekommen. Das Café hatte sich merklich geleert, außer Claras Platz waren nur noch zwei andere Tische am Fenster besetzt. Sie stand auf und warf zum wiederholten Mal einen Blick in das Nebenzimmer. Bis auf eine alte Dame mit blaugrauer Dauerwelle und einem Pudel mit ähnlicher Haartracht war es völlig leer.

Langsam ging sie zurück an ihren Tisch, unter dem Elise zufrieden schnarchte. Dr. Lerchenberg hatte seine Verabredung nicht eingehalten. Was hatte das zu bedeuten? Hatte er sie womöglich auf den Arm genommen und nie die Absicht gehabt, ihr die Dinge zu erklären? Clara schüttelte den Kopf. Das war nicht logisch. Weshalb sollte er so etwas tun? Vielleicht war ihm einfach etwas dazwischengekommen, ein Notfall. Sie ging zur Theke und fragte die junge Frau, ob jemand angerufen und eine Nachricht für sie hinterlassen hatte. Kopfschütteln antwortete ihr. Niemand hatte angerufen. Das Mädchen schürzte bekümmert die Lippen, als bedauere sie dies persönlich. Vielleicht dachte sie, Clara sei von ihrem Liebhaber versetzt worden. Clara spürte, wie sie wütend wurde. Reine Zeitverschwendung war es gewesen, hierherzukommen. Fast hatte sie es geahnt. Sie würde die verdammte Betreuung für diese unbekannte Frau nicht übernehmen. Gleich morgen früh würde sie ein Schreiben an das Gericht faxen und den Betreuerausweis zurückgeben.

Clara zahlte und holte ihren Mantel aus der Garderobe. Es war kalt und dämmerte schon, als sie mit Elise hinausging. Trotzdem beschloss sie zu Fuß nach Hause zu gehen und auf dem Weg dahin noch einen Abstecher in die Kanzlei zu machen. Vielleicht hatte Dr. Lerchenberg ja dort eine Nachricht hinterlassen. Während sie mit Elise durch die Fußgängerzone ging, hellte sich ihre Stimmung wieder auf, wie so oft, wenn sie sich an der frischen Luft bewegte. Obwohl es erst Mitte Oktober war, herrschte zwischen Stachus und Marienplatz fast schon so etwas wie Vorweihnachtsstimmung. Die Menschen hasteten mit Tüten beladen von einem beleuchteten Kaufhaus ins nächste, und aus den U-Bahnschächten drang warme, stickige Luft in den kalten Abendhimmel. Clara kaufte sich an einem Stand eine Bratwurst mit scharfem Senf und verschlang sie gierig. Die Trüffeltorte war doch ein wenig zu süß gewesen. Mit dem Rest Semmel wischte sie den Senf vom Pappteller und zündete sich dann eine Zigarette an. Zufrieden ging sie weiter, vorbei an den geschlossenen Ständen des Viktualienmarktes und an der Schrannenhalle. Am Jakobsplatz blieb sie stehen und bewunderte, wie jedes Mal, wenn sie hierherkam, die neugebaute Synagoge, die wie ein gigantischer, sandfarbener Bauklotz mitten auf dem Platz stand, asymetrisch, modern und doch so selbstverständlich, als ob sie schon immer da gewesen wäre. Ebenfalls wie immer nahm sie sich vor, demnächst einmal an einer Führung teilzunehmen, wohl wissend, dass es vermutlich bei dem guten Vorsatz bleiben würde.

Die Kanzlei war längst dunkel. Lindas Arbeitszeit endete um fünf, und Willi war ebenfalls schon gegangen. Clara sperrte die Tür auf und ging zu ihrem Schreibtisch. Keine Nachricht lag dort, keiner der kleinen gelben Zettel, auf denen Linda, der die mangelnde Ordnungsliebe ihrer Chefin ein ständiger Dorn im Auge war, wichtige Nachrichten notierte und die sie mitten auf Claras Bildschirm klebte um sicherzustellen, dass sie nicht von der Papier- und Aktenflut auf dem Schreibtisch verschlungen wurden.

Unschlüssig ließ sich Clara auf den Stuhl sinken. Eigentlich sollte sie nach Hause gehen. Oder auf ein Glas Wein zu Rita. Morgen war auch noch ein Tag. Aber diese Sache ließ ihr keine Ruhe. Sie kramte in ihrer Tasche nach dem Schreiben, das ihr Dr. Lerchenberg gefaxt hatte. Nichts war daraus zu entnehmen, was sie nicht schon wusste. Und das war nicht mehr als der Name ihrer neuen Mandantin. Clara hob erstaunt die Augenbrauen, als sie zum ersten Mal Ruth Imhofens Adresse bewusst las: *Haus Maximilian* stand dort. Sie kannte diese Einrichtung, es handelte sich um ein kirchliches Wohnheim, in dem Menschen in sozialen oder psychischen Schwierigkeiten für eine gewisse Zeit unterkommen konnten, und es war nur wenige Straßen von der Kanzlei entfernt. Sie konnte morgen auf dem Weg zur Arbeit direkt dort vorbeigehen. Natürlich nur, wenn sie den Fall übernähme, fügte sie in Gedanken einschränkend dazu.

Clara schob das Schreiben zurück in ihre Tasche und ließ sich über die Telefonauskunft mit der Klinik verbinden, in der Ralph Lerchenberg arbeitete.

Eine freundliche Stimme meldete sich: »Privatklinik Schloss Hoheneck, was kann ich für Sie tun?«

Clara stellte sich vor und bat, mit Dr. Lerchenberg verbunden zu werden.

»Worum geht es bitte?« Die Frau an der Vermittlung hatte ihre professionelle Freundlichkeit schlagartig eingebüßt. Fast schien es, als wolle sie Clara sofort wieder abwimmeln.

»Eine Privatangelegenheit«, gab Clara kühl zurück. »Dr. Lerchenberg erwartet meinen Anruf.«

Nach kurzem Zögern und einem gepressten »Moment bitte« erklang Musik, und Clara war in die Warteschleife verbannt. Sie lauschte mit halbem Ohr dem seichten Geplätscher und überlegte, was für eine Entschuldigung Dr. Lerchenberg wohl anbringen würde. Dann stoppte die Musik abrupt.

»Hallo, wer spricht da?« Es war nicht Dr. Lerchenberg, sondern wiederum die Stimme einer Frau. Sie klang ängstlich.

Clara wiederholte ihren Namen und ihre Bitte, und erneut hatte sie den seltsamen Eindruck, als prallte die Person in der Leitung regelrecht zurück. Als habe sie um etwas Unghöriges gebeten.

»Es ist nicht möglich, mit Dr. Lerchenberg zu sprechen«, sagte die Frau zögernd.

»Warum nicht? Ist er schon weg?« Clara wurde ungeduldig. »Hören Sie, wären Sie bitte so freundlich, ihm etwas auszu …«

»Er ist tot.«

»Wie?«, rief Clara erschüttert. »Das ist doch nicht möglich! Wir haben heute Morgen miteinander gesprochen. Wir waren verabredet …« Sie verstummte einen Moment, dann fragte sie: »Was ist passiert?« Doch es antwortete ihr niemand. Die Frau hatte aufgelegt.

CADAQUÉS

Lange hatte er der Frau hinterhergesehen, noch als sie längst schon die Bar verlassen hatte. Die Stimmen um ihn herum wurden leiser, rückten in die Ferne wie in einem Film bei einem Schwenk, weg von der Totalen hin zu einem Detail. Er hörte einzelne Stimmen heraus, das helle Lachen einer jungen Frau. Montserrat hieß sie vielleicht, so ziemlich alle Frauen hier hießen nach dem heiligen Berg Kataloniens. Dann ein paar Wortfetzen in dieser schwer verständlichen Sprache, irgendwo zwischen Spanisch und Französisch. Gläser klirrten aneinander, ein Barhocker wurde weggerückt, schrammte über den Fliesenboden. Jemand sang ein paar Takte, wurde ausgebuht. Rufe, neues Gelächter in der Ferne.

Clara. Er flüsterte den Namen so vorsichtig, als enthielte er eine Verwünschung. Was im Grunde auch so war. Und doch hielt er sich an dem Namen fest. Clara. Sie war zu ihm gekommen. Hatte ihn gefunden. Er starrte auf seine Hände. Die Nägel waren abgebrochen, jede Falte um die Fingerknöchel herum schwarz von Sand und Schmutz, rau wie Schleifpapier. Sie fühlten sich fremd an, diese Hände. Alles an ihm fühlte sich fremd an. Er kannte sich nicht mehr. Doch wann war das passiert? Er wusste es nicht. Er hatte auch die Zeit verloren, sie war ihm durch die Finger geronnen wie der kalte Sand unten am Strand. Langsam schüttelte er den Kopf. Es war schon viel früher passiert. Vor ewiger Zeit. Er konnte den Blick nicht abwenden von seinen Händen. Er empfand plötzlich Mitleid mit ihnen. Er hatte sie zu sehr geschunden in all den Jahren. Keine

Pause hatte er ihnen gegönnt. Nichts Weiches, Warmes, nichts Nachgiebiges hatten sie berühren dürfen, immer nur den harten, rauen Stein. Langsam strich er mit den Fingern der rechten Hand über seinen linken Daumen. Er war krumm, verbogen wie ein alter, knorriger Ast. Die Gelenke waren geschwollen, wie alle seine Fingergelenke. Verbrauchte, kranke Hände. Nutzlos.

Langsam löste sich eine Träne aus seinem Augenwinkel und suchte sich einen Weg hinunter durch das zerfurchte, unrasierte Gesicht. Er schmeckte das Salz auf seinen Lippen und dachte an das Meer. So leer und weit wie das Meer hatte er werden wollen. Sich auflösen in dieser Endlosigkeit, verschwinden, hinuntersinken auf den Grund wie ein Stein. Vielleicht hätte er es geschafft, vielleicht wäre es ihm gelungen, wenn nicht diese Frau heute gekommen wäre.

Clara. Eine weitere Träne löste sich. Tropfte auf die Tischplatte. Miguel kam und tauschte die leere Karaffe Rotwein gegen eine volle aus. Er tat ihm leid, dieser grauhaarige Deutsche mit dem roten Bart, den irgendetwas hier an die Küste gespült hatte. Seit vielen Jahren kam er schon hierher, blieb ein paar Wochen und saß bei ihm in der Bar, stumm und abweisend, ein einsamer Trinker. Doch dieses Mal war etwas anders gewesen. Er war spät im Jahr aufgetaucht, ganz plötzlich, ohne sich vorher anzukündigen. Und in dem Moment, als er hier zur Tür hereingekommen war, schwankend, strauchelnd, wie ein welkes Blatt, das der heftige Herbststurm, der draußen wütete, vor sich hergetrieben hatte, war Miguel sich sicher gewesen, dass dieser Mann, den hier alle Pablo nannten, obwohl er ganz anders hieß, nicht mehr nach Deutschland zurückkehren würde. Er wollte sterben. Hier in Cadaqués. Und so wie es aussah, würde es ihm auch gelingen.

Jeden Abend brachte Miguel ihm Rotwein. Eine Karaffe billigen Rioja nach der anderen. Meistens stellte er ihm ungefragt etwas zu essen dazu. Aufs Haus, wie so mancher Liter Wein auch. Es gab Dinge, die konnte man nicht ändern.

Jetzt schenkte er Pablo noch ein Glas ein. Die Hände des Deutschen lagen auf dem Tisch wie zwei unnütze Gegenstände. Wie aus Holz geschnitzt. Als Miguel sah, dass Pablos Augen voller Tränen waren, klopfte er ihm sachte auf die Schulter, sagte jedoch nichts. Er wusste aus Erfahrung, dass es nichts brachte, mit ihm reden zu wollen. Mit Pablo war nicht mehr zu reden.

Pablo, der eigentlich ganz anders hieß, hörte durch den Lärm, der von der Bar her klang, wie der schwere Rotwein gluckernd in das dicke Glas vor ihm floss. Er hörte, wie Miguel die Karaffe auf dem Tisch abstellte, und spürte seine Hand auf der Schulter. Er wollte danach greifen und sie festhalten, doch er konnte seine Arme nicht bewegen. Stumm blieb er sitzen und wartete, bis Miguel gegangen war. Er starrte auf das Glas vor sich, meinte, den Alkohol darin riechen zu können, die Gerbsäure, die die Zunge pelzig machte, und hatte einen metallischen Geschmack in der Kehle. Übelkeit stieg in ihm hoch und erinnerte ihn an die fette Chorizo, die er gerade eben gegessen hatte. Die erste Mahlzeit an diesem Tag. Mit einer raschen Bewegung, die man ihm gar nicht zugetraut hätte, griff er nach dem Glas und trank es in einem Zug aus. Dann langte er nach dem Päckchen, das die Frau ihm dagelassen hatte, und wickelte es vorsichtig auf. Es waren Briefe darin, ein ganzer Packen Briefe. Die meisten steckten in billigen, gebrauchten Umschlägen, und alle waren sie ohne Anschrift und ohne Absender. Doch er wusste auch so, dass sie an ihn gerichtet waren und wer sie geschrieben hatte. Sorgfältig öffnete er den ersten Brief und faltete ihn auseinander. Er wagte nicht, die Worte zu lesen, die auf dem einfachen, vergilbten Karopapier standen, kniff die Augen zu und presste dabei die Hände so fest auf das Papier, als müsste er sich daran festhalten. Es ging nicht. Er schaffte es nicht. Nach endlosen Minuten sinnloser Anspannung öffnete er wieder die Augen. Mit zitternden Händen goss er sich noch einmal von dem Rotwein ein. Schal rann der Wein seine Kehle hinunter. Er schenkte nach und trank auch dieses Glas hastig aus. Als sich endlich eine leichte Benommenheit in seinem Kopf bemerkbar machte, wandte er sich wieder dem Brief zu. Jetzt gelang es ihm, seine Augen auf die Worte zu richten, und langsam begann er zu lesen:

Mein Geliebter,
der Tag ist trotzdem schön. Er kümmert sich nicht um unsere Schuld. Kann dich das trösten? Mich schon. Manchmal. Ich glaube fest daran, dass alles gut werden wird. Es ist immer alles gut geworden, was er in die Hand genommen hat. Du kannst ihm vertrauen, Liebster, denn ich vertraue ihm auch. Es wird vorübergehen, und dann werden wir wieder zusammen sein und der Himmel wird so blau sein wie heute, und das Licht wird leuchten. Wenn du Angst hast, denke an den Apfelbaum. Denke an unser Haus am Meer. Siehst du es? Siehst du das gelbe Haus? Ich sehe es auch, und so können wir in Gedanken zusammen dort sein. Siehst du die Farben? Indischgelb, Krapplack, Chromoxidgrün. Du lachst wie immer, wenn ich über meine Farben spreche, ich kann dich hören …

Er konnte nicht weiterlesen. Mit einer heftigen Handbewegung schob er das Papier weg und fegte dabei das Glas vom Tisch. Klirrend zerschellte es auf den Fliesen. Der Lärm in der Bar verstummte einen Augenblick. Köpfe wandten sich um, und alle sahen den Mann an, der seinen Kopf in beide Hände vergraben hatte und weinte.

MÜNCHEN

Clara saß wie vom Blitz getroffen auf ihrem Stuhl in der dunklen Kanzlei und starrte das Telefon an. Dr. Lerchenberg war tot, hatte die Frau gesagt. Wie konnte das möglich sein? Sie schüttelte verwirrt den Kopf und stand auf. »Lass uns heimgehen, Elise«, sagte sie und fühlte sich plötzlich erschöpft. »Morgen sehen wir weiter.« Und während sie langsam den dunklen Weg am Fluss entlang und über die Brücke weiter zu ihrer Wohnung ging, versuchte sie, ihre Gedanken zu ordnen und herauszufinden, was dieser unerwartete Tod des Arztes für sie bedeutete. Sollte sie den Fall trotzdem abgeben, wie sie es sich heute Nachmittag vorgenommen hatte? Sie war wütend gewesen, hatte sich über die vertane Zeit geärgert. Doch er hatte sie gar nicht versetzt. Er war gestorben. Die drängende, nervöse Stimme des Arztes kam ihr wieder ins Bewusstsein, die Erregung und Angst, die darin zu hören gewesen war. »Angst«, flüsterte sie, mehr erstaunt als schockiert. »Er hatte Angst.« Und in dem Moment wurde ihr klar, dass sie den Fall nicht mehr abgeben konnte. Nicht, bevor sie herausgefunden hatte, worum es eigentlich ging. Aber wie sollte sie jetzt an die Informationen gelangen, die er ihr hatte geben wollen?

Clara blieb auf der Brücke stehen und schaute hinunter auf das Wasser, das dunkel und still dahinfloss. Die Uferlinie der Isar war kaum zu unterscheiden von den weiten Flächen der Isarauen, die sich hier kilometerweit erstreckten und die Clara so liebte. Jeden Tag ging sie hier mit Elise spazieren, bei jedem Wetter und so lange ihre Zeit es zuließ. Manchmal auch länger.

Jetzt wurde die Landschaft von der herbstlichen Dunkelheit verschluckt. Nur die Lichter der Häuser entlang des Flusses konnte man sehen, versteckt hinter den kahlen Ästen der Kastanien und Linden, die die Spazierwege säumten. Sie zündete sich ein Zigarette an. Morgen würde sie noch einmal in der Klinik anrufen, sich offiziell als die gerichtlich bestellte Betreuerin von Ruth Imhofen vorstellen und um Überlassung der Krankenakten bitten. Dann konnte sie immer noch entscheiden, was sie damit anfangen sollte.

In ihrer Wohnung war es kalt und ungemütlich. Sie drehte die Heizungen auf die höchste Stufe und schlüpfte in warme Socken. Dann zog sie die Vorhänge vor den großen Altbaufenstern im Wohnzimmer zu. Sie hatte sie erst vor ein paar Monaten gekauft. Dunkelrote Vorhänge aus weichem Stoff, die eine gemütliche Atmosphäre verbreiteten. Vorher hatte sie gar keine Vorhänge besessen. Sie hatte es schön gefunden, nachts am Fenster zu stehen und hinunterzusehen in die dunklen Straßen. Sie hatte diese Offenheit gemocht. Bis sie im vergangenen Frühjahr in diesen Fall verwickelt worden war. Diesen schrecklichen Fall, der sie dazu gebracht hatte, nachts in der Küche zu schlafen, aus Angst vor einem Überfall, Angst vor der Dunkelheit, vor ihrem eigenen Schatten. Noch nie zuvor hatte sie solche Angst gehabt. Danach, als alles vorbei war, hatte sie die Vorhänge gekauft. Sie wusste, dass sie nichts mehr zu befürchten hatte, aber manchmal beschlich sie immer noch das unheimliche Gefühl, beobachtet zu werden, belauert, verfolgt.

Heute dagegen wollte sie es nur warm haben. Sie schaltete den Fernseher ein und holte sich einen Rest Thunfischsalat aus der Küche. Dann wickelte sie sich in eine Wolldecke und ließ sich auf ihr altes, durchgesessenes Sofa plumpsen.

Elise zögerte nur den Bruchteil einer Sekunde, dann sprang

sie neben Clara, drehte sich umständlich um ihre eigene Achse und ließ sich ächzend fallen. Es entstand ein kurzes Gerangel zwischen Clara und ihrem Hund, in dem Clara versuchte, wenigstens ein Drittel des Platzes für sich zu behaupten, dann hatte man sich geeinigt, und in einem einmütigen Durcheinander aus Hundeschnauze, rotbraunem Haarschopf, Pfoten und Menschenbeinen kehrte Ruhe auf der Couch ein.

Clara ließ sich eine Weile von einer Talkshow berieseln, dann schaltete sie den Fernseher aus und griff neben sich auf den Boden, wo eine Flasche ihres Lieblingswhiskeys bereitstand. *Redbreast*, eine Erinnerung an längst vergangene Zeiten, die sich hinübergerettet hatte in die Gegenwart und der Clara über all die Jahre hinweg treu geblieben war. Sie goss sich einen Zentimeter voll ein und nippte daran. Vertraute Wärme breitete sich in ihr aus, und sie schloss genussvoll die Augen. Noch immer vermochte der Geschmack in ihr die alten Bilder heraufzubeschwören, die Straßen Dublins, bunte Fassaden, die Schilder der Pubs, Musik, die aus den offenen Türen drang, verfallene Bruchsteinmauern, der graue Himmel. Alles längst vorbei. Sie nahm einen letzten, etwas wehmütigen Schluck und stellte das Glas sachte auf den Boden. In dem Moment klingelte das Telefon. Clara fuhr erschrocken zusammen. Es war halb elf. Wer rief so spät noch an? Hastig und sehr zum Unmut ihres Hundes schälte sie sich aus ihrer Decke.

»Ja?«

Es war ihre Mutter. »Du wirst es nicht glauben, was heute passiert ist«, begann sie ohne Begrüßung.

»Passiert?« Clara rieb sich die Stirn. Musste sie sich Sorgen machen? War etwas mit ihrem Vater? Doch ihre Mutter klang eigentlich nicht so. Eher aufgeregt als besorgt.

»Erinnerst du dich an unser Gespräch von heute Mittag?«

»Ja, natürlich.« Clara wurde klar, worauf ihre Mutter hinauswollte: Sie hatte von Ralph Lerchenbergs Tod gehört. Starnberg war eben doch ein Dorf, und ihre Mutter, Mitglied des Kirchenvorstandes und engagiert in zahlreichen anderen Institutionen, Vereinen und Gesprächskreisen, mittendrin.

»Du meinst, Dr. Lerchenberg? Ich habe gehört, dass er gestorben sein soll, ist das wahr?«

Ihre Mutter schnaubte. »Und ob! Er ist keinen Kilometer von unserem Haus entfernt mit dem Auto gegen einen Baum gefahren. Stell dir das vor! Gegen den einzigen Baum weit und breit! Er war sofort tot.« Sie holte Luft, dann fügte sie noch hinzu: »Der Baum muss gefällt werden. Dabei war er uralt.«

Clara musste trotz allem lächeln. Das war typisch für ihre Mutter, sich Gedanken um den Baum zu machen.

»Wann ist das denn passiert?«, fragte sie.

»Heute Nachmittag, so gegen zwei Uhr, glaube ich.«

Clara schüttelte langsam den Kopf. Konnte es solche Zufälle geben?

Ihre Mutter sprach schon weiter. »Gerade war Herr Solberg da, du kennst ihn doch, er ist mit mir im Kirchenvorstand.«

»Mm, ja.« Clara nickte mechanisch. Ihre Mutter ging davon aus, dass jeder wusste, wer mit ihr im Kirchenvorstand saß.

»Nun, Herr Solberg ist ein guter Freund von Herrn Wildenauer, und der ist bei der Polizei, und weißt du, was er gesagt hat über diesen Unfall?«

»Sag schon!«

»Man hat keine Bremsspuren gefunden und auch keine Anzeichen, dass er jemandem ausgewichen wäre.« Ihre Mutter machte eine Pause, um Clara die Schlussfolgerung aus dem Gesagten selbst ziehen zu lassen.

Clara meinte zögernd: »Das bedeutet also, sie glauben, er könnte mit Absicht ...«

»Genau!«, fiel ihre Mutter ihr ins Wort, zufrieden über die schnelle Auffassungsgabe ihrer Tochter. »Er sieht so aus, als ob er Selbstmord begangen hätte.«

Clara schluckte. Aber das kann nicht sein, dachte sie. Das kann nicht sein. Wir waren verabredet.

Ihre Mutter sprach weiter: »Ist das nicht merkwürdig, Liebes, dass wir am Vormittag noch über ihn geredet haben, und dann bringt er sich ein paar Stunden später um?«

Als Clara am nächsten Morgen in Schloss Hoheneck anrief, wurde sie im Gegensatz zum letzten Mal sofort weitergeleitet. »An die Klinikleitung«, wie die Dame am Empfang sie informierte.

Es meldete sich ein Mann, der sich als Dr. Selmany vorstellte. »Wie kann ich Ihnen helfen?,« erkundigte er sich höflich, als Clara ihren Namen nannte, doch an seinem wachsamen Ton konnte sie hören, dass er längst wusste, weshalb sie anrief. Trotzdem erklärte sie es ihm noch einmal geduldig und schloss mit der Bitte: »Ich benötige Einsicht in die Krankenakten von Frau Imhofen.«

Dr. Selmany räusperte sich umständlich, bevor er antwortete. »Ich fürchte, das ist nicht möglich, Frau Rechtsanwältin.«

»Wieso? Dr. Lerchenberg hat gesagt, Frau Imhofen wäre eine Patientin in Ihrer Klinik gewesen ...«

»Das ist schon richtig«, gab Dr. Selmany eilig zurück. »Aber sie wurde entlassen und das schon vor gut drei Wochen.«

»Vor drei Wochen?«, fragte Clara verwundert. »Warum hat man dann erst jetzt eine Betreuung veranlasst?«

»Nun«, Dr. Selmany zögerte. »Diese Entlassung ... wie soll ich sagen, es war eine Sache, die Herr Lerchenberg in eigener Verantwortung unternommen hat. Wir, also die Klinikleitung, haben Dr. Lerchenbergs Auffassung nicht geteilt ...«

»Ach!« Clara runzelte die Stirn. »Wie konnte denn Herr Lerchenberg gegen Ihren Willen eine Patientin entlassen?«

»Nun ...« Man konnte förmlich spüren, wie sich der Arzt

wand. »Nachdem das Gericht aufgrund von Dr. Lerchenbergs eigenmächtigem Antrag so entschieden hatte, blieb uns trotz erheblicher Bedenken keine andere Wahl. Justitia hat immer das letzte Wort, nicht wahr?« Seine Stimme fand langsam ihren öligen Ton zurück.

Clara gab keine Antwort. Im Stillen fragte sie sich, weshalb Selmany dies überhaupt erwähnte. Interne Meinungsverschiedenheiten zwischen Ärzten wurden im Allgemeinen nicht in der Öffentlichkeit ausgebreitet. Sie hakte nicht weiter nach, sondern kritzelte stattdessen Selmanys Namen und ein dickes Fragezeichen in ihre Akte. Dann meinte sie: »Aber die Krankenakten müssten doch trotzdem da sein.«

»Eigentlich schon, ja, natürlich«, gab Dr. Selmany zu und ergänzte dann mit deutlichem Unbehagen in der Stimme, »aber sie sind es nicht. Um genau zu sein, sie sind verschwunden.«

»Verschwunden?«

»Hören Sie, Frau Anwältin«, beeilte sich der Arzt, sie zu beschwichtigen. »Es ist uns sehr unangenehm, das können Sie uns glauben. Wir hätten viel früher reagieren sollen, schon als die ersten Anzeichen bekannt wurden.«

»Was für Anzeichen?«

»Nun, eigentlich gehört es sich nicht, darüber zu sprechen, jetzt wo Dr. Lerchenberg auf so tragische Weise ...«

»Wovon sprechen Sie?« Clara fischte sich eine Zigarette aus der Schachtel in ihrer Tasche und tastete nach dem Feuerzeug.

»Also, Herr Dr. Lerchenberg war in letzter Zeit gesundheitlich nicht mehr so recht auf der Höhe, wie soll ich sagen, es gab ... ähem ... Unregelmäßigkeiten bei den Medikamenten, und er trank mehr als ihm guttat ...«

»Ja und weiter?«, hakte Clara ungeduldig nach, als Dr. Selmany wieder verstummte. Dieses Reden um den heißen Brei ging ihr langsam auf die Nerven.

Der Arzt zögerte, bevor er weitersprach. Dann gab er sich einen Ruck: »Nun, kurz gesagt, er hatte sich nicht mehr im Griff, und das hat auch seine Urteilsfähigkeit getrübt. Wir hatten ihm daher nahegelegt, seine Anstellung hier aufzugeben. Vermutlich hat ihm dies – nun ja – den Rest gegeben. Aber im Interesse unserer Patienten konnten wir nicht anders handeln.« Er hüstelte etwas gekünstelt und fügte hinzu: »Eine wirklich tragische Sache, die uns alle sehr belastet.«

Wer's glaubt, wird selig, dachte Clara böse in Bezug auf den selbstgerechten Ton des Arztes und hakte nach: »Sie wollten Dr. Lerchenberg entlassen?«

»Nun, uns wäre eine einvernehmliche Lösung lieber gewesen ...«, wich der Arzt aus. »Aber dazu ist es jetzt bedauerlicherweise nicht mehr gekommen.«

»Bedauerlicherweise«, wiederholte Clara ironisch und bohrte nochmals nach: »Dr. Lerchenberg hat sich also bei seiner Diagnose im Fall Ruth Imhofen geirrt?«

»Aber das liegt doch auf der Hand!«, gab Selmany erregt zurück. »Frau Imhofen hätte nie entlassen werden dürfen. Sie ist schwer psychisch krank und aufgrund ihrer Krankheit unberechenbar. Alle Therapieversuche in der Vergangenheit sind fehlgeschlagen. Aber Dr. Lerchenberg wollte das nicht wahrhaben, er hat alle meine Warnungen in den Wind geschlagen.« Dr. Selmany seufzte tief. »Und als die Katastrophe dann passiert ist, hat er versucht, seine Haut zu retten. Er hat alle Unterlagen verschwinden lassen und Sie beauftragt. Aber es war natürlich viel zu spät.«

Clara schwirrte der Kopf. Sie hatte das Gefühl, nicht wirklich anwesend zu sein. Sie verstand nicht, wovon dieser Arzt sprach. »Katastrophe? Von welcher Katastrophe sprechen Sie?«, fragte sie unbehaglich. War ihr in dem Gespräch etwas entgangen?

»Wollen Sie mir etwa weismachen, Sie wüssten nichts davon?« Dr. Selmany klang plötzlich wütend. »Lesen Sie denn keine Zeitung?«

»Himmelherrgottnochmal!«, fluchte Clara. »Würden Sie endlich einmal Klartext mit mir reden?«

»Aber das tue ich doch!«, gab Dr. Selmany pikiert zurück. »Offenbar hat es Dr. Lerchenberg versäumt, Sie über die Tragweite dieses Falles aufzuklären.« Und wie zu sich selbst fügte er noch hinzu: »Das ist ja ein starkes Stück.«

»Er hatte es vor, aber die Sache mit dem Baum ist ihm dazwischengekommen«, gab Clara trocken zurück.

»Oh. Natürlich.« Dr. Selmany schwieg.

Clara wartete. Doch es kam kein weiterer Kommentar. Der Arzt schien nicht gewillt zu sein, mehr über die Sache zu sagen.

»Dr. Selmany?«

»Hören Sie, ich fürchte, ich muss das Gespräch hier beenden, ich habe noch Termine. Es tut uns sehr leid, dass Dr. Lerchenberg Sie mit dieser unseligen Sache belästigt hat.« Er hüstelte erneut, dann sprach er schnell weiter: »Wir werden sofort veranlassen, dass Ihre Beauftragung rückgängig gemacht wird, und für Ihre bisherigen Bemühungen kommen wir selbstverständlich in voller Höhe auf. Bitte schicken Sie uns Ihre Honorarrechnung, und scheuen Sie sich nicht, alle Posten anzusetzen, die Sie für angemessen betrachten. Es ist das Mindeste, das wir in Anbetracht des eklatanten Fehlverhaltens unseres Mitarbeiters tun können.« Es klang sehr salbungsvoll.

»Moment!« Clara runzelte die Stirn. »Wie kommen Sie darauf, dass ich diese Sache nicht übernehmen möchte?«

»Aber ich dachte … nachdem Sie keinerlei Informationen haben und Frau Imhofen in Kürze sowieso wieder in unsere Obhut zurückkommen wird, wäre es das Einfachste für alle Beteiligten, ihr die Betreuerin zu geben, die sie in all den Jahren zuvor hatte.«

Clara konnte nun die Ungeduld in Dr. Selmanys glatter Stimme durchklingen hören, doch das ließ sie unbeeindruckt. Längst hatten in ihr alle Alarmglocken zu schrillen begonnen.

»Warum wurde diese Betreuung denn überhaupt aufgehoben?«, fragte sie.

Dr. Selmany gab ein bitteres Lachen von sich. »Das, Frau Anwältin, wüssten wir alle gerne. Aber leider können wir Herrn Lerchenberg nicht mehr fragen, nicht wahr?« Nach einer kurzen Pause fügte er hinzu: »Sie sollten diese Angelegenheit wirklich uns überlassen, Frau Niklas. Unsere hausinterne Betreuerin verfügt sowohl über die notwendige Erfahrung mit der Patientin als auch über die medizinische Kompetenz, und Sie können Ihre kostbare Zeit für sinnvollere Dinge verwenden.« Dann legte er auf, bevor Clara noch etwas erwidern konnte.

Sie stand nachdenklich auf und öffnete das Fenster neben ihrem Schreibtisch, um den Rauchgeruch zu vertreiben. Sie und Willi, der ein leidenschaftlicher Pfeifenraucher war, hatten sich mit Rücksicht auf Linda und ihre Mandanten auf ein generelles Rauchverbot in der Kanzlei geeinigt, und Übertretungen wurden scharf geahndet, beispielsweise mit einer Einladung zum Mittagessen bei Rita oder einem freigehaltenen Abend im Murphy's, ihrer Stammkneipe.

Clara lehnte sich auf die Fensterbank und zündete sich eine weitere Zigarette an. Sorgfältig blies sie den Rauch in die kalte Herbstluft hinaus. Es war ungemütlich kalt, und die schweren Wolken kündigten Regen an. Das trockene, klare Oktoberwetter der letzten Tage schien sich endgültig verabschiedet zu haben. Clara bemerkte eine Katze, die im Haus gegenüber am Fenster einer Wohnung im ersten Stock saß und auf sie herunterblickte. Unbeweglich hockte sie dort, wie eine Figur aus Porzellan, ihre Augen unverwandt auf Clara gerichtet. Clara winkte hinauf und wünschte, die Katze würde eine Bewegung machen. Doch nichts geschah. Reglos blieb das Tier auf der Fensterbank sitzen.

Clara rauchte ihre Zigarette zu Ende und warf die Kippe auf den Gehsteig. Dann schloss sie das Fenster und setzte sich unschlüssig an ihren Schreibtisch zurück. Ihr Blick fiel auf die Notizen vor ihr, und sie zog die Nase kraus. Hatte dieser Arzt tatsächlich versucht, sie zu bestechen? Zweifellos wollte er nicht, dass sie sich weiter um Frau Imhofen kümmerte. Doch hier passte nichts zusammen. War Dr. Lerchenberg tatsächlich so ein Mensch gewesen, wie Dr. Selmany ihn dargestellt hatte? Er war nervös gewesen, aufgeregt, ja, das schon. Aber tablettensüchtig, ein Trinker? Clara konnte es nicht sagen. Sie hatte ihn nicht gekannt. Und immerhin schien er sich umgebracht zu haben. Sie schüttelte den Kopf, das konnte sie nicht glauben. Niemand verabredet sich, wenn er vorhat, Selbstmord zu begehen. Aber andererseits ... warum sollte Dr. Selmany solche Dinge über einen Mitarbeiter verbreiten, wenn sie keinen wahren Hintergrund hatten? Ärzte waren in der Regel nicht so freigebig mit Informationen, wenn es um Versäumnisse in ihren eigenen Reihen ging. Clara nickte nachdenklich. Genau das war es gewesen, das sie in dem Gespräch von Anfang an stutzig gemacht hatte. Dr. Selmany hatte sie glauben lassen wollen, er sei vollkommen aufrichtig zu ihr, doch in Wahrheit hatte er nichts preisgegeben. Diese ganze Geschichte um Dr. Lerchenberg konnte genauso gut dazu gedient haben, die wahren Hintergründe zu verschleiern.

»Da stinkt was ganz gewaltig, meine Liebe!«, sagte Clara zu Elise gewandt. Elise grunzte zustimmend und öffnete ein Auge.

»Weißt du was? Wenn uns dieser gute Doktor im Dunklen tappen lässt und auf eine dicke Rechnung von uns hofft, um diese Geschichte samt Frau Imhofen guten Gewissens wieder hinter den Mauern von Schloss Hoheneck verschwinden zu lassen, hat er sich getäuscht. Wir werden uns unsere Informationen einfach anderswo beschaffen!«

Das Haus Maximilian war ein schlichtes, weißes Gebäude mit schmucklosen Fenstern neben der großen Kirche gleichen Namens, nur wenige Straßen von Claras Kanzlei entfernt. Clara mochte diese Kirche, an der sie jeden Tag auf ihrem Weg zur Arbeit vorbeikam. Mit ihren wuchtigen, viereckigen Türmen und dem großen keltischen Steinkreuz im Vorhof wirkte sie ein wenig fremdartig für eine so südliche Stadt wie München, man fühlte sich bei ihrem Anblick eher an ein englisches Städtchen erinnert, mit gepflasterten, abschüssigen Gassen und blauen Hortensienbüschen vor schiefen, kleinen Fachwerkhäusern. Stattdessen stand sie an der Isar, und ihre Glocken waren weithin über den Fluss zu hören. Clara blieb vor der Eingangstür des Wohnheims stehen. Sie zögerte, unsicher, was sie erwartete. Sie wollte mit Ruth Imhofen sprechen, so bald wie möglich, doch die Worte von Dr. Selmany klangen ihr noch in den Ohren: »Schwer krank, unberechenbar«, hatte er sie genannt und war davon ausgegangen, dass sie bald wieder nach Schloss Hoheneck zurückkehren würde. Clara hatte sich erkundigt: Die psychiatrische Klinik Hoheneck hatte sich auf schwere Fälle spezialisiert. Geschlossene Abteilungen, intensive Betreuung, höchstmögliche Sicherheit für die Patienten. Was auch immer das bedeuten mochte. Clara hatte nur eine vage Vorstellung vom Alltag in einer psychiatrischen Klinik, und diese Vorstellung war wenig angenehm. Doch Frau Imhofen war per Gerichtsbeschluss vor drei Wochen entlassen worden. Offenbar galt sie für das Gericht als geheilt. Weshalb wurde dann aber jetzt wieder eine Betreuung angeordnet?

Clara drückte auf den Klingelknopf. Man konnte den melodischen Ton im Inneren des Hauses hören, dann ertönte ein leises Summen, und Clara drückte die Tür auf.

Ein junger Mann in Karohemd und Jeans kam auf sie zu. Seine braunen Haare waren im Nacken zu einem dichten, lockigen Pferdeschwanz zusammengebunden, um den ihn so manches Mädchen beneidet hätte. »Sie sind Frau Niklas?«, begrüßte er sie und reichte ihr die Hand.

Clara nickte. Sie hatte sich zuvor telefonisch angekündigt.

»Ich bin Elmar.« Er lächelte und entblößte ein paar extrem schiefe Schneidezähne. »Zivi.« Er hielt ihr zuvorkommend eine Glastür auf und sagte: »Ich bringe Sie am besten gleich zu Frau Imhofen.« Clara folgte ihm eine Treppe hinauf in den ersten Stock, dann einen langen Gang entlang, von dem an beiden Seiten einige Türen abgingen. Neben den Türen an der Wand hingen kleine Namensschilder. Elmar blieb vor der letzten Tür auf der linken Seite stehen und klopfte. *Ruth Imhofen* stand auf dem weißen Schild, und neben den Namen hatte jemand einen Baum gezeichnet. Clara berührte diese kleine Bleistiftzeichnung merkwürdig. Sie war mit viel Sorgfalt gefertigt, man konnte jeden Ast erkennen, der Baum trug winzige Blätter und Früchte, und am Fuß seines mächtigen Stammes verzweigten sich filigrane Wurzeln.

Ein leises »Ja bitte« ertönte, kaum zu hören, doch Elmar genügte es. Er öffnete die Tür und sagte: »Dein Besuch ist da, Ruth.«

Clara trat neben ihn und spähte vorsichtig in den Raum hinein. Niemand war zu sehen.

Elmar deutete mit dem Kopf hinter die Tür. »Ruth kann es nicht leiden, wenn man sie sofort sieht, wenn die Tür aufgeht.« Er wandte sich zum Gehen: »Ich lasse Sie jetzt mal alleine, ja?«

Clara nickte, obwohl es ihr lieber gewesen wäre, Elmar wäre dageblieben. Unsicher trat sie ein. »Frau Imhofen?«, sagte sie leise und sah hinter die Tür.

Dort, in einem Stuhl direkt an der Wand, saß eine dunkelhaarige Frau und starrte Clara mit weit aufgerissenen Augen an. Sie trug einen ausgeleierten Jogginganzug, der ihr viel zu groß war, und billige weiße Turnschuhe. Die dichten, glanzlosen Haare waren nachlässig auf dem Hinterkopf zu einem Knoten zusammengesteckt, dünne Strähnen hingen heraus wie Strohhalme aus einem schlecht gebauten Vogelnest. Dabei musste Ruth Imhofen einmal sehr hübsch gewesen sein. Vor langer Zeit. Die hohen Wangenknochen und der große, ausdrucksvolle Mund erinnerten noch schwach daran, doch jetzt war die Haut fahl und hatte jede Spannkraft verloren. Ihr Gesicht wirkte ebenso grau und alt wie ihr Jogginganzug. Umso beklemmender waren daher ihre Augen: Weit aufgerissen starrten sie Clara an, dunkel vor Angst, wie die Augen eines Pferdes im Anblick höchster Gefahr. Sie hielt sich mit beiden Händen an der Sitzfläche des Stuhles fest, als befürchtete sie, man könnte sie wegzerren.

Clara machte einen Schritt zurück und war für einen Augenblick versucht, die Frau zu beruhigen wie ein Tier, das in die Ecke gedrängt worden war, mit besänftigenden Lauten, schh, schh, doch sie riss sich zusammen und reichte ihr stattdessen nur die Hand. »Guten Tag, Frau Imhofen, ich bin Clara Niklas.«

Die Frau ergriff ihre Hand nicht. Unbeweglich wie aus Stein saß sie auf dem Stuhl und hielt ihre Augen unverwandt auf Clara gerichtet. Unbehaglich erwiderte Clara den Blick eine Weile, als jedoch nichts geschah, wandte sie sich ab und sah sich in dem Zimmer um. Es war ein schöner, heller Raum mit Blick auf die Bäume und den Fluss. Auf der einen Seite war ein schlichtes Bett an die Wand geschoben, weiß bezogen und ordentlich gemacht, daneben ein schmaler Schrank. Am Fenster stand ein Holztisch mit zwei Stühlen. Es gab nichts Persönliches, keine Fotos oder Bücher, kein Radio, nur eine Zeichnung über dem Bett, mit einem Reißnagel an die Wand gepinnt. Clara ging näher heran und erkannte den gleichen Baum wie auf dem Schild neben der Tür, aber größer, er stand in einem Garten, von einem Zaun umgeben, im Hintergrund waren leicht angedeutet Hausdächer zu erkennen und ein schiefer Kirchturm.

»Haben Sie das gezeichnet?«, fragte Clara und wandte sich wieder zu der Frau um. Ihr Nicken war kaum zu erkennen, lediglich die Kinnpartie spannte sich ein wenig.

»Das ist sehr schön«, sagte Clara und setzte sich auf einen der Stühle am Tisch. »Wollen Sie sich nicht ein bisschen zu mir setzen?«

Die Frau zögerte, doch dann lösten sich ihre Finger, einer nach dem anderen, vom Stuhl, und sie beugte sich nach vorne, um aufzustehen. Claras Hände zuckten unwillkürlich hoch, wie um zu helfen, während sich Ruth Imhofen langsam aufrichtete, dabei sorgfältig ihren Sweater geradezog und sich dann mit Bedacht in Bewegung setzte. Sie ging auffallend langsam, doch es sah nicht so aus, als habe sie Schmerzen. Eher wirkte es so, als benötigte sie die Zeit, um ihre Bewegungsabläufe zu koordinieren, als wäre der Weg von ihrem Gehirn zu den Beinen länger als bei anderen Menschen. Jeder Schritt war ein Ereignis, jedes aufmerksame Heben der Beine, das sachte Aufsetzen auf den beigefarbenen Teppichboden ein besonderer Akt.

Clara beobachtete sie fasziniert. Es war, als hätte sie noch nie zuvor jemanden *gehen* sehen.

Beim Tisch angekommen, zog Ruth Imhofen fast lautlos den Stuhl heraus und setzte sich mit derselben Bedächtigkeit, wie sie sich bewegt hatte.

Clara lächelte sie freundlich an und versuchte, ein Gespräch zu beginnen: »Sie zeichnen gerne?«

Die Frau nickte wieder, stumm, doch dann senkte sie den Kopf und murmelte etwas. Ihre Stimme war leise und kaum zu verstehen.

»Wie bitte?« Clara beugte sich nach vorne über den Tisch. Wieder ein undeutliches Murmeln, kaum lauter als beim ersten Mal.

»Farben?«, wiederholte Clara zögernd. »Haben Sie Farben gesagt?«

Die Frau hob den Kopf. »Keine Farben«, sagte sie plötzlich deutlich.

»Sie haben keine Farben? Sie möchten mit Farben malen?«, versuchte Clara zu raten. Die Augen der Frau leuchteten auf. Sie nickte.

»Ich kann Ihnen Farben besorgen«, sagte Clara, froh, etwas gefunden zu haben, womit sie Ruth Imhofen erreichen konnte. »Was möchten Sie denn gerne? Buntstifte oder Kreiden? Vielleicht Ölfarben?«

»Aquarellfarben«, sagte die Frau und warf ihr einen vorsichtigen Blick zu. »Krapplack, Indischgelb, Umbra ...«, sie verstummte und biss sich auf die Lippen, als habe sie zu viel verraten.

»Ich werde mich darum kümmern«, versprach Clara, die wenig Ahnung von Farben hatte. »Hat man Ihnen schon gesagt, dass ich jetzt für Ihre Angelegenheiten zuständig bin?«, fragte sie dann. »Sie können sich mit allem an mich wenden.«

»Nein.« Die Antwort kam leise, aber bestimmt.

Clara sah sie verwirrt an. »Sie möchten das nicht?«

Ruth Imhofen schüttelte den Kopf, wobei sich eine weitere Strähne ihres Haars löste. »Dr. Lerchenberg kümmert sich um mich.«

Clara atmete tief ein, dann sagte sie zögernd: »Dr. Lerchenberg ist ... also er ... er ... hat mich um Hilfe gebeten.« Sie verfluchte sich für ihre Feigheit und fügte hinzu: »Es war sein ausdrücklicher Wunsch.«

Die Frau starrte sie an, ihre großen Augen schienen jetzt fast schwarz, dunkle Löcher in dem papierenen Gesicht: »*War*?«, wiederholte sie, und Clara sah, wie sich ihre Hände auf dem Tisch ineinander verkrampften. »Hören Sie, Frau Imhofen«, begann sie hilflos, »ich ...«

»Was ist mit ihm?«

Die Stimme der Frau hatte sich verändert, sie hatte einen brüchigen Klang bekommen, und Clara wurde plötzlich unbehaglich zumute. Sie warf einen Blick zur Tür. Warum war nur dieser junge Mann, Elmar, nicht bei ihr geblieben?

Die Frau hatte ihren Blick bemerkt, und sie wurde noch blasser, ihre Lippen verloren jegliche Farbe. »Sie haben ihn umgebracht!«, flüsterte sie.

»Aber nein!« Clara zuckte zusammen. »Es war ein ... Unfall.« Sie schüttelte den Kopf, unfähig, eine Erklärung zu geben.

Die Frau fragte nicht mehr nach. Sie wandte den Blick von Clara ab und sah zum Fenster hinaus. »Werden Sie mich jetzt wieder zurückbringen?«, fragte sie leise.

Clara hörte die Angst und Resignation in ihrer zitternden Stimme und spürte, wie sich ihr Magen zusammenzog. Ihre Befürchtung, dass die Dinge nicht so einfach waren, wie Dr. Selmany ihr hatte weismachen wollen, verstärkte sich und verursachte ihr ein tiefes Unbehagen. Spontan beugte sie sich vor und drückte einen Augenblick Ruth Imhofens Hände, die noch immer so stark ineinander verknotet waren, dass die Knöchel weiß hervortraten. Sie waren eiskalt.

»Ich weiß noch nicht viel über Ihre Geschichte, Frau Imhofen«, sagte Clara zögernd. »Aber ich werde es herausfinden. Sie können mir vertrauen.« Die Frau wandte sich ihr wieder zu, und Clara konnte die Verzweiflung in Ruth Imhofens Augen sehen. Sie sah einen Hilferuf, der keinen Ausdruck fand, der nicht nach außen dringen konnte, sondern im Inneren dieses versteinerten Körpers gefangen war wie in einem Käfig. Clara hatte geglaubt, die langsamen Bewegungen der Frau seien auf eine Krankheit zurückzuführen, Rheuma oder etwas

Vergleichbares, doch jetzt begann sie zu ahnen, dass es nicht nur ein körperliches Gebrechen war, das sie lähmte. Es war ihr Geist, der sie zwang, ihre Bewegungen auf ein Minimum zu beschränken. Sie hatte sich zurückgezogen in ihr Inneres, hatte ihren Körper fast vollkommen verlassen, lebte an einem weit entfernten Punkt irgendwo in ihrer Seele, wo nichts sie erreichen konnte. Ihre Bewegungslosigkeit war keine Krankheit, sie war ein Panzer. Wie der einer Schildkröte. Ihr Körper versuchte sie zu schützen, versuchte, etwas am Leben zu erhalten. Clara schluckte und zog unwillkürlich ihre Hand zurück. Was war mit dieser Frau geschehen? Was hatte man ihr angetan?

Clara verabschiedete sich mit einem zittrigen Lächeln von Ruth Imhofen, die kaum reagierte, und versprach ihr, in den nächsten Tagen wiederzukommen. Ihr Magen war wie zugeschnürt, als sie den langen klösterlichen Gang zurückging und nach Elmar Ausschau hielt. Sie fand ihn unten im Erdgeschoss, wo ein kleiner Aufenthaltsraum eingerichtet war mit Fernseher, Büchern und einem Kaffeeautomaten. Elmar saß mit einem kahlköpfigen Mann an einem der niedrigen Tische und spielte Backgammon. Clara blieb zögernd an der Tür stehen und sah den beiden zu. Sie waren vollkommen in ihr Spiel vertieft. Außer den beiden war noch eine Frau in dem Raum, die einen Plastikbecher mit Kaffee in beiden Händen hielt und reglos hineinstarrte, ohne zu trinken. Sie war hager mit knochigen Schultern, die eckig unter einem billigen blauen Strickpullover hervorstachen. Als sie Clara bemerkte, lächelte sie ihr unvermittelt zu und entblößte dabei eine ganze Reihe von Zahnlücken. Clara erwiderte das Lächeln und entschloss sich, auf Elmar zu warten. Sie konnte nicht nach Hause gehen, bevor sie mit jemandem über Ruth gesprochen hatte. Der Kaffee schmeckte, wie alle Getränke aus solchen Automaten schmecken: heiß, dünn und bitter. Sie nippte vorsichtig daran, jedoch nicht vorsichtig genug, verbrannte sich die Zunge und verzog schmerzhaft das Gesicht.

»Mieses Gesöff, nich wahr?« Die Frau mit den Zahnlücken musterte sie von oben bis unten und stellte dann fest: »Sie wohn' aber nich hier.«

Clara schüttelte den Kopf und setzte sich in einen der Sessel gegenüber der Frau. »Nein. Ich habe eine Mandantin besucht, ich bin Anwältin.«

Die Frau pfiff durch die wenigen ihr verbliebenen Zähne. »Ich wette, das is die Schnecke.«

»Luzie!« Der Tadel kam von Elmar, der stirnrunzelnd von seinem Spiel aufgeblickt hatte. »Wir hatten doch was ausgemacht, oder?«

Die Frau winkte ab. Ihre Arme waren so dünn wie die eines Kindes. »Is ja gut, hab ja nix gesagt.«

Clara warf ihr einen neugierigen Blick zu: »Meinten Sie Frau Imhofen?«, wollte sie wissen.

Die Frau nahm einen Schluck aus dem Kaffeebecher und wischte sich dann mit dem Handrücken über den Mund. »Sag ich doch«, murmelte sie achselzuckend und schielte zu Elmar hinüber. »War doch klar, dass bald einer von euch hier aufkreuzen wird, nix für ungut.« Sie beugte sich vor und richtete ihre Augen direkt auf Clara. Sie waren wässrig blau und blutunterlaufen. Clara konnte ihren Atem riechen. Er roch nach Kaffee und schlechten Zähnen. »Wird se jetz' eingesperrt oder kommt se wieder zurück in de Klapse?«

Clara stutzte: »Wieso eingesperrt...«, begann sie, doch sie wurde von Elmar unterbrochen, der sein Spiel mit dem Kahlköpfigen beendet hatte und zu ihnen herübergekommen war.

»Luzie«, sagte er ruhig. »Lass die Dame in Frieden, sie möchte nur in Ruhe ihren Kaffee trinken.«

Clara schüttelte den Kopf: »Nein, lassen Sie nur, das ist schon in Ordnung ...«

Doch Luzie stand widerspruchslos auf und entfernte sich, leise vor sich hin murmelnd.

Clara sah ihr resigniert nach. In diesem Fall schien sie dazu bestimmt zu sein, im Unklaren gelassen zu werden. Elmar holte sich auch einen Kaffee. »Sie möchten noch etwas besprechen? Der Chef ist leider noch nicht da, aber er muss jeden Moment kommen. Wir können uns ins Büro setzen«, schlug er vor und deutete auf eine Tür im Hintergrund.

Clara nickte dankbar und stand auf. »Gerne.«

Das Büro entpuppte sich als kleine gemütliche Höhle mit vollgestopften Regalen, Topfpflanzen auf dem Fensterbrett und einem Ikea-Sofa, auf dem Elmar Clara Platz zu nehmen bat. Er selbst setzte sich verkehrt herum auf einen der beiden Bürostühle vor dem Schreibtisch und stützte sich mit den Unterarmen auf die Lehne.

Claras Aufmerksamkeit richtete sich auf das Poster an der Wand hinter ihm: Es zeigte Frank Zappa nur mit einer roten Unterhose bekleidet, die E-Gitarre im Anschlag, seinen wilden Blick in die Ferne gerichtet. Daneben hing ein schlichtes Holzkreuz. »Ist das das Büro Ihres Chefs?«, wollte sie wissen.

Elmar nickte »Ja. Pater Romans Refugium.«

Clara schaute von dem Kruzifix zu Frank Zappa und zurück und meinte dann trocken: »Scheint ein interessanter Typ zu sein.«

Elmar lachte. »Der ist ziemlich o.k., ja.« Er drehte sich um und warf ebenfalls einen Blick auf das Poster. »Obwohl er nicht ganz meinen Musikgeschmack hat.«

Clara grinste: »Dafür sind Sie zu jung.«

»Sie aber auch«, gab Elmar galant, wenngleich nicht ganz glaubhaft zurück.

Claras Lächeln vertiefte sich, und der Knoten in ihrem Magen begann sich ein wenig zu lockern.

Elmar drehte sich leicht mit dem Stuhl hin und her und fragte dann zögernd: »Was möchten Sie denn wissen?«

»Alles«, war Clara versucht zu sagen, doch stattdessen fragte sie: »Kennen Sie Ruth Imhofen gut, wissen Sie über ihren Fall Bescheid?«

Elmar zuckte die Achseln. »Eigentlich nicht. Pater Roman kümmert sich um sie. Und sie ist ja noch nicht lange hier.«

»Wie lange bleiben Ihre Schützlinge denn gewöhnlich?«

»Maximal ein Jahr, das ist die Regel. Wir versuchen ihnen zu helfen, eine Arbeit zu finden, und wenn es geht, auch eine Wohnung, aber das dauert. Und rausgeworfen hat Pater Roman noch niemanden.«

»Wie werden sie betreut?«

»Nur so viel, wie notwendig ist. Die Menschen, die hierherkommen, sollen eigentlich lernen, wieder auf eigenen Füßen zu stehen.«

»Was heißt das im Fall meiner Mandantin?«, wollte Clara wissen.

Elmar warf ihr einen vorsichtigen Blick zu. »Tja, Ruth ist so ein Fall ...«, er zögerte. »Ich bin mir nicht sicher, ob sie nicht etwas anderes als das hier braucht.« Er machte eine ausholende Geste, die das gesamte Haus Maximilian samt Pater Roman und Frank Zappa umfasste, und ließ dann den Arm sinken.

Clara nickte. Diesen Eindruck hatte sie auch gehabt. »Was fehlt ihr denn eigentlich?«

Elmar hob erstaunt die Augenbrauen. »Aber ... das müssten *Sie* doch wissen! Ich habe keine Ahnung. Dr. Lerchenberg hat nicht viel darüber gesagt, nur dass sie vorübergehend Unterstützung braucht.« Er verstummte für einen Augenblick und knibbelte mit den Fingern an seinen schiefen Schneidezähnen herum. Dann fügte er erklärend hinzu: »Dr. Lerchenberg ist ein guter Freund vom Chef.«

»Er *war* ein guter Freund. Ralph Lerchenberg ist tot, wussten Sie das nicht?«, sagte Clara.

»Was?« Elmar sah sie entgeistert an. »Ralph ist tot?«

Clara nickte. Offenbar war sie nicht die Einzige, die nur unzureichend informiert war.

»Was ist passiert?« Elmar war aufgesprungen und zum Fenster gelaufen. Dort drehte er sich wieder zu Clara um. Seine Hände griffen nervös in seine Hemdtasche, in der sich die Konturen einer Zigarettenschachtel abzeichneten, dann ließ er die Hand wieder sinken, ohne hineinzugreifen. Trotz Frank Zappa herrschte offenbar Rauchverbot in Pater Romans Reich.

Clara schüttelte den Kopf. »Ich weiß es nicht genau. Er hat wohl einen Autounfall gehabt.« Sie stand auf und seufzte: »Eigentlich weiß ich überhaupt nichts. Ich hatte gehofft, Ihr Chef könnte mir weiterhelfen.«

»Weiterhelfen wobei?«, ertönte eine tiefe Stimme von hinten, und Clara fuhr überrascht herum. In der Tür stand ein Mann, dessen Aussehen vom Bild eines Geistlichen so weit entfernt war wie nur irgend möglich: Er war mindestens eins neunzig und breitschultrig wie ein etwas in die Jahre gekommener Schwergewichtsboxer und füllte den Türrahmen fast vollständig aus. Er trug keine Ordenstracht, sondern Jeans, ein Hemd und ein abgewetztes braunes Cordsakko. Das Bemerkenswerteste an seiner Erscheinung jedoch war sein vollkommen kahler Schädel, der ihm zusammen mit seiner imposanten Statur etwas Gefährliches verliehen hätte, wenn nicht ein durch und durch gutmütiges Lächeln auf seinem zerknautschten Gesicht gelegen hätte. So wirkte er nur auf eine sehr angenehme Art und Weise Respekt einflößend.

»Gottes Wege sind unergründlich«, murmelte Clara leise vor sich hin, während Elmar seinen Chef begrüßte und ihn ihr förmlich vorstellte. Sie schüttelten sich die Hand.

»Ich kann Ihnen also helfen?«, erkundigte sich Pater Roman noch einmal und setzte sich in den Stuhl unter dem Fenster.

Clara setzte sich ebenfalls wieder. »Es geht um Ruth Imhofen …«, begann sie, doch Elmar platzte dazwischen.

»Ralph Lerchenberg ist tot!«, rief er, und das Gesicht des Paters verzog sich zu einer schmerzhaften Grimasse. »Ich weiß, Elmar«, sagte er und senkte den Blick auf seine Hände. »Ich habe es heute Morgen erfahren.«

»Aber … wie kann das sein?« Elmar wurde immer aufgeregter, jetzt, da diese Nachricht bestätigt worden war. »Er war doch am Montag erst noch da und …« Ein kurzer Blick von Pater Roman veranlasste ihn, so abrupt den Mund zuzuklappen und zu verstummen, als hätte man den Strom abgestellt. Clara warf den beiden einen misstrauischen Blick zu. Wollten sie etwas vor ihr verbergen?

Pater Roman machte eine beschwichtigende Geste in Elmars Richtung und sagte ruhig: »Wir werden darüber noch sprechen. Bitte, lass mich jetzt zuerst mit Frau Niklas reden.«

Elmar öffnete den Mund, um etwas zu erwidern, doch dann überlegte er es sich anders. Mit einem knappen Nicken drehte er sich um und verließ den Raum.

Pater Roman wandte sich Clara zu: »Dr. Lerchenberg und ich kannten uns seit vielen Jahren. Ich war Seelsorger in der Klinik, in der er als Assistenzarzt angefangen hat.« Er seufzte. »Er war ein guter Arzt. Ein hervorragender Diagnostiker.«

Clara sagte vorsichtig: »Es gibt aus Ihrer Sicht also keine Zweifel an seiner Entscheidung, Ruth Imhofen aus der Klinik zu entlassen?«

Pater Roman hob den Kopf und sah sie an. »Aus Ihrer denn?« Es klang wachsam.

Clara hob die Arme und schüttelte energisch den Kopf. »Keine Ahnung. Hören Sie, ich weiß überhaupt noch nichts über diesen Fall, Dr. Lerchenberg konnte mir nichts mehr dazu sagen, und ich habe Frau Imhofen gerade eben zum ersten Mal gesehen.« Sie machte eine Pause, dann fügte sie hinzu: »Der Leiter dieser Klinik, Dr. Selmany meinte ...«

»Pah! Ein eitler, geldgieriger Scharlatan ist das!«, polterte Pater Roman wenig christlich los. »Unverantwortlich, Menschen in seine Obhut zu geben.«

»Tatsächlich!« Clara hob die Augenbrauen. »Schloss Hoheneck ist doch aber eine angesehene Klinik, oder nicht?«

»Angesehen? Ja, angesehen ist sie schon: Bei den Leuten, die ihre kranken Angehörigen auf elegante Weise entsorgt sehen wollen und das nötige Kleingeld dafür hinblättern können!«

Clara musterte ihn interessiert. »Aber wie kam es dann, dass Dr. Lerchenberg dort arbeitete, wenn er ein so guter Arzt war, wie Sie sagen?«

Pater Romans Boxergesicht verzog sich zu einem bitteren Lächeln. »Haben Sie eine Ahnung, wie schwer es ist, eine gutbezahlte Stelle in einer Klinik zu bekommen? Ralph hatte Familie, zwei Töchter, sie haben in der Nähe von Starnberg ein Haus gebaut ...« Er schüttelte nachdenklich den Kopf, und Trauer überschattete seine Augen. »Wie werden Britta und die Kinder das nur verkraften?«

»Glauben Sie, dass Dr. Lerchenberg Selbstmord begangen hat?«, fragte Clara ihn direkt.

Pater Roman antwortete nicht sofort. Er hob den Kopf und warf einen Blick auf das Poster an der Wand, als könnte er von Frank Zappa Hilfe erwarten. Vielleicht galt sein Blick aber auch dem Kruzifix daneben. Als er sich nach einer Weile stummer Zwiesprache mit wem auch immer wieder Clara zuwandte, war sein Gesicht sorgenvoll, und er schien sich seine Worte genau zurechtzulegen. »Nein. Das glaube ich nicht. Ralph Lerchenberg war der verantwortungsvollste Mensch, den ich kannte. Er hätte sich nie auf diese Weise aus dem Staub gemacht und seine Familie und seine Patienten im Stich gelassen.«

Clara zögerte, bevor sie ihm die nächste Frage stellte: »Dann halten Sie es auch nicht für möglich, dass er tablettenabhängig war? Oder getrunken hat? Dr. Selmany hat so etwas angedeutet …«

Pater Roman sah sie direkt an. An seinem Blick konnte man erkennen, was er von Selmanys Andeutungen hielt. Dann schüttelte er energisch den Kopf. »Niemals.«

Clara war verwirrt. Diese Antworten widersprachen so offensichtlich Selmanys Beschreibung von Dr. Lerchenberg, dass sie das Gefühl hatte, über zwei verschiedene Menschen zu sprechen »Aber er hatte offenbar Probleme mit seiner Arbeit …«, begann sie erneut und wurde von Pater Roman unterbrochen.

»Aber diese Probleme waren anderer Art. Ralph war Psychiater. Er hat seine Verantwortung gegenüber den Patienten sehr ernst genommen. Vielleicht zu ernst.« Pater Roman schüttelte erneut den Kopf. »Das ist wohl das Einzige, was man ihm vorwerfen kann. Egal, was dieser Pfuscher jetzt für Lügen über ihn verbreiten mag.«

Clara nickte frustriert. Es war offensichtlich, dass sie von Pater Roman kein schlechtes Wort über Ralph Lerchenberg hören würde. Sie sehnte sich nach einer Zigarette. »Können Sie mir irgendetwas über Ruth Imhofen sagen?«, fragte sie ohne große Hoffnung.

Pater Roman stand auf. »Ich glaube, ich würde jetzt gerne einen ordentlichen Kaffee trinken. Würde es Ihnen etwas ausmachen, wenn wir unser Gespräch in dem Café nebenan fortsetzten?«

Das Café war winzig, es beherbergte nur drei Tische, die aussahen, als habe sie der Besitzer vom Sperrmüll gerettet, sie waren bunt bemalt mit Blumen, Punkten und Streifen. Der Cappuccino kam in großen, unterschiedlichen Tassen und war stark und gut. Clara zündete sich eine Zigarette an und sah sich interessiert um: Es gab Regale an den Wänden, die die verschiedensten Dinge beherbergten: Marmelade in kleinen Gläsern, Fantasietiere aus Stoff mit Glöckchen und Bommeln daran, selbstgestrickte Strümpfe, Postkarten, Kekse in Cellophanpapier, Holzspielzeug.

Pater Roman war ihrem Blick gefolgt: »Ein ehemaliger Bewohner unseres Hauses hat das Café mit unserer Unterstützung eröffnet. Er hatte auch die Idee, hier Dinge zu verkaufen, die unsere Schützlinge selbst herstellen.«

Clara war aufgestanden, um sich die Sachen näher zu betrachten. Sie griff nach den Postkarten, die passend zur kommenden Weihnachtszeit mit Glitzersternen beklebt waren. »Hat Ruth auch etwas beigesteuert?«, fragte sie.

»Ruth? Nein. Es ist noch zu früh, sie muss sich erst einmal daran gewöhnen, nicht mehr in der Klinik zu sein.«

Clara suchte ein paar von den Socken in ihrer Größe heraus und nahm sie mit zurück an ihren Platz. »Wie lange war sie denn dort?«

Pater Roman sah sie an: »Sie wissen wirklich überhaupt nichts von dieser Sache, oder?«

Clara hob die Hände. »Ich sagte Ihnen doch schon …«

Der Pater winkte ab. »Das soll kein Vorwurf sein, bitte, verstehen Sie mich nicht falsch. Vielleicht ist es sogar besser, jemand geht ganz unvoreingenommen an diese Geschichte heran …«

Clara spürte, wie ihre Ungeduld zurückkam. Konnte denn wirklich niemand mit ihr Klartext reden?

Pater Roman strich sich über seinen kahlen Schädel und seufzte. »Ich kann Ihnen dazu nicht viel sagen. Ralph war sehr verschlossen, was seine Patienten anbelangte.« Er wich Claras zweifelndem Blick aus und starrte in die Tiefen der leeren Kaffeetasse. Nach einer langen Pause fuhr er fort: »Ruth Imhofen hat Ralph sehr beschäftigt. Es war ein ... nun, ein spezieller Fall. Es kann gut sein, dass er sich etwas zu sehr hineingesteigert hat. Das passiert manchmal in unserem Beruf, wissen Sie? Man kann eine Sache nicht wieder loslassen, sie verfolgt einen mehr, als es gut für einen ist.«

Clara lächelte bitter: »So etwas kenne ich.«

Der Pater nickte. »Sie wissen, wovon ich spreche. Der Fall Ruth Imhofen war nicht gut für ihn. Er ist da in Dinge eingetaucht, die er nicht mehr beherrschen konnte, die zu tief gingen ... Er konnte nicht aufhalten, was danach passiert ist. Dabei hat er nur das Beste gewollt.«

Clara betrachtete den großen, kräftigen Mann nachdenklich. Er wirkte wie der sprichwörtliche Fels in der Brandung, den nichts erschüttern konnte. Doch hatte Clara das Gefühl, mit dieser Beschreibung meinte er nicht nur Ralph Lerchenberg, sondern mehr noch sich selbst.

»Was ist passiert?«, fragte sie. »Was ist so besonders an Ruth Imhofen?«

Pater Roman faltete seine großen Hände und seufzte: »Ruth Imhofen ist seit ihrem dreiundzwanzigsten Lebensjahr in stationärer psychiatrischer Behandlung. Sie galt als nicht therapierbar.«

Clara verschluckte sich an ihrem Kaffee. »Seit ...«, sie rechnete schnell nach, »seit vierundzwanzig Jahren? Ist das möglich?«

Pater Roman nickte traurig. »So etwas ist möglich.«

»Und weshalb hat man sie jetzt doch entlassen? Ist sie geheilt? Was fehlte ihr denn überhaupt?« Clara war vollkommen verwirrt. Sie dachte an die verschreckte Frau, die sie heute Morgen gesprochen hatte, und versuchte sich vorzustellen, dass sie mehr als die Hälfte ihres Lebens in einer Klinik verbracht hatte. Es gelang ihr nicht.

»Wie Sie wissen, hat Ralph dafür gesorgt, dass Ruth entlassen wurde. Er hat ihre Geschichte untersucht und war der Meinung, sie sei psychisch vollkommen gesund.« Bitterkeit lag in den blauen Augen des Paters, als er fortfuhr: »Wenn man einmal von den Schäden absieht, die so ein langer Aufenthalt in der Psychiatrie mit sich bringt, ist Ruth Imhofen so normal wie Sie und ich.«

»Aber ...« Clara sah ihn ratlos an. In ihrem Kopf türmten sich Fragen über Fragen. Sie öffnete den Mund, doch in dem Moment zückte Pater Roman seinen Geldbeutel, um zu bezahlen.

»Sie nehmen die Socken, ja? Sie sind hübsch. Luzie hat sie gestrickt, eine unserer Dauergäste ...«

Clara nickte resigniert. »Ich habe Luzie schon kennengelernt.«

Als sie langsam zum Haus Maximilian zurückgingen, fiel Clara doch noch etwas ein, was sie Pater Roman unbedingt fragen musste. »Welche Rolle spiele denn eigentlich ich in der ganzen Sache? Wenn Dr. Lerchenberg der Meinung war, Frau Imhofen ist gesund, weshalb braucht sie dann eine Betreuung? Und warum erst jetzt und nicht schon, als sie entlassen wurde?«

Pater Roman blieb vor der Tür des Wohnheims stehen und maß sie mit einem langen Blick.

Clara fiel auf, dass er keine Wimpern hatte und auch keine Augenbrauen. Das ausdrucksstarke Gesicht mit dem gesunden Teint war vollkommen unbehaart, ebenso wie sein Kopf. Er schien erneut seine Worte genau abzuwägen. Lag es daran, dass er keinen Schatten auf das Verhalten seines Freundes fallen lassen wollte, wie Clara zunächst angenommen hatte, oder hatte seine Vorsicht womöglich einen ganz anderen Grund?

Schließlich entschied er sich dafür, ihre Frage zu beantworten: »Er wollte Ruth beschützen. Ihm war klar, was auf sie zukommen würde, wenn bekannt werden würde, dass sie kurz zuvor entlassen worden war.«

»Vor was denn, um Himmels willen?«, fragte Clara. Dr. Selmany hatte bereits ähnliche Andeutungen gemacht, ohne sie aufzuklären.

»Vor dem Mord an Johannes Imhofen, natürlich. Haben Sie davon denn nichts gelesen?«

Schlagartig fiel Clara ein, weshalb ihr der Name Imhofen so bekannt vorgekommen war. Am Montag hatte es in allen Zeitungen gestanden: Der Gründer und Vorstandsvorsitzender der Imac AG war in der Tiefgarage seines Hauses erschlagen aufgefunden worden. Johannes Imhofen. Langjähriger Stadtrat, einflussreicher Manager, ein »Wohltäter der Stadt München«, wie es in den Blättern geheißen hatte.

»Johannes Imhofen?«, wiederholte sie langsam und spürte den kleinen Knoten in ihrem Magen wieder, der sich bei ihrem Besuch bei Ruth schon bemerkbar gemacht hatte. »Ist das Ruths ...«

»Ihr Bruder«, antwortete Pater Roman, bevor Clara ihre Frage beendet hatte.

Clara starrte ihn an. »Sie glauben ...«

»Ich glaube gar nichts«, unterbrach sie der Pater unerwartet barsch. »Ralph Lerchenberg und auch ich waren lediglich der Meinung, es wäre von Vorteil, wenn Ruth nach dieser Sache jemanden an ihrer Seite hätte, der ihr beisteht. Sie ist noch lange nicht so weit, so etwas alleine durchzustehen. Und man weiß ja, wie solche Dinge in der Öffentlichkeit breitgetreten werden.« Sein gutmütiges Gesicht verzog sich zu einer bitteren Grimasse. »Sie können sich auf eine Hexenjagd gefasst machen.« Clara antwortete nicht. Wie bereits zuvor hatte sie das Gefühl, Pater Roman sprach aus eigener Erfahrung.

Doch dann lächelte er schon wieder und erstickte jedes weitere Gespräch, indem er ihr charmant seine Hand reichte, eine große, warme Hand, in der Claras Finger fast verschwanden: »Wenn Sie mich jetzt entschuldigen würden? Eine Menge unerquicklicher Papierkram wartet auf mich.« Clara verabschiedete sich nachdenklich. Als der Pater längst schon im Haus Maximilian verschwunden war, stand sie noch immer auf dem gleichen Fleck und sah ihm nach. Er wusste mehr, als er ihr gesagt hatte, dessen war sie sich jetzt sicher. Irgendetwas verbarg er vor ihr. Doch fürs Erste genügte ihr bereits das, was er ihr verraten hatte. Clara zündete sich eine Zigarette an und betrachtete den Rauch, der sich weiß in der kalten Luft ringelte. Ruth Imhofen, die als schwer krank und unberechenbar galt, wird nach vierundzwanzig Jahren aus der Psychiatrie entlassen. Gerade mal drei Wochen später wird ihr Bruder erschlagen, und ihr behandelnder Arzt fährt gegen einen Baum. Sie begann zu frösteln: Das konnte kein Zufall sein.

CADAQUÉS

Er war zurück in seine Kammer gegangen. Sein Kopf schmerzte, doch er war nicht betrunken. Schon lange fiel es ihm schwer, sich so zu betrinken, dass er vergessen konnte. Er wurde nur langsamer, müder, trauriger. Und heute war es nicht einmal das. Aber heute war es gut so. Er musste wach bleiben. Jetzt, wo er sich durchgerungen hatte anzufangen, wollte er alles lesen, jeden dieser Briefe, die er nie erhalten hatte, jedes Wort, jeden Gedanken. Er schaltete die kleine Lampe neben dem Bett an und setzte sich darunter auf den kalten Boden, um nicht einzuschlafen. Dann begann er wieder zu lesen:

Mein Geliebter,
ich habe mich getäuscht. Kannst du mir verzeihen? So viele Fehler, die wir begangen haben. Nein! Ich, ich habe sie begangen. Bitte vergib mir. Wie hatte ich nur so dumm sein können? Wir müssen etwas unternehmen, egal, was es mich kostet. Doch er wird versuchen, es mit aller Macht zu verhindern. Und er ist mächtig. Ich spüre es jeden Tag. Bitte, bitte unternimm etwas. Tu, was du für richtig hältst, nimm keine Rücksicht…

Der Mann saß noch immer unbeweglich auf dem kalten Boden vor dem Bett, und seine Hände zitterten so stark, dass er den Umschlag, der den nächsten Brief enthielt, nicht öffnen konnte. Kraftlos ließ er sie sinken. Er brauchte etwas zu trinken. Doch es gab nichts mehr. Die Bar von Miguel hatte längst geschlossen. Er wusste nicht, wie spät es war. Vielleicht kurz nach Mitternacht, vielleicht dämmerte aber auch schon bald der Morgen. Er hob den Kopf und richtete seinen Blick auf das Fenster gegenüber. Der Himmel über dem Meer war tiefschwarz, nicht einmal Sterne waren zu sehen. Er stand mühsam auf und streckte sich. Seine Kniegelenke knackten, und der Rücken war so steif, dass ihm fast schwarz vor den Augen wurde, als er sich aufrichtete. Fröstelnd schlurfte er zum Waschbecken in der Ecke neben der Tür und drehte den Wasserhahn auf. Er ließ Wasser in den Zahnputzbecher laufen und trank es mit großen Schlucken aus. Danach wurde ihm noch kälter. Seine Fingerspitzen waren taub, und er rieb sie aneinander, kratzte und biss auf ihnen herum, bis er einen vagen, dumpfen Schmerz fühlte, der ihm sagte, dass sie noch Teil von ihm waren. Dann warf er einen unschlüssigen Blick auf den Teekocher, den Rosa ihm vor ein paar Tagen zusammen mit ein paar Teebeuteln, Zucker und einer abgeschlagenen Tasse auf die kleine Kommode neben dem Fenster gestellt hatte. Wahrscheinlich hatte sie gehofft, ihn damit dazu zu bewegen, einmal etwas anderes als Rotwein zu trinken. Ihre Hoffnung war jedoch vergeblich gewesen. Er mochte keinen Tee.

Sie dagegen, sie hatte ihn gerne getrunken damals, chinesischen Tee aus feinen, fast durchsichtigen Porzellantassen, Erbstücke irgendeiner Tante aus dieser gottverdammten Familie. Einmal hatte sie eine dieser Tassen nach ihm geworfen, mit voller Wucht. Er hatte sich gerade noch ducken können. Die Tasse war gegen die Wand geprallt und zerschellt. Weinend hatte sie danach die Scherben aufgesammelt und ihn hinauswerfen wollen, als ob es seine Schuld gewesen wäre, dass die Tasse zu Bruch gegangen war. Er hatte sich aber nicht hinauswerfen lassen, jenes Mal nicht, war stehengeblieben wie ein Baum, während sie mit ihren Fäusten auf ihn einschlug. Es hatte nicht einmal wehgetan. Irgendwann hatte er ihre Hände einfach festgehalten, hatte sie festgehalten, diese magere, wilde Person, und ihr Schluchzen war weniger und weniger geworden.

Er griff nach dem Teekocher und füllte ihn. Während das Wasser zu kochen begann, trat er ans Fenster und sah hinaus. Nichts deutete darauf hin, dass der Morgen bald kommen würde. Dass es überhaupt noch einen Morgen gab. Die Nacht war tintenschwarz. Schritte näherten sich unterhalb, klapperten eilig über das Pflaster und verklangen. Irgendwo bellte ein Hund; drängend, aufgeregt, doch er erhielt keine Antwort. Das Wasser kochte, und er goss sich etwas davon in die Tasse, dann hängte er einen Teebeutel hinein. Mit dem fertigen Tee ging er zurück zu seinem Platz, wo die Briefe auf ihn warteten. Bevor er sich setzte, zog er sich die Decke vom Bett herunter und wickelte sich darin ein. Er nippte an dem Tee und fand ihn gar nicht so schlecht. Glühend heiß rann er seine Kehle hinunter und wärmte seinen Magen. Auch die Finger erwachten durch die Wärme der Tasse langsam aus der Erstarrung, er bewegte sie vorsichtig und verzog dabei das Gesicht vor Schmerzen. Er hätte sich besser um sie kümmern müssen. Als es noch nicht zu spät dafür war. Langsam zog er den Brief aus dem Umschlag, er war ein paar Monate später verfasst als der vorige, sie hatte in unregelmäßigen Abständen geschrieben, und jeder Brief, den er las, war schwerer zu ertragen. Er schloss gequält die Augen und vergaß seine entzündeten Gelenke, als er versuchte, sich gegen den Schmerz zu wappnen, den diese Zeilen erneut in ihm auslösen würden. Dann nahm er noch einen Schluck von dem Tee, der ihm unerwartet köstlich vorkam, und begann trotz aller Furcht zu lesen:

Mein Geliebter,
du kannst mich nicht hören, niemand kann mich hören. Ich schreie nicht mehr. Die Tage sind weiß. Einer nach dem anderen, weiß, weiß, weiß. Meine Montage waren immer stahl-

blau, die Dienstage ockergelb. Weißt du es noch? Aber wie war der Freitag? Ich kann mich nicht mehr erinnern. Sie nehmen mir meine Bilder und nennen es Ruhe. 25 Milligramm Promethazin, 35 Milligramm Levomepromazin. Und noch einmal. »Das tut Ihnen gut …« Kannst du dich noch an meinen Freitag erinnern? Welche Farbe hatte er? Du wirst es wissen, mein Geliebter, so wie du alles immer gewusst hast. Bitte, bitte, vergiss es nicht, damit ich dich fragen kann, wenn wir uns wiedersehen …

Er ließ den Brief fallen und griff nach der Tasse wie ein Verdurstender. »Er war grün«, flüsterte er. »Dein Freitag war grün.«

MÜNCHEN

Zurück in der Kanzlei, umfing Clara die wohlige Wärme eines Schwedenofens, den sie und Willi in diesem Herbst hatten einbauen lassen, nachdem sie zuvor jeden Winter in der klammen Kälte der hohen Räume und undichten Fenster gezittert hatten. Linda hatte zwar zunächst ein wenig skeptisch die Stirn gerunzelt, als sie das gusseiserne Ding zum ersten Mal gesehen hatte, und es als wenig passend für eine Rechtsanwaltskanzlei befunden, mittlerweile war sie jedoch restlos von seinem Nutzen überzeugt. Elise lag in ihrer ganzen Pracht davor, die langen Beine ausgestreckt, den Kopf hingebungsvoll an den Holzkorb geschmiegt, und schnarchte. Dann und wann bewegte sich ihr Schwanz zuckend. Sie träumte vom Frühling in den Isarauen, von Mäuselöchern und Hundefreunden, mit denen man herumtollen konnte. Clara hängte ihren Mantel auf und machte sich einen Kaffee in der winzigen Küche im hinteren Teil des ehemaligen Buchladens. Dann setzte sie sich zu Elise auf den Boden und kraulte mit einer Hand ihre warmen Ohren, während sie vom Kaffee nippte. Elise grunzte wohlig und bezog diese Wohltat in ihre Träume mit ein. Ihr Schwanz klopfte rhythmisch auf die Holzdielen. Clara betrachtete Linda, die am Fenster saß und eifrig tippte. Sie hatte ihre glänzenden Haare aufgesteckt, und keine ungehorsame Strähne störte den Anblick ihres schön geschwungenen Nackens. Kleine Edelsteine blitzten an ihren Ohren, und sie trug einen eng geschnittenen Pullover in einem warmen Rot, passend zu ihrer grauen Hose. Clara seufzte. Sie mochte Linda. Sie war tüchtig, klug und nett. Aber in ihrer Gegenwart fühlte sich Clara immer hoffnungslos zerzaust und zerknautscht, zumal die junge Frau noch dazu keineswegs so wirkte, als ob sie täglich Stunden vor dem Spiegel verbrachte, um dieses Aussehen zu erreichen. »Naturschön« nannte Clara dieses Phänomen, das Linda im Gegensatz zu ihr immer wie frisch geduscht aussehen ließ, während sie sich selbst eher als »naturzerknittert« bezeichnet hätte. Sie stand auf. »Linda«, begann sie nachdenklich, »haben wir eigentlich noch die Zeitung vom Montag?«

Linda hob den Kopf und nickte. »Natürlich. Ich bewahre sie jetzt immer auf, zum Anzünden.« Das morgendliche Einschüren des Ofens war zu Lindas edelster Pflicht erhoben worden. »Sie sind in der Kiste hinten.«

Clara nickte. »Danke.« Sie stieg vorsichtig über Elise und ging zurück in die Küche, um die Zeitung zu holen. Die Überschrift auf der Titelseite stach ihr sofort ins Auge, und sie schüttelte unwillig den Kopf. Wie hatte sie nur nicht daran denken können, zwischen den Namen eine Verbindung herzustellen? Johannes Imhofen, fünfundfünfzig Jahre alt, war vor zwei Tagen in seiner Tiefgarage erschlagen worden. Seine Frau hatte ihn gefunden mit zertrümmertem Schädel, wie die Zeitung berichtete, offenbar durch Schläge von großer Wucht mit einem stumpfen Gegenstand. Clara ließ die Zeitung sinken und starrte nachdenklich in die Luft. Sie versuchte, sich Ruth Imhofen vorzustellen, wie sie ihren Bruder erschlug. Hatte sie überhaupt die Kraft, so etwas zu tun? Die Zielstrebigkeit? Clara konnte es nicht glauben. Selten war sie bisher einem Menschen begegnet, der ihr hilfloser, verängstigter und vor allem passiver erschienen war als Ruth Imhofen. Noch dazu war sie klein und zart, bewegte sich wie in Zeitlupe. Clara schüttelte den Kopf. Das war alles Quatsch. Sie ging zu ihrem Schreibtisch und legte die Zeitung auf den Stapel Akten, der darauf wartete, bearbeitet zu werden. »Könnten Sie mir schnell etwas schreiben, Linda?«, fragte sie und kramte in ihrer Tasche nach dem Fax, das sie gestern von Ralph Lerchenberg erhalten hatte.

Die Sekretärin nahm ihren Kopfhörer ab. »Natürlich.«

Clara reichte ihr das Fax. »Bitte schreiben Sie in dieser Sache an das Vormundschaftsgericht und bitten um Akteneinsicht. Schreiben Sie, *aufgrund eines Todesfalles sind die Behandlungsakten derzeit nicht auffindbar* oder so ... machen Sie's jedenfalls dringend, o.k.?«

Linda nickte lächelnd und begann sofort zu tippen.

Clara wartete, bis das kurze Schreiben aus dem Drucker kam, und unterschrieb. »Willi ist bei Rita, nehme ich an?«

Linda nickte erneut und deutete auf die Uhr an der Wand. »Mittagessen.«

Clara folgte ihrem Blick. Es war fünf nach zwei. Im gleichen Moment begann ihr Magen vernehmlich zu knurren. Man konnte sich schließlich nicht ausschließlich von Kaffee ernähren. Clara vergaß dies mitunter, wurde jedoch von ihrem Magen immer wieder mehr oder weniger geduldig daran erinnert. Ritas duftende *Spaghetti all'amatriciana* erschienen vor ihrem geistigen Auge, und sie griff nach ihrem Mantel. Dann rief sie nach Elise, die sich nur schwer von ihrem warmen Plätzchen trennen konnte. »Bis später!« Sie winkte Linda zu und verließ die Kanzlei, um ihren Magen mit dampfenden Nudeln, fruchtiger Tomatensoße und köstlichen Speckwürfeln zu verwöhnen.

Willi saß am Fenster, einen leeren Teller vor sich und in eines seiner obskuren Bücher vertieft. Erst als Elise ihren großen Kopf auf die Tischplatte legte, schrak er hoch. Mit einem strengen Blick auf die Dogge, die ihn treuherzig ansah, klappte er sein Buch zu und verstaute es sorgfältig in seiner Tasche. Da Elise vor ein paar Monaten seinen Kommentar zur bayerischen Kleingartenverordnung aufgefressen hatte, betrachtete er ihre

Liebesbezeugungen immer ein wenig mit Argwohn. Doch Elises Vorliebe für Kleingedrucktes hatte auch einen Vorteil: Sie zwang Willi dazu, seine wertvollen Bücher außerhalb ihrer Reichweite zu verstauen, anstatt sie überall in der Kanzlei herumliegen zu lassen, ein Umstand, der für beträchtliches Aufatmen vor allem seitens der Putzfrau gesorgt hatte, die einmal die Woche kam und so nicht immer fluchend um die Bücherstapel herumwischen musste.

Clara gab Willi einen Kuss auf die Wange und ließ sich auf den Stuhl gegenüber plumpsen. »Ich habe Hunger wie ein Wolf«, stöhnte sie und begann mit zusammengekniffenen Augen die Tafel an der Wand zu studieren. »Gibt's heute Spaghetti?«, fragte sie schließlich, nachdem sie eine Weile vergeblich versucht hatte, die Schrift zu entziffern.

»Jawohl!«, bestätigte Willi und fügte hinzu: »Du könntest dir mal eine Brille anschaffen.«

Clara warf ihm einen erbosten Blick zu. »Was für ein Quatsch! Ich sehe ganz ausgezeichnet.«

Willi rückte seine eigene schwarze Hornbrille umständlich zurecht und meinte milde lächelnd: »Wenn du es sagst.«

Clara sparte sich einen Kommentar und bestellte stattdessen bei Rita Spaghetti, Mineralwasser und ein Croissant für Elise. Während sie aß, erzählte sie Willi von ihrer neuen Mandantin. »Kannst du das glauben?« Sie wickelte sorgfältig die Nudeln um ihre Gabel. »Ich wusste nicht, woher ich den Namen Imhofen kenne, und jetzt erfahre ich, dass er ermordet wurde!« Sie kaute nachdenklich. »Und ich muss mich um seine verrückte Schwester kümmern und habe keine Ahnung, was eigentlich genau passiert ist.« Sie tunkte den Rest Soße mit einem Stück Weißbrot auf und schob den Teller beiseite.

»Aber wenn sie verrückt ist«, sagte Willi und begann bedächtig, seine Pfeife zu stopfen, »dann sollte sie doch am besten wieder in die Klinik, oder?«

Clara sah ihm zu, wie er den Tabak im Pfeifenkopf festdrückte und dann ein Streichholz daran hielt. Eine Wolke Qualm stieg auf. Clara wedelte mit der Hand, und Elise zog sich unter den Tisch zurück.

»Bei dem Gestank wäre man fast versucht, Nichtraucher zu werden«, meinte Clara naserümpfend. »Aber bald bricht ja die rauchfreie Zeit an, da musst du deinen Stinker zu Hause lassen.«

Willi paffte vorsichtig, was einen weiteren Qualmausstoß zur Folge hatte, und meinte dann geheimnisvoll: »Abwarten, meine Liebe, abwarten, noch ist nicht aller Rauchertage Ende.«

Clara hob die Augenbrauen. »Ach? Und was gedenkst du, gegen ein Rauchverbot zu unternehmen?«

Willi lächelte nur und schüttelte den Kopf. »Was ist nun mit deiner neuen Mandantin?«, lenkte er das Gespräch wieder auf ihr eigentliches Thema zurück. »Ist sie nun krank oder nicht?«

»Das ist ja das Problem.« Clara sah nachdenklich aus dem Fenster. »Ich bin mir nicht sicher. Sie ist ein wenig merkwürdig, ganz klar. Und ich weiß ja noch nicht einmal, was ihr eigentlich fehlte. Vierundzwanzig Jahre in einer Klinik. Das ist doch unglaublich, oder?« Clara schüttelte den Kopf. »Sie sei ›unberechenbar‹, hat mir dieser Dr. Selmany gesagt. Was auch immer das heißt.«

»Und doch hat ein Gericht verfügt, dass sie entlassen wird?« Willi runzelte die Stirn. »Das ist schon reichlich seltsam.«

»Ich habe Akteneinsicht beim Vormundschaftsgericht beantragt«, meinte Clara seufzend. »Weiß der Himmel, wann ich die bekomme. Und Ruths Krankenakten sind offenbar verschwunden, sagt jedenfalls dieser Selmany, er denkt, Ralph Lerchenberg hat sie mitgenommen.«

»Kann doch sein, dass er sie dir bei eurem Treffen geben

wollte«, schlug Willi vor und klopfte seine Pfeife vorsichtig am Aschenbecherrand aus.

Clara betrachtete nachdenklich die verkohlten Tabakreste, von denen ein dünner Rauchfaden aufstieg. »Hm. Könnte sein. Trotzdem. Da stimmt etwas nicht. Ich verstehe, dass Lerchenberg wegen dem Mord an Imhofen aufgeregt war und dass er sich für Ruth verantwortlich fühlte, aber da war noch mehr. Er war so außer sich. Fast, als ob er Angst hätte.«

Willi sah sie zweifelnd an: »Vielleicht interpretierst du aber auch viel zu viel in die Sache hinein, nur weil dieser Arzt so plötzlich gestorben ist?« Er zündete seine Pfeife ein zweites Mal an.

Clara schüttelte energisch den Kopf. »Irgendetwas ist faul an der Geschichte, so viel ist mal sicher.«

Rita brachte ihnen zwei Tassen köstlich cremigen Espresso und einen kleinen Teller mit rosa und weiß überzogenen Mandeln. Ein kleines Marzipankärtchen lag dabei, auf dem in grünen, schnörkeligen Zuckerbuchstaben stand: *Sabrina & Fabio.*

»Oh, danke, Rita.« Clara nahm eine der Mandeln in den Mund und ließ die süße Glasur auf ihrer Zunge zergehen. »War es ein schönes Fest?«

Sabrina war Ritas Tochter, und sie hatte letzte Woche in Trient geheiratet. »*Perfetto*!« Rita strahlte. »Ein schönes Paar.« Sie zwinkerte glücklich, dann fügte sie noch hinzu. »Und wie es aussieht, werde ich bald *nonna.*« Clara stand auf und umarmte Rita. »*Auguri,* Rita, ich freue mich für euch!«

Rita löste sich aus Claras Umarmung und zwinkerte heftiger. »Eigentlich bin ich für eine Oma doch noch viel zu jung, oder?« Ihre dunklen Augen glänzten verdächtig.

»Es schadet nichts, eine schöne junge Oma zu sein«, mischte sich Willi ein und grinste zufrieden, als Rita vor Freude errötete.

»Wie wäre es mit einem Gläschen Prosecco?«

Es war schon fast vier, als Clara und Willi mit einem leicht schwebenden Gefühl im Kopf zurück in die Kanzlei kamen. Auf Claras Tisch lag ein dünner Ordner. Clara warf einen Blick darauf, dann schüttelte sie den Kopf. »Das ist vollkommen unmöglich!«

Linda, die unten an ihrem Schreibtisch saß, lächelte zufrieden.

»Wie haben Sie das nur gemacht?«, fragte Clara ungläubig. »Normalerweise dauert so etwas doch mindestens eine Woche.«

Linda hob ihre Finger von den Tasten und streckte sie von sich weg. »Ich habe den Antrag persönlich abgegeben und darauf bestanden, die Akte sofort zu erhalten.« Ihr Lächeln wurde breiter, als sie Claras bewundernde Miene bemerkte. »Es ist schließlich von großer Dringlichkeit nicht wahr? Und ich möchte nicht meinen Job verlieren, nur weil meine jähzornige Chefin die Unterlagen nicht sofort bekommt.« Sie riss ihre großen Augen auf und vermittelte gekonnt den Eindruck eines verschreckten Büromäuschens.

Clara lachte. »Kompliment!«

Die Akte war nicht sehr ergiebig, denn das ursprüngliche Verfahren von 1983 war darin zu Claras Enttäuschung nicht enthalten. Einzig eine Kopie des Gutachtens, auf dessen Grundlage Ruths damalige Einweisung in Burg Hoheneck erfolgt war. Weiter ein knappes Schreiben von Dr. Lerchenberg an das Vormundschaftsgericht, in dem er sich auf eine persönliche Unterredung mit der Richterin berief und die Entlassung Ruth Imhofens aus der Klinik befürwortete, sowie ein neues ärztliches Gutachten. Clara überflog rasch die Seiten, dann klappte sie den Ordner zu und meinte zu Willi: »Ich bin oben!«

Willi nickte.

Im Besprechungszimmer war es erheblich ruhiger als unten, und man blieb von Telefonanrufen verschont. Clara setzte sich an den leeren weißen Tisch und vertiefte sich in die wenigen Seiten der Akte. Als Erstes las sie das Gutachten von 1983, das eine Ärztin als gerichtliche Sachverständige erstellt hatte. Sie notierte sich das Aktenzeichen des alten Verfahrens und versuchte, die mit medizinischen Fachbegriffen gespickte Beurteilung zu verstehen, die dazu geführt hatte, dass Ruth Imhofen vierundzwanzig Jahre ihres Lebens in Schloss Hoheneck verbringen musste. Sie las von der »krankhaft veränderten Persönlichkeitsstruktur« Ruth Imhofens, den deutlichen Anzeichen »schizoaffektiver Störungen«, die die Fähigkeit zur angemessenen Prüfung der Realität einschränken und das Auftreten psychotischer Schübe begünstigen.

Sie las von dem exzessiven Drogen- und Alkoholmissbrauch der jungen Frau, die sich »in dem Wahn befände, eine Künstlerin zu sein«. Zum Beweis der Wahnvorstellungen wurde angeführt, dass die Patientin meine, überall Farben zu sehen, was zu sinnlosen und wirren Aussagen führe, wie beispielsweise gegenüber der Gutachterin: »Ich mag Sie nicht, Ihr Name hat keine Farbe« oder »Der Tag ist gut, er ist gelb«.

Abschließend sprach die Ärztin Ruth Imhofen jegliche Fähigkeit zum eigenverantwortlichen Handeln ab. Sie kam zu der Diagnose einer »hebephrenen Schizophrenie mit Minussymptomatik« im fortgeschrittenen Stadium. Als Therapiemöglichkeit empfahl sie einen längerfristigen Aufenthalt in einer geschlossenen psychiatrischen Anstalt und schloss mit dem Hinweis, dass Ruth Imhofen im derzeitigen Zustand eine erhebliche Gefährdung sowohl für sich selbst als auch für die Allgemeinheit darstellte.

Clara schüttelte verwirrt den Kopf, als sie zu Ende gelesen hatte. Sie konnte mit den Aussagen in dem Text wenig anfangen, und die Beispiele, die die Ärztin für das krankhafte Verhalten Ruth Imhofens angeführt hatte, kamen ihr nicht sehr verrückt vor, zumindest nicht in dem Maße, dass es die Schlussfolgerung gerechtfertigt hätte, die die Gutachterin getroffen hatte. Clara würde sich mit diesen Dingen noch ein wenig eingehender beschäftigen müssen. Fürs Erste jedoch hatte sie etwas ganz anderes stutzig gemacht, etwas, auf das sie bisher noch niemand hingewiesen hatte: Das psychiatrische Gutachten war nicht einfach nur die Beurteilung einer Patientin im Rahmen eines Betreuungsverfahrens gewesen, wie Clara angenommen hatte, sondern Bestandteil eines Strafverfahrens. Es hatte zur Beurteilung der Schuldfähigkeit von Ruth Imhofen gedient. Clara hob den Kopf und starrte nachdenklich in die Luft. Dieser Umstand warf ein völlig neues Licht auf die ganze Sache: Ruth Imhofen war vor vierundzwanzig Jahren offenbar einer Straftat verdächtig gewesen. Doch was hatte sie getan?

Clara klappte die Akte zu, lief die steile Treppe nach unten und bat Linda, gleich morgen früh zum Landgericht zu gehen und ihr die Strafakte Ruth Imhofen zu holen. Anschließend rief sie ihre Mutter an und fragte, ob es ihr recht sei, wenn sie heute Abend auf einen Sprung zu ihnen käme. Wenn ihr jemand im Dickicht medizinischer Fachausdrücke weiterhelfen konnte, ohne einen Begriff durch einen neuen, ebenso unverständlichen zu ersetzen, dann sie. Dafür nahm Clara auch in Kauf, dass ihre perfekte Schwester Gesine überraschenderweise schon heute eingetroffen war, wie ihre Mutter ihr fröhlich mitteilte.

»Was für ein schöner Zufall, nicht wahr? Euer Vater ist auf einer Versammlung der Rotarier, da können wir uns einen gemütlichen Abend zu dritt machen.«

Clara legte mit gemischten Gefühlen auf und packte die Akte Imhofen in ihre Tasche. Dann verabschiedete sie sich von Willi und Linda und machte sich mit Elise zu Fuß auf den Weg zur Hackerbrücke. Damit schlug sie zwei Fliegen mit einer Klappe. Elise kam zu einem langen Spaziergang, und sie selbst vermied die unterirdischen Stationen und musste sich so nicht mit einem Problem auseinandersetzen, das ihr immer wieder zu schaffen machte: ihre Platzangst. Seit vielen Jahren litt sie darunter, und trotz hartnäckiger Bemühungen war es ihr bisher nicht gelungen, sie zu überwinden. Im Gegenteil. Vor ein paar Monaten war es im Zusammenhang mit einem nervenaufreibenden Fall zu einer sehr unangenehmen Situation in der U-Bahn gekommen, und seitdem waren ihre Ängste wieder schlimmer geworden. An manchen Tagen genügte es bereits, nur an die steile, menschenüberfüllte Rolltreppe zu denken, die vom Marienplatz hinunter zum Bahnsteig führte, um ihre Handflächen schweißnass werden zu lassen. Nach der soeben beendeten Lektüre und in Erwartung des noch bevorstehenden Gesprächs mit ihrer Mutter verspürte sie wenig Lust, sich mit ihren eigenen »seelischen Störungen« auseinanderzusetzen. Lieber stellte sie den Mantelkragen auf und stopfte sich ihre widerspenstigen Locken unter die Schirmmütze, um sie nicht noch krauser werden zu lassen, als sie ohnehin schon waren. Krauses Haar, krause Gedanken, hatte ihr Vater immer gespöttelt und sie damit regelmäßig auf die Palme gebracht.

Clara beobachtete ihre Mutter gespannt. Thea Niklas hatte ihre halbmondförmige Lesebrille aufgesetzt und las Ruth Imhofens Gutachten aufmerksam. Ab und zu schüttelte sie leicht den Kopf. Sie saßen im Wintergarten der alten Villa, die Claras Großmutter gehört hatte.

Als das Haus nach deren Tod leer stand, hatten sich Claras Eltern entschieden, aufs Land zu ziehen. Thea Niklas hatte ihre Stelle in einer Münchner Klinik aufgegeben und sich als Ärztin und Psychotherapeutin in Starnberg niedergelassen. Das war in dem Jahr vor Claras Abitur gewesen, das sie schmollend in einem Internat im Schwarzwald zugebracht hatte, in das ihre Eltern sie wegen ihrer hundsmiserablen Leistungen kurzerhand gesteckt hatten. Ihre beiden Geschwister, sechs und acht Jahre älter als Clara, waren damals schon längst »aus dem Gröbsten« heraus gewesen, Gesine studierte in Hamburg Innenarchitektur, und Gregor, der Altphilologe, war bereits dabei, an seiner Universitätskarriere zu basteln und eine Familie zu gründen. Clara hatte das Abitur am Ende jenes Jahres tatsächlich geschafft, sehr zur Erleichterung ihrer Eltern, die sich zu der Entscheidung beglückwünschen durften, sie an einen Ort geschickt zu haben, an dem man nur die Wahl hatte, zu lernen oder an Langeweile zu sterben.

Clara liebte das alte Haus. In ihrer Kindheit und auch noch in Teenagerjahren hatte sie viel Zeit bei ihrer Großmutter verbracht. Ihre Eltern hatten bei ihrem Einzug nur wenig verändert, im Grunde hatten sie sich darauf beschränkt, alles Überflüssige, nachträglich Ein- oder Angebaute zu entfernen, und damit dem Haus zu einer neuen, schlichten Würde verholfen. Vom Wintergarten, in dem sie saßen, konnte man auf den See blicken, der jetzt schon fast im Dunkel des Herbstabends verschwunden war. Der Garten war wintertauglich: Die Gartenmöbel waren weggeräumt, die Rosenstöcke gestutzt und die empfindlichen Hortensien und Rhododendren vorsorglich zum Schutz vor den ersten Bodenfrösten, die hier früh kamen, in Jutesäcke gehüllt, sodass sie im Zwielicht wie kleine stumme Wächter aussahen, die die leeren Beete bewachten. Ihre Mutter hatte eine Duftkerze angezündet, und der Raum war erfüllt von einem würzigen, krautigen Geruch, der schwach an Wald und Holz erinnerte. Clara nahm einen Schluck von dem Rotwein, der auf dem Tisch stand, und zündete sich eine Zigarette an. Elise schlief unter einer ausladenden Palme, den Magen vollgefüllt mit Leckereien aus der örtlichen Metzgerei. Sie waren allein. Claras Vater war zu seinem Treffen gegangen, nachdem er seine Tochter mit einem knappen Kopfnicken begrüßt hatte, und ihre Schwester Gesine verbrachte den Abend bei einer alten Schulfreundin, die sie seit Jahren nicht mehr gesehen hatte. Clara war froh, allein mit ihrer Mutter über den Fall sprechen zu können. Auf die klugen Kommentare ihrer Schwester konnte sie gut verzichten.

Endlich sah ihre Mutter auf. Sie klappte ihre Brille zusammen und nahm ebenfalls einen Schluck Wein. »Wie lange war diese Frau auf Schloss Hoheneck, sagst du?«, fragte sie schließlich.

»Vierundzwanzig Jahre«, antwortete Clara und erschrak wie jedes Mal wieder aufs Neue über diese unermessliche Anzahl an Jahren. Fast ein halbes Leben.

»Und dann entlässt man sie so mir nichts, dir nichts in eine Welt hinaus, die sie überhaupt nicht mehr kennt?« Der Ton ihrer Mutter war skeptisch, und Clara meinte sofort, einen Vorwurf darin zu hören.

»Ich weiß bisher auch nur, was in der Akte steht!«, gab sie schärfer zurück als beabsichtigt und biss sich auf die Lippen. Warum meinte sie immer, sich rechtfertigen zu müssen?

Doch dann fuhr ihre Mutter fort: »Das ist mal wieder typisch für unsere dümmliche Justiz. Keine Ahnung, nicht den geringsten Bezug zu dem Thema, mit dem sie sich beschäftigen. Was für eine Ignoranz.«

»Diese Ignoranz, wie du sagst, hat nicht die Justiz, sondern ein Arzt zu verantworten, wenn ich dich erinnern darf. Dr. Lerchenberg war der Meinung, sie solle entlassen werden«, gab Clara wütend zurück. »Und vielleicht wärst du jetzt so großzügig, dein Wissen mit einer dümmlichen Juristin zu teilen und mir zu sagen, was diese Diagnose bedeutet?« Sie begann es bereits zutiefst zu bereuen, dass sie ihre Mutter aufgesucht hatte. Es konnte nur in Streit ausarten.

Thea Niklas lächelte nachsichtig. »Sei nicht albern, Clara. Dich habe ich doch nicht gemeint. Warum bist du nur immer so empfindlich?«

Clara schluckte eine Erwiderung hinunter und goss sich

stattdessen von dem Wein nach. Er war stark und sicher teuer. Ihre Eltern tranken nur teure Weine. Betont kühl fragte sie: »Also, was fehlte ihr nun deiner Meinung nach?«

Ihre Mutter setzte ihr Fachgesicht auf, wie Clara es insgeheim nannte, und wiegte den Kopf hin und her. »Ich kann natürlich nicht sagen, ob diese Diagnose zutrifft, nach so langer Zeit und ohne die Patientin zu kennen ...«

»Ja, ja, schon klar«, nickte Clara ungeduldig.

»Also, diese Gutachterin ist zu dem Ergebnis gekommen, dass deine Patientin unter einer Art von Schizophrenie leidet, deren Bezeichnung heute nicht mehr so gebräuchlich ist. Meistens bricht sie in der Pubertät aus, und sie weist als Besonderheit gerade nicht die typischen Symptome auf, die normalerweise die Diagnose von Schizophrenie rechtfertigen. Also zum Beispiel Wahnvorstellungen, Halluzinationen.«

Clara runzelte die Stirn: »Aber wenn sie das alles *nicht* hatte, was hatte sie dann? Was *genau* fehlte ihr?«

Ihre Mutter zuckte die Achseln. »Das geht hieraus nicht eindeutig hervor. Dazu müsste man die Notizen der Gutachterin sehen, ihre Beobachtungen, Gesprächsprotokolle ...«

»Aber dieses Gutachten war die Grundlage einer Entscheidung des Gerichts, die diese Frau für Jahrzehnte wegsperren ließ!«, rief Clara aufgebracht. »Das ist doch nicht möglich!«

Ihre Mutter nickte ungerührt: »Ich sagte schon: Die Justiz ist mitunter dümmlich und ignorant.«

Clara hob die Hände zur Kapitulation. »Gewonnen. Du meinst also, die Diagnose ist falsch?«

Ihre Mutter schüttelte den Kopf. »Nein, das kann ich nicht sagen. Es gibt diese Krankheit, die man Hebephrenie nennt, durchaus, obwohl man mit der Diagnose mittlerweile sehr viel zurückhaltender ist als damals. Früher nannte man diese Krankheit auch *jugendliches Irresein*.« Sie lächelte ironisch: »Darunter lassen sich eine Menge Verhaltensweisen junger

Menschen zusammenfassen, wie du dir vielleicht vorstellen kannst. Ich denke da nur an dich, so im Alter von sechzehn, siebzehn ...« Das Lächeln ihrer Mutter verstärkte sich.

Clara verzog das Gesicht. »Na, da habe ich ja noch mal Glück gehabt, dass ich nur ins Internat gekommen bin.«

Ihre Mutter wurde ernst. »Ich bin überzeugt, dass man in manchen Fällen durchaus von Glück oder Pech sprechen kann.«

Clara starrte sie an: »Du meinst, es könnte möglich sein, dass damals jemand in die Psychiatrie eingewiesen wurde, dem womöglich gar nichts fehlte?« Sie schauderte bei der Vorstellung.

Ihre Mutter sah sie an. »Nicht nur damals, würde ich sagen.«

»So etwas ist möglich?« Clara schüttelte den Kopf. »Ich kann das gar nicht glauben.«

Ihre Mutter seufzte. »Du kennst doch die Gesetze, die für die Einweisung in eine Klinik gelten. Und dann ist da jemand, dessen Verhalten nicht der Norm entspricht, dazu kommen Drogen, Alkohol, und wenn dann noch eine Straftat im Spiel ist ...« Sie hob die Schultern. »Die Gesellschaft will sich sicher fühlen. Heute mehr denn je. Sicherheit um jeden Preis. Die Leute sehen nur die Tat und die mögliche Gefahr, nicht den Menschen, der dahintersteht. Wen interessiert schon, wie die Geschichte weitergeht? Und welcher Arzt übernimmt die Verantwortung dafür, wenn etwas schiefläuft?« Sie nahm eine Zigarette aus Claras Schachtel und zündete sie sich mit einer heftigen Handbewegung an.

»Du rauchst?«, fragte Clara ihre Mutter verwundert. So kannte sie ihre disziplinierte Mutter gar nicht. Sie erntete einen kurzen, spöttischen Blick.

»Natürlich rauche ich nicht. Rauchen ist ungesund und nicht sozialverträglich.« Sie nahm einen tiefen Zug, hustete und gab die Zigarette an Clara weiter. »Manchmal wünschte ich mir, ein bisschen weniger sozialverträglich zu sein.«

Clara staunte. Das klang höchst ungewöhnlich aus dem Mund von Thea Niklas. Sie war immer der Meinung gewesen, ihre Mutter missbillige ihre eigene, wenig sozialverträgliche Lebensweise, ihre Weigerung, Karriere zu machen, ihre impulsiven Sprünge in der Vergangenheit, die Tendenz, sich erst einmal zu widersetzen, und ihre »ungeordneten Verhältnisse«, wie es ihr Vater einmal genannt hatte. Sie wollte etwas darauf erwidern, ließ es dann aber sein und sagte stattdessen nachdenklich: »So gesehen war die Entscheidung von Dr. Lerchenberg, seine Patientin zu entlassen, ziemlich ungewöhnlich oder sogar mutig, nicht?«

Ihre Mutter nickte. »Könnte man so sagen. Es kommt natürlich auch darauf an, was diese Frau damals angestellt hat.«

Clara entschied sich in dieser Sekunde. Sie hatte ihrer Mutter den Namen ihrer Mandantin noch nicht gesagt, sie hatte ihr überhaupt keine Einzelheiten über den Fall erzählt, sondern sie nur gebeten, das Gutachten zu lesen. Zum einen wollte sie ihre Schweigepflicht nicht unnötig verletzen, zum anderen hoffte sie um eine möglichst unabhängige Meinung zu dem Gutachten. Doch vielleicht konnte ihre Mutter ihr noch mehr helfen.

»Sagt dir der Name Imhofen etwas?«, begann sie zögernd.

Ihre Mutter sah sie erstaunt an. »Imhofen? Aber natürlich. Sag bloß, das ist der Name dieser Frau?«

Clara nickte hoffnungsvoll. »Ja. Ruth Imhofen. Sie ist die Schwester von ...«

»Ich weiß, wer sie ist!«, unterbrach ihre Mutter sie. Ihr Gesicht nahm einen besorgten, fast angstvollen Ausdruck an. »Ruth Imhofen! Du meine Güte! Hast du eine Ahnung, worauf du dich da eingelassen hast?«

»Nein!« Clara schüttelte den Kopf. »Was ist mit ihr?« Ihr

war mit einem Mal unbehaglich zumute. »Was ist damals passiert?«

Ihre Mutter antwortete nicht. Sie wandte stattdessen ihren Blick zum Fenster hinaus in den dunklen Garten. »Ralph Lerchenberg war nicht mutig, er war …«, begann sie, in Gedanken versunken, dann unterbrach sie sich und schloss für einen Moment die Augen. Als sie Clara wieder ansah, bemerkte diese die tiefe Sorge in ihrem Blick und spürte, wie ihr kalt wurde.

Ihre Mutter sagte leise: »Sie werden dich kreuzigen, Clara.«

Auf dem Weg zurück nach München versuchte Clara vergeblich, nicht darüber nachzudenken, was sie von ihrer Mutter erfahren hatte. Sie und Elise saßen ganz allein in einem Abteil. Clara lehnte ihren Kopf an die dunkle, kalte Scheibe und zog die Beine zu sich heran. Sie war wütend. Egal, was ihr sonst noch durch den Kopf ging, in erster Linie war sie wütend: auf Dr. Lerchenberg und all die anderen, mit denen sie bisher gesprochen hatte. Alle wussten sie, worum es ging, und keiner hatte es für nötig befunden, sie aufzuklären. Oder waren sie davon ausgegangen, Clara wäre über die Zusammenhänge im Bilde? So wie anscheinend jeder, jeder außer Clara? Sie schüttelte den Kopf. Ralph Lerchenberg hatte ganz offensichtlich darauf gehofft, sie würde die Verbindung ihrer neuen Mandantin zu diesem alten Fall nicht sofort herstellen. Jedenfalls nicht bevor ihr die Betreuung übertragen worden war. Deshalb hatte er sie erst informiert, als der Termin beim Vormundschaftsgericht schon feststand, und deshalb wollte er sie erst nach dem Termin treffen und über die Einzelheiten aufklären. Er hatte Angst, sie würde sonst ablehnen. Was sie auch getan hätte. Clara ballte ihre Hände zu Fäusten, sie waren eiskalt. Ihre Fingernägel gruben sich in die weichen Handflächen, und der Schmerz tat ihr gut. Am liebsten hätte sie gegen die Scheibe geschlagen, irgendetwas zertrümmert. Ralph Lerchenberg hatte sie benutzt. Er hatte auf ihre Hilfsbereitschaft gebaut, hatte sich mit dem Hinweis auf die Bekanntschaft mit ihrer Mutter ihr Vertrauen erschlichen. Wer weiß, was für ein Märchen er ihr erzählt hätte, wenn sie sich getroffen hätten. Clara ließ ihre Hände sinken. Womöglich hatte er gar nicht ernstlich vorgehabt, sich mit ihr zu treffen. Was hatte Pater Roman gesagt? Ralph wollte Ruth schützen. Clara nickte langsam. Natürlich. Damit bekäme das Ganze einen gewissen Sinn.

Während der Zug einen leeren Bahnhof nach dem anderen passierte und sich langsam der Stadt näherte, drängte sich Ruths Gestalt in Claras Gedanken. Ihre langsamen Bewegungen, der angsterfüllte Blick. »Eine schillernde Figur«, hatte ihre Mutter sie genannt. Damals, Anfang der Achtziger. Eine junge Künstlerin, schön, extrovertiert, unangepasst. Sie verstand es, immer wieder die Aufmerksamkeit auf sich zu lenken und passte dabei in keine der Schubladen, die man damals so parat hatte. Aber wahrscheinlich wäre die Öffentlichkeit gar nicht so auf sie aufmerksam geworden, wenn sie nicht die Schwester von Johannes Imhofen gewesen wäre. Die beiden stammten aus einer angesehenen, vermögenden Familie, ihr Großvater hatte vor dem Krieg die »Imhofen-Werke« gegründet, die jedoch in den Fünfzigern schließen mussten. 1974 waren die Eltern der beiden bei einem Autounfall ums Leben gekommen, und der acht Jahre ältere Bruder Johannes sah sich plötzlich für seine vierzehnjährige Schwester verantwortlich. Es gelang ihm recht und schlecht, seine eigenen Pläne mit dieser neuen Aufgabe unter einen Hut zu bringen, bis Ruth volljährig war. Johannes Imhofen hatte immer eine Karriere als Politiker im Sinn gehabt, er war zielstrebig, klug und sehr ehrgeizig. Alles schien ganz prächtig für ihn zu laufen, wenn man von einigen ärgerlichen Eskapaden seiner Schwester absah. Er wurde in den Stadtrat gewählt, hatte einflussreiche Freunde bis hinauf in die höchsten Ebenen der Landespolitik, und die Zukunft erschien ihm rosig.

»Doch dann ist diese schlimme Sache passiert, und alles schien vorbei.«

Claras Mutter hatte geseufzt, und in dem Bemühen, eine genaue Erinnerung heraufzubeschwören, eine Weile schweigend aus dem Fenster gesehen. »Es war Anfang der Achtziger, soweit ich mich erinnere. Ruth war Teil einer Gruppe aus Künstlern, Studenten und Intellektuellen, die immer wieder für Schlagzeilen sorgte. Mal wegen Drogen, mal wegen Demonstrationen, Widerstand gegen die Staatsgewalt, Sachbeschädigungen, Beleidigungen, all so etwas.«

Die Münchner Presse hatte sich auf diese Szene eingeschossen, sie bildete sozusagen den Gegenpol zum konservativen politischen Umfeld um Johannes Imhofen, der 1980 mit zu den stärksten und lautesten Befürworten der Kanzlerkandidatur von Franz-Josef Strauß gehört hatte und jetzt kurz davor stand, den Sprung vom Stadtrat in die Landespolitik zu schaffen. Aber es sollte anders kommen: Eines Morgens wurde Ruth Imhofen festgenommen. Sie hatte ihren Liebhaber getötet.

Damit hatte Claras Mutter ihre Schilderung beendet und Clara einen sorgenvollen Blick zugeworfen: » Und jetzt, vierundzwanzig Jahre später wurde Johannes Imhofen ebenso erschlagen wie damals Ruths Freund. Du kannst dir ja vorstellen, was man daraus für Schlüsse ziehen wird.«

Clara hatte genickt. Stumm und fassungslos. Blitzartig ging ihr auf, was es für sie selbst bedeutete. »Sie werden dich kreuzigen!«, hatte ihre Mutter gesagt, und Clara konnte es sich nur allzu lebhaft vorstellen. Würde es etwas nützen, zu betonen, dass sie erst nach dem Tod Imhofens mit der Betreuung beauftragt worden war? Wahrscheinlich nicht. Würde ihr irgendjemand glauben, dass sie keine Verbindung zwischen damals und heute hergestellt, von dem alten Fall gar nichts gewusst hatte, weil sie damals, als die Sache durch die Presse ging, gerade mal achtzehn gewesen war und tief gekränkt in einem gottverlassenen Nest im Schwarzwald gesessen hatte? Wohl kaum. Es würde niemanden interessieren. Am wenigsten die Presse. Und Ralph Lerchenberg, der eigentlich Verantwortliche, war tot. Er hat sich davongestohlen, dachte Clara und spürte ihre ohnmächtige Wut auf diesen Arzt, den sie nicht einmal kennengelernt hatte und dem sie trotzdem den Schlamassel verdankte, in dem sie bald stecken würde. Sie schüttelte unwillig den Kopf, als der Zug endlich in den Bahnhof Hackerbrücke einfuhr, und stand auf. Das stimmt nicht ganz, korrigierte sie sich resigniert. Ich stecke längst schon bis zum Hals mittendrin.

CADAQUÉS

Er schaffte es nicht mehr weiterzulesen. Zitternd stand er auf und schlurfte erneut zum Fenster. Noch immer war es Nacht. Doch nachdem er eine Weile blicklos hinausgestarrt hatte, meinte er, im Osten einen helleren Streifen zu erkennen. Langsam, kaum sichtbar, begann sich das Meer wieder vom Himmel zu trennen, entstanden Raum und Horizont anstelle des schwarzen Loches, das diese Nacht gewesen war. Doch die Tatsache, dass ein neuer Morgen heraufzog, brachte ihm nicht die Erleichterung, die er sich erhofft hatte. Die Zeit verging, und die Frau wartete auf ihn. Würde sie seine Entscheidung akzeptieren, wenn sie nicht so ausfiel, wie sie es sich offenbar erhoffte? Und was hinderte ihn daran, seine Sachen zu packen und zu verschwinden? Er könnte einfach weiter in den Süden gehen, nach Sevilla, Granada. Oder hinauf nach Bilbao. Er murmelte die Namen der Städte langsam vor sich hin. Sie klangen verlockend, schmeckten vage nach Freiheit. Man würde ihn nicht noch einmal finden. Er drehte sich vom Fenster weg. Sein Blick fiel auf das Bündel Briefe auf dem Boden, und er schüttelte den Kopf. Er konnte nicht weglaufen. Nicht, ehe er sie alle gelesen hatte. Er packte das Bündel, schob es wieder in den braunen Umschlag zurück und steckte es sich unter sein schmuddeliges Hemd. Dann ging er hinunter, lief durch das noch schlafende Dorf, die enge Gasse hinunter zum Hafen und weiter am Pier entlang bis zum Strand. Dort blieb er stehen, schwer atmend wie nach einem Marathonlauf, und starrte in den leeren Himmel. Langsam ging er in die Knie.

Irgendwann, als es längst hell geworden war und er wieder zu sich kam, im kalten Sand liegend, zitternd und steifgefroren vor Kälte, zog er das Bündel Briefe erneut aus seinem Hemd und suchte nach dem nächsten Brief. In dem Umschlag steckte ein einzelnes dünnes Blatt, mit fahrigen, schnellen Buchstaben bedeckt, die wie aufgestreut aussahen, wackelig, ungleichmäßig schwankend, ohne erkennbare Zeilen.

Mein Geliebter,
sie ist da! Ich dachte, ich würde ihr nie wieder begegnen. Schon wieder etwas, worin ich mich getäuscht habe. Aber ich darf mich täuschen, denn ich bin krank. Niemand muss mir glauben, niemand muss meine Bitten erhören. Ich spreche im Wahn, man muss mich vor mir selbst schützen. Als ob ein gefährliches Tier in mir wohnte, ein Raubtier, das mich an der Kehle packt, wenn ich nicht aufpasse. Ich war im Flur, heute Nachmittag, als sie plötzlich vor mir stand. Ich konnte nichts tun, habe sie nur angesehen, und meine Beine wurden schwach. Da hat mein wildes Tier sie angesprungen. Hat sie gepackt und geschüttelt, ihr Kopf ist hin und her gependelt wie der einer Puppe, und sie hat geschrien. Es war gut, sie schreien zu hören, schrill, voller Angst, und ihre Brille ist ihr von der Nase gefallen, ich bin draufgetreten und musste lachen. Als die anderen kamen, hatte ich sie längst schon wieder losgelassen. »Ich bin verrückt«, habe ich zu ihr gesagt. »Total verrückt. Das wissen Sie doch!« Es hat ihr Angst gemacht. Sie hat mich angeschaut mit diesen Augen in der Farbe einer schmutzigen Wasserpfütze, diesen hässlichen Augen, die ich ihr gerne ausgekratzt hätte, und ich habe alles darin gesehen: Ihre Angst und ihre Schuld. Ich hätte sie umbringen können, bevor auch nur einer der anderen etwas gemerkt hätte. Vielleicht tue ich es noch. Ich kann nicht mehr weiterschreiben, sie haben mir eine Spritze gegeben …

MÜNCHEN

Als Clara am nächsten Morgen in die Kanzlei kam, sah sie bereits an dem Gesichtsausdruck, mit dem Linda sie empfing, dass die Bombe geplatzt war. Auf ihrem Schreibtisch lag eine Zeitung, und Clara stachen schon aus der Entfernung die Lettern der Überschrift in die Augen. Wortlos nahm Clara die Zeitung vom Schreibtisch und las mit zunehmendem Abscheu den Artikel:

Erschlägt irre Mörderin eigenen Bruder?

Vor vierundzwanzig Jahren starb Udo R. Ein junger Mann mit sanften Locken und den Kopf voller Ideale. Er träumte von einer Welt des Friedens, demonstrierte gegen Waffen und Kriege und wurde selbst Opfer einer grausamen und sinnlosen Gewalttat. In der Nacht zum 23. Januar 1983 zerstörte ein brutaler Schlag sein junges Leben für immer. Die Täterin war eine Frau. Eine Frau, die man sich nicht gerade als Umgang für seinen einzigen Sohn wünscht: Ruth Imhofen. Dieser Name stand damals für Krawall, Drogenexzesse und gnadenlose Selbstdarstellung. Hilde R., der Mutter des Opfers, kommen heute noch die Tränen, wenn sie über ihren einzigen Sohn spricht. »Ich hatte ihn immer gewarnt: Diese Frau ist nichts für dich. Aber er wollte nicht hören«, flüstert die grauhaarige Frau mit tränenerstickter Stimme und knetet ein Taschentuch in ihren abgearbeiteten Händen.

Das Gericht kam damals zu einem Ergebnis, das zwar kaum jemanden überraschte, jedoch wenig befriedigte: Ruth Imhofen sei krank, hieß es in dem Urteil, ihre Psyche unheilbar zerrüttet, und so wurde sie, statt im Gefängnis für ihre Taten zu büßen, in eine Nervenklinik eingewiesen. Ein Schlag ins Gesicht der verzweifelten Eltern. »Unser Sohn ist tot, und diese Person bekommt Mal- und Selbstfindungskurse auf Kosten der Steuerzahler«, meinte der Vater des Opfers damals verbittert gegenüber unserem Blatt. Mehr als zwei Jahrzehnte sind seither vergangen, und die Malkurse scheinen nicht geholfen zu haben. Vor wenigen Wochen wurde Ruth Imhofen, angeblich geheilt, aus der Klinik Schloss Hoheneck am Starnberger See entlassen. Ihr Bruder, Johannes Imhofen, der sich nach dem Tod ihrer Eltern aufopferungsvoll um seine damals noch minderjährige Schwester gekümmert hatte, musste tief in die Tasche greifen, um ihr die Behandlung in der exklusiven Privatklinik zu ermöglichen. Gedankt wurde es ihm nicht: Am Sonntag fand ihn seine Frau tot in der Tiefgarage seiner Villa (wir berichteten). Der Firmengründer der Imac AG und ehemalige Stadtrat war brutal erschlagen worden. Für Hilde R. stellt sich die Frage nach dem Täter nicht. Sie schüttelt nur fassungslos den Kopf und fragt leise: »Warum schützt uns niemand vor dieser Frau?«

Clara knirschte mit den Zähnen. Neben dem groß aufgemachten Artikel stand noch ein Kommentar des Redakteurs, in dem erwartungsgemäß in anklagendem Ton die üblichen Fragen gestellt wurden: Wer hat versagt? Wie konnte es dazu kommen? Wo waren die Gerichte, wo die Polizei? Was ist los in diesem Land? Clara las nicht zu Ende. Sie betrachtete stattdessen das Foto, das Ruth Imhofen vor vierundzwanzig Jahren zeigte. Hätte Clara nicht gewusst, dass es sich um dieselbe Person handelte, die sie gestern besucht hatte, sie hätte sie nicht wiedererkannt. Eine aparte junge Frau mit glattem, dunklem Haar und ernstem Gesichtsausdruck hielt den Blick direkt in die Kamera gerichtet, sodass es wirkte, als schauten ihre dunklen Augen unmittelbar den Betrachter an. Ein seltsamer Ausdruck lag auf ihrem Gesicht: Spott? Arroganz? Clara konnte es nicht sagen, spürte jedoch etwas von der Ausstrahlung, die von Ruth Imhofen ausgegangen sein musste und die sicher nicht unerheblich zu ihrem Ruf beigetragen hatte. Etwas Beunruhigendes ging von diesem Gesicht aus, eine Intensität, die man sogar über dieses körnige, leicht verwaschene Zeitungsfoto spüren konnte. Clara versuchte, sich die junge Frau vorzustellen. Es gelang ihr nicht. Immer wieder schob sich das Bild der verschreckten graugesichtigen Frau dazwischen, die Ruth Imhofen heute war. Unvermittelt fiel ihr stattdessen Mäggi ein, eine verhasste Klassenkameradin, die eigentlich Marianne Schimpf hieß, aber von allen Mäggi genannt werden wollte, Mäggi mit »ä«. Mit ihr war Clara die ganzen Schuljahre bis zur ihrer Zwangsverschickung in den Schwarzwald in tiefer Feindschaft verbunden gewesen. Einmal hatte Mäggi Clara, deren störrische Locken schon damals sprichwörtlich waren, bei einer Weihnachtsfeier eine Packung billiger, bunter Lockenwickler geschenkt. Die ganze Klasse hatte gelacht, als Clara das Päckchen ausgepackt hatte. Diese Boshaftigkeit hatte Clara ihr nie verziehen und sich im Frühjahr darauf gerächt, indem sie ihr zum Geburtstag eine Flasche Maggi aufs Pult stellte, hübsch verpackt und mit zwei feinsäuberlich gemalten Pünktchen auf dem A. Clara lächelte bei der Erinnerung und versuchte, gedanklich in dieser Zeit zu bleiben. Ronald Reagan fiel ihr ein und Wackersdorf. Ostermärsche, Pershing-II-Raketen, Geier Sturzflug. Am meisten jedoch war ihr die Musik dieser Zeit in Erinnerung geblieben. Nena, Abba, Pink Floyd. Und Frank Zappa. Unwillkürlich musste sie an das Poster in Pater Romans Büro denken, und während sie in Gedanken versunken mit der Zeitung in der Hand zu ihrem Schreibtisch hinaufging, sang sie leise vor sich hin: »*Hey there people, I'm Bobby Brown, they say I'm the cutest boy in town, …*«

Das Telefon klingelte, und Clara unterbrach ihren Gesang, weil Linda keine Anstalten machte, den Hörer abzunehmen.

»Was ist?«, fragte Clara erstaunt, »Wollen Sie nicht rangehen?«

Linda starrte sie wie hypnotisiert an. »Äh, nein«, sagte sie schließlich und ließ das Telefon ungerührt weiterklingeln.

Clara hob die Augenbrauen. »Ist alles in Ordnung?«

Linda nickte, plötzlich verunsichert und deutete auf das Display ihres Telefons: »Das ist ein Journalist, der hat heute schon ein paarmal angerufen … und einige andere auch. Möchten Sie, dass ich Sie verbinde?«

Clara schüttelte den Kopf. »Bitte nicht. Ich bin nicht da!« Sie setzte sich an ihren Schreibtisch und starrte wieder auf das Bild Ruth Imhofens. Wenn Ruth damals tatsächlich ihren Liebhaber erschlagen hatte – und daran schien offenbar kein Zweifel zu bestehen –, dann konnte sie trotz ihrer Abneigung gegenüber der Sensationspresse leider nur zu gut nachvollziehen, dass sich jetzt, nachdem Johannes Imhofen ebenfalls erschlagen worden war, deren Augenmerk sofort auf die Schwester richtete. Aber war Ruth Imhofen tatsächlich eine Mörderin? Clara konnte es sich nicht vorstellen. Aber was bedeutete das schon? Wann konnte man sich so etwas schon von einem Menschen vorstellen? Sie zeichnete unschlüssig kleine Kringel und Zacken auf ihren leeren Notizblock, während sie weiter auf das Foto starrte. Was sollte sie tun? Sie war die Betreuerin von Ruth Imhofen, ob es ihr passte oder nicht, damit war sie verantwortlich für ihren Aufenthalt, musste entscheiden, ob sie im Haus Maximilian bleiben oder wieder zurück nach Schloss Hoheneck kommen sollte. Letzteres stellte in jedem Fall die sicherere Variante dar. Doch Clara ging Ruths Gesicht nicht aus dem Sinn, ihre offenkundige Angst, wieder eingewiesen zu werden. Und Ralph Lerchenberg schien von ihrer Unschuld überzeugt gewesen zu sein. Sie ließ den Stift sinken. Sie wusste doch gar nicht, was Lerchenberg geglaubt hatte. Vielleicht hatte er erkannt, dass er sich in Ruth getäuscht hatte, und war deshalb gegen den Baum gefahren? Um sich seiner Verantwortung nicht stellen zu müssen? Clara wurde kalt. Was dann? Dann war Ruth Imhofen tatsächlich eine kranke und unberechenbare Frau, wie Selmany es gesagt hatte. Eine Frau, die bereits zwei Männer erschlagen hatte. Clara rieb sich mit beiden Händen über ihr Gesicht und fluchte laut und vernehmlich: »Was für eine verdammte Scheiße habe ich mir da bloß eingebrockt!« Dann stand sie auf und ging wieder hinunter zu Linda. »Ich muss noch mal zu Frau Imhofen«, sagte sie seufzend. »Geben Sie bitte keine Auskünfte über den Fall, wirklich unter keinen Umständen.«

Linda sah sie tief beleidigt an. »Natürlich nicht!«

Clara machte sich mit Elise, die sie begleiten durfte, auf den kurzen Weg zum Haus Maximilian. Elmar, der ihr auch dieses Mal öffnete, machte einen verstörten Eindruck. Er war käsebleich, und an Hals und Wangen leuchteten kreisrunde rote Flecken. »Ich muss sofort mit Pater Roman sprechen«, sagte Clara und musterte den jungen Mann zweifelnd. Er schien nicht sehr krisenfest zu sein.

»Er ist nicht da«, gab Elmar zurück und biss sich mit seinen schiefen Zähnen auf die Unterlippe.

»Na prächtig«, entfuhr es Clara. »Hören Sie, Elmar, wenn die Polizei kommt …«

»Die war schon da«, unterbrach sie Elmar rasch und riss seine Augen angstvoll auf. »Sie wollten Ruth sprechen, aber Pater Roman hat es ihnen nicht erlaubt, er hat gesagt, sie müssten erst mit Ihnen sprechen. Deshalb kommen sie heute Nachmittag um drei wieder. Ich habe gerade in Ihrer Kanzlei angerufen, um Bescheid zu geben, aber da sagte man mir, Sie kämen ohnehin vorbei.«

Clara nickte. »Und wo ist Pater Roman jetzt?«, fragte sie.

Elmar hob entschuldigend die Hände. »Er hat einen dringenden Termin beim Arbeitsamt wegen eines unserer Klienten, und er hat gesagt, ich solle so lange die Stellung halten.« Elmar ließ seine Arme sinken und sah nicht sehr glücklich über diese Aufgabe aus.

Clara wandte sich zur Treppe. »Wie geht es Ruth?«, fragte sie, und als keine Antwort kam, drehte sie sich erstaunt zu Elmar um.

Er stand noch am gleichen Fleck, in sich zusammengesunken wie ein Häuflein Elend.

»Was ist mit ihr?«, fragte Clara alarmiert.

Elmar schüttelte hilflos den Kopf. »Nichts. Glaube ich wenigstens. Sie ist nur ... also, sie geht am Vormittag immer gern spazieren ... Pater Roman hat zwar gesagt, ich sollte sie heute nicht gehen lassen, und ich habe auch aufgepasst ... aber als ich zu ihr hochgesehen habe, war sie nicht mehr da.«

Clara musste sich zügeln, um nicht laut loszuschreien. »Soll das heißen, Ruth Imhofen ist weg?«, sagte sie mit gepresster Stimme und spürte, wie ihr heiß wurde.

Elmar sah sie bittend an: »Nicht weg, nur spazieren.«

»Nur spazieren, so so«, wiederholte Clara wütend. Sie riss die Zeitung aus ihrer Tasche und hielt sie Elmar vor die Nase. »Was«, begann sie, und ihre Stimme wurde lauter. »Was glauben Sie, passiert, wenn irgend so ein Journalist sie in die Finger kriegt?« Sie holte tief Luft und versuchte, sich zu beruhigen. »Von all den besorgten Bürgern, die nach diesem Scheißartikel aus Angst vor einer irren Doppelmörderin zu allem fähig sind, ganz zu schweigen!« Sie wedelte mit der Zeitung vor Elmars Gesicht herum, als wollte sie ihn damit schlagen, und er wich zurück.

»Aber wir sind ein offenes Haus«, rechtfertigte er sich, ganz offenbar mit Pater Romans Worten. »Wir können niemanden einsperren!«

»Hätten Sie nicht vielleicht eine Partie Backgammon mit Ruth spielen können oder sich sonst irgendwas einfallen lassen, wenn sie schon von Pater Roman klare Anweisungen hatten, auf Ruth aufzupassen?«, fauchte Clara und stopfte die Zeitung zurück in ihre Tasche.

»Ich dachte ja, sie wäre in ihrem Zimmer! Sie muss sich rausgeschlichen haben!«, gab Elmar verzweifelt zurück, und Claras Zorn verrauchte plötzlich. Es war unfair, Elmar die Schuld an der Situation zu geben.

»Ich gehe sie suchen«, sagte sie und fügte etwas versöhnlicher hinzu: »Vielleicht ist ja gar nichts passiert.«

Elmar nickte dankbar. »Sie geht oft an der Isar entlang«, meinte er hoffnungsvoll. »Ich warte hier auf Sie.«

Es war kalt und windig, und schwere graue Wolken hingen tief über der Stadt. Clara ging an der Maximilianskirche vorbei durch den kleinen Park und überquerte die Straße. Elise folgte ihr wie ein Schatten. Ratlos sah sie sich um. Sollte sie Richtung stadteinwärts zur Reichenbachbrücke gehen oder lieber in Richtung Wittelsbacher Brücke? Sie entschied sich für Letzteres, weil der Weg länger war und eher zum Spazierengehen einlud. Es war düster und ungemütlich zwischen den hohen Bäumen, und nur wenige Menschen waren unterwegs. Hatte Elmar überhaupt diesen Weg gemeint, oder ging Ruth normalerweise unten, direkt am Isarufer spazieren? Clara beugte sich über die niedrige Steinbrüstung und sah hinunter auf die Isarauen, die kalt und unwirtlich im trüben Herbstlicht dalagen. Kein Mensch war zu sehen. Sie ging weiter. Eine Frau mit einem Dackel kam ihr entgegen und versuchte, sie nach einem Blick auf Elise in ein Ach-ist-der süß-Gespräch zu verwickeln, aber Clara wimmelte sie ab und hastete rasch weiter. Sie schüttelte unwillig den Kopf, als sie wieder an ihr Gespräch mit Elmar dachte. Ruth konnte überall sein. Sie konnte sich sogar versteckt haben. Je länger Clara darüber nachdachte, desto wahrscheinlicher schien ihr plötzlich diese Möglichkeit. Ruth hatte sicher mitbekommen, dass die Polizei gekommen war und sie sprechen wollte. Womöglich hatte sie auch die Zeitung gelesen. Da wäre es eine ganz natürliche Reaktion zu flüchten, zumal ihr Beschützer, Dr. Lerchenberg, tot war. Und für ihr Verschwinden würde man natürlich niemand anderen als Clara verantwortlich machen. Zu Recht. Sie hätte viel schneller reagieren müssen. Sie hätte sich gestern Abend noch mit Pater Roman in Verbindung setzen sollen. Ihre Gedanken begannen zu rasen, und sie beschleunigte ihren Schritt. Noch immer war niemand zu sehen, der auch nur eine Ähnlichkeit mit Ruth Imhofen hatte. Wo konnte sie nur hingegangen sein? Doch dann sah sie die Menschenansammlung auf der anderen Straßenseite und blieb stehen. An der Ecke, vor einem kleinen Getränkemarkt, stand eine Gruppe Menschen um etwas herum, was sie nicht erkennen konnte. Laute Stimmen ertönten, und als das Blitzlicht einer Kamera aufleuchtete, rannte Clara los. Mit Elise am Halsband lief sie über die Straße und rief bereits von weitem: »Halt! Stopp! Aufhören!« Einige der Passanten drehten sich kurz um, als sie ihre Rufe hörten, doch dann wandten sie sich sofort wieder dem Geschehen zu, das sich vor ihnen abspielte. Clara war endlich bei der Gruppe angekommen und drängte sich rücksichtslos durch die Menge, Elise eng an ihrer Seite. Der große Hund half ihr dabei, sich einen Weg zu bahnen, die Menschen wichen murrend, aber respektvoll vor dem großen Tier zurück. Endlich konnte sie sehen, worum sich die Gruppe Passanten geschart hatte, und ihr Herz setzte einen Schlag aus. Sie hatte sich nicht getäuscht. Ruth Imhofen stand eng an die Wand gepresst. Ihre Finger krallten sich schutzsuchend an den rauen Verputz, und ihr Blick verriet helle Panik. Vor ihr standen ein Mann und eine Frau, die Clara sofort als Journalisten identifizierte. Gerade zückte der Mann wieder seinen Fotoapparat und knipste frontal Ruths angstvolles Gesicht. Als das Blitzlicht aufleuchtete, schlug Ruth die Hände vors Gesicht und begann zu wimmern. Es klang furchtbar wie ein verletztes Tier, und Clara stellten sich dabei die Nackenhaare auf. Langsam ging sie auf Ruth zu. »Frau Imhofen«, sagte sie leise und streckte ihre Hand aus. »Ich bin es, Clara Niklas.« Ruth wehrte ihre Hand heftig ab und begann, um sich zu schlagen.

Unwillige Stimmen wurden laut. »Was will die denn da?«, brummte jemand, und eine andere war zu hören: »Die ist wohl lebensmüde.«

Im gleichen Moment flammte erneut der Blitz auf, und Ruth sackte ein wenig in sich zusammen. Das Wimmern wurde lauter. Jemand lachte.

Clara spürte, wie etwas in ihr tickte. Sie fuhr herum und schlug heftig nach dem Fotografen. »Aufhören! Sofort aufhören!«, schrie sie. Eigentlich hatte sie die Kamera treffen wollen, aber der Schlag war schlecht gezielt und traf den Journalisten im Gesicht. Mit einem Schmerzensschrei wich er zurück. Elise begann aufgeregt zu bellen, und Clara griff wieder nach dem Halsband, um sie zu beruhigen. »Haut ab!«, brüllte sie, außer sich vor Zorn, »Haut alle ab, sonst hetze ich den Hund auf euch!«

Die Menschenmenge zerstreute sich nur widerwillig. Die meisten gingen lediglich auf die andere Straßenseite und glotzten dann aus sicherer Entfernung weiter zu ihnen herüber.

Der Journalist hatte sich inzwischen wieder gefasst. Er blutete aus der Nase, und seine Kollegin hielt ihm ein Taschentuch hin: »Was fällt Ihnen ein? Wer sind Sie überhaupt?«, schnauzte sie Clara mit vor Empörung zitternder Stimme an, während sie ihren Kollegen dazu brachte, den Kopf in den Nacken zu legen und sich das Taschentuch auf die Nase zu pressen.

Clara sah die beiden an und wusste, dass sie alles noch schlimmer gemacht hatte. Sie ließ Elises Halsband los und straffte die Schultern. Hochmütig und sehr viel selbstsicherer, als ihr zumute war, funkelte sie die beiden Journalisten an und sagte in ihrem arrogantesten Tonfall: »Ich bin Rechtsanwältin Niklas. Frau Imhofen ist meine Mandantin.« Dann drehte sie sich wortlos um und nahm Ruth Imhofen vorsichtig in den Arm. Sie wehrte sich nicht mehr. »Es ist gut«, flüsterte Clara. »Alles ist gut.« Es kümmerte sie nicht mehr, dass der Fotograf erneut die Kamera hob und aus einem Sicherheitsabstand von einigen Metern weiterknipste. Sie gab keine Antwort, als die Journalistin ihr ihre Fragen hinterherwarf wie kleine, harte Geschosse. Sie prallten an ihr ab, während sie die zitternde Frau behutsam vorwärtsschob und sich mit ihr im Zeitlupentempo auf den Weg zurück zu Pater Romans Haus machte.

Ruth Imhofen umklammerte ihre Tasse, als ob sie sich daran festhalten könne. Ihre Hände zitterten. Clara betrachtete sie hilflos. Sie hatte vorgeschlagen, einen Arzt zu rufen, doch Ruth hatte so vehement abgelehnt, dass Clara nicht darauf bestanden hatte. Stattdessen saß sie jetzt mit Ruth in deren Zimmer und wartete auf Pater Roman.

Als sie nach einer Ewigkeit, wie es ihr schien, zurück im Haus Maximilian angekommen waren, hatte Elmar, dem das Schuldbewusstsein ins Gesicht geschrieben stand, hastig Tee gekocht, wohl um überhaupt irgendetwas zu tun. Clara hatte ihn zunächst mit eisiger Nichtachtung gestraft. Dabei gab sie die größere Schuld Pater Roman, der noch immer nicht zurück war. Laut Elmar war er unmittelbar nachdem die Polizei hier gewesen war, gegangen. Jetzt war es nach elf. Seine Abwesenheit machte Clara stutzig. Wäre es nicht naheliegend gewesen, den Termin zu verschieben? Stattdessen war er schon den halben Vormittag verschwunden und hatte dem völlig überforderten Elmar das Feld überlassen. Clara runzelte die Stirn. Was war das für ein merkwürdiges Verhalten? Wollte ihr Pater Roman womöglich aus dem Weg gehen? Sie trank einen Schluck von Elmars Tee und wandte ihre Aufmerksamkeit Ruth zu, die in seltsam steifer Haltung auf ihrem Stuhl saß und unbeweglich in ihre Tasse starrte. »Frau Imhofen«, begann Clara zögernd, »wie geht es Ihnen?«

Ruth hob den Kopf und sah Clara an: »Haben Sie meine Farben dabei?«, fragte sie leise, so als wäre zwischen ihrem letzten Treffen und heute nichts passiert.

»Oh. Äh, nein, noch nicht.« An Ruths Bitte hatte sie gar nicht mehr gedacht. »Ich bin noch nicht dazugekommen, aber heute Nachmittag, wenn ich wiederkomme, bringe ich sie Ihnen mit.« Sie holte Luft und fuhr behutsam fort: »Wissen Sie, dass heute Nachmittag die Polizei kommt, um mit Ihnen zu sprechen?«

Ruth reagierte nicht. Sie starrte weiter in ihre Tasse, als ob sie die Frage nicht gehört hätte.

Clara sprach trotzdem weiter. »Es geht um Ihren Bruder Johannes. Hat Pater Roman mit Ihnen darüber gesprochen?« Sie zögerte. Was wusste Ruth Imhofen von den Ermittlungen der Polizei? Von dem Zeitungsartikel?

Doch Ruth ging überhaupt nicht auf Claras Frage ein. Schweigend drehte sie die Tasse zwischen ihren Fingern hin und her, fast so, als ob sie Clara nicht gehört hätte. Ihre Hände waren klein, fast wie Kinderhände. »Bringen Sie mich wieder zurück?«, fragte sie schließlich.

Clara unterdrückte einen Seufzer. Das Gespräch kam ihr so vor, als befände sie sich in einer Wiederholungsschleife, nur dass sie gestern, als sie hier am gleichen Platz gesessen hatte, noch nicht gewusst hatte, dass man ihre Mandantin des Mordes verdächtigte.

»Warum fürchten Sie sich so vor Schloss Hoheneck?«, fragte sie schließlich. »Vielleicht kann man Ihnen dort helfen ...« Weiter kam sie nicht.

Mit einer blitzschnellen Bewegung, die ihrem sonstigen Tempo völlig widersprach, hatte Ruth ihre Tasse auf den Tisch geknallt und war aufgesprungen. Ihr Stuhl fiel mit einem lauten Krach nach hinten. »Nein!«, sagte sie laut und vernehmlich.

Clara sah sie an. Ihr Blick war dunkel, wild entschlossen, und Clara meinte, in ihm ein Stück der alten Ruth von dem Zeitungsfoto wiederzuerkennen.

Sie hob beschwichtigend den Arm: »Bitte, setzen Sie sich wieder. Ich werde natürlich nichts gegen Ihren Willen unternehmen!« Sie hoffte inständig, dass sie sich am Ende nicht selbst Lügen strafen müsste.

Ruth sah sie misstrauisch an, hob dann aber nach einigen reglosen Sekunden den Stuhl wieder auf und setzte sich langsam. Um ihre Teetasse hatte sich eine Pfütze gebildet.

»Möchten Sie mit mir über die Klinik sprechen?«, fragte Clara zögernd und fühlte sich dabei wie eine salbungsvolle Fernsehpsychologin. Zu ihrer Überraschung reagierte Ruth auf ihre Frage.

Sie sah Clara einen Augenblick lang prüfend an, als frage sie sich, ob ihr Interesse echt war, dann sagte sie langsam: »Sie haben keine Ahnung, oder?«

Clara lächelte bitter. Diese Frage hatte sie in den letzten Tagen schon ein wenig zu oft gehört, doch dann schüttelte sie den Kopf. »Nein. Keinen blassen Schimmer«, sagte sie ehrlich.

Ruth ließ Clara nicht aus den Augen. »Es gibt dort keine Farben«, begann sie, zögernd, leise, als ob sie die Empfindungen erst suchen müsse, als ob sie erst in dem Moment, in dem sie zu Worten wurden, tatsächlich Gestalt annähmen. »Keine Farben. Es gibt nur Weiß. Weiße Wände, weiße Gesichter. Das

Weiß dringt in deinen Kopf, breitet sich aus und lässt alles verblassen. Alles, was du bist, verschwindet langsam. Du kannst dich nicht mehr finden, in all dem Weiß, du spürst dich nicht mehr.« Sie verstummte plötzlich, als habe die Erinnerung ihr die Sprache verschlagen.

Clara sah sie an, und ihr wurde kalt: In Ruths Blick lag ein solches Grauen, dass Clara sie am liebsten geschüttelt hätte, um die Bilder, die Ruth offenbar vor Augen hatte, zu vertreiben. Sie räusperte sich, ihre Kehle war trocken. »Frau Imhofen«, brachte sie schließlich heraus, und ihre Stimme klang in ihren Ohren kratzig, unbeholfen. »Die nächste Zeit wird nicht leicht für Sie werden.« Sie räusperte sich erneut und sprach dann schnell weiter, bevor sie es sich noch anders überlegen konnte. »Ich verspreche Ihnen, ich werde alles tun, was ich kann, damit Sie hierbleiben können.«

Sie schluckte und spürte die Furcht, die in ihr hochkroch. Und was, fragte sie sich, wenn du dich irrst? Wenn sie noch immer krank ist? Unberechenbar? Und andere Stimmen schlossen sich der Frage an, Zweifelsstimmen, giftig und höhnisch: Du hast doch keine Ahnung, was du da versprichst! Kennst die Frau nicht einmal! Was glaubst du, wer du bist? Hältst dich wohl für klüger als die Ärzte und das Gericht zusammen?

Abrupt stand Clara auf. Sie wollte dieses Gift nicht hören. Sie hatte sich entschieden, dieser Frau ein Versprechen zu geben. Weshalb, konnte sie nicht genau sagen, aber sie wusste, sie würde alles tun, um dieses Versprechen zu halten. Doch ihr war auch das Risiko bewusst, das sie damit einging. Sie reichte Ruth Imhofen die Hand und sagte: »Ich bringe Ihnen Ihre Malsachen heute Nachmittag. Versprochen.« Elise, die die ganze Zeit ganz dicht und wachsam neben Clara gesessen hatte, fast als spüre sie eine Gefahr, sprang auf. Hechelnd stand sie jetzt neben ihr und musterte Ruth Imhofen, die zögernd Claras

Hand ergriff. Clara atmete auf. Irgendwie schien ihr dieser schwache Händedruck ein Fortschritt zu sein. Vielleicht wollte sie aber auch nur, dass es so war. Von Ruth Imhofen kam kein Wort mehr. Keine Silbe über den Vorfall mit den Journalisten, kein Wort über ihren Bruder oder den Polizeitermin am Nachmittag, nichts. Sie drückte Claras Hand wie die einer vollkommen Fremden, höflich, aber unbeteiligt, automatisch. Clara lächelte trotzdem. »Bis später«, sagte sie, und sie hörte ihre Stimme ein wenig zittern.

Als sie die Tür hinter sich geschlossen hatte, atmete sie ein paarmal tief ein. Am liebsten wäre es ihr gewesen, nie wieder hierherkommen zu müssen. Etwas an Ruth Imhofen flößte ihr Unbehagen ein, aber sie konnte nicht sagen, ob es wirklich an Ruth lag oder vielmehr an ihrer eigenen Angst davor, diese Frau könne am Ende tatsächlich das sein, was die Zeitungen behauptet hatten: eine irre Doppelmörderin. Sie runzelte die Stirn, während sie den stillen Gang entlangging. »Du hast dich von diesem dummen Zeitungsartikel beeinflussen lassen«, schimpfte sie mit sich und schritt ein wenig schneller aus. Zwei Dinge schienen ihr plötzlich überlebensnotwendig: frische Luft und eine Zigarette.

Unten am Treppenabsatz erwartete sie Pater Roman. Er schien gerade zurückgekommen zu sein und war noch im Mantel. Hinter seinem breiten Rücken sah Clara die schmale Gestalt Elmars. Er hatte seinen Chef offenbar gerade über Ruths Zusammenstoß mit den Journalisten informiert. Sein Gesicht war noch immer blass, und mit seinen schiefen Zähnen wirkte er wie ein verschrecktes Kaninchen.

Clara begrüßte Pater Roman kühl. Mit einer gewissen Genugtuung stellte sie fest, dass er seine Souveränität weitgehend eingebüßt hatte. Sein Gesicht wirkte noch zerknautschter als gestern, und tiefe Schatten lagen unter seinen wimpernlosen

Augen. Er bat sie zu sich ins Büro und schloss die Tür. Clara setzte sich auf das Sofa und wartete.

Der Pater ließ sich Zeit. Sorgfältig hängte er zuerst seinen Mantel an einen Haken hinter der Tür, dann blieb er mitten im Raum stehen und fuhr sich ein paarmal über seinen kahlen Schädel, bevor er sich schließlich setzte. »Böse Geschichte«, begann er zögernd.

Clara nickte. »Kann man so sagen«, erwiderte sie trocken. Dann fuhr sie ihn an: »Warum haben Sie mir gestern nichts über Ruth gesagt? Über die Geschichte von damals? Wenn ich gestern schon Bescheid gewusst hätte, hätte ich vielleicht verhindern können, dass sie diesen Hyänen ins offene Messer läuft.« Bei dem Gedanken an die verängstigte Frau inmitten der sensationsgierigen Menschen kochte ihr Zorn wieder hoch.

Pater Roman musterte sie müde. »Wie hätten Sie das verhindern wollen? Dazu müsste man Frau Imhofen einsperren. Und eingesperrt ist sie zeit ihres Lebens schon genug gewesen.«

»Und was macht Sie so sicher, dass sie dies nicht zu Recht war?«, fragte Clara provokant.

Pater Roman hob das Kinn. »Sie werden Ruth also wieder nach Hoheneck bringen?« Der Ton seiner Gegenfrage verriet bereits die Antwort, die er erwartete.

Clara knurrte gereizt. »Warum antwortet mir eigentlich nie jemand auf meine Fragen? Nein. Ich werde sie nicht wieder einweisen lassen. Jedenfalls vorläufig nicht. Aber mich würde interessieren, was Sie und Dr. Lerchenberg wissen, was ich nicht weiß. Warum glauben Sie, dass Ruth Imhofen nicht in eine Klinik gehört, wenn es doch jahrelang offenbar feststand, dass sie psychisch krank ist?«

»Immerhin ist sie aufgrund eines Gerichtsbeschlusses entlassen worden«, lautete Pater Romans ausweichende Antwort.

»Aber erst auf Betreiben Dr. Lerchenbergs! Was machte ihn

so sicher, dass er die Diagnosen der anderen Ärzte in den vergangenen Jahren in Zweifel ziehen konnte? Immerhin hat Ruth Imhofen einen Menschen getötet.«

Pater Roman hob abwehrend die Hände. »Das war Ralphs Angelegenheit. Ich sagte doch schon, er war sehr verschwiegen …«

»Hören Sie doch mit diesem Quatsch auf!«, fauchte Clara. »Das glaubt Ihnen kein Mensch.«

Der Pater schüttelte eigensinnig den Kopf. »Ich habe Ihnen alles gesagt, was ich weiß, Frau Anwältin.«

Clara stand auf. »Dann verschwende ich hier meine Zeit«, sagte sie und griff nach ihrer Tasche. Sie warf Pater Roman einen kühlen Blick zu: »Könnten Sie – natürlich nur, wenn es den Prinzipien Ihres offenen Hauses nicht zuwiderläuft – dafür sorgen, dass Frau Imhofen heute Nachmittag nicht spazieren geht?« Pater Roman wollte etwas erwidern, aber Clara ließ ihn nicht zu Wort kommen. »Ein Haftbefehl wäre nicht gerade das, was ihr weiterhelfen würde, nicht wahr?« Dann ging sie.

Zurück in ihrer Kanzlei, erwartete sie Linda mit einer Liste von Notizen: »Die Kriminalpolizei hat angerufen, ein Herr Kommissar Gruber bittet um Rückruf, Ihre Mutter hat auch angerufen, sie versucht es später noch einmal, dann noch zweimal irgendwelche Journalisten und eine Frau Lerchenberg …«

»Frau Lerchenberg?«, fragte Clara erstaunt. »Ist das die Frau von Dr. Lerchenberg?«

Linda zuckte mit den Schultern. »Ich vermute, ja. Sie hat nichts weiter gesagt. Die Telefonnummer ist ein Anschluss in Starnberg.« Sie reichte Clara den Zettel. »Und dann war ich noch bei Gericht wegen der Akte …«, begann sie und machte eine bedeutungsvolle Pause.

»Ja?« Clara warf einen Blick auf ihren Schreibtisch. Er war, abgesehen von dem üblichen Aktenstapel, leer. Ihr schwante

Übles. »Was ist mit der Akte? Haben sie sie nicht herausgegeben?«

Linda schüttelte den Kopf. »Sie ist nicht da.«

»Wahrscheinlich liegt sie bei der Kripo, wegen der neuen Ermittlungen«, vermutete Clara. »Da hätte ich auch gleich draufkommen können.«

»Nein! Die Polizei hat auch schon nachgefragt. Sie ist nicht da.«

»Wie bitte?« Clara starrte Linda an. »Das ist doch nicht möglich!«

Linda lächelte freudlos. »Das habe ich auch gesagt. Und die beiden Damen der Geschäftsstelle waren auch sehr unangenehm berührt. Sie haben sich große Mühe gemacht, zu rekonstruieren, wo die Akte geblieben ist.« Sie verstummte.

»Und?«, hakte Clara ungeduldig nach.

»Die Akte wurde an jemanden zur Einsicht übersandt und nicht zurückgeschickt. Aus Schlamperei hatte dies niemand bemerkt, bis dann nach ihr gefragt wurde.«

»Und wem wurde sie geschickt?«

Linda ließ sich mit der Antwort Zeit. Erst als ihr Clara einen drohenden Blick zuwarf, sagte sie: »Dr. Ralph Lerchenberg.«

Clara stöhnte. »Na prima! Wahrscheinlich wird sie nie wieder auftauchen.«

Sie ging nach oben an ihren Schreibtisch und ließ sich auf den Stuhl fallen. Es war wie verhext. Sie hatte das Gefühl, als ob sie mit beiden Beinen in einer zähen, klebrigen Masse feststeckte, und jeder Versuch, einen Schritt weiterzukommen lediglich dazu führte, dass sie noch tiefer in dem Brei versank. Lustlos klappte sie den Ordner auf, der das Wenige enthielt, was sie über Ruth Imhofen wusste, und begann weiterzulesen. Es war merkwürdig. Außer dem Schreiben Dr. Lerchenbergs und dem alten Gutachten gab es in der Akte nichts weiter als den Beschluss des Gerichts, in dem die Unterbringung Ruth

Imhofens in Schloss Hoheneck mit sofortiger Wirkung aufgehoben wurde. Clara wunderte sich darüber, dass in der Entscheidung so gut wie keine Begründung, keine Einzelheiten über Ruths Krankheitsverlauf, ihre Heilung oder Ähnliches zu finden war. Das Gericht bezog sich lediglich auf ein neues Gutachten, das dem Beschluss beilag, und wonach bei Ruth Imhofen »zum gegenwärtigen Zeitpunkt keine Anzeichen einer psychischen Erkrankung vorhanden seien, die eine weitere Unterbringung in einer geschlossenen Anstalt rechtfertigen könnten«.

Clara rieb sich müde die Augen und überlegte einen kurzen Augenblick lang, ob sie nicht möglicherweise doch eine Brille benötigte, dann schob sie diesen Gedanken schnell wieder weit weg in eine der hintersten Ecken ihres Bewusstseins, in der er sich zu ähnlich unbeliebten Gedanken an Falten um Augen und Mundwinkel und erste graue Haare gesellte.

Das neue Gutachten war aus der Sicht eines medizinischen Laien ebenso schwer verständlich wie das erste. Der Arzt bezog sich auf vielerlei neue Erkenntnisse in der Forschung, die alle mit Fachausdrücken bezeichnet wurden, die Clara noch nie gehört hatte. Die Schlussfolgerung unterschied sich jedoch ganz erheblich. Nach Ansicht dieses Arztes war Ruth Imhofen nach einer gewissen Anpassungsphase durchaus in der Lage, wieder ein selbständiges Leben in Freiheit zu führen, und stellte unter Berücksichtigung aller bekannten Faktoren »weder eine Gefahr für sich selbst noch für ihre Umwelt dar«.

Clara zog scharf die Luft ein, als sie diesen letzten Satz las. In der Haut dieses Arztes wollte sie nach dem Artikel in der Zeitung von heute Morgen nicht stecken. Sie las flüchtig die Unterschrift am Ende der Ausführungen, stutzte und las den Namen noch einmal. *Dr. Roman Tenzer, SJ*, stand dort unter der schwungvollen Unterschrift und eine ihr wohlbekannte Adresse gleich um die Ecke.

Als Clara um halb drei den Klingelknopf am Haus Maximilian drückte, war ihre Aufregung über die Entdeckung, dass Pater Roman dieses neue Gutachten verfasst hatte, einer gewissen Ratlosigkeit gewichen. Pater Roman hatte sie massiv angelogen. Er hatte so getan, als ob er Ruth Imhofen überhaupt nicht kennen würde. Warum? Clara konnte die Bestürzung durchaus nachvollziehen, die ihn und auch Dr. Lerchenberg erfasst haben musste, als sie von dem Mord an Johannes Imhofen so kurz nach Ruths Entlassung erfahren hatten. Aber Pater Roman konnte doch nicht ernsthaft geglaubt haben, durch seine Lüge ihr gegenüber würde seine Beteiligung an der Sache unentdeckt bleiben. Warum also hatte er gelogen?

Den jungen Mann, der ihr öffnete, hatte Clara noch nie gesehen. Er war groß, dünn und rothaarig. »Wo ist Elmar?«, fragte sie den Hünen, nachdem sie sich vorgestellt hatte. Er überragte sie um gut zwei Köpfe.

»Krank«, gab er wortkarg zurück und musterte Clara von oben bis unten, dann schielte er verstohlen über ihren Rücken hinaus auf die Straße, bevor er die Tür wieder schloss.

»Krank?«, wiederholte Clara ungläubig. »Das ging aber schnell.« Offenbar hatte man das Nervenbündel aus der Schusslinie genommen. Der Mann zuckte mit den Achseln und antwortete nicht. Clara bemerkte eine Anstecknadel an seinem grauen Pullover, ein kleines, goldenes Kreuz. Sie erinnerte sich an das Kürzel neben Pater Romans Namen auf dem Gutachten. »Sind Sie auch Jesuit?«, wollte sie wissen, während sie neben ihm den Gang entlangging.

Der Mann nickte. »Ich bin Pater Anselm«, sagte er, und sein Adamsapfel hüpfte nervös auf und ab, als hätte er etwas Ungehöriges von sich gegeben.

Er erinnerte Clara an einen Flamingo. Einen rosa Flamingo in Hemd und Pullover. Als er sich zum Büro von Pater Roman wandte, wehrte Clara ab. »Ich gehe erst zu Frau Imhofen«, sagte sie. Pater Roman und das, was sie ihm zu sagen hatte, konnte noch warten. Sie ließ den jungen Mann am Treppenabsatz stehen und stieg die Stufen hinauf in den ersten Stock. Es herrschte die gewohnte klösterliche Stille, alle Türen entlang des Flurs waren verschlossen. Clara fragte sich, welche Schicksale sich dahinter verbergen mochten. Was war der Grund, weshalb manche Menschen mit dem Leben nicht mehr zurechtkamen, dass die einfachsten Verrichtungen des Alltags ihnen ohne fremde Hilfe nicht mehr gelangen? Oder anders herum, was war es, das einen normalerweise ganz automatisch dazu brachte, morgens aufzustehen, sich zu waschen, zu essen, in die Arbeit zu gehen? Was war der Stoff, der einen Menschen antrieb, der ihn ordnungsgemäß funktionieren ließ? Diese Frage flößte ihr Angst ein. Wenn man nicht wusste, was es war, was einen im Innersten zusammenhielt, gab es auch keine Gewissheit, dass dieser Halt von Dauer war. Keine Sicherheit. Jederzeit konnte alles auseinanderfallen, zerbrechen, und man stünde vor den Scherben, unfähig, sie wieder zusammenzusetzen.

Sie schüttelte diese deprimierenden Gedanken ab und klopfte behutsam an Ruths Tür. Es kam keine Antwort, aber Clara hatte das auch nicht erwartet. Sie hob die Tüte mit den Malsachen, die sie für Ruth gekauft hatte, vor die Brust und trat leise ein. Ruth saß an ihrem Platz am Fenster und schien sie erwartet zu haben. Clara war froh, dass sie sich nicht wieder hinter der Tür versteckt hatte wie bei ihrer ersten Begegnung. Sie setzte sich auf den anderen Stuhl und schob ihr die Papiertüte hin: »Ich hoffe, ich habe das Richtige gefunden«, sagte sie lächelnd.

Ruth warf ihr einen kurzen Blick aus ihren dunklen Augen zu und griff dann vorsichtig in die Tüte. Nacheinander zog sie mit bedächtigen Bewegungen einen Aquarellmalkasten, zwei Blöcke mit unterschiedlich rauem Papier, verschiedene Pinsel und eine kleine Schachtel mit Pastellkreiden heraus. Als alle

Dinge aufgereiht vor ihr lagen, faltete sie zuerst die Papiertüte sorgfältig zusammen und legte sie auf das Fensterbrett, dann wandte sie sich Clara zu. Auf ihren grauen, müden Zügen erschien ein Lächeln, so vorsichtig, als fürchte sie, ihr Gesicht könnte davon beschädigt werden, etwas könnte abbröckeln wie spröder, trockener Putz, der durch eine Erschütterung von den Wänden platzt. »Danke«, sagte sie leise, und ihr Lächeln begann zu verblassen, als habe sie der Ton ihrer eigenen Stimme an etwas erinnert, das ihr das Lächeln verbot. Lediglich ein Hauch, ein mattes Leuchten in ihren Augen blieb zurück.

Clara hoffte, dieser schwache Glanz würde durch das, was ihr jetzt bevorstand, nicht wieder zerstört werden. »Die Polizei kommt gleich«, begann sie zögernd. Ruth Imhofen nickte. Ihr Gesicht verriet keine Regung.

»Sie wissen, dass Ihr Bruder Johannes tot ist?«, fragte Clara vorsichtig.

Ruth nickte wieder. »Er ist tot«, wiederholte sie und das Leuchten in ihren Augen verschwand.

»Wissen Sie, was genau mit ihm passiert ist?«, fragte Clara weiter.

Ruth gab keine Antwort.

Clara runzelte die Stirn. »Hat man Ihnen denn nichts darüber erzählt?«

Als Ruth noch immer schwieg, seufzte Clara, dann sagte sie vorsichtig: »Ihr Bruder Johannes wurde ermordet, Frau Imhofen. Deshalb kommt die Polizei hierher. Sie möchte Sie dazu befragen...« Sie unterbrach sich, als sie Ruths Gesicht sah. Es war kreideweiß geworden, und ihr Mund öffnete und schloss sich lautlos wie bei einem sterbenden Fisch, der längst den Kampf aufgegeben hat und nur noch reflexartig nach Luft schnappt.

»Frau Imhofen ...«, begann Clara erschrocken, doch dann verstummte sie verstört, denn Ruth hatte unvermittelt zu sprechen begonnen. Es war nur ein leises Flüstern, eine monotone Aneinanderreihung von Wörtern, die an niemanden gerichtet waren. Wie in Hypnose hielt Ruth ihre dunklen Augen ins Nichts gerichtet, und ihre blutleeren Lippen bewegten sich dabei unaufhörlich. Clara lief es eiskalt den Rücken hinunter. Sie versuchte, die einzelnen Worte zu verstehen, doch es gelang ihr nicht.

Aus irgendeinem Grund wagte sie es nicht, Ruth zu unterbrechen. Und so blieb sie stumm sitzen, die Augen auf ihre Mandantin gerichtet, die sich in einer anderen Welt zu befinden schien, und versuchte vergeblich, ihrer eigenen Angst, die sie bei dem Anblick erfasst hatte, Herr zu werden.

Ein Klopfen an der Tür erlöste sie. Als Pater Anselm seinen rosaroten Kopf hereinstreckte, verstummte Ruth augenblicklich, und Clara fühlte sich, als wäre sie gerade aus einem Albtraum erwacht. »Die Polizei ist jetzt da«, sagte der junge Mann nervös, und sein Blick flog aufgeschreckt zwischen den beiden Frauen hin und her. Er schien die Spannung im Raum zu spüren, konnte sie jedoch nicht zuordnen.

Seufzend stand Clara auf. Sie warf einen Blick auf die bewegungslose Frau im Stuhl. »Frau Imhofen, vielleicht wäre es besser, ich spreche alleine mit den Beamten ...«, begann sie, doch Ruth schüttelte stumm den Kopf und erhob sich schwerfällig aus ihrem Stuhl.

In Pater Romans Büro erwarteten sie zwei Kriminalbeamte, die sich als Kommissar Gruber und Kommissarin Sommer vorstellten. Herr Gruber war um die fünfzig, dunkel, klein und drahtig. Er warf Clara einen gelangweilten Blick zu, von dem sie sich jedoch nicht täuschen ließ. Dieser Mann konnte Ruth gefährlich werden, das spürte sie sofort. Kommissarin Sommer war mindestens fünfzehn Jahre jünger, blond, mit burschikosem Kurzhaarschnitt und blassblauen Augen. Die beiden musterten Ruth interessiert, bevor Frau Sommer das Wort ergriff. Sie fragte nach den üblichen Dingen: Wann Ruth Imhofen die Klinik verlassen hatte und wann sie ihren Bruder zuletzt gesehen hatte. Ruth antwortete leise, furchtsam, aber relativ gefasst. Johannes habe sie ab und zu in der Klinik besucht, sie könne sich nicht mehr erinnern, wann zuletzt, vielleicht vor zwei, drei Monaten?

Kommissar Gruber hob bei dieser Antwort interessiert den Kopf: »Hat Ihr Bruder Sie denn nicht abgeholt, als Sie entlassen wurden?«, fragte er und war mit einem Male sehr aufmerksam.

»Nein …« Ruth war durch die Frage verunsichert, sie nestelte nervös mit den Fingern an der Kordel ihres Trainingsanzugs.

»Das ist doch seltsam«, fuhr der Beamte fort. »Hat er sich denn nicht gefreut, dass Sie wieder gesund waren? Wollte er Sie nicht nach Hause holen?«

Clara gefiel der Ton ganz und gar nicht, und sie spürte, wie Ruth neben ihr zunehmend unruhig wurde. Doch sie hatte keinen Grund einzugreifen, und im Übrigen interessierte sie die Antwort auf diese Frage ebenfalls.

Aber Ruth gab keine Antwort. Sie senkte den Kopf und schwieg.

Jetzt war Kommissarin Sommer wieder an der Reihe. Sie warf einen Blick auf ihre Notizen: »Ihr Bruder hat Sie nicht vor ein paar Monaten das letzte Mal besucht, es war vor fast genau drei Jahren. Und er hat Sie in der ganzen Zeit, in der Sie auf Hoheneck waren, insgesamt nur zehn Mal besucht, also im Schnitt weniger als einmal alle zwei Jahre!«

Ruth reagierte nicht. Sie hielt den Kopf gesenkt und schwieg.

Kommissar Gruber sagte: »Er hatte wohl kein großes Interesse an Ihnen?«

»Was ist das für eine Frage?«, fuhr Clara dazwischen. »Tut das in irgendeiner Weise etwas zur Sache?«

Der Beamte musterte Clara mit seinen scharfen, dunklen Augen. »Zwischen den Geschwistern bestand so gut wie kein Kontakt in den vergangenen vierundzwanzig Jahren, ich denke, das ist schon interessant, oder?«

Clara zuckte mit den Achseln: »Wenn Sie meinen ...«, sagte sie ironisch. Sie fand es, ehrlich gesagt, selbst bemerkenswert, dass Johannes Imhofen, der sich zumindest laut Zeitungsbericht aufopfernd um seine Schwester gekümmert haben soll, sie so selten besucht hatte. Aus ihrer Sicht ließ dieser fehlende Kontakt jedoch einen Verdacht gegen Ruth Imhofen in dem Mordfall noch unsinniger erscheinen. Sie beschloss abzuwarten, worauf die beiden hinauswollten.

»Wo waren Sie denn am vergangenen Sonntag gegen 21 Uhr?«, richtete sich Frau Sommer wieder an Ruth und zückte ihren Notizblock.

Noch bevor Ruth antworten konnte, meldete sich Pater Roman zu Wort, der bis dahin ruhig auf seinem Platz unter dem Fenster gesessen hatte. »Das habe ich Ihnen doch heute Morgen schon gesagt«, rief er ungeduldig, und seine Stirn legte sich in tiefe Falten. »Frau Imhofen war den ganzen Sonntag hier im Haus Maximilian. Sie muss sich erst an ein Leben außerhalb der Klinik gewöhnen. Unmöglich zu glauben, sie wäre in der Lage, nach Grünwald zu fahren ...« Er klappte den Mund zu und schwieg.

»Wir wissen, was Sie gesagt haben, Herr Tenzer«, gab die Kommissarin sanft zurück. Ein wenig zu sanft nach Claras Geschmack, die plötzlich das unangenehme Gefühl hatte, dass die beiden Kommissare im Begriff waren, ein Ass aus dem Ärmel zu schütteln. Und Pater Roman hatte ihnen offenbar eine Steilvorlage dafür geliefert.

Tatsächlich wechselten die beiden einen kurzen, vielsagenden Blick, bevor sich jetzt Gruber an den Pater wandte. Er blätterte zunächst umständlich ein paar Seiten in seinem Notizbuch um, was nach Claras Ansicht einzig und allein dazu diente, die Nervosität der Anwesenden im Raum noch zu erhöhen, dann sagte er mit einem bissigen Unterton in der Stimme: »Sie scheinen wieder einmal zu verkennen, wozu Ihre Schützlinge in der Lage sind, *Dr.* Tenzer.«

Pater Roman wurde puterrot im Gesicht. Doch er schwieg.

Claras Blick wanderte interessiert zwischen den beiden Männern hin und her. Die Spannung war nach diesen Worten fast unerträglich geworden.

Pater Roman starrte den Kommissar finster an, doch er schien nicht willens oder in der Lage, den Angriff, der in dessen Worten gelegen hatte, zu kontern. Nach einer Weile richtete er sich auf, beugte seinen Oberkörper nach vorne und sagte leise, nur an ihn gerichtet: »Sie täuschen sich, Herr Gruber. Diesmal täuschen Sie sich.«

Der Beamte hob eine Augenbraue. Seine ganze Haltung drückte eine solche Abscheu aus, dass Clara erschrocken zusammenzuckte. Dann sagte er: »Man hätte Ihnen damals die Zulassung entziehen sollen, Dr. Tenzer, Leute wie Sie darf man nicht auf die Menschheit loslassen.«

Pater Roman fuhr zurück, als habe man ihn geschlagen, und Clara schnappte nach Luft.

»Können Sie auch noch etwas anderes als Beleidigungen absondern?«, fragte sie schneidend. »Wenn nicht, dann sollten Sie jetzt besser gehen.«

Gruber wandte den Kopf und sah sie so überrascht an, als habe er einen Augenblick lang tatsächlich vergessen, weshalb sie hier waren.

Kommissarin Sommer, die sich während des Gefühlsausbruchs ihres Kollegen ungerührt Notizen gemacht hatte, ergriff das Wort: »Eine Zeugin hat am späten Sonntagnachmittag eine Frau vor dem Haus der Familie Imhofen stehen sehen. Sie stand dort mindestens eine halbe Stunde und beobachtete das Haus.« Die Beamtin warf Ruth einen kurzen Blick zu, bevor sie weitersprach: »Diese Frau war klein und dunkelhaarig, trug einen grauen Jogginganzug und weiße Turnschuhe. Besonders aufgefallen sind der Zeugin außerdem ihre merkwürdig langsamen Bewegungen.«

Gruber warf Pater Roman einen triumphierenden Blick zu. »Da muss Ihr Schützling wohl eine Doppelgängerin haben.« Dann wandte er sich selbst an Ruth: »Wenn Sie also jetzt die Güte hätten, uns zu sagen, wo Sie am Sonntag gegen 21 Uhr gewesen sind, Frau Imhofen?«

»Nein«, gab Clara laut und wütend zurück und griff nach Ruths Arm. »Diese Güte hat Frau Imhofen nicht. Sie wird hier keine Aussage mehr machen.« Clara stand auf und zog die vollkommen passive Frau mit sich. »Die heutige Unterredung ist von Ihnen als bloße informelle Befragung bezeichnet worden. Sollten Sie ein Ermittlungsverfahren gegen meine Mandantin wegen des Mordes an Johannes Imhofen einleiten, haben Sie sicher die *Güte,* zunächst mich darüber zu informieren. Bis dahin, schönen Tag noch.« Sie verließ mit Ruth Imhofen im Schlepptau den Raum und ließ die Tür mit einem heftigen Knall hinter sich zufallen.

Ohne Pater Anselm zu beachten, der so tat, als würde er die Ankündigungen am schwarzen Brett neu ordnen und sie dabei neugierig musterte, stapfte Clara den Flur entlang. Ihr Gesicht brannte. Sie musste dringend an die frische Luft. Ruth folgte ihr stumm. Draußen angelangt, lehnte Clara sich heftig atmend gegen den glatten Putz der Mauer und kramte ihre Zigaretten aus der Tasche. Nach einem tiefen Zug, bei dem ihr leicht schwindelig wurde, spürte sie, wie die Erregung langsam verebbte. Selten hatte sie ein solcher Zorn gepackt wie gerade eben in diesem Raum, zusammengepfercht mit diesen beiden unsympathischen Polizeibeamten und dem unfähigen Pater Roman. Was war das nur für eine beschissene Sache, in die sie da geraten war? Jeder schien mehr zu wissen als sie selbst, und jeden Augenblick gab es eine neue, unangenehme Überraschung. Währenddessen tappte sie wie blind im Nebel umher und fühlte dabei eine Verantwortung auf sich lasten, der sie sich nicht gewachsen fühlte. Was sollte das alles? Warum war dieser Lerchenberg mit diesem Scheißfall ausgerechnet zu ihr gekommen? Was hatte der Pater zu verbergen, und was, um Himmels willen, sollte sie mit Ruth Imhofen anstellen? Sie nahm noch einen tiefen Zug. »Es ist zum Kotzen!«, sagte sie laut. Ihr Blick fiel auf die Frau, die reglos neben ihr stand und ihre Schuhspitzen betrachtete. »Tut mir leid«, sagte Clara und versuchte ein schwaches Lächeln. »Soll ich Sie auf Ihr Zimmer bringen?«

Ruth schüttelte den Kopf und erwiderte zu Claras Erstaunen ihr Lächeln. »Gift und Galle«, sagte sie.

Clara hob erstaunt die Augenbrauen. »Wie?«

Ruth lächelte noch immer scheu. Sie streckte ihren Kopf der schwachen Oktobersonne entgegen und sagte langsam: »Gruber. Der Name schmeckt nach Gift und Galle. Er hat wahrscheinlich ein Magengeschwür.«

Clara lachte. Dann warf sie einen Blick zur Glastür, hinter der blasse Schemen sichtbar wurden. »Die beiden werden gleich herauskommen. Haben Sie Lust auf einen Kaffee?«

Ruth nickte. Irgendetwas schien ihre Lebensgeister geweckt zu haben. Ihr Anfall oder was auch immer dieses unheimliche Flüstern von vorhin gewesen sein mochte, war vergessen. Ihre blasse Haut hatte sogar einen Hauch von Farbe angenommen, und ihre Augen leuchteten ähnlich wie beim Anblick der Malutensilien, die Clara ihr mitgebracht hatte. Während sie in das kleine Café gingen, in dem Clara gestern schon mit Pater

Roman gesessen hatte, wurde ihr plötzlich klar, wie einsam Ruth Imhofen sein musste. Offenbar hatte sie außer ihrem Bruder keine näheren Verwandten gehabt, ihre Eltern waren tot und jetzt auch ihr Bruder. Sie war nie verheiratet gewesen, hatte keine Kinder und Freunde nach so langer Zeit in der Klinik sicher auch keine mehr. Sie war vollkommen allein.

Sie setzten sich an einen Tisch am Fenster. Clara zündete sich eine weitere Zigarette an und fragte: »Stört es Sie, wenn ich rauche?«

Ruth schüttelte den Kopf. »Ich habe auch geraucht. Früher. « Ihre Hand strich zärtlich über die Blätter eines buschigen Efeus, der auf dem Fensterbrett stand.

Clara bestellte einen Cappuccino für sich und eine Tasse schwarzen Kaffee für Ruth. Nachdenklich musterte sie die Frau, während diese mit den ihr eigenen, bedächtigen Bewegungen Zucker in ihren Kaffee rührte und dann trank.

»Was haben Sie so gemacht, seit Sie hier im Haus Maximilian sind?«, fragte Clara. Ruth stellte die Tasse ab und zuckte mit den Schultern. »Spazieren gegangen.« Sie machte eine unbestimmte Bewegung mit dem Kopf. »Alles hat sich verändert. Ich versuche, Dinge zu finden, die ich wiedererkenne.«

»Wo waren Sie denn schon überall?«, wollte Clara wissen und dachte dabei an die Villa in Grünwald. Doch Ruth warf ihr einen misstrauischen Blick zu und antwortete nicht. Clara biss sich auf die Lippen. Sie musste vorsichtig sein. Ruth war ein paar Zentimeter aus ihrem Schneckenhaus gekrochen, aber sie war auf der Hut und würde sich bei der geringsten Verunsicherung wieder zurückziehen.

Schweigend tranken sie ihren Kaffee. Dann sagte Clara im leichten Plauderton, bemüht, kein neues Misstrauen zu entfachen. »Sie haben sich wohl nicht besonders mit Ihrem Bruder verstanden?«

Ruth starrte in ihre Tasse. »Früher schon. Dachte ich zumindest.« Dann hob sie den Kopf und sah Clara ins Gesicht. Ihre Augen waren unergründlich. »Ich war es nicht«, sagte sie leise, und der kleine Satz schwebte unwidersprochen im Raum, abwartend, die Worte wie schillernde Seifenblasen, die bei der geringsten Berührung zerplatzen würden. Clara erwiderte ihren Blick. Sie wollte ihr glauben. Sie musste ihr glauben. Doch dann tauchte ein Bild vor ihren Augen auf, das Bild einer Frau im grauen Jogginganzug und weißen Turnschuhen. Sie ging langsam an einem Zaun entlang, ein großer, leerer Garten, hohe Bäume, mitten darin eine schmucke weiße Villa. Es war der Tag des Mordes an Johannes Imhofen. Die Frau blieb stehen, beobachtete, wartete. Worauf? Clara schüttelte den Kopf, um das Bild zu vertreiben. Und dann, gegen die Stimme ihrer Vernunft, die in ihrem Kopf hämmerte und sie vergeblich aufzuhalten versuchte, sagte sie es: »Ich glaube Ihnen.«

Die Seifenblasen blieben ganz. Schillernd und glänzend, trügerisch stabil schwebten sie durch den Raum und zum Fenster hinaus in den kühlen, nebligen Oktobernachmittag. Auf Ruths Gesicht zeigte sich so etwas wie Erleichterung, und Clara fühlte sich plötzlich elend, ohne dass sie sagen konnte, weshalb.

Als sie zurückgingen, war es empfindlich kalt geworden, und Ruth schlang fröstelnd die Arme um ihren mageren Körper. Clara bemerkte erst jetzt, wie dünn sie tatsächlich war. Das weite, unförmige Sweatshirt und die ausgeleierte Hose hatten dies bislang verborgen. Clara war nicht dick, wenngleich sie sich manchmal an bestimmten Stellen ihres Körpers etwas weniger ausgeprägte Rundungen gewünscht hätte, doch im Großen und Ganzen war sie mit sich zufrieden. Obwohl Ruth nur unwesentlich kleiner als sie war, wog sie gut 30 Pfund weniger, schätzte Clara. Sie wirkte wie ein kleines, mageres Kind, wie sie mit hochgezogenen Schultern neben Clara herging. Ein Kind mit einem alten Gesicht.

Haus Maximilian war wie ausgestorben. Clara fragte nicht nach Pater Roman, als ihnen von dem jungen Mann von vorhin die Tür geöffnet wurde. Sie hatte keine Lust, mit ihm zu sprechen. Für heute hatte sie genug von all den Lügen und Ausweichmanövern. Sie begleitete Ruth auf ihr Zimmer. An der Tür blieb sie stehen. »Frau Imhofen«, begann sie zögernd, unsicher, ob sie eine solche Frage überhaupt stellen durfte. »Wie kommt es, dass Sie heute Nachmittag im Café so verändert waren? Was hat Sie dazu bewegt ...«, sie stockte, wurde verlegen, fuhr dann aber fort, »... mir zu vertrauen?«

Ruth war mitten im Zimmer stehen geblieben. Sie antwortete, ohne zu zögern: »Wegen Ihrer Stimme.« Und als sie Claras verständnislose Miene sah, hob sie die Hände und begann, langsam etwas in die Luft zu zeichnen. Weiche fließende Bewegungen, wie Wellen. »Als Sie gestern und heute Vormittag zu mir kamen und mit mir redeten, hatten Sie eine Stimme in der Farbe von Wasser, durchscheinend, wie Tropfen, die sich zu einem Rinnsal sammeln. Ich dachte, jemand mit so einer Stimme kann mir nicht helfen.« Sie warf Clara einen vorsichtigen Blick zu, als fürchte sie, ausgelacht zu werden.

Doch Clara lachte nicht. Sie dachte an ihre Unsicherheit, ihre Ahnungslosigkeit und ihre Versuche, sich in diesem Fall zurechtzufinden. Sie schluckte. Es war ihr ein wenig unheimlich, wie treffend Ruth dies beschrieben hatte. »Und dann?«, fragte sie zögernd, und ihre Stimme klang plötzlich fremd in ihren Ohren, ein wenig heiser, als ob sie sie zum ersten Mal hörte. »Was hat sich geändert?«

»Als Sie mit dem Polizisten geredet haben, heute Nachmittag, bekam Ihre Stimme eine ganz andere Farbe«, sagte Ruth.

»Ach, ja?« Clara räusperte sich.

»Haben Sie schon einmal in einen Ofen gesehen, in dem eine ganze Menge Holz mit wenig Luftzufuhr verbrennt?«, fragte Ruth und wartete Claras Antwort nicht ab. »Es brennt nicht hell, sondern es glüht von innen heraus, das Holz sieht aus, als ob es lebendig wäre. So hat Ihre Stimme ausgesehen.«

»Wie glühendes Holz?«

»Ja.«

Clara sah die Frau an. War sie verrückt? Gerissen? Oder gar beides? Sie war seltsam berührt von Ruths Worten, wollte es aber nicht zugeben. Sie hatte Angst. Irgendetwas an dieser Sache machte ihr Angst, und das Beunruhigendste daran war, dass sie nicht herausfinden konnte, was es war.

CADAQUÉS

Mein Geliebter,

es war ein Fehler, sie anzugreifen. Natürlich war es das. Du hättest es mir gesagt, nicht wahr? Aber ich hätte es auch selbst wissen können. Sie ist die neue Herrscherin im weißen Schloss. Die Schneekönigin. Mir wurde schlecht, als sie es mir heute sagten. Ich habe ihnen vor die Füße gekotzt. Auf ihre weißen Schuhe. Sie haben geflucht. Später ist sie selbst gekommen. Sie hatte mir ein sanftes Lächeln mitgebracht, eines von dieser Sorte, wie sie die Puppen in den Spielwarengeschäften haben. Ihre Stimme hat keine Farbe, ich kann ihre Stimme nicht sehen. Das macht mir Angst, ich kann sie nicht erkennen. Hallo, Schneekönigin, habe ich zu ihr gesagt, ich wollte nicht, dass sie meine Angst sieht. Aber ich glaube, ihre Wasserpfützenaugen können sowieso nur die Dinge sehen, die sie sehen wollen. Sie hat mir etwas von einer neuen Therapie erzählt, die sie in Amerika getestet hätten, bei Menschen mit ähnlichen Problemen wie ich sie habe. Habe ich Probleme?, habe ich gefragt und gelacht, ich bitte Sie, das sind doch keine Probleme … Sie hat nicht mitgelacht. Das Puppenlächeln auf ihrem Gesicht war festgeklebt. Sie hätte erst rausgehen müssen und ein anderes holen. Wahrscheinlich hat sie irgendwo in ihrem Zimmer eine Schachtel mit verschiedenen Gesichtsausdrücken, die sie bei Bedarf aufkleben kann auf ihr Eisgesicht. Ich habe sie nach der Schachtel gefragt. Sie hat nicht reagiert, natürlich nicht. Man darf hier alles tun, Leute angreifen, kotzen, schreien, sogar in die Hose pinkeln, aber ironisch sein oder witzig, das geht nicht. Sie verstehen das nicht.

Der Mann lächelte traurig, als er die letzten Zeilen las. Er strich fast zärtlich über das Papier und stellte sich dabei vor, er streichle ihr Gesicht. Ihre hohen Wangenknochen, die sie so arrogant wirken ließen, den großen Mund, der unaufhörlich reden konnte. Er sah ihre dunklen Augen funkeln, spöttisch, voller Humor.

Er erinnerte sich an eine Ausstellung die sie damals an der Kunstakademie mit organisiert hatten. Verrückte Dinge waren dabei gewesen, aber den Vogel hatte Ruth abgeschossen. Im wahrsten Sinne des Wortes. Sie hatte sich einen großen Käfig gebaut und an der Decke der Eingangshalle aufgehängt, wie einen dieser alten Kanarienvogelkäfige aus Holz. Dort hatte sie sich hineingesetzt, nur mit BH und Slip bekleidet, und jedes Mal, wenn ein Besucher hereinkam, wurde er mit einem schrillen Pfeifen aus einer Flöte und herabrieselndem Stroh begrüßt. Die Leute waren von der Frau im Vogelkäfig mehr irritiert gewesen, als er es sich damals hatte vorstellen können. Er hatte geglaubt, um zu schocken bräuchte es etwas Plakativeres, Ekelerregendes, Krieg, Blut, Gewalt, all das, was sich auch die üblichen Verdächtigen ausgedacht hatten. Doch Ruths »Vogelperspektive«, wie sie ihre Aktion schlicht nannte, wirkte viel verstörender, beunruhigender als alles andere. Die Leute versuchten, mit ihr zu sprechen, doch sie blies nur auf der Flöte. Ab und zu griff sie zwischen den Gitterstäben heraus und nahm einen Schokoriegel oder eine Banane entgegen, die ihr manche Besucher hinaufreichten, als wäre sie tatsächlich ein Tier im Zoo.

Und dann die feierliche Eröffnungsrede, immer wieder unterbrochen von Ruths wenig melodiösem Flötenspiel. Der etwas hilflos wirkende Bürgermeister und daneben, im dunkelblauen Anzug, Ruths Bruder, frischgebackener Stadtrat, Ehrgeizling und Karrierist, wie er im Buche stand, mit zornrotem Gesicht. Am nächsten Tag war das Foto in allen Zeitungen zu sehen gewesen: Die Schwester des Stadtrats, halbnackt im Käfig, mit einer Banane in der Hand. Danach avancierte Ruth für eine Zeitlang zum Liebling der Feuilletons, gab Interviews, in denen sie mal Kluges, mal komplett Unsinniges von sich gab, und posierte Gitanes rauchend in ihrem »Atelier«, einer heruntergekommenen ehemaligen Autowerkstatt in Giesing. Dabei wurde jeder ihrer Sätze, jede ihrer Handlungen in Beziehung zu ihrem Bruder gesetzt. Genüsslich wurde ihr im Grunde eher halbherziges Engagement in der Friedensbewegung ausgewalzt und zum Gegenpol des politischen Engagements ihres Bruders, eines glühenden Strauß-Anhängers, hochstilisiert. Als sie anlässlich einer Demonstration vorübergehend festgenommen wurde, zierte am nächsten Tag ein Bild die Boulevardzeitungen, in der sie zusammen mit ihrem acht Jahre älteren Bruder als Kinder beim Baden in der Isar zu sehen war. *Der schwarze Hannes und seine Krawallschwester in besseren Tagen* lautete die spöttische Bildüberschrift.

Danach war das Interesse an Ruth langsam wieder verebbt, war von anderen Geschichten verdrängt worden. Ruth hatte das gleichgültig hingenommen, so wie ihr auch der Rummel um ihre Person im Grunde gleichgültig gewesen war. Sie war immer auf der Suche nach etwas anderem gewesen, etwas, das ihr die Aufmerksamkeit der Medien nicht geben konnte. Er selbst hatte nie wirklich verstanden, was Ruth so ruhelos, so unstet sein ließ. Sie war wie ein flatterhafter kleiner Vogel, hielt es bei keinem Thema lange aus, konnte sich für vieles gleichzeitig begeistern, und eine Woche später erinnerte sie sich kaum noch daran. Sie malte wunderbare Bilder, die von innen heraus zu leuchten schienen, und versteckte sie hinter einer alten Plane in ihrer Werkstatt. »Ach das dumme Zeug«, gab sie achselzuckend zurück, wenn man sie danach fragte, und es konnte passieren, das sie einem eines der Bilder in die Hand drückte: »Nimm's mit, wenn es dir gefällt.«

Und dann gab es seltene Momente, in denen sie still wurde, sich ihre Aufmerksamkeit ganz auf einen Punkt richten konnte. Auf einen Stein, den sie von der Straße aufgehoben hatte, auf die Wassertropfen am Fenster oder eine Kerbe in der Tischplatte. Irgendwann hing dann eine kleine Zeichnung irgendwo bei ihr an der rauen Werkstattwand oder steckte bei ihm in der Brieftasche, auf die sie den Stein, den Wassertropfen oder die Kerbe gezeichnet hatte, detailgetreu mit feinen, sicheren Bleistiftstrichen.

Der Mann stand endlich auf und steckte die Briefe zurück an ihren angestammten Platz. Damals hatte es angefangen. Mit dieser Aktion auf der Ausstellung, damit hatte das Verhängnis begonnen.

MÜNCHEN

In der Kanzlei wartete Willi auf sie. Er saß vor einer dicken roten Strafakte und hatte seine Brille auf die Stirn geschoben. Zwei ebenfalls dicke Bücher lagen aufgeschlagen auf seinem Schreibtisch. Linda hatte schon Feierabend, und Elise lag, wie neuerdings üblich, vor dem Ofen.

Clara warf einen Blick auf die leuchtenden Flammen, die hinter dem Fenster loderten. »Willi«, fragte sie unsicher. »Welche Farbe hat meine Stimme?«

»Wie?« Willi hob den Kopf. »Was hast du gesagt?«

Clara lächelte verlegen. »Würdest du sagen, meine Stimme hat eine bestimmte Farbe? Rot vielleicht oder auch durchsichtig wie Wasser …« Sie sah ihn fragend an.

Willi starrte sie mit offenem Mund an. »Alles in Ordnung mit dir?«

Clara spürte, wie ihre Wangen heiß wurden, und hastig wandte sie sich ab. »Vergiss es einfach, ja?« Sie ging zum Schreibtisch und schob unschlüssig ein paar Akten hin und her, dann warf sie einen Blick auf die Uhr. Es war kurz nach halb sechs. »Ich gehe nach Hause«, murmelte sie, mehr zu sich selbst als an Willi gerichtet, und stopfte sich ein paar der dringenderen Akten in die Tasche.

»Habe ich was Falsches gesagt?«, wollte Willi wissen und setzte sich seine Brille auf die Nase. »Ich meine, deine Haare sind ziemlich, ähm, rötlich, also irgendwie so rotbraun und …«

Clara musste lachen. »Alles o.k., wirklich.« Sie gab ihm einen Kuss auf die Wange. »Es war nur ein harter Tag.«

Es war noch ein paar Grad kälter geworden, als sie aus der mollig warmen Kanzlei wieder nach draußen trat. Der Nebel, der schon den ganzen Nachmittag über der Stadt gehangen hatte, hatte sich mit der aufkommenden Dunkelheit gesenkt und hüllte jetzt die Häuser wie eine feuchtkalte Decke ein. Clara knöpfte sich ihren Mantel zu und schlug den Kragen nach oben. Ein eisiger Wind fegte die Straße entlang und wirbelte welke Blätter und Staub vor sich her. Elise stand mit eingezogenem Schwanz neben ihr und sah wenig begeistert aus. Clara überlegte einen kurzen, sehr kurzen Augenblick, ob sie sich überwinden und zwei Stationen mit der U-Bahn fahren sollte. Doch um diese Uhrzeit waren die Züge voll. Allein der Gedanke, sich mit dem Kalb Elise in einen der vollbesetzten Wagen zu zwängen, ließ in ihr Übelkeit aufkommen. Keine Experimente mehr heute. »Hab dich nicht so, wir brauchen frische Luft«, sagte sie an ihren Hund gewandt und marschierte entschlossen los. Elise, die da ganz anderer Meinung war und sehnsüchtig an ihren warmen Platz in der Kanzlei zurückdachte, trottete missmutig hinterher.

Schon nach wenigen Minuten flotten Spaziergangs fühlte Clara sich besser, und langsam begann auch Elise widerwillig ihren Kopf zu heben. Noch bevor sie an der Brücke angelangt waren, die über die Isar hinüber zur Au führte, wo Clara nun schon seit fast sieben Jahren wohnte, sprang die große Dogge mit angsteinflößenden Riesenschritten vornweg, als habe es ofenwarme Schlafplätze nie gegeben.

Ihre Wohnung empfing sie kalt und leer. Clara gab Elise zu fressen, dann holte sie sich ein Stück Käse und ein halbleeres Glas Oliven aus dem Kühlschrank und schnitt sich eine Scheibe Brot ab. Betrübt blickte sie auf ihr kümmerliches Abendbrot. Sie hatte wieder einmal vergessen, einkaufen zu gehen. Morgen, nahm sie sich vor. Morgen würde sie sich wieder einmal etwas Gutes gönnen, gesunde, leckere Dinge einkaufen, etwas kochen … Sie nahm den Teller, klemmte sich eine Flasche Mineralwasser unter den Arm und ging damit ins Wohnzimmer. Vorsichtig verteilte sie die Sachen auf ihrem Schreibtisch und ließ sich erschöpft auf den Stuhl plumpsen. Der Käse war an den Rändern aufgebogen und hart, und das Wasser schmeckte schal. Wieder kam ihr der Gedanke, der sie heute auf dem Weg zu Ruth bereits beunruhigt hatte: Was ist es, das die Menschen im Inneren zusammenhält? Was bringt uns dazu, morgens aufzustehen und all die Dinge zu tun, die man im Allgemeinen so tut? Nützlich zu sein, zu funktionieren. Und was kann man tun, wenn dieses Etwas plötzlich nicht mehr da ist?

Nachdem ihr Sohn Sean vor einem guten halben Jahr zu seinem Vater nach Irland gezogen war, um dort zu studieren, hatten ihre hausfraulichen Fähigkeiten erheblich gelitten. Selten raffte sie sich auf, etwas zu kochen, selten war der Kühlschrank voll. Ein paarmal hatte sie sich vorgenommen, das zu ändern, hatte den Tisch in der Küche fein gedeckt, sich eine gute Flasche Wein geöffnet, einen Salat gemacht, ein Steak, Gemüse … Und als sie dann im Licht einer Kerze vor dem Essen gesessen hatte, um sich herum nichts als Stille, war ihr der Appetit vergangen. Sie hatte die Flasche Wein geleert und das Essen in den Kühlschrank gepackt. Am nächsten Tag gab es dann kaltes Steak und Brot vor dem Fernseher. Sie war noch nicht daran gewöhnt, allein zu sein. Jahrelang war Sean ihr Lebensinhalt gewesen. Auch wenn er immer seltener mit ihr zusammen den Abend verbracht hatte, war er doch immer da gewesen. Sie hatte eine bestimmte Sorte Cornflakes im Haus gehabt und die Sorte Brot, die er am liebsten mochte. Er hatte ihr von der Schule erzählt und manchmal, zögernd und mit mehreren Anläufen, von seinen Freundinnen, von denen, die ihn nach ein paar Wochen oder Monaten verlassen hatten und denen, bei denen es umgekehrt gewesen war. Er hatte sogar einmal den vergeblichen, aber trotzdem ziemlich vergnüglichen Versuch gemacht, Clara in die Geheimnisse seiner Computerspiele einzuweihen. Und oft hatte er seine Freunde mit nach Hause gebracht. Hochaufgeschossene, linkische Kerle mit merkwürdigen Frisuren und ebenso merkwürdigen Hosen. Ab und zu war auch mal ein Mädchen dabei gewesen. Sie hatten die Küche belagert, Spaghetti gekocht und dabei einen unbeschreiblichen Saustall veranstaltet.

Clara seufzte und biss in den Käse. Dann zog sie eine Akte aus ihrer Tasche und begann zu lesen.

Zwei Stunden später hatte sie mehrere Schriftsätze diktiert und zwei Rechnungen geschrieben. Ruth kam ihr wieder in den Sinn. Wie sie wohl ihre Abende verbrachte? Sie hatte keinen Fernseher in ihrem Zimmer gesehen, kein Radio, keine Bücher. Sie zog Ruths Akte heraus und las noch einmal das Gutachten von 1983. Dann schaltete sie ihr Laptop ein und tippte den Begriff »Hebephrenie« in die Suchmaschine. Nach einigem Rumklicken fand sie den Begriff auf einer Infoseite über psychische Krankheiten. Aufmerksam las sie die dort angegebene Definition:

Bei der hebephrenen Schizophrenie ist das Denken oft ungeordnet, die Sprache unbestimmt oder bizarr. Ausgeprägte Denkstörungen können dazu führen, dass der Patient alltägliche Aktivitäten wie Mahlzeitenzubereiten oder Sichankleiden nicht mehr verrichten kann. Das Verhalten ist einerseits resonanzlos flach, depressiv, ohne emotionale Wärme, dann wieder rastlos-enthemmt oder ungeniert-distanzlos, nicht selten auffallend durch läppisch-heiteres Benehmen, durch ein nicht nachfühlbares Lachen, Grimassieren oder durch Faxen, insgesamt also eine Inadäquatheit zwischen äußerer Situation und Reaktion.

»Aha.« Clara zündete sich eine Zigarette an. »Läppisch-heiteres Benehmen«, las sie noch einmal laut. »Ungeniert-distanzlos und ohne emotionale Wärme.« Da wüsste ich eine ganze Reihe von »gesunden« Leuten, auf die diese Definition zutrifft.« Sie warf einen Blick auf die Reste ihres Abendessens und fügte hinzu: »Von der Unfähigkeit, Mahlzeiten zuzubereiten, wollen wir jetzt mal gar nicht sprechen.«

Sie klickte sich weiter, ohne wirklich schlauer zu werden. Der einzige Begriff, der immer wieder auftauchte und mit dem sie halbwegs etwas anfangen konnte, war *Schizophrenie*. Hatte man dabei nicht Wahnvorstellungen? Clara hatte das vage Bild von Frauen in wallenden Gewändern vor Augen, denen irgendwelche Geister oder Stimmen aus dem Jenseits befahlen, sich aus dem Fenster zu stürzen oder mit der Axt Jagd auf unschuldige Mitbürger zu machen. Aber diese Vorstellung entsprang wohl eher einem Horrorfilm als der Realität. Außerdem hatte ihre Mutter ja gesagt, bei dieser Art von Schizophrenie zeigten sich gerade keine solche Anzeichen. Aber war die Angewohnheit, Stimmen farbig zu sehen, nicht vielleicht doch schon so eine Art Halluzination? Aber dann war sie ja wohl harmlos. Oder täuschte sie sich da? Vielleicht gab es in Ruths Vorstellungswelt eine bestimmte Farbe, die sie in Rage brachte, von der sie der Meinung war, sie dürfe nicht existieren, müsse vernichtet werden? Womöglich hatte Johannes Imhofens Stimme eine solche Farbe gehabt? Clara schaltete den Computer aus. Farben hören! Was für ein Quatsch! Sie musste sich auf die wesentlichen Dinge konzentrieren. Sie nahm einen Zettel und schrieb darauf:

1. *Mit Pater Roman sprechen!!!*
2. *Alte Strafakte??*
3. *Krankenakte??*

Beim letzten Punkt hielt sie inne. Diese verschwundenen Akten bereiteten ihr am meisten Probleme. Ohne sie konnte sie unmöglich entscheiden, was mit Ruth in Zukunft passieren sollte. Würde es etwas nützen, der Klinik einen Besuch abzustatten? Sie würde diesem Dr. Selmany gern ein paar Fragen stellen und ihm dabei in die Augen sehen.

Sie schrieb noch Dr. Selmany als vierten Punkt auf ihre Liste, dann ringelte sie Punkt 1 rot ein und malte neben Pater Romans Namen einen grimmig aussehenden Totenkopf: Den feinen *Dr. Tenzer* würde sie morgen zuerst in die Mangel nehmen. Sie schob das Blatt zusammen mit der Akte in ihre Tasche zurück und knipste die Schreibtischlampe aus.

Unschlüssig sah sie auf die Uhr. Es war erst kurz nach zehn. Noch zu früh, um ins Bett zu gehen. Ruhelos ging sie zuerst in die Küche, warf noch einen vergeblichen Blick in ihren Kühlschrank und wanderte dann zurück ins Wohnzimmer. Ein verführerisches Wort stahl sich in ihren Kopf. Er war die ganze Zeit schon da gewesen, aber sie hatte es erfolgreich verdrängt: Murphy's Pub. Weshalb zögerte sie nur? Was war schon dabei, wenn sie Mick treffen wollte? Er war immerhin ... ja ... also, ihr Freund, das konnte man doch so sagen. Nicht wahr? Clara musste lächeln angesichts ihrer inneren Rechtfertigungsversuche. Sie benahm sich wie ein alberner Teenager. Wenn sie in ihrer Stammkneipe ein Bier trinken wollte und außerdem Lust auf ein wenig Gesellschaft hatte, dann war das vollkommen in Ordnung. Keine große Sache. Sie lief ihm ja nicht hinterher oder so. Klammerte kein bisschen, niemals, so etwas würde sie nie tun ... Sie warf einen Blick auf Elise, die mit vollem Magen auf ihrer Matratze im Flur schnarchte. Dann griff sie nach dem Telefon, um sich ein Taxi zu rufen.

Als sie eine Straßenecke vor Murphy's ausstieg, bereute sie es fast schon wieder, nicht doch zu Hause geblieben zu sein. Ein scharfer Wind wehte ihr den feinen Sprühregen ins Gesicht, mit dem der Nebel, der die Stadt schon den ganzen Nachmittag belagert hatte, nun endgültig von ihr Besitz ergriff. Die Straßen glänzten vor Nässe, und Clara spürte schon nach wenigen Schritten, wie sich ein feuchter Schleier auf ihre Haare und ihr Gesicht legte. Vor der grünen Tür des Pubs blieb sie stehen. Stimmen klangen heraus, und hinter den milchigen Scheiben bewegten sich schemenhafte Gestalten. Sie schalt sich albern, kindisch und vollkommen bescheuert, doch all das konnte nicht verhindern, dass ihr Herz heftig zu klopfen begann, als sie endlich eintrat.

Sie sah ihn sofort. Hinter dem Tresen am Ausschank stand die Ursache ihres Zögerns und Haderns und Herzklopfens. Michael Hamilton, der Inhaber des Pubs, seit ein paar Monaten so etwas wie Claras ... ja was denn nun eigentlich? Clara wusste es nicht so ganz genau, sie hatte es bisher auch vermieden, sich darüber Gedanken zu machen. Mick war die Sache in ihrem ohnehin nicht sehr geordneten Leben, die sie am wenigsten unter Kontrolle hatte. Sie versuchte es zwar immer wieder, wollte Distanz wahren, sich schützen, vernünftig sein, aber es gelang ihr so gut wie nie. Mick war ihr passiert, und sie wusste noch nicht recht damit umzugehen.

Jetzt hatte er sie bemerkt, und Clara wurde warm, als sie sein Lächeln sah. In einem Anfall von Schüchternheit wandte sie sich ab, um ihren Mantel an einen der vollkommen überfüllten Kleiderhaken neben der Tür zu hängen. Dann zwängte sie sich durch die Menschen hindurch an die Bar. Mick hatte ihr bereits ihren Whiskey eingeschenkt, in ihrem persönlichen Glas, das hier auf sie wartete, seit sie Stammgast des Pubs war, seit gut zehn Jahren. Damals hatte sie es eines Abends von zu Hause mitgebracht und Owen McMurphy, dem damaligen Pächter, in die Hand gedrückt. Mick war damals noch nicht da gewesen.

Ein einfaches, dickwandiges Glas, Überbleibsel aus ihrer Vergangenheit, aus ihrer Zeit in Irland. Als sie nach dem Whiskey griff, berührten sich ihre Hände, und Mick hielt sie für einen Augenblick fest. Sie sah auf und begegnete seinem Blick.

»Schön, dass du da bist«, sagte er.

Clara nickte glücklich. Dann hatte sich Mick schon wieder abgewandt, jemand wollte bezahlen und streckte ihm wedelnd einen Geldschein hin. Der Nächste drückte ihm sein leeres Bierglas in die Hand. Clara beobachtete ihn, seine lässigen Bewegungen, die immer so aussahen, als ob er sich mit allem Zeit ließe, nichts schien ihn aus der Ruhe zu bringen. Es machte ihr nichts aus, dass er keine Zeit hatte, mit ihr zu plaudern, es war so, wie er gesagt hatte, schön, einfach da zu sein.

Sie nippte an dem Whiskey, spürte, wie er warm und weich die Kehle hinunterrann und in ihr die vertrauten alten Bilder beschwörte. Dann zündete sie sich eine Zigarette an und ließ den Blick über den langen Tresen schweifen, vollgestellt mit Gläsern und davor die vielen mehr oder weniger bekannten Gesichter. Einzelne, einsame Typen, die regelmäßig kamen und von denen sie die meisten vom Sehen kannte. Den Blick trübe auf ihr Bier gerichtet, hockten sie vor ihrem Glas wie Inseln in dem Tumult um sie herum. Dazwischen und dahinter Gruppen junger Leute, Studenten, breitschultrige Amerikaner, laut und ausgelassen wie kleine Jungs, und ihre Freundinnen, glatthaarig und stubsnasig, mit perfekten Zähnen und gezupften Augenbrauen.

Ein Mädchen fiel ihr auf, hübsch und dunkel, die trotz der Hitze eine überdimensionale weiße Pudelmütze trug, dazu ein kurzärmeliges, rotes T-Shirt mit der Aufschrift *I'm crazy*. Sie saß am Ende der Bar mit dem Rücken an die Wand gelehnt im Schneidersitz auf dem Tresen und hatte ihre Arme nachlässig um den Hals eines jungen, kahlgeschorenen Mannes geschlungen, den Clara nur von hinten sehen konnte. Sie erinnerte Clara an die junge Ruth ihrer Vorstellung. »Crazy«, flüsterte sie leise in ihr Glas und trank es dann aus. Wie viel schöner klang dieses Wort als das deutsche *verrückt* oder *gestört*. Es klang nach Abenteuer, nach etwas Besonderem, Wildem. Aber vielleicht war das auch nur für ihre deutschen Ohren so. Sie stellte sich ein T-Shirt vor mit der Aufschrift: »Ich bin gestört«, und musste lächeln. Die Textzeile eines alten Songs von Leonard Cohen fiel ihr ein: »*You know, she's half crazy and that's why you want to be there …*« Und einem plötzlichen Einfall folgend stand sie auf und ging in das Nebenzimmer, wo auf der Bühne, einem kleinen erhöhten Podest, ein Klavier stand.

Probeweise spielte sie ein paar Takte, die kaum gegen den Lärm um sie herum andrangen. Niemand beachtete sie. Sie begann, aus dem Gedächtnis die Melodie zu spielen, und während ihre Finger bedächtig über die Tasten wanderten, fühlte sie, wie das Lied in ihrem Kopf langsam Gestalt annahm. Das Stimmengewirr um sie herum wurde leiser, und die Gesichter der Menschen unterhalb der kleinen Bühne verschmolzen zu einer Kulisse. Sie spielte weiter, begann leise zu singen. »*Suzanne takes you down to her place near the river …*«, ihre Stimme wurde lauter, als sie sich sicherer fühlte und ihr der Text wieder einfiel, »*… and you want to travel with her, and you want to travel blind and you know that she will trust you, for you've touched her perfect body with your mind …*«

Sie sah nicht, wie Mick hinter der Theke den Kopf hob und zu ihr hinübersah, als er ihre Stimme durch den Lärm hindurch hörte. Sie bemerkte nicht, wie er zu ihr herüberkam, dann aber stehenblieb und sie nachdenklich betrachtete, bevor er wieder zurückkehrte zu seinem Platz hinter den Zapfhähnen. Sie sang, zwei-, dreimal immer das gleiche Lied, bis sich die rauchgeschwängerte Luft auf ihre Stimmbänder legte und sie kratzig und rau werden ließ. Dann ließ sie die Hände sinken. Vereinzelt klatschte jemand Applaus, und sie hob überrascht den

Kopf. Ein paar Gäste hatten sich unterhalb der Bühne versammelt und ihr zugehört. Sie spürte, wie sie errötete, und senkte lächelnd den Kopf.

Als sie an die Bar zurückging, hatte sich das Lokal schon merklich geleert. Das Mädchen mit der Pudelmütze und ihr Begleiter waren fort. Mick schenkte ihnen beiden ein Bier ein und setzte sich neben sie auf einen der Barhocker. Er begann, mit der ihm so eigenen, aufmerksamen Sorgfalt eine Zigarette zu drehen, und Clara schaute ihm schweigend zu. Etwas, was Clara an Mick besonders mochte, war seine Art, die Dinge einfach so zu lassen, wie sie waren. Er konnte gut zuhören und fand auch nichts dabei, wenn sie beide einfach schwiegen. Und gerade diese Eigenschaft hatte in der Vergangenheit dazu geführt, dass Clara langsam begonnen hatte, sich ihm gegenüber ein wenig zu öffnen und fast gegen ihren Willen Dinge über sich zu erzählen, die sie normalerweise für sich behielt. Bei Mick fühlte sie sich sicherer als sonst, gewissermaßen außer Gefahr. Und diese Erkenntnis hatte dazu geführt, dass sie sich plötzlich die Frage stellen musste, vor welcher Gefahr sie glaubte, sich schützen zu müssen. Eine Antwort darauf war sie sich bislang schuldig geblieben.

Sie trank einen großen Schluck von ihrem Bier und verdrängte die tiefsinnigen Betrachtungen aus ihrem Bewusstsein. Es tat ihr gut, mit Mick zusammen zu sein. Es war wie ein kostbarer, kleiner Schatz, den sie behüten und bewahren wollte und den sie vor allzu neugierigen Fragen und Herumgestochere schützen musste. Auch vor ihrer eigenen Angewohnheit, ständig alles und jeden in Frage zu stellen.

Mick hatte mittlerweile sein Kunstwerk beendet und sich die dünne Zigarette angezündet. »Ich könnt' für heute Schluss machen«, sagte er mit seinem weichen, englisch-bayerischen Akzent. »Tami kann sich um den Rest alleine kümmern.«

Der Rest waren unter anderem zwei versprengte Herzensbrecher, die noch an der Bar lehnten, ihre Gläser fest umklammert, und eine Gruppe Frauen anstierten, die an einem Tisch in der Ecke saßen und sich angeregt unterhielten. Keine der Frauen würdigte die Männer an der Bar auch nur eines Blickes. Sie waren mit sich und der Welt ganz offensichtlich zufrieden, und ihr ausgelassenes Gelächter drang bis zu ihnen herüber. Einer der Männer stieß seinen Kumpel an und machte eine anzügliche Bemerkung. Clara betrachtete die beiden mit einem Anflug spöttischen Mitleids. Schon wieder welche von der Sorte, die glaubten, die Welt der Frauen drehe sich einzig um sie, die Krone der Schöpfung. Auf die Idee, überhaupt noch gar nicht bemerkt worden zu sein, kamen sie überhaupt nicht, lieber interpretierten sie das fröhliche Gelächter als Flirtversuch der armen Mauerblümchen, die es gar nicht erwarten konnten, von ihrem männerlosen Dasein erlöst zu werden.

Claras Blick wanderte weiter zu Tami, der australischen »Austauschstudentin«, die nun schon über zwei Jahre im Murphy's bediente und es gar nicht eilig zu haben schien, in ihre Heimat zurückzukehren. Unvermittelt wanderten Claras Gedanken zurück zu Mick, der aus Newcastle stammte. Er war auch schon einige Jahre in München. Würde er irgendwann nach England zurückgehen? Sie trank hastig ihr Glas aus. Was für ein Schwachsinn, sich jetzt über so etwas Gedanken zu machen. Stattdessen nickte sie lächelnd »Ja, lass uns gehen.«

Während sie auf Mick wartete, der der blonden Australierin die Schlüssel und noch ein paar Anweisungen gab und dann seine Jacke unter dem Tresen hervorkramte, spürte sie wieder ihr Herz klopfen, verdächtig nahe an ihrem Hals.

Als Clara am nächsten Morgen erwachte, wusste sie zunächst nicht, was sie geweckt hatte. Ein Blick auf die Uhr sagte ihr, dass es halb acht war. Der Sprühregen hatte sich in der Nacht in einen handfesten Herbstregen verwandelt und prasselte heftig gegen die Fenster. Einen Augenblick blieb sie still liegen und betrachtete Mick, der noch schlief, sein Kopfkissen fest umklammert. Ein Klingeln an der Haustür ließ sie hochfahren. Sie sprang aus dem Bett und streifte sich ihren alten Morgenmantel über, der hinter der Tür hing.

»Guten Morgen!« Es war Gesine, ihre Schwester, die fröhlich ihren Kopf zur Tür hereinstreckte, in der Hand eine Papiertüte vom Bäcker. »Hallo Schwesterchen! Bin heute Vormittag in der Stadt shoppen und dachte, wir könnten zusammen frühstücken, bevor du in die Kanzlei musst.« Sie drängelte sich zur Tür herein und hauchte Clara zwei Küsse links und rechts auf die Wange. Dann schob sie sie eine Armeslänge von sich weg und bemerkte nach eingehender Untersuchung von Claras Gesicht trocken: »Du siehst scheiße aus!«

»Danke auch.« Clara rieb sich die Augen und versuchte, ihre Haare glatt zu streichen, während Elise an ihr hochsprang und einen feuchten Schmatzer auf ihrer Nase platzierte, um dann an ihr vorbei ins Schlafzimmer zu drängen. Clara hatte die Dogge gestern Abend auf die Matratze im Flur verbannt und die Tür zum Schlafzimmer geschlossen, nachdem Elise, die sauer war, weil Clara sie zu Hause gelassen hatte, Mick zunächst mit beträchtlichem Argwohn umschlichen und dann mehrfach den Versuch gestartet hatte, zu ihnen ins Bett zu springen. Clara murmelte: »Gesa, das ist ja eine Überraschung …«, während sie fieberhaft überlegte, wie sie ihre Schwester so schnell wie möglich wieder loswerden könnte. Doch ein lauter Schrei unterbrach ihre Gedanken, gefolgt von ein paar deftigen, englischen Flüchen. Gesine riss die Augen auf, und Clara schob sie kurz entschlossen in Richtung Küche. »Mach's dir doch schon mal bequem oder schalte die Kaffeemaschine ein, ich komme sofort …«

Clara hastete ins Schlafzimmer. »Was ist passiert?«, begann sie, doch dann verstummte sie angesichts des Bildes, das sich ihr bot: Elise lag in ihrer ganzen Größe quer über dem Bett und knurrte drohend, mit hochgezogenen Lefzen. Dem Bett gegenüber, zwischen Klavier und Schrank eingeklemmt, stand Mick und hielt sich ein Kissen schützend vor den Bauch. Als Elise Clara bemerkte, hörte sie sofort mit dem Knurren auf und klopfte freundlich mit dem Schwanz auf die Bettdecke.

»Sie hat mich gebissen!« Mick deutete empört auf Elise und umklammerte mit der freien Hand das Kissen noch fester.

»Wohin denn?«, fragte Clara unschuldig und musterte Mick von oben bis unten. Ihr Blick blieb einen Moment an dem Kissen hängen, und um ihre Mundwinkel zuckte es.

Mick schaute sie finster an. »In die Wade.«

Clara schüttelte den Kopf. »Was ist denn in die gefahren?« Streng sah sie ihren Hund an. »Mach, dass du rauskommst, aber dalli!«

Elise sprang beleidigt vom Bett. Sie hatte zumindest ein Lob erwartet für die tapfere Verteidigung ihres Frauchens vor diesem Eindringling. Oder aber auch eine etwas handfestere Belohnung wie beispielsweise ein Stück von dem Pansen, den Clara vor ein paar Tagen beim Metzger gekauft hatte und der in einer Tüte auf der Wäscheleine vor dem Küchenfenster hing, um nicht die ganze Wohnung mit dem Gestank zu verpesten, wie Clara in einer völligen Fehleinschätzung des köstlichen Duftes gemeint hatte.

Als Elise abgezogen war, setzte sich Clara auf die Bettkante und klopfte einladend neben sich: »Lass mal sehen.«

Micks Wade war ein wenig gerötet, und man sah schwach den Abdruck von Elises Zähnen, die Haut war jedoch unversehrt. Etwas anderes hatte Clara auch nicht erwartet. Doch trotzdem war Elises Verhalten ungewöhnlich. Clara überlegte. Seit sie Elise vor fünf Jahren bekommen hatte, war Mick der erste Mann, der bei ihr übernachten durfte. Bei den wenigen, nichtssagenden Affären, die sie seit der Trennung von ihrem Ehemann Ian vor sechzehn Jahren gehabt hatte und die kaum die Bezeichnung Affäre verdient hatten, war es schon aus Rücksicht auf ihren Sohn nie dazu gekommen. Aber jetzt war Sean ausgezogen, letzten Monat hatte er seinen zwanzigsten Geburtstag gefeiert. In Irland, nicht bei ihr in München. Clara holte einen kalten Waschlappen aus dem Bad und drückte ihn auf Micks Bein. »Tut mir leid. Elise ist fremde Männer in meinem Bett nicht gewöhnt.«

Mick verzog das Gesicht. »Schön, das zu hören.«

Clara lächelte. »Sie wird sich daran gewöhnen.«

Mick warf ihr einen erstaunten Blick zu, schwieg aber, und Clara senkte hastig den Kopf, um ihn nicht sehen zu lassen, wie sie errötete. »Ach, und übrigens haben wir Besuch«, sagte sie schnell. »Meine Schwester war der Meinung, es sei eine gute Idee, mich zu überraschen.« Sie schnitt eine Grimasse.

Mick hob spöttisch die Brauen: »Noch ein Exemplar der Familie Niklas? Und das am frühen Morgen. Ob ich das verkrafte?« Er fuhr sich mit den Fingern durch die Haare und stand vorsichtig auf, ohne sein Bein zu belasten.

Clara seufzte. »Um dich mache ich mir dabei am wenigsten Sorgen.«

Gesine erwartete sie in der Küche. Sie hatte ihren eleganten Kamelhaarmantel abgelegt und hantierte geschäftig mit der Kaffeemaschine herum. Clara, die hastig ihre alte Jeans und ihren grünen Lieblingspullover übergezogen hatte, musterte deprimiert das edle Erscheinungsbild ihrer älteren Schwester. Sie trug ein flauschig weiches Twinset in Hellgrau, dem Anschein nach aus Kaschmirwolle, dazu schwarze, enge Hosen und flache Stiefel aus weichem Leder. Gesine war achtundvierzig, wirkte aber nicht zuletzt wegen ihrer perfekten Figur wie höchstens vierzig, und sie war gepflegt vom Scheitel bis zur Sohle. Claras Laune sank auf den Nullpunkt, als sie ihr zusah, wie sie mit flinken Bewegungen alle ihre Schränke öffnete und nach dem Geschirr suchte. »Der wütende Herr aus deinem Schlafzimmer frühstückt mit, nehme ich an?«, sagte sie leichthin und nahm drei Tassen aus dem Fach.

Clara schloss für einen Moment die Augen und fragte sich, womit sie das verdient hatte. »Der Herr nimmt drei Spiegeleier mit Speck und Toast«, bestellte sie ironisch.

Gesine unterbrach ihre Vorbereitungen einen Augenblick und verdrehte die Augen. »Himmel, Clara, ich konnte doch nicht ahnen, dass du Besuch hast! Mutter hat mit keinem Ton erwähnt, dass du …«

Clara schüttelte ungeduldig den Kopf und nahm ihr die Tassen ab. »Ist schon gut.« Sie verteilte sie auf dem kleinen Tisch und ging ins Wohnzimmer, um einen dritten Stuhl zu holen. Als Mick in die Küche kam, unrasiert und mit vom Duschen noch feuchten Haaren, stellte Clara die beiden einander vor, dann hielt sie für einen Augenblick den Atem an.

Gesine lächelte auf eine Art und Weise, wie sie Clara nur allzu gut kannte. Ihr ebenmäßiges Gesicht schien zu strahlen, als ob ihr noch nie eine größere Freude zuteil geworden wäre, als an diesem Morgen Herrn Hamilton zu begegnen. Doch wenn man genau hinsah, bemerkte man, dass ihre Augen nicht mitstrahlten, sie blieben unbeteiligt hinter einer Maske von professioneller Herzlichkeit. Gesas Kundengesicht, nannte Clara dies, und sie konnte förmlich sehen, was sich dahinter im Kopf ihrer Schwester abspielte. Sie beschloss, es vorerst zu ignorieren, und schenkte sich Kaffee ein.

Mick war höflich, aber ziemlich wortkarg und beteiligte sich kaum an dem Gespräch. Da Clara weder Lust noch Talent zu höflichem Smalltalk hatte, verlief das Frühstück in angespanntem Schweigen.

Nach einer knappen halben Stunde stand Mick auf. »Ich muss los«, sagte er, und Clara verspürte Bedauern, gemischt mit Erleichterung, für die sie sich sofort schämte. Sie begleitete ihn zur Tür. »Tut's noch weh?«, fragte sie mit einem Blick auf sein Bein. Er schüttelte den Kopf und gab ihr einen Kuss, von dem Clara an diesem Morgen gerne noch mehr gehabt hätte. Dann war er weg.

Clara blieb noch einen Augenblick im Treppenhaus stehen und kämpfte mit dem Impuls, ihm einfach nachzulaufen, ihre Schwester in der Küche sitzen zu lassen und den Tag blauzumachen. Dann schloss sie seufzend die Tür und ging zurück in die Küche. Gesine schenkte sich gerade Kaffee nach. Clara ließ sich auf den Stuhl fallen und griff nach dem letzten Croissant. Elise hatte sich nach ihrer Attacke auf Mick hinter das Sofa im Wohnzimmer verkrochen und sich seitdem nicht mehr blicken lassen. Clara fand, sie sollte dort ruhig noch ein bisschen schmoren, und biss genussvoll in den weichen, buttrigen Blätterteig.

Gesine hob den Blick von ihrer Kaffeetasse und musterte Clara einige Augenblicke lang wie ein unbekanntes Insekt, das man gerade erst entdeckt hat und über das man ratlos nachgrübelt, welcher Gattung es angehören könnte. Dann sagte sie kühl: »Das ist nicht dein Ernst, oder?«

Clara verschluckte sich. »Was?«

»Na, dieser Typ. Ist das einer von Seans Freunden?«

»Sag mal, spinnst du? Sean ist gerade mal zwanzig!«

»Na, recht viel älter scheint der Knabe ja wohl auch nicht zu sein.« Gesine schmierte sich eine halbe Semmel und nahm einen Teelöffel voll Marmelade.

Clara spürte, wie sie rot wurde. Mick war fast neun Jahre jünger als sie, und das war einer der wunden Punkte in ihrer gerade mal begonnenen Beziehung. Doch ihn altersmäßig auf die Stufe ihres Sohnes zu stellen, war schon ein starkes Stück. »Und wenn es so wäre, ginge es dich auch nichts an«, fauchte sie giftig.

Gesine biss in ihre Semmel. »Was treibt er denn so, dieser Mick«, fragte sie ungerührt weiter, ohne auf Claras bissigen Kommentar einzugehen. »Wie ein Rechtsanwalt sieht er jedenfalls nicht aus. Aber vielleicht studiert er ja noch?« Ihr Mund verzog sich zu einem spöttischen Lächeln. »Da ist er sicher froh, wenn du ihm finanziell ein wenig unter die Arme greifst.«

Claras Hände ballten sich unter dem Tisch zu Fäusten. Doch sie wollte sich von ihrer Schwester nicht provozieren lassen. Diesmal nicht. Deshalb lächelte sie nur milde, obwohl es sie die größte Überwindung kostete, und sagte mit honigsüßer Stimme: »Er ist drogensüchtig, und ich habe ihn am Bahnhof aufgelesen.«

Gesine knallte ihre halbgegessene Semmel auf den Teller: »Warum bist du nur immer so unmöglich, Clara?« Sie schüttelte den Kopf. »Man wird ja wohl noch mal seine Meinung sagen dürfen! Schließlich hattest du in der Vergangenheit nicht gerade ein glückliches Händchen bei der Auswahl deiner Männer. Aber bei dir muss es ja immer etwas *anderes* sein, immer abseits der Norm! Das ist nur noch lächerlich. Du bist schließlich kein Teenager mehr.«

Clara fiel es schwer weiterzuatmen. Ihr Gesicht brannte, und am liebsten hätte sie ihrer Schwester die Tasse Kaffee ins Gesicht geschüttet. »Hauptsache, ich werde nie so wie du, Gesa«, sagte sie leise und stand auf. »Ich denke, du gehst jetzt besser. Ich muss zur Arbeit.«

Als Gesine sich frostig verabschiedet hatte und die Tür mit einem Knall hinter ihr zufiel, traten Clara Tränen in die Augen. Ihr Gesicht brannte vor Wut. Sie ging zurück in die Küche und räumte langsam das Geschirr ab. Dann zündete sie sich eine Zigarette an und öffnete das Küchenfenster. Es regnete noch immer, und die Luft war getränkt von Feuchtigkeit. Es roch nach nassen Blättern, nach Herbst und matschigen Wiesen. Sie dachte an das Gefühl von gestern, als sie in Micks Pub gekommen war, und versuchte, die Wärme und Sicherheit, die sie umgeben hatte, zurückzuholen.

Es gelang ihr nicht. Gesines boshafte Worte drängten sich immer wieder dazwischen. Sie hatte recht gehabt mit ihrem Bedürfnis, ihre Beziehung zu Mick schützen zu wollen. Denn jetzt war das, was für sie ein Schatz gewesen war, herausgezerrt, zertrampelt worden, und im hellen Tageslicht schienen die kostbaren Edelsteine nichts als billiges Plastik zu sein. Sie wischte sich die Tränen mit dem Handrücken ab und schloss das Fenster. »Nein!«, sagte sie laut. »Deine Meinung zählt nicht, Gesa! Du hast keine Ahnung!« Doch ihre Tränen wollten nicht versiegen, und das Gefühl, dass etwas zerstört worden war, blieb.

Als Clara mit Elise eine gute Stunde später im strömenden Regen in der Kanzlei ankam, waren ihre Schuhe klitschnass, die Hosenbeine bis zum Knie dreckverspritzt und ihre Stimmung auf dem absoluten Tiefpunkt. Linda und Willi erwarteten sie bereits. Sie warfen sich einen betretenen Blick zu, als Clara mit tropfendem Schirm und grimmigem Gesichtsausdruck hereingestürmt kam und laut fluchte: »Scheißwetter!« Als Clara die beiden bemerkte, wie sie wie ein Empfangskomitee Schulter an Schulter vor ihr standen, blieb sie wie angewurzelt stehen.

Linda trat unbehaglich von einem Bein auf das andere und wich Claras Blick aus. Willi hatte die Stirn in tiefe Falten gelegt. In seiner Hand hielt er eine Zeitung.

Clara stöhnte auf. Ihr war klar, was nun kam. »So schlimm?«, fragte sie und streckte die Hand aus.

Beide nickten synchron. Willi zögerte, ihr die Zeitung zu geben, doch dann klappte er sie auf und hielt sie Clara entgegen.

Das Foto war auf der Titelseite. Unübersehbar. Es zeigte Clara, wie sie Ruth gestern Vormittag vor den Journalisten zu schützen versucht hatte. Ihr Gesicht war vor Wut verzerrt, der Mund weit aufgerissen, sie wirkte aggressiv und ziemlich außer Kontrolle. Darüber prangte in großen Lettern die Überschrift: *Prügelanwältin greift Journalisten an!*

Clara überflog den Artikel, lachte kurz und verächtlich, als sie las, dass der Fotograf sie wegen Körperverletzung angezeigt hatte, dann drückte sie die Zeitung Willi wieder in die Hand und ging zu ihrem Schreibtisch, ohne ein Wort an die beiden zu richten. Sie ließ sich auf ihren Stuhl sinken und vergrub ihren Kopf in beiden Händen. Was sollte aus einem Tag, der so begonnen hatte, auch anderes werden als eine Katastrophe? Clara fühlte sich müde, ausgelaugt, und am liebsten hätte sie sich sofort wieder ins Bett gelegt und die Decke über den Kopf gezogen.

»Clara ...« Willi war ihr gefolgt und stand jetzt vor ihr.

Clara winkte rüde ab. »Lass mich bloß zufrieden! Deine Vorwürfe kannst du dir sparen.« Sie drehte sich um und begann, in ihrer Tasche zu kramen.

»Kein Mensch macht dir einen Vorwurf!«, sagte Willi ruhig.

Clara hob den Kopf. »Ach!«, brachte sie überrascht hervor. »Ich dachte ...« Sie brach ab.

Willi klappte die Zeitung erneut auf und musterte das Bild mit zusammengekniffenen kurzsichtigen Augen. »Du hast zwar schon mal vorteilhafter ausgesehen, aber insgesamt bist du ganz gut getroffen, so ... entfesselt ...« Jetzt grinste er, und Clara riss ihm die Zeitung aus der Hand. »Entfesselt! Na, danke schön.«

»Wir könnten das Foto vergrößern und ins Schaufenster hängen, zusammen mit dem Slogan: Wir prügeln uns sogar für unsere Mandanten!« Willi malte große Buchstaben in die Luft.

Clara musste wider Willen lachen. »Du bist vielleicht ein Idiot.«

Ein Hüsteln von Linda ließ die beiden verstummen. Sie deutete nach oben und meinte mit leiser Stimme: »Es ist jemand für Sie da, Frau Niklas.«

»Das sagen Sie jetzt erst? Wer denn?« Clara konnte sich nicht erinnern, für heute Morgen mit jemandem einen Termin vereinbart zu haben.

»Frau Lerchenberg«, antwortete Linda noch immer mit gedämpfter Stimme, als könne die Besucherin im ersten Stock jedes Wort mithören. »Sie hatte gestern doch schon einmal angerufen ...«

Clara schlug sich mit der flachen Hand vor die Stirn. »Das hatte ich vollkommen vergessen! Hat sie gesagt, was sie will?«

Linda zuckte mit den Schultern. »Nein, aber sie hat einen Koffer dabei.«

»Einen Koffer?«

Britta Lerchenberg war eine hübsche, etwas dralle Frau Anfang dreißig mit einem weizenblonden Pferdeschwanz und dem Gesicht voller Sommersprossen. Unter normalen Umständen war sie sicher eine recht fröhliche und lebenslustige Person, vermutete Clara. Jetzt, so kurz nach dem Tod ihres Mannes, war davon jedoch nichts zu spüren. Ihr Gesicht war fahl, und die Sommersprossen wirkten wie graue Flecken, was ihre helle Haut noch blasser machte. Die Augen mit den blonden Wimpern waren ungeschminkt und rotgerändert. Sie trug Schwarz.

Clara hatte schon viele Witwen Schwarz tragen sehen, meist ältere Frauen, und oft hatte es etwas Aufgesetztes, Theatralisches gehabt. Doch bei Britta Lerchenberg wirkte es echt. Es wirkte so, als ob sie keine Farbe ertragen könnte, weder im Gesicht noch in der Kleidung, und zum ersten Mal begann Clara den Sinn dieser Tradition zu verstehen.

Sie reichte Frau Lerchenberg die Hand und setzte sich ihr gegenüber. »Möchten Sie etwas trinken? Kaffee oder ein Glas Wasser?«

Die Frau nickte. »Kaffee, schwarz, bitte.« Sie hatte eine klare, feste Stimme.

Clara hob den Hörer des Telefons und bat Linda um zwei Tassen Kaffee. Während sie warteten, fiel Claras Blick auf den Koffer neben der Frau. Es war ein alter großer Lederkoffer, in der Mitte ein wenig zusammengesunken und an den Seiten ausgebeult. Etwas Unförmiges befand sich offenbar darin.

Linda kam lautlos herein und stellte ein kleines Tablett mit zwei Tassen und Milch und Zucker auf den Tisch.

Als sie die Tür wieder geschlossen hatte, fragte Clara: »Weshalb wollten Sie mich sprechen?«

Frau Lerchenberg ließ sich Zeit. Sie zog ihre Tasse näher zu sich heran und rührte mit dem Löffel darin herum, obwohl es nichts zu rühren gab, denn sie hatte weder Milch noch Zucker genommen. Sie brauchte die Zeit offenbar, um sich zu sammeln, die Dinge zu ordnen, die sie sich für dieses Gespräch zurechtgelegt hatte.

Clara wartete geduldig, während sie selbst an ihrem Kaffee nippte.

Endlich sagte die Frau: »Mein Mann wird am Montag beerdigt.«

Clara stellte die Tasse zurück auf den Tisch. »Dann steht die Todesursache also fest?«

Britta Lerchenberg nickte, widerstrebend, wie es schien. Ihre Augen waren von einem sehr hellen Blau. »Offiziell war es ein Unfall«, sagte sie gedehnt, und der Satz blieb in der Luft hängen wie ein loser Faden an einem Kleidungsstück.

»Offiziell?«

»Ja.«

Clara wartete, aber es kam nichts mehr. »Aber Sie glauben das nicht?«, hakte sie schließlich nach.

Britta Lerchenberg schüttelte den Kopf »Egal, was die Polizei sagt, ich weiß, wer die Schuld an seinem Tod trägt.« Sie wischte sich mit einer müden Geste eine Strähne aus der Stirn. »Er hat ihn umgebracht.«

»Wen meinen Sie mit *Er*?«, wollte Clara erstaunt wissen.

»Sein Chef, dieser verdammte Selmany.« Britta Lerchenberg kniff die Augen zusammen und überlegte. »Im Juli hat es angefangen. Genauer gesagt am Geburtstag unserer jüngeren Tochter, sie ist am 4. Juli zwei geworden. Ralph kam erst spätabends nach Hause, er hatte den Geburtstag völlig vergessen. So wie an diesem Abend habe ich ihn noch nie erlebt: Er war außer sich. Richtiggehend erschüttert. ›So eine Riesenschweinerei‹, hat er immer gesagt, und ›damit dürfen sie nicht durchkommen!‹ Sie hob die Schultern und ließ sie wieder fallen. »Am Ende ist *er* nicht durchgekommen.«

»Von welcher Schweinerei hatte er gesprochen?«

»Ich weiß es nicht. Er wollte es mir nicht sagen. Aber es ging um Ruth Imhofen. Selmany war absolut dagegen, dass Ralph ein neues Gutachten in Auftrag gibt. Und dann hat auch noch ihr Bruder alles darangesetzt, zu verhindern, dass sie entlassen wird. Er war sogar einmal bei uns zu Hause, hat Ralph unumwunden Geld angeboten, eine ganze Menge Geld, damit er die Sache ruhen lässt.« Sie seufzte tief. »Ralph war nicht käuflich. Er hat ihn rausgeschmissen.«

»Johannes Imhofen hat versucht zu verhindern, dass seine Schwester entlassen wird?«, fragte Clara ungläubig. »Warum das denn?«

»Das wusste selbst Ralph nicht. Er war ziemlich erstaunt, als Imhofen plötzlich vor unserer Tür stand.«

»Also betraf die Schweinerei, von der er gesprochen hat, nicht Imhofen?«

»Nein. Es ging dabei um die Klinik. Erst als Ralph den Stein ins Rollen gebracht hat, wurde klar, dass nicht nur Selmany, sondern auch Ruths Bruder ein Interesse an ihrem Verbleib in der Klinik hatte. Aber fragen Sie mich bitte nicht, wieso. Jedenfalls hat sich Ralph mit seinem Einsatz für diese Frau eine Menge Probleme eingehandelt. Selmany hat ihn schikaniert, wo immer es ging, er musste wochenlang Nachtschichten schieben, und dann gab es immer wieder falsche Anschuldigungen, wie zum Beispiel Unregelmäßigkeiten bei den Medikamenten, die er verwaltete, oder den Vorwurf, er habe Patienten schlecht behandelt, unzulässigerweise fixiert oder mit zu hohen Medikamentendosen ruhiggestellt ...«

Sie warf Clara einen flehenden Blick zu, bevor sie weitersprach: »Aber er hat das nicht gemacht, er war ...«, sie schluckte heftig, »... er war der geduldigste Mensch, den Sie sich vorstellen können. Nie hätte er so etwas getan. Im Gegenteil, er hat sich immer für mehr Offenheit eingesetzt, mehr Zeit für die Patienten, weniger Medikamente ...« Sie schüttelte den Kopf. »Sie haben das alles nur erfunden, um ihn mundtot zu machen.«

Ihr Gesicht verzog sich schmerzlich. »Und gestern sagte mir die Polizei, die Obduktion habe ergeben, dass er ein starkes Beruhigungsmittel eingenommen habe und deshalb gegen den Baum gefahren sei.« Sie schlug die Hände vors Gesicht und begann zu schluchzen.

Clara ließ sie weinen. Als Britta Lerchenberg sich wieder gefangen hatte, fragte sie nachdenklich: »Aber warum zweifeln Sie an einem Unfall? Ihr Mann stand nach dem Mord an Imhofen sehr unter Druck. Er wusste, man würde Ruth verdächtigen und damit ihn mit an den Pranger stellen. Und er wusste, dass seine Stelle in der Klinik auf dem Spiel stand.« Ihr fielen die heftigen Stimmen wieder ein, die sie gehört hatte, als Lerchenberg sein Telefonat mit ihr unterbrochen hatte, und sie fuhr behutsam fort: »Wenn es tatsächlich darum ging, eine Schweinerei zu vertuschen, konnte Selmany es nicht tolerieren, dass Ihr Mann eine auswärtige Anwältin beauftragt. Sicher kam es zu einer heftigen Auseinandersetzung, wahrscheinlich wurde ihm endgültig mit Kündigung gedroht, und Ihr Mann hat sich darüber sehr aufgeregt. Er hat irgendein Beruhigungsmittel genommen ...«

»Nein!« Der Einwand kam unerwartet heftig, und Clara verstummte überrascht.

»Warum?«, fragte sie noch einmal. »Warum kann es nicht so gewesen sein?«

Britta Lerchenberg sah sie fest an, und in ihrem Blick lag etwas Drängendes, eine Bitte, ihr gegen alle Wahrscheinlichkeit zu glauben. »Weil mein Mann niemals so ein Medikament angerührt hätte. Er hatte tagtäglich damit zu tun, er sah an seinen Patienten, was sie anrichten können.«

Clara fiel Pater Roman ein, er hatte sich auf ihre Frage, ob Lerchenberg möglicherweise tablettenabhängig gewesen war, ähnlich entschieden geäußert. Wenn aber Lerchenbergs Tod kein Unfall gewesen war, was dann?

Britta Lerchenbergs Stimme riss sie aus ihren Gedanken: »Glauben Sie mir nicht?«, fragte sie, und hinter ihrer äußerlich noch immer festen Stimme lauerte Hoffnungslosigkeit.

»Doch, natürlich«, sagte Clara schnell und war sich gleichzeitig nicht ganz sicher. Kannte man denn einen Menschen jemals so gut, dass man wusste, wie er in Extremsituationen reagierte? Was, wenn Ralph Lerchenberg doch in voller Absicht gehandelt hatte? Immerhin musste er befürchten, alles zu verlieren, sein Ansehen, seinen Job ... Es hatten sich andere schon wegen geringfügigerer Probleme das Leben genommen. Je länger sie darüber nachdachte, desto wahrscheinlicher schien ihr diese Möglichkeit. Doch es wäre grausam gewesen, Britta Lerchenberg jetzt darauf hinzuweisen. Wahrscheinlich hatte sie diese Möglichkeit selbst schon in Betracht gezogen, wollte es aber nicht glauben, konnte es nicht glauben, um nicht vollends zu verzweifeln. Lieber klammerte sie sich an ihren Hass gegen Dr. Selmany fest, solange es ging. Clara konnte sie gut verstehen. Schließlich meinte sie zögernd: »Ich weiß, ehrlich gesagt, nicht genau, was Sie jetzt von mir erwarten. Ich habe viel zu wenig Informationen, um irgendetwas zu unternehmen ...«

»Ich weiß. Deshalb bin ich hier«, unterbrach sie Britta Lerchenberg und deutete auf den Koffer neben sich: »Ralph kam am Montag damit an. Es war eigentlich sein freier Tag gewesen. Nachdem er aber von Johannes Imhofens Tod gehört hatte, ist er am Abend noch einmal in die Klinik gefahren und hat alle Unterlagen über Ruth Imhofen geholt, die er finden konnte. Er wollte sie Ihnen geben.«

Clara zog den Koffer zu sich heran und öffnete ihn. Eine ganze Menge dicker Ordner fielen heraus, darunter auch die nicht zurückgeschickten Akten des alten Ermittlungsverfahrens. Außerdem eine Menge Notizen, unzählige dünnere, grünliche Mappen, alle mit Ruths Namen und Geburtsdatum beschriftet, offenbar Ruths Krankenunterlagen. Sie glitt mit der Hand darüber, zog das eine oder das andere ein kleines Stück heraus, konnte mit den Fingern die Worte, die Sätze, die Erklärungen, die auf sie warteten, förmlich spüren. Langsam sagte sie, ohne die Hände von den Akten zu lassen: »Sie hätten diese Akten nicht behalten dürfen, das wissen Sie?«

Die Frau nickte. »Krankenhauseigentum, Staatseigentum ... Selmany war deswegen auch schon bei mir. Wissen Sie was? Da scheiß' ich drauf.« Sie lächelte freudlos. »Machen Sie was draus. Für Ralph.«

Clara sah sie traurig an. Würde sie jemals über den Tod ihres Mannes hinwegkommen? Sie wünschte es ihr von ganzem Herzen. Britta Lerchenberg hatte ein Gesicht, das lachen und fröhlich sein sollte. Sie schob die Akten zurück in den Koffer und ließ die beiden Schlösser zuschnappen. »Vielen Dank.« Sie zögerte, dann stand sie auf und umschloss die kalte Hand der Frau spontan mit beiden Händen: »Es tut mir leid, Ihren Mann nicht persönlich kennengelernt zu haben. Er scheint ein bemerkenswerter Mensch gewesen zu sein.«

Die Augen der Frau füllten sich wieder mit Tränen. Trotzdem lächelte sie.

Frau Lerchenberg ging, und Clara hörte, wie ihre Schritte langsam auf der Treppe verhallten, sie hörte ein leises Murmeln, als sie sich von Linda und Willi verabschiedete, und dann war sie allein mit dem Koffer voll mit Wörtern, voll mit vierundzwanzig Jahren des Lebens von Ruth Imhofen.

Ächzend schleppte Clara den unförmigen Koffer nach unten und stellte ihn neben ihren Schreibtisch. Jetzt, wo sie all die Informationen in den Händen hielt, die sie so dringend benötigte, überkam sie fast eine Art Scheu, die Akten zu lesen.

Willi warf ihr einen fragenden Blick zu. »Alles in Ordnung?«, wollte er wissen.

Clara nickte ein wenig unschlüssig. »Ich glaube schon«, sagte sie zögernd. Sie überlegte einen Augenblick, dann fragte sie: »Ist es im Grunde nicht auch Mord, einen Menschen so unter Druck zu setzen, dass er verzweifelt und vollgepumpt mit Beruhigungsmitteln gegen einen Baum fährt?«

Willi betrachtete Clara nachdenklich. Ihre grünen Augen waren fragend auf ihn gerichtet, sie erwartete eine ernsthafte Antwort. Willi wünschte sich manchmal, Clara würde sich nicht immer die Fälle aussuchen, bei denen es sofort ums Eingemachte ging. Warum keine Verkehrsunfälle, leichte Blechschäden? Oder nette juristische Fragen, gerne ein wenig verzwickt, die man mit ein paar Kommentaren und guten Theorien zufriedenstellend lösen konnte. Bei Clara ging es immer um Leben und Tod, wenn auch meist im übertragenen Sinn. Immer die hochphilosophischen Fragen, immer Kampf, immer unter die Haut. Aber ehrlicherweise musste er zugeben, dass es gar nicht Clara war, die sich diese Fälle aussuchte. Sie flogen ihr zu wie Taubenscheiße. Er verzog zweifelnd das Gesicht und wusste genau, dass sie das, was er sagen würde, nicht hören wollte. »Moralisch gesehen vielleicht, aber juristisch? Das weißt du doch selbst am besten, dass …«

»Ja, ja, schon gut.« Sie winkte müde ab. »Ich bin bei Rita.«

CADAQUÉS

Er hatte Hunger. Dieses Gefühl war so ungewöhnlich für ihn, so lange nicht mehr da gewesen, dass er es anfangs gar nicht identifizieren konnte. Zu lange schon waren seine Tage im Rausch und Nebel untergegangen, kaum mehr als schwammige, verlorene Eindrücke, vage Erinnerungen zwischen unzähligen Flaschen Rotwein. Doch die Lähmung, die ihn seit Jahren befallen hatte und nicht nur seine Finger verkrüppeln ließ, sondern auch seine Seele, hatte plötzlich einen haarfeinen Riss bekommen. Man konnte nicht hindurchsehen, konnte ihn kaum ahnen, aber er war da. Und durch alle Übelkeit hindurch spürte er plötzlich, dass er Hunger hatte. Er ging zu Miguel und setzte sich an die Bar. Noch etwas Neues. Noch nie hatte er an der Bar gesessen, die für Gäste reserviert schien, echte Gäste, nicht solche Typen, wie er einer war. Er saß immer an dem kleinen Tisch, an dem nur Platz für eine, allerhöchstens zwei Personen war. Katzentisch hatte man die früher genannt, fiel ihm plötzlich ein. Wieso eigentlich Katzentisch? Er bestellte Tee bei Rosa, Miguels Schwester, und nahm sich eine Brioche aus der durchsichtigen Plastikvitrine auf dem Tresen. Rosa lächelte ihm zu.

»Heute gut, Pablo, ja?«, sagte sie in ihrem kehligen Deutsch, das fast wie Spanisch klang, und stellte ihm eine große Tasse mit heißem Wasser und einem Teebeutel hin. Am Boden der Tasse schwamm eine Zitronenscheibe.

Er antwortete nicht gleich. Er musste erst über ihre Frage nachdenken. Heute gut? Er wusste, sie meinte, ob es ihm heute besser als sonst ging, aber es konnte auch bedeuten, ob heute ein guter Tag war, ein besserer Tag als all die anderen zuvor. Wer konnte das sagen? Nur weil er Tee trank? Er zuckte mit den Schultern. »*No sè*«, sagte er schließlich, und er wusste es wirklich nicht.

Aus irgendeinem Grund wurde Rosas Lächeln breiter, und sie tätschelte ihm den Arm. So, als ob es etwas Gutes wäre, nicht zu wissen, was der Tag bringen würde, etwas Schönes, nicht zu wissen, ob es einem gutging oder nicht.

Er drückte den Teebeutel aus und legte ihn neben die Tasse. Dann trank er einen Schluck. Der Tee war stark und bitter. Er hätte auf Ostfriesenmischung getippt, wenn er nicht gerade in Spanien gewesen wäre. Er dachte an braunen Kandis und Sahne im Kännchen. Sahne vertrug er nicht mehr, er bekam Durchfall davon. Aber damals hatte er sie noch vertragen. Süße Sahne im Tee, die man langsam und vorsichtig den Tassenrand hinunterlaufen ließ, um dann zusehen zu können, wie sie sich in zarten cremeweißen Wolken mit dem bernsteinfarbenen Tee vermischte. Das leise Knacken der Kandisstücke, die letzten süßen Krümel am Boden der Tasse, die man am Ende lutschen konnte wie Bonbons. Sie hatte ihn dazu gebracht, Tee zu trinken. Das gehörte dazu, hatte sie gemeint, zum Norden, zu dem kleinen gelben Haus hinterm Deich. Waren sie nur dort glücklich gewesen? *No sè. No sé nada.*

Er deutete auf seine Tasse und fragte Rosa: »*Leche*?« Rosa nickte und holte ein Tetrapack fettarmer H-Milch aus der Kühlung. Vorsichtig goss er sich ein paar Tropfen davon in den Tee. Seine Hand zitterte dabei, und er verschüttete etwas auf den Tisch. Doch da waren sie, die cremeweißen Wolken, etwas dünner vielleicht als mit fetter Sahne, etwas durchsichtiger, aber sie wölbten sich nach oben, breiteten sich aus, vermischten sich, bis der Tee die Farbe von Sahnekaramell hatte. Er trank einen kleinen Schluck und schloss die Augen.

Sie hatten ein Stipendium bekommen, einen Studienaufenthalt, dort oben in diesem Künstlerdorf an der Küste. Einen ganzen Sommer lang. Er hatte sie schon vorher gekannt, wer hatte Ruth wohl nicht gekannt, damals, in den Kreisen, in denen er verkehrt war? Sie hatten sich auf Partys getroffen, zusammen Joints geraucht, einmal hatte sie ihn geküsst, nur so, zum Spaß. Er versuchte, sich an den Kuss zu erinnern. Sie hatten draußen gestanden, auf der Straße, nach irgendeiner dieser Partys bei einem gemeinsamen Bekannten, unschlüssig, ob sie noch weiterziehen sollten oder nicht. Doch dann hatte Udo, ihr damaliger Freund, das Auto geholt, einen alten grünen Ford, und ungeduldig gehupt. Sie wollte nicht einsteigen, und er hatte sich eingebildet, es wäre wegen ihm gewesen. Da hatte sie ihn geküsst, mit kalten Lippen, und er hatte spüren können, wie sie vor Kälte zitterte. Ein langer unverschämter Kuss war das gewesen, vor den Augen ihres Freundes, und er hatte sich ein bisschen geschämt danach. Kurz darauf war der Bescheid wegen des Studienaufenthaltes gekommen, und als er die Namensliste der Namen der Stipendiaten las und Ruth darunter fand, hatte er an nichts anderes mehr denken können als daran, einen Sommer lang mit ihr zusammen sein zu dürfen.

Er biss in seine Brioche, verschlang sie hastig und nahm sich noch eine. Er spürte, wie das Zittern in seinen Fingern ein wenig nachließ, und kramte in seiner Hosentasche nach Kleingeld. Dieses Mal würde er bezahlen. Er hatte noch Geld übrig, auch wenn es bedrohlich schnell schrumpfte, und er wusste genau, dass Miguel ihm so manche Karaffe Rotwein umsonst gegeben hatte. Aber sein Zimmer konnte er noch eine Weile bezahlen, und sein Frühstück heute, das erste Frühstück seit Wochen, das diese Bezeichnung verdiente, würde er auch bezahlen. Noch war er kein Bettler. Noch nicht. Er trank seinen Tee aus und bestellte sich zu seiner zweiten Brioche einen Kaffee. Er nahm beides mit zu seinem angestammten Platz am

Katzentisch, und einen winzigen Augenblick lang fühlte er sich fast wie ein normaler Mensch. Dann packte er das Bündel Briefe aus und legte es vor sich auf den Tisch.

In dem Umschlag, der dem Brief folgte, den er zuletzt gelesen hatte, befand sich kein Blatt Papier, sondern ein Fetzen weißen Stoffes. Er zog ihn vorsichtig heraus. Der Stoff stammte offenbar von einem Bettlaken, er war abgerissen worden, fransige Fasern lösten sich von den Kanten. Mit Bleistift waren fahrige, kaum leserliche Worte darauf gekritzelt. Er kniff die Augen zusammen, um den einzigen Satz besser lesen zu können:

Heute hat sie mich getötet.

Seine Hände begannen wieder zu zittern, als er sinnloserweise versuchte, den Stoff zusammenzufalten, als wäre er ein Bogen Papier. Er starrte auf seine rechte Hand, die das kleine quadratische Stück kaum noch halten konnte, und mit einer ungeheuren Kraftanstrengung gelang es ihm, sie zur Faust zu ballen und den weißen Fetzen darin zusammenzuknüllen.

MÜNCHEN

Bei Rita war es warm und gemütlich. Clara rauchte eine Zigarette und trank einen Cappuccino dazu, obwohl sie eigentlich keine Lust darauf hatte. Elise bekam heute kein Croissant, obwohl sie ihre blutunterlaufenen Augen mit einem herzzerreißenden Blick zwischen Clara und den Objekten der Begierde auf der Theke hin und her wandern ließ. Doch selbst ein bittendes »Wuff!« konnte Clara nicht erweichen. Streng sah sie ihren Hund an: »Du musstest ja heute Männerwade zum Frühstück haben! Das hast du jetzt davon.«

Als Rita sich zu ihr setzte und eine ihrer langen, dünnen Zigaretten anzündete, knurrte Clara: »Ich hasse es, alles juristisch sehen zu müssen. Es kotzt mich an.«

Rita lachte. »Gute Arbeitseinstellung für eine Anwältin.« Dann wurde sie ernst. »Gibt es ein Problem, *cara*?«

»Ich weiß nicht. Wahrscheinlich nur der übliche Mist, und ich steigere mich da rein. Aber ich habe so ein mieses Gefühl bei dieser Geschichte, so als ob ich sie eigentlich gar nicht hören wollte ...« Sie schüttelte den Kopf: »Von Anfang an. Von dem Augenblick an, als dieser Arzt angerufen hat.«

Sie verstummte betrübt, dann sah sie an sich hinunter, ihre abgewetzte Jeans, ihren alten grünen Pullover, den sie in der Eile heute Morgen übergezogen und gleich angelassen hatte, und mit einem Mal kam er ihr schäbig vor, unpassend. Unvermittelt fragte sie: »Findest du mich lächerlich?«

Rita hob ihre dunklen Augenbrauen bis an den blondierten Pony: »Wie bitte?«

»Sag schon, ehrlich, findest du mich …«, sie zögerte, suchte nach einem Wort für das Gefühl, das sie seit Gesas Besuch heute Morgen nicht mehr losgelassen hatte. »… zu alt für alte Jeans, zu sehr auf jugendlich getrimmt, als ob ich irgendetwas verpasst hätte …?«

Sie fuhr sich mit den Händen durch ihre dichten, unordentlichen Haare und ließ sie dann traurig sinken. Vielleicht war es das, was Gesa gemeint hatte? Vielleicht war sie irgendwann stehen geblieben in ihrem Denken und Fühlen, in ihrer Art, sich zu kleiden? Auf dem Stand von fünfundzwanzig vielleicht? Fühlte sich immer noch so wie damals, glaubte immer noch, die ganze Welt stünde ihr offen. Hatte nicht erkannt, dass es nicht mehr so war? Vielleicht sollte sie sich ein graues Designerkostüm kaufen, die Haare nach oben stecken und Perlenohrringe tragen? Sie unterdrückte einen Würgereiz. Bloß das nicht.

Ganz in ihre eigenen düsteren Betrachtungen versunken, hatte sie Ritas Reaktion auf ihren Ausbruch von Selbstzweifel gar nicht mitbekommen. Rita hatte zuerst erstaunt gelauscht, ihre Augenbrauen waren dabei noch ein wenig höher gerutscht und ganz unter ihrem Pony verschwunden. Dann hatte sie laut und herzhaft gelacht. »*Dio mio*, was hast du denn heute zum Frühstück gegessen? Wer hat dir bloß so einen Schwachsinn eingeredet?«

Sie lachte noch immer, dann nahm sie Clara an der Schulter und drehte sie so, dass sie in die Fensterscheibe sehen musste. Undeutlich zeichnete sich ihre und Ritas Gestalt gegen den düsteren Regenmorgen ab.

»Schau dich an! Das bist du: Clara! *Tutt' a posto, eh*!«

Clara musterte die verschwommenen Schemen. Draußen plätscherte der Regen in die Rinnsteine, und Passanten hasteten mit hochgezogenen Mantelkrägen und mürrischen Gesichtern vorbei. Sie lächelte ihrem vagen Spiegelbild zaghaft zu und spürte, wie die düstere Stimmung sich ein wenig lichtete. *Tutto a posto*. Alles in Ordnung. Es war nicht wichtig, was Gesa sagte. Sie konnte auch in zwanzig Jahren noch mit rosa gefärbten Haaren und quietschgrünem Minirock herumlaufen, wenn es ihr Spaß machte. Es gab niemanden, der es ihr verbieten könnte. Sie drehte sich wieder zu Rita um, und jetzt war ihr Lächeln fast das alte. »Hättest du wohl noch ein Croissant für mein Stinktier übrig?«

Zurück in der Kanzlei konnte sie sich immer noch nicht entschließen, den Koffer mit Ruth Imhofens Unterlagen zu öffnen. Irgendetwas hielt sie davon ab. Sie bearbeitete halbherzig ein paar Akten, unterzeichnete die von Linda geschriebenen Schriftsätze und stocherte dann so lange im Ofen herum, bis Willi sie gereizt anfuhr, sie solle doch mit Elise einen Gang um den Block machen, wenn sie nichts Besseres zu tun hätte. Clara nahm ihn beim Wort. Unterwegs kam ihr eine Idee, wie sie sich sozusagen mit Erfolgsgarantie auf einen anderen Stern schießen konnte: Sie würde sich Schuhe kaufen!

Zwei Stunden später kam sie deutlich beschwingt mit Tüten beladen in die Kanzlei zurück. Sie hatte ihre kleinen, einschlägigen Lieblingsläden durchstöbert und mehr Schätze erstanden als ein Paar neue Schuhe. Willi und Linda waren gerade in ihrer Mittagspause, und Clara breitete die Trophäen auf ihrem Schreibtisch aus: Ein paar Stiefel aus graubraunem Schlangenlederimitat, höllisch spitz und todschick, eine neue Jeans, die ihren Po zumindest laut Inga, der Verkäuferin, äußerst knackig wirken ließ, und die teure braune Lederjacke aus dem Schaufenster gleich nebenan, um die sie bereits seit Wochen sehnsüchtig herumgeschlichen war. Sie packte die Sachen zusammen und ging damit in ihre winzige Kanzleitoilette, um sich umzuziehen. Jetzt, jetzt konnte der Tag noch mal von neuem beginnen.

Wie sie bereits befürchtet hatte, waren die Unterlagen äußerst umfangreich. Neben den beiden dicken Akten, die das Strafverfahren betrafen, gab es ungefähr ein Dutzend Krankenakten, dazu zahlreiche Notizen und Schreiben von Dr. Lerchenberg selbst und einen unscheinbaren grauen Ordner aus Kunstleder, von dem sie noch nicht wusste, was er enthielt. Sie fing mit der Strafakte an. Nach zwei Stunden, zwei weiteren Tassen Kaffee und einer Zigarettenpause hatte sie sich ein ungefähres Bild von dem gemacht, was damals vorgefallen war.

Ruth Imhofen war 1983 mit einem jungen Mann namens Udo Reimers liiert gewesen, so wie es auch in der Zeitung gestanden hatte. Nach einer Party in ihrer Wohnung war es offenbar zum Streit gekommen. Ruth hatte Reimers mit einer Steinskulptur niedergeschlagen, und er war noch in der Wohnung gestorben. Es gab keine direkten Tatzeugen. Ruths Bruder hatte die Polizei gerufen.

Clara runzelte die Stirn. Wie passte Johannes Imhofen hier ins Bild? War er auch Partygast gewesen? Clara hielt das für unwahrscheinlich: Nach dem, was sie von den Geschwistern bisher wusste, glaubte sie kaum, dass Johannes Imhofen Interesse an einer von Ruths Partys gehabt hatte.

Sie blätterte weiter. Im Tatortbefundbericht der Polizei stand zu lesen, dass der Tote im Flur vor dem Badezimmer gelegen hatte. Weiter wurde festgestellt, dass die Badezimmertür abgeschlossen gewesen und von außen gewaltsam eingetreten worden war. Ruth habe beim Eintreffen der Polizei neben dem Toten gesessen und sei nicht ansprechbar gewesen. Untersuchungen ergaben einen Alkoholgehalt von 1,9 Promille im Blut, dazu Spuren von Kokain, Haschisch und Valium. Im Waschbecken des Badezimmers hatte man eine leere Medikamentenpackung gefunden. Außerdem hatte sich Ruth Imhofen im Badezimmer offenbar immer wieder erbrochen. Als die Polizei sie mitnahm, sagte sie mehrmals: »Ich habe ihn umgebracht!« Johannes Imhofen sagte aus, Ruth habe gegen vier Uhr morgens bei ihm angerufen und ihn gebeten, zu kommen, »es sei etwas passiert.« Er habe die Situation so vorgefunden und sofort die Polizei gerufen. Hier wurde am Rande angemerkt, dass Herr Imhofen deutlich erschüttert war und ärztlich betreut werden musste. Die Spurensicherung ergab unzählige Fingerabdrücke in der gesamten Wohnung, auf der Tatwaffe jedoch befanden sich ausschließlich die Abdrücke Ruth Imhofens. Aussagen der Zeugen bestätigten, dass die Skulptur auf der Kommode neben der Badezimmertür gestanden hatte.

Clara betrachtete das Foto in der Akte. Eine schlanke, abstrakte Frauengestalt aus weißem Stein, vermutlich Marmor, an der Unterseite blutverklebt. In der Vergrößerung waren Haare in dem dunkel geronnenen Blut zu erkennen. Das rechtsmedizinische Gutachten führte dazu aus, ein einziger, heftiger Schlag gegen die Schläfe habe zu Verletzungen im Schädelinneren geführt. Todesursache sei eine massive Hirnblutung gewesen.

Es war auch ein Foto des Opfers in der Akte. Ein junger Mann mit Vollbart und langen, ungepflegten Haaren. Ein Foto zeigte seine rechte Schläfe in Großaufnahme, offenbar nachdem die Wunde in der Rechtsmedizin gereinigt worden war: Man sah den tiefen Abdruck einer Kante in der aufgeplatzten Haut direkt neben dem Haaransatz. Die Verletzung am Opfer sei deckungsgleich mit der Tatwaffe, und die Fingerabdrücke auf der Tatwaffe passten genau zur notwendigen Griffhaltung.

Das Gericht ordnete noch am selben Tag die Unterbringung Ruth Imhofens in der forensischen Abteilung des zuständigen Bezirkskrankenhauses an, da »dringende Gründe für die Annahme sprächen, dass die Tat im Zustand der Schuldunfähigkeit begangen worden sei, und überdies die öffentliche Sicherheit eine sofortige Unterbringung erforderlich mache.« Als Begründung dieses Beschlusses führte es nicht nur den Zustand der Täterin zum Zeitpunkt der Tat und deren »offensichtliche Abhängigkeit von bewusstseinsverändernden Betäubungsmitteln und Medikamenten« an, sondern auch die Tatsache, dass ihr Bruder bereits vor einem Jahr darauf hingewirkt hatte, dass sich seine Schwester in psychiatrische Behandlung begeben solle, und beantragt hatte, dass ihm die Vormundschaft für sie übertragen werde. Der Antrag sei zwar damals abgelehnt worden, und Ruth Imhofen hatte sich einer Behandlung verweigert, die neuen Umstände bestätigten jedoch die Annahme, dass die Beschuldigte unter einer schwerwiegenden psychischen Erkrankung leide und eine Gefahr für die öffentliche Sicherheit darstelle.

Es folgte das Gutachten der Sachverständigen Dr. Thiele, das Clara schon kannte. Auf der Grundlage dieses Gutachtens kam das Gericht zu dem Ergebnis, dass Ruth Imhofen »aufgrund einer dauerhaft vorliegenden krankhaften seelischen Störung sowie einer zum Zeitpunkt der Tat gegebenen Intoxikationspsychose, verursacht durch chronischen und akuten Missbrauch von Alkohol, illegalen Drogen sowie Medikamenten, unfähig war und ist, das Unrecht der Tat einzusehen und danach zu handeln …«

Das Gericht hatte daraufhin die dauerhafte Unterbringung in einer psychiatrischen Anstalt angeordnet und wegen festgestellter Schuldunfähigkeit keine Anklage gegen Ruth Imhofen erhoben. Insoweit hatte die Zeitung recht gehabt: Ruth Imhofen war nie wegen des Todes von Udo Reimers angeklagt und verurteilt worden. Sie war stattdessen nach Schloss Hoheneck gekommen.

Clara stützte ihren Kopf in beide Hände und dachte nach. Es klang ungerecht. Es klang so, wie es auch in der Zeitung gestanden hatte: Ein junger Mann wird erschlagen, und die Täterin muss dafür nicht einmal ins Gefängnis. Im Gegenteil, sie wird in einer teuren Privatklinik therapiert. Auf Kosten der Steuerzahler. Für den Toten gab es keine Therapie. Für ihn gab es gar nichts mehr. Sein Leben hatte mit dreiundzwanzig Jahren geendet. Aus. Vorbei.

Andererseits ... wäre es zu einem Prozess gekommen, wie hätte die Anklage gelautet? Totschlag, höchstens, wahrscheinlich sogar ein minder schwerer Fall wegen möglicher vorausgegangener Aggressionen des Opfers, Clara dachte dabei an die eingetretene Badezimmertür, jeder Verteidiger hätte versucht, auf eine Notwehrsituation zu plädieren, dazu wäre verminderte Schuldfähigkeit gekommen, im Übrigen war auch das Opfer alkoholisiert gewesen ... mehr als ein paar Jahre, wenn überhaupt, hätte Ruth Imhofen niemals absitzen müssen.

Clara stand auf und öffnete das Fenster hinter ihrem Schreibtisch. Es hatte zu regnen aufgehört, doch die Wolken hingen noch immer tief über der Stadt. Es war kalt und ungemütlich.

Was war gerecht?

Clara konnte sich nichts vorstellen, was es rechtfertigen würde, jemanden wegen einer solchen Tat unter diesen Umständen für vierundzwanzig Jahre einzusperren. Weder in ein Gefängnis noch in eine Klinik. Sie verstand es nicht. Sicher gab es Fälle, in denen Menschen so schwer psychisch gestört waren, dass sie ihr Leben lang in psychiatrischer Betreuung bleiben mussten. Aber Ruth Imhofen? Das Wenige, das sie von ihr bisher erlebt hatte, ließ keine Schlüsse auf eine solche Erkrankung zu. Und überhaupt: Waren denn so schwere geistige Erkrankungen, die es notwendig machten, jemanden Jahrzehnte in einer Klinik zu belassen, überhaupt heilbar? Und warum jetzt, nach so langer Zeit? Und was für eine Schweinerei war es, die Ralph Lerchenberg aufgedeckt hatte? Stand sie damit in Zusammenhang?

Clara schloss das Fenster und kehrte zu ihrem Schreibtisch zurück. Sie packte die Strafakten weg und zog sich eine der grünen Klinikmappen heraus. *R. Imhofen 1983 – 1986* stand auf dem Deckblatt. Sie blätterte darin, fand jedoch wenig Aussagekräftiges. Endlose Aufzeichnungen, in denen detailliert die Medikamente aufgelistet waren, die Ruth in dieser Zeit verabreicht worden waren. Clara staunte über die Menge und die vielen unterschiedlichen Bezeichnungen, die ihr allesamt nichts sagten. Dann folgten Berichte über Therapien, Gesprächsprotokolle und kaum entzifferbare handschriftliche Bemerkungen des jeweils behandelnden Arztes. An manchen Tagen des Jahres 1984 war am Rand der Protokolle mit einem roten Stift ein Kürzel vermerkt: CS 1 ZE oder CS 2 ZE. Clara blätterte neugierig weiter und fand heraus, dass sich diese Kürzel über einen Zeitraum von ca. acht Monaten erstreckten und sich die Zahlen kontinuierlich erhöhten. Beim letzten Mal gab es keine Zahl, sondern stattdessen die Buchstaben *AB.* Danach gab es keinen Vermerk CS mehr, auch nicht in den folgenden Jahren. Überhaupt nahmen die Berichte über die Patientin *R. Imhofen* nach diesem ersten Ordner der Jahre 83 – 86 auffällig ab, wie Clara beim raschen Durchblättern feststellte. Es war, als ob der anfängliche Enthusiasmus beim Versuch, die Patientin zu therapieren, mehr und mehr nachgelassen habe, ohne dass sich dafür eine Erklärung in den Akten fand. Clara las nichts über eine Verschlechterung oder auch eine Verbesserung ihres Zustandes. Ab und zu waren längere Berichte eingefügt, die alle gleich klangen und nichts aussagten, zumindest nichts, was Clara verstehen konnte. Hatte man erkannt, dass es keine Heilung gab? Doch das widersprach der Tatsache, dass Ruth am Ende entlassen worden war. Oder hatte man sich nicht mehr gekümmert, hatte sie einfach – vergessen?

Clara schüttelte heftig den Kopf. So etwas war nicht möglich. Dafür gab es die Vormundschaftsgerichte, die den Zustand der Patienten, die in solchen Kliniken zwangsweise untergebracht waren, regelmäßig zu überprüfen hatten. Sie sprang auf und zog sich ihr Gesetzbuch aus dem Regal. Hastig blätterte sie in den dünnen Seiten nach der richtigen Vorschrift. Und sie hatte sich nicht getäuscht: Bei einer Unterbringung in einer psychiatrischen Anstalt hatte das Gericht spätestens nach vier Jahren einen externen, neutralen Sachverständigen zum Zustand des Patienten zu hören und zu prüfen, ob die Voraussetzungen für eine weitere Unterbringung noch gegeben waren.

Sie nahm sich die Krankenakten nochmals vor.

Als sie schließlich in mühseliger Kleinarbeit alle Ordner sorgfältig durchgeblättert und alle Gutachten gelesen hatte, war es bereits dämmrig geworden. Sie hatte den ganzen Nachmittag über diesen Unterlagen zugebracht. Jetzt spürte sie, wie ihr Magen vernehmlich knurrte. Doch sie beachtete ihn nicht. Sie glaubte herausgefunden zu haben, worauf auch Ralph Lerchenberg vor ihr gestoßen war. Sie hatte die Schweinerei, wie er sich ausgedrückt hatte, entdeckt, und sie fand diese Bezeichnung noch zu milde für die Ungeheuerlichkeit, die hier passiert war:

Sämtliche für das Gericht bestimmten Begutachtungen im Laufe der Jahre waren entgegen den gesetzlichen Vorschriften von Ärzten der Klinik selbst durchgeführt worden, und zwar immer unter Oberaufsicht von Frau Dr. Thiele, die 1983 in dem Prozess das Gerichtsgutachten erstellt hatte und die Klinik Hoheneck damals leitete. Auch spätere Beurteilungen unter ihrem Nachfolger Dr. Selmany stützten sich auf dieses erste Gutachten von 1983. In ihrem Befürworten der Fortdauer der Unterbringung in Schloss Hoheneck bezogen sich die Ärzte teilweise wortwörtlich auf die Formulierungen von Frau Dr. Thiele, ohne auf neue Entwicklungen im Krankheitsverlauf einzugehen oder gar eigene Diagnosen oder abweichende Beurteilungen anzuführen.

Zu keinem Zeitpunkt hatte das Gericht dies bemängelt oder einen eigenen Sachverständigen beauftragt. Nach jedem Gutachten war der Empfehlung des Arztes Folge geleistet und die Unterbringungsanordnung entsprechend verlängert worden. Ohne Rückfrage und ohne persönliche Anhörung der Patientin durch das Gericht.

Clara wurde kalt, als sie die Tragweite dieser Entdeckung begriff: Ruth Imhofen war wegen eines einzigen Gutachtens vor vierundzwanzig Jahren bis vor wenigen Wochen in dieser Klinik eingesperrt gewesen und wäre es noch immer, wenn sich Ralph Lerchenberg nicht für sie eingesetzt hätte. Niemanden hatte es interessiert, niemand hatte es überprüft, niemand hatte wissen wollen, was mit dieser Frau passierte. Und Ralph Lerchenberg, der Einzige, den es gekümmert hatte, hatte sein Engagement mit dem Leben bezahlt.

Clara klappte hastig den letzten Ordner zu, der abrupt im Frühsommer dieses Jahres aufhörte, offenbar zu dem Zeitpunkt, an dem Ralph Lerchenberg Ruths behandelnder Arzt geworden war. Was hatte Lerchenbergs Frau gesagt? Am 4. Juli, dem Geburtstag seiner kleinen Tochter, war er zu spät nach Hause gekommen. Er hatte den Geburtstag seiner Tochter verpasst, und jetzt würde er keinen Geburtstag von ihr mehr erleben. Clara wurde übel. Sie schob den Ordner vom Tisch und barg ihr Gesicht in den Händen. Ihre Finger waren eiskalt, und ihre Wangen brannten, als ob sie Fieber hätte.

Es war still in der Kanzlei. Willi und Linda waren längst gegangen, und auf Claras Frage, ob Willi vielleicht Lust habe, sich mit ihr später auf ein Bier zu treffen, war er verlegen geworden und hatte schließlich etwas vor sich hin gemurmelt, was so klang, als wollten er und Linda noch ins Kino gehen. Linda hatte daneben gestanden und war puterrot geworden. An einem anderen Tag hätte sich Clara für die beiden gefreut. Linda bemühte sich seit ewigen Zeiten um Willi, und Clara hatte immer gehofft, dieser Idiot würde es endlich einmal bemerken. Vor ein paar Monaten hatte es einmal so ausgesehen, als hätte er sich endlich ein Herz gefasst: Er war mit Linda ins Murphy's gegangen. Obwohl das Pub nicht gerade ein Ort war, an dem es sich besonders romantisch turteln ließ, hatten die beiden nur Augen für sich gehabt. Seitdem jedoch war Clara nichts aufgefallen, was auf einen Fortschritt dieser zarten Annährung hingedeutet hätte. Dass es nun ausgerechnet heute sein musste, versetzte ihr einen dünnen, aber schmerzhaften Stich, und ihr halbherziges, um Fröhlichkeit bemühtes »Viel Spaß!« klang bitter und schmeckte auch so.

Clara packte die Krankenmappen zurück in den Koffer. Sie sahen so unschuldig, so nichtssagend aus, dass Clara sie am liebsten in den Ofen geworfen hätte. Doch das ging natürlich nicht. Sie musste sie aufheben, und sie musste etwas unternehmen. Im Geiste formte sich bereits eine Schadensersatzklage, doch der Gedanke daran erleichterte sie nicht. Stattdessen stiegen Bilder eines jahrelangen Prozesses vor ihr auf, eine Phalanx von Anwälten in dunklen Anzügen und ebensolchen Gesichtern, meterweise Aktenordner, Beweisanträge, stundenlange Verhandlungen und dazwischen Ruth Imhofen, stumm, langsam, im Jogginganzug.

Die Übelkeit wurde stärker. Sie musste etwas essen. Ihr Blick fiel auf den grauen Ordner im Koffer, den sie sich noch nicht angesehen hatte, und sie nahm ihn heraus und schob ihn in ihre Tasche. Eine gute Lektüre für das Wochenende, das vor ihr lag. Einen Augenblick lang war sie versucht, Mick anzurufen, doch dann schüttelte sie den Kopf und holte sich ihren Mantel. Nicht jetzt. Nicht in dieser Verfassung. Sie würde mit ihm nur über den Fall reden wollen, etwas, was sie sich vorgenommen hatte, niemals zu tun. Und sie würde sich an ihm festhalten wollen, hoffen, dass er sie tröstete, aufbaute, ablenkte.

Eine kleine, verführerische Stimme meldete sich und fragte unschuldig: Warum nicht? Dafür sind Freunde schließlich da? Doch sie wollte nicht. Sie wollte nicht schwach sein, und sie brauchte keine Schulter, an der sie sich ausweinen konnte. Müde rief sie nach Elise, knipste die Lichter aus und schloss die Kanzlei ab.

Es hatte aufgeklart, und die Luft war beißend kalt. Clara ging langsam Richtung Isar und wandte sich dann in Richtung Fraunhofer Straße. An einer Gastwirtschaft blieb sie stehen und spähte durch die Scheiben. Direkt am Fenster saß ein Mann mit aufgezwirbeltem Schnurrbart und ließ sich einen Schweinsbraten schmecken. Im gleichen Moment fiel ihr der leere Kühlschrank in ihrer Küche ein. Sie hatte wieder vergessen einzukaufen.

Clara zögerte und warf einen unschlüssigen Blick auf Elise. Sie hatte heute, von dem morgendlichen Marsch zur Kanzlei einmal abgesehen, herzlich wenig Auslauf bekommen. Elise beantwortete ihren Blick mit treuherzigem Augenaufschlag und einem freundlichen Schnauben. »Wollen wir erst noch ein bisschen Gassi gehen, Schätzchen?«, fragte Clara versuchsweise, aber Elise reagierte nicht wirklich enthusiastisch: Sie setzte sich auf ihr Hinterteil und sah Clara unsicher an. Damit war die Sache entschieden. Clara kraulte ihren Hund lächelnd hinter den Ohren und öffnete die Tür zur Gastwirtschaft. Sie setzte sich an einen Tisch in der Ecke, und als die Bedienung kam, deutete sie auf den Mann am Fenster: »Ich hätte gerne das Gleiche wie der Herr, bitte.«

Nachdem sie den ersten tiefen Schluck von dem dunklen Weißbier getrunken hatte, das die junge Frau ihr daraufhin brachte, fiel ihr der Mann an der Theke auf. Sein breiter Rücken war gebeugt, die Schultern hochgezogen, und er hatte beide Hände um ein Glas Helles geschlungen. Er wirkte einsam, wie er dort ganz allein an der leeren Bar saß und in sein Bier starrte. Clara erkannte ihn, noch bevor sie seinen kahlen Hinterkopf registrierte: Es war Pater Roman. Sie wollte schon aufstehen, doch dann hielt sie inne und blickte zögernd auf ihren Tisch, wo das Besteck schon auf den Schweinebraten wartete. Sollte sie nicht zuerst etwas essen und ihn erst dann ansprechen? Für ein Gespräch wie das, das sie mit dem Pater zu führen hatte, war ein leerer Magen nicht gerade dienlich.

Die Entscheidung wurde ihr abgenommen: Die Bedienung kam und brachte ihre Bestellung. Clara atmete tief ein, als sie das große Stück saftigen Fleisches mit knuspriger Kruste und dunkler Soße betrachtete, und sie seufzte angesichts des Kartoffelknödels, der sich ohne Kraftanstrengung mit der Gabel auseinanderdrücken ließ und in duftende, gabelgerechte Happen zerfiel. Sie tunkte einen davon in die Soße und schob ihn sich mit geschlossenen Augen in den Mund. Manchmal gab es wichtigere Dinge als die Arbeit.

Als sie eine halbe Stunde später ihren Teller geleert und noch die letzten Soßenreste mit einem extra dafür aufgesparten Stück Knödel sorgfältig aufgewischt hatte, saß Pater Roman noch immer an seinem Platz. Nur das Glas Bier vor ihm hatte sich zwischenzeitlich erneuert. Clara versuchte unauffällig, den Hosenbund ihrer neu erworbenen Jeans mit zwei Fingern ein wenig zu lockern, und überlegte flüchtig, ob sie sich nicht doch gegen die Knackigkeit und für eine Nummer größer hätte entscheiden sollen. Dann stand sie auf und ging zu Pater Roman an die Bar. Er fuhr zusammen, als Clara ihn ansprach.

Sie deutete an ihren Tisch. »Hätten Sie nicht Lust, mir ein wenig Gesellschaft zu leisten, Herr *Dr. Tenzer*? Ich glaube, wir sollten uns einmal gründlich unterhalten.«

Sie lächelte ihn freundlich an, doch Pater Roman ließ sich davon nicht täuschen. Er warf ihr einen vorsichtigen Blick zu, als erwarte er, jeden Augenblick gebissen zu werden, zuckte aber dann ergeben mit den Schultern, packte sein Bier und folgte Clara.

»Warum haben Sie mir nicht gesagt, dass Sie das Gutachten geschrieben haben, das zu Ruths Entlassung geführt hat?«, begann Clara ohne Umschweife, kaum dass sie sich gesetzt hatten. »Warum wollten Sie mir weismachen, dass Sie Ruth nicht kennen, dass Sie von der ganzen Sache keine Ahnung haben?«

Sie spürte, wie die Gelassenheit, die mit Schweinebraten und Weißbier über sie gekommen war, rapide schwand.

Pater Roman starrte auf seine Hände. »Ich hatte meine Gründe.«

»Davon gehe ich aus«, gab Clara trocken zurück. »Wenn Sie so freundlich wären, Ihr Geheimnis mit mir zu teilen, könnten wir uns vielleicht gemeinsam überlegen, wie wir weiter vorgehen.« Sie zündete sich eine Zigarette an und rauchte ein paar Züge schweigend. Dann fügte sie wie beiläufig hinzu: »Ich habe übrigens alle Unterlagen gelesen, die Ralph Lerchenberg hatte. Seine Frau hat sie mir heute gebracht.«

Pater Roman sah sie an. Seine Augen waren gerötet, er sah aus, als ob er schon längere Zeit nicht mehr gut geschlafen hatte. »Dann wissen Sie also Bescheid?«

Clara nickte grimmig. »Das hätten wir auch einfacher haben können, nicht wahr?«

Der Mann hob zweifelnd die breiten Schultern. »Als ich erfuhr, dass Ralph tot war, wusste ich nicht, was ich tun sollte. Ich hatte keine Ahnung, inwieweit er Sie bereits eingeweiht hatte oder ob die ganzen Unterlagen womöglich in die falschen Händen geraten waren ... Ich hatte sogar geglaubt ... befürchtet, dass die Klinik ... ach egal.« Er machte eine resignierte Handbewegung und verstummte.

»Ralph Lerchenberg hat das Vormundschaftsgericht mit all diesen Versäumnissen in der Klinik konfrontiert, nicht wahr?«, fuhr Clara fort, »und er hat das Gericht vor allem auf seine eigene, jahrelange Schlamperei hingewiesen, auf die Mitschuld der Richter, auf die Möglichkeit einer Strafanzeige ...«

Pater Roman nickte. »Gleich nachdem er es herausgefunden hatte, ist Ralph persönlich zu der zuständigen Richterin gegangen und hat mit ihr über den Fall gesprochen. Er wollte verhindern, dass diese Dinge in einem Prozess breitgetreten werden, aus Angst, die Anwälte der Klinik würden ihm die Worte im Mund umdrehen und alles wäre umsonst gewesen. Zuerst sollte Ruth aus Hoheneck herauskommen, und erst dann wollte er gegen die Klinik vorgehen.« Er sah sie an. »Mit Ihrer Hilfe, wenn Sie es hätten übernehmen wollen.«

»Und Sie haben für ihn das Gutachten verfasst, damit das Gericht auch aus medizinischer Sicht etwas in der Hand hatte, um Ruth so schnell wie möglich entlassen zu können.«

Pater Roman nickte vage. »Ja. Das habe ich«, murmelte er und trank einen hastigen Schluck von seinem Bier, als wolle er einen bitteren Geschmack wegspülen.

Clara betrachtete den großen Mann nachdenklich. Seine Stirn war in tiefe Falten gelegt, und er hatte die wimpernlosen Augen zusammengekniffen, so als würde er etwas Winziges vor ihm auf der Tischplatte betrachten. Plötzlich fiel Clara dieser Kommissar wieder ein. Wie hatte er geheißen? Gruber. Gift-und-Galle-Gruber. Clara lächelte bei dem Gedanken an Ruths Worte. »Was hat dieser Kommissar gegen Sie?«, fragte sie.

Roman Tenzer lachte.

Es war ein bitteres, verzweifeltes Lachen und jagte Clara einen Schauer über den Rücken. Irritiert wartete sie, bis er sich wieder beruhigt hatte.

Als er endlich verstummte und sich wieder Clara zuwandte,

waren seine Augen noch stärker gerötet als zuvor. »Wie Sie ja jetzt wissen, bin ich eigentlich Arzt«, begann er nach einem Zögern. »Facharzt für Psychiatrie, genauer gesagt.«

Er hielt einen Moment inne und hob lauschend den Kopf, als hörte er selbst diesen Titel zum ersten Mal.

»Ich war viele Jahre in der forensischen Abteilung einer psychiatrischen Klinik hier in der Stadt tätig. Sicherheitsstufe A.« Er hob die Arme. »Meterhohe Zäune, Stacheldraht, vergitterte Fenster. Ein Gefängnis wie andere Gefängnisse auch. Nur dass die Insassen zusätzlich zu den Gittern außen auch noch ihre inneren Gefängnisse mit sich herumschleppen. Dort habe ich auch Ralph Lerchenberg kennengelernt. Er machte ein Praktikum während des Studiums, und nach dem Examen fing er bei uns an.«

Pater Roman trank sein Bier aus und wischte sich mit der Hand den Mund ab.

»Ich habe in dieser Zeit viele Gutachten erstellt, unzählige Stunden bei den Gerichten zugebracht ...«

Er schüttelte den Kopf, dann fuhr er leise fort. »Ich hätte rechtzeitig aufhören sollen. Man kann diese Arbeit nicht endlos machen. Ich konnte es nicht. Irgendwann ist Schluss. Die Verantwortung hat mich fast erdrückt, die Prognosen, die man zu stellen hatte: Ist er geheilt? Kann er mit seiner Krankheit umgehen? Wird er es wieder tun? Was wird passieren, wenn dies und wenn das ...«

Seine Stimme wurde lauter, erregter: »Und dann der ständige Druck der Öffentlichkeit. Die Worthülsen der Presse, ihr hysterisches Gekreische: Recht auf Sicherheit, Gefährdung der Allgemeinheit! Die geschürte Angst der Bürger, all dieser *normalen* Menschen.«

Er unterbrach sich abrupt und wandte sich Clara zu: »Wussten Sie eigentlich, dass der Anteil der Sexualstraftaten in Deutschland konstant bei 1% der Gesamtkriminalität liegt und sich in den vergangenen *Jahrzehnten* nicht verändert hat? Vergleichen Sie diese Zahl mal mit der Berichterstattung durch die Medien! Wenn man danach geht, möchte man meinen, hinter jedem Busch sitzt ein Kinderschänder.«

Pater Roman hob die Hand und bestellte ein neues Bier. Als die Bedienung das Glas brachte, trank er es in großen Schlucken fast zur Hälfte aus, bevor er weitersprach. »Ich war womöglich schon lange nicht mehr in der Lage, auf diese Art weiterzuarbeiten, nur wollte ich es nicht wahrhaben. Vor ein paar Jahren ist es dann passiert. Der Supergau, den man immer vor Augen hat, der einen nächtelang nicht schlafen lässt und vor dem jeder Gutachter am meisten Angst hat, auch wenn es natürlich keiner zugibt: Ich hatte einen jungen Mann als Patienten. Er hatte kurz hintereinander zwei junge Frauen brutal vergewaltigt. Drei Jahre war er mein Patient. Er hat gut mitgearbeitet, hat sich sehr bemüht. Seine Kindheit war eine Katastrophe gewesen, er war selbst jahrelang missbraucht worden, der klassische Fall.«

Er stockte, rieb sich über seinen kahlen Schädel und seufzte.

»Ich war mir sicher, wo ich nicht hätte sicher sein dürfen. Aber wann kann man jemals wirklich sicher sein? Wenn man anfängt, sich diese Frage zu stellen, muss man aufhören, dann kann man diesen Beruf nicht mehr ausüben. Jedenfalls habe ich ihm eine günstige Prognose erstellt, und er ist auf mein Gutachten hin entlassen worden. Er war keine zwei Wochen draußen, da fand man die Leiche eines Mädchens, mehrfach vergewaltigt und erdrosselt. Von meinem Patienten. Gruber hat in diesem Fall ermittelt, daher kennt und verabscheut er mich.«

Er schluckte und schloss die Augen.

»Das Mädchen war zwölf.«

Clara erwiderte nichts. Das Lokal hatte sich zwischenzeitlich gut gefüllt, doch das Lachen und die Gesprächsfetzen, die zu ihnen drangen, schienen aus einer anderen Welt zu kommen. Ungebeten drängten sich ihr Bilder auf, ein totes Mädchen, irgendwo verscharrt im Gebüsch, Suchhunde, Bereitschaftspolizei, Kommissar Gruber mit den scharfen, dunklen Augen und dem bitteren Zug um den Mund. Das Gutachten, der Moment, in dem Pater Roman die Nachricht vom Tod des Mädchens bekam … Clara wandte den Blick von dem Mann ab, der so verzweifelt aussah, als habe sich diese ganze Geschichte erst gestern ereignet. Abwesend streichelte sie über Elises warmen Kopf. Die Dogge hatte sich im Bemühen, eine gemütlichere Schlafstellung unter der Bank zu finden, aufgerichtet und saß neben ihr, die große Schnauze fast auf Tischhöhe. Mit einem genussvollen Seufzer bettete sie ihren Kopf auf Claras Oberschenkel und schloss wieder die Augen. Clara streichelte weiter und wartete.

Nach einigen Minuten fuhr Pater Roman fort: »An dem Tag, als ich davon erfuhr, habe ich in der Klinik aufgehört. Die Leitung hatte sich zwar hinter mich gestellt, niemand von meinen Kollegen hat mir einen Vorwurf gemacht. Doch für mich spielte das keine Rolle mehr. Über ein halbes Jahr habe ich überhaupt nicht gearbeitet. In dieser Zeit sind mir plötzlich alle Haare ausgegangen, ohne dass es irgendeine medizinische Erklärung dafür gegeben hätte. Ich habe angefangen zu trinken, bekam Depressionen. Dann hat mich mein ehemaliger Doktorvater angesprochen, er suchte damals einen neuen Leiter für das Haus Maximilian. Er ist Jesuit. Ich habe sein Angebot angenommen, und dann wurde aus Dr. Tenzer irgendwann Pater Roman.« Er hob die Hände, resigniert, müde.

»Als Sie dieses Gutachten für Ruth Imhofen erstellt haben«, nahm Clara den Faden nach endlosen Minuten des Schweigens schließlich zögernd wieder auf, »wollten Sie ... versuchten Sie ... etwas wiedergutzumachen, oder?«

Pater Roman nickte, verzog dann aber das Gesicht. »Sie denken sicher, wie lächerlich, als ob man so etwas wiedergutmachen könnte ...«

Clara wiegte nachdenklich mit dem Kopf. »Vielleicht ist Wiedergutmachung nicht das richtige Wort. Vielleicht geht es mehr um eine Art Gleichgewicht, um den Versuch, mit seiner Schuld, oder was man für seine Schuld ansieht, leben zu können.«

Pater Roman sah sie an. »Sie sind eine kluge Frau, Clara. Aber leider hat es nichts genützt. Es ist mir nicht gelungen, ein Gleichgewicht herzustellen, im Gegenteil, die Waagschale hat sich noch weiter gesenkt.«

»Wie meinen Sie das?«, fragte Clara unbehaglich.

Er seufzte. »Auch bei Ruth Imhofen war ich mir sicher. So sicher wie man sich nur sein kann ...«

»Und jetzt? Sind Sie es nicht mehr?« Clara wusste nicht, ob sie die Antwort hören wollte.

Pater Roman sah sie nicht an. Stattdessen richtete er seine merkwürdig nackten, wimpernlosen Augen auf einen Punkt irgendwo in der Ferne und sagte schließlich zögernd: »Ich habe nicht nur Sie angelogen, sondern auch Kommissar Gruber. An jenem Sonntag, an dem Johannes Imhofen erschlagen wurde, war Ruth überhaupt nicht im Haus. Sie ist morgens schon nicht zum Frühstück erschienen, und am Abend ist sie erst gegen halb zwölf wieder aufgetaucht. Und sie weigert sich, zu sagen, wo sie war.«

Clara starrte ihn mit offenem Mund an. Ihre Hand, die gerade noch Elises Kopf gestreichelt hatte, verharrte mitten in der Bewegung.

Pater Roman fuhr fort: »Als gestern Morgen Gruber vor der Tür stand, hatte ich das Gefühl, es würde sich alles wiederholen. Ich konnte ihm einfach nicht die Wahrheit sagen, jedem anderen, aber nicht diesem Gruber!« Er senkte den Kopf und murmelte leise: »Ich bin davongelaufen. Gleich nachdem sie weg waren, habe ich Elmar gesagt, ich hätte einen wichtigen Termin beim Arbeitsamt, und dann bin ich in die nächste Kneipe und habe ein paar Schnäpse getrunken.«

Clara nickte langsam. Deshalb war er also nicht da gewesen, als die ganze Aufregung um Ruths Verschwinden passierte. Sie atmete einmal tief ein und wieder aus und versuchte, ihre Gedanken zu sortieren. Sie konnte Pater Roman verstehen, doch mit dieser Lüge hatte er weder sich selbst noch Ruth einen Gefallen getan. Im Gegenteil. Sie dachte an Grubers Fragen, an die Zeugin, die Ruth angeblich vor der Villa gesehen hatte. Wahrscheinlich wussten sie es längst. Clara unterdrückte ein Stöhnen. Pater Romans Rolle in der Geschichte würde am Ende noch das kleinste Problem sein.

»Und jetzt glauben Sie, dass Ruth ihren Bruder umgebracht hat?«, wollte sie wissen.

Pater Roman seufzte tief. »Ich habe keine Ahnung. Und ich werde mich hüten, noch irgendetwas dazu zu sagen.«

Clara dachte nach. »Ich glaube, Sie verwechseln hier etwas. Ich habe Ihr Gutachten gelesen. Die einzige Frage, womit Sie sich zu befassen hatten, war, ob es gerechtfertigt war, Ruth Imhofen für vierundzwanzig Jahre in eine psychiatrische Anstalt zu stecken und sie auch weiterhin darin zu belassen.«

Pater Roman nickte langsam. »Das ist richtig, aber ich weiß nicht, worauf Sie hinauswollen ...«

»Halten Sie Ruth Imhofen für geisteskrank, wahnsinnig, verrückt, also für psychisch so krank, dass sie in einer geschlossenen Anstalt bleiben muss? Halten Sie sie für ›nicht therapierbar‹, wie Dr. Selmany meint?«

»Nein! Natürlich nicht! Ich halte sie überhaupt nicht für krank!«, erwiderte Pater Roman heftig. »Das habe ich doch geschrieben ...« Er klappte überrascht den Mund zu, als ihm die Bedeutung seiner Worte aufging.

Clara lächelte. »Es gab also keinerlei Rechtfertigung dafür, Ruth weiter in der Klinik zu lassen. Sie haben vollkommen richtig gehandelt. Für das, was nachher passiert ist oder auch nicht, sind Sie nicht verantwortlich, weder moralisch noch rechtlich gesehen, egal was Gift-und-Galle-Gruber und die Zeitungen sagen werden.«

Pater Roman hatte bei ihrer Bezeichnung des Kommissars einen Augenblick lang verwirrt die Stirn gerunzelt, doch jetzt glätteten sich die Falten, und er warf Clara einen bewundernden Blick zu. »Donnerwetter«, sagte er, »ich beginne zu verstehen, weshalb Ralph Lerchenberg unbedingt Sie als Anwältin haben wollte.«

Clara wollte seine Hochachtung für ihre Argumentation nur ungern schmälern, doch sie musste es tun: »Das macht unser eigentliches Problem aber nicht unbedingt leichter, denn es bedeutet nur, dass wir es womöglich mit einer Mörderin zu tun haben, die während der Tat vollkommen bei Verstand war.«

Als Clara nach Hause ging, dachte sie über die letzten Worte nach, die Pater Roman beim Abschied gesagt hatte. Clara hatte ihn gefragt, ob er es tatsächlich für möglich halte, dass Ruth Imhofen vierundzwanzig Jahre zu Unrecht in der Klinik gewesen war.

Er hatte mit den Schultern gezuckt und gemeint, das könne er zwar nicht definitiv sagen, aber er hielte es für sehr wahrscheinlich.

»Also war Ruth die ganze Zeit vollkommen normal?«, hatte Clara ungläubig nachgehakt.

Pater Roman hatte gelächelt und zum ersten Mal an diesem Abend wieder Ähnlichkeit mit dem Mann gehabt, den sie in seinem Büro, in dem Frank Zappa neben dem Kruzifix hing, zum ersten Mal gesehen hatte.

»Was ist schon normal?«, hatte er zurückgefragt. »Wer entscheidet das? Sind Sie normal?«

Clara hatte ihn angesehen, und ihr war plötzlich merkwürdig zumute geworden. Als ob Grenzen und Wahrheiten, die man immer für unverrückbar gehalten hatte, plötzlich verschwammen. Unverrückbar. Verrückt. Ließ sich die Realität verschieben, je nachdem, von welchem Standpunkt aus man es betrachtete? Gab es dann überhaupt noch so etwas wie Realität? War dann nicht alles subjektiv?

Ein Gefühl von Einsamkeit hatte sie bei diesen Gedanken plötzlich gepackt, das Gefühl, sie könne womöglich ihre Sicht der Dinge niemals wirklich mit jemandem teilen, nie eine echte Verbindung herstellen. Eine Leere, die ihr Angst machte und die sie versucht hatte, so schnell wie möglich abzuschütteln.

Sie vergrub ihre Hände tief in ihrer Jacke und brummte zu Elise gewandt: »Und ich dachte immer, mein Beruf wäre schwer.«

Die Reichenbachbrücke spannte sich leer und verlassen über den unsichtbaren Fluss. Clara blieb in der Mitte stehen, dort, wo sie meistens stehenblieb, und sah hinunter in die dunklen Isarauen. Ihre Füße taten höllisch weh, sie hatte sich in ihren neuen Stiefeln zwei dicke Blasen zugezogen, die jetzt aufgeplatzt waren und bei jedem Schritt scheuerten.

Elise lief weiter zu der Treppe, die auf die Wiese hinunterführte, und verschwand in der Dunkelheit.

»Ist unverrückbar das Gegenteil von verrückt?«, fragte Clara in die Nacht hinaus. »Vielleicht muss man zuerst *verrückt* werden, um an den richtigen Platz zu gelangen«, überlegte sie weiter und musste plötzlich lachen. Im Haus ihrer Großmutter, in dem jetzt ihre Eltern wohnten, hatte es im Flur einen schönen kleinen Nähtisch aus Mahagoni gegeben. In der Schublade waren viele kleine Fächer, voll mit bunten Garnspulen, Fingerhüten, Nadeln und seltsamen Knöpfen, die ihre Großmutter noch aufbewahrt hatte, auch als es das dazu gehörige Kleidungsstück schon längst nicht mehr gab. Clara hatte als Kind mit dem Tisch immer Kaufladen gespielt, ein Hirschhornknopf war ein Mandelzimtplätzchen gewesen und die kleinen weißen Wäscheknöpfe Zitronenbonbons. Im Laufe der Jahre war der Flur immer mehr zugestellt worden, und als ihre Großmutter gestorben war, hatte der kleine Tisch, eingezwängt zwischen einem billigen Schuhregal und einem wackeligen Kleiderständer, voll mit längst aus der Mode gekommenen Wintermänteln, von denen sich die alte Frau nicht hatte trennen können, ein kümmerliches Dasein gefristet. Ihren Eltern hatte der Tisch nicht gefallen, und sie hatten ihn bei ihrem Umzug nach Starnberg in die alte Remise zu den ausrangierten Hirschgeweihen und Landschaftsgemälden gestellt, wo er langsam verstaubte. Später, nachdem Clara aus Irland zurück nach München gekommen war und sich nach etlichen anstrengenden Zigeunerjahren in diversen WG's endlich eine eigene Wohnung leisten konnte, hatte sie den Tisch mitgenommen. Dort stand er heute noch. Allein, ohne hässlichen Nachbarn, schlicht und schön an der Wand im Flur: Dem Nähtisch war das Verrückt-Werden recht gut bekommen.

Clara humpelte ein paar Schritte weiter und pfiff nach ihrem Hund. Das lange Stehen hatte ihren Füßen gar nicht gutgetan. Ihre Fersen brannten wie Feuer. Kurz entschlossen zog sie die Stiefel und ihre Strümpfe aus und lief barfuß weiter. Der Asphalt war eiskalt, und ihre Fußsohlen prickelten. Elise schnupperte an ihren nackten Füßen und warf ihr einen erstaunten Blick zu, bevor sie weiterlief. Als ein Auto vorbeifuhr, dachte Clara einen Moment lang über das Bild nach, das sie abgab, in einer kalten Oktobernacht barfuß durch München spazierend, die Schuhe in der Hand und eine kalbgroße Dogge an ihrer Seite. Ganz schön verrückt. Sie zuckte mit den Schultern, und das unbehagliche Gefühl, das sie bei dem Gespräch mit Pater Roman erfasst hatte, verflüchtigte sich endgültig. »Was ist schon normal?«, flüsterte sie leise, wackelte mit den Zehen und freute sich über die kleinen Steine, die sie unter ihren Füßen spüren konnte.

CADAQUÉS

Mein Geliebter,
wenn ich nicht mehr schreiben kann, dann haben sie gewonnen. Noch ist es nicht so weit. Heute ist es mir gelungen, die Tabletten nicht zu nehmen. Ich gebe mich brav, folgsam, lächle. Sie freuen sich darüber. Die Schneekönigin glaubt, es sei ein Fortschritt. Jeden Tag stirbt man ein bisschen mehr, und sie halten es für Fortschritt. Doch ich muss ihnen Besserung vorspielen, damit ich nicht mehr da hinein muss. Zu den Gespenstern. Wobei … Besserung von was? Doch alles ist besser als die Gespenster. Ich versuche, sie dir zu beschreiben, mein Geliebter, auch wenn ich inzwischen weiß, dass du meine Briefe nicht bekommen wirst. Höchstens dann, wenn die Gespenster mich gefressen haben. Und dann wird es zu spät sein. Aber es ist ja längst zu spät.
Stell dir vor, sie stellen dich ins Nichts. Sie nehmen dir die Welt. Sie nehmen deinen Sinnen jeden Anker. Deine Augen beginnen zu suchen, deine Ohren spitzen sich ins Unendliche. Nichts. Dein Schrei wird verschluckt, sobald er dich verlässt. Du beginnst innerlich zu schreien, aber niemand hört es, denn es gibt niemanden, nichts. Und dann, irgendwann, du weißt nicht wann, denn die Zeit gibt es nicht mehr, beginnen deine Augen sie zu sehen, sie lauern in den Ecken, in den Winkeln deines Bewusstseins, sie haben keine Farbe und kein Gesicht. Und deine Ohren beginnen sie zu hören, andere Schreie als deine eigenen, andere Laute als die, die du kennst. Sie kreischen in deinen Ohren. Aber du kannst nicht fliehen, denn

sie haben dir ja die Welt weggenommen. Und du beginnst zu glauben, dass sie dir auch deinen Körper genommen haben, du spürst ihn nicht mehr, er ist nicht mehr da, du kannst dich nicht mehr fühlen, du verschwindest, und in dir schreit es und schreit und schreit …

MÜNCHEN

Als Clara am nächsten Morgen erwachte, war sie aus irgendeinem Grund glücklich. Der Zipfel strahlend blauen Himmels vor ihrem Schlafzimmerfenster versprach einen sonnigen Oktobertag, und sie fühlte sich ausgeruht, entspannt und erfüllt von dieser morgendlichen Leichtigkeit, die daher rührte, dass die üblichen Alltagsgedanken, verbunden mit dem Gefühl drohender Verpflichtungen, noch nicht in ihr Bewusstsein vorgedrungen waren. Es befand sich noch in der fedrigen, gewichtslosen Schwebe zwischen Schlaf und Erwachen, und Clara blieb still liegen, blinzelte mit halbgeschlossenen Augen in den blauen Himmel und versuchte, dieses Gefühl so lange wie möglich auszukosten. Dann sprang sie aus dem Bett und stellte sich eine Viertelstunde unter die heiße Dusche. Mit Elise im Schlepptau spazierte sie später zum samstäglichen Markt bei der Mariahilfkirche und kaufte Salat, Äpfel, einen Kürbis, frisches Brot, Weintrauben, Käse und einen großen Strauß Herbstblumen. Nach einem ausgiebigen Frühstück in ihrer Küche und einer Zigarette am offenen Wohnzimmerfenster mit Blick auf die Kastanie vor ihrem Haus überlegte sie, was sie mit diesem so unverhofft schön begonnenen Wochenende anfangen sollte. Unweigerlich fiel ihr dabei die graue Mappe in ihrer Tasche ein, die noch darauf wartete, gelesen zu werden, und ihr Gespräch mit Pater Roman gestern Abend. Sie schüttelte den Kopf und schloss das Fenster. Das konnte warten. Zwei arbeitsfreie Tage sollten es werden. Das Gefühl von heute Morgen nach dem Aufwachen hielt noch immer an, und sie hatte keine Lust, es sich von dem beklemmenden Gefühl, das sich in der Sache Ruth Imhofen unweigerlich einstellen würden, verderben zu lassen. Noch bevor sie sich einen einzigen Zweifel erlaubte, ging sie in den Flur, um Mick anzurufen.

Kommissar Gruber saß an diesem Samstagvormittag ebenfalls in seiner Küche und las die Zeitung. Ab und zu hob er den Kopf und beobachtete seine Frau Irmgard, wie sie schweigend den Frühstückstisch abräumte. Sie trug Radlerhosen in Pink und Schwarz und ein passendes Stirnband. Ihr Hintern sah grotesk groß in dem glänzenden enganliegenden Stoff aus, und auch die Jacke, die sie darüber trug und die aus diesem neuen Material war, das angeblich so warmhielt und unbedingt hatte sein müssen, hätte mindestens zwei Nummern größer gehört.

Sie sieht aus wie eine Qualle, dachte Gruber böse. Wie eine fette Qualle im Taucheranzug. Früher hatte er die runden Formen seiner Frau gemocht. Hatte sie drall und üppig gefunden. Sexy halt. Wahrscheinlich hatte er ihr das zu selten gesagt. Es waren ja immer die Männer schuld, weil sie zu wenig redeten, zu wenig zärtlich, aufmerksam oder was sonst noch alles waren. Dass sie vielleicht einen Scheißjob hatten und Geld verdienen mussten, damit sich die gnädige Frau ein neues Westerl oder Bluserl kaufen konnte, das interessierte ja niemanden.

Radltreff nannte sich die Veranstaltung, zu der seine Frau neuerdings immer samstags mit ihrem neuen Montainbike fuhr, mühsam ihren fetten Arsch auf dem winzigen Sattel im Gleichgewicht haltend. Dann radelte sie mit dem Adi und der Gitti, dem Rolf und dem Wolfgang und noch ein paar Weibern in ihrem Alter durch den Englischen Garten, an der Isar entlang bis nach Wolfratshausen. Gruber vermutete seit längerem, dass bei diesen Treffen noch was anderes lief als nur die Radelei. Doch seit ein paar Tagen wusste er es genau. Die Gitti, angeblich die beste Freundin seiner Frau, hatte es ihm gesteckt.

»Du weißt schon, dass die Irmgard was mit dem Adi hat, oder?«, hatte sie ihm letzte Woche in der Kneipe, wo sie sich alle manchmal trafen, ins Ohr geflüstert und dabei mitfühlend seinen Arm gedrückt.

Der Adi war es also. Gruber hatte vage genickt und seinen Arm weggezogen.

Doch die Gitti hatte weiterreden wollen: »Also ich versteh' das ja gar nicht, mit diesem Adi, was sie nur an dem findet, wo ihr beide doch immer so verliebt wart ...«

Da war er einfach aufgestanden und gegangen.

Adolf Wimbacher, der Versicherungsvertreter. Stirnglatze, Bauchansatz. Er kannte ihn nur flüchtig. Und seine Frau schlief mit ihm. Immer samstags nach dem Radltreff. Und wer weiß, wie oft unter der Woche, er war ja sowieso nie da. Da konnten sie sogar im Ehebett vögeln, und er würde es nicht merken. Gruber stand auf und stellte seinen Teller in die Spüle. Eigentlich fand er Irmgard immer noch sexy, besonders in dieser engen Jacke. Und gegen einen großen Hintern gab es auch nichts zu sagen.

Er drehte sich von ihr weg und nahm seine Jacke vom Haken hinter der Tür. »Ich muss noch mal ins Büro«, sagte er.

Irmgard nickte gleichgültig und schob sich eine lose Haarsträhne unter das Stirnband.

Er blieb stehen, wartete, wollte etwas sagen. Etwas Besonderes, etwas, mit dem sie wieder anfangen konnten. Zu reden und überhaupt. Doch er wusste nicht, wie er es anstellen sollte. »Viel Spaß beim Radeln«, sagte er und kam sich erbärmlich dabei vor.

Im Büro schlug er die Akte Imhofen auf. Sie bestand aus zwei Teilen, dem neuen, dünnen Ordner, der den Mord an Johannes Imhofen betraf, und einem dicken Ablageordner aus dem Archiv, der Fall Udo Reimers. Sie hatten die Akte der Staatsanwaltschaft nicht bekommen, angeblich war sie unauffindbar, aber zum Glück hatte es im Archiv eine komplette Zweitabschrift dieses alten Falles gegeben. Auf diese Sesselfurzer der Justizverwaltung hatte man sich ja noch nie verlassen können.

Er betrachtete das Foto von Ruth Imhofen, es war dasselbe, das in der Zeitung abgedruckt gewesen war, und verglich es mit der Frau, die er letzte Woche befragt hatte. »Die ist doch total kaputt«, murmelte er vor sich hin. »Fix und fertig ist die.« Die altbekannte, hilflose Wut stieg in ihm auf, als er an den verdammten Arzt dachte, der dabeigesessen und so getan hatte, als sei alles in bester Ordnung. Und dann diese Anwältin! Gruber konnte Anwälte nicht ausstehen. Sie waren die Pest. Obwohl es schon eine Ewigkeit her war, seit er auf der Polizeischule gewesen war, kamen ihm beim Anblick eines Vertreters dieser verhassten Berufsgruppe immer wieder die *Verhaltensregeln für den Umgang mit Verteidigern* in den Sinn, die man ihnen damals versucht hatte beizubringen: »*Der Verteidiger ist ein Organ der Rechtspflege und arbeitet nicht gegen die Strafverfolgung, sondern für den Beschuldigten.*« So eine gequirlte Scheiße. Ein anderer Satz fiel ihm dazu ein: »*Der Verteidiger darf mit rechtsstaatlichen Mitteln die Wahrheit verhindern*«, so hatte es allen Ernstes im Lehrbuch gestanden.

Ein feines Team hatte diese verrückte Imhofen da beisammen mit dieser rothaarigen Furie und dem Herrn Doktor Tenzer. Ihn hatte fast der Schlag getroffen, als er seinen Namen unter dem Gutachten gelesen hatte, mit dem die Imhofen entlassen worden war. Wenn es nach ihm gegangen wäre, hätte man diesem Arzt damals die Zulassung entziehen müssen, mindestens. Lange waren ihm die Bilder des Mädchens nicht aus dem Kopf gegangen, ein Kind, missbraucht und weggeworfen wie ein Sack Müll. Und dann die Eltern. Wie sie ihn angesehen hatten. Sie hatten eine Erklärung gefordert, von ihm, von wem sonst? Er hatte ihnen keine geben können. Nichts hatte er ihnen geben können. Keinen Trost, keine Hoffnung. Die Frage war einfach offen geblieben, für ihn genauso wie für die Eltern: Warum hatte man diesen Mann nur aus der Klinik entlassen? Warum? Warum nur?

Und da saß er dann, zehn Jahre später, dieser arrogante Arzt im lässigen Sakko, und wieder hatte er ein Gutachten gemacht, das falsch gewesen war. Wieder hatte er ein Leben auf dem Gewissen. Wie konnte man damit nur weiterexistieren? Manche Menschen schwimmen eben immer oben. Wie die Fettaugen in der Suppe. Das hatte seine Mutter schon immer gesagt.

Gruber blätterte durch die Akte. Diese Ruth Imhofen war schuldig. Er wusste es, er spürte es. Und er würde es beweisen. Daran konnte auch diese Anwaltstussi nichts ändern. Die ganz besonders nicht. Er zog aus dem Posteingangsfach die Kopie eines Schreibens, das ihm sein Kollege hatte zukommen lassen: Die Strafanzeige eines Journalisten gegen Frau Rechtsanwältin Niklas wegen Körperverletzung. Es war sogar ein ärztliches Attest angefügt, das dem Opfer eine Prellung des Nasenbeins und ein Hämatom unter dem Auge bescheinigte und ihn für drei Tage arbeitsunfähig schrieb. Na ja, das mochte übertrieben sein, wie diese Atteste es meistens waren, aber in diesem Fall war ihm das ganz recht. Er schob das Blatt in die Akte und lächelte zufrieden.

Als Clara sich am Montag auf den Weg in die Kanzlei machte, war sie so beschwingt wie lange nicht mehr. Der Oktober hatte sich mit einiger Verzögerung doch noch darauf besonnen, dass er gemeinhin als »golden« bezeichnet wurde, und tat jetzt sein Bestes, um dieser Beschreibung gerecht zu werden: Er tauchte die Stadt in ein strahlendes, verheißungsvolles Morgenlicht. Claras Locken leuchteten mit dem Laub der Kastanien um die

Wette, und ihre sonst so blasse Haut war nach der vielen Sonne und frischen Luft am Wochenende zart gerötet. Mick hatte nach ihrem Anruf am Samstagmorgen einen Freund gebeten, ihn im Pub zu vertreten, und hatte sie mit seinem alten, klapprigen Riesenjeep spontan zu einem Ausflug in die Berge abgeholt. Sie waren stundenlang an einem See spazieren gegangen und hatten in einer Pension übernachtet. Am nächsten Tag waren sie mit der Seilbahn auf einen Berg gefahren, was nicht nur Elise an den Rand des Nervenzusammenbruchs gebracht hatte: In der an beiden Seiten offenen Gondel war nur Platz für zwei Personen bzw. eine Dogge und höchstens eine Person gewesen und weit und breit kein Platz, sich zu verkriechen. Elises verzweifelte Versuche, es trotzdem zu tun, hatten die Kabine bedenklich zum Schwanken gebracht und bei Clara für einen heftigen Schweißausbruch gesorgt.

Claras Röte vertiefte sich, als sie an die anderen schönen Dinge dachte, die sie noch getan hatten und die ganz erheblich dazu beitrugen, dass sie heute Morgen wie auf Wolken über die Isarbrücke schwebte und nicht einmal mit der Wimper zuckte, als Elise ungezogenerweise mitten auf den Bürgersteig einen großen Haufen machte und Clara mit Hilfe einer Plastiktüte und unter den strengen Augen einer Passantin die Hinterlassenschaft entfernte und mit spitzen Fingern in den nächsten Mülleimer fallen ließ.

In der Kanzlei erwartete sie Linda mit dem Telefonhörer in der Hand. »Ihre Mutter. Sie hat schon zweimal angerufen!«, flüsterte sie und drückte den Vermittlungsknopf. Ein fröhliches Klingeln ertönte auf Claras Schreibtisch.

»Ja doch!«, murrte Clara und hechtete nach oben. Auf ihrem Schreibtisch wuchs ein Baum. Zumindest sah es so aus. Ein dicker Ast lag quer über ihren Akten und bröselte alte Blätter und Rindenkrümel auf Ordner und Papiere. Clara grabschte darunter und bekam das Telefon zu fassen. Ihre Mutter teilte ihr mit, dass am Nachmittag Ralph Lerchenberg beerdigt werden würde. Clara überlegte kurz, dachte an Lerchenbergs Frau und seine beiden kleinen Töchter und schluckte. Doch sie versprach, zu kommen. »Bis dann.« Ihre Mutter klang zufrieden, als sie sich verabschiedete.

Clara musterte ratlos den Ast, der mit seinen knorrigen Ästen den Bildschirm verdeckte. Auf ihrer Schreibtischunterlage krabbelte eine einsame Ameise. »Was soll das?«, rief sie zu Linda hinunter, doch es war Willi, der antwortete.

Mit einer Tasse Tee war er gerade aus der Küche gekommen und grinste: »Das waren Herr Kravic und seine Frau.«

Clara stöhnte. Die Eheleute Kravic waren langjährige, jedoch wenig geliebte Mandanten von ihr, emsige Querulanten, die – wenn es nach ihnen gegangen wäre – schon die halbe Stadt verklagt hätten. Clara war es bisher immer gelungen, mit Geduld und indem sie ihnen eine ganze Menge wichtig und ernsthaft klingenden anwaltlichen Blödsinn erzählte, die Klagen auf ein halbwegs erträgliches Maß zu reduzieren und sich auf die Fälle zu beschränken, die wenigstens ein Fünkchen Erfolgsaussicht in sich bargen.

»Was nun schon wieder? Hat der Ast Frau Kravic heimtückisch angegriffen?«, fragte sie und hob das Corpus Delicti von ihrem Tisch.

»Fast erraten! Der Angriff galt jedoch nicht Frau Kravic, sondern ihrem Toyota Corolla, der durch den Ast am Dach verkratzt wurde, als sie auf dem Weg zur Fußpflege war. Sie möchten jetzt die Fußpflegerin auf Schadensersatz und Schmerzensgeld verklagen.« Willis Grinsen wurde breiter, als er Claras erschüttertes Gesicht sah. »Herr Kravic hat den Täter gleich erkennungsdienstlich behandelt.«

Er deutete auf das Ungetüm, das Clara neben das Fenster gelehnt hatte, wo es sehr dekorativ wirkte. Sie folgte Willis Blick und bemerkte erst jetzt, dass einer der ausladenen Äste an der Spitze sorgfältig mit gelbem Leuchtklebeband umwickelt war.

Clara schaute Willi Hilfe suchend an. »Ich habe im Moment wirklich sehr viel um die Ohren, könntest nicht du ... ausnahmsweise ...?«

Willi schüttelte entschieden den Kopf. »Das kannst du vergessen.« Er quetschte sich hinter seinen Schreibtisch, schob einen Stapel dicker Kommentare vorsichtig auf die Seite und platzierte seine Teetasse daneben. »Ich habe ihnen gesagt, du hast die ganze Woche Termine bei Gericht, deshalb kannst du dich frühestens am Freitag bei ihnen melden. Sie waren sehr beeindruckt davon, dass du so eine viel beschäftigte Anwältin bist.«

Clara atmete auf. Sie würde sich um Herrn und Frau Kravic kümmern. Aber nicht heute, nicht jetzt. »Danke!« Sie wischte mit der Hand die Brösel von ihrem Tisch und warf die Blätter in den Papierkorb. Die Ameise hatte sich irgendwo verkrochen. Sie fühlte sich sicher einsam hier, so ohne ihren Staat, überlegte Clara flüchtig. Dachten Ameisen? Überlegten sie, wohin es sie verschlagen hatte? Suchten sie einen Weg zurück zu ihrem Volk? Na ja, vielleicht gab es doch noch wichtigere Dinge, als über das Schicksal einer Ameise nachzudenken. Sie stand auf, um sich einen Kaffee zu holen.

Als sie ein paar Stunden später in der S-Bahn nach Starnberg saß, fielen ihr die Eheleute Kravic wieder ein, und sie musste lächeln. Wer weiß, ob ihre Nerven diesen Beruf auf Dauer ausgehalten hätten, wenn unter den vielen bedrückenden Dingen, die bei ihr landeten, nicht immer wieder einmal auch ein Ehepaar Kravic gewesen wäre.

Der Friedhof von Starnberg lag ein wenig außerhalb des Ortes auf einem Hügel mit Blick auf den See. Die Trauergemeinde war groß, und Clara, die zusammen mit ihrer Mutter und zwei Kirchenvorstandsmitgliedern in den hinteren Reihen stand, versuchte zunächst vergeblich, Frau Lerchenberg zu erspähen. Erst als sich die Reihen der Trauernden ein wenig lichteten, sah sie die rundliche Gestalt im eleganten, schwarzen Kostüm.

Sie weinte ungeniert, ohne sich um die Tränen zu kümmern, die ihr über die Wangen liefen. Ihre Kinder hielt sie mit beiden Armen fest umklammert. Es waren zwei Mädchen, die größere von beiden, mit Pferdeschwanz und dichtem Pony, weinte genauso regungslos wie ihre Mutter, das kleine Mädchen trug zwei dünne Zöpfchen und blickte mit großen, verständnislosen Augen umher. Beide hatten Britta Lerchenbergs helle Haare geerbt. Ein Mann kam auf das Grab zu und warf eine Schaufel Erde hinein. Dann ging er auf die Witwe zu und wollte ihr die Hand reichen. Britta Lerchenberg ergriff sie nicht. Einen Augenblick lang verharrten beide wie Standbilder, er mit ausgestreckter Hand, die blonde Frau starr, mit verweinten Augen. Und dann spuckte sie ihn an.

Clara zuckte unwillkürlich zurück, genauso wie der Mann, der sich jetzt mit einer hastigen Handbewegung das Gesicht abwischte. Die umstehenden Trauergäste begannen zu flüstern, jemand machte eine schnelle Bewegung von hinten auf die Frau zu, ein älterer Herr mit gepflegtem Schnurrbart und gramverzerrtem Gesicht, Ralph Lerchenbergs Vater, wie Clara vermutete. Er legte den Arm um seine Schwiegertochter, beruhigend, stützend. Doch es war nicht nötig, Britta Lerchenberg zu stützen. Sie stand aufrecht und starrte den Mann, den sie gerade angespuckt hatte, noch immer unverwandt an. Endlich wandte sich dieser ab und ging.

Clara betrachtete ihn neugierig. Sie war sich sicher, dass es Dr. Selmany war. Er war nicht besonders groß, schlank, mit dunklen Haaren und ausgeprägten Geheimratsecken. Ein ziemlich gut aussehender Mann mit scharf geschnittenen Zügen und einer Adlernase. Ein paar Meter vom Grab entfernt blieb er stehen und kramte in den Taschen seines Mantels nach einem Taschentuch.

Clara ging auf ihn zu. »Guten Tag, Dr. Selmany«, sagte sie.

Er sah sie misstrauisch an, während er sich mit dem Tuch über das Gesicht rieb. »Ja?«

Clara stellte sich freundlich lächelnd vor. »Wir haben vor ein paar Tagen telefoniert. Es ging um Ruth Imhofens Krankenunterlagen.«

»Ach ja, Sie sind diese Anwältin, nicht wahr?« Er war unsicher, bemühte sich vergeblich um eine würdige Haltung, was angesichts der Tatsache, dass er gerade in aller Öffentlichkeit angespuckt worden war, ein eher schwieriges Unterfangen darstellte.

»Was wollen Sie denn noch?« Es sollte barsch klingen, doch die Angst dahinter war deutlich zu hören.

»Ich wollte Ihnen nur sagen, dass sich die Angelegenheit erledigt hat, Sie brauchen nicht weiter nach den Unterlagen zu suchen.« Claras Stimme war noch immer zuckersüß. Sie wusste genau, dass Dr. Selmany keine Sekunde damit verschwendet hatte, für sie nach irgendwelchen Unterlagen zu suchen.

»Äh, ja, gut ...« Er hob den Kopf, seine Unsicherheit war einer gewissen Wachsamkeit gewichen. »Wie meinen Sie das, erledigt?«, fragte er zögernd.

»Die Akten sind wieder aufgetaucht. Ich habe sie bereits gelesen.« Und dann fügte sie aufgrund einer plötzlichen Eingebung noch bedeutungsvoll hinzu: »Alle!«

Es war fast erschreckend anzusehen, wie blass Selmany bei diesen Worten wurde.

»Sie ... haben ... Sie wissen ...«, krächzte er heiser und lockerte mit zwei Fingern seine Krawatte, als bekäme er keine Luft mehr.

Clara musterte den Arzt interessiert. Mit einer so heftigen

Reaktion hatte sie nicht gerechnet. Er würde doch wohl nicht umkippen? Doch gerade als sie sich nach möglichem Beistand umsah, packte Dr. Selmany sie am Arm. Clara fuhr herum. »Lassen Sie mich sofort los!«, fauchte sie ihn böse an.

Dr. Selmany gehorchte augenblicklich. Mit einer beschwichtigenden Geste hob er beide Hände. Er hatte sich jetzt wieder gefangen. »Frau Anwältin, entschuldigen Sie, ich wollte nur ... wir ...« Er sah sich hektisch nach der Trauergemeinde um, die sich jetzt langsam in ihre Richtung bewegte, und senkte die Stimme. »Wir sollten uns noch einmal eingehend über die Sache unterhalten.« Er klang schmeichelnd. »Es wird Ihr Schaden nicht sein ...«

Clara sah ihn an. »Wissen Sie was?«, fragte sie langsam, und als Dr. Selmany hoffnungsvoll den Kopf hob, warf sie ihm einen verächtlichen Blick zu: »Ich hätte gute Lust, Ihnen zu zeigen, was ich von Ihnen halte, doch Frau Lerchenberg hat das schon ganz trefflich erledigt.«

Dr. Selmany fuhr zurück, als hätte sie ihn geschlagen. Seine Augen verengten sich, und mit einem Mal sah er überhaupt nicht mehr gut aus. »Sie machen einen großen Fehler, Frau Niklas«, zischte er, und dann platzte es aus ihm heraus: »Dr. Lerchenberg dachte auch, er wäre so ungemein klug, und er war sich ja so sicher ...« Er verstummte unvermittelt, ihm war bewusst geworden, was er eben gesagt hatte.

Claras Mund verzog sich zu einem kalten Lächeln, obwohl ihr eher zum Schreien zumute war. »Ach, und da haben Sie ihn – bums – gegen einen Baum fahren lassen?« Als er nicht antwortete, meinte sie: »Bei mir müssen Sie sich etwas Besseres einfallen lassen, ich habe nämlich kein Auto.«

Sie drehte sich um und ließ ihn stehen. Mit schnellen Schritten verließ sie den Friedhof und hatte dabei das unangenehme Gefühl, dass sich Dr. Selmanys Blicke in ihren Rücken bohrten.

Sie ging den weiten Weg zurück in die Stadt, ohne auf ihre Mutter zu warten. Es tat ihr gut, durch die bekannten Straßen zu schlendern und dabei ihre Gedanken zu sortieren. Als Kind hatte sie es geliebt, ihre Großmutter zu besuchen. Am liebsten allein, ohne ihre lästigen Geschwister, die schon so groß waren und sich äußerst selten und dann immer nur sehr gnädig zu den Sonntagnachmittagsbesuchen herabließen. Und auch später noch, als Teenager, war sie immer gerne nach Starnberg gefahren. Oft war sie nach einem Streit mit ihren Eltern einfach in die S-Bahn gestiegen.

Ihre Oma hatte sie nie zurückgeschickt, auch nicht, wenn ihre Mutter oder ihr Vater erbost am Telefon darauf bestanden hatten. »Die Kleine bleibt jetzt erst mal eine Nacht hier«, hatte ihre Antwort stets gelautet, »dann könnt ihr euch wieder beruhigen.«

Clara war immer überzeugt gewesen, mit dem Wörtchen »ihr« meinte ihre Großmutter nur ihre Eltern, niemals sie. Sie durfte im ehemaligen Zimmer ihrer Mutter schlafen, im rosa geblümten Nachthemd ihrer Oma, und zum Frühstück gab es getoastetes Schwarzbrot mit Honig ans Bett, wenn nicht gerade Schule war. In diesem Fall war ihre Großmutter dagegen eisern und scheuchte sie in aller Herrgottsfrühe aus dem Bett, damit sie ja pünktlich zurück in die Stadt kam.

Clara ging am See entlang über die Holzbrücke an der Bootswerft und dann quer über die große Wiese. In der Ferne zwischen den kahlen Bäumen sah sie schon die alte Villa ihrer Großmutter. Gesines silberner Audi parkte in der Einfahrt. Clara blieb stehen. Plötzlich kam es ihr nicht mehr so verlockend vor, mit ihrer Mutter noch eine Tasse Kaffee zu trinken, um die Beerdigung und ihre unangenehme Begegnung mit Dr. Selmany sacken zu lassen. Doch es war zu spät. Hinter ihr hupte es, und ihre Mutter fuhr winkend vorbei, neben sich und auf dem Rücksitz saßen die beiden Damen vom Kirchenvorstand.

Als Clara an diesem Abend nach Hause kam, war von ihrer morgendlichen Hochstimmung nicht mehr viel übrig geblieben. Das Kaffeekränzchen ihrer Mutter war anstrengend gewesen, die beiden Kirchendamen hatten sie unentwegt mit Fragen zu Ralph Lerchenberg gelöchert und die wildesten Mutmaßungen angestellt. Obwohl Clara nichts zu den Spekulationen beitrug, sondern nur nachdenklich ihren Kaffee trank, ab und zu nickte und zwischen zwei Bissen Schwarzwälderkirschtorte vage Antworten gab, waren am Ende beide sicher, dass der junge Doktor von dem finsteren Arzt mit dem ausländischen Namen irgendwie ermordet und dann ins Auto verfrachtet worden war, um es wie einen Unfall aussehen zu lassen.

Clara hätte ihnen gerne zugestimmt, doch andererseits wusste sie auch, dass es nicht so einfach war, einen Unfall vorzutäuschen, wie die beiden alten Damen meinten. Noch schwieriger würde es sein, es zu beweisen.

Eine der beiden, Frau Pronizius, die ihrem Yorkshireterrier mit roter Haarspange und fiesem Blick ein Tortenstückchen nach dem anderen zusteckte und der schlafenden Elise aus den Augenwinkeln misstrauische Blicke zuwarf, äußerte sogar die Vermutung, Dr. Selmany habe auch noch eine alte Dame aus ihrer Nachbarschaft auf dem Gewissen, die kürzlich offenbar ebenfalls verstorben war.

»Aber Esther, meine Liebe«, wandte Claras Mutter kopfschüttelnd ein. »Warum sollte jemand eine unschuldige alte Frau umbringen?«

Esther Pronizius zuckte mit den Schultern. »Was weiß ich?« Und als ob dies schon als Motiv für einen Mord ausreichte, fügte sie noch hinzu: »Jedenfalls war sie auch so eine Psychoärztin.«

Die Reaktion ihrer Mutter auf diese abfällige Berufsbezeichnung und den sich daraus entspinnenden, üblichen kleinen Disput über Sinn und Unsinn von Psychotherapie »und all dem Zeugs, das es früher nicht gegeben hat«, folgte Clara nur mit halbem Ohr. Sie kratzte mit der Gabel die Sahnereste von ihrem Teller und grübelte über Dr. Selmany nach. Er war unglaublich erschrocken gewesen, als sie ihm gesagt hatte, sie habe die Unterlagen gelesen. Gab es möglicherweise noch mehr Leichen im Keller von Schloss Hoheneck? Die graue Mappe fiel ihr wieder ein. Sie musste sie heute Abend unbedingt lesen.

Sie schreckte aus ihren Gedanken hoch, als ihre Schwester sie ansprach. »Was hast du gesagt?«, fragte sie zerstreut.

»Ich habe gefragt, wie es deinem jungen Liebhaber geht«, wiederholte Gesine und lächelte vergnügt.

»Du hast einen Liebhaber?«, fragte ihre Mutter erstaunt. »Davon hast du mir gar nichts erzählt.«

»Einen *jungen* Liebhaber?«, fragte Elsbeth Wiegerling, die Freundin von Frau Pronizius, und goss sich Sahne in den Kaffee. »Wie jung?« Sie zwinkerte anzüglich, und angesichts der Tatsache, dass sie schon auf die achtzig zuging, musste Clara lächeln, obwohl sie ihrer Schwester lieber an die Gurgel gefahren wäre. »Gemessen am Alter meiner Schwester ziemlich jung«, gab sie spitz zurück, und die alte Dame kicherte entzückt.

»Und stell dir vor, er ist *Ire*«, fuhr Gesine unbeirrt fort, und es klang so, als handelte es sich dabei um eine besonders abstoßende Krankheit. Sie warf Clara einen unschuldigen Blick zu: »Ich hatte ja keine Ahnung, dass du Mutter deinen Nick verheimlicht hast.«

»Ire? Ach, du meine Güte!« Claras Mutter schüttelte den Kopf. »Man möchte meinen, von diesen Landsmännern hättest du die Nase voll, Liebes!«

Clara spürte, wie sie rot wurde. Sie öffnete den Mund, um etwas zu sagen, doch Esther Pronizius unterbrach sie.

»Irland soll ja ein sehr schönes Land sein, sagt man. Kulturell und überhaupt. Eine Wiege des Christentums. Wie hieß noch dieser Mönch? Du warst doch schon mal in Irland, Claraschätzchen, nicht wahr? Ich glaube mich zu erinnern ...«

»Ich kannte einmal einen Franzosen«, wandte sich jetzt Frau Wiegerling an niemand Bestimmten, und ein versonnenes Lächeln spielte um ihren Mund. »Er hieß Jacques, oder war es Jean? Es war nach dem Krieg, Anfang der Fünfziger. Er nannte mich Elsie, und er trug immer so einen eleganten Hut ...«

Clara legte die Gabel neben den Teller und faltete sorgfältig ihre Serviette. »Er heißt Mick«, sagte sie leise. »Und er ist, verdammt noch mal, kein Ire.« Niemand hörte sie. Als sie aufstand, hoben alle erstaunt den Kopf.

»Du gehst schon?«, fragte ihre Mutter und machte Anstalten, ebenfalls aufzustehen, um sie hinauszubegleiten.

Clara winkte ab, und es gelang ihr sogar ein halbwegs aufrichtiges Lächeln. »Danke für den Kaffee. Ich muss noch mal in die Kanzlei.« Sie verabschiedete sich von den beiden Damen und warf ihrer Schwester eine spöttische Kusshand zu. »Gute Heimreise, Schwesterchen!«

Jetzt saß sie zu Hause an ihrem Schreibtisch, vor sich die graue Mappe aus dem Koffer, den ihr Britta Lerchenberg gebracht hatte. Neugierig schlug sie sie auf und blätterte durch die Seiten. Es waren chronologische Aufzeichnungen, teils getippt, teils handschriftlich, immer von der gleichen Person verfasst. Ein Protokoll oder etwas in der Art. Am oberen Rand war immer das Datum vermerkt und das gleiche Kürzel, wie sie es bereits in Ruths Krankenunterlagen gesehen hatte: CS. Es folgten detaillierte Zustandsbeschreibungen von Ruth, die jede einzelne Regung zu umfassen schienen.

Clara überflog die Seiten und runzelte die Stirn. Was sollte das bedeuten? Sie blätterte weiter. Ganz hinten in dem Ordner waren ein paar Kopien von wissenschaftlichen Aufsätzen eingeheftet, die meisten in Englisch. Sie stammten alle aus den

Siebzigern, zwei deutsche Artikel waren 1978 und 1980 verfasst worden.

Clara begann beim ältesten Artikel eines amerikanischen Psychologieprofessors aus Massachusetts und kämpfte sich mühsam durch die fremden Fachausdrücke. Vieles davon war unterstrichen und mit handschriftlichen Anmerkungen versehen. Clara verstand anfangs nur sehr wenig, der Artikel handelte offenbar von Untersuchungen, die an ehemaligen amerikanischen Kriegsgefangenen aus dem Koreakrieg durchgeführt worden waren. Der Autor bezog sich auf eine Studie aus den Sechzigern, die sich mit den Methoden der Folter und Gehirnwäsche des kommunistischen Regimes befasste.

An einem Satz blieb sie plötzlich hängen: »*Wir sollten nicht zimperlich sein, die Erkenntnisse, die wir aus den Methoden und Möglichkeiten der Manipulation des menschlichen Gehirns gewonnen haben, auch auf unsere Wirklichkeit anzuwenden*«, stand dort, und Clara überlegte, was hier wohl mit »unsere Wirklichkeit« gemeint sein könnte.

Sie wurde schnell fündig: Unumwunden stellte der Professor Überlegungen darüber an, wie sinnvoll es wäre, diese Methoden an Häftlingen in amerikanischen Gefängnissen zu testen. Jede Art von psychischer Folter wie beispielsweise das Vorenthalten von sensorischen Reizen, Isolationshaft oder ähnliche Methoden führten zu einem *mental crack*, einem Riss im geistigen Schutzmechanismus eines Menschen. Diese grundsätzlich negativen Auswirkungen der Folter könnten jedoch ins Positive umgewandelt werden, indem man diesen Riss dazu verwende, dem Kriminellen statt der unerwünschten Verhaltensweise ein von der Gesellschaft erwünschtes Verhalten einzuimpfen. Studien an Probanden hätten gezeigt, dass selbst bei kurzem Aufenthalt in einer *Camera silens* die Dinge, die ihnen währenddessen vermittelt worden seien, noch bis zu einem Jahr im Gehirn verankert geblieben seien, beispielsweise eine Vorliebe für ein bestimmtes Land, zu dem sie vor dem Versuch keinerlei Bezug gehabt hätten.

Clara zündete sich eine Zigarette an und starrte abwesend in die Luft. Folter, Gehirnwäsche ... Versuche an Häftlingen ... Sie versuchte, sich vorzustellen, dass so etwas möglich gewesen war, und zu ihrer Erschütterung fiel ihr diese Vorstellung nicht schwer. Guantanamo kam ihr unvermittelt in den Sinn und die Bilder von Gefangenen in orangefarbenen Anzügen mit Säcken über dem Kopf, am Boden kniend, gefesselt, in Käfigen aus Maschendraht. Eingesperrt ohne Prozess und ohne Aussicht auf Entlassung. Die perfekten Laborratten. Clara fröstelte. Sie ahnte, weshalb diese Artikel hier abgeheftet worden waren, doch es widerstrebte ihr, den Gedanken zuzulassen. In ihrem Kopf schrillte ein Alarm, der sie hartnäckig auf etwas hinzuweisen begann, und sie konnte ihn nicht länger ignorieren. Langsam blätterte sie zurück und las diese unheimlichen, weil so grauenhaft wissenschaftlichen Artikel noch einmal, Satz für Satz. Da, da stand das Wort, über das sie unbewusst gestolpert war: *Camera silens:* CS.

> »Bei der **Camera silens** (lat. *schweigender Raum*) handelt es sich um einen vollständig schallisolierten Raum ohne Tageslicht. Ein längerer Aufenthalt dort kann zu Halluzinationen und anderen Beeinträchtigungen der Wahrnehmungsfähigkeit führen. Die Camera silens wurde und wird teilweise als Folterinstrument verwendet. Aus experimentalpsychologischen Untersuchungen weiß man mit Gewissheit, dass solche Bedingungen in kürzester Zeit Menschen physisch und psychisch zerrütten können.«

Clara starrte auf die Internetseite, auf der sie die Definition gefunden hatte, und die Buchstaben verschwammen vor ihren Augen. Ihre Finger, die noch immer die längst schon heruntergebrannte Zigarette festhielten, zitterten. Deshalb war dieser elende Selmany also so erschrocken gewesen. Dieses Geheimnis zu wahren, war der Klinik einiges wert, darauf mochte sie wetten. Sie suchte weiter, klickte sich durch viele Seiten und erfuhr eine ganze Menge Dinge, die sie eigentlich gar nicht wissen wollte. Mit einer heftigen Handbewegung schaltete sie schließlich den Computer aus.

Angewidert schaute sie auf die graue Mappe vor ihr, die sie, nachdem sie wusste, worum es ging, nochmals gründlich studiert hatte. Man hatte Ruth Imhofen und vermutlich nicht nur sie über acht Monate regelmäßig in einen schallisolierten Raum gesperrt und dabei die Aufenthaltsdauer stetig erhöht. Clara wusste nicht, wie lange eine Zeiteinheit dauerte, am Ende war der Aufenthalt jedoch mit 20 ZE angegeben. Die »Therapie« und deren Auswirkungen auf die Patientin waren akribisch festgehalten. So hatte Clara schaudernd erfahren, dass die Patientin mit zunehmender Aufenthaltsdauer in immer kürzeren Abständen »gravierende Verhaltensstörungen« aufwies, die auch nach der eigentlichen »Behandlung« noch nachdauerten und eine stete Erhöhung der Medikamentendosis erforderlich machten.

Die Ärztin konstatierte eine zunehmende »emotionale Instabilität«, Verwirrtheit, Apathie und zeitliche und räumliche Desorientierung. Weiter war ein rapider Gewichtsverlust festzustellen. Diese Symptome wertete die Ärztin als positiv im Sinne der amerikanischen Forschungsansätze, da sich hieran der *mental crack* ausmachen ließe und damit die Möglichkeit einer therapeutischen Einflussnahme »zum Wohle der Patientin« eröffnet werde.

Nach acht Monaten endeten die Aufzeichnungen jedoch abrupt. Jemand hatte auf das letzte Blatt »Therapie abgebrochen« gekritzelt – und Schluss. Keine Auswertung, keine Begründung, keine Dokumentierung etwaiger »Heilerfolge«. Nichts.

Clara klopfte mit dem Stift auf die Mappe. »Da ist etwas schiefgegangen, irgendetwas ist aus dem Ruder gelaufen«, murmelte sie nachdenklich. Dann schaltete sie ihren Computer wieder ein.

Es war kurz nach eins, als sie sich endlich von ihrem Schreibtisch erhob und sich mühsam streckte. Über drei Stunden hatte sie noch damit verbracht, in Gesetzeskommentaren zu stöbern, nach Gerichtsentscheidungen zu suchen und die Informationen, die sie hatte, zu sammeln und aufzuschreiben. Jetzt brannten ihre Augen, und sie war so müde, dass sie glaubte, kaum noch aufrecht stehen zu können, aber sie hatte einen groben Klageentwurf und eine Strafanzeige gegen die Klinik fertig. Das reichte noch nicht, aber es war ein Anfang. Es war etwas, was sie tun konnte und womit es ihr gelang, sich von den Bildern zu lösen, die in ihrem Kopf umherspukten und ihr Gänsehaut verursachten.

Hoffentlich gelang es ihr, Ruth dazu zu bewegen, über das zu sprechen, was ihr in Schloss Hoheneck widerfahren war. Sie musste noch mal mit Pater Roman reden, brauchte detaillierte fachliche Informationen. Und sie musste die ehemalige Leiterin der Klinik zu fassen bekommen: Dr. Agnes Thiele. Sie war der Dreh- und Angelpunkt der ganzen widerlichen Geschichte. Sie hatte mit ihrem Gerichtsgutachten dafür gesorgt, dass Ruth Imhofen in Schloss Hoheneck untergebracht worden war, und sie war die Leiterin der Versuche gewesen. Kein Wunder, dass ihr Interesse daran, Ruth zu entlassen, gleich null gewesen war. In einem alten Ärzteverzeichnis, das Clara im Internet gefunden hatte, war als Wohnort Starnberg angegeben. Clara hatte im aktuellen Telefonverzeichnis nachgeschlagen, tatsächlich gab es in Starnberg eine Frau Dr. Agnes Thiele. Sie hatte sich die Adresse notiert. Ebenfalls aus dem Ärzteverzeichnis wusste sie, dass Frau Thiele Jahrgang 1930 war. Also war sie jetzt eine alte Frau, längst im Ruhestand. Vielleicht gelang es Clara, sie zum Reden zu bringen, vielleicht wollte die Ärztin reinen Tisch machen? Sicher war Ruth nicht die einzige Patientin gewesen, die man auf diese Weise misshandelt hatte. Vielleicht gelang es Clara, noch andere Leidensgenossen zu finden.

Diese Klage musste so hieb- und stichfest sein wie nur irgend möglich. Sie würde eine Menge Staub aufwirbeln, da konnte sie nicht riskieren, wegen unzureichender Beweise oder medizinischer Ungenauigkeiten zu scheitern. Ihr wurde ein wenig schwindlig, als sie daran dachte, was vor ihr lag. Sie würde Willi bitten, den Fall mit ihr zusammen zu bearbeiten. Er war der Tüftler unter ihnen, der Besonnene, der Lücken in der Argumentation und mögliche Fallstricke ausmachen konnte wie kein anderer. Sie schenkte sich ein großzügiges Glas Whiskey ein. »Ich krieg' dich an den Eiern, Selmany«, flüsterte sie und trank einen großen Schluck, der in ihrer trockenen Kehle wie Feuer brannte. »Du wirst keinen Fuß mehr auf den Boden kriegen, wenn ich mit dir fertig bin, das verspreche ich dir.«

Claras hektische Aktivitäten zur Vorbereitung einer Klage gegen die Klinik konnten das Entsetzen über ihre Entdeckung jedoch nur vorübergehend eindämmen. Als sie im Bett lag, kamen die Bilder in unverminderter Deutlichkeit zurück. Das Wort Folter verfolgte sie in ihre Träume hinein, leuchtete in einem kalten neongrünen Flimmern über den verschwommenen Bildern von endlosen Gängen und engen, leeren Kammern. Sie träumte von Schreien, die in ihren Ohren hallten, und ihr war, als würde sie festgehalten, auf einem Stuhl gefesselt, und sie erkannte, dass es ihre Schreie waren, die sie hörte. Irgendwann kroch das Wort in sie hinein, drang in ihre Ohren und Nasenlöcher, breitete sich hinter ihren Augäpfeln aus wie ein Parasit und klopfte und hämmerte gegen ihren Schädel: Folter! Folter! Folter!

Clara erwachte stöhnend und mit heftigem Herzklopfen. Ihre Gliedmaßen waren so sehr in die Bettdecke verwickelt, dass sie sich nicht bewegen konnte, was sie für einen Augenblick in helle Panik versetzte. Wie eine Verrückte strampelte sie sich frei und blieb schließlich schwer atmend und schweißgebadet auf dem leeren Bett liegen. Obwohl es erst kurz nach fünf war, konnte sie nicht wieder einschlafen. Nach ein paar halbherzigen Versuchen stand sie schließlich auf und kochte Kaffee. Fröstelnd saß sie auf ihrem Küchenstuhl und wärmte ihre Hände an der heißen Tasse.

Sie versuchte erneut zu begreifen, was sie gestern gelesen hatte. Sie versuchte es in ihren Alltagsverstand einzuordnen. Es war nichts, was *irgendwo, vielleicht* geschehen sein mochte, weit weg, in einem fremden Land, einer längst vergangenen Zeit oder mit welchen Beschwichtigungen auch immer man sich sonst zu beruhigen versuchte, wenn man Ähnliches in der Zeitung las oder ein abstoßendes Foto zu Gesicht bekam. Kein fremdes Land, kein Krieg, keine »andere Kultur«. Nichts von alldem. Hier vor ihrer Haustür, im reichen, beschaulichen Starnberg, war so etwas möglich gewesen. Man hatte einen hilflosen Menschen, der eigentlich der rechtsstaatlichen Kontrolle und Obhut unterlag, zu einem Versuchstier gemacht. Der Staat hatte ihn diesen Ärzten ausgeliefert. Und vergessen.

Clara spürte, wie ihr übel wurde. Die Küche schien plötzlich kleiner zu werden, die Wände rückten zusammen, sie würden sie zerquetschen, wenn sie hier sitzenblieb. Sie begann hektisch zu atmen, hyperventilierte und merkte, wie ihre Hände zu kribbeln begannen und ihr schwindlig wurde. Hastig sprang sie auf und lief ins Bad. Dort übergab sie sich, würgte und hustete krampfhaft, nichts als Kaffee und Galle. Erschöpft blieb Clara neben der Kloschüssel sitzen. Ihr Nacken war schweißnass, und sie zitterte. Ein Whiskey, kam ihr plötzlich in den Sinn, ein kleiner Schluck Whiskey, nur zur Beruhigung …

»Nein!« Wie ein großes Stoppschild erschien dieses Wort vor ihren Augen, und im gleichen Moment verebbte das Bedürfnis. Sie atmete tief ein, dann stand sie auf. Ihre Beine waren wacklig, und ihr Herz klopfte noch immer heftig in Höhe ihres Halses. Sie konnte jeden einzelnen Schlag schmerzhaft spüren. Mit klammen Fingern zog sie sich aus und kletterte in die Duschkabine.

Elise hatte Claras hektische Morgenaktivitäten von ihrem sicheren Platz im Flur aus interessiert beobachtet. Als Clara jetzt aus der Dusche stieg, sprang sie auf und rieb sich zur Begrüßung an ihren nassen Beinen, was zur Folge hatte, dass eine ganze Menge loser Haare an Claras feuchtem Oberschenkel kleben blieb. »Also wirklich!« Clara schob Elise weg und versuchte, die Hundehaare mit dem Handtuch abzurubbeln. Natürlich war es vergeblich, so ähnlich, als wolle man die Krümel auf ihrer durchgesessenen Wohnzimmercouch einzeln herunterpflücken. Also nochmal unter die Dusche.

Sehr sauber, aber nicht unbedingt frisch, machte sich Clara eine halbe Stunde später auf den Weg in die Stadt, um zu frühstücken. Sie brauchte Menschen um sich, wollte nicht einsam in ihrer Küche sitzen bleiben und riskieren, dass sich deren Wände noch einmal auf sie zubewegten. Rita versprach Trost und Rettung. Ein großer Cappuccino mit einer Wolke schaumiger Milch, ein dickes Schokoladencroissant und vielleicht noch eines mit Crema, dieser unvergleichlich buttrigen Vanillecreme ... damit würden sich die Gespenster, wenngleich nicht vertreiben, so doch besänftigen lassen.

CADAQUÉS

Mein Geliebter,
es hat nichts genützt, mich wohl zu verhalten. Niemand nimmt es zur Kenntnis, niemand spricht mit mir. Ich sage: Könnte ich bitte Farben zum Malen haben, und sie antworten: »Wie geht es uns denn heute?« Und sie gehen weiter, tätscheln dem nächsten Irren den Rücken, gehen wieder weiter, ihre Schritte verklingen auf dem langen Gang, und vor den Fenstern verblasst der Sommer. Die Schneekönigin holt uns ab und bringt uns in die stille Kammer. Wir weigern uns, sagen, wir möchten das nicht mehr, es hilft uns nicht, und sie lächelt ihr aufgeklebtes Papierlächeln und sagt: »Ja, ja, ich verstehe.« Und dann schließt sie die Tür und lässt dich allein mit den Gespenstern. Einmal habe ich keine Luft mehr bekommen, bin umgefallen, das ewig weiße Licht hat mir die Kehle zugedrückt, und sie ist gekommen und hat sich Notizen gemacht.
Maja, meine Zimmernachbarin, weint die ganze Nacht. Sie kommen und geben ihr eine Spritze, und das nächste Mal muss sie wieder dort hinein. Sie wird es nicht aushalten, ich spüre es. Ihre Farben gehen. Ihre Stimme klingt wie welkes Gras, durch das der Wind fährt, hinter ihren Augen ist nichts mehr als ein leeres Grau …

MÜNCHEN

Kommissar Walter Gruber lehnte sich in seinem Drehstuhl zurück. Bis vor fünf Minuten hatte es so ausgesehen, als wären sie im Fall Imhofen noch keinen Millimeter vorangekommen. Weder die kriminaltechnischen Untersuchungen noch die Spurensicherung hatten irgendeinen brauchbaren Hinweis auf den möglichen Täter gebracht. Zahlreiche heftige Schläge auf den Hinterkopf mit einem Hammer oder Ähnlichem, hatte der Befund gelautet. Doch es gab keine Tatwaffe, keine Fingerabdrücke, keine Verdächtigen. Bis auf Ruth Imhofen und diese Zeugin, die sie am Nachmittag vor der Villa gesehen haben wollte. Dem stand die Aussage dieses verdammten Arztes entgegen, wonach Ruth Imhofen den ganzen Tag im Haus Maximilian verbracht haben soll. Gruber glaubte ihm kein Wort. Doch bislang hatte er seine Angaben auch nicht widerlegen können. Und sie hatten bisher auch kein wirkliches Motiv gefunden, weshalb Ruth Imhofen ihren Bruder hätte töten wollen.

Er für seine Person war jedoch ohnehin kein großer Verfechter der Suche nach Gründen, warum jemand etwas tat oder es eben sein ließ. Dazu waren ihm schon zu viele sinnlose, unmotivierte Gewalttaten untergekommen. Hinzu kam, dass es sich hier ja offenbar um eine psychisch gestörte Person handelte. Die konnte aus Gründen gehandelt haben, die für einen normalen Menschen sowieso nicht nachvollziehbar waren. Vielleicht hatten ihr irgendwelche Stimmen etwas eingeredet? Zeitverschwendung, sich bei so jemandem mit der Suche nach einem Motiv aufzuhalten. Aber, und das fuchste ihn viel mehr, sie hatte ein Alibi, daran war nicht zu rütteln. Ein zweifelhaftes zwar, aber immerhin. Bis jetzt jedenfalls.

Und dann war da noch diese Anwältin. Er konnte sich gut vorstellen, was sie mit ihm machen würde, wenn er Ruth Imhofen offiziell als Mordverdächtige behandelte und nichts Besseres vorzuweisen hatte als ein Gefühl. Doch dieses Gefühl trog ihn selten, und jetzt sagte es ihm, diese Frau war schuldig. Er war sich sicher, so sicher, dass er sie am liebsten sofort verhaftet hätte. Aber er zwang sich zur Geduld. Irgendetwas würde sich ergeben, irgendwo würde sich ein weiterer Anhaltspunkt auftun. Er holte sich einen Kaffee und beglückwünschte sich selbst zu seiner Gelassenheit.

Und er sollte nicht enttäuscht werden. Kaum hatte er sich wieder hinter seinen Schreibtisch gesetzt und den Vorhang gegen die grelle Vormittagssonne ein wenig zugezogen, passierten gleich zwei Dinge, die von ganz unerwarteter Seite Bewegung in den Fall Ruth Imhofen brachten.

Zunächst klingelte das Telefon auf der externen Leitung. Als der Anrufer mit zögernder Stimme seinen Namen nannte, richtete sich Gruber in seinem Sessel kerzengerade auf. Er blätterte rasch in der Akte Imhofen und fand den Namen ganz am Anfang. Kollegin Sommer hatte die Befragung durchgeführt und mit Bleistift ein dickes Ausrufezeichen neben die Aussage gemalt. Benimmt sich verdächtig, sollte das heißen, noch mal nachhaken. Kommissar Gruber verabredete sich mit dem Anrufer um halb zwölf in seinem Büro im Präsidium. Als er auflegte, spielte ein zufriedenes Lächeln um seine Lippen. »Wer sagt's denn?« Manchmal musste man nur warten können. Und wenn alles so lief, wie er es sich vorstellte, würde er nicht nur den Fall Imhofen in Rekordzeit lösen, sondern auch noch diesen gemeingefährlichen Pfuscher aus dem Verkehr ziehen. Roman Tenzers Tage waren gezählt. Mit oder ohne göttlichen Beistand.

Keine zwei Minuten später klingelte das Telefon erneut. Diesmal war es sein Kollege, der ihm schon die Strafanzeige des Journalisten hatte zukommen lassen. Es sei gerade jemand bei ihm, der ebenfalls Anzeige gegen Rechtsanwältin Niklas erstatten wolle.Wegen Diebstahls bzw. Unterschlagung von Krankenhausunterlagen. Ob Gruber mit dem Herrn sprechen wolle? Und ob Gruber das wollte.

»Schick ihn rauf, ich nehme die Anzeige gleich selber auf«, bellte er ins Telefon und machte sich gleichzeitig eine Notiz: Rechtsanwaltskammer informieren!

Wenige Augenblicke später klopfte es an die Tür, und ein schlanker, dunkelhaariger Mann um die fünfzig kam herein. Er hatte ein scharf geschnittenes Gesicht und eine Adlernase. Mit einem feinen Lächeln reichte er Gruber die Hand. »Guten Morgen, Herr Hauptkommissar, mein Name ist Viktor Selmany.«

Clara lehnte sich zurück und atmete auf. Ihre Hände hatten aufgehört zu zittern und waren nicht mehr schweißnass und kalt bis auf die Knochen. Ihr Magen war wohlgefüllt, und Elises Kopf ruhte warm und schwer auf ihren Füßen. So eine Panikattacke hatte sie schon lange nicht mehr erlebt, eigentlich seit Jahren nicht mehr. Sie begann sich beklommen zu fragen, ob sie die Richtige für diesen Fall war. Wie konnte sie ihrer Mandantin helfen, wenn sie bereits bei der Vorstellung, in einen engen Raum eingeschlossen zu sein, an den Rand eines Nervenzusammenbruchs geriet? Wie konnte sie ihr helfen und gleichzeitig ihre eigenen Gespenster in Schach halten? Sie wusste es nicht. Andererseits wusste sie aber, dass sie jetzt den Fall nicht mehr würde abgeben können. Nie und nimmer. Nicht nach dem, was sie erfahren hatte.

Sie fühlte sich wie einer dieser Helden in den Fantasybüchern, die ihr Sohn so geliebt hatte: Am Beginn einer gefährlichen Reise, von der man nicht wusste, wohin sie einen führte und von der es kein Zurück gab. Doch anders als in den Büchern lauerten in ihrem Fall die Gefahren nicht am Wegesrand, sondern in ihr selbst, in ihrem eigenen Kopf, in ihrem Geist. Clara zündete sich eine Zigarette an, und zum zweiten Mal an diesem Morgen erschien in ihren Gedanken der verlockende Ruf nach einem kleinen Glas Redbreast, es konnte auch Prosecco sein, zur Not, das war morgentauglicher, sah besser aus, fast normal ... Clara kniff die Augen zusammen und nahm einen tiefen Zug von der Zigarette. Das Nikotin fuhr ins Blut und stieg ihr ins Gehirn, sie konnte seine Bahn förmlich nachspüren. Dann hob sie die Hand und bestellte bei Rita einen zweiten Cappuccino. Als er vor ihr stand und das Whiskeybild in ihrem Kopf langsam verblasste, traten ihr Tränen in die Augen. Sie hatte Angst. So eine Scheißangst.

Als Clara am frühen Nachmittag vor dem Haus Maximilian stand und wartete, bis ihr jemand öffnete, fühlte sie sich wieder einigermaßen normal. Nach dem Frühstück bei Rita hatte sie sich wie eine Bessessene in die Arbeit gestürzt, die wegen Ruth Imhofen auf ihrem Schreibtisch liegen geblieben war, und in wenigen Stunden das Pensum von Tagen erledigt. Alles, nur um nicht an die Panik, dieses Gefühl der Todesangst denken zu müssen, das sie am Morgen gepackt hatte, sonst würde sie die Angst davor, dass es zurückkam, noch tagelang verfolgen.

Elmar öffnete ihr. Er war blass und schien noch genauso nervös wie an dem Tag, als sie ihn das letzte Mal gesehen hatte. »Na, wieder gesund?«, fragte sie und musterte ihn prüfend. Er sah nicht besonders fit aus.

»Wie? Oh, äh, ja, so einigermaßen.« Er hüstelte angestrengt.

Clara klopfte ihm auf die Schulter. »Anstrengender Job, nicht wahr?«, meinte sie spöttisch.

Ihr Spott kam nicht gut an. Elmar wurde noch blasser und biss sich mit seinen Hasenzähnen auf die Unterlippe. Er gab keine Antwort. Clara zuckte mit den Schultern und ließ den jungen Mann, der mehr denn je aussah wie ein verstocktes Kaninchen, einfach stehen.

Als sie an Ruths Tür klopfte, kam wie üblich keine Antwort. Sie trat ein und blieb überrascht stehen. Ruth saß am Boden, inmitten einer Flut von Blättern, die überall um sie herum verteilt lagen, und hatte ihr Gesicht in den Händen vergraben. Ihre Schultern zuckten. Sie hatte Clara gar nicht bemerkt.

»Frau Imhofen?«, flüsterte Clara zaghaft. Sie wollte die Frau nicht erschrecken. Doch es kam keine Reaktion. Clara stieg vorsichtig über die Blätter und ging vor Ruth in die Knie. Behutsam zog sie ihr die Hände vom Gesicht. »Frau Imhofen! Ich bin es, Clara Niklas.«

Ruth sah sie an. Sie hatte verweinte, dick geschwollene Augen, und die Tränen liefen ihr noch immer über das gerötete Gesicht. Dünne Strähnen ihres dunklen Haares klebten auf den Schläfen und auf der Stirn. »Nennen Sie mich nicht so, bitte«, flüsterte sie, kaum zu verstehen.

»Wie soll ich Sie denn nennen?«

»Ruth. Einfach nur Ruth.«

Clara nickte: »In Ordnung, Ruth.« Sie setzte sich neben sie und streckte vorsichtig die Beine zwischen den Blättern aus. Es waren alles gemalte Bilder, alle nur halb fertig, und immer das gleiche Motiv: Ein gelbes Haus, ein Apfelbaum, ein Kirchturm in der Ferne.

»Sie haben angefangen zu malen?« Clara nahm eines der Bilder und betrachtete es. Die Farben waren blass, fast zaghaft verteilt, und gaben dem Motiv etwas Verwunschenes, wie ein Traumbild.

»Das ist schön.« Sie nahm ein anderes Blatt. Hier waren nur

ganz wenige Flächen coloriert, dann brach der Pinselstrich abrupt ab, als hätte man die Hand weggerissen.

Ruth riss ihr das Blatt aus den Fingern und schleuderte es mit einer heftigen Bewegung weg. Es verharrte einen Augenblick in der Luft, dann segelte es in weichen Kurven zu Boden und legte sich zu den anderen unvollendeten Bildern. Ruth begann wieder zu weinen.

Clara betrachtete sie einen Moment ratlos, dann fragte sie: »Was ist mit Ihnen, warum sind Sie so traurig?«

»Die Farben«, sagte Ruth leise und wischte sich die Augen. »Es sind die Farben. Ich bekomme sie nicht mehr hin. Jahrelang waren sie in meinem Kopf, das Gelb, warm und satt, wie dicke Butter auf einer Scheibe Brot, und der Himmel war durchsichtig, als ob er hinter Glas wäre, dieser weite Himmel, nicht wie hier, so nah und dicht und leuchtend, das Blau eher wie ein Windstoß, ein flüchtiges, fernes Blau.« Sie schluchzte auf.

Clara sah sich die Bilder an und dachte an die stille Kammer und an das, was ihr Ruth vor einiger Zeit auf ihre Frage nach der Klinik gesagt hatte: »Es gibt keine Farben, nur Weiß.« Sie hatte Mühe, Ruths Beschreibung zu folgen, dazu hatte sie sich bisher zu wenig mit Farben und Malerei beschäftigt, aber trotzdem konnte sie nachfühlen, was Ruth meinte. Nicht mit ihrem Verstand, aber mit ihrem Bauch, irgendwo in ihren Eingeweiden konnte sie Ruths Schmerz mitfühlen, ohne dass sie in Worte hätte fassen können, was genau es war, das sie so verzweifelt machte. Clara nahm noch einmal das fast fertige Bild mit den blassen Farben zur Hand und sagte langsam: »Das Haus, Sie verbinden eine schöne Erinnerung damit?«

Ruth nickte. »Ich bin einmal dort gewesen, vor ... davor. Einen Sommer lang. Ein Dorf an der Küste. Nordsee.«

Clara ließ das Bild sinken. Ihr Blick wanderte zum Fenster. Plötzlich wusste sie, was zu tun war. Sie sagte, leise, mehr zu sich selbst als an Ruth gerichtet: »Sie brauchen neue Farben, neue Bilder.« Sie sprang auf. »Kommen Sie! Wir machen einen Ausflug.«

Clara zog mit Ruth los. Sie ging mit ihr durch das ganze Viertel, zeigte ihr ihre Kanzlei und jedes einzelne Geschäft, in dem sie schon einmal etwas gekauft hatte, und redete dabei die ganze Zeit: Erzählte Geschichten, Anwaltsanekdoten, lustige Begebenheiten mit Elise, schmückte aus, übertrieb schamlos, und am Ende gelang es ihr sogar, Ruth zu überreden, sich etwas Neues zum Anziehen zu kaufen. Den Höhepunkt ihres Ausfluges jedoch hatte sie sich für den Schluss aufgespart. Sie führte Ruth, die die ganze Zeit stumm, von Zeit zu Zeit mit einem verwunderten Lächeln auf den Lippen, neben ihr hergelaufen war und jetzt mit einer rotbraunen Cordhose, einem passenden Pullover und einer neuen Jacke ganz verändert aussah, zu ihrem Lieblingsplatz, dem alten Südfriedhof. Als Clara das Tor aufdrückte, blieb Ruth stehen, die Tüte mit ihren alten Kleidern, dem ausgeleierten Jogginanzug und der viel zu großen Jacke, fest an die Brust gepresst.

»Dürfen wir das denn?«, fragte sie, zögernd, atemlos vom schnellen Gehen.

Clara wollte gerade antworten, ja, natürlich, das ist ein öffentlicher Park, doch dann hielt sie inne. Irgendetwas in Ruths Stimme ließ sie zögern. Sie hatte wie ein Kind geklungen, ängstlich und gleichzeitig voller Sehnsucht danach, etwas Verbotenes zu tun. Claras Blick schweifte über die hohen Mauern, die den Friedhof verbargen. Eine andere Welt mochte dahinter auf sie warten. Sie schüttelte den Kopf, sah sich um und öffnete leise das Tor. »Kommen Sie, schnell!«

Und tatsächlich, Ruth huschte verschwörerisch kichernd an ihr vorbei.

Clara folgte ihr mit einem Anflug schlechten Gewissens. Sie

wollte diese Frau nicht auf den Arm nehmen. Sie konnte gar nicht genau sagen, warum sie das getan hatte. Es war einfach nur das Gefühl gewesen, das Richtige zu tun. Ruth stand in der Mitte des Hauptweges, den Kopf in den Nacken gelegt, und betrachtete die Wipfel der alten Bäume. Blau schimmerte der Himmel durch die kahlen Zweige. Wie hatte Ruth den Himmel in München genannt? Nah und dicht und leuchtend. Sie hatte recht mit ihrer Beschreibung. Dieses Oktoberblau wirkte, als säße es direkt auf den Zweigen. Sie schlenderten ein wenig umher, bogen in kleine, schattige Seitenwege ein, gingen an der hohen Mauer entlang, die grün von der Feuchtigkeit war, und ließen sich schließlich auf einer sonnenbeschienenen Bank nieder.

Clara zögerte, bevor sie mit dem Sprechen anfing. Sie wollte diesen Moment ungern zerstören. Ruth hatte förmlich aufgeatmet. Ähnlich erging es ihr immer, wenn sie mitten in einem hektischen Arbeitstag den Stift fallen ließ, das Diktiergerät ausschaltete und ohne ein Wort verschwand und hierherflüchtete. Doch es war eine einmalige Gelegenheit, und sie musste sie nutzen. Um Ruths willen.

»Ich habe Ihre Krankenakten gelesen«, begann Clara und zündete sich eine Zigarette an. »Ralph Lerchenbergs Frau hat sie mir gebracht. Wir müssen darüber reden, was passiert ist.«

Ruth antwortete nicht sofort. Sie starrte auf ihre Hände, die reglos in ihrem Schoß lagen. Dann sagte sie: »Halten Sie mich für verrückt?«

Schon wieder dieses Wort. Was sagte das schon aus? Clara wurde plötzlich wütend auf diese leeren Begriffe, die man Menschen aufklebte wie Beschriftungen auf Aktendeckel: Verrückt, normal, verrückt, normal.

Sie seufzte. »Ich halte Sie nicht für krank.« Sie rauchte nachdenklich weiter, dachte an ihren Anfall von Panik an diesem

Morgen und fügte hinzu: »Sie sind genauso normal oder verrückt, wie ich es bin.«

Ruth sah sie an. Dann fing sie an zu lachen. »Eine verrückte Anwältin also? Dann bin ich ja beruhigt!«

Clara musterte ihre Mandantin nachdenklich. Sie hatte etwas an sich, was sie verwirrte. Zeitweise verhielt sie sich seltsam, passiv, wie in Trance, und dann gab es Augenblicke wie diesen, in denen Witz und Ironie zum Vorschein kamen, kluger Spott und die Fähigkeit, über sich zu lachen, etwas, was nicht zu ihrem sonstigen Verhalten zu passen schien. Es war, als blitze unter dem Schutzwall von Trägheit und Passivität für ein paar Momente die alte Ruth hervor, eine ganz andere Person als die, die Clara neben sich sitzen sah. Es war ein beunruhigendes Gefühl. Obwohl Clara sich für Ruth wünschte, es möge ihr gelingen, wieder mehr von ihrer wirklichen Persönlichkeit ans Licht zu lassen, verunsicherte sie der Gedanke. Sie wusste nicht, woran sie mit dieser Frau war. Sie schien verletzlich und labil, extrem in sich zurückgezogen und doch irgendwie planvoll, zielstrebig, auf eine kaum fassbare Weise, weil man dieses Ziel nicht kannte.

Niemand wusste, wo sie an dem Tag gewesen war, an dem Johannes Imhofen ermordet wurde. Warum hatte sie mit Pater Roman nicht darüber gesprochen? Es war nicht mehr als eine Ahnung, aber Clara hatte in Ruths Gegenwart immer das Gefühl, als sei das, was sie sah, etwas ganz anderes als das, was wirklich dahintersteckte. Zwei Bilder, zwei Personen, zwei Geschichten, und höchstens von einer Person kannte sie bisher einen Bruchteil.

Sie zündete sich noch eine Zigarette an und sagte dann: »Hat Dr. Lerchenberg mit Ihnen darüber gesprochen, was damals … mit Ihnen gemacht wurde?«

»Gemacht?«, wiederholte Ruth unsicher. »Was meinen Sie damit?«

»Na ja«, Clara versuchte, die passenden Worte zu finden, ohne zu beschönigen und ohne das Wort Folter zu benutzen, das noch immer so bedrohlich in ihr nachhallte. »Die ... Versuche, die man mit Ihnen angestellt hat«, sagte sie schließlich zögernd und hatte das Gefühl, sie beschäme Ruth mit diesem Satz, der sie wieder zum Opfer degradierte, erneut hilflos, allein durch die Wortwahl, die Sprache.

Ruth antwortete nicht. Sie reagierte überhaupt nicht auf Claras Worte. Irgendwann, nach endlosen Minuten des Schweigens, schüttelte sie unmerklich den Kopf. »Ich weiß nicht, wovon Sie sprechen«, sagte sie, und es klang abwehrend.

Es war über dreiundzwanzig Jahre her. Zumindest, was die Aufzeichnungen anbelangte. Hatte sie es vergessen? Wohl kaum. Eher verdrängt. Clara dachte angestrengt nach. Sie musste einen Weg finden, mit Ruth darüber zu sprechen. Wenn Ruth selbst keine Aussage machen konnte, was mit ihr passiert war, würde eine Klage ziemlich schwierig werden.

Sie ließ ihren Blick über die Gräber schweifen, über die scharfen Schatten, die sie in der Herbstsonne auf die geharkten Wege warfen, und fragte sich, ob Ruth heute auf ihrem Ausflug wohl neue Bilder gefunden hatte, die sie malen konnte. Bei diesem Gedanken richtete sie sich abrupt auf. Farben. Farben waren der Schlüssel zu Ruths Gedankenwelt.

Sie drehte sich zu der Frau, die unbeweglich neben ihr saß und in die Ferne starrte. Clara griff nach ihrer Hand und spürte dabei, wie kalt ihre eigenen Finger waren. Als Ruth den Kopf hob und sie verwundert ansah, sagte sie leise: »Der Raum ohne Farben, Ruth. Erinnern Sie sich daran? Keine Farben, nur Weiß. »

Clara spürte, wie Ruths Hand unter ihrer eigenen erstarrte. Ruth blinzelte einige Male heftig, dann nickte sie plötzlich und flüsterte: »Die weiße Kammer.«

Clara schluckte. Sie konnte die Angst hören, die aus diesem

tonlosen Flüstern sprach, eine bodenlose, von Grauen erfüllte Angst. Und es gab noch etwas anderes in Ruths Stimme, etwas hinter dieser Angst, was Clara nicht definieren konnte. Sie bekam eine Gänsehaut.

»Die weiße Kammer«, wiederholte Ruth langsam, mehr zu sich selbst als zu Clara. »In dem die Gespenster wohnen. Sie warten auf dich, in den stillen, leeren Ecken, sie springen dich an, der Raum springt dich an, er will dich erdrücken, er presst dein Gehirn aus wie eine Zitrone …«

Clara sprang auf. Sie spürte, wie ihre Hände zitterten. Sie konnte nichts davon hören. Nicht jetzt, nicht heute. Sie griff in ihre Tasche, suchte nach den Zigaretten, fand sie nicht, sie waren nicht mehr da, gerade eben waren sie doch noch da gewesen, sie begann zu wühlen, hektisch, voller Angst, dass noch mehr von Ruths Worten zu ihr durchdringen könnten.

Jemand legte seine Hand auf ihre Schulter. Clara fuhr herum, schon spürte sie, wie ihr Herz wieder heftiger zu klopfen begann, Schlag für Schlag, immer schneller, ohne die Möglichkeit, es zu beruhigen, es würde sich immer weiter steigern, bis es sich überschlug, bis etwas durchbrannte in ihr, und sie würde umfallen, hier mitten auf dem Weg, hier an ihrem Lieblingsplatz, der Kopf würde ihr platzen …

Ruth stand neben ihr und hielt ihr das Päckchen Zigaretten hin. »Setzen Sie sich«, sagte sie, und obwohl der Ton sanft war, duldete er keine Widerrede. Sie drückte Clara förmlich zurück auf die Bank.

Clara gehorchte. Sie hielt die Schachtel Zigaretten in der Hand, ohne sich eine anzuzünden, und schloss die Augen. Langsam ließ das Herzklopfen nach. Als sie die Augen wieder öffnete, stand Ruth noch immer vor ihr und betrachtete sie prüfend. Clara gelang ein zittriges Lächeln, und Ruth lächelte zurück, ihre dunklen Augen waren warm vor Mitgefühl. »Haben Sie so etwas öfter?«, wollte sie wissen.

Clara nickte, und ihre Wangen röteten sich. Was für ein idiotischer Auftritt. Wie war sie nur auf die Idee gekommen, dieser Frau helfen zu können? Sie war ja selbst reif für die Klapsmühle. Schweigend blieb sie sitzen, und Ruth setzte sich still neben sie und wartete. Es war absurd. Sie war es doch, die Ruth hatte retten wollen, sie unterstützen, für sie kämpfen.

Als sie schließlich aufstanden und zurückgingen, fiel Clara immer noch nichts ein, womit sie das Gespräch wieder aufnehmen könnte. In ihrem Kopf herrschte ein wildes Durcheinander von Gefühlen, Ängsten und irgendwelchen vagen Dingen, die sie glaubte, während ihrer Unterhaltung oder was davon übrig geblieben war, erkannt zu haben, aber nicht zu fassen bekam.

Als sie sich Haus Maximilian näherten, bemerkte Clara, dass Ruth ihre Tüte nicht mehr dabeihatte.

»Sie haben Ihre alten Kleider liegen lassen«, sagte sie, doch Ruth schüttelte den Kopf.

»Die brauche ich nicht mehr.« Dann reichte sie Clara die Hand: »Vielen Dank für den schönen Tag.«

Clara ergriff sie und versuchte ein Lächeln. »Ich muss mich auch bedanken«, sagte sie schließlich und spürte, wie sie erneut rot wurde. Hastig wandte sie sich ab. »Ich melde mich wieder«, murmelte sie mit gesenktem Kopf und ging.

Auf dem Weg zur Kanzlei versuchte Clara mit aller Macht, nicht zu denken. Sie wollte nicht darüber nachdenken, was mit ihr passierte, allein der Gedanke daran, *dass* etwas passieren *könnte,* ließ ihre Handflächen feucht werden.

Im Büro angekommen, stürmte sie an Linda und Willi vorbei ins Bad, ohne die beiden oder Elise, die auf ihrer Matratze lümmelte, auch nur eines Blickes zu würdigen. Weit aufgerissene, grüne Augen starrten sie im Spiegel an. Sie spritzte sich Wasser in ihr erhitztes Gesicht und rieb mit beiden Händen darüber. »Scheiße, scheiße, scheiße«, murmelte sie in ihre kühlen Handflächen. »Das muss, verdammt noch mal, aufhören.« Sie trank noch ein wenig Wasser direkt aus dem Hahn, dann trocknete sie ihr Gesicht ab und ging zu ihrem Schreibtisch.

»Wo bist du denn abgeblieben?«, wollte Willi wissen und musterte sie erstaunt. »Alles in Ordnung?«

Clara nickte. »Alles bestens, danke.« Sie ließ sich auf ihren Sessel plumpsen und sah auf die Uhr: Viertel nach vier. Sie war viel länger mit Ruth unterwegs gewesen als geplant. Während sie so dasaß und das verbliebene Häuflein Akten auf ihrem Schreibtisch betrachtete, das sie sich für den Nachmittag aufgespart hatte, überkam sie plötzlich eine bleierne Müdigkeit. Sie hatte das Gefühl, als könne sie keinen Augenblick mehr die Augen offenhalten. »War Linda mit Elise draußen?«, fragte sie matt.

Willi nickte. »Linda, also, ähem ... wir beide waren mit ihr an der Isar unten. Ziemlich lange sogar.« Er nahm die Brille ab und begann umständlich, sie zu putzen. Dabei vermied er sorgfältig, in Claras oder Lindas Richtung zu sehen.

Linda tat so, als sei sie vollkommen damit beschäftigt, etwas in ihrer tadellos aufgeräumten Schreibtischschublade zu suchen, und gab keinen Kommentar dazu ab.

Clara war zu müde, um nachzufragen, wie sie es sonst getan hätte, sie war zu müde, um überhaupt zu reagieren. Schwerfällig stand sie auf und zog ihren Mantel, den sie gerade eben an die Garderobe gehängt hatte, wieder an. Sie rief nach Elise. »Ich gehe nach Hause«, sagte sie, und noch bevor einer der beiden ein Wort erwidern konnte, war sie verschwunden. Willi und Linda sahen ihr verdutzt nach.

Zu Hause hatte die Müdigkeit um keinen Deut nachgelassen. Clara strich sich ein dickes Butterbrot und trank ein Glas kalte Milch dazu. Während sie bedächtig kaute, sah sie sich in ihrer kleinen Küche um. Im Gegensatz zu heute Morgen blieben die Wände jetzt dort, wo sie hingehörten. Ein fröhliches, kunterbuntes Durcheinander von liebgewonnenen Gegenständen, freundlichen Farben, Erinnerungen. Dieser Raum war immer ihre Zuflucht gewesen. Ein Zimmer für die Seele. Heute Morgen hatte er ihr Angst gemacht.

Lag das Wochenende erst zwei Tage zurück? Sie konnte es kaum glauben. Zwei traumhafte, helle Tage. Es konnte doch nicht sein, dass dieses Gefühl der Leichtigkeit, das sie umgeben hatte, so abrupt verschwunden war? Völlig unerwartet hatte sich diese unerklärliche Angst Bahn gebrochen. Und das Schlimmste daran war, dass es keinen wirklichen Grund dafür gab, kein *Wovor*, kein Objekt, kein Ziel. Und so war es auch unmöglich, sich davor in Sicherheit zu bringen. Der Angreifer kam nicht von außen, sondern aus ihr selbst. Sie hatte vor sich selbst Angst. Clara schnitt sich noch eine Scheibe Brot ab. Butterbrote schienen ihr plötzlich ein gutes Mittel zu sein, sich ihrer selbst zu vergewissern. Ich bin noch da. Es ist wie immer. Ich sitze in meiner Küche und esse ein Brot.

War es möglich, dass das, was sie immer für Clara Niklas gehalten hatte, nur die Oberfläche von etwas ganz anderem darstellte? Dass es nur eine Fassade war? So dünn und brüchig wie das erste Eis über einem See? Und dass das, was sich darunter befand, keinen Halt bot, keine Sicherheit? Es benötigte nicht mehr als einen zaghaften Schritt in die falsche Richtung, und sie fiel ins Bodenlose.

Sie schüttelte den Kopf. Sie würde das nicht zulassen. Und noch während sie das dachte, spürte sie ein anderes, wohlbekanntes Gefühl ihr Rückgrat heraufziehen, wie die plötzliche Wärme einer Wärmflasche: Sie war stur, stur wie ein Esel, sagte man, und sie konnte kämpfen. Und das, das würde sie verdammt noch mal tun!

Sie stand auf und ging hinüber in ihr Schlafzimmer. Noch

unterm Gehen streifte sie die Schuhe aus und zog sich den Pullover über den Kopf. Sie ließ alle Kleidungsstücke dort liegen, wo sie landeten, und kletterte ins Bett. Obwohl es erst kurz vor sechs war, fühlte sie sich so, als käme sie nach einer durchwachten Nacht im Morgengrauen nach Hause. Die Laken umfingen sie kühl und sicher. Sie zog sich die Decke bis zum Kinn und klopfte neben sich auf die Matratze.

Als Elise, unsicher, ob das Angebot wirklich ernst gemeint war, angetrottet kam und abwartend vor dem Bett stehen blieb, murmelte Clara: »Heute pfeifen wir mal auf die gute Erziehung« und klopfte erneut. Da machte Elise einen kraftvollen Sprung, drehte sich einmal um sich selbst und ließ sich mit einem seligen Grunzen neben Clara nieder. Keine fünf Minuten später waren beide eingeschlafen.

Clara schlief zwölf Stunden tief und traumlos. Als sie wieder aufwachte, war von ihrer desolaten Stimmung am Vortag nur noch das kämpferische Gefühl übriggeblieben. Obwohl sie wusste, dass das noch nichts bedeuten musste, nahm sie es einfach als gutes Zeichen und schwang die Füße aus dem Bett. Elise hatte in der Nacht ihren Standort gewechselt und lag jetzt zusammengerollt als großer grauer Berg auf Claras Bettvorleger. Nach einer schnellen Dusche verließ Clara zusammen mit ihrer grauen Gefährtin die Wohnung. Es war kurz nach halb sieben.

Als Linda um neun die Kanzlei betrat, saß Clara bereits hinter ihrem Schreibtisch und wühlte in den Akten. Im Ofen brannte ein Feuer, das dem Raum die morgendliche Kühle nahm. Clara hatte bereits den restlichen Stapel Alltagskram diktiert, der jetzt in einem ordentlichen Aktenstapel auf Lindas Schreibtisch lag und Linda erleichtert aufseufzen ließ. Sie und Willi waren gestern wegen Clara richtiggehend besorgt gewesen.

Als sie am Nachmittag von ihrem Treffen mit Ruth Imhofen zurückkam, hatte sie so merkwürdig ausgesehen, fast als ob sie Fieber hätte, und hatte sich auch seltsam benommen. Linda warf einen Blick nach oben, von wo ein fröhliches »Guten Morgen, Linda!« heruntertönte, und atmete auf. Alles in Ordnung, keine Katastrophen, Krankheiten oder sonstige Unwägbarkeiten drohten, sodass der Arbeitstag entspannt beginnen konnte.

Linda mit ihrem pragmatischen Gemüt hatte sich längst schon in Claras Diktat vertieft, und ihre Finger huschten geschäftig über die Tastatur, als ein heftiger Fluch sie zusammenfahren ließ. Hastig nahm sie die Kopfhörer ab. »Ist etwas nicht in Ordnung?«, fragte sie aufgeschreckt.

Clara gab keine Antwort. Wie versteinert saß sie an ihrem Platz, den Blick ins Leere gerichtet. »Er hat es gar nicht gewusst«, murmelte sie vor sich hin. »Bis dahin hat er es gar nicht gewusst.« Und mit einem Mal fügte sich alles zusammen. Ihre Ahnung, dass noch etwas fehlte, ihr gestriges Gefühl, das leider von ihrer Unpässlichkeit ein wenig aus dem Blickfeld geraten war, die Fragen, die ihr auf der Zunge gelegen hatten. All das war richtig gewesen. Sie blätterte hastig in der Akte nach der Telefonnummer von Frau Lerchenberg. Nur sie konnte ihr Gewissheit geben. Sie fand die Nummer auf einem Klebezettel, sorgfältig von Linda notiert und in die Innenseite des Aktendeckels geklebt. Während sie dem leisen Tuten am anderen Ende der Leitung lauschte, hoffte sie inständig, Britta Lerchenberg wäre da. Sie war sich zwar sicher, dass sie mit ihrer Vermutung recht hatte, brauchte aber trotzdem noch eine Bestätigung. Eine Kinderstimme meldete sich. Nachdem Clara darum gebeten hatte, mit Frau Lerchenberg sprechen zu dürfen, hörte sie schnelle Trippelschritte und in der Ferne ein lautes »Maaama, da ist eine komische Frau am Telefon!«

Clara überlegte, womit sie die Bezeichnung *komisch* verdient hatte: War es ihre Stimme? Klang die etwa komisch? Sie räusperte sich.

Britta Lerchenberg klang ziemlich außer Atem, als sie endlich ans Telefon kam. »Ja, bitte?«

Clara räusperte sich erneut. »Guten Morgen, hier ist Clara Niklas. Ich hätte bezüglich der Unterlagen noch eine Frage.« Sie bemühte sich, nicht allzu aufgeregt zu klingen.

»Ich habe Ihnen wirklich alles gebracht, was Ralph hatte«, gab Frau Lerchenberg zurück. »Ich habe nichts mehr!« Sie klang abwehrend, und im Hintergrund war Kindergeschrei zu hören. Frau Lerchenberg wandte sich ab und rief etwas, was Clara nicht verstehen konnte, dann war sie wieder da: »Hören Sie, Frau Niklas, ich muss wirklich …«

»Bitte! Nur einen Augenblick!«, bat Clara. »Sie sagten doch, Ihr Mann habe die Unterlagen am Montag vor seinem Tod aus der Klinik geholt …«

»Ja?«

»Waren diese Ordner alle zusammen in dem Koffer …«

»Die Sachen waren überhaupt nicht in dem Koffer. Er hat sie lose mitgebracht. Ich habe sie nur in den Koffer von Frau Imhofen getan, um sie besser transportieren zu können …«

«Das ist Ruth Imhofens Koffer?«, unterbrach Clara sie erstaunt.

»Ja. Bei ihrem Auszug aus der Klinik hatte Ralph vergessen, ihn mitzunehmen, sie hat ja kaum Sachen gehabt, die passten in eine kleine Tasche. Ruth hat aber immer wieder nach dem Koffer gefragt, und Ralph hat ihn schließlich geholt und wollte ihn ihr bringen. Er kam nur nicht mehr dazu …« Sie verstummte.

Clara wartete ein paar Sekunden dann hakte sie vorsichtig nach. »Hat Ihr Mann die Akten an dem Abend noch mal gelesen?«

»Nein. Er kannte sie doch schon. Er hat sie in sein Arbeitszimmer gebracht …« Sie unterbrach sich. »… nein, warten Sie, jetzt wo Sie danach fragen … er hat doch noch etwas gelesen! Wie konnte ich das nur vergessen? Er hat sich merkwürdig verhalten, war vollkommen abwesend. Ich war wütend deswegen, habe ihn sogar angeschrien: Musst du deine ganze Energie dieser Frau opfern, bleibt denn nichts mehr für uns …« Ihre Stimme wurde leiser. »Er hat gar nicht reagiert. Wie angewurzelt saß er an seinem Schreibtisch, und ich bin dann ohne ihn ins Bett gegangen. Er ist erst gekommen, als ich schon eingeschlafen war.« Ihre Stimme erstarb. Clara hörte, wie sie sich schneuzte, dann war Frau Lerchenberg wieder am Apparat: »Warum fragen Sie mich das alles?«

»Ich werde es Ihnen später erklären«, versprach Clara. »Nur noch eine letzte Frage: Sie sagten mir, Dr. Selmany sei bei Ihnen gewesen und wollte die Krankenakten haben?«

»Ja. Er war am Sonntagabend hier, vor der Beerdigung. Er war ziemlich unangenehm, hat immer wieder gefragt, ob ich noch ›Klinikeigentum‹ bei mir hätte.«

»Haben Sie ihm gesagt, dass Sie die Akten haben?«, wollte Clara wissen.

»Nein! Natürlich nicht. Ich habe mich dumm gestellt und gesagt, ich wüsste nichts von irgendwelchen Unterlagen. Habe mich nie um geschäftliche Angelegenheiten meines Mannes gekümmert, blabla. Ich denke, er hat es mir geglaubt.«

»Davon bin ich überzeugt.« Clara musste lächeln. Deshalb war Selmanys Entsetzen so groß gewesen, als Clara ihm auf dem Friedhof eröffnet hatte, sie habe die Akten. Dann bedankte sie sich bei Frau Lerchenberg und legte auf.

Nachdenklich malte sie Kringel auf ihre Schreibtischunterlage. Das war es, was ihr noch gefehlt hatte. Das war es gewesen, was Clara gestern bei ihrem Gespräch mit Ruth herausgehört hatte, ohne es greifen zu können: Ralph Lerchenberg hatte nie mit Ruth über die weiße Kammer gesprochen. Als er begonnen hatte, sich um Ruths Entlassung zu kümmern, hatte er von der *camera silens* noch gar nichts gewusst. Ihm waren nur die Versäumnisse der Klinik und der Gerichte aufgefallen, nicht aber, was noch dahintersteckte. Deshalb war ihm bis zu dem Tag auch gar nicht klar gewesen, wie wichtig es für die Klinik war, dass Ruth unter ihrer Aufsicht blieb. Ihm war nicht bewusst gewesen, dass die Klinik mehr zu verbergen hatte als bloße Schlamperei, auch wenn das schon schlimm genug gewesen wäre. Und als er es entdeckte, als ihm der Umfang der ganzen Sache klar wurde, hatte er am Dienstagmorgen Selmany zur Rede gestellt.

Und war dann aus Verzweiflung gegen einen Baum gefahren? Clara schüttelte langsam den Kopf. Es erschien ihr immer unwahrscheinlicher, dass es ein Unfall oder gar ein Selbstmord gewesen war, da mochten die Untersuchungsergebnisse sagen, was sie wollten. Mit dem Diebstahl dieser Mappe hatte Ralph Lerchenberg sich selbst in höchste Gefahr gebracht: Er hatte der Klinikleitung das beste Mordmotiv gegeben, das man sich wünschen konnte.

Clara schloss die Akte und stützte ihre Hände darauf. Sie würde es nur nicht beweisen können. Noch nicht. Schließlich stand sie auf und schlüpfte in ihren Mantel. Elise öffnete ein Auge. »Wir gehen zu Ri-ta!«, flüsterte Clara in ihre Richtung, und sofort war die Dogge auf den Beinen. Es war definitiv Zeit für ein zweites Frühstück.

Bei Rita traf Clara auf Willi, der in seiner angestammten Ecke saß und Zeitung las, vor sich eine Tasse Tee. Clara setzte sich zu ihm. »Ich muss mit dir reden«, begann sie ohne Umschweife.

Willi sah von seiner Lektüre auf. »Ich wünsche dir auch einen schönen guten Morgen«, gab er mit hochgezogenen Brauen zurück und faltete seine Zeitung zusammen. »Wo brennt's denn?«

Clara bestellte bei Rita ihr übliches Frühstück, Cappuccino und Croissants für sich und Elise, und begann zu erzählen. Als sie bei dem Inhalt der grauen Mappe anlangte, warf sie Willi immer wieder prüfende Blicke zu, um sich zu vergewissern, ob er ihr noch folgte oder ob er das Ganze für ein Hirngespinst hielt.

Sein Gesicht verriet keine Regung. Schweigend hörte er ihr zu und nippte dann und wann an seinem Tee. Als sie ihren Bericht mit dem heutigen Telefonat mit Britta Lerchenberg beendete, schwieg Willi noch eine ganze Weile. Dann sagte er langsam: »Weißt du eigentlich, was du da sagst? Das ist ungeheuerlich. Grauenhaft. Wenn du das beweisen kannst, dann ... ich kann gar nicht glauben, dass so etwas möglich sein soll.« Er nahm die Brille ab und rieb sich die Augen.

Clara nickte traurig. Genauso war es ihr auch gegangen, als sie die Versuchsprotokolle gelesen hatte. Nur dass es sie noch viel tiefer gepackt hatte, dass etwas in ihr berührt worden war, von dem sie lieber nichts gewusst hätte. Etwas, mit dem sie jetzt kämpfen musste, um es wieder in die Ecke zu verbannen, aus der es gekrochen war. Doch davon erzählte sie Willi nichts.

»Ich brauche deinen Rat. Was soll ich jetzt tun?«, fragte sie.

Willi verzog gequält das Gesicht. »Was möchtest du jetzt hören? Das, was ich dazu sagen kann, sicher nicht.«

Clara runzelte die Stirn. »Ich weiß auch, dass ich zur Polizei gehen sollte. Aber glaub mir, das würde im Moment zu überhaupt nichts führen, die sind so mit dem Fall Johannes Imhofen beschäftigt ...«

»Aber doch gerade deswegen, Clara!«, wandte Willi ein. »Wenn das alles stimmt, was du vermutest, dann könnte doch auch dieser Selmany ein Motiv gehabt haben, Johannes Imhofen umzubringen! Er ist vielleicht auch dahintergekommen, was sie mit seiner Schwester angestellt haben, und wollte ...«

Clara schüttelte den Kopf. »Nach vierundzwanzig Jahren, in denen er sich kein bisschen um seine Schwester gekümmert hat? Ihn hat es überhaupt nicht interessiert, was aus Ruth wird, glaub mir. Frau Lerchenberg meinte, er hatte selbst das größte Interesse daran, dass Ruth in der Klinik blieb. Er hat Ralph Lerchenberg sogar Geld dafür geboten, damit er die Sache ruhen lässt.« Sie rührte nachdenklich in ihrem Cappuccino und leckte dann den Milchschaum vom Löffel. »Ich frage mich die ganze Zeit, warum er von seiner Schwester eigentlich überhaupt nichts mehr wissen wollte? Sie haben früh ihre Eltern verloren, er hat sich jahrelang um sie gekümmert, als sie noch ein Teenager war. Das müsste die beiden doch aneinanderschweißen, oder?«

Willi wiegte den Kopf hin und her. »Na ja, Ruth Imhofen ist nicht gerade die Schwester, die man sich wünscht, wenn man ehrgeizig ist und karrieregeil.«

»Aber das ist doch schon Jahre her«, wandte Clara ein. »Johannes Imhofen hatte es doch längst nicht mehr nötig, irgendwelche Skandale zu fürchten. Wie hätte Ruth ihm denn schaden können?«

»Nun, irgendjemand hat ihm jedenfalls geschadet«, gab Willi zurück. »Und zwar ziemlich nachhaltig.«

Clara sah ihn an. »Du meinst, Johannes Imhofen hat befürchtet, dass seine Schwester ihn ...« Sie schüttelte langsam den Kopf. »Das glaube ich nicht.«

»Warum nicht? Es soll schon vorgekommen sein, dass sich die Dinge tatsächlich so ereignet haben, wie sie auf den ersten Blick scheinen.« Er zählte an den Fingern auf: »Erstens, Ruth Imhofen hat kein Alibi für die Tatzeit, sie war den ganzen Tag verschwunden, und eine Zeugin hat sie offenbar am Tatort gesehen. Zweitens, ihr Bruder wollte nicht, dass sie entlassen wird, er hat sich nicht um sie gekümmert, sie könnte also einen ziemlichen Hass auf ihn gehabt haben, vielleicht ist da auch noch etwas aus ihrer Zeit vor der Klinik, irgendeine alte Geschichte. Drittens, sie war vierundzwanzig Jahre eingesperrt, man hat ihr Schlimmes angetan, und niemand weiß, wie sich das auf ihr Verhalten, ihre Psyche ausgewirkt hat. Und dann, *last but not least:* Sie hat schon einmal einen Menschen getötet.«

»Aber das war kein Vorsatz, sie stand damals unter Drogen, vielleicht war es sogar Notwehr ...«, gab Clara leise zurück und hörte selbst, wie schwach ihre Argumentation klang. Willis nüchterne Aufzählung hatte etwas Zwingendes. Sie klang so logisch, so einleuchtend.

»Du möchtest, dass sie es nicht gewesen ist, Clara.«

Clara zündete sich eine Zigarette an. »Warum sollte ich das wollen? Es ist ein Fall, nichts weiter.« Sie spürte, wie ihre Finger leicht zitterten.

Willi lachte.

Clara starrte ihn böse an. »Ich weiß nicht, was es da zu lachen gibt!«

Willi war schon wieder ernst. Er nahm ihre Hand. »Clara, wann bitte war jemals etwas *nur ein Fall* für dich?«

Clara seufzte. »Vielleicht hast du ja recht. Aber wenn ich mir überlege, was mit Ruth passiert ist, wenn ich mir vorstelle, man würde mich ein Vierteljahrhundert in eine Klinik sperren, würde Versuche mit mir anstellen, mich in ein winziges Zimmer sperren, ohne Tageslicht, und niemand wäre da, dem ich vertrauen könnte, der mir helfen könnte ...« Sie spürte, wie sie zu zittern begann.

Willi legte seinen Arm um sie und hielt sie fest.

Clara ließ den Kopf auf seine Schulter sinken. Ihre Augen brannten, und sie hatte das Gefühl, jeden Augenblick unkontrolliert losheulen zu müssen. Sie konnte diesen Fall nicht weiterverfolgen. Nicht in dieser Verfassung. Aber sie konnte ihn auch nicht abgeben. Sie konnte Ruth nicht im Stich lassen. Gerade jetzt, wo sie begonnen hatte, sich ihr gegenüber ein wenig zu öffnen.

Clara hatte das Gefühl, etwas Schweres lege sich um ihren Brustkorb, drücke ihr die Luft ab, und plötzlich fühlte sie wieder ihr Herz schlagen, heftig und schmerzhaft, ganz oben in ihrer Brust, wie etwas Fremdes, das nicht zu ihr gehörte und von dem man nicht wusste, was es als Nächstes tun würde: zerspringen? Aufhören zu schlagen?

Sie schüttelte Willis Arm ab und sprang auf. »Entschuldige bitte, aber ich muss für einen Moment raus!« Noch während sie fluchtartig Ritas Bar verließ, murmelte sie vor sich hin: »Das muss aufhören. Das muss aufhören.« Immer wieder, wie ein Mantra. Sie lief durch die Straßen, so schnell, dass ihr Passanten verwunderte Blicke nachwarfen, und wurde erst langsamer, als die Isarbrücke in Sicht kam. Ihr Atem ging heftig, und ihr Herz klopfte, aber jetzt normal vor Anstrengung, und es saß auch wieder an seinem üblichen Platz.

Sie blieb an der Brücke stehen. Die Auwiesen lagen weit und leer vor ihr. Nur wenige Spaziergänger waren in der Ferne zu sehen, verschwommen im milchigen Licht des Vormittags. »So geht das nicht weiter. Das muss aufhören«, murmelte Clara ein letztes Mal und spürte den Worten nach. Konnte man mit Worten etwas ändern? Konnte man den Dingen Befehle erteilen? Welchen Dingen überhaupt? War das nicht alles sie selbst?

»Aufhören!« Sie sagte es lauter, und es fühlte sich besser an. Sicherer. »AUFHÖREN! ES MUSS AUFHÖREN!«, schrie sie so laut sie konnte in den diesigen Himmel.

Als sie sich umdrehte, fiel ihr Blick auf eine Frau, die auf der anderen Seite der Brücke stand und kopfschüttelnd zu ihr herüberblickte. Sie trug einen beigefarbenen Popelinemantel und beigefarbene Schuhe. Ihre Handtasche war ebenfalls beige. Sie dachte an Ruth. Ruths Farben fielen ihr ein. »Sie sollten sich ein paar Farben zulegen!«, rief sie zu der Frau hinüber, die peinlich berührt den Blick von Clara abwandte. »Rot vielleicht, tiefes Rot wie glühendes Holz, das ist eine gute Farbe, wissen Sie, oder etwas Blaues! Nachtblau oder indigo, himmelblau, lilablassblau …«

Die Frau entfernte sich, noch immer kopfschüttelnd, und Clara sah ihr nach. Sie wollte lachen, aber sie fühlte sich elend.

Als sie langsam zurück in Richtung Kanzlei ging, kam ihr eine Gestalt entgegen. Eine große Gestalt im abgewetzten Tweedsakko mit Hornbrille und leicht gebücktem Gang: Willi. Neben ihm lief Elise, Kopf und Schwanz aufmerksam erhoben. Als sie Clara erspähte, rannte sie in großen Sprüngen auf sie zu. Clara lächelte und wartete, bis die beiden sie erreicht hatten. Willi hielt ihr etwas entgegen; es war ihr Mantel, sie hatte ihn bei Rita vergessen. Erst in diesem Moment spürte sie, wie kalt ihr war, und fröstelnd schlüpfte sie hinein. Willi sagte nichts, er stellte keine Fragen und machte keine dumme Bemerkung, und Clara war ihm unendlich dankbar dafür. Er legte nur wieder seinen Arm um sie, und so gingen sie zurück in die Kanzlei: wie das Liebespaar, das sie nie gewesen waren.

Im Büro erwartete sie Linda. Hastig lies Clara Willi los, Linda sollte keine falschen Schlüsse ziehen. Doch Linda achtete nicht auf Willi. Ihre Stirn war kraus vor Anspannung, und ihre bebende Stimme verriet, dass etwas passiert war.

Gift-und-Galle Gruber lehnte sich zufrieden zurück und nippte an seinem Kaffee. Die Dinge entwickelten sich bestens. Jetzt nur keinen Fehler machen. Alles genau nach Vorschrift, nichts übersehen, alles hieb- und stichfest. Elmar Zieglers Aussage war besser ausgefallen, als er zu hoffen gewagt hatte: Ruth Imhofens Alibi hatte sich in Luft aufgelöst. Gruber schnippte mit dem Finger und grinste in sich hinein. Da würde er Augen machen, der feine Doktor Tenzer. Damit hatte er wohl nicht gerechnet. Konnte man ihm daraus womöglich auch noch einen Strick drehen? Anstiftung zur Falschaussage, versuchte Strafvereitelung? Er schüttelte den Kopf. Würde wohl nichts werden, der Junge hatte sich noch rechtzeitig besonnen. Aber das machte nichts, er hatte ihn auch so am Wickel. Roman Tenzer würde sich von dieser Sache nicht mehr erholen, so viel war sicher. Und diese arrogante Anwältin konnte ihm auch nicht mehr gefährlich werden. Die hatte in der nächsten Zeit genug zu tun, sich um ihre eigenen Probleme zu kümmern.

Die von der Rechtsanwaltskammer waren sehr interessiert gewesen, als er sie über die laufenden Ermittlungen gegen ihre werte Kollegin informiert hatte. Sie würden der Sache unverzüglich nachgehen, hatte der Typ am Telefon gemeint und sich sogar bei ihm bedankt. Höflich war er gewesen. Aber das waren sie alle, aalglatt. Gruber verzog verächtlich den Mund. Winkeladvokaten! Wurde höchste Zeit, dass man denen einmal auf die Finger schaute. Glaubten, sie könnten alles machen. Anwaltsgeheimnis! Organ der Rechtspflege. Pah! Lizenz zum Strafvereiteln, nannte er das. Es war ihm nur recht, wenn man die Abhörbefugnisse der Polizei auch auf diesen Berufsstand ausdehnte. Sie gingen ihm ohnehin nicht weit genug. Warum sollten diese Typen eine Extrawurst bekommen? Damit schuf man einen rechtsfreien Raum, in dem sich Verbrecher ungehindert tummeln konnten. Da hatte er schon recht, dieser Minister, den er kürzlich in den Nachrichten gehört hatte. So etwas durfte nicht sein. Wo käme man denn da hin? Und wenn man nichts zu verbergen hatte, dann konnte es einem ja wurscht sein, wenn man abgehört wurde. Im Gegenteil. Die, die keinen Dreck am Stecken hatten, waren dankbar für die

Sicherheit, die man ihnen damit gewährleistete. So einfach war das. Aber das wollten diese linken Spinner ja nicht hören. Und wenn dann wieder irgendwo eine Bombe explodierte oder ein Kind getötet wurde, dann war das Geschrei von allen Seiten groß: Hätte man das nicht verhindern können? Wo war die Polizei?

Gruber schnaufte und trank seine Tasse leer. Der Kaffee war kalt und schmeckte schal. Er hatte es so satt. Ständig wurde gekürzt und gekürzt, bald war niemand mehr da, um auch nur eine einzige ordentliche Überwachung durchzuführen. Und dabei mussten sie sich ständig vor der Öffentlichkeit rechtfertigen, standen permanent unter Stress, um auch nur ja keine der zahlreichen Vorschriften zu verletzen, mit denen ihre Arbeit von Tag zu Tag mehr behindert wurde. Und die Verbrecher? Die scherten sich natürlich keinen Deut um Vorschriften, nutzten jede Lücke, jedes Loch. Genau wie ihre sauberen Anwälte. Alle das gleiche Pack. Wie die Hanswursten standen sie denen gegenüber, immer einen Tick zu langsam, einen Schritt zu spät.

Kommissar Gruber stand auf und stellte die Tasse neben die Kaffeemaschine. Irgendwer würde sie im Laufe des Tages abspülen. Wahrscheinlich Dora, die Sekretärin, oder die Putzfrau. Er würde jetzt Mittag machen, und für halb drei hatte er Ruth Imhofen und ihre Anwältin in die Dienststelle zitiert. Es würde eine Gegenüberstellung mit der Zeugin geben. Sicher war sicher. Und wenn die Zeugin Ruth Imhofen einwandfrei als die Person identifiziert hatte, die am Tag des Mordes vor der Villa gestanden hatte, würde sie offiziell als Beschuldigte im Mordfall Imhofen gelten. Dagegen konnte dann auch diese kleine Giftspritze von Anwältin nichts mehr unternehmen.

Mit großem Unbehagen las Clara das Schreiben, das Linda ihr reichte. Eine offizielle Ladung ins Polizeipräsidium für heute

Nachmittag. Das bedeutete, dass die Polizei irgendwelche Erkenntnisse gewonnen hatte, die die Wahrscheinlichkeit, dass Ruth die Täterin war, in ihren Augen erhöhte. Clara konnte sich schon denken, was es war: Sie hatten herausgefunden, dass Ruth an jenem Sonntag nicht, wie von Pater Roman behauptet, im Haus Maximilian gewesen war. Es war dumm von ihm gewesen, Gruber in diesem Punkt anzulügen. Jetzt war die ganze Geschichte erst recht verdächtig. Clara hoffte nur, dass nicht noch mehr dazukam. Sie musste noch einmal mit Ruth sprechen. Aber insgeheim wusste Clara, dass es keinen Sinn machte: Sie war sich sicher, dass Ruth die Frau war, die die Zeugin vor der Imhofen-Villa gesehen hatte. Das machte Ruth zwar noch nicht zur Mörderin, aber es war ein Indiz. Und die Polizei würde es genauso werten.

Clara seufzte. Nur mit halbem Ohr hörte sie Linda zu, die die anderen Katastrophen aufzählte, die sich während ihrer Abwesenheit ereignet hatten: Jemand von der Zeitung hatte angerufen, war aber abgewimmelt worden, und dann noch ein Polizeibeamter, wegen der Anzeigen gegen sie, und die Rechtsanwaltskammer bat um Stellungnahme …

»Anzeigen?« Clara runzelte die Stirn. »Haben Sie Anzeig*en* gesagt? Mehrere? Ich weiß nur von diesem Journalisten.«

Linda warf einen Blick auf ihren Notizblock. »Nein, ganz sicher hat er von mehreren gesprochen. Und der Herr von der Rechtsanwaltskammer meinte ausdrücklich, er möchte mit Ihnen über die *beiden* Ermittlungsverfahren sprechen.«

Zwei Ermittlungsverfahren? Clara ließ sich die Nummern geben und ging nach oben zu ihrem Schreibtisch. Wen sollte sie zuerst anrufen? Die Polizei oder die Kammer? Sie hatte auf keines der beiden Gespräche Lust und entschied sich für Pater Roman. Er war sofort am Apparat und klang ziemlich aufgelöst, was Clara nicht überraschte. Elmar Ziegler sei es gewesen, der die Polizei über Ruths Abwesenheit am Sonntag informiert hatte. Clara nickte, sie hatte schon so etwas geahnt. Er hatte die Lüge nicht durchgehalten, hatte Angst gehabt, in Schwierigkeiten zu kommen. Sie konnte es ihm nicht verdenken. Nur dass sich damit sein Chef in größeren Schwierigkeiten befand, als Elmar sich vorstellen konnte. Clara bat Pater Roman, Ruth auszurichten, dass sie vor dem Termin noch mit ihr sprechen musste, und legte auf. Dann wählte sie seufzend die Nummer der Polizeidienststelle.

Als auch dieses Gespräch beendet war, kochte Clara vor Wut. Dieser Schweinehund von Arzt hatte doch tatsächlich die Unverschämtheit besessen, Clara wegen Besitzes der Unterlagen anzuzeigen, die Ralph Lerchenberg entwendet hatte. Er schien sich sehr sicher zu fühlen. Oder war es ein Akt der Verzweiflung? Clara hatte dem Beamten klipp und klar gesagt, dass sie nicht die Absicht habe, zu den Vorwürfen in irgendeiner Art und Weise Stellung zu nehmen. Sollten sie ruhig ein Verfahren gegen sie eröffnen. Selmany würde es nicht darauf ankommen lassen, in einer Verhandlung über diese Unterlagen zu diskutieren, dessen war sich Clara sicher. Es war ein Schnellschuss gewesen. Selmany hatte gehofft, sie mit dieser lächerlichen Anzeige unter Druck zu setzen. Doch das würde ihm nicht gelingen. Und wenn sie Selmany erst einmal selbst am Wickel hatte, würden ihm diese Spielchen schon vergehen.

Clara schob die Telefonnummer der Rechtsanwaltskammer unter die leere Kaffeetasse auf ihrem Schreibtisch. Die konnten warten. Wieso kümmerten sie sich überhaupt um diese Angelegenheit? Sie war schließlich nicht verurteilt. Wie kam es überhaupt, dass sie darüber schon Bescheid wussten? Noch vor ihr selbst? Clara knirschte mit den Zähnen. Dieser vermaledeite Gruber steckte dahinter, hundertprozentig. Er konnte sie nicht ausstehen, das hatte sie vom ersten Augenblick an gesehen. Wahrscheinlich hatte er etwas gegen Anwälte im Allgemeinen und gegen Frauen im Besonderen. Und sie würde heute Nachmittag dafür sorgen, dass sich seine Meinung von ihr um keinen Deut besserte.

Als Clara am Nachmittag mit Ruth vor Kommissar Grubers Zimmer im Präsidium wartete, war ihre Kampfeslust deutlich gedämpft. Ruth hatte sich rundheraus geweigert zu sagen, wo sie an jenem Sonntag gewesen war. Auf Claras Fragen, die zuerst behutsam, dann immer drängender und zum Schluss ziemlich wütend ausgefallen waren, hatte Ruth immer nur den Kopf geschüttelt, stumm, die Lippen aufeinandergepresst. Am Ende hatte sie die Augen zusammengekniffen wie ein kleines Kind, das den Spinat nicht essen wollte, den man ihr hinhielt, und wieder mit diesem monotonen Flüstern begonnen. Da war Clara klar geworden, dass es genug war, und sie hatte mit den Fragen aufgehört.

Sie waren mit dem Taxi gekommen, und Ruth, die die Sachen trug, die sie am Vortag mit Clara gekauft hatte, hatte sich langsamer denn je auf das Gebäude zubewegt, jeder Schritt schien endlos zu dauern, und Clara wurde immer nervöser. Jetzt saß sie mit gesenktem Kopf neben ihr, und Clara konnte die Angst spüren, die von ihr ausging. Die Angst und den Versuch, sich zu wappnen, sich noch tiefer in sich zurückzuziehen zum Schutz vor dem, was sie erwartete.

Gruber ließ sie fast eine Stunde warten. Als er endlich kam, war Clara sich sicher, dass dieser Nachmittag in einer Katastrophe enden würde. Ruth saß zusammengesunken auf ihrem Stuhl wie eine Marionette, der man die Fäden abgeschnitten hatte. Sie hatte die ganze Zeit geschwiegen, auf Claras zögernde Versuche, etwas Konversation zu betreiben, nicht geantwortet, und vor etwa zwanzig Minuten hatte sie wieder mit diesem enervierenden Gemurmel begonnen.

Irgendwann hatte Clara es nicht mehr ausgehalten und ihre Hand auf Ruths Arm gelegt: »Bitte, hören Sie damit auf.«

Ruth war verstummt, doch als Clara einen verstohlenen Seitenblick auf sie warf, sah sie, wie sich ihre Lippen noch immer bewegten. Unablässig, lautlos. Clara wandte den Kopf ab und zündete sich eine Zigarette an, die zahlreichen Rauchverbotsschilder bewusst ignorierend.

In dem Moment kam Kommissar Gruber aus der Tür. Er kniff die Augen zu schmalen Schlitzen zusammen und presste wütend hervor: »Rauchen ist hier nicht erlaubt!«

Clara nahm noch einen Zug, dann sagte sie: »Ich weiß.«

Es war unklug, ihn zu provozieren. Es war kindisch und dumm, und sie sollte es lassen. Aber sie brauchte ein Ventil, um die Anspannung loszuwerden, die sich während dieser Stunde neben der flüsternden Ruth immer weiter gesteigert hatte. Es war sicherlich Absicht von Gruber gewesen, sie so lange warten zu lassen. Pure Bosheit und eine Demonstration der Machtverhältnisse. Zumindest so, wie Gruber sie sah. Sie brauchte ihre kleine dumme Rache diesem Mann gegenüber.

Gruber war klug genug, nicht zu antworten. Er presste nur die Lippen zusammen und musterte Clara böse aus seinen kleinen dunklen Augen.

Clara drückte die Zigarette in der Schachtel aus. Dann stand sie auf und reichte ihm die Hand. »Grüß Gott, Herr Gruber. Schön, dass Sie noch Zeit für uns gefunden haben.«

Gruber nickte nur knapp und wandte sich dann ab. Clara und Ruth folgten ihm den Flur entlang in einen großen leeren Raum, in dem Kommissarin Sommer sie schon erwartete. Als Gruber ihnen eröffnete, dass es eine Gegenüberstellung mit der Zeugin geben werde, war Clara nicht überrascht. Sie hatte so etwas in der Art schon erwartet und versucht, Ruth darauf vorzubereiten. Man bat Ruth, sich zusammen mit mehreren, ähnlich aussehenden Frauen in einer Reihe aufzustellen, und holte dann die Zeugin. Eine ältere Frau im dunklen Mantel mit kurzen grauen Haaren trat zögernd über die Schwelle und sah sich ängstlich um. Kommissarin Sommer führte sie zu den wartenden Personen und erklärte ihr, was von ihr erwartet wurde.

Abrupt blieb die Frau stehen. »Aber wo ist denn die Scheibe?«, fragte sie mit zittriger Stimme.

»Welche Scheibe?«

»Die Glasscheibe! Damit die Mörderin mich nicht sieht!« Ihre Stimme wurde lauter. Sie sah sich hektisch um.

»Es gibt keine Scheibe, Frau Ber ...«, begann Kommissarin Sommer, doch ein Schrei unterbrach sie.

Die Frau hatte die Hände vor den Mund geschlagen und starrte sie entsetzt an. »Sie werden doch nicht meinen Namen sagen! Da kann die Mörderin ja kommen und mir hoppla hopp den Schädel einschlagen ...«

Kommissar Gruber schaltete sich ein: »Jetzt beruhigen Sie sich mal. Es steht doch noch gar nicht fest, ob es sich überhaupt um Tatverdächtige handelt. Schauen Sie sich die Personen einfach genau an, und wenn Sie jemanden erkennen, dann sagen Sie es uns. Wir können dazu auch rausgehen.«

»Aber im Fernsehen gibt es immer eine Scheibe ...«

»Wir sind jetzt aber nicht im Fernsehen«, gab Gruber ungeduldig zurück, und die Frau warf ihm einen empörten Blick zu.

»Also, wenn ich das gewusst hätte, dann wäre ich nicht gekommen. Man riskiert ja Kopf und Kragen, wenn man der Polizei helfen will!«

Gruber seufzte. »Wenn Sie sich jetzt bitte die Personen ansehen würden, Frau ...«

»Ja, ja, ist schon gut«, unterbrach ihn die Frau hastig und ging einen kleinen Schritt auf die Reihe der wartenden Frauen zu. Mit zusammengekniffenen Augen musterte sie eine nach der anderen, bei Ruth blieb sie einen Moment lang stehen. Ruth Imhofen hob langsam den Kopf und erwiderte den Blick der Frau.

Hastig wandte diese sich ab. »Ja, also, was soll ich jetzt machen?«

»Haben Sie die Person erkannt, die Sie am Sonntag vor der Villa des Herrn Imhofen gesehen haben?«, fragte Kommissarin Sommer geduldig.

Aufgeregt wandte die Zeugin ihren Kopf zwischen den Beamten und Ruth Imhofen hin und her. »Ich kann überhaupt nicht verstehen, dass hier keine Scheibe ist, wer schützt mich denn jetzt vor dieser Irren?«, schimpfte sie.

»Es gibt keinen Grund, weshalb Sie sich fürchten müssten«, versuchte Gruber sie zu beschwichtigen.

»Ha! Kein Grund! Das sagen Sie! Und wenn ich morgen erschlagen im Bett liege, was sagen Sie dann?«

Gruber schüttelte entnervt den Kopf. »Kommen Sie mit nach draußen.«

»Moment!« Jetzt meldete sich Clara zu Wort. »Wenn die Zeugin tatsächlich jemanden gesehen hat, dann soll sie es jetzt und hier sagen. Wahrscheinlich hat sie auch nur letzte Woche die Zeitung gelesen und glaubt, sich an jemanden zu erinnern, der der dort abgebildeten Person ähnlich sieht. Sie ist von der Berichterstattung beeinflusst, das ist doch offensichtlich.« Clara wandte sich jetzt direkt an die Frau, die sie misstrauisch musterte: »Wie kommen Sie denn darauf, dass es sich hier um eine *irre Mörderin* handelt, wie Sie sich ausdrücken?«

»Frau Anwältin, wir sind hier nicht im Gerichtssaal«, wandte Gruber wütend ein. Die Sache drohte ihm zu entgleiten.Warum hatte er sich nur von seinem Übereifer leiten lassen und nicht wie sonst üblich eine Videoaufzeichnung für die Zeugin vorbereitet. So wie die Sache sich entwickelte, konnte man die Aussage der Zeugin reinweg vergessen. »Sparen Sie sich Ihr Plädoyer für den Richter …«, er konnte seinen Satz nicht beenden, denn jetzt ging die Zeugin empört auf Clara los. »Kommen Sie mir bloß nicht so! Jeder weiß doch, dass das die Verrückte ist, die damals den jungen Mann erschlagen hat. Und jetzt hat sie ihren Bruder erledigt.« Furchtsam sah sie sich um.

Ruth Imhofen starrte sie an. Ihre Lippen bewegten sich lautlos. Es sah aus, als ob sie eine Beschwörung oder einen Fluch murmelte, und Clara brachte sogar ein gewisses Verständnis für die Angst der Zeugin auf. Es sah wirklich unheimlich aus.

»Schauen Sie sich sie doch an, sie ist verrückt!« Die Stimme der Frau überschlug sich, während sie mit dem Finger auf Ruth deutete.

»Wollen Sie damit sagen, dass die zweite Person von rechts die Frau ist, die Sie am Sonntagnachmittag vor der Villa Imhofen gesehen haben?«, versuchte Kommissar Gruber, der Veranstaltung einen letzten Rest Amtlichkeit zurückzugeben.

Die Frau starrte ihn an. »Ja, wovon rede ich denn die ganze Zeit, Himmelherrgottsakrament?«

Als Kommissarin Sommer die Zeugin nach draußen bugsiert hatte, erlaubte sich Clara ein winziges Lächeln in Ruths Richtung. Ruths Flüstern verstummte. Sie war bleich, und ihre Augen wirkten einmal mehr wie schwarze Löcher in ihrem bewegungslosen Gesicht. Ihre Hände waren an die Wand gepresst, als tasteten sie nach einem Ausgang. Clara winkte Ruth zu sich her. Nur zögernd lösten sich ihre Finger, und sie setzte sich in Bewegung.

»Tolle Zeugin! Kompliment!«, wandte sich Clara an Kommissar Gruber, der sein Gesicht zu einer finsteren Grimasse verzogen hatte. »Da hätten Sie jeden bringen können, der einen Blick in die Zeitung geworfen hat. Sicher kann sich im Nachhinein die halbe Stadt daran erinnern, die *irre Mörderin* am Sonntag irgendwo in der Nähe der Villa gesehen zu haben.« Sie nahm ihre Tasche und ihren Mantel und nickte Gruber zu. »Das war's dann wohl?« Sie wandte sich zum Gehen.

»Nicht so schnell, Frau Anwältin.« Gruber versperrte ihr den

Weg. »Wir müssen Ihre Mandantin trotzdem noch befragen. Wir gehen nach wie vor davon aus, dass sie am Tatort war.«

»Ach! Und das schließen Sie aus der Aussage dieser Zeugin?« Clara verzog verächtlich den Mund. »Wenn Sie nichts Besseres haben …«

Gruber blieb gelassen. »Diese Zeugin hat Ruth Imhofen an der Villa gesehen, da können Sie jetzt polemisieren, wie Sie wollen.Wir haben außerdem die Aussage eines gewissen Elmar Ziegler, wonach Ruth Imhofen den ganzen Tag nicht im Haus Maximilian war und erst spätabends zurückgekommen ist, was bedeutet, dass Dr. Tenzer uns angelogen hat. Ich frage mich, warum hat er das getan?«

Gruber hob die Augenbrauen, und sein Blick wanderte von Clara zu Ruth und wieder zurück. »Ihre Mandantin hat kein Alibi, dafür Motiv und Gelegenheit, und sie ist am Tatort gesehen worden. Es sieht nicht besonders gut für sie aus.«

Er lächelte jetzt und deutete den Flur hinunter. »Wenn Sie mir also bitte folgen wollen?«

»Was für ein Motiv soll das denn sein?«, fragte Clara misstrauisch. »Außerdem geht es meiner Mandantin nicht gut, wie Sie wohl selbst sehen können. Wir können gerne ein anderes Mal darüber reden, aber ich denke, für heute ist es genug.«

Doch Gruber ging schon den Gang entlang. »Ein paar Fragen kann sie uns sicher noch beantworten. Es ist doch in ihrem eigenen Interesse, wenn sie nicht noch einmal herkommen muss. Wir können jederzeit einen Arzt rufen, wenn es notwendig ist.«

Er blieb an einer Tür stehen und drehte sich um. »Sie kann natürlich die Aussage verweigern, aber das muss ich Ihnen ja nicht sagen …«

Clara warf ihrer Mandantin einen besorgten Blick zu. »Wie fühlen Sie sich, Frau Imhofen? Ich denke, wir sollten jetzt gehen.«

Doch Ruth schüttelte stumm den Kopf und folgte Gruber. Clara blieb nichts anderes übrig, als sie zu begleiten.

Das Vernehmungszimmer war klein und hatte keine Fenster. In der Mitte standen ein Tisch und mehrere Stühle. Clara betrachtete Ruth unbehaglich. Ihre Verfassung gefiel ihr ganz und gar nicht. Als sie sich setzten, umklammerte Ruth ihren Stuhl mit beiden Händen. Sie schien in höchster Alarmbereitschaft, wie eine Bombe kurz vor der Explosion.

Kommissarin Sommer brachte ihnen Kaffee, dann setzte sich die Beamtin auf einen Stuhl an der Wand. Eine gespannte Stille breitete sich aus. Aus der offen stehenden Tür zum Flur drangen Stimmen zu ihnen herein, eilige Schritte, Gelächter und das monotone Dröhnen eines Kopierers.

Gruber musterte Ruth einen Augenblick, bevor er seine Akte aufschlug, und meinte: »Frau Imhofen, es geht noch mal um den besagten Sonntag, an dem Ihr Bruder getötet wurde. Können Sie uns sagen, wo Sie an dem Tag waren?«

Ruth antwortete nicht.

Gruber hob den Kopf. »Haben Sie meine Frage nicht verstanden? Oder möchten Sie nichts dazu sagen? Ich mache Sie noch einmal darauf aufmerksam, dass Sie keine Aussage machen müssen, wenn die Gefahr besteht, dass Sie sich dabei selbst belasten.«

Er beugte sich etwas vor. »Machen Sie von Ihrem Aussageverweigerungsrecht Gebrauch?«

Ruth reagierte nicht.

»Frau Imhofen«, begann Gruber wieder, nun merklich ungeduldiger, doch Clara unterbrach ihn.

»Sie sehen doch, dass meine Mandantin nicht in der Verfassung ist, auf Ihre Fragen zu antworten. Wir sollten das jetzt lassen.«

»Wie Sie meinen!« Gruber hob die Hände in einer Geste, die

in etwa besagen sollte: »Sie werden schon sehen, was Sie davon haben«, und nickte seiner Kollegin zu. »Wir brechen ab.« Kommissarin Sommer stand auf und verließ den Raum.

Hinter ihr fiel die Tür zu und trennte sie unvermittelt von den Geräuschen der Dienststelle. Ruth hob den Kopf. Ihre Augen waren plötzlich weit aufgerissen, und sie schien auf etwas zu lauschen. Clara stand auf: »Kommen Sie, wir gehen jetzt.«

Doch Ruth rührte sich nicht. Ihre Hände krampften sich um die Sitzfläche, und sie neigte sich nach vorne. Unter dem Stuhl krümmten sich ihre Füße zusammen.

»Frau Imhofen?« Clara beugte sich zu ihr hinunter und fasste sie vorsichtig an der Schulter. »Alles in Ordnung?«

Der Schlag kam vollkommen unerwartet und traf Clara an der Brust. Sie taumelte gegen den Tisch.

Ruth saß noch immer auf ihrem Stuhl, hatte jetzt die Augen geschlossen und hielt sich beide Fäuste gegen die Schläfen. Sie hatte wieder zu flüstern begonnen.

Gruber war aufgesprungen, als Ruth Clara den Stoß versetzt hatte, und packte die Frau jetzt am Arm.

Ruth begann zu schreien. Ein einziger hoher Schrei, gellend, voller Panik.

»Lassen Sie sie los«, rief Clara, und dann fiel ihr Blick auf die geschlossene Tür. In dem Moment begriff sie. Sie lief zu der Tür, um sie zu öffnen, doch gerade als sie die Hand nach der Klinke ausstreckte, wurde sie umgerempelt und prallte mit dem Kopf heftig gegen die Wand. Stöhnend ging sie in die Knie. Sie sah noch, wie Ruth die Tür aufriss und hinauslief, dann verschwamm das Bild vor ihren Augen, und alles begann sich zu drehen.

Als sie wieder zu sich kam, kniete Kommissar Gruber vor ihr auf dem Boden und tätschelte ihre Wangen. Hinter ihm stand eine fremde Frau und musterte sie über seine Schulter hinweg.

Clara versuchte, sich aufzurappeln, doch da schob die Frau Gruber beiseite und beugte sich zu ihr hinunter.

»Bleiben Sie sitzen«, befahl sie ruhig und bewegte einen Finger vor Claras Augen hin und her. Dann hob sie mehrere Finger in die Höhe. »Können Sie mir sagen, wie viele Finger Sie sehen?«

Clara stöhnte und schob die Hand weg. »Wo ist Ruth?« Ihre Augen suchten Kommissar Gruber. »Was ist mit ihr?«

Der Kommissar hob die Schultern. »Sie ist auf und davon. Zwei Kollegen suchen sie bereits.«

Heftig fluchend stand Clara auf. Ihr Kopf dröhnte. Vorsichtig befühlte sie die schmerzende Stelle, das würde eine saftige Beule geben. »Konnten Sie sie nicht festhalten, verdammt?«

Gruber lachte bitter auf. »Sie machen mir Spaß! Gerade noch von der eigenen Mandantin k. o. geschlagen, und schon sind wieder die anderen schuld. Hatten Sie nicht gerade eben noch verlangt, ich solle sie loslassen?« Er wischte sich mit dem Ärmel über das Gesicht.

Clara musterte ihn. Sein Hemd war voller brauner Flecken, und seine Unterlippe blutete ein wenig. Am Boden lagen die Scherben einer Kaffeetasse.

Gruber folgte ihrem Blick. »Sie hat mir den Kaffee ins Gesicht geschüttet. Mitsamt der Tasse. Da habe ich sie losgelassen, und weg war sie.«

Clara setzte sich auf einen der Stühle und strich sich die Haare aus dem Gesicht. »Es war die Tür. Ich hätte es merken müssen. Als Ihre Kollegin die Tür geschlossen hat, muss sie das an die weiße Kammer erinnert haben. Verdammt und zugenäht. So eine Scheiße!«

Sie beachtete Gruber nicht, der verärgert nachfragte: »Weiße Kammer? Wovon, zum Teufel, sprechen Sie?«

Stattdessen fingerte sie in ihrer Tasche nach den Zigaretten und steckte sich eine in den Mund. »Darf ich?«

Reflexartig schüttelte Gruber zuerst den Kopf, doch dann nickte er achselzuckend: »Von mir aus.«

Er sah Clara eine Weile beim Rauchen zu, dann schob er ihr widerwillig eine Untertasse als Aschenbecher hin. »Wir sollten uns unterhalten«, sagte er.

»Finden Sie?«, gab Clara müde zurück. »Für Sie ist doch ohnehin schon alles klar. Und jetzt, nach diesem Auftritt ganz besonders. Ich sehe schon die Schlagzeilen von morgen: Irre Doppelmörderin auf der Flucht!«

»Sie haben einen ziemlichen Hang zur Übertreibung«, gab Gruber wütend zurück.

»Aber es wird doch sicher eine Fahndung eingeleitet, ein Haftbefehl beantragt?«, hakte Clara nach.

Gruber nickte. »Natürlich. Was würden Sie denn an meiner Stelle machen?«

Clara seufzte. Er hatte recht. »Sie war es nicht«, sagte sie leise.

Gruber sah sie an. »Weshalb sind Sie da so sicher?«

Clara befühlte ihre Beule und sah sich die Bescherung um sie herum an. Sie überlegte einen Augenblick, ob sie Gruber nicht doch alles erzählen sollte. Vielleicht irrte sie sich ja, und es war tatsächlich das Beste, diese Sache zur Sprache zu bringen. Vielleicht war genau jetzt, hier und heute der richtige Zeitpunkt. Es würde immerhin Ruths Verhalten von eben erklären. Aber würde es sie auch entlasten?

Clara schüttelte den Kopf. Kein bisschen. Solange nicht ein anderer Verdächtiger auftauchte, nützte diese Geschichte Ruth im Moment gar nichts. Im Gegenteil. Es bestand vielmehr die Gefahr, dass diese Ungeheuerlichkeiten, die Ruth widerfahren waren, in dem Tumult um den Mord und ihre Flucht untergingen, dass die Geschichte als bloßes Ablenkungsmanöver gewertet wurde, als taktisches Spielchen, um von Ruths Schuld abzulenken.

Clara konnte die Sprüche förmlich hören: »Mag ja sein, dass das alles nicht in Ordnung war, aber musste sie deshalb nach ihrer Entlassung schnurstracks ihren Bruder töten?«

Solange Ruth verdächtig war, Johannes Imhofen getötet zu haben, stellte dies gleichzeitig eine Rechtfertigung für Ruths Aufenthalt in der Klinik dar: »Solche Leute muss man einfach wegsperren, man sieht ja, was sonst passiert. Hat man sie ein bisschen hart angefasst? Wird wohl nötig gewesen sein …«

Clara entschied sich, vorerst nichts zu sagen. Auch wenn Gruber ihr mittlerweile etwas menschlicher vorkam im kaffeebespritzten Hemd und mit aufgeschlagener Unterlippe, traute sie ihm doch noch nicht so ganz über den Weg. Er war von Ruth Imhofens Schuld überzeugt, und wenn sie ehrlich war und sich in seine Lage versetzte, konnte sie es ihm nicht einmal verdenken.

Sie nahm einen letzten Zug von ihrer Zigarette und drückte sie dann in der Untertasse aus. »Sie hatten etwas von einem Motiv gesagt …«, meinte sie schließlich.

Gruber schob das Kinn vor. »Also doch eine Unterhaltung mit dem bösen Polizisten?«

Clara winkte ab. »Du meine Güte, jetzt seien Sie doch nicht so empfindlich«, sagte sie gereizt. »Ich sollte eigentlich gar nicht mehr hier sein.«

Sie spürte, wie sie nervös wurde. Was tat sie noch hier? Sie musste sich auf den Weg machen, um Ruth zu finden.

Gruber nahm ein Glas und schenkte ihr etwas von dem Wasser ein, das noch auf dem Tisch stand. »Meine Leute suchen sie bereits. Sie können schon noch ein paar Minuten sitzen bleiben.«

Er warf einen Blick auf die Ärztin, die noch immer zusammen mit Kommissarin Sommer wartete, und nickte knapp. Beide verließen den Raum.

Als sich die Tür hinter ihnen schloss, nahm sich Gruber

ebenfalls von dem Wasser. »Was war das für eine Geschichte mit der Tür, was haben Sie damit gemeint?«, fragte er.

Clara lächelte. »Ich habe zuerst gefragt: Was war das mit dem Motiv?«

»Also gut.« Gruber erwiderte ihr Lächeln, was ihn um einiges sympathischer wirken ließ. »Sie wissen wahrscheinlich, dass Ruth und Johannes Imhofen die Kinder von Friedrich Imhofen sind? Dem Gründer der Imhofen Werke?«

Clara nickte vage, und Gruber fuhr fort. »Als damals die Eltern starben, wurde ein Vermögensverwalter eingesetzt. Es gab ein Testament, das vorsah, dass die Kinder das Privatvermögen der beiden zu gleichen Teilen erben würden. Ruths Anteil wurde treuhänderisch verwaltet, jedoch ist der größte Teil durch den langen Aufenthalt in der Privatklinik verbraucht.«

Clara lachte bitter auf: »So viel also zu Johannes' Großzügigkeit gegenüber seiner Schwester. Er hat keinen müden Cent seines eigenen Vermögens dafür ausgegeben.«

Gruber nickte und sprach weiter: »Johannes Imhofen bekam außerdem die Anteile an der Firma und die Villa. Dabei wurde festgelegt, dass beides in Familienbesitz verbleiben sollte. Nachdem beide Geschwister keine Kinder haben, heißt das, dass Ruth mit Imhofens Tod alles erbt. Imhofens Frau geht leer aus.«

Clara sah ihn an. »Das heißt, Ruth Imhofen ist jetzt Eigentümerin der Firma und der Villa?«

»Die Firma bringt nichts mehr. Die Anteile wurden größtenteils verkauft, das Unternehmen ist pleite. Aber das Anwesen in Grünwald dürfte ein kleines Vermögen wert sein.«

Clara zündete sich eine zweite Zigarette an. »Sie glauben tatsächlich, dass Ruth Imhofen ihren Bruder wegen dieser Villa erschlagen hat?« Sie schüttelte den Kopf. »Das ist wirklich das Abwegigste, was ich je gehört habe.«

»Warum? Es haben Leute schon wegen weniger gemordet.

Und vielleicht geht es dabei gar nicht so sehr ums Geld: Ruth braucht ein Zuhause, sie ist vollkommen entfremdet nach diesen vielen Jahren in der Klinik, das Einzige, was unverändert geblieben ist, ist ihr Elternhaus.«

»Aber sie hätte doch auch so dort wohnen können! Ihr Bruder hätte sie doch nicht im Stich gelassen …«, wandte Clara ein, und schon während sie es sagte, kamen ihr Zweifel daran.

»Das wissen wir nicht. Was wir aber wissen, ist, dass er sich in den letzten vierundzwanzig Jahren keinen Pfifferling um Ruth gekümmert hat«, wandte Gruber ein und fügte angesichts Claras erstauntem Blick hinzu. »Sie glauben wohl, wir drehen den ganzen Tag nur Däumchen, was?«

Clara wurde rot und schüttelte den Kopf. »Nein, ich dachte nur …« Sie verstummte verlegen.

Gruber fuhr unbeirrt fort: »Ich denke, Ruth Imhofen war am Nachmittag dort, um ihren Bruder zu besuchen, es war aber niemand da. Später ist sie zurückgekommen und hat ihn in der Tiefgarage abgepasst. Sie wollte wahrscheinlich nur mit ihm reden. Vielleicht kam dabei zur Sprache, dass sie wieder in der Villa wohnen wollte, vielleicht hat sie ihm auch Vorwürfe gemacht, völlig zu Recht, wie ich meine, jedenfalls kam es zu einem Streit …« Er brach ab und warf Clara einen abwartenden Blick zu.

Clara hatte zwischenzeitlich längst begriffen, was Gruber damit bezweckte, dass er diese Theorie so freimütig vor ihr ausbreitete, und sie musste zugeben, dass er sich dabei ziemlich geschickt anstellte: Er bot an, Ruth Imhofen eine Brücke zu bauen. Eine Brücke, die sie wegführte von der gefährlichen Irren und auch weg von einem Mord aus Habgier. Ein Totschlag im Affekt. Und das aus nachvollziehbaren Gründen: Der böse Bruder kümmert sich nicht um seine kleine Schwester, er verweigert ihr den Zutritt zu ihrem Elternhaus, entzieht ihr das angestammte Wohnrecht. Sie hat sich in all den Jahren daran festgehalten, dorthin zurückzukehren, jetzt sieht sie sich getäuscht, verraten und verkauft, sie greift sich … Clara hielt in ihren Überlegungen inne. »Was war denn die Tatwaffe?«

Gruber hob die Schultern. »Am Tatort wurde nichts gefunden.«

»Aber es muss doch irgendeine Vermutung geben, was hat denn die Obduktion ergeben?«, fragte Clara zweifelnd nach.

Gruber zuckte mit den Schultern, antwortete aber nicht.

Clara musterte ihn einen Augenblick misstrauisch, dann sagte sie langsam: »Ich möchte Akteneinsicht. Sofort.«

»Frau Niklas, die Ermittlungen sind noch lange nicht abgeschlossen, Sie wissen doch selbst …«, begann Gruber unwirsch.

Clara unterbrach ihn: »Was ich weiß, ist, dass ich diesen Raum nicht verlassen werde, ohne die Akten gesehen zu haben.«

Gruber maß sie mit einem wütenden Blick. »Ich darf Ihnen die Einsicht nicht gewähren, das wissen Sie genau. Das entscheidet der Staatsanwalt.«

Clara stand auf. Ihr war klar, was Grubers Zögern auf ihre Frage bedeutete: Das Ergebnis der Obduktion passte nicht zu Grubers »Theorie« einer Affekthandlung. Die Tatwaffe war irgendein Gegenstand, der nicht einfach so in der Tiefgarage herumlag, den der Täter also mitgebracht haben musste. Das deutete jedoch eher auf eine Vorsatzhandlung hin als auf einen Totschlag im Affekt, und das vermeintliche Angebot Grubers war nichts als ein billiges Manöver gewesen, um Ruth zu einem Geständnis zu bringen.

Trotzdem hakte sie nochmals nach: »Gibt es denn keine Hinweise? Der Obduktionsbericht muss doch etwas über die Art der Verletzung …«

Gruber schüttelte den Kopf. »Nicht direkt«, meinte er schließlich widerstrebend.

»Nicht direkt also…«, wiederholte Clara gedehnt. Dann lächelte sie und fragte: »Und indirekt?«

Gruber starrte sie finster an. Er schien mit sich zu kämpfen. Nach einigen endlos scheinenden Sekunden, in denen Clara seinem Blick zornig standhielt, gab er nach. »Also gut, wenn Sie es unbedingt wissen wollen: Es war ein schwerer Gegenstand ohne spitze oder scharfe Kanten, vermutlich ein großer Hammer oder etwas Ähnliches.«

»Ach. Und wie soll das Ihrer Meinung nach mit Ruth zusammengehen? Wo hätte sie denn einen solchen Hammer hergehabt? Vielleicht aus dem Haus Maximilian? Da hängt in jedem Zimmer ein großer schwerer Hammer zur Befriedigung etwaiger Mordgelüste der Bewohner …«, spottete Clara. Sie war wütend, dass sie Gruber fast auf den Leim gegangen wäre.

Gruber stand auf und ging zur Tür. »Darauf müssen Sie sich schon selbst einen Reim machen. Mehr steht in der Akte auch nicht. Wenn ich Sie jetzt bitten dürfte.« Er machte eine einladende Handbewegung zum Flur hinaus. »Ihren Antrag auf Akteneinsicht werde ich an die Staatsanwaltschaft weiterleiten.«

Clara nickte huldvoll. »Herzlichen Dank.« Immerhin hatte Gruber vergessen, sie noch mal nach der weißen Kammer zu fragen.

Im Flur kamen ihr zwei Beamte mit frustriertem Gesichtsausdruck entgegen, die nass und ziemlich außer Atem waren. Offenbar hatten sie Ruth nicht gefunden.

Clara ging an ihnen vorbei und trat auf die Straße hinaus. Es war bereits fast dunkel, und es regnete heftig. Trotzdem lief sie los in der vergeblichen Hoffnung, gleich hinter der nächsten Ecke würde Ruth auf sie warten.

Kommissar Walter Gruber sah ihr vom Fenster aus nach und ihm entfuhr der gleiche Fluch, den die Zeugin heute Nachmittag schon als passend erachtet hatte. »Himmelherrgottsakrament!«

Clara lief zu Fuß den ganzen Weg zurück zum Haus Maximilian, doch keine Spur von Ruth. Pater Roman empfing sie mit versteinertem Gesicht. Die Polizei war schon da gewesen. Sie gab ihm ihre Privatnummer und bat ihn, sie jederzeit anzurufen, falls Ruth auftauchen sollte, dann suchte sie weiter. Sie lief den Weg an der Isar entlang und die Straßen, die sie auf ihrer gestrigen Einkaufstour gegangen waren. Als sie am alten Friedhof ankam, hatte es zu regnen aufgehört. Doch sie war längst nass bis auf die Haut, und in ihren Schuhen quietschte das Wasser. Das Tor zum Friedhof war bereits abgeschlossen. Angestrengt spähte sie durch das Gitter. Nichts regte sich, die Wege zwischen den Gräbern lagen dunkel und verlassen da. Dort, wo das Licht der Straßenbeleuchtung hineindrang, glänzten die Pfützen. Sie rief Ruths Namen, doch sie bekam keine Antwort. Clara machte endlich kehrt. Es war sinnlos, weiterzusuchen. Sie hatte keine Ahnung, wo Ruth sein konnte.

Als Clara schließlich zitternd vor Nässe und Kälte an der Kanzlei ankam, war diese längst abgeschlossen. Sie ging hinüber zu Rita, wo Willi und Linda in trauter Zweisamkeit Spaghetti aßen. Elise saß an ihrem Stammplatz vor der Tür zur Küche und begrüßte sie mit einem freundlichen Schwanzklopfen und einem feuchten Schmatz. Clara hängte ihren nassen Mantel an die Garderobe und kam an Willis und Lindas Tisch.

Willi sah sie entsetzt an »Was ist denn mit dir passiert ?«

Clara winkte müde ab und ließ sich auf den Stuhl fallen. »Hat jemand für mich angerufen?«, wollte sie wissen.

Linda und Willi schüttelten einträchtig den Kopf. »Jedenfalls nicht bis sechs«, meinte Linda. »Danach sind wir hierher.«

Clara warf einen Blick auf die Uhr. Es war kurz nach sieben. Es kam ihr wie eine Ewigkeit vor, dass sie heute Nachmittag mit Ruth zum Präsidium gefahren war. Sie nahm sich ein Weißbrot aus dem Korb auf dem Tisch. »Ruth Imhofen hat nicht angerufen?«, fragte sie noch einmal.

Willi schüttelte wieder den Kopf. »Was ist denn passiert?«

Clara erzählte es ihm in dürren Worten, ließ ihren K.o.-Schlag dabei aus und auch ihr Gespräch mit Gruber.

»Sie ist abgehauen?«, fragte Willi ungläubig.

Clara nickte kauend. Sie hatte plötzlich riesigen Hunger. Als sie sich suchend nach Rita umdrehte, kam diese bereits auf sie zu, ein großes, gestreiftes Frotteehandtuch in der Hand. Clara bestellte einen Teller Nudeln und rieb sich dankbar die Haare und das Gesicht trocken. Das Handtuch roch nach einem italienischen Waschmittel, Clara erinnerte sich an diesen Geruch, der irgendwie antiseptisch war, ähnlich wie Chlor, und der allen Handtüchern, die sie in Italien jemals in der Hand gehabt hatte, anhaftete. Ließ sich Rita ihre Waschmittel etwa aus Italien schicken? Clara beschloss, sie irgendwann danach zu fragen. Dann widmete sie sich stumm und mit großer Konzentration ihren Nudeln, die Rita in der Zwischenzeit serviert hatte, und lauschte dabei mit einem Ohr Willi und Linda, wie sie sich über Ruths Flucht unterhielten.

Als sie schließlich den Teller auf die Seite schob, merkte sie plötzlich, dass sie genug für heute hatte. Sie wollte nichts mehr von Ruth Imhofen hören. Ruth würde irgendwann zurück ins Haus Maximilian kommen. Wahrscheinlich noch heute Abend. Wo sollte sie auch sonst hin? Clara bezahlte, drückte Willi einen Kuss auf die Wange und verabschiedete sich von Linda. Morgen. Morgen war auch noch ein Tag.

Als sie kurz darauf zu Hause ankam, fiel ihr Blick sofort auf den hektisch blinkenden Anrufbeantworter. War Ruth etwa aufgetaucht? Sie drückte auf den Knopf, um die Nachricht abzuhören, noch während sie ihren feuchten Mantel aufhängte und die Schuhe abstreifte. Doch es war nicht Pater Roman, sondern Mick. Er rief aus dem Pub an, im Hintergrund waren laute Stimmen zu hören. Freunde von ihm seien da und würden ein bisschen Musik machen, ob sie nicht Lust hätte zu kommen?

Ihre erste Reaktion, noch während er sprach, war ein heftiges Kopfschütteln. Nein. Heute sicher nicht mehr.

Es folgte eine Pause und ein kurzes Räuspern, und dann fügte Mick noch hinzu, er würde sich wirklich sehr freuen, wenn sie noch käme. »Bitte komm doch«, bat er am Ende und legte auf, ohne sich zu verabschieden.

Clara starrte nachdenklich den Anrufbeantworter an. Plötzlich schien ihr der Gedanke, nach diesem Katastrophentag noch ein wenig auszugehen, und vor allem die Aussicht, Mick zu treffen, gar nicht mehr so abwegig. Aber Freunde von Mick waren da. Sie krauste die Stirn. Was waren das wohl für Freunde? Sicher alle mindestens zehn Jahre jünger als sie. Wie würden sie sie ansehen? Andererseits, er hatte sie ausdrücklich gebeten zu kommen, also schien es ihm nicht peinlich zu sein, sie ihnen vorzustellen ... Clara seufzte und warf einen Blick in den Spiegel. In jedem Fall war vorher noch eine heiße Dusche fällig.

Kurz nach neun war Clara in Murphy's Pub. Es war nicht so voll wie an den Wochenenden, aber die Bar war gut besetzt, und auch an den Tischen saßen einige Leute. Der Nebenraum, wo sich auch die Bühne befand, war noch so gut wie leer. Ein paar Gestalten in Jeans werkelten an den Boxen herum und stöpselten ihre Instrumente ein. Offenbar Micks Freunde. Clara warf ihnen einen scheelen Blick zu. Einer von ihnen sah aus, als wäre er nicht viel älter als zwanzig, er hätte gut einer der Schulkameraden ihres Sohnes sein können. Die anderen waren schlechter zu schätzen. Einer hatte so kurz rasierte Haare, dass er aussah wie ein Hooligan, war breitschultrig und untersetzt, ein anderer, den sie nur von hinten sah, trug sein glattes, pechschwarzes Haar zu einem Pferdeschwanz zusammengebunden, der ihm über die Hälfte des Rückens hing.

Clara hielt Ausschau nach Mick, und in ihrem Magen machte sich Nervosität breit. Vielleicht hätte sie doch lieber zu Hause bleiben sollen.

Mick kam von der Theke auf sie zu und umarmte sie heftig. »Schön, dass du da bist«, murmelte er in der Nähe ihres Ohres in ihre Haare und zog sie mit sich.

Clara folgte ihm mit einem mulmigen Gefühl. Gleichzeitig merkte sie aber, wie sie mit jedem Schritt Ruth und Johannes Imhofen, Gift-und-Galle-Gruber und das Polizeipräsidium ein kleines Stück hinter sich ließ.

Aus der Nähe besehen, wirkten Micks Freunde nicht mehr ganz so, als könnten sie ihre Söhne sein. Clara schätzte sie auf Ende zwanzig, Anfang dreißig. Sie kamen alle drei aus Micks Heimatstadt Newcastle und hatten einen nordenglischen Akzent, der mit dem Englisch, das Clara kannte, fast nichts mehr gemein hatte. Sie begrüßten sie aufgekratzt und ohne peinliches Zögern. Mick strahlte, und seine Hand schloss sich fester um die ihre. Sie fühlte sich warm und sicher an. Clara atmete tief ein, und sie spürte, wie ihre Augen ein wenig feucht wurden. Gut, dass sie gekommen war.

Sie bestellte sich bei Tami einen Whiskey und setzte sich an einen Tisch in der Ecke, von dem aus sie die Bühne gut im Blick hatte. Mit einem wohlig warmen Gefühl im Bauch lehnte sie sich zurück und sah den Männern zu, wie sie ihre Instrumente stimmten und sich mit Mick unterhielten. Als sie zu spielen begannen, kam Mick und setzte sich zu ihr, ein großes, dunkles Bier in der Hand.

Der Kahlgeschorene, dessen Namen Clara vergessen bzw. gar nicht erst wirklich verstanden hatte, rief ihnen etwas zu. Clara hob verwirrt die Augenbrauen.

»Sie fragen, ob du nicht singen willst«, übersetzte Mick. »Ich hab mächtig mit dir angegeben.«

Clara schüttelte den Kopf. »Vielleicht später.« Sie trank ihr Glas aus und spürte, wie es in ihr zu kribbeln begann. Sie wollte schon, aber sie traute sich nicht.

Nach einer guten halben Stunde winkten Micks Freunde Clara erneut zu und kündigten sie als »special guest« an, und nun fasste sie sich ein Herz und kletterte zögernd auf die Bühne. Unschlüssig nahm sie das Mikrofon und drehte es zwischen ihren Fingern. Ihr Blick fiel auf Mick, der sich gerade eine seiner dünnen, selbstgedrehten Zigaretten anzündete. Die Flamme erleuchtete für einen Augenblick sein Gesicht, und Clara spürte seine Augen auf sie gerichtet.

Plötzlich wusste sie, was sie singen wollte. Es war eines ihrer Lieblingslieder von Janis Joplin, das sie jedes Mal zu Tränen rührte, wenn sie es hörte. Damals, vor vielen, vielen Jahren, hatte sie es bei jedem Auftritt gesungen. Sie flüsterte dem Kahlgeschorenen den Titel zu: *Little Girl Blue.* Er nickte, und als er nach kurzem Zögern die ersten Töne anspielte, war Clara plötzlich weit weg. Murphy's Pub und die Menschen um sie herum verschwanden ebenso wie Ruth Imhofen und all das, was sie an diesem Fall so bedrückte.

Clara hatte das Gefühl, zum ersten Mal seit Tagen wieder durchatmen zu können. Sie schloss die Augen und begann zu singen: »*Sit there and count your little fingers, honey ...*«

Als es zu Ende war und sie die Augen wieder öffnete, war es totenstill im Raum. Niemand klatschte, und alle starrten sie an. Clara spürte, wie die Röte ihren Hals hinaufkroch und ihre Wangen heiß wurden. War es so schrecklich gewesen? Doch plötzlich rief jemand Bravo, und auf dieses Kommando hin begannen die Leute zu applaudieren und zu pfeifen.

Clara zwinkerte erleichtert. Dann kletterte sie rasch hinunter und drängelte sich durch die Zuschauer hindurch zu Mick.

Er saß vor seinem halb leeren Bierglas und sah sie mit einem merkwürdigen Gesichtsausdruck an.

Clara setzte sich mit erhitztem Gesicht. »Was ist los?«, fragte sie. »Fandest du es so schlimm? Ich bin ein wenig aus der Übung …«

Mick schüttelte den Kopf. »Nein, nein, gar nicht, im Gegenteil, es war …« Er verstummte und rieb sich mit der Hand über sein Kinn. Er schien verlegen.

Clara lachte nervös. »Sag schon, sei ehrlich«, forderte sie ihn auf. »Ich kann schon was aushalten.« Sie nahm sich eine Zigarette. Die Band hatte wieder zu spielen begonnen.

Mick sah sie ratlos an: »Es war irgendwie unheimlich«, gestand er dann. »Du warst … ganz jemand anderes. Ich habe eine Gänsehaut bekommen.«

Clara erwachte spät am nächsten Morgen. Die Sonne schien bereits in ihr Schlafzimmer, und Elise gab ungeduldige Winseltöne von sich. Hastig sprang Clara aus dem Bett und schlüpfte in irgendeine Hose und ein Sweatshirt, dann lief sie mit Elise hinunter zur Isar. Es war warm, und die Luft war nach dem gestrigen Regen fast unwirklich klar, wie gewaschen.

Ruth Imhofen fiel ihr erst ein, als sie mit Elise fast schon in Höhe des Deutschen Museums war. Sie blieb abrupt stehen. Pater Roman hatte nicht angerufen. Als sie heute Nacht irgendwann so gegen zwei Uhr nach Hause gekommen war, hatte der Anrufbeantworter nicht geblinkt. Und sie meinte sich zu erinnern, dass es auch heute Morgen noch so gewesen war. Also war Ruth nicht zurückgekommen.Wo konnte sie nur sein? Hatte sie einen Unterschlupf bei jemandem, von dem niemand etwas wusste? Konnte es sein, dass sie doch noch Freunde in der Stadt hatte? Freunde von früher?

Clara runzelte die Stirn. Langsam begann Ruths Verschwinden sie ernsthaft zu beunruhigen. Gestern hatte sie sich geärgert, war besorgt gewesen, gestresst, wütend auf Gruber und wütend auf sich selbst, weil sie Ruth nicht hatte aufhalten können. Aber jetzt, mit ein wenig Abstand, begann sie sich zu fragen, was diese Flucht tatsächlich zu bedeuten hatte. War es nur die Angst vor der verschlossenen Tür gewesen? Die Assoziation mit der weißen Kammer? Oder hatte Gruber womöglich recht, und ihre Flucht war tatsächlich das Eingeständnis ihrer Schuld?

Clara pfiff nach Elise und machte sich nachdenklich auf den Rückweg. Sie musste sich noch einmal in Ruths Zimmer umsehen, vielleicht gab es dort einen Hinweis.

Pater Roman hatte sein Gesicht in den Händen vergraben und rührte sich nicht. Clara schwieg. Sie konnte seine Verzweiflung verstehen, wünschte sich aber, er würde aus seiner Lähmung erwachen und wenigstens versuchen, ihr zu helfen. Er kannte Ruth Imhofen viel besser als Clara, hatte sie begutachtet, mit ihr gearbeitet, sie fast vier Wochen täglich gesehen. Irgendetwas musste er doch wissen, irgendeinen Hinweis musste es doch geben. Ruth hatte kein Geld bei sich gehabt, als sie geflüchtet war, keine EC-Karten, keinen Ausweis, nichts.

Längst hatten sie in allen Krankenhäusern, bei der Bahnhofsmission und sämtlichen anderen ähnlichen Einrichtungen nachgefragt. Sie hatten mit Johannes Imhofens Witwe in Grünwald gesprochen und mit der Nachricht, dass Ruth verschwunden war, einen hochgradigen hysterischen Anfall bei ihr ausgelöst. Sie hatten Britta Lerchenberg angerufen und am Ende aus lauter Verzweiflung sogar in Schloss Hoheneck, obwohl es Clara mehr als abwegig erschien, dass Ruth ausgerechnet dort Unterschlupf gesucht haben sollte.

Selmany hatte seine Genugtuung über Ruths Verschwinden

nicht verbergen können und ihnen scheinheilig viel Glück bei der weiteren Suche gewünscht. »Hoffentlich finden Sie sie, bevor noch etwas passiert«, hatte er am Ende gemeint und eine große Portion vorwurfsvoller Arztbesorgnis in seine salbungsvolle Stimme gelegt.

Clara hatte aufgelegt, ohne etwas zu erwidern. Dieser Mann verursachte bei ihr Brechreiz.

Es war wie verhext: Ruth Imhofen, diese passive, hilflose Person, die doppelt so lange wie jeder andere Mensch zu brauchen schien, um von A nach B zu kommen, hatte sich in Luft aufgelöst. Ohne Geld, ohne Verbindungen, und mit der Polizei auf den Fersen.

Noch war davon nichts zur Presse durchgedrungen, aber das war nur noch eine Frage der Zeit. Sybille Imhofen und Dr. Selmany würden sicherlich dafür sorgen, dass das Recht der Öffentlichkeit auf Information schnellstmöglich befriedigt wurde. Clara mochte sich die Schlagzeilen gar nicht vorstellen.

Und Pater Roman saß mit gekrümmtem Rücken neben ihr, die breiten Schultern nach vorne gebeugt, und starrte teilnahmslos vor sich hin. Er könne ihr nichts sagen, hatte er gemeint, nichts, was weiterhelfen würde. Ruth schien ihm vollkommen allein, vollkommen hilflos und auf sich gestellt gewesen zu sein. Lange noch nicht über dem Berg, was die Nebenwirkungen der verabreichten Psychopharmaka anbelangte, und noch nicht bereit, ein selbständiges Leben zu führen.

Als Clara nachhakte und wissen wollte, was das für Nebenwirkungen seien, hatte er nur die Arme gehoben und etwas von »möglicher Absetzpsychose« gemurmelt.

Clara wollte wissen, ob Ruths merkwürdiges Verhalten in Stresssituationen, dieses monotone Flüstern, vielleicht damit zusammenhing, aber Pater Roman schüttelte den Kopf.

»Nein, das ist eine Eigenart von ihr, eine Art Angewohnheit, es hat nichts mit den Medikamenten zu tun.«

Clara runzelte die Stirn: »Eine Angewohnheit? Mir kam das, ehrlich gesagt, ziemlich krank vor. Es war unheimlich.«

Pater Roman lächelte traurig. »Stellen Sie sich vor, Sie geraten in eine Situation, in der Sie sich vollkommen wehrlos und ausgeliefert fühlen und es keine Hoffnung auf ein Entkommen gibt. Um in so einem Fall überleben zu können, müssen Sie sich eine Strategie zurechtlegen. Sie brauchen eine Waffe gegen ihre Peiniger, eine Waffe gegen die Hoffnungslosigkeit, sonst stehen Sie das nicht durch.«

»Und Ruths Waffe ist dieses Flüstern?«, fragte Clara zweifelnd. »Wozu soll das gut sein?«

»Es gibt eine Menge Beispiele dafür, wie die Sprache, die Erinnerung den Menschen in Extremsituationen geholfen hat zu überleben. Sie haben sich selbst Geschichten erzahlt, Märchen, Lieder, die sie in der Kindheit auswendig gelernt haben. Denken Sie nur an die Schachnovelle. Der Häftling überlebt, indem er mit Brotkrümeln Schachzüge auf seinem Bettbezug nachspielt. Es hilft ihm, nicht verrückt zu werden, seinen Geist zu wappnen und nicht zu zerbrechen.«

Clara sah ihn nachdenklich an. Sie begriff, was er meinte. »Es ist also eine Art Schutzschild für Ruth, eine Mauer, die sie um sich baut.«

Pater Roman nickte. »Und gleichzeitig auch eine Waffe. Sie haben selbst gesagt, wie unheimlich dieses Flüstern auf Sie wirkt. Man hält damit seine Mitmenschen auf Distanz. So gesehen, ist Ruths Flüstern eher das Gegenteil von Krankheit und Schwäche. Es ist ein Zeichen ihrer inneren Stärke, ohne die sie nicht überlebt hätte.«

Clara wünschte, Pater Roman hätte ihr diese Dinge bereits früher erklärt. Es hätte ihr geholfen, Ruth besser zu verstehen. Aber er war selbst viel zu beschäftigt damit gewesen, seine eigenen Probleme vor ihr und dem Rest der Welt zu verstecken. Und jetzt, jetzt war es womöglich bereits zu spät.

Clara stand auf. Sie konnte hier nicht länger untätig herumsitzen. »Ich sehe mir jetzt Ruths Zimmer an«, verkündete sie und ging hinaus.

Pater Roman nickte nur und blieb stumm.

Clara fielen als Erstes die Bilder auf. Bei ihren früheren Besuchen hatte das Zimmer eher steril gewirkt, ein wenig farblos und sehr unpersönlich. Es hatte nichts über die Person preisgegeben, die darin wohnte. Clara hatte vermutet, dass es Ruth nach den Jahren in der Klinik schwerfallen musste, sich selbst wieder als eigenständige Person wahrzunehmen, und sie es verlernt hatte, ihrem eigenen Geschmack und ihren Vorlieben Ausdruck zu verleihen.

Als Clara heute in das Zimmer trat, blieb sie überrascht stehen. Sie war nicht mehr hier gewesen, seit sie Ruth zu dem Spaziergang auf den Südfriedhof abgeholt hatte; gestern hatte Ruth sie unten im Gemeinschaftsraum erwartet. Claras Hoffnung, Ruth mit ihrem Ausflug neue Bilder und damit Anregungen für ihre Malerei zu geben, schien sich erfüllt zu haben. Die ganze Wand über Ruths sorgfältig gemachtem Bett war bedeckt mit Kreidezeichnungen und Aquarellen. Sie zeigten immer die gleichen Motive: den Friedhof, Ruth und Clara, und sie waren beeindruckend: Ruth hatte lebhafte Farben verwendet und kräftige, energische Striche, die Formen teilweise abstrakt, teilweise ziemlich naturgetreu und vollkommen anders als bei den Malversuchen, die Clara vor zwei Tagen gesehen hatte und die Ruth so unglücklich gemacht hatten. Diese Bilder schienen vor Intensität förmlich zu explodieren, sie leuchteten mit einer Kraft, die Clara bei dieser in sich gekehrten Frau niemals vermutet hätte.

Vorsichtig nahm sie eine Zeichnung herunter, die sie selbst zeigte, mit tiefrot glühenden Haaren, züngelnd wie Flammen um ihren Kopf, und aufgerissenen, angstvollen Augen. Clara fröstelte, als sie das Bild betrachtete. Es war, als habe Ruth ihr Innerstes nach außen gestülpt, ihre Angst sichtbar gemacht. Sie drehte es unschlüssig in ihren Händen und schob es dann vorsichtig in die Innentasche ihres Mantels. So genau wollte sie sich gar nicht sehen. Und vor allem wollte sie nicht, dass andere sie so sahen.

Ansonsten fand sich nichts in dem Raum, das Clara irgendeinen Hinweis auf Ruths Verbleib hätte geben können. Nichts im wahrsten Sinne des Wortes. Keine Bücher, keine Fotos, keine Erinnerungen. Im Schrank hingen ein paar abgetragene, altmodische Kleidungsstücke, eine alte Sporttasche lag unter dem Bett, und Kosmetikartikel einer Billigmarke aus dem Drogeriemarkt standen aufgereiht über dem kleinen Waschbecken im angrenzenden Bad, das nicht viel größer war als eine Duschkabine. Auf dem Tisch am Fenster lagen ordentlich verstaut die Farbutensilien, die Clara ihr mitgebracht hatte.

Sie sah sich ratlos um. Konnte es denn sein, dass Ruth ihr neues Leben nach vierundzwanzig Jahren mit so wenig Gepäck begonnen hatte? Plötzlich fiel ihr etwas ein. Etwas, was Britta Lerchenberg am Telefon erwähnt hatte: Der Koffer! Es war Ruths Koffer gewesen, in dem Frau Lerchenberg ihr die Unterlagen ihres Mannes gebracht hatte. Und er hatte ihn Ruth zurückgeben wollen, weil sie häufig danach gefragt hatte. Warum hatte sie ihn haben wollen? Das Wenige, was sie offenbar besaß, passte leicht in die Sporttasche unter dem Bett, und der Koffer schien Clara nicht sehr ansehnlich und auch kaum teuer gewesen zu sein. Konnte es sein, dass sich in dem Koffer noch etwas von Ruth befand? Clara hatte ihn nicht gründlich untersucht, sie hatte nur die Akten herausgenommen und ihn dann in die Ecke gestellt. Ein hässliches Ungetüm, schwer und unförmig. War er nicht ungewöhnlich ausgebeult gewesen? Mehr, als man es von dem kurzen Transport der Akten hätte erwarten können? Clara lief zur Tür. Auf einmal hatte sie es sehr eilig.

Der Koffer war leer. Clara hatte ihn auf dem Fußboden neben ihrem Schreibtisch geöffnet und starrte enttäuscht hinein. Langsam tastete sie sich an dem karierten Innenfutter an der Unterseite des Koffers entlang. Nichts war zu fühlen. Elise, die neben ihr hockte, beäugte sie interessiert. Als Clara sich einen Augenblick ächzend aus ihrer gebückten Haltung aufrichtete, sprang Elise mit einem Satz in den Koffer und gab ein leises, anklagendes Winseln von sich.

Clara schüttelte lächelnd den Kopf. »Ich fahre nicht weg, keine Angst. Und schon gar nicht ohne dich.«

Sie versetzte der Dogge einen Klaps auf ihr Hinterteil, und als das nichts nützte, schob sie sie energisch hinaus. Dann setzte sie ihre Untersuchung im Kofferdeckel fort. Auch hier blieb ihre Suche zunächst vergeblich. Doch als sie ihn schließlich enttäuscht zuklappen wollte, fiel ihr etwas auf: Von der Seite besehen war der Deckel dicker, als er sein sollte. Die Innenwand war zwar glatt und gerade, die Außenwand aus Leder wies jedoch über die ganze Breite des Koffers eine leichte Ausbeulung auf, wie ein leichter Bierbauch. Clara tastete von beiden Seiten mit den Händen an der Ausbeulung entlang, und tatsächlich konnte sie jetzt etwas spüren. Da war etwas. Nichts Sperriges, eher etwas Weiches, das sich in die Wölbung des Kofferdeckels schmiegte und deshalb nicht sofort auffiel. Clara begann, die Ränder des Innenfutters zu untersuchen, und nach kurzer Zeit wurde sie fündig. An der linken oberen Ecke war die Naht aufgetrennt. Die losen Enden waren zwar wieder vernäht worden, jedoch sehr ungeschickt und offensichtlich nicht mit einem dafür geeigneten Werkzeug: Die Einstichlöcher waren groß, so als ob man mit einer Stricknadel oder einem Nagel durch den Stoff gestochen habe.

Clara pulte mit ihren Fingern zwischen den Stichen herum und vergrößerte die Öffnung. Es ging ganz leicht, und bald hatte sie auf diese Weise die ganze Ecke des Stoffes abgelöst.

Es widerstrebte ihr, eine Schere zu Hilfe zu nehmen, sie wollte die Art und Weise nachvollziehen, wie Ruth hier offenbar mit großer Mühe etwas versteckt hatte. Als das Loch groß genug war, griff sie vorsichtig hinein und tastete sich vorwärts. Der Kofferdeckel war auf beiden Seiten mit starker Pappe verstärkt, und dazwischen befand sich ein flacher Hohlraum.

Plötzlich zuckte sie zurück. Ihre Finger hatten etwas Weiches, Nachgiebiges berührt. Es fühlte sich an wie das Fell eines Tieres. Nach einigem Zögern griff sie danach und zog es vorsichtig heraus. Es war ein Hausschuh. Ein rosafarbener Pantoffel aus Plüsch, in dem Papiere steckten. Sie griff noch einmal hinein und zog den zweiten Pantoffel heraus. Auch hier steckte ein dickes Bündel Papier in der Öffnung, die eigentlich für den Fuß gedacht war.

Clara kniete vor ihrem Fund und betrachtete ihn eine ganze Weile, ohne ihn zu berühren. Die Pantoffeln waren alt und ausgetreten, die Farbe stellenweise ins Gelblich-Graue verblichen und an den Fersen abgewetzt. Es war eine kluge Idee von Ruth gewesen, diese Schuhe als Versteck zu benutzen. So wurde verhindert, dass die Papiere in dem Hohlraum des Kofferdeckels knisterten oder hin und her rutschten und womöglich entdeckt würden.

Clara nahm einen der Pantoffeln in die Hand und zog das Bündel heraus. Es waren Briefe. Eine große Menge dünner Briefe, in unterschiedlich großen Umschlägen, teilweise auch ganz ohne Kuverts, nur gefaltet, vergilbt und auf ganz verschiedenem Papier geschrieben. Sie legte sie vorsichtig auf die Seite und zog aus dem anderen Schuh das zweite Bündel heraus. Auch das waren Briefe, doch darunter befand sich noch etwas anderes: ein schmales Büchlein, zerlesen und ebenfalls vergilbt.

Clara musterte es. Es war ein Gedichtband von Rose Ausländer. Sie blätterte ihn durch, las einige der Gedichte, erinnerte sich an manche Sätze. Sie kannte die Dichterin gut, liebte ihre farbige, bildhafte Sprache und hatte selbst ein Buch von ihr zu Hause. Ruths Art zu beschreiben fiel ihr ein, ihre etwas befremdliche Angewohnheit, Dinge durch Farben zu charakterisieren, wo kein anderer Mensch Farben sah. Es schien ihr nur natürlich, dass Ruth diese Dichterin mochte. Aber warum hatte sie das Buch versteckt? Hatte man in der Klinik nicht einmal Bücher erlaubt? Clara konnte sich das kaum vorstellen. Behutsam strich sie über die Seiten. Ruth hatte es schützen wollen. Vor fremden Augen, fremden Fingern. Dieses Buch musste Ruth sehr wichtig gewesen sein.

Als Clara es noch einmal durchblätterte, fiel ihr noch etwas auf. Etwa in der Mitte steckte ein zusammengefaltetes Stück Papier. Sie zog es heraus und faltete es auseinander: Es handelte sich um einen Werbeprospekt für eine Ausstellung in einer Münchner Galerie 1995. Sie legte ihn nachdenklich zurück. Es schien ihr irgendwie von Bedeutung, das Buch, dieser Prospekt, doch sie konnte keine Verbindung herstellen, wusste nicht, auf welche Weise es wichtig sein könnte. Vielleicht kam sie später darauf.

Ihr Blick fiel auf die Briefe. Sie waren entschieden bedeutsam. Clara spürte, wie sie aufgeregt wurde, als sie die beiden dicken Bündel betrachtete. Was würde darin stehen?

Sie zwang sich, sie nicht sofort zu lesen, und nahm stattdessen die Pantoffeln noch einmal zur Hand. Sie waren in einem schlimmen Zustand, viel schlimmer, als bloße Abnutzung es bewirkt haben konnte. Die Sohlen waren aufgerissen und dunkel von jahrelangem Schmutz. Teilweise hing der Füllstoff heraus. Ähnlich sah es auf der Innenseite aus. Auch dort waren Schmutzflecken zu erkennen. Ein paar dunklere, fast schwarze Flecken unterschieden sich von den anderen, sie waren tiefer in den Stoff eingedrungen als der oberflächliche Schmutz, bei dem es sich um Erde oder Ähnliches handelte. Clara vermutete, dass es Blutflecken waren, und sie fröstelte ein wenig. Blutverkrustete Hausschuhe. Was hatte das zu bedeuten?

Clara schob die Hausschuhe zurück in den Koffer. Sie konnte ihren Anblick nicht ertragen. Diese Pantoffeln berührten sie tiefer als alles andere, was sie bisher über Ruths Vergangenheit herausgefunden hatte. Sie spürte, wie sie wütend wurde. Eine heiße, wilde Wut bemächtigte sich ihrer, und sie richtete sich gegen alle und alles. Clara verfluchte den ignoranten Kommissar Gruber, der im Käfig seiner eigenen Erfahrungen gefangen war und nicht einmal den Versuch machte, über den Tellerrand hinauszuschauen, den hilflosen Pater Roman, dem weder sein breiter Rücken noch das Kruzifix an der Wand geholfen hatten, sich von seinen Schuldgefühlen zu lösen, die desinteressierten Vormundschaftsrichter und vor allem aber die Klinik. Sie ballte ihre Hände zu Fäusten und atmete zweimal tief ein und aus. Dann nahm sie die Briefe, vorsichtig, als handle es sich um etwas Zerbrechliches, und schob sie in einen großen braunen Umschlag. Sie brauchte einen Platz, wo sie sie ungestört lesen konnte. Sofort. Auf der Stelle. Und sie wusste auch schon, wo.

Auf dem Friedhof umfing sie die Stille wie ein Freund. Nichts deutete mehr auf ihre Angstattacke vom letzten Mal hin. Sie war allein mit Elise und den wenigen Vögeln um sie herum, die Luft war mild wie seit Tagen nicht mehr, und es roch nach feuchter Erde und Laub. Grün, dachte Clara, und ein Schatten fiel über ihr Gesicht. Genauso würde Ruth sich ausdrücken: Es riecht grün, es riecht nach tiefem Moosgrün, vermischt mit warmem, dunklem Erdbraun. Sie setzte sich auf ihre Bank und zog die Briefe aus dem Umschlag. Vorsichtig blätterte sie sie durch. Kein Name, keine Anschrift verriet den Adressaten. Sie schaute sich den ersten an. Oben in der Ecke stand ein Datum: 13. September 1983. Sie untersuchte die nächsten Briefe. Offenbar waren sie chronologisch geordnet. Bedächtig zündete sie sich eine Zigarette an und begann mit klopfendem Herzen zu lesen:

Mein Geliebter …

Als ein kalter, böiger Wind Clara von ihrem Platz vertrieb, waren fast zwei Stunden vergangen. Zwei Stunden, in denen sie gelesen, innegehalten, weitergelesen und endlose Minuten ins Leere gestarrt hatte.

Sie packte den braunen Umschlag in ihre Tasche, klappte den Mantelkragen nach oben und rief nach Elise. Gemeinsam wanderten sie die Straße zurück in Richtung Kanzlei. Doch auf halber Höhe machte Clara abrupt kehrt und bog stattdessen in eine kleine Seitenstraße ein, die in die entgegengesetzte Richtung führte. Was wollte sie jetzt in der Kanzlei? Sich an den Schreibtisch setzen und Schriftsätze diktieren? Willi oder Linda oder auch nur Rita zu begegnen, war, als müsste sie sich zwingen, aus einer anderen Welt zurückzukehren. Sie fühlte sich außerstande, ein normales Gespräch zu führen. Bereits der Gedanke, ein bekanntes Gesicht zu sehen, erschreckte sie.

Sie ging immer weiter, den Kopf gegen den Wind, der jetzt immer heftiger blies, die Schultern hochgezogen. Vor wenigen Stunden war die Luft noch mild gewesen, und die Sonne hatte geschienen. Unvermittelt waren jedoch schwere gelblich graue Wolken aufgezogen, und es roch scharf und kalt. Schneewind, hätte Claras Großmutter gesagt, geschnuppert und ihren Blick prüfend auf die nahen Berge gerichtet. Clara glaubte nicht, dass es schneien würde, nicht hier in der Stadt. Zumindest hoffte sie es. Es war erst Ende Oktober. Nächste Woche war Allerheiligen.

Sie mochte den Schnee nicht besonders. Der schmutzige, rutschige Matsch auf den Straßen machte sie wütend, und sie hatte immer Mitleid mit Elise, die vom Streusalz wunde Pfoten bekam. Auf dem Land war das anders, dort war der Schnee etwas Schönes. Er deckte hässliche und schöne Dinge gleichermaßen zu und verwandelte die Umgebung in eine fremde Landschaft aus sanften Hügeln und Wellen. An den Wintertagen bei ihrer Großmutter in Starnberg hatte Clara sich immer über die Stille gewundert, die der Schnee brachte. Er schluckte alle Geräusche, sie hatte immer das Gefühl gehabt, er schlucke, sogar ihre Gedanken und mache sie ruhig und friedlich. In der Stadt war das anders. Dort wurde nichts geschluckt. Der Autolärm war lauter durch den Matsch auf den Straßen, und das vielstimmige Kratzen der Schneeschaufeln der Nachbarn am frühen Morgen hatte bei Clara ungefähr dieselbe beruhigende Wirkung wie das kollektive Hochzurren der Rollos in einer dieser spießigen Wohnsiedlungen am Stadtrand mit Handtuchrasen und Grillhäuschen aus dem Baumarkt.

Ihre ruhelose Wanderung durch die Straßen hatte sie in eine Gegend geführt, in der sie noch nie gewesen war. Zumindest nicht wissentlich. Clara mochte es, neue Ecken zu entdecken und sich in ihrer eigenen Stadt fremd zu fühlen. Nach ein paar Metern blieb sie stehen und betrat ein kleines Café. Die Wände waren violett gestrichen, und an der hohen Decke hing ein alter Kronleuchter. Tische und Stühle waren kunterbunt durcheinandergewürfelt und hätten ihrer Schwester Gesine, die sich in Stilfragen für die absolute Instanz hielt, Tränen in die Augen getrieben. Clara gefiel es, und ihr gefielen auch die Gäste, die hier Zeitung lesend und Kaffee trinkend an den Nierentischen saßen und so aussahen, als ließen sie sich von den Umtrieben dieser Welt nicht so schnell aus der Ruhe bringen.

Clara setzte sich an einen Tisch am Fenster, bestellte »echten Filterkaffee« und zwei »frische Butterbrote mit Honig«, etwas, das sie noch nie auf der Speisekarte eines Cafés gefunden hatte, und kraulte Elise hinter den Ohren. Draußen begann es zu regnen. Der Kellner, ein dicker junger Mann mit Stirnglatze und einer mehrfach gepiercten Augenbraue, brachte Kaffee in einer kleinen Kanne und zwei dicke Scheiben Schwarzbrot, üppig mit Butter und gelbem Honig bestrichen. Clara lief das Wasser im Mund zusammen. Im Hintergrund ertönte leise Musik. Eine Opernarie, um genau zu sein. Clara identifizierte nach einigem Zögern Rolando Villazon, den sie, obwohl ihr die klassische Musik trotz oder gerade wegen der Anstrengungen ihrer klassikbegeisterten Familie, ihr diese nahezubringen, immer fremd geblieben war, gerne hörte und von dem sie sogar einige CDs besaß.

Mit einem ausgesprochen wohligen Zufriedenheitsgefühl ausreichend gewappnet, zog sie schließlich wieder den braunen Umschlag aus ihrer Tasche und fuhr fort, Ruths Briefe zu lesen.

Endlich hielt sie den letzten Brief in den Händen. Ihre von Honigbrot und Villazon herrührende Gelassenheit war durch die Lektüre mehrfach ins Wanken geraten, und sie hatte zwischendurch immer wieder aufhören müssen. Ein paarmal waren ihr beim Lesen die Tränen gekommen. Inzwischen hatte sie jedoch eine fiebrige Erregung erfasst. Die Briefe waren unklar, oft verwirrend und enthielten so gut wie keine konkret verwendbaren Informationen. Doch mit dem, was Clara bereits wusste, ergaben sie ein ziemlich klares Bild von dem, was Ruth erlebt hatte, und sie würden auch vor Gericht einen starken Eindruck hinterlassen.

Mehr als die Aussicht, mit diesen Briefen die Klinik in die Bredouille bringen zu können, beschäftigten Clara aber die Fragen, die sie aufwarfen: Wenn es ihr gelingen sollte, die dazugehörigen Antworten zu finden, dann würde sie nicht nur Klarheit über Ruths Verschwinden haben, sondern auch darüber, was an dem Sonntag, an dem Johannes Imhofen starb, tatsächlich passiert war.

Clara hätte nicht sagen können, was sie zu dieser Überzeugung gelangen ließ. Die Briefe waren alt, sie endeten bereits 1984 mit diesem letzten Brief in ihren Händen, den sie noch lesen musste, also bereits knapp ein Jahr nach Ruths Einlieferung in Schloss Hoheneck. Was könnten sie für einen Hinweis auf diesen Mord fast ein Vierteljahrhundert später geben? Gruber hätte sie ausgelacht, doch Clara war sich sicher: Diese Tat hing mit Ruths Vergangenheit zusammen, sie war viel enger mit jenem Ereignis verbunden, das damals zu Ruths Einweisung geführt hatte, als sie immer gedacht hatte. Und es war ihr auch klar, was das bedeutete: Womöglich hatte Gruber von Anfang an recht gehabt, und Ruth war tatsächlich die Täterin.

Noch auf dem Friedhof, während sie die ersten Briefe gelesen hatte, war ihr dieser Gedanke gekommen. Zum ersten Mal wirklich in aller Deutlichkeit und Konsequenz, und sie war ehrlich genug, diesen Gedanken nicht auf die Seite zu schieben. Erstaunlicherweise erschreckte sie diese Möglichkeit sehr viel weniger, als sie befürchtet hatte. Fast schien es ihr folgerichtig zu sein, selbst wenn sie noch gar nicht wusste, weshalb. Der erste Brief hatte sie diese Möglichkeit bereits ahnen lassen. Darin war Ruth noch so zuversichtlich und voller Vertrauen gewesen. Voller Vertrauen in jemand, der, dessen war sich Clara sicher, ihr Bruder sein musste, ihr großer Bruder, der sich um sie gekümmert hatte in den Jahren, nachdem die Eltern gestorben waren. Er würde alles richten, alles würde wieder gut werden.

Doch die Hoffnung hatte sich nicht erfüllt. Weshalb nicht? Weshalb hatte ihr Bruder ihr nicht geholfen? Weil sie getötet hatte? Ruth sprach von Schuld in diesem Brief. War ihre Schuld so groß gewesen, dass sie zum endgültigen Bruch mit ihrem Bruder geführt hatte? Und wie hatte Ruth empfunden, als klar wurde, dass ihre Hoffnung sich nicht erfüllen würde?

Clara dachte an Sybille Imhofen und deren fast panikartige

Reaktion, als sie ihr von Ruths Verschwinden erzählt hatten. Sie hatte Angst vor Ruth, Angst vor einer Frau, die so lange eingesperrt gewesen war. Einer Frau, die wohl kaum mehr als 50 Kilo wog und den Eindruck erweckte, als könne sie keiner Fliege etwas zuleide tun.

Unwillkürlich fasste sich Clara an ihren Kopf, wo eine schmerzhafte Beule sie an Ruths Flucht aus dem Polizeipräsidium erinnerte. Ganz so harmlos, wie sie wirkte, war Ruth ganz offensichtlich nicht. Und ganz sicher nicht so hilflos. Immerhin hatte sie bislang sowohl die Polizei als auch Clara, die geglaubt hatte, Ruth Imhofen stehe ganz allein auf der Welt, an der Nase herumgeführt. Sie musste jemanden kennen, jemanden haben, der sie aufgenommen hatte, der sie vor der Polizei versteckt hielt ...

Womöglich war dieser Jemand der *Geliebte*, an den Ruth all diese Briefe gerichtet hatte. Sie zweifelte keinen Augenblick daran, dass dieser Geliebte eine reale Person war und nicht eine der Überlebensstrategien, von denen Pater Roman gesprochen hatte. Ein Mann, den Ruth geliebt hatte und der doch nirgendwo in Erscheinung getreten war. In keiner Akte, nirgends hatte sie einen Hinweis darauf gefunden, dass Ruth neben dem getöteten Udo Reimers noch eine Beziehung mit einem anderen Mann gehabt hatte.

Wer war dieser *Geliebte*? Hatten sie sich wiedergetroffen? Nach so langer Zeit? Und weshalb hatte man von diesem Mann vorher nichts gehört, weshalb hatte er Ruth kein einziges Mal in Schloss Hoheneck besucht? Sie musste ihn ausfindig machen. Er war der Schlüssel. Er würde sie zu Ruth führen.

Clara bestellte sich noch einen Kaffee und zog den letzten Brief aus dem Umschlag. Er war länger als die vorherigen Briefe, die mitunter nichts als ein paar hingekritzelte Zeilen, kaum mehr als Tagebuchnotizen gewesen waren, aber die Anrede war dieselbe: »*Mein Geliebter* …« Doch schon beim ersten Satz stutzte sie. Anders als die anderen begann dieser Brief mit einer sehr konkreten Aussage, und Clara spürte, wie ihre Erregung wuchs:

Mein Geliebter,
heute bin ich geflohen. Ich habe es nicht glauben wollen. Ich habe es nicht verstehen wollen: Es gibt mich nicht mehr… bald werde ich wie Maja sein, so wie sie heute Morgen von der Decke hing, eine leere Hülle mit Augen aus Glas. Und mit nackten Füßen, so nackt wie meine jetzt sind.
Es ist für immer. Es gibt nichts mehr. Kein draußen. Es gibt nur noch ein Innen. Ein leeres Innen. Es gibt nichts mehr, womit ich es füllen könnte. Als ich Maja heute Morgen gesehen habe, bin ich weggegangen. Niemand hat mich aufgehalten. Sie waren zu sehr mit dem beschäftigt, was von Maja übrig geblieben war. Hinaus über das Krähenfeld bin ich gelaufen. Durch die leeren Ackerfurchen. Die Vögel haben mich dabei beobachtet, wie ich gerannt und gestolpert bin, mit meinen rosaroten Hausschuhen. Mit einem Auge, immer nur mit einem Auge haben sie mich fixiert. Sie sind schwarz, ohne Tiefe und ohne Schatten. Wie Tintenflecken auf dem Feld. Sie hüpften um mich herum, im sicheren Abstand, aber nie zu weit weg. Sogar ihr Krächzen ist schwarz. Schwarz wie Ruß, es bleibt an den Fingern kleben, dröhnt in meinen Ohren. Das Krächzen, immerzu. Es hängt über mir am bleischweren Himmel. Ihr Hohngelächter, ihr Spott, ihr Spaß daran, mir zuzusehen. Meine Füße bluten, die rote Farbe sickert durch die Schmutzkruste. Ich werfe die nutzlosen Hausschuhe nach den Krähen. Sie hüpfen, flattern, lachen sich tot.
Die Polizisten unten am Ende des Krähenfeldes starren mich an. Sie starren auf meine Füße, und da wird mir klar, dass ich meine Hausschuhe nicht hätte wegwerfen dürfen. Sie glau-

ben niemandem, der im November mit nackten Füßen herumläuft. Ich versuche es trotzdem. Beginne ihnen von Maja zu erzählen, von ihren erloschenen Augen und von der weißen Kammer. Versuche, meine Gedanken in Wörter einzuwickeln, die die beiden verstehen können. Ruhige, vernünftige Wörter. Ich wickle sorgfältig, ein Wort nach dem anderen. Es klingt gut. Sie starren mich an, und dann beginnt einer zu telefonieren. Immer wieder sehen sie auf meine Füße. Ich versuche, sie zu verstecken, stülpe die Jogginghose darüber. Die Zehen sind blutig, das ist kein schöner Anblick. Ich kann ihre Blicke verstehen. Warum nur habe ich die Hausschuhe nicht anbehalten? Dann würden sie mir jetzt zuhören, sie würden mich in ein Auto setzen und wegbringen, weg von hier. Weit weg. Sie würden sich alles genau aufschreiben und den Kopf schütteln und sagen: »Unglaublich, einfach unglaublich, was Ihnen widerfahren ist.« Und dann würde eines ihrer Autos mit Blaulicht und Sirene hinauffahren auf den Berg, und sie würden die Schneekönigin verhaften. Ich kann es sehen, in meinem Kopf, ganz genau, kann sehen, wie sie sie abführen, in Handschellen, und ihr Papierlächeln hängt herunter, es ist schlecht angeklebt, sie verliert es auf dem Weg zum Auto, und der Wind trägt es fort, hinauf zu den Krähen. Sie kreisen um den Fetzen Papier in der Luft, kreisen und krächzen und Maja und all die anderen mit ihnen …
Sie bringen mich zurück. Am Eingang die Schneekönigin. Sie hält etwas in ihren Händen. Etwas Rosafarbenes. Meine Hausschuhe. Es gibt nichts mehr, mein Geliebter. Nur noch ein Innen. Und ich habe nichts mehr, womit ich es füllen könnte.

Erschüttert ließ Clara den Brief sinken. Es war ein Abschiedsbrief. Ein Abschiedsbrief an die Welt da draußen, die sie nicht mehr haben wollte, die kein Interesse an ihr hatte. Mit diesem Brief hatte Ruth Abschied genommen von der Hoffnung, alles das würde sich als Irrtum erweisen, von der Hoffnung, der Albtraum würde für sie irgendwann ein Ende nehmen.

Claras Hände zitterten, als sie den Brief zusammenfaltete und ungeschickt zurück in das Kuvert steckte. Die blutverschmierten Pantoffeln fielen ihr ein, in denen diese Briefe gesteckt hatten, und sie konnte die Tränen nicht mehr zurückhalten. Bestürzt hielt sie sich die Hände vor den Mund und starrte mit feuchten Augen nach draußen. Es hatte tatsächlich zu schneien begonnen. Mehr Regen als Schnee, dicke nasse Flocken, die schmolzen, sobald sie auf den feuchten Asphalt trafen.

Nach endlosen Minuten, in denen Clara versuchte, sich zu sammeln, winkte sie dem Kellner und bestellte sich einen Whisky. Irgendeinen, ganz egal welchen, Hauptsache pur und ohne Eis.

Sie sah dem Kellner nach, wie er davoneilte. Vor den aufgereihten Flaschen hinter der Bar blieb er stehen, musterte die Etiketten und griff dann nach einer schlanken, halbvollen Flasche.

Clara wandte den Blick ab, holte ihren Notizblock aus der Tasche und notierte:

Schneekönigin = Agnes Thiele?
Maja = ? (Selbstmord?)
Geliebter = ??? !!!

Danach kippte sie den Whisky, den der junge Mann ihr gebracht hatte, in einem Zug, und die rauchige Schärfe des Alkohols trieb ihr erneut die Tränen in die Augen. Langsam packte sie ihre Sachen zusammen, bezahlte und ging.

An der Schwelle blieb Elise ruckartig stehen, schnupperte und warf dann Clara einen vorwurfsvollen Blick zu, als wäre sie für das Mistwetter verantwortlich.

Clara tätschelte ihrem Hund die Flanken. »Tut mir leid, Dicke, aber da müssen wir jetzt raus.«

Elise drehte sich um, schnaufte und wollte in das Lokal zurückzukehren.

»Stopp!« Clara bekam sie am Halsband zu fassen und klinkte ihre Leine ein.

Elise ließ sich theatralisch auf den Boden fallen und vergrub die Schnauze unter ihren dicken Pfoten. Wie ein überdimensionierter Kartoffelsack lag sie quer im Vorraum des Lokals und schien dort bleiben zu wollen.

Unsanft versuchte Clara, sie hochzuhieven, doch außer dass sie der Dogge das Halsband fast über die Ohren zog, erzielte sie damit keinen nennenswerten Erfolg. »Jetzt hab dich doch nicht so!«, schimpfte sie. »Wir fahren mit der U-Bahn.«

Elise reagierte mit einem Grunzen und einem ungerührten Blick aus ihren blutunterlaufenen Augen und bewegte sich keinen Millimeter.

Clara schlug einen schärferen Ton an: »Steh auf, sofort!«, zischte sie zornig. Aus dem Augenwinkel sah sie, wie der junge Kellner ihnen einen belustigten Blick zuwarf, und spürte, wie sie rot wurde. »Wirst du jetzt …«, begann sie und zog mit einem Ruck an der Leine, doch Elise bewegte sich nicht. Ratlos ließ Clara die Arme sinken. »Was bist du nur für ein verdammt stures Weib«, murmelte sie, dann ließ sie die Leine los, kletterte über den Körper ihres Hundes und ging zurück in das Lokal.

Endlich hob Elise den Kopf.

Clara blieb stehen und machte eine auffordernde Handbewegung: »Na, was ist jetzt? Zufrieden?«

Zusammen mit ihrem Hund stolzierte sie zurück zu dem Platz, von dem sie gerade aufgestanden war. Im Vorübergehen bestellte sie beim Kellner, der sie verwundert musterte, eine zweite Portion Butterbrote.

Als Clara und Elise in die Kanzlei zurückkehrten, war es bereits dunkel. Sie sperrte auf, lief zu ihrem Schreibtisch und packte Ruths Akten in ihre Tasche. Auf dem Monitor ihres PC prangte ein großer pinkfarbener Post-it-Zettel: *Rechtsanwaltskammer hat zweimal angerufen, sie sind stinksauer!!! Linda.*

Clara verzog das Gesicht. Richtig, Linda hatte gestern Abend etwas erwähnt von einem Termin mit dem Fuzzi von der Kammer, wegen der Strafanzeigen, die gegen sie liefen. Das hatte sie vollkommen verschwitzt. Oder möglicherweise auch verdrängt. Na, sie würden ihr schon nicht gleich die Zulassung entziehen. Hoffte sie jedenfalls. Im Moment gab es jedenfalls Wichtigeres zu tun. Sie klemmte sich ihre schwere Tasche unter den Arm und machte sich auf den Heimweg.

Wer war Ruth Imhofens Geliebter? An dieser Frage hakten sich Claras Gedanken fest, darum drehte sich alles.

Sie blätterte die alte Strafakte von 1983 noch einmal durch. Sorgfältig las sie Seite für Seite. Johannes Imhofens Zeugenaussage, den Bericht der Polizei, die wenigen Angaben der Partygäste. Niemandem war etwas aufgefallen, alle waren früher gegangen, waren zu betrunken, zu vollgedröhnt, zu sehr mit sich selbst beschäftigt gewesen, um etwas Genaueres mitbekommen zu haben. Es hatte Streit gegeben zwischen Ruth und Udo, meinte eine Zeugin, eine junge Frau namens Lio, deren eigentlicher Name Lieselotte Winter lautete. Sie glaubte sich zu erinnern, dass Udo uneingeladen zu der Party gekommen war und Ruth deshalb »Stress gemacht habe«. Die Vernehmung der Zeugen war kurz und wenig ergiebig. Die Beamten hatten sich keine große Mühe gegeben, den genauen Verlauf des Abends zu rekonstruieren, nachdem sie die Aussage von Johannes Imhofen und das Geständnis von Ruth hatten.

Clara notierte die Adresse von Lio Winter und blätterte weiter. Sie würde versuchen, die Frau zu finden. Vielleicht hatte sie nicht geheiratet. Vielleicht wohnte sie noch in München. So viele *Vielleicht*, aber vielleicht hatte sie ja auch Glück?

Am nächsten Morgen war der Schnee von gestern nur noch ein böser Traum. Clara lief durch die regennassen Straßen zur Kanzlei, genehmigte sich unterwegs bei Rita einen schnellen Cappuccino und saß um neun schon am Schreibtisch.

Lieselotte Winter. Es gab drei Frauen mit diesem Namen im Münchner Telefonbuch, jedoch keine unter der Adresse von damals, sowie ein Eintrag *L. Winter* ohne Adresse und eine *Lilo Winter-Askarova*. Clara fing mit den Lieselottes an. Beim ersten Anschluss meldete sich niemand, beim zweiten Versuch traf sie auf eine schwerhörige Dame, die nach mehreren Anläufen endlich zur Antwort gab, sie sei dreiundachtzig und kaufe nichts. Clara strich den Namen auf ihrer Liste. Die Frau, die sie suchte, war nach den Angaben in der Akte heute neunundvierzig Jahre. Was allerdings bedeutete, dass sie um diese Uhrzeit auch in der Arbeit sein konnte. Clara seufzte und wählte die nächste Nummer. Ein Mann meldete sich und meinte, seine Frau sei vor vier Jahren gestorben, Schlaganfall, mit neunundsechzig. Clara entschuldigte sich und legte auf. Lilo Winter-Askarova entpuppte sich als junge Frau, die mit russischem Akzent sprach und angab, sie lebe erst seit drei Jahren in München.

Blieb nur noch L. Winter und die Nummer, bei der sich niemand gemeldet hatte. Clara wählte und hoffte inständig, L. würde sich nicht als Ludwig oder Leonhard entpuppen. Als sich eine Frauenstimme meldete, fragte Clara nach: »Lieselotte Winter?«, und die Frau bejahte, kühles Misstrauen in der Stimme. Clara hielt die Luft an. Der Stimme nach war es das richtige Alter. Sie begann mit ihrer Erklärung, und noch während sie sprach, hatte sie das Gefühl, sie habe ihr Ziel gefunden.

Die Frau am anderen Ende blieb still, unterbrach Clara

kein einziges Mal, und als Clara geendet hatte, fragte sie nach kurzem Zögern: »Wie war noch mal Ihr Name?«

Als Clara ihn ihr sagte, meinte die Frau nach einigen Augenblicken des Schweigens: »Das alles ist lange her, ich weiß nicht, ob ich Ihnen weiterhelfen kann.«

»Können wir uns treffen?«, bat Clara. »Nur für eine halbe Stunde, es dauert sicher nicht länger.«

Wieder zögerte die Frau, und Clara hatte schon Angst, sie würde einfach auflegen, doch dann sagte sie: »Na gut. Können Sie vorbeikommen? Ich bin nicht so gut zu Fuß.«

Als Frau Winter Clara die Adresse nannte, staunte diese: Es war die alte Anschrift aus der Akte. Lieselotte Winter war offenbar nie umgezogen.

Das Haus, in dem Frau Winter wohnte, war alt und heruntergekommen. Clara, die Elise vorsichtshalber in Willis Obhut gelassen hatte, stieg schnaufend die Treppe hinauf bis in den vierten Stock. Das Treppenhaus war dunkel und muffig. Die Wände waren bis auf halber Höhe mit einer Schmutz abweisenden, dunkelbraunen Farbe zugekleistert, darüber befand sich eine Tapete in verblichenem Spinatgrün, die sicher schon dort geklebt hatte, als Lieselotte Winter eingezogen war. Je höher Clara kam, desto strenger wurde der Geruch. Katzen, tippte Clara und rümpfte die Nase. Als sie klingelte, hörte sie hinter der Tür ein Maunzen und schickte ein Dankgebet zum Himmel, dass Elise nicht dabei war. Beim Anblick dieser gewandten Leisetreter fiel es ihrem Hund mitunter schwer, sich zu beherrschen, und wenn Clara nicht höllisch aufpasste, litten in der Folge nicht nur die Katzenbesitzer, sondern auch deren Wohnungseinrichtung erheblich.

Die Frau, die Clara öffnete, saß im Rollstuhl. Sie hatte schwarzes, in der Mitte gescheiteltes Haar, zu einem Knoten aufgesteckt, und ein strenges Gesicht, das Clara vage an ihre alte Klavierlehrerin erinnerte. Auf ihrem Schoß lag zusammengerollt eine dünne, fahlbraune Katze und schlief. Auch die Katze, die hinter der Tür gemaunzt hatte, war beige-braun, mit spitzen Ohren, einem spitzen Gesicht und tückischen Augen. Clara atmete tief ein und in Gedanken an Elise mit einem Seufzer der Erleichterung wieder aus. Siamkatzen! Im Gegensatz zu ihrem Hund hatte sie grundsätzlich nichts gegen Katzen. Weiche, anschmiegsame Hauskatzen, getigert, gefleckt, schnurrend um die Beine streichend, mochte sie sogar. Aber keine Siamkatzen. Bei dieser Gattung waren sie und ihr Hund sich vollkommen einig: Einer Siamkatze war nicht zu trauen.

Clara reichte Frau Winter vorsichtig die Hand, in der Erwartung, dass sich jeden Moment spitze Krallen in ihren Unterarm versenken würden. Doch die Katze auf Lieselotte Winters Schoß rührte sich nicht. Geschickt wendete die Frau ihren Rollstuhl und fuhr den kleinen Flur entlang.

Clara folgte ihr neugierig. Nach dem ersten Eindruck des Hauses hatte sie eine muffige, schäbige Wohnung voller verwahrloster Katzen erwartet, doch sie hatte sich getäuscht. Mit Ausnahme mehrerer Katzentoiletten im Flur, die für den Geruch verantwortlich waren, machte die kleine Wohnung einen gepflegten Eindruck. Eine winzige Küche zur Linken, auf dem Fußboden mindestens fünf pieksaubere Futterschüsseln, auf dem Fensterbrett eine weitere dünne, schlitzäugige Katze, die Clara im Vorbeigehen nur aus dem Augenwinkel wahrnahm. Liselotte Winter führte sie in ihr Wohnzimmer, und Clara blieb überrascht stehen. Der Raum war größer als erwartet, mit einer Dachschräge und an der linken Front ein riesiges, rundes Fenster mit spiralförmigen Sprossen. Clara machte einen Schritt darauf zu und warf einen Blick hinunter. Man sah die Straße, von der sie gekommen war, die Dächer des Viertels und in der Ferne den Nymphenburger Schlosspark mit seinen Kanälen.

»Wie schön«, meinte Clara beeindruckt. Manchmal sah man solche Fenster von der Straße und fragte sich, wer in solchen Wohnungen wohl wohnte.

Frau Winter stellte sich neben sie. »Ja, das kann man wohl sagen.« Ihre Stimme war ein wenig heiser.

Clara warf einen Blick auf Frau Winters regungslose Beine und fragte sich, wie es ihr bei diesem Treppenhaus und ohne Aufzug wohl gelang, die Wohnung je zu verlassen.

Die Frau war Claras Blick gefolgt, und als hätte sie ihre Gedanken gelesen, meinte sie gleichmütig: »Als ich hier eingezogen bin, sagte ich mir, aus dieser wunderbaren Wohnung müssen sie mich schon raustragen. Nun, mein Wunsch ist in Erfüllung gegangen.«

Betroffen wandte Clara den Blick vom Fenster ab. Der grandiose Ausblick kam ihr plötzlich gemein vor, voller Spott und Ironie: Für Frau Winter war dieser Ort ein Gefängnis. Mit schöner Aussicht, aber trotzdem ein Gefängnis. Clara sah sich im Raum um. Er war fast leer, rollstuhltauglich ohne Schwellen und Teppiche, aber trotzdem wohnlich mit einem tiefen Sofa, einem Esstisch und vier Stühlen und einer Menge Bilder an den Wänden.

Während Clara auf die Bilder zuging, bemerkte sie mindestens noch zwei Katzen, die sie mit schmalen Augen betrachteten. Eine saß auf einem kleinen Sekretär in der Ecke, die andere auf der Rückenlehne des Sofas.

»Gefallen Ihnen meine Bilder?«, fragte Frau Winter in die Stille hinein, und Clara wandte sich zu ihr um.

»Die haben Sie gemalt?«, fragte sie erstaunt und ein wenig verlegen. Erst jetzt bemerkte sie die Staffelei neben dem Panoramafenster. Plötzlich erschien es ihr so logisch: Ruths Freundin, von damals. Eine Malerin wie sie selbst.

Sie setzten sich an den Tisch. Eine Glaskanne mit Tee stand auf einem Stövchen, dazu zwei Tassen, Kekse, Zucker, Milch.

Frau Winter goss den Tee ein und sah Clara dann abwartend an. »Sie wollten etwas über Ruth Imhofen wissen?«

Clara nippte von dem heißen Getränk und nickte. »Wie ich schon am Telefon sagte, sie ist meine Mandantin.« Nach einigem Zögern fügte sie hinzu: »Und außerdem ist sie verschwunden.«

Lieselotte Winter zuckte mit keiner Wimper. »Ich weiß«, sagte sie ruhig. Als sie Claras erstaunten Blick sah, überzog ein Lächeln ihr Gesicht. »Das stand heute Morgen in der Zeitung.«

Clara spürte, wie sie rot wurde. Sie hatte die Zeitungen von heute noch gar nicht gelesen. »Nicht sehr schmeichelhaft, was da drin steht, vermute ich.«

Lieselotte Winter schüttelte den Kopf, noch immer lächelnd. »Nein, kann man nicht sagen.«

Clara räusperte sich und versuchte, eine Überleitung in die Vergangenheit zu finden, zu jenem Abend vor vierundzwanzig Jahren. »Waren Sie gut befreundet?«, begann sie schließlich und goss sich noch ein wenig Milch in den Tee.

Die Frau zuckte mit den Schultern, und ihr Lächeln verschwand. »Ach Gott, was heißt befreundet? Das war eine verrückte Zeit damals. Wir waren alle verrückt, und Ruth war die schlimmste von uns allen.«

»Würden Sie sagen, sie war krank?«, wollte Clara wissen.

Liselotte Winter maß sie mit einem langen Blick. »Ich würde sagen, sie war sehr talentiert. Vielleicht zu sehr.«

»Hat es Sie nicht gewundert, dass sie nach dem Tod von Udo Reimers in eine Klinik anstatt ins Gefängnis kam?«, hakte Clara nach.

Die Frage war Frau Winter sichtlich unangenehm. Ihr Gesicht verdüsterte sich, und sie streichelte die Katze so heftig, dass diese mit einem beleidigten Maunzen von ihrem Schoß heruntersprang. »Warum interessiert Sie das? Was hat das mit heute zu tun?«, gab sie unwillig zurück, und als Clara nicht antwortete, meinte sie nach einer Weile seufzend: »Ich weiß, wir hätten uns da nicht raushalten sollen, jetzt weiß ich das. Aber damals ... wir waren alle so jung. Es hat mich schockiert, als ich gehört habe, was in dieser Nacht passiert ist. Es hat mir Angst gemacht. Ich wollte nichts damit zu tun haben ...« Sie hob die Hände zu einer hilflosen Geste. »Und dann ist das auch mit meinem Unfall passiert, mein Freund und ich sind mit dem Motorrad gestürzt, kein halbes Jahr später war das, und ich hatte plötzlich ganz andere Sorgen ...«

»Niemand macht Ihnen einen Vorwurf«, sagte Clara, doch während sie es sagte, spürte sie, dass es nicht stimmte. Es machte sie wütend. Warum hatte sich, verdammt noch mal, niemand für Ruths Schicksal interessiert?

Clara fragte sich plötzlich, wie es wäre, wenn sie aus irgendeinem Grund in eine Klinik wie Schloss Hoheneck käme. Bei ihr wäre es anders. Sie wäre nicht allein. Sie hätte ihre Familie und Willi und natürlich Mick, und alle würden versuchen, ihr zu helfen, sie würden sie besuchen ... Ganz sicher. Aber wie lange? Ein paar Monate? Ein Jahr? Sie spürte, wie sie zu zweifeln begann, und schob diese beunruhigenden Gedanken rasch auf die Seite. Das konnte man nicht miteinander vergleichen. In keiner Weise.

»Aber Ruths Geliebter? Warum hat er sich denn nicht für sie eingesetzt?«, wollte Clara wissen.

»Ihr *Geliebter*? Sie meinen Pablo?« Lieselotte Winter schüttelte den Kopf und nahm etwas aus dem Regal neben sich. Einen Aschenbecher und ein langes schwarzes Ding, das wie eine Pfeife aussah. »Stört es Sie, wenn ich rauche?«, fragte sie und begann schon, mit der Pfeife zu hantieren.

Clara schüttelte den Kopf. »Ich rauche selbst.«

Lieselotte Winter machte eine einladende Handbewegung. »Nur zu.«

Doch Clara stand jetzt nicht der Sinn nach einer Rauchpause. Es gab einen Namen. Sie musste ihn festhalten. »Pablo?«, fragte sie nach. »War das Ruths Freund?«

Lieselotte Winter nickte. »Nicht offiziell anfangs. Sie haben es geheim gehalten. Mehr recht als schlecht. Wegen Udo.«

»Udo Reimers«, ordnete Clara die Information ein, um keine Missverständnisse aufkommen zu lassen. »War er eifersüchtig?«

»Ach Gott, der Udo, der war nicht einmal wirklich Ruths Freund. Das hätte er gern gehabt. Sie hat ein paarmal mit ihm rumgemacht, wie das eben so war ...« Sie zündete sich ihre Pfeife an und nahm einen bedächtigen Zug.

Clara betrachtete sie fasziniert. Sie hatte noch nie eine Frau Pfeife rauchen sehen. Sie hatte auch noch nie so eine Pfeife gesehen. Sie war lang und gebogen, mit einem dünnen Hals und einem kleinen schwarzen Kopf. Es sah sehr elegant aus.

Ein süßlicher Geruch breitete sich aus, der Clara bekannt vorkam. Sie schnupperte verstohlen. Das konnte doch nicht wahr sein. »Ist das, was Sie da rauchen ...äh...« Sie zögerte, doch die Frau nickte.

»Richtig erkannt. Haschisch. Sind Sie jetzt schockiert?«

Clara schüttelte den Kopf. »Nein ... also, ... ich weiß nicht«, gab sie ein wenig hilflos zurück. »Na ja, vielleicht ... etwas ... äh, verwundert?«

Sie spürte, wie sie verlegen wurde. Hastig nahm sie sich eine von ihren eigenen, bodenständigen Zigaretten.

Frau Winter lachte und schob ihr den Aschenbecher hin. »Das hat rein medizinische Gründe, glauben Sie mir. Es ist das beste Mittel gegen die ständigen Schmerzen. Und mein Lieferant ist sehr diskret.«

Clara nickte leicht benommen. Sie wusste nicht, was sie erwartet hatte, als sie Lieselotte Winter aufsuchte, aber sicher keine siamkatzenliebende, haschischrauchende Malerin im

Rollstuhl in einer Wohnung mit der besten Aussicht von ganz München.

Sie versuchte, den Faden ihres Gesprächs wieder zu finden. »Also hatten Udo Reimers und Ruth gar keine feste Beziehung, wie es die Zeitungen geschrieben haben?«

»Ach, was die so alles schreiben! Der Udo war ein Milchbubi, so ein quengeliges Muttersöhnchen, der sich die Haare wachsen ließ und ein bisschen auf Politik und Friedensbewegung machte. Das war doch nichts für Ruth.«

»Und Pablo?« Clara spürte, wie ihr Magen sich aufgeregt zusammenzog.

»Pablo, ja der, der war schon ein anderes Kaliber.« Lieselotte Winter bekam einen verträumten Gesichtsausdruck. »Auf den wäre ich selber scharf gewesen, aber gegen Ruth hatte ich keine Chance.« Sie sagte es gleichmütig, ohne Bitterkeit.

»Was ist mit ihm geschehen? Warum taucht er in den Akten nirgends auf?«, fragte Clara.

Lieselotte Winter strich sich über ihre Stirn und die glatten Haare und schloss für einen Augenblick die Augen. »Keine Ahnung. Ich weiß nur, dass er und Ruth sich den ganzen Abend gestritten haben. Ich bin früher gegangen. Kann gut sein, dass er auch irgendwann abgehauen ist, und am nächsten Tag musste er ja dann weg …«

Clara unterbrach sie erstaunt: »Pablo war also auch auf dieser Party?«

»Ja, natürlich! Es war doch sein Abschiedsfest! Ruth hatte es für ihn organisiert. Darum war es ja auch so bescheuert, als wieder dieser Udo auftauchte!«

Clara starrte sie an. »Abschiedsfest? Davon weiß ich gar nichts, in den Akten stand nichts davon, kein Wort von einem Pablo …«

Frau Winter legte ihre Pfeife behutsam in den Aschenbecher. »Er war ja nicht mehr da.«

Clara fragte sich, ob es von dem Haschischrauch kam, dass sie der Frau nicht mehr folgen konnte. »Er war nicht mehr da?«, wiederholte sie vorsichtig.

Lieselotte Winter nickte. »Er ist gleich am nächsten Tag abgereist. Nach Italien. Deswegen ja die Feier. Er hatte die Möglichkeit, dort ein halbes Jahr in einer Meisterklasse zu studieren.«

Sie fuhr mit ihrem Rollstuhl zu dem Sekretär in der Ecke und scheuchte die Katze hinunter, dann kam sie zurück mit einer Schuhschachtel im Schoß.

»Ich habe die Bilder extra für Sie rausgesucht. Es ist eine Ewigkeit her, seit ich sie mir angesehen habe.«

Sie legte Clara ein Foto hin. Es zeigte zwei junge Frauen, beide mit halbvollen Weingläsern und Zigaretten in den Händen, lauthals singend.

»Wir waren Fans von Janis Joplin«, meinte sie etwas verlegen. »Nicht dass wir auch nur einen richtigen Ton getroffen hätten, aber das war ja nicht wichtig.«

Sie runzelte die Stirn und dachte nach. »Wie hieß nur das Lied, das wir immer gesungen haben? Es war Ruths Lieblingslied. Irgendetwas mit *blue girl* …«

»*Little Girl Blue*«, flüsterte Clara und konnte kaum glauben, dass es solche Zufälle gab. Seit Jahren hatte sie nicht mehr an dieses Lied gedacht, und dann hatte sie es vor gerade einmal zwei Tagen im Murphy's gesungen. Warum? Warum ausgerechnet dieses Lied? Sie senkte den Blick auf das Foto in ihren Händen, und ihre Finger wanderten langsam, fast zärtlich über Ruths Gesicht.

»Ach, Sie kennen es?«, fragte Frau Winter überrascht. »Die meisten wissen heute nicht viel mehr, als dass Janis Joplin an einer Überdosis Drogen gestorben ist.« Sie begann, auf den Knöpfen der Stereoanlage neben sich herumzudrücken. »Warten Sie. Ich habe es mir angehört, bevor Sie gekommen sind …«

Sie drückte auf Start und Janis Joplins schmerzhafte, wilde, unendlich traurige Stimme erfüllte den Raum.

Clara schluckte und versuchte unauffällig die Tränen wegzuzwinkern, die ihr in die Augen traten. »Bitte, schalten Sie es aus«, bat sie und hörte, wie ihre Stimme dabei zitterte.

Frau Winter gehorchte. Es war ihr nicht anzumerken, ob sie sich über Claras Bitte wunderte. Die nachfolgende Stille war, als hätte die Stopptaste auch ihr Gespräch unterbrochen, und keine der beiden Frauen konnte sich durchringen, wieder auf Start zu drücken. Clara hatte das unangenehme Gefühl, durch dieses Lied sei eine Intimität zwischen ihr und Ruth entstanden, die sie nicht wollte, die einen Schritt zu weit ging. Sie fühlte sich, als ob man etwas aus ihr herausgezogen und in einer feindlichen Umgebung ausgesetzt hätte, ohne dass sie sich dagegen wehren konnte. Verstört legte sie das Foto auf den Tisch und nahm einen Schluck von dem kalt gewordenen Tee.

Lio Winter saß eine Weile reglos in ihrem Stuhl und hing ihren eigenen Gedanken nach. Irgendwann gab sie sich einen Ruck und nahm ein weiteres Bild aus der Schachtel auf ihrem Schoß. »Das ist Pablo.« Sie reichte das Foto Clara, die es neugierig betrachtete. Es zeigte Ruth mit einem jungen Mann mit rötlichem Vollbart. Beide lachten in die Kamera. Im Hintergrund war ein gelbes Haus zu sehen, blauer Himmel, in der Ferne ein Kirchturm.

Clara erkannte ihn sofort wieder, es war der Kirchturm, den Ruth gezeichnet hatte, unzählige Male. »Wo ist das?«, fragte sie heiser. Frau Winter beugte sich über den Tisch, nahm Clara das Foto aus der Hand und drehte es um. Es war auf eine Postkarte geklebt. »*Liebe Lio!*«, las sie vor. »*Grüße aus dem hohen Norden. Wenn wir könnten, kämen wir nie mehr zurück.*«

Sie gab das Bild Clara zurück. »Das ist irgendwo an der Nordsee. Sie haben dort ein Stipendium an einer Sommerakademie bekommen. Beide zur gleichen Zeit. Das war ein paar

Monate bevor ... das alles passiert ist. Damit hat alles angefangen. Udo durfte nichts davon wissen, er ... war schrecklich anhänglich, besitzergreifend. Heute würde man ihn wohl einen *Stalker* nennen. Als sie zurückkamen, hat Ruth mit ihm geredet, versucht, es ihm zu erklären. Doch er wollte es einfach nicht verstehen. Ständig hat er ihr nachgestellt, sie ausspioniert, immer wieder stand er mit Rosen vor der Tür. Es war ...« Sie rieb sich wieder die Stirn und seufzte. »Es war einfach nervtötend. Ruth kam sich wie gefangen vor, sie ist mehrmals ausgerastet, hat ihn angebrüllt, rausgeworfen, aber es hat alles nichts geholfen. Bei der Fete zu Pablos Abschied stand er trotzdem wieder da.«

»Ausgerastet«, wiederholte Clara nachdenklich. »Und Pablo? Hat ihn das nicht auch gestört?«

Frau Winter widmete sich ihrer Pfeife. Eine der Katzen strich um den Rollstuhl, und als sie die Schachtel wegnahm, sprang sie auf ihren Schoß. Lieselotte Winter streichelte sie gedankenverloren und zog an der Pfeife. »Ach, Pablo. Natürlich hat ihm das nicht gepasst. Aber er war ... na ja, er war Ruth nicht gewachsen, er wollte sie nicht verlieren, und sie wollte nicht, dass er sich einmischt. Also hat er es gelassen. Und dann war ja noch seine Karriere. Er war der Beste von uns allen, ohne Zweifel. Einer, der wirklich etwas vor sich hatte, der drauf und dran war, mit seiner Arbeit tatsächlich Geld zu verdienen. Deshalb ging er ja auch weg. Diese Einladung nach Rom war eine Riesenchance für ihn.«

»Und er hat nie erfahren, was in dieser Nacht passiert ist?« Clara schüttelte ungläubig den Kopf. »Das kann ich nicht glauben.«

Lieselotte Winter schüttelte den Kopf. »Nein, nein. Er hat es schon erfahren. Aber erst nach seiner Rückkehr aus Italien. Johannes Imhofen hat ihn in dieser Zeit massiv unterstützt.«

»Johannes Imhofen hat Pablo gefördert?«, fragte Clara nach,

unsicher, ob sie richtig verstanden hatte. »Warum sollte er so etwas tun? Ich dachte, Ruths Lebensstil und ihre Freunde wären ihm immer ein Dorn im Auge gewesen?«

Lios Blick wurde nachdenklich. »Ja, darüber habe ich mich auch gewundert, um ehrlich zu sein. Vor dieser Geschichte wollte er mit uns allen partout nichts zu tun haben. Er dachte, wir würden seiner Karriere, seinem seriösen Ansehen schaden.« Sie zuckte mit den Schultern. »Vielleicht wollte er etwas gutmachen, nachdem das mit seiner Schwester passiert ist. Wer weiß, vielleicht hat er erkannt, dass er einen Fehler gemacht hat? Aber dazu weiß ich nichts Genaueres. Wissen Sie, ich habe die ganze Clique danach relativ bald aus den Augen verloren. Ich glaube, das ging allen so. Nach diesem Abend war nichts mehr so wie vorher.«

»Haben Sie denn Pablo danach nie wieder gesehen?«, wollte Clara wissen.

Die Frau zögerte. »Doch«, sagte sie schließlich. »Ungefähr ein Jahr später. Ich war noch nicht lange aus dem Krankenhaus entlassen. Er hat mich besucht. Hier, in meiner Wohnung.«

Sie senkte den Kopf und betrachtete die Katze auf ihrem Schoß. »Es ging ihm nicht so gut. Ich glaube, er wollte mit mir über das reden, was passiert ist. Über Ruth. Aber ich habe es nicht gekonnt. Bereits sein Anblick war mir unerträglich. Ich konnte nicht über diese Zeit sprechen. Gerade hatte ich erfahren, dass ich nie mehr würde laufen können. Und mein Freund ...« Sie schluckte schwer und rieb sich verstohlen die Augen, bevor sie leise weitersprach. »Er ist damals umgekommen bei dem Motorradunfall.«

Sie hob den Kopf und sah Clara ins Gesicht. Ihre Augen waren gerötet. »Ich habe Pablo gebeten zu gehen. Danach habe ich ihn nie wieder gesehen.«

Clara schwieg. Ihr Blick wanderte von der Frau im Rollstuhl zu den Bildern an der Wand. Überall waren Katzen abgebildet, entweder am Rand eines Bildes, auf einem Baum oder ein Kopf, der um eine Ecke lugte, meistens jedoch als Hauptmotiv: Rote, braune, grüne, bunte Katzen, alle mit schrägen, goldenen Augen.

»Danke, dass Sie mir das alles erzählt haben«, sagte sie und reichte der Frau das Bild zurück.

Doch die schüttelte den Kopf. »Behalten Sie es. Oder geben Sie es Ruth, wenn sie wieder auftaucht. Ich mag mich nicht mehr daran erinnern.«

»Danke.« Clara steckte das Foto in ihre Tasche und stand auf. »Könnten Sie mir noch den Nachnamen sagen?

»Welchen Nachnamen?« Lieselotte Winter runzelte die Stirn.

»Pablos Nachnamen. Und vielleicht seine alte Adresse?«, fügte Clara hoffnungsvoll hinzu.

»Ach Gott! Das war doch gar nicht sein richtiger Name. Alle nannten ihn nur so. Ich weiß gar nicht mehr, warum. Vielleicht wegen Picasso?« Sie schüttelte den Kopf. »Er hieß ganz anders, irgend so was Biblisches, glaube ich. Jonas oder Jesaja oder so. Passte gut zu Ruth, der Name, meine ich. Die beiden passten überhaupt gut zusammen. Aber den Nachnamen? Keine Ahnung. Das ist schon so lange her. Und ich glaube, seinen Nachnamen habe ich gar nicht gekannt.«

Claras Hoffnung schwand. »Aber wenn er ein erfolgreicher Maler geworden ist ...«, begann sie noch einmal.

»Maler? Wie kommen Sie denn darauf, dass er Maler wurde?«, fragte Lieselotte Winter erstaunt.

»Aber Sie sagten doch, er habe ein Stipendium bekommen mit Ruth zusammen und sei in eine Meisterklasse nach Rom ...«, gab Clara verwirrt zurück. Sie musste langsam an die frische Luft.

»Aber nein! Pablo war doch kein Maler! Er war Bildhauer. Hatte ich das nicht gesagt?«

»Bildhauer!« In Claras Kopf begann etwas in Bewegung zu geraten. »Er war Bildhauer …«, wiederholte sie nachdenklich. Kleine Puzzleteilchen verschoben sich, klickten aneinander, fanden ihren Platz, und plötzlich ergab sich so etwas wie ein neues Bild. Clara konnte noch nicht klar erkennen, was es darstellte, hatte aber das Gefühl, sie stehe kurz davor, den Schleier zu lüften. Doch so sehr sie sich anstrengte, das Bild blieb unscharf, verschwommen.

Sie reichte Lieselotte Winter die Hand und stellte mit einem Anflug von Bedauern fest, dass sie die Frau im Rollstuhl sehr gerne wiedergesehen hätte. Lieselotte Winter erwiderte ihr Lächeln, und Clara fand nichts Strenges mehr darin.

»Wenn Sie in der Sache Hilfe brauchen, also wenn, ich kann …« Sie sah auf ihre leblosen Beine hinunter und zuckte mit den Achseln. »Na, jedenfalls können Sie sich jederzeit wieder bei mir melden. Und vielleicht …« Sie stockte und verstummte.

Clara nickte. »Wenn ich Ruth gefunden habe, werde ich sie von Ihnen grüßen.«

Auf dem Rückweg zur Kanzlei klammerte sich Clara an diese vage Ahnung, die sie bei Lio Winter so plötzlich gepackt hatte, ohne der Lösung jedoch einen Schritt näherzukommen. Pablo war Bildhauer. Warum nur war ihr dies so bedeutsam erschienen? Es war wichtig, sie spürte es noch immer, doch sie konnte nicht sagen, weshalb. Wohin gehörte diese Information, zu welchem Teil des Rätsels?

Clara seufzte und versuchte, die andere Stimme in ihr zu verdrängen, die beharrlich flüsterte, seit sie dieses Wort aus Lieselottes Mund gehört hatte: *Ausgerastet*. Ruth ist ausgerastet. Sie hat sich gefangen gefühlt, und dann ist sie ausgerastet. Hatte sie sich nicht auch im Polizeipräsidium gefangen gefühlt und war ausgerastet? War sie gegenüber Johannes Imhofen auch *ausgerastet*? Alles deutet auf Ruth, flüsterte die Stimme. Alles, wirklich alles. Du kannst das nicht ignorieren.

Clara schüttelte den Kopf, um die Stimme zu vertreiben und zog das Bild aus der Manteltasche. Eine lachende, hübsche Ruth, braun gebrannt, mit dunklen langen Haaren und leuchtenden Augen. Daneben Pablo, auf den dieser Spitzname nicht recht passen wollte, der eher nordisch wirkte mit seinem roten Bart, dem kräftigen Kinn und den hellen Augen. »Wer bist du nur, Pablo?«, murmelte sie und strich über das etwas gelbstichige Foto. Sie wünschte, sie könnte es Ruth zeigen, jetzt sofort. Doch dazu musste sie sie erst finden. Und dazu musste sie wiederum erst herausfinden, wer Pablo war. Beides gehörte zusammen. Dessen war sie sich jetzt sicher.

In der Kanzlei lag die Zeitung bereits auf ihrem Schreibtisch. Clara zog eine Grimasse, als sie Ruths Foto auf der Titelseite erkannte. »Mutmaßliche Mörderin auf der Flucht!«, stand in großen Lettern darüber und neben einem wenig vorteilhaften Bild von Kommissar Gruber die spöttische Frage: »Warum haben Sie sie nicht aufgehalten, Herr Kommissar?«

Clara überflog den Artikel. Wenig überraschend mokierte sich der Journalist vor allem über die Tatsache, dass Ruth ausgerechnet aus dem Polizeipräsidium geflüchtet war. Sybille Imhofen, die trauernde Witwe, wurde mit den üblichen Phrasen zitiert: »Warum schützt uns keiner vor dieser Irren?«

Clara begann gerade aufzuatmen, der Artikel schien weniger schlimm als erwartet, als sie zum letzten Absatz kam. Dort hatte Dr. Selmany das Wort. Und er ging frontal auf Clara los.

»Solange es Anwälte gibt, für die Recht und Ordnung Fremdwörter sind, ist in diesem Land alles möglich«, wurde er zitiert, und dann führte er die »Strafverfahren« an, die gegen »diese Dame« liefen, »die nicht einmal davor zurückschreckt, Journalisten zu verprügeln und Unterlagen zu stehlen, wenn sie ihrer Mandantin damit zu Diensten sein kann.«

Clara wurde heiß vor Zorn. So wie dieser Scheißkerl es darstellte, klang es, als sei sie bereits rechtskräftig verurteilt.

Er wurde weiter mit den Worten zitiert: »Wissen wir, wie diese Flucht gelaufen ist? Hat man denn die Anwältin schon einmal gefragt, ob sie weiß, wo sich ihre Mandantin aufhält?«

Mit einem Wutschrei pfefferte Clara die Zeitung in die Ecke. »Dieser ... dieser elende Mistkerl ... dieser verdammte ...«, begann sie, und verstummte abrupt, als Linda aus der Küche kam, eine Thermoskanne in der Hand, und sie mit großen Augen ansah.

»Hallo, Linda!«, brummte Clara und ließ sich auf ihren Stuhl fallen. »Wo ist Willi?«

»Bei Gericht. Er hat mich gebeten, Ihnen zu sagen, Sie möchten auf ihn warten, er wird so in einer halben Stunde zurück sein.«

Clara sah auf die Uhr. Es war kurz vor zwölf. »Will er etwa mit mir Mittagessen gehen?«, fragte sie ironisch. »Ich glaube, dieser Artikel taugt leider nicht dazu, als Werbung in unserem Schaufenster zu hängen.«

Linda biss sich auf die Lippen und entschied sich dafür, nicht zu antworten. In dieser Stimmung war der nächste Wutausbruch ihrer Chefin nur eine Frage der Zeit, und es war besser, sie nicht durch leichtsinnige Äußerungen zu provozieren, zumal sie noch ein paar unangenehme Nachrichten zu vermelden hatte. Sie ging hinunter zu ihrem Platz und berichtete aus sicherer Entfernung mit bemüht emotionsloser Stimme: »Die Rechtsanwaltskammer hat noch einmal angerufen, Sie sollen sich umgehend melden, sonst wird eine förmliche Anhörung ...«

»Als ob es im Augenblick nichts Wichtigeres gäbe als diese Sesselfurzer ...« Clara stieß einen heftigen Fluch aus, den Linda geflissentlich überhörte.

Mit gesenktem Kopf las sie weiter: »Und die Polizei hat eine Vorladung zur Vernehmung geschickt wegen der Sache Rammstätter ...«

»Wer zum Teufel soll das sein?«, fragte Clara erstaunt. Den Namen hatte sie noch nie gehört.

Linda sah auf. »Theo Rammstätter ist der Journalist, den Sie, ähm, ja also ... verprügelt haben sollen ...«

Clara lachte. »Hübscher Name.« Sie grinste noch immer, und Linda erlaubte sich auch ein feines Lächeln.

»Ja, das wäre dann also übermorgen ...«

»Die ziehen das tatsächlich durch?« Clara schüttelte den Kopf.

Linda war noch nicht ganz fertig. Nach einem letzten Blick auf ihren Zettel sagte sie: »Ja, und dann haben noch drei Mandanten ihr Mandat gekündigt.« Sie warf Clara einen vorsichtigen Blick zu. Deren Gesicht hatte sich wieder gefährlich verfinstert.

»Wer?«, wollte sie wissen.

»Die Eheleute Kravic ...«, begann Linda.

»Na, das ist ja ein Verlust!«, höhnte Clara.

»Herr Beierle und die Concept GmbH.«

Clara schwieg. Das war ein herber Schlag. Herr Beierle war einer ihrer ältesten Mandanten. Er hatte eine kleine Firma im Münchner Norden, und Clara trieb seit Jahren seine Forderungen ein, kümmerte sich um sämtliche Verträge und vertrat ihn bei Streitigkeiten vor Gericht. Ein Mandant, der zwar keine hohen, aber sichere und über Jahre konstante Einnahmen gewährleistet hatte. Die Concept GmbH dagegen war eine neue Mandantin: Eine junge, aufstrebende Werbeagentur, mit der Clara und Willi nach langen Verhandlungen einen höchst lukrativen Beratervertrag ausgehandelt hatten, der vor allem von Willi wahrgenommen wurde. Clara wurde ganz schlecht bei dem Gedanken, diese Hiobsbotschaft Willi mitzuteilen.

»Wollten sie denn nicht einmal mit mir sprechen?«, fragte Clara leise. »Ich hätte es ihnen doch erklären können.«

»Also, die Eheleute Kravic …«, begann Linda wieder, wurde aber von Clara rüde unterbrochen.

»Bleiben Sie mir doch mit denen vom Leib. Denen weine ich keine Träne nach. Die hatten schon mindestens fünf Anwälte, bevor wir das Vergnügen hatten. Ich meine die beiden anderen.«

»Also, Herr Beierle hat ein Fax geschickt …« Linda zögerte, doch als sie Claras Gesicht sah, ging sie hinauf und reichte ihr das Blatt.

Clara überflog es, las etwas von »Bedauern« und »im Interesse der Firma« und »persönlicher Enttäuschung« und gab Linda das Blatt zurück. Weniger der Inhalt als die Tatsache, dass Herr Beierle, ein Mann vom ganz alten Schlag, der nichts so sehr verabscheute wie elektronische Kommunikation, ein Fax geschickt hatte, anstatt persönlich mit ihr sprechen, verletzte Clara zutiefst.

»Rechnen Sie bitte ab, und schicken Sie ihm alle Unterlagen«, sagte sie mit versteinertem Gesicht und wandte den Blick zum Fenster hinaus. »Und die Concept? Auch ein Fax?«

»Nein, die haben angerufen. Sie haben mit Willi gesprochen.« Linda blieb unschlüssig stehen.

»Na, wunderbar!« Clara unterdrückte ein Stöhnen. Das würde eine spaßige Unterhaltung mit ihrem Kompagnon geben. »Na gut, dann rücken Sie den Rest auch noch raus: Was haben die Kravics gesagt? Wollen sie mich verklagen?«

»Nein, das nicht, aber sie wollen die letzte Rechnung nicht bezahlen. Es sind € 197,50. Sie waren übrigens persönlich da und haben ihren Ast abgeholt.«

Clara lachte bitter. Es hatte sie fast zwei Monate Arbeit gekostet, bevor sie diese Rechnung schreiben konnte. »Schicken Sie ihnen einen Mahnbescheid, pfänden Sie ihr Konto, ihr

Haus, was weiß ich ...« Sie vergrub ihr Gesicht in den Händen. Dumpf klang es zwischen den Fingern hervor, als sie weiterredete: »Ach was. Werfen Sie die Akte in den Müll.«

Linda wartete noch einen Augenblick, doch als keine weiteren Anweisungen kamen, ging sie mit leisen Schritten zurück zu ihrem Platz. Ihre sonst so makellose Stirn in tiefe Sorgenfalten gelegt, warf sie ab und zu einen Blick hinauf, wo Clara noch immer reglos saß, das Gesicht in ihren Händen vergraben.

Elise war von ihrem Platz aufgestanden und hockte jetzt neben ihr. Sie lies ein leises, tröstliches Winseln ertönen.

Nach einer Weile hob Clara den Kopf, sah in die blutunterlaufenen Augen ihres Hundes und schlang die Arme um seinen Hals. Dann stand sie auf, packte alle Akten von Ruth Imhofen in ihre Tasche, dazu die Fundstücke aus dem Koffer und ging nach unten.

»Sie können der Rechtsanwaltskammer schriftlich und in dreifacher Ausfertigung mitteilen, dass ich nicht bereit bin, mich in irgendeiner Weise zu der Sache zu äußern, bevor ich nicht verurteilt bin. Da können sie noch so viele Anhörungen anberaumen. Ich werde nicht erscheinen. Das Gleiche können Sie der Polizei sagen: Ich werde mich zu den Vorwürfen nicht äußern. Und sagen Sie Willi bitte, ich bin bei Rita.«

Sie nickte Linda zu, wollte aus Höflichkeit lächeln, doch es gelang kein bisschen, und so ging sie grußlos, und die Tür fiel heftig hinter ihr ins Schloss.

Linda wartete einen Augenblick, sah Clara nach, wie sie mit offenem Mantel und heftig gesträubten Haaren über die Straße auf Ritas Café zumarschierte, und atmete dann geräuschvoll aus.

Es lief nicht gut. Clara hatte sich eigentlich entschuldigen wollen, irgendwie, obwohl sie nicht genau wusste, wofür, doch sie fühlte sich verantwortlich für den Verlust des Mandates, das, wie sie wusste, Willi nicht nur sehr am Herzen gelegen hatte, sondern auch der schmalen Kanzleikasse durchaus gutgetan hätte. Ihre Entschuldigung fiel auch genauso aus: Irgendwie bemüht, etwas wiedergutzumachen, ohne jedoch einzusehen, was sie falsch gemacht hatte. Sie glitt ab in Rechtfertigungen, wo keine notwendig waren, es klang aggressiv, und alles kam vollkommen anders heraus, als sie es sagen wollte. Dadurch wurde sie wieder wütend, auf die Zeitung, die undankbaren Mandanten und am meisten auf sich selbst.

Willi, der bis dahin mit bewegungslosem Gesicht vor seinem Pastateller gesessen hatte, warf ihr schließlich vor, selbstgerecht zu sein, unerträglich stur und nicht teamfähig.

Clara keifte zurück, es gäbe schließlich wichtigere Dinge als Geld, und er sei nur zu feige, sich für eine Sache wirklich einzusetzen. Es tat ihr in dem Moment leid, als sie es sagte, doch da war es bereits zu spät.

Willi warf seine Serviette auf den unberührten Teller und ging.

Clara zahlte zerknirscht für sie beide und warf Rita, die Willi besorgt nachgeblickt hatte und jetzt Anstalten machte, sich zu ihr zu setzen, einen warnenden Blick zu, sodass sie stattdessen nur wortlos das Geld nahm und in der Küche verschwand.

Zu Hause setzte sich Clara an den Schreibtisch und stapelte Ruths Akten um sich herum. Während sie die unzähligen grünen Mappen betrachtete und ihr Blick an dem namenlosen grauen Ordner mit den Versuchsaufzeichnungen hängenblieb, packte sie erneut die Wut auf Viktor Selmany.

Eigentlich hatte sie mit Schritten gegen die Klinik warten wollen, bis der Mord an Johannes Imhofen geklärt und Ruth aus der Schusslinie war. Doch das ging jetzt nicht mehr. Nicht nach diesem Frontalangriff in der Zeitung. Sie musste jetzt sofort handeln. Sie musste die Tatsachen auf den Tisch legen. Jetzt, jetzt war die Aufmerksamkeit da. Jetzt konnte sie den Spieß umdrehen und Selmany entlarven. Wenn sie es nicht gleich machte, würde die Wirkung verpuffen, würden alle Vorwürfe langsam versanden.

Das, was sich auf den ersten Blick als Katastrophe dargestellt hatte, nämlich Ruths Verschwinden und das Eingeständnis ihrer Schuld, das alle Welt damit verband, entpuppte sich nun, nachdem Clara die Briefe gefunden hatte, als Chance. Ihr kam es so vor, als befände sie sich in einem Wellental. Die erste Woge gerade überstanden und die nächste wartete bereits drohend über ihr. Doch in dem Augenblick der Erwartung herrschte Stille.

Sie nahm einen Zettel und kritzelte abwesend darauf herum, während sie überlegte, wie sie es am besten anstellen konnte, die momentane Aufmerksamkeit für sich zu nutzen. Die vorbereitete Klage war nicht das richtige Mittel. Zu lange dauerten die Fristen, zu schwerfällig war der Justizapparat, um schnell zurückzuschießen.

Sie hielt einen Augenblick inne. Zurückschießen ... murmelte sie und kniff konzentriert die Augen zusammen. Ja, warum eigentlich nicht? »Was du kannst, kann ich schon lange«, sagte sie leise an ein imaginäres Gegenüber gewandt. Doch es gab einen Pferdefuß: Sie brauchte Hilfe. Und zwar von der Person, die eigentlich die letzte war, die sie darum bitten würde. Sie betrachtete den Zettel vor sich, der über und über mit Mustern und Formen vollgekritzelt war. In der Mitte stand ein Name, fett umringelt und mit Ausrufezeichen versehen. Clara seufzte.

Kommissar Gruber überlegte, ob er nach Hause gehen sollte. Es war Freitagabend, und es gab nichts mehr zu tun für heute. Es gab im Augenblick überhaupt nicht wirklich etwas zu tun, wenn man einmal von dem üblichen Bürokram absah. Er war ausgebremst worden. Es war Stillstand in den Ermittlungen eingetreten, und er, er selbst war schuld daran. Natürlich hatte er die Zeitung heute Morgen gelesen, hatte sein dummes Gesicht ansehen müssen und die reißerischen Schlagzeilen. Sein Vorgesetzter hatte ihn heruntergeputzt wie einen Schuljungen, und er, er musste ihm sogar recht geben.

Unschlüssig schob er seine Papiere auf dem Schreibtisch hin und her. Er wollte nicht nach Hause gehen. Seine Frau war gestern Abend ausgezogen. Mit Sack und Pack zu diesem Arsch von Versicherungsvertreter. Zu dieser Null. Er schüttelte den Kopf. Es sollte ihm doch nur recht sein. Alles war besser, als sie jeden Tag sehen zu müssen und gleichzeitig zu wissen, dass sie mit diesem Kerl vögelte, wann immer sich die Gelegenheit bot. Aber genau daran konnte er jetzt, nachdem sie ausgezogen war, merkwürdigerweise nicht denken, so sehr er sich auch bemühte, sich alle Details vorzustellen und sich immer tiefer in diesen Schmerz, in diese Wut hineinzuwühlen. Es gelang ihm nicht.

Er dachte stattdessen an den Küchentisch, auf dem noch sein Frühstücksgeschirr von heute Morgen stand und auf ihn wartete. Er sah ihren leeren Kleiderschrank im Schlafzimmer vor sich und die leere Bettseite. Und ihre verdammten Blumen. Die hatte sie ihm dagelassen, Alpenveilchen und einen Weihnachtskaktus auf dem Fensterbrett. Aus dem Fenster würde er sie schmeißen, mitsamt den geblümten Übertöpfen. Er sah sich selbst heute Abend und das ganze Wochenende im Wohnzimmer sitzen, ein Bier vor sich auf dem Couchtisch und das blaue Flimmern des Fernsehers.

Er spürte, wie sich sein Magen zusammenzog, und beschloss, dass es Hunger sein musste. Er würde erst mal einen Happen essen gehen. Alles, nur nicht die einsame Brotzeit vor dem Fernseher. Eine Halbe Bier oder zwei und dann …

Er stand auf und holte müde seine Tasche unter dem Schreibtisch hervor. Sie war leer bis auf die Zeitung von heute Morgen. Trotzdem nahm er sie jeden Tag mit zur Arbeit und am Abend wieder nach Hause. Das sah besser aus, fand er, als mit leeren Händen dazustehen. Außerdem, und das dachte er nur ganz flüchtig und am Rande, hatte ihm seine Frau die Tasche geschenkt, vor über zehn Jahren, als die samstäglichen Radtouren im Leuchtstiftoutfit und der Versicherungsvertreter noch in weiter Ferne gelegen hatten.

Er nahm die Zeitung heraus und las den Artikel über Ruths Flucht ein weiteres Mal. Dunkler, bitterer Zorn stieg in ihm auf, und er warf die Zeitung auf den Tisch. Dann klemmte er sich die leere Tasche unter den Arm und schaltete die Schreibtischlampe aus. Es war düster im Zimmer, obwohl es erst kurz nach vier war. Bald würde es Winter sein und um diese Zeit schon fast dunkel.

Weihnachten fiel ihm ein. Würde ihr Sohn Armin bei ihm feiern? Wohl kaum. Da würden sie höchstens beide vorm Fernseher sitzen, mit einem Bier in der Hand. Nein, da sollte er lieber zu seiner Mutter gehen. Falls er überhaupt kommen würde. Er studierte in Berlin, Volkswirtschaft, Politologie und wer weiß, was noch alles. Es dauerte schon ziemlich lange, dieses Studium. Gruber war sich nicht ganz sicher, ob es längst nicht nur noch ein Alibi für die Eltern war, dieses so genannte Studium, doch seine Frau hatte von diesem Verdacht nie etwas wissen wollen. Krankhaftes Misstrauen hatte sie ihm vorgeworfen, und er solle die Ermittlerei im Präsidium erledigen und sie nicht zu Hause damit terrorisieren. *Terrorisieren.* Das hatte sie wortwörtlich gesagt. Also ließ er seinen Sohn eben studieren, so lange er wollte. Weihnachten würde es dieses Jahr bei ihm jedenfalls nicht geben.

Er sah sich einen Augenblick in seinem Büro um. Es wirkte grau und trist im fahlen Herbstlicht. Als ob auf allem eine

Staubschicht läge, die die Farben verschluckte. Es gab nichts Leuchtendes, nichts Neues in dem Raum. Das müde Grün des Schreibtisches, die grauen Metallschränke, das abgewetzte Furnier der Regale. Sein Blick wanderte zu dem Foto auf dem Tisch. Eine Familie waren sie einmal gewesen. Doch auch das Foto war alt, die Erinnerung daran matt und verbraucht wie die Möbel um ihn herum. Als er sich zur Tür wandte und gerade die Klinke drücken wollte, klopfte es. Seine Hand verharrte einen Augenblick in der Luft, dann ließ er sie resigniert sinken. »Ja?«

Als sich die Tür öffnete und Gruber sah, wer ihn so kurz vor seinem Feierabend noch störte, hob er beide Augenbrauen. »Sie?«

Er verzog die Mundwinkel zu einem bitteren Grinsen: »Was verschafft mir denn diese Ehre?«

Clara erwiderte sein Lächeln nicht. Sie war erstaunt, wie schlecht Gruber aussah. Nicht dass er wie das blühende Leben gewirkt hätte, als sie sich das letzte Mal gesehen hatten, aber heute wirkte er fast krank. Vielleicht war es aber nur das Licht, das seine Haut so grau wirken ließ und die Falten um seinen Mund so tief. Er war doch sicher schlechte Presse gewohnt, kaum vorstellbar, dass ihn der Artikel von heute Morgen so mitgenommen haben sollte. Sie sah sich in dem Zimmer um. Es war dunkel, aufgeräumt, wirkte geradezu unbenutzt. Offenbar hatte Gruber gerade gehen wollen. Sie bemerkte die dünne Tasche unter seinem Arm.

»Entschuldigung, wenn Sie wegmüssen …«, begann sie, doch Gruber winkte ab.

»Keine Eile. Was kann ich für Sie tun?«

Er ging zurück zu seinem Schreibtisch und knipste mit einer müden Handbewegung die Schreibtischlampe an. Mit derselben kraftlosen Bewegung zog er einen Stuhl für Clara heran, dann setzte er sich selbst.

»Lassen Sie mich raten: Sie haben Ihre Mandantin gefunden …«

Clara schüttelte den Kopf. »Glauben Sie etwa auch, ich war an ihrer Flucht beteiligt?« Sie deutete mit dem Kinn auf die Zeitung, die auf Grubers Schreibtisch lag.

Jetzt lächelte Gruber tatsächlich ein wenig. »Nein. Im Gegensatz zu denen war ich ja live dabei.« Dann tippte er sich an den Kopf und fragte: »Tut's noch weh?«

»Wollen Sie *Heile, heile Segen* singen?«, gab Clara bitter zurück.

»Warum sind Sie nur immer so kratzbürstig, Herrgott noch mal«, entfuhr es Gruber.

Clara biss sich auf die Lippen. »Tut mir leid. War keine Absicht.« Heute war nicht ihr Tag. Definitiv nicht.

»Was wollen Sie eigentlich von mir?«, brummte der Kommissar, und lehnte sich in seinem Stuhl zurück.

Clara zögerte. Sie ermahnte sich innerlich, geduldig, liebenswürdig und vor allem so überzeugend wie nur irgend möglich zu sein. »Ich brauche Ihre Hilfe«, sagte sie.

»Ach!« Gruber verharrte mitten in der Bewegung und beugte sich wieder nach vorne. »Hilfe? Von mir? Wie kommen Sie darauf, dass ich Ihnen helfen könnte?« Sein Ton war sarkastisch.

Clara zuckte mit den Schultern. Ihr Blick wanderte wieder zu der Zeitung und dann zurück zu Gruber. Sie sah ihm direkt in die Augen. »Vielleicht weil wir im gleichen Boot sitzen?«

Gruber lachte. Er klopfte auf den Tisch und schüttelte amüsiert den Kopf: »In einem Boot! Das ist gut.« Er lachte lautlos weiter, und seine Schultern bebten dabei.

Clara ließ sich nicht aus der Ruhe bringen. »Sie wollen wissen, ob es Ruth Imhofen gewesen ist, und ich auch«, meinte sie schließlich und registrierte, wie Gruber überrascht den Kopf hob, während sie weitersprach: »Ich denke, sie war es nicht, aber ich weiß es genauso wenig wie Sie, und Sie lassen sich genauso von Ihren Gefühlen leiten wie ich und wie es damals Pater Roman getan hat.«

Sie hob die Hand, als Gruber protestieren wollte, und redete bedächtig weiter.

»Im Augenblick stehen wir doch alle vor der Situation, dass wir nicht wissen, was passiert ist. Sie ebenso wenig wie ich oder der Pater, der sich auch nicht sicher ist, ob er einen Fehler gemacht hat, egal, was Sie von ihm halten mögen. So gesehen, sitzen wir alle im gleichen Boot: Wir wollen herausfinden, was passiert ist. Und, zumindest ich für meinen Teil, und ich denke, Ihnen geht es nach dem heutigen Artikel nicht anders, habe die Schnauze voll von diesen Vorverurteilungen und dem Verdrehen der Tatsachen, alles im Dienste der Information der Öffentlichkeit.«

Sie verzog den Mund, als sie an Selmanys beleidigende Worte dachte, und spürte wieder, wie die Wut zurückkam.

Gruber sah sie jetzt aufmerksam an. Er widersprach nicht mehr, aber es war ihm anzusehen, dass er keine Ahnung hatte, worauf sie hinauswollte. »Und warum kommen Sie damit ausgerechnet zu mir?«, fragte er schließlich, und aus seiner Stimme klang eine Mischung aus Skepsis und Neugier.

Clara öffnete ihre Tasche und hob den Stapel Akten heraus. Effektvoll knallte sie ihn auf den Schreibtisch. »Weil«, sie klopfte auf die oberste Akte, »weil ich eine ganze Menge weiß, was Sie nicht wissen, und weil Sie etwas tun können, was ich nicht tun kann.«

»Aha.« Grubers Gesicht verdüsterte sich. »Ihnen ist aber schon klar, dass das Zurückhalten von Beweismitteln strafbar …«

Clara winkte heftig ab. »Es hat nichts mit dem Mord an Johannes Imhofen zu tun. Zumindest nicht unmittelbar. Aber es könnte ein paar Dinge in einem anderen Licht zeigen.«

Gruber sah sie schweigend an und wartete.

Clara holte Luft, dann sagte sie: »Ich möchte Strafanzeige erstatten gegen Viktor Selmany und Agnes Thiele als Leiter der Klinik Schloss Hoheneck wegen Freiheitsberaubung, Körperverletzung und möglicherweise Körperverletzung mit Todesfolge.«

Es dauerte bis zum Abend, Gruber alle Details von Ruths Geschichte darzulegen. Doch Clara hatte sich gut vorbereitet. Sie dröselte alle Punkte sorgfältig auf, legte Gruber alle Belege vor, die sie hatte, und erklärte ihm anhand der amerikanischer Fachartikel und des recherchierten Materials ausführlich die Auswirkungen der *Camera silens*. Sie legte ihm Berichte von Menschenrechtsorganisationen vor, die die *Camera silens* als eine Methode der weißen Folter, so genannt, weil sie keine sichtbaren Spuren am Opfer hinterließ, seit Jahren scharf anprangerten und die Länder aufzählten, in denen dies an Gefangenen immer wieder bis in die Gegenwart hinein praktiziert wurde.

Grubers anfängliche Skepsis verwandelte sich während Claras Aufzählung in ein verkniffenes, wütendes Stirnrunzeln, das sein ganzes Gesicht in Falten legte und ihn noch bitterer wirken ließ, als er ohnehin schon aussah. Doch er unterbrach Clara nicht. Er ließ sie reden, hörte zu, blätterte in den Unterlagen, die sie ihm reichte.

Als sie schließlich verstummte, breitete sich zunächst ein langes Schweigen in dem mittlerweile dunklen, nur durch die kleine Schreibtischlampe erhellten Büro aus.

Gruber gab keinerlei Kommentar ab. Sein Blick ruhte nachdenklich auf den Dokumenten vor ihm, er nahm sie in die Hand, wie um ihr Gewicht zu messen, strich über die Rücken der Ordner, in denen sich Ruths Krankenakten befanden, und runzelte nach wie vor die Stirn. Endlich, nach langen Minuten der Stille, in denen Clara ihn angespannt beobachtet hatte, öffnete er den Mund.

»Und die Todesfolge? Wer soll das sein?«, fragte er knapp, ohne den Blick von den Papieren in seinen Händen abzuwenden.

Clara atmete tief ein und schloss für einen Moment erleichtert die Augen. Er hatte die Sache nicht von vornherein als Hirngespinst abgetan, hatte nicht versucht, sie abzuwimmeln oder die ganze Sache, was sie am meisten befürchtet hatte, als Ablenkungsmanöver verstanden. Im Gegenteil. Er war ihr gefolgt, hatte den Gründen für die von ihr beabsichtigte Strafanzeige nicht widersprochen und war jetzt mit ihr an dem Punkt angelangt, wo sie ihn hinbringen wollte. Wo sie ihn brauchte.

Sie griff noch einmal in die Tasche und holte Ruths Briefe heraus. Dann langte sie nach dem grauen Ordner, der die Versuchsbeobachtungen enthielt. Sie schlug die letzte Seite auf. »Hier, schauen Sie, hier bricht die ›Therapie‹, wie sie es nennen, plötzlich ab, obwohl noch im letzten Bericht davon die Rede ist, wie vielversprechend die Ergebnisse seien.«

Gruber lies ein Schnauben hören, das Abscheu verriet, und Clara konnte ihm nur beipflichten.

Ihr ging es jedes Mal aufs Neue so, wenn sie die verharmlosenden Ausdrücke las, die vorgaukelten, es handele sich hier um eine Heilbehandlung.

Clara deutete auf das Datum: »28. November 1984. *AB.* Ich denke, *AB* steht für abgebrochen, oder Abbruch. Ich habe mich die ganze Zeit gefragt, weshalb sie es abgebrochen haben, kommentarlos, obwohl sie vorher jede Zuckung von Ruth Imhofen genauestes dokumentiert haben.«

Sie machte eine Pause, und Gruber musterte das Krankenblatt.

»Hm. Stimmt, das ist ein bisschen merkwürdig. Vielleicht ist da ein Teil verloren gegangen oder entfernt worden?«

Clara zuckte mit den Schultern. »Kann sein, aber warum

dann nur dieser Teil? Dann hätte man doch gleich den ganzen Ordner verschwinden lassen können.«

Gruber musterte das Blatt jetzt angestrengt, als könnte es ihm eine Antwort geben, wenn man es nur genau genug ansah. Dann sagte er langsam: »Es ist etwas passiert. Etwas ist vorgefallen, was sie nicht geplant hatten, was einen Abbruch des Ganzen notwendig gemacht hatte, und was sie nicht dokumentieren durften.«

Clara nickte. »Das habe ich mir auch gedacht.« Sie zog die beiden Briefe von Ruth aus dem Paket, in dem von ihrer Zimmergenossin die Rede war, einer der ersten und der letzte Brief von ihrer Flucht, und reichte sie Gruber. »Ruth war nicht die Einzige, an der diese Versuche unternommen wurden. Es gab mindestens noch eine Person, und im Gegensatz zu Ruth hat sie es nicht überlebt.«

Gruber las die beiden Briefe aufmerksam. Beim zweiten sah Clara, wie seine Hände zu zittern begannen. Hastig legte er das Blatt auf den Tisch und las so weiter. Als er zu Ende war, fuhr er sich ein paarmal mit den Händen über die Haare, und sein Blick wanderte zum dunklen Fenster.

»Maja«, sagte er dann langsam. »Sie meinen Maja.«

Clara nickte. »Ja. Aber ich weiß nicht mehr über sie als den Vornamen. Und es ist nicht einmal sicher, ob es nicht nur ein Spitzname ist.« Sie dachte dabei an Ruths Angewohnheit, die Leute nach irgendwelchen Eigenschaften zu benennen, wie Schneekönigin für die Ärztin und Gift-und-Galle-Gruber.

Der Kommissar nickte. »Man müsste die Unterlagen der Klinik in diesem Zeitraum einsehen. Und überprüfen, ob es im November 1984 Todesfälle gab ...«

Clara nickte ebenfalls, schwieg aber.

Plötzlich lachte Gruber laut auf, und es klang echt belustigt und kein bisschen nach Gift und Galle: »Sie sind ein verdammt raffiniertes Frauenzimmer.«

Clara lächelte.

Gruber musterte sie mit scharfen Augen. »Sie wollen, dass ich für Sie eine Durchsuchung der Klinik erwirke, und damit schlagen Sie gleich ein paar Fliegen mit einer Klappe: Sie decken die miesen Machenschaften des Dr. Selmany auf und rücken Ruth Imhofen so in ein vollkommen anderes Licht, sie erhalten möglicherweise Beweise für eine Schadensersatzklage, die Sie sicher längst in der Schublade haben, und ganz nebenbei verschaffen Sie sich selbst eine um einiges bessere Presse als die von heute Morgen.« Er verstummte einen Moment, dachte nach und fügte dann ehrlich hinzu: »Und mir auch.«

Clara musste jetzt selbst lachen. »Treffender hätte ich es nicht ausdrücken können.«

»Oho, ein Eingeständnis, das für eine Anwältin schon ein bemerkenswertes Maß an Selbsterkenntnis erfordert«, gab Gruber trocken zurück.

Clara wurde wieder ernst. »Glauben Sie, Sie bekommen mit diesen Informationen einen Durchsuchungsbeschluss?«, fragte sie gespannt.

Gruber wiegte den Kopf hin und her. »Ich denke schon. Obwohl eine Aussage Ihrer – leider verschwundenen – Mandantin schon hilfreich wäre.«

Clara zögerte einen Augenblick, dann sagte sie: »Ich denke, ich werde sie finden.«

Gruber sah sie an: »Und dann?«

Clara murmelte: »Dann sollte ich Sie wohl informieren ...«

»Ja, das sollten Sie. Unbedingt. Oder soll ich Sie überwachen lassen?«

Clara schüttelte den Kopf.

Gruber musterte Clara nachdenklich, dann sagte er plötzlich: »Ihnen ist doch klar, dass Sie mir mit dieser Geschichte ein weiteres Motiv für den Mord an Johannes Imhofen geliefert haben?«

Clara hob den Kopf. »Ja«, sagte sie schlicht. »Johannes Imhofen hat sich in den ganzen Jahren nicht um Ruth gekümmert. Wenn sich herausstellt, dass er von diesen ›Therapieversuchen‹ gewusst hat, sicher hat sie ihn anfangs gebeten, ihr zu helfen, sie rauszuholen ...«

Sie dachte an Ruths ersten Brief, den sie Gruber nicht gezeigt hatte, in dem Ruth noch so voller Vertrauen geschrieben hatte, *er* würde alles in Ordnung bringen. »Johannes Imhofen hat Ruth im Stich gelassen, er hat sie verraten.«

Gruber nickte. »Und sie hat sich gerächt, sobald sich die Möglichkeit dazu bot.«

Clara schwieg. Es konnte so gewesen sein. Wenn sie ehrlich zu sich war, musste sie zugeben, dass es sogar aller Wahrscheinlichkeit nach so gewesen war. Doch gerade dann war es notwendig, dass die Vorgeschichte aufgedeckt wurde.

Sie zuckte mit den Schultern. »Ich weiß. Aber die Sache muss ans Licht kommen. So oder so.«

Gruber gab keine Antwort.

Sie stand auf und ging ans Fenster. Ihre Silhouette spiegelte sich in der schwarzen Scheibe nur undeutlich wie Rauch, und hinter ihr war der Kommissar zu erkennen, im Licht der Schreibtischlampe, eine kleine helle Insel im dunklen Raum.

Nach einer Weile wandte sie sich um: »Werden Sie etwas unternehmen?«

Gruber nickte langsam. »Ja, das werde ich ganz sicher.« Er warf einen Blick auf die Aktenstapel auf seinem Tisch. »Lassen Sie mir die Krankenunterlagen da?«

Clara nickte. »Ich überlasse Ihnen alle meine Originalunterlagen. Dafür möchte ich auch etwas haben.«

Gruber kniff die Augen zusammen. »Was denn noch? Reicht es nicht, dass wir uns diesen Selmany vorknöpfen?«

Clara setzte sich und schüttelte den Kopf. »Nicht ganz. Ich möchte Einsicht in die Ermittlungsakte. Jetzt gleich.«

Gruber schnaubte, und dann verzog sich sein Mund zu einem spöttischen Lächeln. »Sie müssen wohl immer gewinnen, was?«

»Das ist nichts Persönliches, ich glaube nur, es hilft mir, Ruth zu finden.«

Gruber musterte sie einen Augenblick stumm, dann hob er kapitulierend die Arme. »Also gut, von mir aus.« Er stand auf, zog eine Akte aus dem Regal hinter ihm und legte sie ihr auf den Tisch. »Möchten Sie einen Kaffee?«

»Danke«, murmelte Clara und begann zu blättern. Sie überflog die ersten Seiten hastig und suchte nach dem Obduktionsbericht. Sie las ihn aufmerksam, musterte die Fotos der Leiche und blätterte dann zurück.

Als Gruber ihr eine Tasse schwarzen Kaffees hinstellte, hob sie den Kopf. »Darf ich mir das kopieren?«

Gruber deutete auf den Kopierer in der Ecke. »Fühlen Sie sich ganz wie zu Hause«, sagte er sarkastisch und schüttete Zucker in seine Tasse.

Clara kopierte die beiden Berichte, dann gab sie Gruber die Akte zurück und setzte sich. »Danke«, sagte sie noch einmal und nippte an ihrem Kaffee. Schweigend tranken sie aus, dann meinte Clara: »Und jetzt?«

»Was jetzt?«

»Werden Sie mich informieren, wenn Sie zu Selmany gehen? Werde ich erfahren, wie es weitergeht?«

Gruber lehnte sich zurück und verschränkte die Arme: »Wie hätten Sie's denn gerne? Berichterstattung stündlich, in zweifacher Abschrift in Ihr Büro gefaxt?«

Clara schüttelte den Kopf. »Und Sie nennen mich kratzbürstig«, gab sie ärgerlich zurück. »Sie könnten mir doch wenigstens verraten, wann Sie zu Selmany gehen.«

»Damit Sie dabei sein können? Oder besser noch, die Presse informieren?«

Clara wurde rot. Sie hatte tatsächlich kurz in Erwägung gezogen, der Zeitung ein paar Hinweise zukommen zu lassen. Um ihnen zu zeigen, wer hier der Bösewicht war. Nicht so sehr, um Ruth damit zu helfen, sondern einzig und allein, um die Vorwürfe gegen sich selbst zu entkräften. Diese Anschuldigungen in aller Öffentlichkeit hatten sie sehr viel stärker getroffen, als sie es sich hatte eingestehen wollen. Plötzlich schämte sie sich dafür, dass sie überhaupt daran gedacht hatte, zu versuchen, die Presse für sich einzunehmen, und ihre Gesichtsfarbe verwandelte sich von zartem Rosa in flammendes Dunkelrot.

»Tut mir leid, es ist nur, weil ich ..., es ist so unfair, diese Berichte in der Zeitung und ...« Sie brach ab und schüttelte den Kopf. »Es tut mir leid.« Sie packte Ruths Briefe in die Tasche und stand auf. »Sie tun Ihre Arbeit und ich ... ich vertraue Ihnen.«

Sie reichte ihm die Hand. »Vielen Dank, dass Sie sich die Zeit genommen haben, und danke für den Kaffee.«

Sie ging, und als die Tür sich hinter ihr geschlossen hatte, setzte sich Gruber wieder auf seinen Platz und starrte in die leere Tasse. Auf dem Grund hatte sich der Zucker angesammelt, der sich nicht so schnell hatte auflösen können, wie er den Kaffee ausgetrunken hatte. Eine gelbliche breiige Masse. Nachdenklich kratzte er mit dem Löffel darin herum.

»Man muss es halt aushalten«, murmelte er, wie als Antwort an Clara, die längst nicht mehr da war. »So was müssen Sie schon aushalten!« Doch dann dachte er daran, dass er es gewesen war, der die Rechtsanwaltskammer informiert hatte und dass er sich gefreut hatte, dieser Anwältin Schwierigkeiten zu bereiten. Ihr, stellvertretend für alle, über die er sich jemals geärgert hatte. Mit angewidertem Gesicht löffelte er den Zucker aus der Tasse. Er schmeckte nach kaltem Kaffee und hinterließ ein ekelhaft klebriges Gefühl auf seiner Zunge. Dann packte er seine leere Tasche und knipste zum zweiten Mal an diesem Abend das Licht an seinem Schreibtisch aus.

Zu Hause erwartete ihn das Frühstücksgeschirr auf dem Küchentisch. Er nahm den Teller, fegte die Krümel des Toastbrots in die Spüle und nahm eine halbe Lyoner und ein Bier aus dem Kühlschrank. Am Tisch schnitt er die Wurst in dicke Ringe und spülte sie mit dem Bier hinunter. Am Schluss stellte er den Teller und die leere Kaffeetasse von heute Morgen zusammen mit dem Bierglas in die Spüle. War eigentlich ganz praktisch so, fand er. Im Grunde konnte er das Geschirr morgen noch einmal zum Frühstück hernehmen. Dann ging er ins dunkle Wohnzimmer und öffnete die Balkontür. Ohne Licht zu machen, packte er die beiden Blumentöpfe seiner Frau und ging hinaus auf den Balkon. Ein großer, tiefer Balkon gehörte zu der Wohnung, mit Platz für mindestens einen Liegestuhl und einen richtigen Tisch mit Stühlen, keinem so windigen Klapptisch, auf den man nicht einmal zwei Teller gescheit hinstellen konnte.

Im Frühling würde er sich den Balkon schön herrichten. Seit einiger Zeit hatte er das schon vorgehabt. Er würde Holzelemente im Baumarkt kaufen und auf dem Beton verlegen. Das gab einem so ein warmes Urlaubsgefühl, wenn man barfuß darauf lief. Tisch und Stühle aus massivem Holz, kein Plastikg'lump. Und eine Laterne, wie man sie auf Schiffen hatte, die konnte man dann schön auf den neuen Tisch stellen. Bisher war immer zu wenig Platz gewesen, denn seine Frau hatte so ein Gestell zum Wäschetrocknen gehabt, mit ausklappbaren Flügeln, auf denen dann seine verschrumpelten Socken und die Unterhosen neben ihrem Radlerdress in der Sonne getrocknet wurden. Sie hatte sich stets vehement geweigert, einen Wäschetrockner zu kaufen. Er mache alles schneller fadenscheinig und löchrig, hatte sie argumentiert. Aber den Wäschieständer hatte sie jetzt mitgenommen, und sobald er frei hatte, würde er sich so einen Trockner kaufen. Einen Kondenstrockner, der keinen Abluftschlauch brauchte. Er hatte sich schon erkundigt. Und dann konnte er die Terrasse gemütlich herrichten. Vielleicht würde er sich sogar einen kleinen Elektrogrill anschaffen? Der machte nicht so viel Rauch, das würde die Nachbarn fast gar nicht stören. Er stellte sich vor, wie er im Sommer dann dasitzen würde, ein brutzelndes Schweinenackensteak auf dem Grill, amerikanische Barbecuesoße mit Rauchgeschmack, Knoblauchsoße und Kartoffeln in der Schale gekocht. Keinen Salat, keine Garnelen oder so einen Schmarrn, höchstens noch eine Scheibe Brot dazu. Und die Kerze in der Laterne würde ein warmes Licht abgeben.

»Schön«, murmelte er und warf die beiden Blumentöpfe über das Geländer. Mit einem lauten Scheppern zerschellten sie auf dem Pflaster. Er ging zurück ins Wohnzimmer, ein zufriedenes Grinsen auf dem Gesicht.

Als Clara nach einem kalten, windigen, irgendwie surrealen Wochenende, an dem sie ruhelos wie ein Tiger im Käfig darauf gewartet hatte, dass etwas passierte, am Montag schon um acht in die Kanzlei ging, war Willi erwartungsgemäß noch nicht da. In der Regel kam er erst so gegen halb zehn. Es war ihr nur recht. Es graute ihr davor, ihm den ganzen Tag gegenübersitzen zu müssen, der Raum zwischen ihnen erfüllt von eisigem Schweigen. Sie kramte lustlos in den Wiedervorlagen herum und begann dann, ein paar Briefe zu diktieren. Draußen wehte ein kalter Wind die letzten welken Blätter vor sich her.

Nach einer Stunde kam Linda, mit rosigen Wangen, in einen weißen Wollmantel gehüllt.

Clara blickte kaum auf. Sie wollte niemanden sehen, mit niemandem sprechen. Das Einzige, was sie wollte, war eine Nachricht von Gruber, dass er den Durchsuchungsbeschluss erwirkt hatte. Sie klemmte die diktierte Kassette auf die Akten und brachte sie zu Linda hinunter. Dann warf sie einen Blick auf die wenigen Briefe, die Linda vom Postfach mitgebracht hatte. Das meiste waren Rechnungen. Nicht gerade rosige Zeiten für die Kanzlei. Und dann noch die Mandatskündigungen.

Sie schluckte den bitteren Geschmack hinunter, den dieser Gedanke ihr verursachte, und ging vor die Tür, um eine Zigarette zu rauchen. Der Herbst schien nun endgültig vorbei. Tiefer Nebel hing über den Dächern, und die Luft war kalt und feucht. Sie fröstelte in ihrem dünnen Leinenpulli und rieb sich die Arme.

Fünf Tage waren seit Ruths Verschwinden bereits vergangen, und noch immer fehlte jede Spur von ihr. Wo mochte sie nur sein? Wie war es nur möglich, dass die Polizei sie nicht gefunden hatte? Und warum hatte sie sich nicht bei Clara gemeldet? Diese Frage versetzte Clara einen Stich, sooft sie sich ihr stellte. Sie war doch diejenige Person, die Ruth am ehesten hätte helfen können. Sie unterstand der Schweigepflicht, sie war – so hatte Clara zumindest angenommen – neben Pater Roman die einzige Person, zu der Ruth nach ihrer Entlassung Kontakt gehabt hatte. Und, aber auch das war nur eine von Claras Annahmen, sie hatten in der Zwischenzeit ein gewisses Vertrauensverhältnis zueinander aufgebaut. Sie dachte an den Nachmittag auf dem Friedhof, an Ruths Bilder und seufzte. War das alles nur Einbildung, Täuschung gewesen? Ruth musste jemanden kennen, sie musste von einem Ort gewusst haben, an dem sie sich verstecken konnte.

Wenn sie sich überhaupt versteckt hatte. Dieser Zweifel war neu, er kam Clara zum ersten Mal. Vielleicht war es gar nicht so? Vielleicht hatte sie sich etwas angetan, und man hatte ihre Leiche nur noch nicht gefunden? Sie schüttelte den Kopf. Nein. Das konnte sie nicht glauben. Ruth war eine Kämpferin. Sie hatte die letzten vierundzwanzig Jahre überstanden, da würde sie sich doch jetzt, nachdem sie endlich frei war, nicht umbringen. Oder doch? Die leise zweifelnde Stimme in Clara ließ sich schwer zum Schweigen bringen: Was, wenn sie den Mord an ihrem eigenen Bruder nicht verkraftet hat? Was, wenn sie befürchtete, erneut eingesperrt zu werden, und keinen anderen Ausweg mehr wusste? Vielleicht treibt sie in der Isar, und es ist nur noch eine Frage der Zeit, bis man sie findet ... Clara schüttelte den Kopf und sagte laut: »Sie ist nicht tot. Sie hat sich versteckt. Ich weiß das.« Und als die leise Stimme in ihr höhnte: »Woher willst du das denn wissen?«, gab sie sich selbst leise zur Antwort: »Weil ich es genauso machen würde.«

Dann ging sie zurück in die Kanzlei und an ihren Computer. Sie musste diesen Pablo ausfindig machen. Wenn er noch in München war, dann war er die wahrscheinlichste Spur, die zu Ruth führte. Clara wusste, wie schwach diese Vermutung war. Ein Mann, den Ruth vor über zwei Jahrzehnte offenbar zuletzt gesehen hatte. Dem sie Briefe geschrieben hatte, die ihn nie erreicht hatten. Der sich nie mehr um sie gekümmert hatte ... Sie wusste, wie gering die Wahrscheinlichkeit war, diesen Mann überhaupt ausfindig zu machen. Und außerdem, wie hätte Ruth ihn finden können? Clara wusste, es war nur ein Strohhalm, an den sie sich klammerte, aber sie hatte nichts anderes.

Sie gab »Pablo« und »Bildhauer« in eine Suchmaschine ein, scrollte sich durch Listen von Künstlervereinigungen im Umkreis von München, versuchte es mit den Vornamen, die Lieselotte Winter ihr gegeben hatte: Jonas und Jesaja. Sie wühlte sich zum x-ten Mal durch die alte Strafakte, kontrollierte die Namen aller Zeugen, die damals vernommen wurden, aber es war vergeblich. Es war kein Pablo darunter. Wie Frau Winter gesagt hatte: Niemand schien ihn vernommen zu haben, es tauchte in der ganzen Akte kein Hinweis auf Ruths Freund auf.

Clara fand das merkwürdig. Zumindest Johannes Imhofen hatte neben Lio Winter von der Beziehung gewusst. Warum hatte er ihn in seiner Aussage nicht erwähnt? Andererseits, warum hätte er es auch tun sollen? Er spielte keine Rolle bei der Tat. Ruth hatte zugegeben, Udo Reimers getötet zu haben, es bestand also gar kein Anlass, weiterzugraben. Und Pablo war am nächsten Morgen abgereist. Doch weshalb hatte Imhofen ihn nach dessen Rückkehr aus Italien unterstützt? Aus schlechtem Gewissen Ruth gegenüber, wie Lio Winter vermutete? Clara schüttelte den Kopf. Das ergab keinen Sinn. Es musste etwas anderes dahinterstecken. Irgendetwas, was sie nicht sehen konnte. Und wieder kamen ihr Lios Worte in den Sinn. »Er war Bildhauer.«

Plötzlich fiel ihr ein, woran sie das erinnerte. Sie schlug noch einmal die Strafakte von 1983 auf und suchte nach dem Obduktionsbericht. Da. Da war es: das Foto der Tatwaffe. Clara starrte auf die Skulptur, und das Puzzleteil, das sie seit ihrem Besuch bei Lio Winter in der Hand gehalten hatte, fügte sich in eine Ecke des Bildes ein. Pablo hatte sich an jenem Abend mit Ruth gestritten, es ging um Udo Reimers. Und am Ende war dieser erschlagen worden, mit einer Marmorskulptur. Clara betrachtete das Foto genauer. Es war die Abbildung einer nackten Frau, eine schöne, schlichte Arbeit. Sie war sich sicher, dass sie von Pablo stammte.

Sie drehte den Kopf und sah nachdenklich zum Fenster hinaus: »Und wenn alles ganz anders war?«, murmelte sie leise vor sich hin. »Wenn es Pablo gewesen ist, der Udo Reimers getötet hat?« Sie nickte bedächtig. So könnte es gewesen sein. Und als Imhofen kam, war Pablo längst weg. Er fand nur den toten Reimers und seine betrunkene Schwester, die sich an nichts mehr erinnern konnte … oder die vielleicht sogar bewusst log, um Pablo zu schützen.

Clara stockte der Atem, als sie diesen Gedanken zu Ende

dachte. Konnte es sein, dass Ruth die ganzen Jahre für ihren Geliebten geschwiegen hatte? Es war kaum vorstellbar. Andererseits, wer hätte ihr denn geglaubt?

Ein heftiger Windstoß rüttelte an der Fensterscheibe, und Clara konnte den Luftzug spüren, der durch die undichten Ritzen hereindrang. Die wenigen Passanten, die vorbeigingen, hatten den Kopf eingezogen und den Blick gesenkt. Ein ungemütlicher Tag, um sich draußen aufzuhalten.

»Sie ist bei ihm«, murmelte Clara, an niemanden gerichtet, und das, was sie die ganze Zeit schon vage vermutet hatte, wurde ihr plötzlich zur Gewissheit. »Ruth wusste die ganze Zeit, wohin sie gehen sollte. Sie ist zu Pablo.« Der Gedanke beruhigte sie keineswegs. Wie mochte das Wiedersehen nach so langer Zeit verlaufen sein? Fünf Tage waren seit Ruths Flucht vergangen. Fünf Tage. Alles konnte in dieser Zeit passiert sein. Und Clara hatte keinen blassen Schimmer, wo sie anfangen sollte zu suchen.

»Verdammt!«, Clara hieb mit der Faust auf den Tisch. Wenn sie nur irgendetwas tun könnte. Oder wenn sich wenigstens Gruber melden würde. Sie sah auf die Uhr. Es war kurz nach zehn.

»Wo nur Willi heute bleibt«, sagte sie zu Linda gerichtet, um überhaupt irgendetwas zu sagen.

»Er kommt heute erst später«, sagte diese, während ihre Finger geschäftig über die Tasten flogen. »Musste noch einiges erledigen.«

»Ach, davon weiß ich ja gar nichts.« Clara hob erstaunt die Augenbrauen. »Das hat er am Freitag gar nicht erwähnt.«

»Nein, das ist ihm erst heute Morgen eingefallen ...« Linda verstummte abrupt, und ihre Finger kamen ins Stocken.

»Heute Morgen? Wann soll denn das gewesen sein? Ich war doch schon vor dir da, und er hat nicht angerufen.« Clara krauste die Stirn und musterte ihre Sekretärin verwundert, als diese plötzlich unter dem Tisch verschwand und etwas zu suchen schien.

Als Antwort auf Claras Frage ertönte nur ein undeutliches Nuscheln.

Plötzlich dämmerte es Clara. Sie öffnete den Mund und klappte ihn wieder zu, ohne etwas zu sagen. So war das also. Willis plötzliche Kinoleidenschaft, die gemeinsamen Spaziergänge an der Isar, Spaghetti essen bei Rita ... Die Beziehung der beiden war schon sehr viel weiter fortgeschritten, als Clara geahnt hatte. Sie biss sich auf die Lippen. Na toll. Und Willi hatte kein Wort ihr gegenüber darüber verloren. Super Freundschaft, ein echtes Vertrauensverhältnis war das. Wahrscheinlich hätten sie demnächst bei Rita Verlobung gefeiert, ohne dass einer es für nötig befunde hätte, sie einzuweihen. Warum auch? Warum sollte man es ihr auch sagen, dieser selbstgerechten Besserwisserin, die drauf und dran war, die Kanzlei zu ruinieren. Clara starrte auf den flimmernden Bildschirm ihres PCs. Er hatte es ihr nicht gesagt. Warum nur?

Willi und sie hatten so viel miteinander durchgestanden in den letzten Jahren. Als sie vor gut fünfzehn Jahren mit dem vierjährigen Sean und ohne Mann, pleite und tief deprimiert aus Irland zurückgekommen war und schließlich Jura zu studieren begonnen hatte, hatten sie sich kennengelernt. Von da an waren sie immer die besten Freunde gewesen. Viele Jahre später hatten sie gemeinsam die Kanzlei gegründet, die alten Räume gestrichen und renoviert, gewerkelt bis zum Umfallen, nebenbei immer auf der Suche nach Mandanten, auf der Suche nach Lücken und Nischen im dichten System der Münchner Anwaltsschwemme.

Willi hatte oft mit Sean Hausaufgaben gemacht, wenn Clara die Geduld gefehlt hatte, oder auf ihn aufgepasst, wenn sie bei Gericht war. Vor fünf Jahren war dann noch Elise dazugekommen, dieses tapsige Knäuel Hund mit den riesigen Pfoten, das mit Vorliebe Willis exotische Rechtskommentare anzunagen pflegte, eine Gewohnheit, die sie bis heute nicht abgelegt hatte.

Und das alles war nicht genug, um sich zu vertrauen? Um sich einander anzuvertrauen, wenn man sich verliebt hatte? Clara hatte Willi von Mick erzählt, nicht sofort, aber doch recht bald. Nur beiläufig, nicht wirklich ausführlich, aber sie hatte es ihm erzählt. Nur ihm. Niemand anderem. Sie begann wütend, auf der Tastatur herumzuhämmern. Du kannst mich mal, Willi Allewelt, flüsterte sie leise, und ihre Augen füllten sich mit Tränen. Ihr könnt mich alle mal.

Als Clara aus der S-Bahn stieg, wehte sie der scharfe Wind fast um. Zitternd versteckte sich Elise hinter ihren Beinen, den Schwanz zwischen die Pobacken geklemmt, und winselte. Clara klappte den Mantelkragen nach oben und schob ihre Hände in die Taschen. Das Wetter passte hervorragend zu ihrer Stimmung.

Sie ging mit der unwilligen Elise hinunter zum See. Grau und unruhig lag er da, der Wind trieb kleine, zerfetzte Wellen an den verlassenen Kiesstrand, wo im Sommer die fetten Schwäne mit gespreizten Flügeln auf und ab marschierten und jeden anzischten, der ihnen zu nahe kam. Clara hatte am Ende doch noch etwas gefunden, was sie vom Warten auf Grubers Anruf und ihren trüben Gedanken wegen Willi und Linda ablenkte. Ihr war etwas eingefallen, was womöglich der Sache dienlich war, ohne dass sie Gruber in die Quere kam, und was sie schon seit geraumer Zeit hatte tun wollen: Sie würde Agnes Thiele aufsuchen und mit ihr sprechen.

Dr. Thiele wohnte nicht sehr weit entfernt von Claras Elternhaus in einer kleinen Seitenstraße, die von der Straße zum See hinunter abzweigte, gesäumt mit hohen, zu dieser Jahreszeit kahlen Bäumen und Einfamilienhäusern aus den Fünfzigern in leeren, grauen Gärten. Agnes Thieles Haus war etwas zurückgesetzt und hatte eine gemauerte Veranda, die von wildem Wein überwuchert war, dessen knorrige Ausläufer bis unter das Dach reichten. Im Sommer und vor allem im Herbst mochte das ein schönes Bild abgeben, doch jetzt wirkten die grauen, nackten Ranken wie leblose Finger einer alten Hand, die sich traurig und vergeblich am rauen Putz der Hausmauer festzuklammern versuchten.

Clara blieb am Gartentor stehen. Sie spürte, wie eine plötzliche Mutlosigkeit sie zu überwältigen drohte: Alle Fensterläden im ersten Stock, braune verwitterte Dinger, die längt einen neuen Anstrich benötigt hätten, waren geschlossen. Im Erdgeschoss gab es keine Fensterläden, doch die Scheiben waren vorhanglos und wirkten wie blinde Augen. Das Haus war verlassen. Dort wohnte niemand mehr. Trotzdem öffnete Clara das kleine Gartentor und ging den gepflasterten, von verwelktem Unkraut und Laub fast verdeckten Weg zur überdachten Haustür auf der linken Seite des Gebäudes. Im Windfang hatte sich ein Haufen welker Blätter gesammelt, die niemand weggekehrt hatte. Der Fußabstreifer lehnte an der Mauer. Sie drückte trotzdem die Klingel. Der schrille Ton hallte durch das Haus, und Clara konnte die Leere spüren, die er durchbrach. Niemand würde öffnen. Sie stellte sich die verlassenen Räume vor, die die Klingel aus ihrem Dämmerzustand aufgeschreckt hatte. Stille, leere Zimmer, ein Flur, ein Treppenhaus, Speicher, Keller. Waren noch Möbel darin oder war das Haus ausgeräumt, nichts mehr als eine Hülle ohne Erinnerung an die Menschen, die in ihm gelebt hatten?

Am Klingelknopf stand noch der Name: Thiele, auf stumpfem, angelaufenem Messing. Der Briefkastenschlitz an der Tür war zugeklebt. Clara riss das Klebeband ab und spähte hindurch. Ein Flur, spärlich erhellt durch das Licht, das durch die Verandafenster auf der anderen Seite hereinfiel. Sie erkannte einen Läufer mit orientalischem Muster am Boden, verblichen und abgenutzt, und einen kleinen Tisch an der linken Wand, auf dem ein Telefon stand. Sie ließ die Klappe zufallen und strich das Klebeband wieder sorgfältig fest.

Als Clara sich aufrichtete, sah sie am Zaun zum Nachbargrundstück eine Frau stehen, die, einen langstieligen Rechen in der Hand, neugierig zu ihr herübersah.

Elise richtete sich auf und gab ein höfliches »Wuff« von sich.

Als die Frau den Hund bemerkte, trat sie rasch einen Schritt vom Zaun zurück.

Clara nahm Elise am Halsband und winkte. »Grüß Gott, ich suche Frau Thiele«, rief sie und ging auf die Frau zu.

Sie war etwa Ende fünfzig, hatte graues, aufgestecktes Haar und trug statt eines Mantels einen lilafarbenen Wollponcho mit Fransen. Ihre Füße steckten in grünen Gummistiefeln, und um den Hals baumelte an einem Lederband ein Anhänger aus Glas, der ein Auge darstellte. Sie musterte Clara aufmerksam, dann wandte sich ihr Blick zu Elise.

»Ich hoffe, Sie haben einen großen Garten und ein Haus ohne Treppen«, sagte sie streng.

Clara blieb verdutzt stehen. »Äh, nein, wieso?«

Die Frau schüttelte missbilligend den Kopf. »Und sich dann einen solchen Hund anschaffen. Wahrscheinlich wohnen Sie sogar noch in der Stadt.«

»Aber direkt an der Isar«, rechtfertigte sich Clara ganz automatisch. »Elise hat eine Menge Auslauf.«

»Elise? Oh, ich heiße auch Elise!« Die Frau gab Clara über den Zaun hinweg förmlich die Hand. »Elise Sturm, Yogastudio und systemische Familientherapie.«

Clara erwiderte ihren Händedruck: »Clara Niklas, Rechtsanwältin«, sagte sie und kam sich ziemlich albern dabei vor.

Elises Namensvetterin nickte wie zur Bestätigung von etwas, das sie erwartet hatte. »Kommen Sie von denen?«

»Von wem?«

»Na, von den Kindern!«

Clara schüttelte den Kopf. »Ich hätte nur ein paar Fragen an Frau Thiele wegen einer Mandantin von mir.«

»Ach, ich dachte ...« Die Frau verstummte einen Augenblick, dann fuhr sie fort: »Die haben sich ja die ganzen Jahre nicht blicken lassen, hätte mich nicht gewundert, wenn sie jetzt eine Anwältin schickten, wegen dem Erbe.«

»Erbe? Frau Thiele ist tot?« Clara war sich nicht sicher, ob diese Nachricht sie tatsächlich überraschte.

»Ja, sicher.« Die Frau schob sich eine graue Strähne hinter die Ohren und steckte sie mit einer Haarnadel fest. Sie hatte fahrige, braune Hände, ausgedörrt wie getrocknetes Leder. »Es war eine Erlösung für die alte Dame, sie war ja schon so lange bettlägerig. Aber dass die Kinder sie überhaupt nie besucht haben ...«

»Wann ist sie denn gestorben?«, wollte Clara wissen.

»Lassen Sie mich überlegen ... das muss am ...« Sie runzelte die Stirn. »Es war an dem Tag, als ich meine Yogadamen zum Brunch eingeladen hatte, da kam plötzlich der Krankenwagen, die Schwester muss ihn wohl gerufen haben, sie haben sie doch tatsächlich noch in die Klinik gefahren, die arme Haut. Es war natürlich nichts mehr zu machen, es war ja schon der dritte Schlaganfall, den sie hatte. Irgendwann ist es genug, nicht wahr?«

Clara nickte vage. »Mm, ja. Und wann ...?«, hakte sie dann vorsichtig nach.

»Ach, habe ich das nicht gesagt, das war am Sonntag vor zwei Wochen.«

Clara starrte sie an. »Sonntag vor zwei Wochen? Der vierzehnte Oktober? Sind Sie sicher?«

Frau Sturm nickte bekräftigend. »Aber ja. Der vierzehnte. Das war der Sonntag, an dem meine Yogadamen ...«

Clara hörte nicht mehr zu. Agnes Thiele war am gleichen Tag wie Johannes Imhofen gestorben. Gab es solche Zufälle? Sie wandte sich um und betrachtete nachdenklich das Haus. Grau und abweisend stand es in dem verwilderten Garten.

»Sie sagten, es war ein Schlaganfall?«, fragte sie zweifelnd und gleichzeitig bittend. Es musste ein Zufall sein. Es musste.

»Ja, natürlich. Frau Thiele ging auf die achtzig zu. Sie hatte schon zwei kleinere Schlaganfälle. Vor ein paar Jahren den ersten und kurz darauf den zweiten. Seitdem war sie bettlägerig. Deshalb kam auch die Schwester jeden Morgen.«

»Und das ist sicher?«, bohrte Clara nach. »Ganz sicher?«

Elise Sturm warf ihr einen merkwürdigen Blick zu. »Soweit ich weiß, ja. Aber wieso interessiert Sie das? Was glauben Sie denn, was mit dieser armen, unschuldigen alten Frau sonst ...«

»Arme, unschuldige Frau ...«, wiederholte Clara nachdenklich. Wo hatte sie diese Worte schon einmal gehört? Eine arme unschuldige Frau war Agnes Thiele sicher nicht gewesen. Aber irgendjemand hatte etwas erzählt und diese Worte benutzt: »Arme unschuldige Frau ...«

Plötzlich fiel es ihr wieder ein. Es war ihre Mutter gewesen, die diese Bezeichnung gebraucht hatte, als Esther Pronizius am Nachmittag von Ralph Lerchenbergs Beerdigung den Verdacht geäußert hatte, Viktor Selmany habe auch noch eine alte Dame aus ihrem Bekanntenkreis auf dem Gewissen. Wie hatte Esther Pronizius die Frau genannt? So eine Psychoärztin! Clara schlug sich mit der flachen Hand gegen die Stirn.

»Verdammt! Mist, verdammter!«

Sie warf Elise Sturm, die sie pikiert musterte, einen, wie sie hoffte, beruhigend normalen Blick zu und meinte: »Danke, Sie haben mir wirklich sehr geholfen.«

Frau Sturm sah Clara nach, wie sie mit dem Hund zum Haus zurücklief, durch das Gatter stürmte und dann hastig die Straße hinunterging.

»Wobei geholfen?«, murmelte sie, dann warf sie dem Haus ihrer verstorbenen Nachbarin einen scheelen Blick zu. Es wurde Zeit, dass man mit diesem Haus etwas unternahm. Es hatte eine schlechte Aura. Irgendwie unheimlich. Sie packte ihren Rechen fester und begann, das Laub auf dem Rasen zusammenzurechen.

Clara wusste, wo Frau Pronizius wohnte. Sie besaß eine großzügige Wohnung im ersten Stock eines renovierten Altbaus mitten in Starnberg, aber »nach hinten raus«, wie sie immer wieder betonte, mit Blick auf eine mächtige alte Linde. Clara war mit ihrer Mutter vor Jahren einmal hier gewesen, sie konnte sich nicht mehr erinnern, weshalb, nur noch an die strenge Atmosphäre, die in der Wohnung geherrscht hatte. Dunkle, steife Möbel, Perserteppiche, goldverzierte Spiegel und Stillleben an den Wänden. Eine Wohnung, wie es sich für eine ehemalige Oberstudienrätin geziemte.

Als sie klingelte, ertönte hinter der Tür das hysterische Kläffen von Frau Pronizius' Yorkshireterrier. Elise spitzte erwartungsvoll die Ohren. Clara griff ihr warnend ans Halsband. »Benimm dich. Du hattest schon dein Frühstück.«

Eine junge Frau öffnete ihnen. Sie hatte ein breites, offenes Gesicht und dunkelblonde Haare und trug einen kurzen, hellblau-weiß gestreiften Kittel über engen Jeans und Birkenstock-Clogs.

Clara stellte sich vor. »Ich würde gerne mit Frau Pronizius sprechen, wenn sie Zeit hat.«

Die junge Frau nickte. »Ich geh' Frau Pronizius a bisserl zur Hand.«

Clara erinnerte sich daran, vor der Tür ein Auto der Caritas gesehen zu haben. »Es geht ihr doch gut?«, fragte sie besorgt. Eine Nachricht von einem Schlaganfall am Tag reichte ihr.

»Aber ja!« Die Frau nickte wieder. »Pfundig geht's ihr«, präzisierte sie im breitesten Bayerisch und lachte. »Warten's doch an Moment, i komm glei.«

Sie deutete auf Elise, zwinkerte verschwörerisch und verschwand dann in einer der Türen, hinter der das Kläffen von Elises zweitem Frühstück unvermindert anhielt.

»Ach, das kleine Niklas-Mädel!«, ertönte plötzlich Esther Pronizius' kräftige, in Jahrzehnten harten Schulunterrichts geschulte Stimme.

Das Kläffen verstummte plötzlich. Clara überlegte, wie man die halbe Portion wohl zum Schweigen gebracht hatte, und es fielen ihr eine ganze Menge Möglichkeiten ein, von denen Frau Pronizius wahrscheinlich nicht entzückt gewesen wäre.

»Claraschätzchen!« Esther Pronizius freute sich so offensichtlich, Clara zu sehen, dass diese fast ein schlechtes Gewissen bekam. Sie hatte die alte Dame mit der boshaften Zunge und dem verächtlichen Blick nie besonders gemocht, obwohl ihre Mutter bereits seit Jahren bestens mit ihr befreundet war. Nie wäre sie auf die Idee gekommen, ihr einfach so einen Höflichkeitsbesuch abzustatten.

Elise sah sich freudig erregt in dem Raum um, der so aussah, als müsste man ihn als Salon bezeichnen, doch sie wurde enttäuscht. Der Terrier war nirgends zu sehen.

Clara hielt Elise fest am Halsband, für den Fall, dass er doch plötzlich hinter einem der schweren Vorhänge oder der großen, wertvoll aussehenden Bodenvase hervorsprang.

Normalerweise interessierte Elise sich nicht für Artgenossen, die ihr nicht mindestens bis zur Schulter reichten, aber es gab eine bestimmte Art des Kläffens, vornehmlich von Yorkshireterriern und sonstigen kleinen Wadelbeißern, die Elise ihre gute Erziehung vergessen ließ und die pure Anarchie zum Vorschein brachten.

Clara hegte ein gewisses Verständnis für ihre Dogge, sah jedoch im Gegensatz zu ihr ein, dass man auch Rücksicht auf die anderen Hundebesitzer nehmen musste, die dieses Verständnis nicht aufbringen konnten.

»Was führt dich denn zu mir, Liebes?« Frau Pronizius warf der jungen Frau, die an der Tür stehen geblieben war, einen herrischen Blick zu, die diese veranlasste, sich sofort zurückzuziehen und leise die Tür hinter sich zu schließen.

Clara beschloss, dass es sinnlos war, um den heißen Brei herumzureden und so zu tun, als habe sie Frau Pronizius einfach nur besuchen wollen. Smalltalk konnte sie sich bei ihr sparen.

»Es geht um die alte Dame, von der Sie letztes Mal meinten, sie sei womöglich umgebracht worden …«, begann sie und fügte dann noch hinzu: »Nach der Beerdigung von Dr. Lerchenberg.«

Esther Pronizius runzelte die Stirn. »Ja«, meinte sie schließlich langsam, »ich kann mich an den Nachmittag erinnern.«

»Meinten Sie mit der alten Dame Frau Agnes Thiele?«, fragte Clara weiter und verstärkte den Griff um Elises Halsband, da diese jetzt eine Tür entdeckt hatte, hinter der ein leises Winseln erklang.

Frau Pronizius warf Elise einen strengen Blick zu, der diese kein bisschen beeindruckte, dann nickte sie bedächtig. »Ja, so hat sie geheißen, sie war Nervenärztin oder wie man das jetzt auch immer nennt. Wenn ich mich nicht täusche, hat sie vor diesem Dr. Selmany die Klinik, in der auch Ralph Lerchenberg gearbeitet hat, sogar geleitet. Ich kannte sie von der Gemeindearbeit. Sie hat nach ihrer Pensionierung bei den Gottesdiensten oft die Orgel gespielt, wenn der Organist verhindert war oder bei besonderen Anlässen. Und um die Bücherei hat sie sich auch gekümmert. Alles ehrenamtlich natürlich. Ihr Mann ist ja schon vor vielen Jahren gestorben, und die Kinder wohnen sonst wo. Die habe ich noch nie hier gesehen.«

Sie schüttelte den Kopf.

»Ist schon schlimm. Da zieht man unter großen Opfern

und Entbehrungen Kinder groß, und dann lassen sie einen im Stich. Von Dankbarkeit keine Spur.«

Sie beugte sich zu Clara hinüber und tätschelte ihre Hand. »Schön, dass du dich jetzt wieder öfter bei deinen Eltern sehen lässt. Sie werden ja auch nicht jünger, nicht wahr?«

Clara antwortete nicht. Dieses Mal prallte die offensichtliche Spitze an ihr ab, und es meldeten sich keine Schuldgefühle. Ihr wurde dagegen übel bei dem Gedanken, dass Dr. Thiele die ganzen Jahre hindurch ein ganz normales Leben geführt hatte, während sie Ruth in der Klinik hatte dahinvegetieren lassen.

»Die Nachbarin von Frau Thiele meinte, sie sei an einem Schlaganfall gestorben.«

»Ja ja, sie hatte mehrere, soviel ich weiß. Hat ja immer geraucht, als sie noch konnte, ich sage immer schon, das Rauchen hat der Teufel gemacht. Wer keinen Krebs bekommt, stirbt am Schlaganfall oder Herzinfarkt. Rauchst du eigentlich immer noch, Claraschätzchen?«

Clara nickte und sagte liebenswürdig: »Wie ein Schlot. Und ich trinke auch. Am liebsten Whiskey und Bier.«

Erwartungsgemäß machte Frau Pronizius einen schockierten Eindruck. Sie war für Ironie nicht empfänglich. Besorgt schüttelte sie den Kopf. »Clarakind, so jung bist du doch auch nicht mehr, du solltest langsam etwas vernünftiger werden.«

Clara lächelte: »Ich werd's mir merken, Frau Pronizius.« Dann fuhr sie mit ihrem Anliegen fort, bevor die alte Dame noch auf den Gedanken kam, sie wegen möglicher Heiratskandidaten auszufragen. »Aber wenn Frau Thiele an einem Schlaganfall gestorben ist, wie kamen Sie dann darauf, Dr. Selmany habe etwas mit ihrem Tod zu tun?«

»Habe ich das gesagt? Nein, da musst du dich getäuscht haben. So habe ich das nicht gesagt.« Sie schüttelte energisch den Kopf.

»Sie sagten etwas davon, dass beim Tod einer Bekannten etwas nicht mit rechten Dingen zugegangen sei«, half ihr Clara auf die Sprünge. »Und da wir gerade von Dr. Selmany redeten, war ich der Meinung …«

»Ach ja, jetzt weiß ich es wieder. Das war Eva. Sie hat mich ganz verrückt gemacht mit ihren Andeutungen. Sie hat die alte Frau Thiele immerhin jahrelang gepflegt, und da sieht man am Ende die Dinge vielleicht doch etwas zu emotional.«

»Eva? Hieß so Frau Thieles Krankenpflegerin?«

Esther Pronizus nickte.

»Meinen Sie, ich könnte einmal mit ihr sprechen?«

»Natürlich.«

Clara holte ihren Block aus der Tasche. »Wissen Sie ihren Nachnamen oder für welchen Pflegedienst sie arbeitet?«

Die alte Dame lächelte. »Selbstverständlich. Aber verrate mir doch zuerst, weshalb du das alles wissen willst?«

Clara murmelte etwas von einer Mandantin, die einen ähnlichen Verdacht geäußert habe, und sie müsse dem nachgehen, auch wenn nichts dran wäre, und hielt dann erwartungsvoll mit gezücktem Bleistift inne.

Esther Pronizius nickte nachdenklich, dann wandte sie den Kopf. »Eva!«, rief sie mit gewohnt lauter Stimme, und prompt begann das Kläffen erneut.

Elise durchlief ein Zittern.

Als die junge Frau hereinkam, stellte Frau Pronizius sie Clara vor: »Das ist Eva Seitz, meine und Frau Thieles rechte und linke Hand.«

Die Frau errötete unter dem ungewohnten Lob ein wenig. »Soll i Ihnen was bringen, vielleicht einen Tee?«

Frau Pronizius schüttelte den Kopf. »Setzen Sie sich zu uns, Eva. Frau Niklas möchte Sie etwas fragen.«

Clara setzte erneut zu ihren Erklärungen an und bemerkte, wie Eva eifrig mit dem Kopf nickte.

»Ja. Des stimmt genau. Des hab i gesagt. Da könnt ma so a alte Frau um die Ecke bringen, und keiner tats merken.«

»Aber sie ist doch an einem Schlaganfall gestorben«, gab Clara erneut zu bedenken.

»Ja, des haben mir die Ärzte ja auch immer wieder gesagt. Sie kam ja auch noch ins Krankenhaus, da hätten sie schon gmerkt, wenn was nicht gstimmt hätt. Des hatte schon alles seine Richtigkeit.«

Sie nickte noch einmal zur Bekräftigung. »Ich war a bissl aufgregt an dem Tag, ich hab die Frau Thiele gern mögen, wissen's, man gwöhnt sich halt aneinander.«

»Aber wie sind Sie denn darauf gekommen, dass da etwas nicht stimmen könnte?«, fragte Clara noch einmal. Langsam wurde sie ungeduldig. Dieser ganze Ausflug entpuppte sich als einzige große Zeitverschwendung.

Die junge Frau zuckte mit den Schultern. »Ach mei, es war halt a bissl komisch, als ich an dem Morgen gekommen bin. Die Lampe war kaputt, ihre Nachttischlampe, und die Frau Thiele war so aufgregt, gschwitzt hat sie und so merkwürdig geredet. Die Ärzte haben aber gemeint, des wär normal, denn da hat sie der Schlag ja schon getroffen.«

»Der Schlag?« Clara runzelte die Stirn.

»Der Schlaganfall halt. An dem sie gstorbn ist.«

»Was hat sie denn gesagt?«, fragte Clara ohne große Hoffnung.

Eva Seitz schüttelte den Kopf. »Ich habs ned richtig verstanden, sie hat nur gflüstert, immer des Gleiche, ganz leise, was mit Einmaleins, glaub ich. Sie konnt ja nimmer richtig reden, wegen dem Schlag.«

Eva Seitz hielt inne und überlegte einen Augenblick. Dann sagte sie zögernd, als fürchtete sie, ausgelacht zu werden: »Also wenn ich nicht genau wüsst, dass die Frau Thiele nix für Gedichte übrig gehabt hat, nicht einmal ›Die Glocke‹ wollt's hören, die von Schiller, wissen S', ich hab mal versucht, sie ihr vorzulesen, so als Abwechslung, also, wenn ich es nicht besser wüsst, würd ich sagen, es war a Gedicht gwesn.«

Sie sah Clara ratlos an.

»Jetzt stellen Sie sich doch des mal vor: Da trifft jemanden der Schlag, und was macht er? Er sagt a Gedicht auf. Wenn das nicht komisch ist?«

Clara aß mit ihrer Mutter zu Abend. Der Tag war nicht wirklich erfolgreich gewesen. Ein kurzer, kühler Anruf bei Linda in der Kanzlei hatte ergeben, dass sich Gruber noch nicht gemeldet hatte, und die tote Agnes Thiele führte in eine weitere Sackgasse. Ihre Mutter hatte ihr bestätigt, was sie sich ohnehin gedacht hatte: Viele Menschen hatten kurz vor ihrem Tod irgendetwas zu sagen, was für sie wichtig gewesen war, Kindheitserinnerungen, Gedanken an die erste Liebe, ein längst vergangenes Ereignis, an das sich niemand mehr erinnerte, das aber für den Sterbenden von Bedeutung war.

Doch Claras ungutes Gefühl blieb bestehen, und das nicht nur wegen des merkwürdigen Zufalls, dass Agnes Thiele am selben Tag wie Johannes Imhofen gestorben war. Sie war Ruths Peinigerin gewesen, die langjährige Leiterin der Klinik, diejenige, die für die weiße Kammer und für Majas Tod die Verantwortung trug: die Schneekönigin, wie Ruth sie in ihren Briefen genannt hatte.

Aber konnte man einen Schlaganfall vortäuschen? Einen Mord begehen, der aussah wie ein Schlaganfall? Oder hatte man vielleicht einfach angenommen, es sei ein Schlaganfall gewesen, weil Agnes Thiele schon zwei gehabt hatte, weil sie alt war und bettlägerig und sich niemand um sie gekümmert hatte? Nein, das stimmte nicht. Eva Seitz hatte sich gekümmert: Sie hatte den Notarzt gerufen, hatte Fragen gestellt, war mit ihr ins Krankenhaus gefahren. Und, das war entscheidend,

Agnes Thiele hatte noch gelebt, als Eva am Morgen zu ihr gekommen war.

Sie war also nicht ermordet worden. Man konnte es Zufall nennen oder auch Schicksal, dass sie und Johannes Imhofen am selben Tag gestorben waren. Es führte zu nichts. Und doch blieb ein unangenehmer Nachgeschmack, den Clara mit einem Berg Muscheln in Weißweinsoße in dem Nobelitaliener, in dem sie mit ihrer Mutter saß, zu vertreiben versuchte Wenn man Ralph Lerchenberg noch dazunahm, waren innerhalb weniger Tage drei Menschen zu Tode gekommen, die alle mit Ruth Imhofen in Verbindung gestanden hatten.

Gerade sagte ihre Mutter nachdenklich: »Wenn man bedenkt, was mit dieser Frau geschehen ist, könnte man durchaus nachvollziehen, wenn sie es getan hätte …«

Clara hatte ihrer Mutter von den Vorgängen in der Klinik erzählt.

»Ich weiß«, gab sie leise zurück und pulte eine widerspenstige Venusmuschel aus ihrer Schale. »Ich weiß das alles, aber ich habe trotzdem das Gefühl, dass es nicht stimmt, es fehlt etwas. Ein Teil der Geschichte fehlt noch, und bevor ich diesen Teil nicht enträtselt habe, weigere ich mich, irgendwelche Schlüsse zu ziehen.«

Ihre Mutter lächelte. »Du hast als Kind schon gerne Detektiv gespielt. Weißt du noch? Die ganze Familie hatte tagelang blaue Finger, weil du unbedingt Fingerabdrücke nehmen musstest. Und einmal hast du den Nachbarn verfolgt, mit der Lupe und Vaters Hut …«

Clara verschluckte sich an der Muschel. »Aber das ist kein Spiel, Mama!«

Ihre Mutter schüttelte den Kopf. »Das ist es, was mir Sorgen macht. Du verrennst dich in etwas, was du nicht kontrollieren kannst. Wenn diese Frau tatsächlich ihren Bruder getötet hat, dann ist sie gefährlich. Und sie hat schon einmal getötet, das darfst du nicht vergessen. Wahrscheinlich hat sie dir die ganze Zeit etwas vorgespielt. Sie hat lernen müssen, sich zu verstellen, sich anzupassen. Und diese Zeit in der Klinik, diese Experimente haben mit Sicherheit gravierende Spuren in ihrer Persönlichkeit hinterlassen, die du gar nicht sehen kannst. Du weißt nicht, was sie tut, wenn du sie tatsächlich vor der Polizei finden solltest. Womöglich rastet sie aus.«

Ausrasten. Clara dachte unbehaglich an Lieselotte Winters Beschreibung von Ruths Verhalten gegenüber Udo Reimers, an Ruths ungeahnte Kraft und Schnelligkeit, mit der sie Clara im Polizeipräsidium beiseitegestoßen hatte und geflüchtet war.

Sie nickte nachdenklich und ungewöhnlich friedfertig. »Ich weiß. Ich weiß das alles.«

Sie seufzte.

Ausrasten. Das Wort hatte in Bayern noch eine ganz andere Bedeutung, an die Clara in dem Moment unvermittelt denken musste: Hergeleitet von Rast, rasten, bedeutete es so viel wie ausruhen, eine Pause machen. Ihre Großmutter hatte sich immer nach dem Mittagessen mit dem Küchenstuhl vor die Tür in die Sonne gesetzt und gemeint, sie müsse jetzt ein wenig ausrasten. Clara lächelte bei dem Gedanken an ihre ausrastende Oma, und das beklemmende Gefühl, das sie bei den mahnenden Worten ihrer Mutter überkommen hatte, verschwand.

Sie wechselte das Thema und fragte nach den Vorbereitungen für das Geburtstagsfest ihres Vaters.

Ihre Mutter verdrehte die Augen, aber lächelte dabei. Im Grunde genoss sie es, Feste zu organisieren. Wahrscheinlich wäre sie die geborene Charity-Queen der Highsociety geworden, wenn sie sich nicht für einen ehrbaren Beruf entschieden hätte. Nach einer detailreichen und ziemlich komischen Schilderung ihrer Nöte mit dem Catering-Service und der Druckerei, die es noch in keinem Jahr geschafft hatten, ihren

Ansprüchen bezüglich der Gestaltung der Einladungen und Tischkarten gerecht zu werden, verdüsterte sich ihr Gesicht plötzlich.

»Heiko kommt nicht. Wusstest du das?«

Clara hob erstaunt die Augenbrauen. »Nein, wieso das denn?«

Heiko Jansen war Gesines Mann, Promizahnarzt und Vorzeigeschwiegersohn und ein Kotzbrocken, wie er im Buche stand, zumindest wenn es nach Clara ging.

»Er hat einen Kongress in Rio.«

»In Brasilien?«, staunte Clara. Anwaltsfortbildungen fanden höchstens in Baden-Baden oder Meran statt.

Thea Niklas zuckte mit den Schultern und nahm sich eine von Claras Zigaretten.

Mittlerweile wunderte sich Clara nicht mehr darüber. »Angeblich ist seine Anwesenheit dort unbedingt erforderlich«, sagte sie und verzog verächtlich den Mund.

Clara staunte noch mehr. Heiko hatte in der Gunst ihrer Eltern immer ganz oben gestanden. Noch nie hatte sie ein schlechtes Wort über den Schwiegersohn gehört.

»Angeblich?«, wiederholte sie, neugierig geworden.

Thea Niklas nahm einen tiefen Zug und blies ihn durch die Nase aus. »Aber das ist alles Unsinn. Gesine hat es mir und Vater erzählt: Er hat eine Geliebte.«

»Ach!« Clara riss die Augen auf. »Und was sagt Gesa dazu? Hat sie ihn rausgeschmissen?«

Sie dachte an ihre makellose Schwester, und ihr wurde plötzlich klar, dass ihr weltgewandtes Auftreten, ihre Arroganz, ja ihr ganzes perfektes Leben nichts anderes als Fassade war. Dünn und brüchig und bereits am Zusammenbrechen. Mitleid überkam sie, gewürzt mit einer kleinen Prise ganz und gar unanständiger Schadenfreude.

Ihre Mutter machte eine resignierte Handbewegung: »Du

kennst sie doch. So etwas würde sie nie tun. Augen zu und durch. Aber als Vater davon erfahren hat, hat er damit gedroht, ihn eigenhändig in den Starnberger See zu werfen, falls er sich hier noch einmal blicken lässt.«

Clara lächelte. Ob ihr Exmann Ian wohl auch im See gelandet wäre, wenn ihn ihr Vater damals in die Finger bekommen hätte, als die schreckliche Geschichte mit ihrem Sohn passiert war?

Aus Unachtsamkeit und Nachlässigkeit ihres angetrunkenen Ehemanns war Sean, damals vierjährig, um ein Haar ertrunken, was letztendlich dazu geführt hatte, dass Clara ihren Mann und Irland verlassen hatte.

Clara hatte in dieser Zeit immer eher das Gefühl gehabt, sie wäre diejenige gewesen, die nach Ansicht ihres Vaters eine kalte Dusche nötig gehabt hätte. Aber wenn es wirklich hart auf hart kam ... Sie wollte es einfach glauben. Sie wollte sich einfach nicht mehr mit der Vorstellung herumquälen, dass Gesine immer Vaters Liebling gewesen war und er ihr immer beigestanden hatte, wo es bei Clara Kritik und Vorwürfe gehagelt hatte. Nicht dass Gesa viel angestellt hätte. Im Gegensatz zu Clara war sie eine Mustertochter gewesen.

Sie verzog das Gesicht. »Arme Gesa«, sagte sie und meinte es ehrlich. Was für Anstrengungen würde es ihre Schwester kosten, den Schein aufrechtzuerhalten.

»Heiko war immer schon ein Mistkerl«, fügte sie noch hinzu und trank einen großen Schluck Rotwein.

Ihre Mutter hatte den Wein ausgesucht, und er war schwer und stark, und Clara hatte das Gefühl, schon von dem intensiven Aroma, das ihr in die Nase stieg, leicht benommen zu werden. Sie drehte das bauchige Glas in ihrer Hand und genoss die schläfrige Leichtigkeit, die sich in ihrem Kopf ausbreitete. Dabei bekam sie gar nicht mit, dass ihre Mutter etwas gefragt hatte. »Wie?«

»Ich sagte, wie geht es denn mit deinem neuen Freund? Wie hieß er noch mal? Nicki?«

Clara verschloss sich augenblicklich. Brüsk stellte sie das Glas ab. »Er heißt Michael«, sagte sie zugeknöpft.

Ihre Mutter ließ sich von ihrer abweisenden Art nicht beeindrucken. »Sehen wir ihn zum Fest, deinen Michael?«

Clara starrte sie an. Nicht im Traum hatte sie daran gedacht, Mick zum Geburtstagsfest ihres Vater mitzunehmen. Ihr wurde heiß beim bloßen Gedanken daran.

»Nein«, sagte sie und presste die Lippen aufeinander.

»Warum denn nicht?«

Warum mussten Mütter immer nachbohren? Warum waren sie nur so unempfindlich und merkten nicht, wann es genug war?

»Weil … ich glaube, dass das keine gute Idee ist«, antwortete Clara lahm und überlegte, was sie bei dieser Vorstellung mehr in Angst und Schrecken versetzte: der abschätzige Blick ihres Vaters oder Mutters direkte Art, die Leute auszufragen, der gutmütige Spott ihres Bruders Georg oder aber Gesas scharfe Zunge, obwohl, Gesa sollte lieber den Mund halten …

»Wir kennen uns noch gar nicht lange und überhaupt«, sie zuckte mit den Schultern. »Ich glaube, ich muss los, sonst verpasse ich meine S-Bahn.«

»Dann nimm doch die nächste«, schlug ihre Mutter ungerührt vor. »Er ist jünger als du, sagte Gesa? Was macht er denn so? Sieht er gut aus?«

»Mama!« Clara presste ihre Kiefer aufeinander.

Zu ihrer Überraschung lachte ihre Mutter plötzlich laut auf. »Schämst du dich für ihn?«

»Nein!« Clara wurde rot vor Zorn. »Wie kommst du denn darauf?« Sie kramte nach ihrer Geldbörse. »Warum musst du nur immer die Therapeutin rauskehren? Das kotzt mich so an!«

Ihre Mutter schwieg einen Augenblick, dann sagte sie: »Tut mir leid. Entschuldige bitte.«

Clara seufzte. Warum liefen die Treffen mit ihrer Mutter immer nach dem gleichen Muster ab? Warum endeten sie immer damit, dass sie entweder wütend wurde oder ein schlechtes Gewissen bekam? Sie steckte die Geldbörse wieder ein.

»Lass uns noch einen Nachtisch essen, ich nehme die nächste S-Bahn«, schlug sie schließlich versöhnlich vor.

Ihre Mutter nickte, erleichtert, wie Clara fand. Sie bestellten beide Pannacotta und Espresso.

»Hast du schon gehört, dass sich bei uns ein neuer Künstlerverein gegründet hat?«, fragte Thea Niklas, bemüht, ein unverfängliches Thema zu finden. »Wir, also der Kirchenvorstand und der Pfarrer, haben beschlossen, ihnen die Kirche zur Verfügung zu stellen, dort wird es bald eine erste Ausstellung geben.« Sie kramte in ihrer Tasche. »Wir haben schon einen Flyer gedruckt, vielleicht hast du ja Lust zu kommen?« Sie reichte ihr einen zusammengefalteten Prospekt.

Clara las ihn mit mäßigem Interesse. Sie kannte das Hobby ihrer Mutter, örtliche Künstler zu fördern. Leider verkamen diese Veranstaltungen nur zu oft zu Laufstegen eitler Selbstdarsteller, deren Kunst sich darauf beschränkte, sich wichtig zu machen. Dies lag weniger an ihrer Mutter und deren Mitstreitern, sondern an dem Umstand, dass es eben mehr Wichtigtuer gab als kreative Köpfe, und Erstere in der Regel über mehr Durchsetzungskraft verfügten. Die Aufmachung des Flyers ließ vermuten, dass es dieses Mal nicht anders sein würde: Die aufgeblasenen Lebensläufe der einzelnen Mitglieder nahmen mehr Raum ein als die Abbildung ihrer eher bescheidenen Werke.

»Den Prospekt hat Erwin Lechkötter gemacht«, kam es entschuldigend von ihrer Mutter, die ihren kritischen Blick bemerkt hatte. »Der macht sich ganz gern ein bisschen wichtig.«

Und tatsächlich prangte das Foto des pensionierten Kunsterziehungslehrers ganz vorne.

Clara lächelte. »Ich werde trotzdem kommen«, versprach sie. »Kennst du eigentlich Lio Winter? Sie ist auch Malerin.«

Ihre Mutter runzelte die Stirn und überlegte »Ist das nicht die mit den Katzen?«, fragte sie nachdenklich. »Ich glaube, die hatte einmal eine Ausstellung hier im Seeschlösschen ...«

Doch Clara antwortete nicht. Sie hörte ihre Mutter gar nicht mehr. Stattdessen starrte sie wie gebannt auf den Flyer in ihren Händen. Die Abbildungen verschwammen vor ihren Augen und machten etwas anderem Platz, einem anderen Prospekt, den sie vor wenigen Tagen in den Händen gehalten hatte, ohne zu ahnen, welche Bedeutung er hatte. Und wieder kam ihr Lio Winter in den Sinn, zum zweiten Mal an diesem Tag, zum zweiten Mal der Satz: »Er war Bildhauer«. Und wie selbstverständlich rückte ein weiteres Puzzleteil an die richtige Stelle.

Clara ließ den Flyer sinken. Wie hatte sie nur so blind sein können? Sie stürzte den Espresso in einem Schluck hinunter und schob die Pannacotta beiseite. Der Appetit auf Nachtisch war ihr vergangen. Ein hastiger Blick auf die Uhr sagte ihr, dass sie die S-Bahn noch erwischen konnte. Plötzlich hatte sie es sehr eilig. Sie sprang auf und gab ihrer Mutter einen Kuss auf die Wange.

»Tut mir leid, ich muss doch gleich los, mir ist etwas Wichtiges eingefallen ...«

Ihre Mutter musterte sie erstaunt. »Aber deine Pannacotta ...«

Doch Clara war schon aus der Tür, den Mantel noch nicht richtig angezogen, rannte sie zum Bahnhof, um die S-Bahn noch zu erreichen, die völlig überrumpelte Elise im Schweinsgalopp neben sich.

Zurück in München nahm sich Clara ein Taxi zur Kanzlei. Der große Umschlag mit Ruths Briefen lag noch auf dem leeren Schreibtisch. Sie öffnete ihn, zog die Briefe heraus und suchte nach dem schmalen Büchlein, das sich ebenfalls in dem Geheimfach in Ruths Koffer befunden hatte. Sie schlug es auf und schüttelte die Seiten. Der abgegriffene alte Prospekt, den sie das letzte Mal ratlos wieder zurückgesteckt hatte, fiel ihr entgegen. Mit zitternden Fingern faltete sie ihn auseinander: Sie las die Worte, mit denen die Ausstellung angekündigt wurde, und ihr Mund wurde trocken. Ihr Blick flog hastig über die abgebildeten Werke. An dem Foto einer kleinen Bronzeplastik blieb sie hängen. Sie stellte eine sitzende Frau dar. Sie hatte die Arme um die Beine geschlungen und das Kinn auf die Knie gestützt. Langes Haar floss ihr in Wellen den nackten Rücken hinunter. Doch es war nicht so sehr die Abbildung, die Clara hatte stocken lassen, sondern der Titel des Werkes: »Ruth« stand dort, und der Name des Künstlers lautete Jakob Schelling. Clara wich alles Blut aus dem Gesicht, und ihre Finger wurden eiskalt. Jakob, flüsterte sie tonlos. Jakob und Ruth. Etwas Biblisches, hatte Lieselotte Winter gemeint, etwas, was gut zu Ruth passte. Nicht Jonas oder Jesaja, sondern Jakob. Sie hatte Pablo gefunden.

Der Computer spuckte zu Jakob Schelling nur ein recht mageres Ergebnis aus. Ein veralteter Hinweis auf die Galerie, deren Prospekt sie in den Händen hielt, und das Foto einer abstrakten Plastik in einer Bank in einem Vorort von München, die von Jakob Schelling vor einigen Jahren gestaltet worden war. Keine aktuellen Ausstellungen, keine Hinweise auf den Künstler, seinen Lebenslauf oder gar eine aktuelle Adresse. Auch im Telefonbuch fand sie nichts, was ihr weitergeholfen hätte.

Anstatt alle Schellings dieser Stadt anzurufen und damit womöglich Ruth und Pablo aufzuschrecken, beschloss sie, am nächsten Morgen zu der Galerie zu gehen und dort nachzufragen. Das bedeutete jedoch, dass sie im Augenblick mit dieser aufsehenerregenden Entdeckung nichts weiter anfangen konnte.

An Schlaf war nicht zu denken. Clara wanderte ruhelos zwischen ihrer Küche und dem Wohnzimmer hin und her, begleitet von Elises erstaunten Blicken.

Konnte sich diese Frau nicht einmal zur Ruhe begeben, schienen ihre Augen zu sagen. Musste sie immerzu herumlaufen?

Clara rauchte ein paar Zigaretten und trank ein Glas Whiskey, mehr um die Zeit totzuschlagen, als ihn wirklich zu genießen. Sie schaltete den Fernseher ein und gleich wieder aus und stand eine geschlagene halbe Stunde am offenen Fenster und starrte in die dunkle Nacht hinaus.

»Jakob Schelling«, flüsterte sie. »Wo hast du dich versteckt? Wo warst du all die Jahre?« Sie wusste, sie würde ihn finden. Morgen. Und wenn sie ihn hatte, würde sie auch Ruth gefunden haben und eine Menge Antworten mehr als jetzt.

CADAQUÉS

Der Mann fror. Er hielt seine leere Teetasse umklammert, als könnte er sich daran wärmen. Doch es half nichts. Die Kälte kam von innen, sie drang aus seinem Inneren heraus, aus verborgenen Winkeln, und kroch in seine Glieder. Es war diese Kälte gewesen, die er jahrelang betäubt hatte, mit Schnaps und Bier und allem anderen, was dazu geeignet war. Doch jetzt gelang es nicht mehr. Er hatte es zugelassen, dass diese fremde Frau mit ihren Briefen einen Fuß in die Tür stellte, im letzten Augenblick, bevor er sie endgültig geschlossen hätte. Und jetzt ging es nicht mehr. Die Agonie der letzten Wochen löste sich auf. Doch hinter dem Nebel erschien kein Licht.

Mit einer bestürzenden Klarheit, die seine Hände wieder zittern ließ, erkannte der Mann plötzlich, dass er sich der Wahrheit stellen musste, die er so lange versucht hatte zu ignorieren: Er hatte sein Leben vergeudet. War immer nur davongelaufen. Die Hälfte der Zeit, die er existierte, hatte er nicht gelebt. Und was blieb? Nichts. Nichts, wofür es sich weiterzuleben lohnte. Er hatte sein Geld und sein Talent versoffen, seine Gesundheit zerstört, und seine Freunde waren ihm im Laufe der Jahre einer nach dem anderen abhanden gekommen, ohne dass er es auch nur bemerkt hätte. Jetzt war nichts mehr übrig, er stand völlig nackt und schutzlos da, und zum ersten Mal in seinem Leben konnte er sich nicht mehr vor sich selbst verstecken. Ihm kam es so vor, als stünde er auf einer Klippe, ganz allein im eisigen Wind, und vor ihm der Abgrund.

MÜNCHEN

Als Clara am nächsten Morgen nach einem kurzen, unruhigen Schlaf erwachte, war sie augenblicklich hellwach. Sie sprang aus dem Bett, duschte schnell und trank eine Tasse Kaffee im Stehen. Dann lief sie mit Elise zur Isar hinunter. Es war noch kalt, doch es würde entgegen der Prognosen der letzten Tage ein schöner Herbsttag werden. Das vom vielen Regen der letzten Tage matte, niedergedrückte Gras hatte seine grüne Frische längst verloren und war von einer dichten Schicht nasser Blätter bedeckt. Die Sonne warf ihre blassen Strahlen durch die kahlen Bäume, und die Feuchtigkeit stieg wie Rauch empor. Clara stapfte über die weite leere Wiesenfläche, und ihre Lederstiefel und die Hosenbeine waren innerhalb weniger Minuten nass. Elise lief im Zickzack vor ihr her, die große Nase dicht am Boden. Nach einer guten halben Stunde machte Clara kehrt. Die Sonne war höher gestiegen und wärmte bereits ein wenig. Sie setzte sich an den Kanal und betrachtete das stille grüne Wasser. Von der Straße gegenüber drang schon der morgendliche Berufsverkehr herüber, und die Brücke zu ihrer Rechten lag im vollen Sonnenlicht.

Clara zündete sich eine Zigarette an und inhalierte den Rauch tief in ihre Lungen. Sie fühlte sich merkwürdig: erregt und gleichzeitig vollkommen ruhig. Erwartungsvoll und ein wenig ängstlich und gleichzeitig voller Tatendrang, voller Energie. Nachdenklich drehte sie die Zigarette zwischen ihren Fingern. Noch nie war ihr ernsthaft der Gedanke gekommen, mit dem Rauchen aufzuhören. Weshalb eigentlich nicht? Alle Welt hörte damit auf, rauchen war nicht mehr gesellschaftsfähig, irgendwie abscheulich, gar peinlich, rücksichtslos, und wer es nicht aus eigener Kraft schaffte, bezahlte teure Kurse, um »in drei Stunden Nichtraucher« zu werden, warum also nicht sie? Fürchtete sie sich etwa nicht vor Lungenkrebs und all den sonstigen niederträchtigen Krankheiten, die das Rauchen angeblich zwangsläufig mit sich brachte? War es ihr nicht unangenehm, für die Verpestung der Luft und die Leiden der Passivraucher mitverantwortlich zu sein?

Langsam schüttelte Clara den Kopf, selbst verwundert darüber, wie eindeutig ihre Antwort ausfiel: Nein, sie fürchtete sich nicht, und es war ihr auch kein bisschen peinlich oder unangenehm, in diesen rauchlosen und so auf das Wohl der Allgemeinheit bedachten Zeiten eine unvernünftige, unverbesserliche Raucherin zu sein und es auch zu bleiben. Sie nahm noch einen Zug und schnippte dann die Kippe in den Kanal. Wahrscheinlich lag es daran, dass alle ihre Neurosen und Ängste anderswo gebunden waren, da blieb kein Raum und keine Energie, sich auch noch um so etwas zu kümmern.

Sie stand auf und streckte sich, dann pfiff sie nach Elise und machte sich auf den Weg zur Kanzlei.

Linda empfing sie ziemlich eingeschüchtert mit zusammengepressten Lippen. Willi sah hinter seinem Aktenberg auf und schien etwas sagen zu wollen, doch Clara ignorierte ihn. Mit hocherhobenem Kinn stolzierte sie grußlos an den beiden vorbei und verschanzte sich hinter ihrem Computer.

Arbeit vortäuschend, schaltete sie ihn ein und kontrollierte als Erstes ihre E-Mails. Es war eine von ihrem Sohn darunter, er hatte ihr Fotos geschickt von einem Ausflug an die Küste. Lächelnd betrachtete sie eines nach dem anderen. Auf dem letzten der Fotos stand Sean zusammen mit seinem Vater an einem einsamen Strand. Hinter ihnen brachen sich mächtige graue Wellen. Sean grinste glücklich, und seine Haare, genauso dunkel wie die seines Vaters, standen ihm windzerzaust in die Höhe.

Clara hatte seit Jahren nur noch den allernötigsten Kontakt mit Seans Vater und ihn schon lange nicht mehr gesehen. Sie war erstaunt, wie alt er geworden war. »Die Zeit ist nicht gerade gnädig mit dir umgegangen, Ian de Bearra«, murmelte sie gehässig und studierte gründlich die Geheimratsecken und den nicht zu übersehenden Bauch ihres Exmannes. Auch verwegene junge Iren wurden irgendwann einmal zu behäbigen, rotgesichtigen Männern mittleren Alters, denen man die wilden Jahre nur zu deutlich ansah. Unwillkürlich richtete Clara sich auf, streckte die Brust heraus und zog den Bauch ein. Würde Ian genauso urteilen, wenn er ein Foto von ihr sah?

Sie schloss die E-Mail und ließ ihren Bauch und die Rundungen darum herum wieder an ihre ursprünglichen Stellen rutschen. Das konnte ihr doch egal sein, was der dachte. So etwas von scheißegal. Ein Blick auf die Uhr sagte ihr, dass es Zeit war. Jetzt würde die Galerie sicher schon geöffnet haben.

Gerade als sie nach ihrer Tasche griff, klingelte das Telefon. Unwillkürlich hob Clara ab, ohne auf Linda zu warten.

Es war Kommissar Gruber. Mit der gewöhnt mürrischen Stimme teilte er ihr mit, dass »die Sache erledigt sei.«

Clara richtete sich wie elektrisiert auf. »Haben Sie den Durchsuchungsbefehl für die Klinik tatsächlich bekommen?« Sie sah aus den Augenwinkeln, wie Willi interessiert den Kopf hob, und drehte sich demonstrativ weg.

»Die Sache ist bereits über die Bühne gegangen«, wiederholte Gruber und klang dabei eher wie ein Drogendealer als ein Polizeibeamter.

»Sie haben die Durchsuchung bereits durchgeführt?«, fragte Clara trotzdem ungläubig. »So schnell? Was ist dabei rausgekommen? Warum haben Sie mir denn nicht Bescheid gesagt?«

Gruber antwortete nicht auf ihre Fragen. Er antwortete überhaupt nicht.

Nach einer Weile des Schweigens rief Clara: »Hallo? Sind Sie noch dran?«

»Also gut, wir könnten uns auf einen schnellen Kaffee treffen«, kam es zögernd von Gruber, und er tat dabei so, als würde er sich widerstrebend auf eine drängende Bitte einlassen.

»Wann? Wo?« Clara zappelte vor Ungeduld.

»Um halb zwölf.« Er nannte ihr ein kleines Stehcafé ein paar Ecken vom Polizeipräsidium entfernt. Offenbar wollte er vermeiden, dass sie zusammen gesehen wurden.

Als er auflegte, blieb Clara einen Augenblick wie betäubt sitzen. Sie hatte gewusst, dass heute etwas passieren würde. Sie hatte es gewusst. Bis jetzt war sie der Meinung gewesen, es hinge mit ihrer Entdeckung von Pablos richtigem Namen zusammen, doch jetzt war sie sich nicht mehr sicher, was aufregender und vor allem weitreichender war. Sie hatten Schloss Hoheneck durchsucht. Gruber hatte es tatsächlich geschafft, den Durchsuchungsbefehl zu erwirken. Claras Hochachtung vor dem mürrischen kleinen Mann wuchs. Er war ein schlauer Fuchs. Man durfte ihn nicht unterschätzen. Wahrscheinlich hatte die Polizei jede Menge Unterlagen beschlagnahmt. Was würden sie finden? Würde es reichen, um Selmany zur Verantwortung zu ziehen?

Clara stand auf. Bis halb zwölf blieb noch genug Zeit, um der Galerie einen Besuch abzustatten.

Als Willi sah, dass Clara gehen wollte, nahm er umständlich seine Brille ab und begann: »Clara ....«

Clara winkte ab: »Keine Zeit. Ich habe einen wichtigen Termin.«

Sie stiefelte mit Elise im Gefolge zur Tür, ohne nach links und nach rechts zu schauen. Als die Tür hinter ihr zufiel, hatte sie das Gefühl, es Willi und Linda heimgezahlt zu haben. Doch es fühlte sich nicht gut an. Sie schüttelte abwehrend den Kopf, dass ihre Locken nur so flogen.

»Zum Teufel mit euch«, murmelte sie zornig und traurig zugleich. »Ach, rutscht mir doch den Buckel runter!«

Die Galerie befand sich in Schwabing, in einer kleinen Seitenstraße. Der junge Mann, der zunächst beflissen auf sie zugeeilt kam, geriet beim Anblick Elises merklich ins Stocken und stoppte schließlich mit einen sorgenvollen Blick auf die umstehenden Exponate, zerbrechlich wirkende, abstrakte Gebilde aus Glas und Porzellan auf zierlichen Sockeln, durchaus in Reichweite von Elises freundlich wedelndem Schwanz.

Claras hastigem Befehl, Platz zu machen, leistete Elise ohne Widerstand Folge und ließ sich mit einem Plumps auf den Fußabstreifer am Eingang fallen.

Der junge Mann zuckte zusammen und warf dem Hund einen misstrauischen Blick zu. »Äh, ja, kann ich Ihnen weiterhelfen?«, fragte er schließlich zögernd und bemühte sich um ein verbindliches Verkäuferlächeln.

Clara zeigte ihm den alten Prospekt von 1995 und trug ihm ihr Anliegen vor.

Der Mann runzelte die Stirn. »Ja, also ich war zu dieser Zeit noch gar nicht hier tätig ...« Er kratzte sich am Ohr. »Jakob Schelling, tja, das sagt mir gar nichts ...«

»Sie haben doch sicher ein Verzeichnis der hier ausstellenden Künstler, die Adressen für Interessenten?«, versuchte ihm Clara auf die Sprünge zu helfen.

»Ja, ja natürlich, aber das ist ja schon über zehn Jahre her, ich weiß nicht, ob wir die Dinge so lange aufbewahren.« Er machte ein zweifelndes Gesicht.

»Und wie wäre es, wenn Sie einfach einmal nachsehen würden?«, fragte Clara in ihrem liebenswürdigsten Ton.

»Oh, natürlich.« Der junge Mann wandte sich nach einem

letzten beschwörenden Blick auf Elise zu einer Tür an der rückwärtigen Wand, die offenbar ins Büro führte.

Clara lächelte. »Wir rühren uns auch nicht von der Stelle, versprochen.«

Er kam nach kaum fünf Minuten wieder, ein Blatt Papier in der Hand. »Ich habe die Ausstellung gefunden!«, verkündete er triumphierend. »Wir hatten den Künstler noch im Verzeichnis.«

»Ja?« Clara musste sich beherrschen, um nicht einfach nach dem Zettel zu greifen.

Der junge Mann musterte sie plötzlich spektisch. »Ich weiß gar nicht, ob ich Ihnen die Adresse so einfach geben darf, das verstößt sicher gegen datenschutzrechtliche Bestimmungen.Wenn Sie eine Interessentin sind, werden wir für Sie den Künstler kontaktieren ...«

»Nein!« Clara räusperte sich. Verdammt. Für den Fall, dass man ihr die Adresse nicht herausgeben würde, hatte sie sich gar keine Strategie überlegt.

»Ich bin keine Interessentin«, sagte sie schließlich zögernd und überlegte gleichzeitig fieberhaft, was sie denn sonst sein könnte.

»Ach nicht?«, kam es gedehnt von dem Mann, und er hob die Augenbrauen. »Weshalb wollen Sie dann die Adresse von Jakob Schelling?«

»Weil ... weil ich ... Ruth bin«, platzte Clara schließlich heraus und wurde rot.

Der Mann runzelte verständnislos die Stirn. »Sagten Sie nicht, Ihr Name sei ... äh ..., wie war Ihr Name noch mal?« Er verstummte ratlos.

Clara klappte den Prospekt auf und deutete auf die nackte Frauengestalt. »Das bin ich. Ich bin Ruth.« Ihre Röte verstärkte sich, als der Blick des Mannes zwischen ihr und dem Bild hin und her flog.

»Ich … ich war das Modell damals, ich war lang im Ausland und habe das fertige Werk nie gesehen … ich möchte …« Sie verstummte, und ihr wurde heiß. Was redete sie da nur für einen Blödsinn?

Der junge Mann studierte jetzt eingehend das Foto. »Eine sehr schöne Arbeit«, sagte er dann und sah ihr forschend ins Gesicht. »Ich wäre nicht darauf gekommen, aber jetzt, wo Sie es sagen …Sie sind wahrhaftig gut getroffen!«

»Äh, ja danke.« Clara räusperte sich erneut und senkte den Blick.

Passenderweise entschloss sich Elise in diesem Moment, dass sie genug Zeit auf dem Fußabstreifer zugebracht hatte. Sie erhob sich und streckte sich gähnend.

Der Mann zuckte zurück. »Ja, also unter diesen Umständen denke ich, kann ich sicher eine Ausnahme machen und Ihnen die Adresse des Künstlers …«

Elise drehte sich einmal um ihre Achse und streifte dabei das Hosenbein des Galeristen mit dem Schwanz.

Stumm reichte er Clara den Zettel, auf dem die Adresse Jakob Schellings notiert war, und machte einen schnellen Schritt auf die Tür zu. »Freut mich, wenn ich Ihnen weiterhelfen konnte.« Er riss die Glastür mit einem eleganten Schwung auf.

Clara schüttelte ihm die Hand. Ihre Gesichtsfarbe hatte sich inzwischen wieder normalisiert. »Sie ahnen gar nicht, wie sehr.«

Dann verließ sie zusammen mit Elise die Galerie, und der sichtlich erleichterte junge Mann schloss hastig die Tür hinter ihr.

Sie überflog die Zeilen und schob den Zettel dann in die Hosentasche. Nachdenklich machte sie sich auf den Weg zu ihrem Treffen mit Gruber. Sollte sie dem Kommissar von Pablo und dieser Adresse erzählen? Sie hatte versprochen, es ihm zu sagen, wenn sie Ruth gefunden hatte. Aber das hatte sie ja noch gar nicht. Es war ja nur eine Vermutung, nichts weiter. Vielleicht täuschte sie sich, und dieser Herr Schelling hatte keine Ahnung, hatte Ruth seit damals nicht gesehen, sie längst vergessen. Sie wusste, dass es nicht so war. Im Gegenteil, sie war sich sicher, hundertprozentig sicher, auf der richtigen Spur zu sein. Aber sie wollte Gruber nichts davon erzählen. Noch nicht. Zuerst wollte sie selbst mit Ruth sprechen.

Gruber erwartete sie bereits. Er warf einen seiner kleinen scharfen Blicke auf Elise und schüttelte dann den Kopf, als sei der Anblick des Hundes zu viel für ihn. Doch er sparte sich jeden Kommentar und nickte stattdessen Clara mit leichtem Spott zu. »Frau Anwältin.«

Clara grinste: »Guten Tag, Herr Kommissar.«

Bei einem Becher Kaffee begann Gruber zu berichten. Schon gestern Morgen hatte er den Durchsuchungsbefehl beantragt und mittags bereits auf dem Tisch liegen gehabt. Mit dem zutiefst empörten Selmany im Gefolge hatten sie dann am Nachmittag das Gebäude durchstöbert, jeden Winkel vom Keller bis zum Dachgeschoss, und sämtliche Krankenunterlagen beschlagnahmt. Selmany hatte seinen Anwalt angerufen, so einen Schnösel aus der Brienner Straße, konkretisierte Gruber mit einem hastigen Seitenblick auf Clara, die er offenbar nicht mehr zu dieser Kategorie zählte, doch gegen die Durchsuchung war natürlich nichts zu machen gewesen. Er nahm einen Schluck von seinem Kaffee, verzog den Mund und schwieg.

Clara sah ihn erwartungsvoll an. »Und?«, drängte sie schließlich. »Haben Sie etwas gefunden? Konnten Sie feststellen, wer Maja war? Was mit ihr passiert ist?«

Gruber starrte in seinen Kaffeebecher. »Wir haben etwas gefunden«, begann er schließlich zögernd. »Einen Namen.« Er hob den Kopf und sah Clara an: »Marianne Wilhelm, zweiundzwanzig Jahre. Diagnose Schizophrenie. Sie war seit zwei Jahren in der Klinik und hat am 28.11.1984 Selbstmord begangen. Am selben Tag, an dem in Ruths Akte der Abbruch der ›Behandlung‹ vermerkt wurde.« Er räusperte sich, dann fügte er hinzu: »Sie hatten recht mit Ihrer Vermutung.«

»Gab es eine Untersuchung?«, fragte Clara tonlos.

Gruber schüttelte den Kopf. »Nichts. Es war offenbar bereits ihr dritter Versuch. Ich habe schon ein bisschen nachgeforscht, wie es aussieht, gibt es keine Angehörigen mehr, die Eltern sind ebenfalls tot. Es gibt ein Familiengrab im Nordfriedhof.«

»Marianne. Maja.« Clara fröstelte. Es war unheimlich, wie die Namen aus Ruths Briefen plötzlich Gestalt annahmen, zu realen Menschen wurden: Pablo, Maja, die Schneekönigin ... zwei davon waren bereits tot. Was, wenn Pablo ebenfalls tot war? Auf diesen Gedanken war sie noch gar nicht gekommen. Sie schob ihn schnell beiseite und konzentrierte sich wieder auf Gruber.

»Wir haben auch ... den Raum gefunden«, fuhr der Kommissar nach einer Weile zögernd fort.

Clara starrte ihn an: »Die weiße Kammer? Sie ist noch da? Sie hatten sie noch ... in Betrieb?« Die letzte Frage flüsterte sie fast.

Gruber schüttelte den Kopf. »Ich weiß es nicht. Der Raum wirkte unbenutzt, ziemlich staubig und so. Es lässt sich allerdings nicht sagen, seit wann das so ist. Sicher nicht seit zwei Jahrzehnten, würde ich sagen.« Er hob die Schultern. »Jedenfalls war alles noch da: Der Schallschutz, die hellen Lampen, eine Kamera ...« Er wandte den Blick ab und bestellte sich noch einen Kaffee.

Clara spürte, wie sich etwas in ihr zusammenzog. Das Engegefühl überkam sie wieder schlagartig, es war, als könne sie nicht mehr richtig atmen, als befände sich zu wenig Sauerstoff im Raum. Die Luft um sie herum schien sich in eine zähe, dichte Masse verwandelt zu haben, die ihr die Nasenlöcher verklebte, in ihre Lungen drang und dort den letzten Rest Atemluft aus den kleinen Verästelungen presste, um sich dann wie eine schwere, heiße Decke auf ihr Herz zu legen.

Sie öffnete den Mund, schnappte nach Luft wie eine Ertrinkende und stürzte ohne ein Wort zu Gruber nach draußen. Schwer atmend lehnte sie sich an die Hauswand und starrte mit weit aufgerissenen Augen auf die Straße vor ihr, ohne die vorüberfahrenden Autos und die Passanten wirklich zu sehen. Ihr war schwindlig, und sie hatte das Gefühl, jeden Moment umzukippen. Nach ein paar endlosen Minuten verebbte die Panik, und dann war der Anfall vorüber, so schnell und unvermittelt, wie er gekommen war. Mit zitternden, eiskalten Fingern zündete sich Clara eine Zigarette an und klammerte sich daran fest wie an dem sprichwörtlichen Strohhalm.

In dem Moment kam Gruber heraus, die beiden Kaffeebecher in der Hand. »Alles in Ordnung?«, fragte er und sah ihr forschend ins Gesicht. »Sie sehen ein wenig grün aus.«

Clara gelang ein wackeliges Lächeln. »Geht schon wieder, ich habe einen niedrigen Blutdruck.«

Er stellte die beiden Tassen auf einem Stehtisch ab und sah sie streng an: »Das kommt vom Rauchen.«

Clara nickte matt. »Wahrscheinlich, Herr Kommissar.« Sie griff nach ihrem Kaffee und trank einen Schluck. Er war glühend heiß und schmeckte bitter, doch Clara kam es so vor, als sei es das Köstlichste, was sie seit langem getrunken hatte. Sie schloss für einen Moment die Augen.

»Dachte ich mir, dass Sie noch einen gebrauchen können«, stellte Gruber zufrieden fest. »Ich hab dem Mädel gesagt, sie solle ihn extra stark machen, nicht so ein gefärbtes Abspülwasser wie der, den sie uns zuerst gebracht hat.«

Clara trank noch einen Schluck. »Danke«, murmelte sie. »Wo waren wir stehen geblieben?«

Gruber rieb sich den Nacken, dann meinte er etwas unbehaglich: »Bei der weißen Kammer, wie Sie sie nennen.«

Clara nickte. »Was sagt denn Herr Selmany dazu?«

Gruber verzog den Mund. »Will natürlich von nichts gewusst haben, ein vollkommenes Unschuldslamm. Dieser Raum sei seines Wissens seit seiner Zeit als Leiter der Klinik ausschließlich als Abstellraum für Putzzeug und nicht benötigte Betten oder Ähnliches benutzt worden. Ha!« Er schüttelte den Kopf. »Wissen Sie, wo sich der Raum befindet? Im Turm! Eine wirklich praktische Abstellkammer für nicht benötigte Betten! Der Raum befindet sich am Ende einer Treppe und misst höchstens 6 m^2.« Er schüttelte heftig den Kopf. »Der hält sich für superschlau!«

Doch dann hielt er unvermutet inne und sah Clara an: »Und wahrscheinlich kommt er damit sogar durch! Der Tod dieser jungen Frau passierte vor seiner Zeit, die dokumentierten Versuche, deren Unterlagen Sie mir gegeben haben, ebenfalls, und ich habe so meine Zweifel, ob wir ihm irgendwas werden nachweisen können. Vor allem deshalb, weil die alte Leiterin der Klinik, Agnes Thiele ...«

»... tot ist«, vervollständigte Clara seinen Satz. »Ich weiß, ich wollte gestern mit ihr sprechen.« Und als Gruber ihr einen missbilligenden Blick zuwarf, fügte sie mit einiger Schärfe noch hinzu, »das ist doch nicht verboten, oder?«

Gruber hob in spöttischer Abwehr die Hände. »Nur zu, Frau Anwältin, tun Sie nur weiter unsere Arbeit.«

Clara hatte plötzlich nicht einmal mehr die Kraft für eine spitze Erwiderung. Sie gab es auf, gegen die Resignation anzukämpfen, die Grubers Worte in ihr ausgelöst hatten.

Erschöpft starrte sie in ihren Becher. Er hatte recht. Wie sollten sie Selmany etwas nachweisen, ohne die Aussage von Agnes Thiele, ohne schriftliche Beweise, mit psychisch kranken Menschen als mögliche Zeugen, deren Aussagen Selmanys Verteidiger in der Luft zerreißen würden, sofern sie überhaupt aussagefähig waren. Blieben nur die Briefe und Ruths mögliche Aussage.

Doch Ruth war mordverdächtig, nach ihr wurde gefahndet, und bisher hatte sie über Selmany und ihren Aufenthalt in der Klinik gegenüber Clara nichts gesagt, was sich verwerten ließ. Wie sie überhaupt fast nichts von Bedeutung gesagt hatte, was Clara im Moment plötzlich auffiel. Alles, was Clara wusste, stammte aus Unterlagen oder aus Angaben Dritter. Ruth selbst hatte bisher im Grunde nur geschwiegen. Vielleicht hatte es keinen Zweck mehr weiterzukämpfen. Sie würde ja ohnehin nichts bewirken können.

Als hätte Gruber ihre Gedanken erraten, fragte er plötzlich: »Warum setzen Sie sich eigentlich so für diese Frau ein? Ich meine, es ist doch nicht üblich, dass Anwälte sich in diesem Maße für jemanden engagieren.«

Clara schwieg. Ihre Hand glitt unwillkürlich zu ihrer Hosentasche, wo sich der Zettel mit Pablos Adresse befand, und sie dachte an die Notlüge gegenüber dem Galeristen. »Ich bin Ruth.« Vielleicht war etwas Wahres dran gewesen an diesem spontan dahingesagten Satz. Vielleicht tat sie es für sich. Um ihren Gespenstern zu entkommen.

Doch Gruber war nicht der Richtige, um solche Fragen zu erörtern, deshalb zuckte Clara nur mit den Schultern und meinte: »Es ist eine Ungerechtigkeit, was mit dieser Frau geschehen ist. Jemand muss das aufdecken.«

»Und wenn sie Johannes Imhofen ermordet hat?«, fragte Gruber.

Clara sah ihn an: »Macht das einen Unterschied?«

Gruber kniff die Augen zu kleinen Schlitzen zusammen und starrte in die Sonne. »Für mich macht es durchaus einen Unterschied, ob wir es mit einer Mörderin zu tun haben oder nur mit einem unschuldigen Opfer.«

»Aber wenn sie eine Mörderin geworden ist, dann doch nur, weil sie zunächst ein unschuldiges Opfer war«, gab Clara heftig zurück.

Gruber schüttelte den Kopf. »Ruth Imhofen war niemals unschuldig. Sie vergessen, dass sie schon einmal getötet hat, damit hat die Geschichte ihren Anfang genommen.«

Clara zündete sich eine neue Zigarette an und dachte an ihre Pablo-Theorie, die sie dem Kommissar jedoch nicht auf die Nase binden wollte. Seine eingefahrene, sture Art belebte ihren Widerspruchsgeist und plötzlich wusste sie wieder, wofür sie sich einsetzte. »Ihr ist Unrecht widerfahren«, sagte sie leise. »Egal, was sie getan hat, sie hätte nie in dieser Klinik landen dürfen, man hätte nie diese Versuche machen dürfen, niemals hätte man sie vierundzwanzig Jahre einsperren dürfen!«

Gruber schwieg. Nach einer Weile schüttelte er den Kopf. »Vielleicht haben Sie ja recht. Aber meine Aufgabe ist es, den Mord an Johannes Imhofen aufzuklären. Und daran ändert die Geschichte mit Selmany und der Klinik nichts.«

»Heißt das, Selmanys Tat bleibt ohne Folgen?«

»Welche Tat?«, gab Gruber ironisch zurück, und sein Gesicht verzog sich zu der üblichen bitteren Grimasse. »Geben Sie mir eine Tat, und ich verfolge sie. Aber ich kann Ihnen eines schon versprechen, Sie werden sich verdammt schwer tun, etwas zu finden, um ihn festzunageln.«

Clara wandte sich ab. Sie wusste, dass Gruber recht hatte. Mit dem Tod von Agnes Thiele war die Wahrscheinlichkeit, die Machenschaften der Klinik aufzudecken, weiter geschwunden. Blieb nur noch die Möglichkeit einer Anzeige wegen Freiheitsberaubung, aber inwieweit war hier ein persönliches Verschulden von Dr. Selmany zu beweisen? Ruths Gutachten war von Dr. Thiele erstellt worden, und die Gerichte, die hier nicht nachgehakt hatten, die sämtliche Kontrollmöglichkeiten ignoriert hatten, trugen ebenso viel schuld wie die Klinikärzte mit ihren jahrelangen Gefälligkeitsgutachten. Wenn also nicht nachgewiesen werden konnte, dass Dr. Selmany, wie auch Dr. Thiele damals, ein eigenes Interesse gehabt hatten, Ruth in der Klinik lebendig zu begraben, wenn die Sache mit der weißen Kammer nicht bewiesen werden konnte, was blieb dann noch übrig? Schlamperei, Ignoranz, ein kaputtes Leben und nicht viel mehr. Und wenn es so weiterlief wie bisher, würde Ruth Imhofen nach wenigen Wochen in Freiheit womöglich ganz schnell wieder hinter verschlossenen Türen verschwinden, sei es in einem Gefängnis oder wieder in einer Klinik. Und es würde Gras über die Sache wachsen, und irgendwann würde niemand mehr über den Fall Imhofen sprechen. Man würde Ruth Imhofen vergessen, und das ganze Ausmaß der Geschichte würde nie ans Licht kommen.

Clara presste die Lippen aufeinander. So weit durfte es nicht kommen. Man konnte die Dinge nicht getrennt voneinander betrachten: Hier ein Verdächtiger, dort eine Verdächtige, zwei Verfahren, verschiedene Zuständigkeiten, spärliche Ergebnisse. Sie wusste, Gruber war ihr entgegengekommen, indem er den Zusammenhang zwischen den beiden Ereignissen hergestellt und sich der Durchsuchung persönlich angenommen hatte. Aber mehr würde er nicht für sie tun können. Er musste einen Mordfall aufklären, und seine Tatverdächtige befand sich auf der Flucht. Das hatte eindeutig Vorrang vor Selmany und der Klinik. Und wenn sie Ruth erst einmal gefasst hatten und sich bis dahin kein Hinweis auf einen anderen Verdächtigen ergab ...

War sie heute Morgen noch unschlüssig gewesen, wusste Clara jetzt mit Sicherheit, dass sie Gruber Ruths mögliches Versteck auf keinen Fall verraten würde. Versprechen hin oder her. Nicht, bevor sie nicht selbst herausgefunden hatte, was tatsächlich passiert war. Sie trank ihren Kaffee aus und kramte nach ihrem Geldbeutel.

Gruber winkte ab. »Schon erledigt.«

Clara lächelte matt und fühlte sich mit einem Mal erschöpft. Die gespannte Erwartung des Vormittags war einer lähmenden Müdigkeit gewichen. Sie schob ihren Geldbeutel wieder zurück in die Tasche. »Danke. Für alles.«

»Da gibt's nix zu danken«, brummte er. »Das ist meine Arbeit, nichts weiter.«

»Trotzdem.« Sie bückte sich, um die Leine an Elises Halsband zu befestigen.

»Und was werden Sie jetzt unternehmen?«, fragte Gruber, und die Art, wie er es sagte, betont nebensächlich, als wolle er nur höflichkeitshalber wissen, wo sie ihren nächsten Urlaub verbringen würde, ließ Clara aufhorchen.

Sie richtete sich auf. »Keine Ahnung. Ich habe das Gefühl, wohin ich mich auch drehe, jeder Weg endet an einer Mauer.« Das zumindest war nicht gelogen. Sie hob die Schultern: »Vielleicht sollte ich die Sache einfach eine Weile beiseiteschieben und mich um andere Dinge kümmern.«

Gruber sah sie aufmerksam an und nickte dann bedächtig: »Vielleicht sollten Sie das tun.«

Clara fühlte sich unbehaglich, Grubers kleine scharfe Augen fixierten sie, als könnte sein bloßer Blick alles enthüllen, was sie vor ihm verborgen hielt. Sie strich sich die Haare aus dem Gesicht, und es gelang ihr, wenngleich mit Mühe, seinem Blick standzuhalten, ohne zu erröten. »Ich melde mich bei Ihnen, wenn mir noch etwas einfällt«, sagte sie schließlich ein wenig lahm.

»Tun Sie das«, nickte Gruber. »Tun Sie das.«

Clara hatte es plötzlich eilig wegzukommen. Sie fühlte sich durchschaut, obwohl der Kommissar natürlich nichts von Pablo wissen konnte. Er hatte nicht mit Lio Winter gesprochen, er wusste nichts von Jakob Schelling, er wusste nicht, dass sie jetzt auf dem Weg zu ihm war und hoffte, dort Ruth zu finden. Das alles konnte er nicht wissen. Sie hastete die Straße entlang, bog dann in die Fußgängerzone ein und kam endlich, ziemlich außer Atem, am Odeonsplatz an. Dort verlangsamte sie ihren Schritt und stieg die Treppe zur Feldherrenhalle hinauf, um sich vor dem, was vor ihr lag, noch ein wenig zu sammeln. Sie setzte sich auf die oberste Stufe und rauchte eine Zigarette, einen Arm um Elise geschlungen, die neben ihr saß und sie fast um Haupteslänge überragte. Die Dogge leckte höflich an Claras Ohr und legte sich dann umständlich neben sie auf die Treppenstufe, ihren Kopf auf Claras Oberschenkel gebettet.

Die Ludwigstraße lag vor ihnen in ihrer ganzen weißen Pracht. Vor dem Café am Hofgarten drängten sich die Menschen an den vollbesetzten Tischen wie im Hochsommer. Jeder, der Zeit hatte, versuchte, so viel wie möglich von diesen letzten warmen Oktobertagen in den November mitzunehmen, die Sonnenstrahlen aufzusaugen und zu speichern für die düsteren, windigen Nebeltage und den langen Winter, der vor ihnen lag.

Clara rauchte die Zigarette zu Ende und dachte darüber nach, wie sehr sie diese Stadt liebte. Nach dem Abitur war sie ruhelos in der Weltgeschichte herumgestreunt, unfähig, lange an einem Ort zu bleiben, immer hatte es sie weitergezogen, wie auf der Flucht, um am Ende mehr zufällig in ihrer alten Heimatstadt zu landen, mit einer gescheiterten Liebesgeschichte und noch so manchen zerstörten Träumen im Gepäck. Aus diesem verbitterten, wütenden Neuanfang in der Stadt, in der sie nie hatte bleiben wollen, waren jetzt schon über fünfzehn Jahre geworden, und mittlerweile konnte sie sich nicht vorstellen, jemals wieder wegzuziehen. Diesen Platz mochte sie besonders. Der weite Blick die Straße hinunter bis zum Siegestor half ihr beim Denken. Doch heute wollte sie nicht nachdenken. Sie wollte sich keine Gedanken darüber machen, was sie bei Jakob Schelling erwartete, und vor allem wollte sie sich nicht der unangenehmen Frage stellen, was als Nächstes zu tun wäre, falls Ruth tatsächlich dort war. Seufzend schob sie Elises Kopf beiseite und stand auf.

Das Haus, in dem Jakob Schelling wohnte, befand sich im Stadtteil Sendling, ein altmodischer, zweistöckiger Mietsblock in einer ruhigen Seitenstraße, mit gleichförmigen Fenstern und einer Haustür, an der die Farbe abblätterte. Während Clara die Namensschilder an den Klingeln studierte, beugte sich aus dem Fenster im ersten Stock eine dicke Frau mit kurzen grauen Locken ums rote Gesicht und blauer Kittelschürze. Sie hatte ihre feisten Unterarme auf ein Kissen gestützt, um es auf ihrem Beobachtungsposten auch bequem zu haben.

»Zu wem wollen S' denn?«

»Zu Herrn Schelling. Jakob Schelling. Der wohnt doch hier?« Clara musterte erneut die Namen auf den Schildern. Ein Jakob Schelling befand sich nicht darunter.

»Was ham's nur allaweil mit dem Schelling? Zuerst kümmert sich jahrelang kein Mensch um den Kerl, und jetzt, wo's ihn rausgschmissen ham, kammat'n se daher.« Die Frau warf Clara einen vorwurfsvollen Blick zu.

Clara hatte das unbestimmte Gefühl, sich für irgendetwas entschuldigen zu müssen. Es dauerte ein paar Sekunden, bis die eigentliche Botschaft zu ihr durchdrang. »Rausgeworfen?«, wiederholte sie. »Er wohnt nicht mehr hier?« Ihre Hoffnung sank.

»Sag i doch! Schon über a halbes Jahr nimmer. Es geht halt nicht, hat der Vermieter gsagt, mit der Trinkerei, und die Miete hat er ja auch nimmer gezahlt.« Sie schüttelte betrübt den

Kopf. »Hat mir schon a bissl leidgetan um ihn. War eigentlich kein unrechter Kerl, wenn halt das Saufen ned gwesen war. Soll ja recht begabt gwesen sein, sagen die Leut. Jetzt hat er nur no ab und zu an Grabstein gmacht für jemand, dem er leidgetan hat. Und die hat er auch ned fertig bracht. Da waren de Leichen scho a paar Monat unter der Erden, und dann is er erst mit dem Stein daherkemma.«

»Und Sie wissen nicht zufällig, wohin er gezogen ist?«, fragte Clara leise.

»Mei, des Gleiche hat de andere Frau mich auch gfragt.« Die Frau stützte sich mit beiden Armen auf das Kissen und schürzte die Lippen.

»Eine andere Frau?«, hakte Clara aufgeregt nach.

»Ja, ich sag doch, jetzt auf einmal geht's hier zu wie am Stachus, jetzt, wo er nimmer da ist, der Herr Schelling. A komische Frau war des, ganz langsam ist sie dahergschlichen, als ob se schlafwandeln dat ...«

»Wann war das? Letzte Woche?«

Die Frau schüttelte den Kopf. »Naa, des is schon länger her. Zwei Wochen mindestens. Jetzt fällts mir wieder ein: Am vorletzten Sonntag wars, des weiß ich noch genau, denn meine Tochter is grad zum Mittagessen kommen, das macht sie immer jeden zweiten Sonntag, und da stand dann de Frau vor der Tür, im Jogginganzug, und wollt' zu dem Schelling, genau wie Sie jetzt.« Wieder klang ihre Stimme vorwurfsvoll.

»Und was haben Sie ihr gesagt?«

»Dass sie halt mal bei seiner Werkstatt vorbeischauen soll, hab ich gsagt, vielleicht hat er die ja sogar noch, oder die Leut dort wissen, wo er hin ist.«

Clara atmete tief ein und zählte langsam bis zehn, dann bat sie die Frau, ihr zu erklären, wo sich Jakob Schellings Werkstatt befand.

Der Weg war nicht weit. Nur zwei Straßen weiter im unkrautüberwucherten Hinterhof eines heruntergekommenen Hauses mit mehr Satellitenschüsseln an den Fenstern als Vorhängen befand sich ein kleines, niedriges Gebäude, umgeben von Unkraut und nackten Stauden, deren abgefallene Blätter den Boden wie ein dicker, modriger Teppich bedeckten.

Als Clara langsam näher kam, entdeckte sie ein paar Steinplatten, aneinandergelehnt an der Hausmauer, die bereits Moos angesetzt hatten, und eine halb fertig gestellte Skulptur lag umgestürzt daneben. Das, was einmal der Kopf hatte werden sollen, lag zerbrochen im Blätterbett. Clara trat auf Scherben von Bier- und Weinflaschen, eine stattliche Anzahl weiterer Flaschen stand, mehr oder weniger sorgfältig aufgereiht, neben den verwitterten Steinblöcken. An der Wand, rechts der Eingangstür, war eine dünne, feingemaserte Marmorscheibe angebracht, sauber poliert und mit sorgfältig eingravierten Schriftzügen wirkte sie wie ein Fremdkörper zwischen all dem Unrat und den allgegenwärtigen Zeichen der Verwahrlosung.

JAKOB SCHELLING
BILDHAUER

Clara überkam eine große Traurigkeit, als sie die Worte las. Begabt soll er gewesen sein, ein »ganz anderes Kaliber«, einer mit einer echten Karriere vor sich, so hatte Lieselotte Winter ihn beschrieben. Selbst wenn Clara ihn hinter dieser Tür antreffen würde, was sie stark bezweifelte, so würde sie ihn doch nicht gefunden haben. Pablo, Ruths Geliebter, dieser kraftvolle, rothaarige junge Mann mit dem energischen Kinn auf dem Foto, an den all diese herzzerreißenden Briefe gerichtet waren, gab es längst nicht mehr. Was war mit ihm geschehen? Was hatte ihn so abstürzen lassen?

Clara sah sich noch einmal in dem verlassenen Hinterhof

um. Gegenüber der Werkstatt standen drei große Mülltonnen, vollgestopfte Plastiktüten lagen daneben, leere Kartons, ein Fahrrad ohne Vorderrad, sogar ein ausrangierter Fernseher. Die Wände des Wohnhauses waren mit Graffiti verschmiert, die Fenster zum Innenhof teilweise mit Tüchern und Decken zugehängt, manche wirkten wie leere Löcher. Wären die Satellitenschüsseln an der Vorderfront und der Müll nicht gewesen, hätte man glauben können, der ganze Block sei unbewohnt. So oder so hatte man ihn dem Verfall preisgegeben. Womöglich stand der Zeitpunkt des Abrisses bereits fest. Oder aber die Gebäude moderten und gammelten noch eine Weile unbemerkt vor sich hin, bis sich ein Investor auftat oder die Stadt sich doch noch erbarmte. Die Tage von Jakob Schellings Bildhauerwerkstatt, sofern sie diesen Namen überhaupt noch verdiente, waren jedenfalls gezählt.

Clara versuchte sich vorzustellen, was Ruth empfunden hatte, als sie hierhergekommen war. Welche Erwartungen hatte sie gehabt? Wollte sie einfach nur den früheren Geliebten wiedersehen? Oder hatte sie die Hoffnung gehabt, dort anknüpfen zu können, wo sie vor vierundzwanzig Jahren unterbrochen worden waren? Er hatte keinen Finger für sie gerührt in all den Jahren. Und auch ihre Briefe hatte er nie erhalten. Was konnte sie von ihm schon erwarten? Vielleicht war es aber auch Wut gewesen, das Bedürfnis abzurechnen, weil er sie im Stich gelassen hatte? Und die vielleicht wichtigste Frage: Hatte sie ihn angetroffen, diesen unbekannten Mann, der aus Pablo geworden war? Und wenn ja, was war dann passiert?

Behutsam drückte Clara die Klinke zur Werkstatt hinunter. Die Tür war nicht abgeschlossen. Clara fasste Elise warnend am Halsband und trat vorsichtig ein. Eine dunkle, staubige Kühle empfing sie. Durch das kleine Fenster neben der Tür drang nur spärliches Licht, das nicht bis in die Ecken vordrang.

Die Scheibe war mit einer dicken Schmutzschicht bedeckt, ein Stück war herausgebrochen und mit Klebeband notdürftig repariert worden. Davor stand eine verwitterte, mit feinem, hellem Staub bedeckte Werkbank, an der Wand daneben hing allerlei Werkzeug. Clara drückte den Lichtschalter neben der Tür, doch nichts geschah. Entweder war die einzelne Glühbirne, die an einem Kabel von der Decke hing, ausgebrannt, oder der Strom war abgestellt.

Clara blieb unschlüssig an der Schwelle stehen. Die Werkstatt bestand aus einem einzigen niedrigen Raum, und offenbar hatte Jakob Schelling hier nicht nur gearbeitet, sondern nach seinem Rauswurf aus der Wohnung auch gelebt. An der linken Wand stand eine Pritsche mit Decken und einem Schlafsack darauf, an das Fußende war ein kleiner Elektroofen geschoben. Neben dem Waschbecken auf der rückwärtigen Seite des Raumes war auf einer Kommode ohne Schubladen eine notdürftige Küche eingerichtet: Zwei Campingkochplatten, etwas angeschlagenes Geschirr, ein paar Gläser und darüber in einem Regal an der Wand Dosen mit Bohnen, Ravioli, Mais, Ölsardinen, Cornedbeef und ein paar angebrochene Tüten mit schwer identifizierbarem Inhalt. Daneben eine weitere Tür, hinter der eine Toilettenschüssel zu sehen war.

Im Raum verteilt standen auch hier, wie schon draußen, einige unterschiedlich große Steinquader und dicke Platten herum, eine halbfertige Arbeit, ein in sich verschachtelter Würfel, stand rechts von der Tür. Dahinter in der Ecke, im schwachen Licht kaum erkennbar, ein dunkler, undefinierbarer Haufen Stoff, offenbar Kleidungsstücke, wie Clara vermutete, die in Ermangelung eines Schrankes auf den kahlen Betonboden geworfen worden waren.

Wie sie erwartet hatte, von Jakob Schelling keine Spur. Und auch nicht von Ruth. Sie versuchte es trotzdem. »Ruth?«, flüsterte sie leise in die Stille hinein. »Sind Sie da?«

Clara machte ein paar Schritte in den Raum hinein, und im gleichen Augenblick spürte sie, wie Elise sich unter ihrer Hand anspannte. Der Hund machte keinen Mucks, aber ganz offenbar hatte er etwas bemerkt, was Clara entgangen war. Sie blieb stehen und drehte sich langsam um. Durch die offene Tür konnte sie in den Hof hinaussehen. Er war noch immer menschenleer. Unvermittelt bekam sie es mit der Angst zu tun. Sie war ganz allein, niemand wusste, wohin sie gegangen war. Wenn ihr etwas passieren sollte, würde sie so schnell niemand finden. Sie schluckte und fasste Elises Halsband fester. Mit großer Kraftanstrengung gelang es ihr, das Kribbeln in ihrem Rücken, das zur Flucht mahnte, zu ignorieren. Was soll schon passieren, sagte sie sich, es ist ja niemand da. Doch in dem Moment hörte sie ein Geräusch. Ganz leise, kaum wahrnehmbar, aber Elise hatte es auch gehört. Sie machte einen kleinen Satz in die Richtung, aus der es gekommen war, und fast hätte Clara das Halsband losgelassen. Instinktiv sah sich Clara nach etwas um, das sie als Waffe benutzen konnte, und griff hastig nach dem größten und am schwersten wirkenden Werkzeug, das neben ihr in der Halterung an der Wand hing. Dann schlich sie, Elise fest am Halsband und mit der anderen Hand das Werkzeug umklammert, zu der dunklen Ecke, in der der Kleiderhaufen lag. Als sie näher kam, hörte sie das Geräusch wieder, dieses Mal deutlicher, und Clara erkannte, was es war. Sie bekam eine Gänsehaut. Es war eine menschliche Stimme, ganz leise, kaum hörbar. Jemand flüsterte.

Elise hielt es nicht mehr aus und begann zu bellen. Als Clara den Hund wieder zum Schweigen gebracht hatte, war die Stimme verstummt.

»Ruth!«, rief sie aufs Geratewohl in die Ecke hinein. »Kommen Sie doch bitte heraus, es geschieht Ihnen nichts.«

Als Antwort kam ein leises Wimmern, das Clara fast noch grauenvoller fand als das monotone Flüstern vorhin.

Sie atmete tief ein, schloss für einen Moment die Augen, dann drückte sie Elise sanft aufs Hinterteil und befahl leise: »Du bleibst hier, verstanden? Sitz!«

In die Richtung, aus der das Wimmern kam, sagte sie so ruhig und fest wie möglich: »Ich komme zu Ihnen, Ruth, erschrecken Sie nicht. Ich bin es, Clara Niklas. Es geschieht Ihnen nichts.«

Wie eine Beschwörungsformel wiederholte sie die Worte immer wieder und schob sich vorsichtig an dem großen Steinkubus vorbei in die Ecke.

Ruth saß eng an die Wand gepresst neben dem Haufen Kleider, die Clara vom Eingang aus gesehen hatte. Sie hatte sich zusammengekrümmt, die Hände fest um ihre Unterschenkel geschlungen, den Kopf zwischen die Knie geklemmt.

Clara ging in die Hocke und tastete sich langsam vorwärts, noch immer beruhigend flüsternd, bis sie Ruths Hände berühren konnte. Sie waren eiskalt und so verkrampft, dass sie wie aus Stein gemacht schienen. Als Ruth nicht auf die Berührung reagierte, versuchte Clara, ihre Hände von den Beinen zu lösen, doch sie waren wie miteinander verwachsen, und Claras Bemühungen hatten lediglich den Erfolg, dass Ruths Wimmern lauter wurde und sie sich hin und her zu wiegen begann. Clara ließ los, und nach ein paar Augenblicken ratlosen Zögerns kroch sie neben Ruth und legte vorsichtig den Arm um ihre Schultern.

Nach einer Weile fing sie an, über Ruths Haare zu streicheln, und murmelte dabei leise, beruhigende Worte, wie zu einem Kind, das aus einem Albtraum nur halb erwacht und sich nicht wecken lässt, sinnloses, beruhigendes Gemurmel, alles wird gut, ja, ja, ist ja schon gut, meine Liebe, schon gut …

Eine kleine Ewigkeit später, wie es schien, während die Kälte der Wand in Claras Rücken und Beine kroch und sie steif werden lies, löste sich Ruths Verkrampfung ein wenig, und sie hob den Kopf. Clara konnte ihr Gesicht in dem düsteren Licht kaum erkennen, eine helle Fläche, die dunklen Augen waren in die Ferne gerichtet.

»Er ist nicht da«, flüsterte Ruth. »Er ist nicht mehr da.«

Clara nickte. »Sie meinen Pablo? Er ist fort?«

»Er ist fort. Ich habe ihn weggeschickt. Warum habe ich ihn nur weggeschickt?« Sie begann zu weinen.

»Sie haben ihn weggeschickt? Warum?«

Doch Ruth antwortete nicht. Sie wiegte sich wieder hin und her, dabei weinte sie leise vor sich hin. »Ich hätte das nicht tun dürfen, wir hätten uns nicht streiten dürfen, ich habe ihn weggeschickt.«

»Wissen Sie, wo er hingegangen ist?« Clara fiel es schwer, ruhig zu bleiben, aber es war klar, dass es keinen Sinn hatte, die Frau zu drängen.

Ruth schüttelte den Kopf. Sie schluchzte auf, und Clara spürte, wie ihre mageren Schultern bebten.

Sie versuchte es noch einmal. »Wo ist Pablo? Ruth, bitte, antworten Sie mir? Können Sie mir sagen, wo Pablo ist?« Ruth schüttelte den Kopf. »Ich hätte ihn nicht wegschicken dürfen«, flüsterte sie.

Clara begann plötzlich zu begreifen, dass Ruth nicht von der Gegenwart sprach. Sie streichelte wieder über Ruths Kopf, ihre Haare waren trocken und filzig wie ein Vogelnest. »Was ist passiert, Ruth? Was ist damals passiert?«

»Ich weiß es nicht, ich weiß es doch nicht!« Sie weinte wieder. Dann hob sie plötzlich den Kopf, als lausche sie auf ein Geräusch, das nur sie hören konnte. »Er ist da. Warum nur ist er gekommen? Er war doch gar nicht eingeladen. Noch nie ist er gekommen Aber jetzt ist er da, plötzlich ist er da. Ich verstehe das nicht, was sagt er zu mir? Ich verstehe es nicht, die Tür ... er tritt gegen die Tür ...«, sie brach ab.

»Von wem sprechen Sie, Ruth?«, fragte Clara und versuchte,

ihre Stimme ruhig und Vertrauen erweckend klingen zu lassen. »Wer hat die Tür eingetreten? Es war Udo Reimers, nicht wahr? Er war nicht eingeladen und ist trotzdem gekommen. Er hat Sie bedroht und beleidigt, Sie hatten Angst vor ihm ... und dann ist Pablo gekommen ... er hat Ihnen nur helfen wollen, und er hat die Skulptur gepackt und ...«

»Nein, nein, nein!« Ruth heulte auf wie ein Tier. Und dann, völlig unvermittelt, packte sie Clara so heftig an den Armen, dass diese vor Schmerz zusammenzuckte.

»Er stirbt«, schrie sie Clara ins Gesicht, und ihre Stimme war schrill vor Angst. »Sein Blut ist überall, sieh doch nur, er stirbt, bitte, tu doch etwas, er stirbt, siehst du nicht, er stirbt, bitte ... bitte, bitte ....«

Ihre Stimme wurde leiser und ging in ein Wimmern über. Sie ließ Clara los, und ihr Kopf sank wieder zurück auf ihre Knie.

Elise, die bei Ruths Geschrei aufgesprungen war, bellte aufgeregt. »Scht«, zischte ihr Clara hastig zu, und der Hund verstummte, wenn auch widerstrebend. Clara rieb sich benommen ihre Oberarme, und dann warf sie einen furchtsamen Blick auf Ruth, die jetzt wieder bewegungslos neben ihr kauerte und fast mit dem Kleiderhaufen verschmolz.

Clara verfluchte sich für ihre Sturheit. Wie war sie nur auf den wahnwitzigen Gedanken kommen, sie könnte das alleine regeln? Ruth brauchte ärztliche Hilfe. Wenn sie wenigstens ein Handy hätte.

»Möchten Sie nicht rauskommen? Wir könnten uns auf das Bett setzen und ein Glas Wasser trinken, oder vielleicht kann ich einen Tee kochen?« Claras Stimme zitterte. Sie griff nach Ruths Hand und versuchte, sie behutsam aus ihrer Ecke zu ziehen. »Kommen Sie doch bitte, wir gehen hier raus, ja?«

Doch Ruth entzog ihr die Hand und verknotete damit wieder ihre Beine. »Er ist nicht mehr da. Er hat mich verlassen.«

»Haben Sie Pablo hier getroffen?«, versuchte es Clara erneut, und sie hatte das Gefühl, blind auf einem Minenfeld umherzutorkeln.

»Sie waren am Sonntag vor zwei Wochen schon einmal hier, nicht wahr? An dem Tag, an dem Sie so lange verschwunden waren. Da haben Sie Pablo zum ersten Mal wiedergesehen. Nach all den Jahren. Sie wollten mit ihm darüber sprechen, was damals passiert ist.«

»Er wusste es nicht. Er wusste nichts. Ich hatte ihn ja weggeschickt. Beide haben wir nichts gewusst. Gar nichts.« Ruth begann erneut zu weinen.

Claras Hirn fing unvermittelt wieder an zu arbeiten, ihre Gedanken bewegten sich rasend schnell, ein Bruchteil fand zum anderen, und plötzlich hatte sie ein fertiges Bild vor Augen.

»Er hat es nicht gewusst«, murmelte sie vor sich hin. »Natürlich, er hat es nicht gewusst. Er hat alles erst von Ruth erfahren, an diesem Sonntag vor zwei Wochen, an dem Sonntag, an dem Imhofen getötet wurde ...«

Sie hielt erschrocken inne und langsam, wie in Zeitlupe, sank ihr Blick nach unten und blieb an dem Werkzeug hängen, das sie noch immer in den Händen hielt: Es war ein schwerer Eisenklöpfel, ein typisches Bildhauerwerkzeug. *Ein großer schwerer Hammer ohne spitze Kanten ...*

Sie öffnete den Mund, wollte etwas sagen, doch sie kam nicht mehr dazu, denn im gleichen Moment passierten mehrere Dinge gleichzeitig: Elise begann wieder zu bellen, und ein helles Licht flammte auf. Es blendete Clara, sodass sie nichts erkennen konnte. Eine laute, scharfe Männerstimme ertönte, und Ruth schlug in Panik um sich. Sie traf Clara am Kopf und an der Brust, und Clara hob die Hände vor ihr Gesicht, um sich vor den Schlägen ebenso wie vor dem grellen Licht zu schützen. Dann hörte sie einen durchdringenden Schrei. Sie glaubte, es wäre Ruth, die vor Angst und Schreck schrie, doch später, rückblickend war sie sich nicht mehr sicher, ob sie es nicht selbst gewesen war.

Wenige Sekunden später war alles vorbei. Ein Mann zerrte Ruth aus der Ecke und hielt sie mit beiden Armen umklammert, während ihr Kopf hin und her flog und sie mit den Füßen wild um sich trat. Rückwärts ging der Mann nach draußen, die sich heftig wehrende Frau mit sich schleppend. Ein zweiter Mann streckte Clara die Hand hin, um ihr herauszuhelfen. Mühsam stand Clara auf, den Kopf von dem grellen Licht abgewandt. Ihre Knochen taten ihr weh, und sie zitterte heftig, dass sie kaum stehen konnte.

»Wo ist Elise?«, fragte sie und ihre Stimme klang fremd und schrill. »Wo ist mein Hund?«

Sie hörte ein entferntes Bellen, das von draußen kam, und schob den Mann beiseite. Elise jaulte und bellte aufgeregt, als sie Clara aus der Tür kommen sah. Man hatte sie einige Meter entfernt mit einem Strick an den zerbeulten Fahrradständer neben einem der Hauseingänge angebunden.

Claras Blick wanderte suchend weiter. Ruth saß neben der Tür auf dem blätterübersäten Boden, mit ausgestreckten Beinen und gesenktem Kopf, leblos wie eine kaputte Puppe. Ihre Hände waren mit Handschellen gefesselt. Eine Frau kniete neben ihr und redete leise auf sie ein.

Clara spürte, wie das Blut aus ihrem Gesicht wich, und ihre Hände ballten sich zu Fäusten. Sie machte einen Schritt auf die Frau zu, die offensichtlich Ärztin war, doch jemand hielt sie fest. Rüde versuchte sie, sich loszureißen, doch es gelang ihr nicht. Der Griff war nicht besonders fest, aber unnachgiebig. Mit vor Wut verzerrtem Gesicht wandte sie sich um. Hinter ihr stand Gruber. »Hatten wir nicht eine Vereinbarung?«, sagte er leise.

»Lassen Sie mich los! Auf der Stelle!«, fauchte Clara, und meinte, gleich ohnmächtig zu werden vor Zorn. Etwas am

Klang ihrer Stimme ließ Gruber zurückzucken, und er lockerte seinen Griff. »Machen Sie aber keine Dummheiten«, meinte er.

Clara entzog ihm ihren Arm: »Dafür sind ja wohl Sie zuständig«, gab sie böse zurück.

Gruber hob die Augenbrauen. »Vorsichtig, Frau Anwältin, schön vorsichtig.« Dann reichte er ihr ein Taschentuch. »Ihre Mandantin hat Sie wieder einmal ganz hübsch getroffen.«

Clara tastete ihr Gesicht ab. Ihre Unterlippe schien aufgesprungen. Sie spürte den metallischen Geschmack von Blut und wischte mit dem Ärmel über den Mund. »Was sind Sie nur für ein mieser Kerl, Gruber!«, murmelte sie. Ihre Knie zitterten, und ihr Herz hämmerte in ihrer Brust, als wollte es zerspringen.

Gruber steckte das verschmähte Taschentuch wieder ein und verzog das Gesicht. »Ach? Auf einmal. Das hörte sich heute Morgen noch ganz anders an. Als Sie mich noch für Ihre Zwecke brauchen konnten.«

Clara schüttelte den Kopf. »Was für ein Blödsinn. Ich dachte, wir stehen auf der gleichen Seite. Da habe ich mich wohl getäuscht.«

Gruber sah sie scharf an: »Wir beide standen nie auf der gleichen Seite. Und das ist nicht meine Schuld. Ich hatte Sie gewarnt. Wenn ich den Verdacht habe, dass Sie mir etwas verschweigen, muss ich Sie beschatten lassen. Glaubten Sie im Ernst, ich hätte mich nicht gefragt, wer dieser Geliebte war, dem Ruth die Briefe geschrieben hat? Dachten Sie tatsächlich, mir wäre nicht aufgefallen, dass Sie sich diese Frage offenbar nicht zu stellen schienen, ihn mit keinem Wort erwähnten, obwohl er doch offensichtlich der einzige Hinweis auf Ruths mögliches Versteck war, den es gab? Halten Sie mich tatsächlich für so blöd?«

Clara gab keine Antwort. Ihre Wangen brannten, als hätte Gruber sie geschlagen. »Sie sind mir also die ganze Zeit gefolgt?«, fragte sie nur.

Als Gruber nickte, schloss Clara die Augen und wandte sich ab. Sie ging zu der jaulenden Elise und band sie los. Aufgeregt sprang die Hündin an ihr hoch und versuchte, mit beiden Vorderpfoten auf ihre Schultern gestützt, ihr Gesicht abzulecken. Clara schob sie sanft hinunter und ging zurück zu Gruber. »Und wenn ich Ihnen sage, dass sie es nicht war? Dass ich weiß, wer der Mörder ist?«

Gruber hob müde die Schultern. »Aber das hatten wir doch schon. Sie können alles vorbringen, was Sie für nötig halten. Aber nicht jetzt. Auch wenn Sie das partout nicht glauben wollen: Wir gehen jedem Hinweis nach. Wir werden auch diesen Mann finden, Ruths Geliebten, und seine Beteiligung an der Tat klären. Warum lassen Sie uns nicht unsere Arbeit machen und warten einfach ab?«

»Weil Ruth nicht warten kann!« Clara schrie es fast, und es hätte nicht viel gefehlt, und sie hätte Gruber vor die Füße gespuckt, um ihm zu zeigen, was sie von seiner Arbeit hielt. »Sehen Sie das denn nicht?« Sie deutete mit zitterndem Finger auf die reglose Frau am Boden.

Gruber sah sich nicht um. »Vorerst besteht gegen Ihre Mandantin nach wie vor dringender Tatverdacht, und wir nehmen sie in Gewahrsam. Sie muss ärztlich untersucht werden und dann werden wir sie …«

»Sie werden Sie einsperren«, vervollständigte Clara seinen Satz bitter, und sie spürte, wie ihr übel wurde.

»Sie wird in die Psychiatrie gebracht, dort wird man sie einer genauen Begutachtung unterziehen …«

»Sie sind so ein gottverdammter Idiot.« Clara traten Tränen in die Augen. Sie senkte den Blick und sagte nach einer Weile mit nur mühsam unterdrückter Wut. »Ich muss mit ihr sprechen. Jetzt sofort.«

Gruber, der angesichts Claras Beleidigung seine Brauen noch ein paar Zentimeter enger zusammengezogen hatte, hielt es offenbar für klüger, ihr nicht mehr zu widersprechen. Er wandte sich mit einem fragenden Blick der Ärztin zu, die sich jetzt aufgerichtet hatte.

Diese schüttelte jedoch den Kopf. »Wir sollten sie sofort ins Krankenhaus fahren. Ich glaube kaum, dass sie jetzt in der Lage ist …«

»Das lassen Sie nur meine Sorge sein«, gab Clara zurück und schob die Ärztin brüsk beiseite, ohne Grubers Erwiderung abzuwarten.

Ruth saß noch immer unverändert am Boden, den Rücken an die Werkstattwand gelehnt und die Beine ausgestreckt. Ihr Kopf hing weit nach vorne, so dass ihr Kinn die Brust berührte.

Clara kniete sich zu ihr. »Ruth, hören Sie mich?«, fragte sie leise. »Ich bin es, Clara Niklas.

Die Frau hob ein wenig den Kopf, sah sie jedoch nicht an. »Sie bringen mich zurück«, murmelte sie tonlos, es war keine Frage, sondern eine Feststellung, und keinerlei Regung lag dabei in ihrer Stimme. Keine Angst, keine Wut, noch nicht einmal Resignation.

Etwas in Clara krümmte sich vor Mitleid. Erneut traten ihr Tränen in die Augen. Sie griff nach Ruths Händen, die in den Handschellen winzig und zerbrechlich wirkten, und drückte sie. »Bitte, Ruth, wir haben nicht viel Zeit. Sagen Sie mir, wo Pablo ist. Bitte!«

Hinter ihr ertönte Grubers Stimme. »Wir fahren jetzt.«

»Bitte!«, flüsterte Clara eindringlich, während einer der Beamten Ruth aufhalf.

Sie ließ es geschehen. Ihr Gesicht zeigte keinen Widerstand, keine Hoffnung, nichts. Es schien, als ob sie verschwunden wäre. Als ob es Ruth Imhofen nicht mehr gäbe. Sie hatte sich zurückzogen, so weit in sich, wie es nur möglich war. Sie hatte ihren Schutzmechanismus wieder aktiviert, Clara sah es an ihren verlangsamten Bewegungen, und sie bekam Angst. Würde Ruth jemals wieder auftauchen? Oder war der Rückzug dieses Mal endgültig? Sie war so stark gewesen, hatte die lange Zeit in der Klinik überstanden, doch vielleicht war dies jetzt zu viel. Vielleicht war in dem Moment, als der Beamte sie aus ihrer Ecke herausgezerrt hatte, etwas endgültig zerbrochen. Etwas, was sich nicht wiedergutmachen ließ.

Clara wurde kalt, als sie versuchte, sich vorzustellen, was das bedeutete. Lebendig begraben. Im eigenen Geist gefangen, nur noch ein Körper, der funktionierte, langsam, mechanisch und sonst nichts mehr. Dann würde es keine Rolle mehr spielen, ob man den wahren Mörder Johannes Imhofens fand oder nicht. Es würde nichts mehr eine Rolle spielen für sie.

Sie packte Ruth heftig am Arm und sagte laut, sie schrie es fast: »Wo ist er? Pablo, Ihr Geliebter! Denken Sie an das Haus am Meer! Das gelbe Haus! In dem Sie glücklich waren, Sie beide, ganz allein! Denken Sie an die Farben! Das Licht dort oben im Norden! Denken Sie an meine Stimme, Ruth! Was hat meine Stimme für eine Farbe?«

Jemand berührte Clara an der Schulter. Sie schüttelte die Hand ab und hörte, wie die Ärztin sagte: »Das geht jetzt aber zu weit«, und wie Gruber leise antwortete und dann seine Stimme hob: »Frau Niklas, es ist genug! Was soll denn das?«

Clara reagierte nicht. Sie hielt Ruth noch immer fest, versuchte, ihr in die Augen zu sehen.

Plötzlich, kaum sichtbar trat eine winzige Veränderung in Ruths Gesicht ein. »Ihre Stimme?«, wiederholte sie langsam, wie aus einem Traum erwachend. »Ihre Stimme war rot, damals, wie glühendes Holz ...«

»Sie erinnern sich wieder, sehen Sie!« Clara lächelte unter Tränen und versuchte, der Vergangenheitsform, die Ruth verwendet hatte, keine Bedeutung beizumessen. Sie drückte Ruths Arm fester. »Und was ist mit Pablo? Wissen Sie, wo er ist?«

Ruth hob den Kopf. Es schien, als bemerke sie Clara erst jetzt. »Pablo?«, fragte sie unsicher.

Clara nickte. »Ja, Pablo. Sagen Sie mir, wo er ist, dann hole ich ihn zurück.«

Ruths Blick schweifte ab. »Sie holen ihn zurück? Das geht nicht. Er ist weg. Er ist am Meer. Dorthin ist er immer schon gegangen, immer schon.«

»Am Meer? An welchem Meer?«, fragte Clara aufgeregt.

»Das reicht jetzt wirklich!« Gruber trat dazwischen und schob Clara energisch fort. »Sie sind ja genauso verrückt wie Ihre Mandantin!«

Clara öffnete den Mund, wollte protestieren, doch sie sah, dass es keinen Zweck mehr hatte.

Ruths Augen hatten sich wieder nach innen gewandt, zeigten keine Regung mehr. Noch einmal würde sie sie nicht auf diese Art erreichen können. Jetzt nicht und vielleicht nie mehr. Clara wandte sich ab. Sie wollte nicht sehen, wie sie Ruth abführten, in das Auto setzten, das vorne an der Straße wartete, und mit ihr wegfuhren.

Gruber bellte ihr noch zu, sie solle am nächsten Morgen ins Präsidium kommen, er habe noch eine ganze Menge Fragen an sie, doch Clara schüttelte nur den Kopf, ohne sich umzudrehen, und machte mit einer deutlichen Handbewegung klar, was sie mit dieser Aufforderung zu tun gedachte. Endlich hörte sie Türenschlagen, und das Auto fuhr weg.

Sie blieb allein zurück in dem Hinterhof, der jetzt wieder so leer und still war wie zuvor. Niemand von den Bewohnern schien sich dafür zu interessieren, was gerade vorgefallen war. Keine Gesichter erschienen an den Fenstern, keiner der Vorhänge und keines der Tücher bewegte sich. Es war totenstill. Nur von draußen, weit entfernt, drang der Straßenlärm herein, Autos fuhren vorbei, ein frisiertes Moped.

Clara setzte sich auf die umgestürzte Skulptur und zündete sich eine Zigarette an. Ihre Finger zitterten, und als sie den Rauch tief in ihre Lungen inhalierte, spürte sie, dass es nicht reichen würde, um den Schock zu überwinden. Sie brauchte etwas Stärkeres. Aber sie konnte sich nicht aufraffen aufzustehen und wegzugehen. Ihre Beine fühlten sich plötzlich an, als wären sie nicht mehr in der Lage, Claras Gewicht zu tragen. Sie rauchte weiter, zündete sich am Stummel der ersten Zigarette eine zweite an, und langsam hörten ihre Finger auf zu zittern.

»Am Meer«, murmelte sie resigniert. »An welchem Meer, verdammt?« War er in den Norden gefahren? An die Nordseeküste, so wie damals mit Ruth? Oder nach Italien, nach Frankreich, nach Spanien?

»Bist du in Spanien, Pablo?«, fragte sie laut, und ihre Stimme hallte von den Wänden, die den Hinterhof von allen Seiten umschlossen. Es würde passen. Also Spanien? Nur wegen eines albernen Spitznamens, den außer Ruth wahrscheinlich längst keiner mehr benützte, an den er sich vielleicht selbst nicht mehr erinnerte?

Claras Blick wanderte ruhelos umher. Es war wie ein Rätsel, das unbedingt gelöst werden musste. Unbedingt, jetzt sofort. Sie wusste gar nicht, was sie damit anfangen sollte, falls sie es tatsächlich herausfände, sie wusste nur, dass es sie im Moment davon abhielt, über andere Dinge nachzudenken. Es hielt die Bilder fern. Die Bilder von der um sich schlagenden Frau im Klammergriff des Polizeibeamten, von der zusammengesunkenen zerbrochenen Puppe, die man an die Hausmauer gelehnt hatte wie ein Spielzeug, das nicht mehr gebraucht wurde.

Am Meer. Am Meer. Endlich stand Clara auf. Es war kühl geworden, schon später Nachmittag, und sie fröstelte. Ihr Blick fiel wieder auf die verlassene Werkstatt. An der Tür war ein Siegel der Polizei angebracht. Sie würden alles durchsuchen. Sie würden den Klöpfel finden, den sie in der Hand gehalten hatte. Würden sie den Zusammenhang erkennen? Spuren finden? Welche Schlüsse würden sie ziehen? Erhärtete dies in ihren Augen womöglich nur den Tatverdacht gegen Ruth?

Clara zündete sich eine dritte Zigarette an und blies den Rauch zornig in die Luft. Es spielte keine Rolle, ob sie irgendwann auch noch in eine andere Richtung ermitteln würden oder nicht. Sie wusste, Ruth konnte nicht mehr warten. Vielleicht war es ohnehin schon zu spät. Vielleicht war Clara die Einzige, die sich hier noch den Kopf mit sinnlosen Gedankenspielen zerbrach.

Ruths leere Augen gingen ihr nicht aus dem Kopf. Sie würde die Kraft nicht mehr aufbringen weiterzumachen, wenn man sie jetzt wieder in eine geschlossene Anstalt brachte. Das hatte Clara in dem Moment begriffen, als sie ihr in die Augen gesehen hatte. Nichts war mehr darin gewesen, kein Leben, keine Wut, keine Hoffnung, rein gar nichts. Und diese vollkommene Ausdruckslosigkeit hatte Clara an etwas erinnert, was sie jetzt, als sie so hilflos dasaß, liebend gerne aus ihrem Gedächtnis verbannt hätte. Etwas, das ihr Angst machte und ihr das Gefühl vermittelte, die Zeit liefe davon, Ruths Zeit. Es waren jene Zeilen in einem von Ruths Briefen, in denen sie Maja beschrieb. Clara sah sie vor sich, die schräge, etwas krakelige Schrift, und die Worte dröhnten wie eine unheilvolle Mahnung in ihren Ohren: *»Sie wird es nicht aushalten, ich spüre es. Ihre Farben gehen. Ihre Stimme klingt wie welkes Gras, durch das der Wind fährt, hinter ihren Augen ist nichts mehr als ein leeres Grau …«*

Ruth hatte recht behalten. Kurze Zeit später war Maja tot gewesen.

Clara sprang auf und warf die halbgerauchte Zigarette weg. Sie verglimmte qualmend zwischen den aufgesprungenen

Pflastersteinen. Clara musste etwas tun, etwas, das Ruth helfen konnte. Sie musste Pablo finden. Zornig starrte sie das Siegel an der Tür an. Wenn sie es erbrach, würde Gruber sofort wissen, dass sie herumgeschnüffelt hatte. Na, wenn schon, dachte sie böse. Soll er doch. Kurz entschlossen riss sie den Papierstreifen ab und öffnete die Tür. Wenn es einen Hinweis gab, wohin Jakob Schelling gegangen war, dann hier. Einen anderen Ort gab es nicht. Schnell und systematisch begann sie zu suchen. Sie fand erschreckend wenig private Dinge. Ein paar Bücher in der Ecke neben dem Bett, eine alte Mappe mit vergilbten Rechnungen, das war alles. Ratlos sah sie sich um. Wo sollte sie noch suchen? Plötzlich fiel ihr Blick auf die Wand vor ihr. Über dem Bett hing ein Bild. Es war ein DIN-A4-Kalenderblatt, mit Reißnägeln an die Wand gepinnt, und es zeigte …

»Das Meer«, murmelte Clara.

Vorsichtig, fast ehrfurchtsvoll löste sie die Reißnägel und nahm das Blatt herunter. Eine malerische Küste war darauf zu sehen, tiefblaues Meer, und in der Ferne leuchtete ein verschachteltes Fischerdorf mit weißen Häusern in der Sonne. Unten am Rand stand gedruckt: *»Cadaqués, Costa Brava.«*

Merkwürdig ruhig faltete Clara das Blatt zusammen und schob es in ihre Tasche. Dann verließ sie die Werkstatt. Die Tür mit dem zerrissenen Siegel ließ sie offen. Wie in Trance wanderte sie durch die Straßen, in Gedanken weit weg. Sie achtete nicht darauf, wohin sie ging, sie merkte nicht einmal, dass es langsam dämmerte und schließlich dunkel wurde. Sie fror nicht, obwohl sie nur eine dünne Jacke trug, und sie dachte keine Sekunde daran stehenzubleiben, nach Hause zu fahren, einen Happen zu essen oder sonstige Dinge zu tun, die möglicherweise angebracht gewesen wären. Sie lief immer weiter, kreuz und quer durch die Stadt, Elise immer an ihrer Seite. Ihre Gedanken liefen mit, sie wanderten verschlungene Wege entlang, versuchten den verstörenden Bildern auszuweichen, die sie immer wieder einholten. Sie lief ihrem eigenen Schock angesichts des überfallartigen Eindringens der Polizei davon, ihrer panischen Angst, die sie gepackt hatte, als sie dem grellen Licht ausgesetzt war, ohne zu wissen, was passierte, Elises Bellen in der Ferne, dem Schmerz, als einer von Ruths ungezielten, wirren Schlägen ihre Lippe traf, dem Geschmack nach Blut auf ihrer Zunge, dem Scharren von Ruths Schuhen auf dem Boden, als der Beamte sie hinauszerrte, dem Geruch nach Staub und Einsamkeit in dem niedrigen, trostlosen Raum, der Ruths letzte Zuflucht gewesen war. Die Tränen rannen ihr das Gesicht hinunter, und sie wischte sie nicht weg. Irgendwann versiegten sie von selbst, und ihre Augen brannten trocken in der kalten Abendluft.

»Das Meer«, flüsterte sie immer wieder, wie ein Mantra, das Schutz und Trost versprach, und dann, nach einer Weile kam ein neues Wort hinzu, zögernd, zunächst nur ganz vorsichtig ausgesprochen: War es ein gutes oder schlechtes Wort? *Cadaqués*. Es klang gut, verheißungsvoll. Clara kannte den Ort, sie war einmal dort gewesen vor vielen Jahren auf ihren Zigeunerreisen durch Europa und Nordafrika. Ein kleines Dorf an der spanischen Küste, nicht weit von der französischen Grenze. Salvador Dalì hatte dort einmal gelebt, wenn sie sich nicht täuschte. Ganz in der Nähe, in Figueras, gab es das berühmte Dalì-Museum mit großen Eiern statt Zinnen auf den Mauern. Ihre Gedanken verloren sich, während sie die Worte vor sich hin murmelte: Cadaqués, Figueras ...

Irgendwann blieb sie stehen. Sie wusste nicht genau, wo sie sich befand. Die Straße war ihr fremd. Irgendwo im Westend, glaubte sie sich zu erinnern. Sie sah auf die Uhr: Es war halb neun. Und als hätte diese alltägliche Bewegung, den Arm zu heben und einen Blick auf ihre Armbanduhr zu werfen, sie zurückgeholt aus den Gefilden, in denen sie sich befunden hatte, spürte sie plötzlich, dass ihr kalt war. Sie sah sich um. Auf der anderen Seite der Straße befand sich ein Taxistand. Sie nahm Elise am Halsband und lief hinüber.

Nach einem kurzen Disput mit dem Taxifahrer, der Elise zunächst misstrauisch gemustert und sich geweigert hatte, ein Kalb, wie er sich ausdrückte, zu befördern, stiegen Clara und ihr Hund in den Wagen. Es hatte keine große Überredungskunst bedurft, abgesehen davon, dass Clara im Moment dazu auch gar nicht fähig gewesen wäre. Etwas an ihrem Blick und ihrer Erscheinung, ihrem leisen und bestimmten Beharren, jetzt sofort in dieses Taxi einsteigen zu wollen, hatten den Fahrer offenbar überzeugt, dass es besser war, mit dieser Frau im Augenblick keinen Streit vom Zaun zu brechen. Clara wusste nicht genau, wie sie reagiert hätte, wenn er sich geweigert hätte, sie beide zu transportieren. Entweder hätte sie einen Weinkrampf bekommen, oder aber sie wäre auf ihn losgegangen. Der Mann schien zu einem ähnlichen Ergebnis gekommen zu sein, denn nach einem prüfenden Blick in ihr Gesicht zuckte er nur noch mit den Schultern und ließ sie einsteigen.

Als er sie nach dem Ziel fragte, musste Clara nicht lange überlegen. Es gab nur eine Person, der sie jetzt begegnen wollte. »Murphy's Pub«, sagte sie knapp und spürte, wie eine Welle der Erleichterung sie durchströmte, als der Wagen sich in Bewegung setzte. Es gab sie noch, ihre vertraute Welt.

Mick hingegen sah keineswegs erleichtert aus, als Clara schließlich nach einer schweigsamen und ziemlich teuren Taxifahrt erschöpft in das Pub gestolpert kam. Auf seinem Gesicht zeigte sich solches Erschrecken, dass Clara selbst erschrak und sich benommen fragte, wie sie wohl aussah. Ihre Hand fuhr zu ihrem Mund, und sie spürte das verkrustete Blut im Mundwinkel. Zaghaft tastete sie daran herum und versuchte dann zögernd, ihre Haare zu ordnen, die ihr, wie sie erst jetzt bemerkte, in dicken, unordentlichen Strähnen ins Gesicht fielen.

»Was ist passiert?« Mick war hastig auf sie zugekommen und fasste sie an den Schultern. »Was ist los, Clara? Was ist mit dir?«

Clara schüttelte nur den Kopf. »Bitte, bring mir einen Whiskey«, flüsterte sie und widerstand der Versuchung, sich sofort an Micks Schulter zu lehnen und dort, mitten im Raum, einfach stehen zu bleiben. Stattdessen folgte sie ihm an die Bar und kletterte mühsam auf einen der Barhocker. Ihre Hände schlossen sich um das gut gefüllte Glas, das Mick ihr mit besorgtem Gesichtsausdruck reichte, und sie trank es in gierigen Schlucken aus. Wie Feuer brannte der Alkohol ihre Kehle hinunter, doch es reichte nicht aus, um sich wieder zu spüren. Stumm schob sie es Mick erneut hin, doch er schüttelte den Kopf.

»Hast du heute überhaupt schon etwas gegessen?«, fragte er.

Clara überlegte, und ihr fiel nichts ein. Gleichzeitig fühlte sie, wie schwach sie plötzlich war, und die aufgereihten Flaschen hinter Mick begannen vor ihren Augen leicht zu schwanken. Mit beiden Händen versuchte sie, sich an der Theke festzuhalten, doch das warme, abgegriffene Holz entschlüpfte ihren Fingern. Sie hörte noch, wie jemand neben ihr erschrocken aufschrie, dann griffen ihre Finger ins Leere.

Jemand fing sie auf, kräftige Arme fassten sie unter die Achseln, und Clara kam zitternd auf die Füße.

»Mick«, flüsterte sie, und klammerte sich an einem Arm fest. »Mick, wo bist du?« Sie sah in lauter fremde Gesichter, die sie anstarrten, jemand sagte etwas zu ihr, doch sie verstand nichts. Ihr Beine fühlten sich merkwürdig an, als wollten sie sie nicht tragen. Clara schluckte und begann unvermittelt zu weinen.

Dann war Mick da. Er hielt sie fest und führte sie mit sanftem Druck zum Ausgang. Clara legte den Kopf auf seine

Schulter und schloss die Augen, während ihr noch immer die Tränen übers Gesicht liefen. »Elise«, flüsterte sie schwach und streckte suchend ihre Hand aus, bis ihre Finger sich um das Halsband schlossen. Dann waren sie bei Micks Auto, sie kletterte hinein und ließ sich auf den Sitz fallen.

Eine unbestimmte Zeit später fand sich Clara in eine Decke gewickelt am Küchentisch von Micks Wohnung wieder und ihre Finger umklammerten statt dem Glas Whiskey eine dickwandige Tasse süßen, starken Tees.

»*A fine cup of tea*«, murmelte Clara und schlürfte vorsichtig. »Ist euch das angeboren, euch Engländern? Das mit dem Tee?« Sie nahm einen zweiten Schluck. »Gar nicht so schlecht.«

Ihre Stimme zitterte noch immer ein wenig. Neben der Tasse stand ein Teller mit riesigen, üppig gebutterten Scheiben Toastbrot. Sie griff probeweise nach einem Stück, zog dann aber die Hand wieder zurück. Ihr war noch immer leicht übel.

Mick lehnte an der Spüle. Er betrachtete sie besorgt. »Was ist bloß passiert, Clara?«

Clara hob den Kopf und sah ihn an. Sah sein kantiges, unregelmäßiges Gesicht mit den rauen, dunkelblonden Bartstoppeln. Seine blauen Augen. »Wie das Meer«, murmelte sie leise in ihre Tasse hinein. »Wie das Meer.«

»Clara! Bitte, sprich mit mir!« Mick nahm den zweiten Stuhl und setzte sich neben sie. Er zog ihre Hände behutsam von der Tasse weg und umschloss sie mit seinen warmen langen Fingern. Wie immer. Mick hatte immer warme Hände.

Clara wandte sich ihm zu. Sie öffnete den Mund, wollte es ihm erzählen, die ganze Geschichte, von Anfang an. Doch es kam kein Ton heraus. Sie fand keinen Anfang. Stattdessen fiel ihr der Schrei ein. Den Schrei, den sie heute Nachmittag gehört hatte und von dem sie geglaubt hatte, er stamme von Ruth.

Doch es war ihr Schrei gewesen. Hoch und schrill und voller Angst.

»Wie Glas«, flüsterte sie erschüttert. »Der Schrei hatte die Farbe von dünnem Glas, kurz bevor es zerbricht.« Sie sah Mick ernst an. »Bitte, sag mir, welche Farbe habe ich für dich?«

Mick hob die Brauen, und die Besorgnis in seinem Gesicht vertiefte sich. »Welche *Farbe* du hast?«, wiederholte er irritiert.

Clara nickte furchtsam. Es hing so viel von dieser Antwort ab, eigentlich alles. Mick schien Claras stummes Flehen bemerkt zu haben. Er runzelte die Stirn und überlegte. Nach einer Weile sagte er zögernd: »Du hast … ähm … also, ich denke, du hast die Farbe von Holz, wie das Holz von Kiefern mit dieser rötlich grauen Rinde, oder Pinien, dieses rötliche Braun, es scheint erst matt, mehr grau als braun, aber gleichzeitig leuchtet das Rot hindurch …« Er stockte und verstummte verlegen. »Meintest du so etwas in der Art?«

Clara nickte, und es gelang ihr sogar ein mattes Lächeln. »Genau so etwas habe ich gemeint.«

Dann löste sie die Hände aus seinem Griff und nahm sich eines der Brote, die er ihr geschmiert hatte. Während sie kaute, kam ihr plötzlich ein Gedanke. Ein in dieser Situation völlig unpassender, aber gleichzeitig tröstlicher, starker Gedanke, der ihr ein warmes, sicheres Gefühl irgendwo in ihren Eingeweiden verschaffte. Sie spülte den Rest Brot mit einem großen Schluck Tee hinunter, dann fragte sie: »Hättest du vielleicht Lust, mich auf die Geburtstagsfeier meines Vaters zu begleiten?«

Clara schlief wie ein Stein. Keine Albträume jagten sie, keine Ängste hielten sie wach. In dem Moment, als sie sich auf Micks breites Bett fallen gelassen hatte, das mitten in dem großen Raum stand, der seine Wohnung darstellte, waren ihr schon die Augen zugefallen. Sie bemerkte nicht, wie Mick sie zudeckte und das Deckenlicht ausschaltete, sie hörte nicht, wie er zunächst etwas unschlüssig in der Wohnung herumging, die Teetasse und den leeren Teller wegräumte und sich schließlich in den tiefen, alten Sessel fallen ließ, der am Fenster stand und nach kurzem Zögern die Stehlampe anknipste.

Er streckte seine langen Beine aus und legte sie auf die Fensterbank, dann nahm er sich eines der Bücher, die in einem Stapel neben dem Sessel auf dem Boden lagen, und begann zu lesen.

Elise lag wachsam neben der schlafenden Clara auf dem Bettvorleger und ließ Mick nicht aus den Augen.

Es war weit nach Mitternacht, als Mick schließlich mit einem misstrauischen Blick auf Elise, den diese nicht minder misstrauisch erwiderte, vorsichtig und sorgfältig darauf bedacht, keine hastige Bewegung zu machen, neben Clara ins Bett kroch. Vergeblich versuchte er, einen Zipfel des Lakens zu ergattern, in das sich Clara wie eine Raupe eingewickelt hatte, dann gab er es auf. Er legte den Arm um Clara und schloss die Augen.

Elise wartete noch etwa eine Viertelstunde. Als sich niemand mehr bewegte, stand sie auf, streckte sich gähnend und kroch dann, genauso vorsichtig, wie kurz zuvor Mick, ebenfalls auf das Bett. Zufrieden aufseufzend machte sie es sich am Fußende bequem, wobei sie die ganze Bettbreite in Anspruch nahm und störende Beine und Füße einfach unter sich begrub. Man konnte sich an alles gewöhnen, also wohl auch an diesen Fremden, der sich in letzter Zeit immer häufiger in ihrer trauten Zweisamkeit breitmachte. Sein Bett war zumindest groß genug für drei.

Clara erwachte so plötzlich, als hätte sie jemand geweckt. Mit offenen Augen lag sie einen Augenblick da und lauschte in die Dunkelheit, ob es irgendein Geräusch gab, das sie gestört hatte. Doch es war alles ruhig.

Elise lag schwer auf ihren Beinen und schnarchte. Mick hatte sich neben ihr ausgestreckt und schlief, wie es seine Art war, auf dem Bauch, den Kopf unter dem Kissen vergraben.

Clara zog ihre Beine unter Elise heraus und kletterte aus dem Bett. Ein Blick auf die Leuchtanzeige der Uhr neben Mick sagte ihr, dass es Viertel nach vier war. Ohne Licht zu machen schlich sie durch die dunkle Wohnung und goss sich ein Glas Leitungswasser ein. Das Glas in der Hand ging sie zu einem der beiden großen Fenster und setzte sich mit angezogenen Beinen auf die Fensterbank. Mick wohnte im achten Stock, und von ihrem Platz aus konnte sie die halbe Stadt überblicken, die noch im tiefen Dunkel unter ihr lag.

Sie dachte an die erste Nacht, die sie hier verbracht hatte, als sie ebenfalls am frühen Morgen an diesem Fenster gestanden hatte, hellwach und völlig überrumpelt, ohne auch nur den blassesten Schimmer davon, wie es mit dieser unverhofften Geschichte weitergehen sollte. Das war vor etwa einem halben Jahr gewesen. Viel mehr Ahnung als damals hatte sie heute auch noch nicht. Aber es kümmerte sie nicht mehr. Es war, wie es war.

Sie trank einen großen Schluck und fröstelte etwas, als das kalte Wasser ihre Kehle hinunterrann. Die dumpfe Beklemmung, die sie gestern gepackt hatte, war verflogen. Sie konnte wieder klar sehen, sie spürte sich und die Gegenwart wieder, sogar überdeutlich. Sie hatte einen Schock gehabt. Grubers überfallartiges Eindringen und Ruths Festnahme hatten sie zutiefst verstört. Sie schauderte in Erinnerung daran.

Wie hatte sie nur so unglaublich naiv sein und Gruber vertrauen können? Und dabei konnte sie ihm nicht einmal wirklich böse sein. Es war so, wie er gesagt hatte: Sie beide hatten nie auf der gleichen Seite gestanden. Er hielt Ruth von Anfang an für schuldig, und daran hatte sich nichts geändert. Und es würde sich auch nichts ändern, es sei denn, es stellte sich definitiv heraus, dass er falsch gelegen hatte. Clara starrte in die dunkle Nacht hinaus. Konnte es sein, dass man den heraufziehenden Tag bereits erkennen konnte? Wurde der Himmel nicht schon ein klein wenig heller? Nein, es war nur eine Täuschung. Unten fuhren lautlos ein paar Autos über den Rotkreuzplatz. Frühaufsteher, Spätheimkehrer. Die Autos fuhren wie auf unsichtbaren Schienen, als ob sie den vorgeschriebenen Regeln einer Modellautobahn folgten, dazu die im Rhythmus blinkenden orangenfarbenen Lichter der Ampeln.

Sie musste sich entscheiden. Sollte sie abwarten, Anträge schreiben, Klagen begründen, Gegengutachten in Auftrag geben und hoffen, es sei genug, es sei rechtzeitig, noch nicht zu spät? Das Beste hoffen? Sie biss sich auf die Lippen, bis sie weh taten. Das hatte sie schon viel zu oft getan. Dieses Mal nicht. Sie hatte keine Zeit, auf die Entscheidungen der Richter zu warten, sie hatte kein Vertrauen in die Polizei, keine Hoffnung, dass sie von sich aus zweifeln würden. Jetzt nicht mehr.

Steif kletterte sie von der Fensterbank herunter. Einen Moment blieb sie unschlüssig vor dem Bett stehen und überlegte, ob sie nicht einfach zurückkriechen und noch ein paar Stunden schlafen sollte. Mick stand kaum vor zehn auf, das wusste sie aus Erfahrung. Sie könnte noch ein bisschen ausruhen und sich dann erst auf den Weg machen. Oder aber sie könnte mit Mick darüber sprechen, ihn in ihren Plan einweihen. Womöglich konnte er sie sogar begleiten, dann wäre sie nicht allein.

Es war verlockend. Doch sie wusste, sie machte sich etwas vor. Wenn sie jetzt wieder ins Bett ging, würde ihr Entschluss mit ihr einschlafen, und sie bezweifelte, ob sie sich dann noch einmal würde motivieren können.

Und mit Mick darüber zu sprechen, kam überhaupt nicht in Frage. Er würde alles daran setzen, ihr diese Idee auszureden, und sie würde es ihm nicht verdenken können. Womöglich schaffte er es sogar, sie zu überzeugen. Denn was sie vorhatte, war tatsächlich aberwitzig. Total bescheuert. Und, sollte sie mit dem, was sie vermutete, recht behalten, war es auch nicht gerade ungefährlich, um es einmal gelinde auszudrücken.

Mick wachte gegen halb zehn auf, und das Bett neben ihm war leer. Von Clara und Elise keine Spur. Er vermutete, sie sei mit Elise Gassi gegangen, und schlurfte gähnend ins Badezimmer. Dort am Spiegel hing ein Zettel. Augenblicklich alarmiert riss Mick ihn herunter, und als er die wenigen Zeilen las, entfuhr ihm ein herzhafter Fluch.

Als Willi an diesem Morgen an der Kanzlei ankam, wartete schon eine junge Frau vor der Tür auf ihn. Sie hatte einen dunklen Pferdeschwanz, große, ernst dreinblickende Augen und stellte sich als Mira Brolin vor.

Sie wolle Frau Rechtsanwältin Clara Niklas sprechen, unbedingt, sofort, und nur sie. Nein, Herr Allewelt könne ihr nicht weiterhelfen, sie schüttelte den Kopf, dass ihr Pferdeschwanz nur so flog.

Willi seufzte und wählte Claras Privatnummer. Es meldete sich nur der Anrufbeantworter. Er sah auf die Uhr. Es war kurz nach zehn.

»Frau Niklas wird jeden Moment kommen. Möchten Sie vielleicht in einer halben Stunde wiederkommen?«

Frau Brolin verneinte. Nein. Sie würde warten. Das mache ihr nichts aus, sie habe Zeit.

Willi versuchte es noch einmal: Vielleicht könnte sie ihm ja wenigstens sagen, worum es ginge? Man könne dann ja schon mal vorab gewisse Dinge klären …

Frau Brolin presste die Lippen aufeinander und schüttelte wiederum hartnäckig den Kopf.

Willi hob ratlos die Schultern. »Na, dann …«

Er ging nach unten zu Linda, die bereits am Computer saß,

und bat sie, der merkwürdigen Mandantin doch eine Tasse Kaffee zu bringen.

Gerade als er zurück an seinen Schreibtisch gehen wollte, platzte Mick herein. Er riss die Tür so heftig auf, dass sie mit einem Klirren gegen die Wand krachte und Linda und Willi erschrocken herumfuhren.

Ohne Linda zu beachten, wandte sich Mick an Willi, Claras Nachricht in der Hand. »Wo ist sie hin?«, rief er schon von weitem. »Hast du eine Ahnung, was sie vorhat?«

Willi sah ihn verständnislos an. »Mick, äh, hallo, was ... wen ... meinst du, Clara?«

Stumm hielt ihm Mick den Zettel vor die Nase. Willi las, noch immer ratlos, die wenigen Zeilen:

Lieber Mick,
es tut mir leid, aber ich muss mir für ein paar Tage dein Auto ausleihen. Ich erkläre dir alles, wenn ich zurück bin.
Ich liebe dich,
Clara.

»Ich verstehe nicht ganz ...«, begann Willi und nahm die Brille ab. »Ich leihe mein Auto auch nicht gerne her, aber ...«

Mick fuhr sich ungeduldig durch die Haare, bis sie in alle Richtungen abstanden. »Nein! Darum geht es doch nicht! Sie hat etwas vor, worüber sie mit mir nicht reden wollte. Sie ist ...« Er unterbrach sich und rieb sich nervös über die Augen. »Ich glaube, sie steckt in ziemlichen Schwierigkeiten.«

Willi musterte Mick überrascht. Er ging zu seinem Schreibtisch und zog Claras Stuhl heran.

»Setz dich, und erzähle, was los war«, forderte er Mick auf, und dieser begann mit seiner Schilderung vom vorherigen Abend.

»Sie war vollkommen aufgelöst, verstehst du! Blass wie der

Tod, und im Gesicht hatte sie eine Verletzung. Sie hat ganz merkwürdige Dinge geredet, und dann, als ich heute Morgen aufgewacht bin, war sie verschwunden.« Er wedelte mit dem Zettel hin und her und fuhr sich erneut mit der Hand über das unrasierte Gesicht. »Ich dachte, vielleicht weißt du, worum es überhaupt geht?«

Willi schüttelte den Kopf. »Tut mir leid. Ich habe keine Ahnung. Aber glaubst du wirklich, dass es so ernst ist? Ich meine, sie macht oft die verrücktesten Dinge ...«

Mick machte eine ärgerliche Handbewegung. »*Bullshit*! Ich bin doch nicht bescheuert! Ich habe sie gestern gesehen, du nicht. Sie ist im Murphy's regelrecht umgekippt. Außerdem würde sie so etwas nicht schreiben, wenn sie nur eine Verrücktheit im Kopf hätte.«

»Was schreiben?«, fragte Willi und runzelte die Stirn.

Mick deutete mit dem Finger auf den letzten Satz und klopfte erregt darauf herum. »Da! *Ich liebe dich*. So etwas schreibt Clara nicht, nicht einfach nur so. So etwas sagt sie ja nicht einmal.«

»Hm.« Willi nahm seine Brille ab und zwinkerte nachdenklich mit den Augen. Micks Argumentation hatte eine gewisse Logik. Angesichts Claras spröder Art waren diese Worte, schwarz auf weiß, fast eine Sensation. Mick hatte recht. Niemals hätte sie es einfach so hingekritzelt, aus Übermut oder nur aus einer Laune heraus. Dass sie es dennoch getan hatte, gab der Nachricht etwas Gewichtiges, Bedeutungsvolles, und mit einem Mal konnte Willi Micks Besorgnis nachempfinden. Er stand auf und ging zu ihrem Schreibtisch hinüber.

»Sie hat an diesem Fall Imhofen gearbeitet«, sagte er langsam und kramte vergeblich zwischen ihren Unterlagen herum, ohne jedoch die Akte zu finden.

Von unten meldete sich Linda zu Wort: »Ich glaube, sie hat sich gestern mit dem Kommissar von der Kripo getroffen.«

Beide Männer fuhren herum.

Linda nickte zur Bekräftigung. »Mit diesem Gruber. Sie hat doch die ganze Zeit auf seinen Anruf gewartet, es schien etwas Wichtiges zu sein.«

Mick sah Willi an: »Vielleicht sollten wir die Polizei anrufen …«

Willi kam nicht dazu zu antworten, denn in diesem Moment kam die junge Frau die Treppe herunter, die auf Clara gewartet hatte.

Willi unterdrückte ein Stöhnen. Die hatte er ganz vergessen. »Frau Brolin, es tut mir leid, aber Frau Niklas kommt heute nicht …«

Die Frau blieb stehen und starrte ihn mit aufgerissenen Augen an. »Sie kommt nicht?«

»Nein, sie … äh, hat einen dringenden Termin«, gab Willi zögernd zurück. »Vielleicht versuchen Sie es ein anderes Mal …«

»Aber es geht nicht!« Die Frau hob die Stimme. »Ich kann nicht warten. Ich muss es ihr sofort sagen. Jetzt, wo sie sie verhaftet haben.«

»Wen haben sie verhaftet?«, fragten Mick und Willi gleichzeitig.

Mira Brolins Blick flog von einem zum anderen, und sie schien sich zu fragen, mit was für Idioten sie es hier zu tun hatte. »Natürlich Ruth Imhofen! Wissen Sie das denn nicht? Es stand doch in der Zeitung heute Morgen. Sie haben sie gestern gefunden. Und weil doch Frau Niklas ihre Anwältin ist, und weil der Dr. Selmany in der Zeitung solche niederträchtigen Lügen verbreitet hat … habe ich gedacht …«

Sie stockte, plötzlich wieder unsicher, eingeschüchtert von ihrer eigenen Kühnheit.

»Wissen Sie, ich habe so lange gezögert, weil ich mir nicht sicher war, und man setzt ja nicht so ohne Weiteres seine Arbeit aufs Spiel. Doch als dann vorgestern die Polizei bei uns war und Dr. Selmany so fuchsteufelswild geworden ist und uns allen verboten hat, mit den Polizisten zu sprechen, er hat mir richtiggehend gedroht ... und dann, als ich heute Morgen das auch noch gelesen habe ...«

Willi unterbrach ihren Redefluss mit einer sanften Handbewegung. »Am besten, Sie erzählen uns das jetzt noch mal ganz von vorne, Frau Brolin.«

Ihr Blick wanderte zögernd zwischen Willi und Mick hin und her und blieb schließlich an Micks unordentlicher Erscheinung hängen.

Er fuhr sich glättend durch die Haare, zupfte sein zerknittertes Hemd gerade und lächelte ihr aufmunternd zu, doch sie wandte den Blick ab.

An Willi gerichtet, fragte sie misstrauisch: »Aber Sie sind doch Anwalt wie Frau Niklas, nicht wahr?«

Er nickte geduldig. »Ich bin der Sozius von Frau Niklas. Ich kenne den Fall. Möchten Sie sich nicht setzten?«

Doch Mira Brolin schüttelte den Kopf. Einmal den Entschluss gefasst, schien sie es jetzt so schnell wie möglich hinter sich bringen zu wollen und begann, ausschließlich an Willi gewandt und Mick vollkommen ignorierend, mit ihrer Erzählung. Ihre Stimme war hastig und so leise, dass Willi Mühe hatte, sie zu verstehen.

Sie stamme aus Litauen, sei Krankenschwester mit einer Fachausbildung für Psychiatrie und seit drei Jahren in Schloss Hoheneck angestellt. Sie schluckte und fuhr dann fort. Mit Ralph Lerchenberg, dem neuen jungen Arzt, habe sie sich sofort gut verstanden. Er habe sich sehr um seine Patienten gekümmert und vieles anders gemacht als Dr. Selmany und die anderen Ärzte an der Klinik. Deshalb sei er bei seinen Kollegen nicht besonders beliebt gewesen. Sie hätten ihm das Leben schwer gemacht.

Als Willi nachfragte, inwiefern, zuckte sie nur mit den Schultern, er sei eben drangsaliert worden, besonders von Herrn Selmany. Dem konnte Dr. Lerchenberg nie etwas recht machen. Immer gab es Fehler zu kritisieren, immer Vorwürfe, Demütigungen ganz offen vor dem Pflegepersonal, er wurde ständig kontrolliert und in seinen Befugnissen eingeschränkt. Alles was er tat, war falsch. Irgendwann habe sie dann bemerkt, dass er sich regelmäßig von den Beruhigungstabletten, die für die Patienten bestimmt waren, welche wegnahm »Er hatte so eine kleine Dose, da hat er sich immer zwei, drei reingetan, wenn es nicht auffiel.«

Willi nickte. Clara hatte ihm erzählt, dass man bei Ralph Lerchenberg eine Überdosis Beruhigungsmittel festgestellt hatte. Bis jetzt erzählte Mira Brolin ihm nichts Neues. »Er war süchtig, nehme ich an. Solche Mittel sind ja recht stark, nicht wahr?«, fragte er weiter, doch sie schüttelte den Kopf.

»Aber nein! Das ist es ja gerade! Überhaupt nicht. Ich habe ihn genau beobachtet und auch die Bestände kontrolliert, es waren nur die ganz leichten Mittel, und auch nur wenige, deshalb habe ich auch nichts gesagt, ich dachte mir, das ist ja nicht so schlimm und ... na ja, er hat mir eben leidgetan.«

Sie errötete, und Willi vermutete, dass sie womöglich ein bisschen verliebt in Ralph Lerchenberg gewesen war. Er versuchte, sich seine Ungeduld nicht anmerken zu lassen. Mick trat bereits nervös von einem Fuß auf den anderen.

»Und jetzt machen Sie sich Vorwürfe, weil Sie nichts gesagt haben?«, fragte Willi verständnisvoll.

Mira Brolin traten Tränen in die Augen. »Ich habe mir nicht gleich etwas dabei gedacht, als ich Dr. Selmany mit der Dose gesehen habe, ich habe mich nur gewundert, weil ich gedacht habe, nur ich wüsste davon. Aber wenn sogar der Chef informiert ist, dann soll mich das wohl nicht weiter kümmern, sagte ich mir. Als aber dann der Unfall passiert ist, hieß es, er habe starke Beruhigungsmittel genommen, und da wurde ich stutzig ...«

»Moment!«, unterbrach Willi, der sich angestrengt zu erinnern versuchte, was Clara ihm von Ralph Lerchenberg erzählt hatte. »Sie haben also Dr. Selmany mit der Tablettendose von Ralph Lerchenberg gesehen?«

Als Mira Brolin schniefend nickte, atmete Willi tief durch und fragte weiter: »Wann war das?«

»Am Dienstag, ganz kurz vor dem Unfall. Sie hatten einen schlimmen Streit, es ging wieder einmal um Frau Imhofen, die war ja erst kürzlich gegen den Willen von Dr. Selmany entlassen worden. Als ich in das Ärztezimmer kam, habe ich ihn gesehen. Er hat die Dose schnell versteckt, als ich hereingekommen bin, aber ich bin mir sicher.«

»Wo war Herr Lerchenberg zu dem Zeitpunkt?«

»Er war nicht im Raum, eine Schwester hatte ihn zu einem Patienten gerufen, das war wegen dem Herrn Schwieling, er hatte wieder einmal sein Essen an die Wand geworfen und getobt, er glaubt immer, es sei vergiftet ...«

Sie verstummte und holte ein Taschentuch aus ihrer Handtasche. Mit rot geränderten Augen sah sie Willi an. »Ich weiß nicht, ob das wirklich von Bedeutung ist, aber nachdem es doch hieß, Herr Lerchenberg habe Selbstmord begangen und sei tablettensüchtig gewesen und all so schreckliche Dinge und Dr. Selmany uns verboten hat, mit der Polizei zu sprechen, da dachte ich, ich erzähle es Frau Niklas. Ich dachte, sie weiß vielleicht, was ich jetzt tun soll.«

Willi überlegte einen Augenblick, dann sagte er langsam: »Ich denke, Frau Brolin, wir sollten jetzt zusammen zur Polizei gehen.«

Clara war schon ziemlich lange nicht mehr Auto gefahren. Genau genommen fuhr sie eigentlich nie. Seit ihrer Rückkehr aus Irland hatte sie kein eigenes Auto mehr besessen und es auch nie vermisst. Als sie jedoch mit Micks Schlachtschiff, einem alten Landrover Defender, der besser in die Wüste Kalahari als auf eine bayerische Autobahn gepasst hätte, die Stadt verließ und die anfängliche Unsicherheit verflogen war, überkam sie plötzlich ein übermächtiges Gefühl von Freiheit, eine Euphorie, die sie vielleicht das letzte Mal verspürt hatte, als sie nur mit einem Rucksack als Gepäck durch Italien und Frankreich getrampt war. Das war vor mindestens tausend Jahren gewesen. Zumindest fühlte es sich so an. An ihrem überschäumenden Hochgefühl konnte nicht einmal das schlechte Gewissen etwas ändern, das noch immer leise an ihr nagte, weil sie sich Micks Auto einfach so genommen hatte und ohne ein Wort verschwunden war. Sie würde ihn anrufen. Und auch Willi. Aber jetzt noch nicht. Jetzt nicht.

Hauptkommissar Walter Gruber reagierte mit äußerster Zurückhaltung, als Willi und Mira Brolin zusammen mit Mick, der wütend und eigensinnig darauf bestanden hatte, mitzukommen, in seinem Büro erschienen. Sein ohnehin mürrisches Gesicht verschloss sich noch mehr, als Willi nach der gestrigen Verhaftung fragte.

Ja, Rechtsanwältin Niklas sei anwesend gewesen. Nein, er habe sie nicht informiert, sie habe Ruth Imhofen selbst ausfindig gemacht. Nein, er könne keine Angaben über die genauen Umstände der Festnahme machen, und er wisse nicht, wo sich Frau Niklas derzeit aufhalte.

Mira Brolins Aussage nahm er mit unbewegter Mimik auf. Er stellte ein paar Fragen zu ihrer Person und wollte wissen, warum sie mit der Geschichte erst jetzt rausrückte. Dann ließ er sich eine genaue Beschreibung der Tablettendose geben und notierte sich den Namen des Medikaments, das Dr. Lerchenberg ihres Wissens nach für gewöhnlich genommen hatte. Am Ende ließ er Frau Brolin das Aussageprotokoll unterschreiben und bedankte sich höflich für ihr Kommen.

Sein Gesicht verriet nichts, und auf Willis Nachfrage, was er denn jetzt mit dieser Aussage zu tun gedenke, winkte er ab: keine Auskunft über laufende Ermittlungen.

Als sie gegangen waren, lehnte sich Gruber in seinem Sessel zurück und starrte minutenlang an die Decke. Zum wiederholten Male an diesem Morgen fragte er sich, ob er sich Vorwürfe machen musste. Zum wiederholten Male ging er jeden einzelnen seiner Schritte des gestrigen Tages noch einmal durch. Nein. Er hatte die richtigen Entscheidungen getroffen. Er hatte keinen Fehler gemacht.

Trotzdem fühlte er sich schlecht, um nicht zu sagen, hundsmiserabel. Wenn er an die Frau dachte, die er gestern Abend in der Klinik auf einem einsamen Stuhl in einem kahlen Raum hatte sitzen sehen, wurde ihm übel. Sie war kaum wieder zu erkennen gewesen.

Ihm fiel der Tag ein, an dem er sie zum ersten Mal gesehen hatte. Mit diesem beunruhigend direkten Blick hatte sie ihn angestarrt, und er hatte vom ersten Moment an keinen Zweifel gehabt. Diese Frau war schuldig. Er hatte es in allen Knochen gespürt. Als ihm dann außerdem klar wurde, dass der Leiter dieses Hauses, in dem sie sich aufhielt, ausgerechnet jener Dr. Tenzer war, der damals in diesem schrecklichen Vergewaltigungs- und Mordfall das fatale Gutachten erstellt hatte, hätte er am liebsten beide sofort auf der Stelle verhaftet. Und diese lästige, rothaarige Anwältin gleich mit.

Er seufzte. Seine Intuition hatte ihn nicht getäuscht. Weshalb wäre Ruth Imhofen sonst geflohen? Da konnte die Anwältin auf die Tränendrüse drücken, so viel sie wollte: Unschuldiges Opfer, widerfahrenes Unrecht, blablabla. Fast hätte er sich einwickeln lassen von ihrer Geschichte. Fast.

Sein Blick wanderte von der Decke hinunter zu dem Aktenstapel, den ihm Clara an jenem Abend gebracht hatte. Böse Geschichte, was die in dieser Klinik angestellt haben, das musste er schon zugeben. Aber es änderte nichts daran, dass Ruth Imhofen ihren Bruder erschlagen hat. Er sagte es sich immer wieder. Es ändert nichts. Es sind zwei vollkommen unterschiedliche Dinge. Und Mord ist Mord. Wer sonst hätte es tun sollen?

Und dann der Clou! Sie hatten sogar die Tatwaffe gefunden. Man musste schon verrückt sein, sie einfach herumliegen zu lassen und sich dann auch noch am selben Ort zu verstecken. Dumm nur, dass Ruths Fingerabdrücke nicht auf dem Klöpfel waren. Und daran war diese vermaledeite Anwältin schuld. Sie hatte ihn in der Hand gehabt, als sie Ruth verhaftet hatten. Er brauchte gar keinen Vergleich, um zu wissen, dass die Fingerabdrücke auf dem Werkzeug Clara Niklas gehörten. Alles andere war verwischt, zerstört. Womöglich hatte sie es mit Absicht getan?

Gruber schüttelte den Kopf. Nein. Das nicht. Er hatte ihre Angst gesehen, als sie in das Gebäude eingedrungen waren, fast panisch, würde er sagen. Und ihre Fassungslosigkeit, als sie ihn erkannt hatte. Das konnte man nicht spielen. Sie hatte nicht mit ihnen gerechnet. Dabei war einer seiner Beamten ihr die ganze Zeit über gefolgt. Natürlich. Sie hatte ihm etwas verschwiegen, das hatte er sehen können. Ebenso wie ihm von Anfang an klar gewesen war, dass sie ihm das Versteck niemals von sich aus verraten würde. Versprechen hin oder her. Wer hatte hier also wen gelinkt?

Aber warum fühlte er sich dann so schlecht? Warum hatte er das unbestimmte Gefühl, sich schämen zu müssen, für das, was er getan hatte? Er hatte nichts falsch gemacht. Alles war korrekt abgelaufen und hatte zum Ziel gehabt, eine des Mordes verdächtige, womöglich geisteskranke und somit gefährliche Frau zu finden und sie in Gewahrsam zu nehmen. Zum Schutz der Öffentlichkeit und zu ihrem eigenen Schutz.

Er lehnte sich etwas beruhigt zurück. Das klang gut. Das klang fast fürsorglich. *Zu ihrem eigenen Schutz*. Denn es hätte ja wer weiß was noch alles passieren können. Was hätte diese Frau nicht alles anstellen können! Pater Roman kam ihm unvermittelt in den Sinn. Dachten denn diese Gutachter nicht daran, was passieren könnte? Dachten sie denn nicht daran, was für eine Verantwortung sie hatten? Nach bestem Wissen und Gewissen. Diese Formel fiel ihm ein. Er, Gruber, hatte nach bestem Wissen und Gewissen gehandelt. Um Schlimmeres zu verhindern.

Und trotzdem fühlte er sich schlecht. Plötzlich kam ihm ein neuer, verstörender Gedanke: Hatte Pater Roman damals, als er noch Dr. Tenzer war, nicht auch nach bestem Wissen und Gewissen gehandelt? Doch er hatte falsch gelegen. So falsch, dass es einem zwölfjährigen Mädchen das Leben gekostet hatte.

Nach bestem Wissen und Gewissen.

Gruber fühlte sich auf einmal unwohl. Es gab keine Garantie dafür, das Richtige zu tun. Selbst wenn man sich die größte Mühe gab. War es möglich, dass er falsch lag? War es möglich, dass ihn sein Gefühl und alle Indizien trogen?

Um sich abzulenken, nahm er sich die Aussage der jungen Pflegerin, die soeben da gewesen war, noch einmal vor. Kopfschüttelnd las er Mira Brolins Angaben. Warum kamen diese Leute immer so spät? Warum zögerten sie nur so lange?

Er suchte sich die Akte Ralph Lerchenberg noch einmal heraus und las den Obduktionsbericht. Man hatte im Blut des Toten einen Wirkstoff namens Zopiclon in hoher Konzentration gefunden. Dieses Schlafmittel sei hocheffizient und beispielsweise als Einschlafhilfe auf Langstreckenflügen sehr beliebt, da es außerordentlich schnell, mitunter sogar innerhalb weniger Minuten wirke. Nachdem es hochgefährlich war, so ein Mittel einzunehmen, bevor man sich ans Steuer eines Autos setze, hatte der Rechtsmediziner auf eine Verwechslung getippt. Die Tabletten seien unauffällig weiß und klein und ähnelten einer Vielzahl anderer Medikamente, wie sie in Kliniken wie Schloss Hoheneck verwendet wurden.

Was aber, wenn es kein Versehen, sondern Absicht gewesen war? Gruber klopfte nachdenklich mit dem Kugelschreiber auf Mira Brolins Aussage. Die junge Frau hatte durchaus glaubwürdig geklungen.

Er rief Armin Wölle an, Spezialist für derartige Analysen im LKA und ein guter Freund Grubers und nannte ihm den Namen des Medikaments, das Ralph Lerchenberg für gewöhnlich genommen hatte. Dann fragte er ihn, ob in diesem Medikament womöglich auch der Wirkstoff Zopiclon enthalten sei.

Als Antwort lachte sein Freund belustigt auf. Nein, mit Sicherheit nicht. Das sei ein ganz leichtes pflanzliches Präparat zur Beruhigung der Nerven, weit entfernt von der chemischen Keule, die man in Lerchenbergs Blut nachgewiesen hatte.

Gruber bedankte sich und legte auf. »Chemische Keule«, murmelte er vor sich hin, und das Wort rief ein erneutes Unbehagen bei ihm hervor. Unwillkürlich musste er an die reglose Ruth Imhofen in dem Beobachtungsraum der Klinik denken, wo er sie gestern zurückgelassen hatte. Im Glauben, sie in gute Obhut gegeben zu haben. Unter Beobachtung. Unter Fachleuten, die »mit so etwas« umzugehen wussten.

Er dachte an Claras Blick, wie sie Ruth angesehen hatte, als man sie abführte. Sie hatte etwas gesehen, was ihr Angst gemacht hatte. Ihr verrückter Versuch, noch mit der Frau zu reden, sie zu erreichen ...

Gruber schüttelte den Kopf. Es hatte keinen Zweck, das alles abermals durchzugehen. Man würde sich um Ruth kümmern. Sie war dort fürs Erste gut aufgehoben. Und später, wenn die ärztlichen Gutachten da waren, würde man weiter sehen. Das war Sache der Richter. Ihn ging das dann nichts mehr an. Er konnte von Glück sagen, wenn er von der Staatsanwaltschaft überhaupt erfuhr, wie der Prozess ausgegangen war und es nicht erst in der Zeitung lesen musste.

Er zwang seine Aufmerksamkeit fast gewaltsam weg von Ruth Imhofen und richtete sie erneut auf das Aussageprotokoll, das vor ihm lag. Dann stand er auf und verließ sein Büro, um bei der Staatsanwaltschaft höchstpersönlich einen Haftbefehl gegen Dr. Viktor Selmany zu beantragen.

Als Clara in Cadaqués ankam, war es schon später Abend. Sie war den ganzen Tag gefahren, und trotz der vielen Pausen, die sie Elise zuliebe eingelegt hatte, war die ungewohnte Fahrt höllisch anstrengend gewesen. Ihre Arme taten ihr weh, und die Beine waren steif und fühlten sich geschwollen an. Sie fuhr langsam durch den kleinen Fischerort, der jetzt nach Saisonende wie ausgestorben wirkte.

Plötzlich kam sie sich lächerlich vor.

Was tat sie hier eigentlich? Über tausend Kilometer Fahrt, um jemanden zu finden, der nicht gefunden werden will. Einen Mörder.

Unwillkürlich musste sie lächeln. »Du bist doch komplett verrückt, Clara Niklas«, murmelte sie in die Dunkelheit hinaus, während sie im Schneckentempo durch die schmalen Gassen kroch, in der Hoffnung, irgendwo das Schild eines Hotels oder einer Pension zu entdecken, die um diese Jahreszeit geöffnet hatten.

Nach einer knappen halben Stunde Fahrt, die sie immer tiefer in den alten Ortskern hineinführte, wurde sie endlich fündig. Direkt hinter der Kirche, die sich wuchtig über der kleinen Bucht erhob und um die sich die Häuser wie ängstliche Küken geschart hatten, zeigte ein kleines, schwach beleuchtetes

Schild an, dass man hier übernachten konnte: *Bed and Breakfast* stand dort ganz international in verschnörkelten Buchstaben. Erleichtert parkte Clara das Auto auf dem kleinen Platz gegenüber und ließ Elise herausspringen.

Die Dogge streckte sich ausführlich, gähnte und begann dann sofort, die Nase dicht am Boden, all die fremden Gerüche zu erkunden, die hier in ihre Nase stiegen. Es schien ihr nichts auszumachen, meilenweit entfernt von ihrem Zuhause zu sein, von dem sie heute im Morgengrauen so überstürzt aufgebrochen waren. Sie war dort zu Hause, wo ihr Rudel sich befand, und ihr Rudel war Clara.

Diese hingegen fühlte sich genau so, wie man sich fühlt, wenn man am Morgen in der vertrauten Umgebung seine Sachen packt, mehr oder weniger mit Vorfreude, und dann irgendwo landet und nicht genau weiß, was man davon halten soll.

In Claras Fall kam noch dazu, dass es sich hier um keine Urlaubsreise handelte, und die Vorfreude sich daher sehr in Grenzen gehalten hatte. Sie fühlte sich wie irgendwo im Weltall ausgespuckt, vollkommen fremd im wahrsten Sinne des Wortes: Sie sollte gar nicht hier sein. Aber das war ja nun nicht mehr zu ändern.

Achselzuckend griff sie nach ihrer Tasche, die auf dem Beifahrersitz unter leeren Sandwichverpackungen, Kaugummipapieren und einer französischen 1,5l-Wasserflasche vergraben war, und ging auf die Tür zu, die ein Bett für die Nacht und ein Frühstück versprach. Sie hatte Glück.

Der Besitzer der Pension, die aus zwei Gästezimmern und einem winzigen Bad im Privathaus der Familie bestand, mochte Hunde. Auch große Hunde, wie er mit einem Blick auf die treuherzig dreinschauende Elise radebrechend auf Deutsch versicherte.

Clara konnte nur ein paar Brocken Spanisch, ansonsten behalf sie sich mit einer Art spanisiertem Italienisch, was recht gut funktionierte, solange man keine hochphilosophischen Gespräche führen musste. Sie holte ihr weniges Gepäck aus dem Wagen, Elises Sack Trockenfutter, der fast ebenso groß wie ihre Reisetasche war, und sperrte Micks altes Auto, das sie so zuverlässig bis hierhergebracht hatte, mit einem leisen Heimwehgefühl ab.

Der Vermieter, der Albert hieß, wie er ihr stolz versicherte, nein, nicht Alberto, sondern katalanisch Albert, empfahl ihr das Restaurant seines Bruders ganz in der Nähe und händigte ihr dann den riesigen Haustürschlüssel aus. Frühstück morgens bis elf, nickte er noch an der Zimmertür, wünschte ihr »eine schöne Abend!« und ging.

Clara sah sich um: Ein kleines, altmodisch eingerichtetes Zimmer mit einer hohen Decke und ohne die geringste Aussicht: Das einzige Fenster ging direkt in eine schmale Seitengasse hinaus, und man hatte das Gefühl, die Mauer des gegenüberliegenden Hauses mit den Händen berühren zu können.

Über dem Bett hing ein traurig dreinblickender Jesus mit einem leuchtend roten Herzen auf der Brust, das von einem Strahlenkranz umgeben war, und ein großes Bild über dem Schreibtisch zeigte zwei kleine Kinder, die an einem furchterregenden Abgrund standen und sich ängstlich an den Händen fassten. Über ihnen schwebte ein goldener Engel mit riesigen Flügeln und breitete schützend die Hände über ihre blondgelockten Köpfe.

»Der soll lieber aufpassen, dass sie nicht vor Schreck doch noch hinunterfallen, wenn sie ihn sehen«, murmelte Clara respektlos und stand dann ächzend auf, um ihre wenigen Sachen auszupacken. Die alte Akte Imhofen, die den Mord an Udo Reimers betraf, legte sie unter den schafsgesichtigen Schutzengel auf den Schreibtisch. Diese Akte hatte sie Gruber nicht gegeben, da sie mit Selmany und der Klinik nichts zu tun hatte. Außerdem hätte sie sie schon längst dem Gericht zurückbringen müssen, und Gruber hätte sicher darauf bestanden. Morgen würde sie die einzelnen Berichte noch einmal lesen, bevor sie sich auf die Suche nach Pablo machte, und versuchen, sich auf Ruths wirres Gerede von gestern einen Reim zu machen. Sie hatte sich Ruths Worte so genau wie möglich aufgeschrieben, doch außer der durch Lio Winter schon bekannten Tatsache, dass Ruth sich an jenem Abend mit Jakob Schelling gestritten und ihn offenbar irgendwann weggeschickt hatte, war sie bisher nicht schlau daraus geworden.

Sie öffnete das Fenster und sah hinaus auf die weiße von Kabeln und maroden Leitungen überzogene Mauer des Nachbarhauses, die durch eine funzelige Straßenlaterne orange beleuchtet wurde. Die Luft war kühl und schmeckte salzig, und Clara konnte schwach das Rauschen des Meeres hören. Sie drehte sich nach Elise um, die unschlüssig mitten im Raum stand und offenbar nicht wusste, ob sie sich gleich auf das ausladende, aus dunklem Holz gezimmerte Doppelbett werfen oder aus Höflichkeit noch etwas warten und sich einstweilen scheinheilig auf dem kalten, harten Fliesenboden kauern sollte.

Clara hörte eine Weile ihrem Magen zu, der jetzt, nachdem sie zur Ruhe gekommen war, vehement gegen die klebrigen Sandwiches und Schokoriegel protestierte, die sie ihm während der Fahrt als Essensersatz untergeschoben hatte, und nachdrücklich darauf bestand, endlich auch auf seine Kosten zu kommen.

Sie stand auf und griff nach ihrem Mantel. »Steh auf, Dicke. Lass' uns das Restaurant von Alberts Bruder suchen«, forderte sie Elise auf, und beim Gedanken an Tapas, Hühnchen und Paella mit Meeresfrüchten lief ihr das Wasser im Munde zusammen. Von dem guten, schweren Rotwein dazu ganz zu schweigen.

Sie fand Pablos Spur am nächsten Morgen. Nach einem üppigen Frühstück, das schon fast ein Mittagessen gewesen war und bei dem sich die Frau von Albert vorgenommen zu haben schien, ihren einzigen Gast alles aufzutischen, was die katalanische Küche hergab, begab sich Clara mit dem Gefühl, auf einen Schlag sechs Pfund schwerer geworden zu sein, auf einen Erkundungsgang durch den Ort. In einer Bar in der Nähe des Hafens bestellte sie sich einen tintenschwarzen *cafè solo* und setzte sich damit an den einzelnen klapprigen Metalltisch an der Hausmauer. Direkt vor ihr lag das Meer. Eingerahmt von der schützenden Bucht, in die sich das Dorf schmiegte, gab es einen kleinen Sandstrand. Streunende Hunde liefen herum und kläfften den Wind an, und ein umgedrehtes Ruderboot mit Namen Jordi, dessen leuchtend roter Lack bereits abzublättern begann, duckte sich in Erwartung der kommenden Winterstürme in den Sand.

Der Himmel war von einem unentschlossenen kühlen Blau, und eine frische Brise trieb kleine, hektische Wellen aus dem Meer in die Bucht. In regelmäßigen Abständen wehte die Gischt sogar bis zu der Bar herüber. Nach kurzer Zeit waren Claras Haare und ihr Gesicht mit einem feinen Netz aus Feuchtigkeit überzogen, und wenn sie sich die Lippen leckte, schmeckte sie das Salz und den feinkörnigen Sand, den der Wind mitgenommen hatte. Sie reckte ihr Gesicht dem Schauer entgegen, genoss das Gefühl, dass ihre Haut und ihre Haare sich vollsogen mit der frischen Feuchtigkeit wie Kakteen in der Wüste bei einem langersehnten Regenschauer.

Sie hatte das Gefühl, die letzten Tage wie im Fieber verbracht zu haben. Ihre rastlose Suche in München erschien ihr aus der Ferne wie ein verrückter Tanz ohne Pause, wie das sinnlose Umherrennen einer Tanzmaus im Käfig. Sie hatte einmal gelesen, dass Tanzmäuse nichts anderes als die absichtliche Weiterzüchtung normaler Mäuse mit einer krankhaften Mutation des Gehirns waren, die sie zu diesem unaufhörlichen, wirren Herumlaufen zwangen. Es war kein Tanz, sondern wilde Verzweiflung, die die Mäuse umhertrieb. Eine weitere Art der vielen als Züchtung getarnten Möglichkeiten, Tiere zu quälen, Akte der Grausamkeit, die Kinder zum Lachen bringen sollten. Einer ihrer Freunde aus der Kindheit hatte einmal so eine Maus besessen, und sie hatten ihr ein Labyrinth gebaut aus Kartons und leeren Toilettenpapierrollen. Dort war sie dann umhergelaufen, unablässig, ziel- und planlos, und man hatte das Geräusch der kleinen Füße auf dem Karton hören können.

Clara stand auf und ging in die Bar. Der mürrische junge Mann hinter dem Tresen würdigte sie keines Blickes. Er lehnte an der Kaffeemaschine und starrte auf den Fernseher, der oben in der Ecke des Raumes hing. Als Clara noch einen Kaffee bestellte, nickte er nur kurz, ohne den Blick abzuwenden, und setzte sich dann widerstrebend in Bewegung.

Clara nutzte den kurzen Moment, in dem er ihr die kleine Tasse zusammen mit einem Glas Wasser hinstellte und seine Aufmerksamkeit von dem Geschehen im Fernseher abgelenkt war, und fragte ihn nach Jakob Schelling. Ein Deutscher, Künstler.

Der Mann schüttelte gleichgültig den Kopf. »No sé«, murmelte er und fügte mit einer wegwerfenden Handbewegung hinzu, jedes Jahre wimmle es hier von Deutschen, Touristen, Künstlern, alles Mögliche. Da könne man sich unmöglich einen Einzelnen merken.

»Er ist kein Tourist. Er müsste jetzt da sein!«, wandte Clara ein und überlegte. Wie mochte Jakob Schelling nach all den Jahren aussehen? Sie machte eine Handbewegung: »Er ist groß.« Vielleicht, fügte sie in Gedanken verzagt hinzu, vielleicht aber auch nicht. »Und er trinkt.«

Der junge Mann sah ein, dass er das Fernsehprogramm für

eine Weile würde vergessen können, und kratzte sich nachdenklich am Hinterkopf. »Hat er einen roten Bart?«

Clara nickte. Sie wagte kaum zu atmen. Sie kramte aus der Innentasche ihrer Jacke das Foto hervor, das Lio Winter ihr gegeben hatte, und legte es auf den Tresen. »Das ist er vor fünfundzwanzig Jahren. Er heißt Jakob Schelling.« Sie sprach den Namen langsam und deutlich aus. Der Mann musterte das Foto, dann nickte er zögernd. »Könnte sein, dass er es ist. Ein Verrückter. Er kommt seit vielen Jahren, den kennen alle hier. Ich weiß aber nicht, ob er so heißt, wie Sie sagen. Alle nennen ihn nur Pablo.«

Dann deutete er zu der schmalen Straße hinaus, die an der Bar vorbei in einem Bogen am Strand entlang und dann hinauf in die Altstadt führte. »Dort drüben ist Miguels Kneipe«, erklärte er ihr, nun, da ein Ende der Störung in Sicht war, um einiges bereitwilliger. »Da können Sie ihn finden. Jeden Abend sitzt er dort und trinkt.« Er machte eine Handbewegung, als ob er einen Schnaps kippen wollte.

Clara bedankte sich mit vor Aufregung heißen Wangen und bezahlte ihren Kaffee.

Der junge Mann schob die Münzen mit einer Hand über den blankgeputzen Tresen und ließ sie in seinen Geldbeutel fallen. Dann wandte sich seine Aufmerksamkeit wieder dem Fernseher zu.

Clara nahm ihre Tasse und das Wasser mit nach draußen und setzte sich zurück an ihren Platz neben der Tür. Die Sonne schien jetzt durch die dünnen Wolkenfetzen hindurch und wärmte ein wenig. Sie trank den Kaffee aus und zündete sich eine Zigarette an. Dabei sah sie auf die Uhr: halb eins. Nur noch wenige Stunden, dann würde sie ihm begegnen. Ihr Magen machte einen kleinen Satz, als sie daran dachte. Wie würde er reagieren, wenn er erfuhr, weshalb sie gekommen war? Was würde passieren?

Sie stand auf und gab der dösenden Elise einen forschen Klaps. Wie viel Schlaf benötigte eigentlich so ein Hund? Der Wind fuhr ihr heftig durch die Haare und ins Gesicht, als sie mit der grauen Dogge eng an ihrer Seite hinunter zum Strand stapfte.

Ruth stand am Fenster. Schon seit Stunden stand sie dort. Zumindest glaubte sie das. Die Zeit entglitt ihr zusehends. Wie lange dauerte ein Tag? Wie lange die Nacht? Das Fenster war ein anderes. Kein Krähenfeld lag davor. Stattdessen sah sie eine hohe Betonmauer, Stacheldraht. Und auch hier Gitter vor den Fenstern. Sie hatte vergessen, warum sie hier war. Manchmal schien es ihr fast einzufallen, aber dann, immer wenn sie kurz davor war, danach zu greifen, verschwand der Gedanke wieder.

»Mein Geliebter«, flüsterte sie. Eines der wenigen Worte, die noch übrig geblieben waren in dem leeren Raum, der ihr Geist geworden war. Eine stille Kammer. »Mein Geliebter ...«

Wer war er gewesen? Wann hatte sie ihn gekannt?

»Ich hole ihn zurück.«

Auch das Worte, die ab und zu auftauchten und mit denen sie nichts anfangen konnte. Die Stimme, die diese Worte sprach, war nicht die ihre. Sie hatte eine andere Farbe, aber sie konnte die Farbe nicht benennen.

Sie konnte überhaupt keine Farben mehr benennen. »Mein Innen hat keine Farben mehr«, hatte sie heute zu dem Arzt gesagt, der versucht hatte, mit ihr zu reden.

»Dann kommen Sie doch heraus«, hatte er vorgeschlagen.

So ein Idiot. Als ob das so einfach wäre. Sie hatte schließlich nur noch ihr Innen. Ein graues, leeres, stilles Innen und kein Außen.

Später hatte er ihr ein paar Stifte und ein Blatt Papier gegeben. »Vielleicht möchten Sie Ihrem Innen ja ein bisschen Farbe geben.«

Sie hatte gelacht. Der Mann war zu albern. Wie sollte sie ihr Innen anmalen? Ihr Blick war über die nutzlosen Stifte gewandert und an dem letzten, dem roten Stift hängen geblieben. Es waren dicke Holzfarbstifte, allesamt schön säuberlich gespitzt. Von dem Moment an hatte sie gewusst, was noch zu tun war. Etwas gab es noch, etwas Letztes, Wichtiges. Als er einen Moment lang nicht aufpasste, ließ sie den roten Stift in ihren Ärmel gleiten. Sie hatte Übung darin. Früher hatte sie auch immer Stifte gebraucht. In dem Zimmer mit dem Krähenfeld davor.

Jetzt stand sie am Fenster und versuchte, sich an den Namen zu erinnern. Sie brauchte den Namen. Wenn sie schon ihre Farbe nicht mehr wusste, dann doch wenigstens den Namen. Doch ihr Innen blieb leer. Sie musste sich konzentrieren. Sie musste dabeibleiben. Ein letztes Mal noch. Sie spürte, wie sie zu schwitzen begann. Nicht aufregen. Nicht aufregen. Sie hielt sich die Fäuste an die Schläfen und schüttelte den Kopf. Nicht aufregen. Nicht aufregen. Sie musste sich beruhigen. Wenigstens das konnte sie noch. Sich beruhigen. Leise begann sie zu flüstern.

Als Clara nach dem Treffen mit Pablo zurück in ihre Pension ging, fühlte sie sich wie gerädert. Sie hatte versucht, sich darauf vorzubereiten. Sich irgendwie zu wappnen. Doch es hatte nichts genützt. Aus diesem Menschen, diesem strahlenden, kraftvollen jungen Mann auf dem Foto, war ein Wrack geworden. Spindeldürr und bleich, dazu dieser wilde, ungepflegte Bart, der längst nicht mehr kupfern leuchtete wie auf dem Bild. Jetzt hatte er die Farbe von Mörtel und Ziegelstaub, durchsetzt mit schmuddelig gelblichen Strähnen. Seine Augen, die in tiefen Höhlen lagen, waren unstet und verwaschen, ebenso seine Sprache.

Sie hatten nicht viel gesprochen. Irgendwann hatte Clara

ihm die Briefe hingeschoben. Sie wollte, dass er sie las, bevor sie redeten. Zwei Tage hatte sie ihm Zeit gegeben, bis übermorgen, um sie zu lesen und sich zu entscheiden. Dann würde sie zurückfahren. Mit oder ohne ihn. Und mit oder ohne die Briefe.

Sie wusste, dass sie damit ein hohes Risiko einging. Ohne die Briefe würde sie nie beweisen können, was passiert war. Ohne die Briefe würde auch Maja endgültig in Vergessenheit geraten. Sie hatte lange darüber nachgedacht und überlegt, Kopien der Briefe anzufertigen, doch dann hatte sie sich dagegen entschieden. Diese Briefe waren, bei aller Beweiskraft, zunächst einmal etwas zutiefst Privates. Es waren Liebesbriefe. Und sie gehörten Pablo. Mochte er damit anstellen, was er wollte. Sie hoffte natürlich, er würde mit ihr kommen. Würde sich seiner Verantwortung stellen. Doch sie wusste nicht, wie er sich entscheiden würde. Nachdem sie ihn heute Abend kennengelernt hatte, zweifelte sie bereits an seiner Fähigkeit, überhaupt eine Entscheidung zu treffen und sei es nur, das Paket zu öffnen und einen der Briefe zu lesen. Vielleicht würde er sich stattdessen, wie vermutlich jeden Abend, bis zur Besinnungslosigkeit betrinken und die Briefe auf dem Tisch liegenlassen, sie einfach vergessen …

Sie schüttelte den Kopf. »Zwei Tage. Dann ist es vorbei«, sagte sie laut. Sie war am Ende ihrer Kräfte. Übermorgen würde sie nach Hause fahren, so oder so. Sie würde seine Entscheidung akzeptieren, auch wenn sie bedeutete, dass er einfach verschwinden, nie wieder auftauchten würde, und Ruths Briefe mit ihm.

Ruth starrte den Mann an, der vor ihr stand, breit wie ein Schrank. Er trug Jeans und einen Rollkragenpullover aus dicker Wolle. »Pater … Roman …«, sagte sie leise, und irgendwo in ihrem Kopf regte sich etwas, wie ein Flügelschlag im Gebälk, ein leichtes Flattern, kaum zu hören, dann war wieder Stille.

Pater Roman reichte ihr seine Hand. »Guten Morgen, Ruth. Clara Niklas lässt dich grüßen. Sie hat mich heute Morgen angerufen, und ich soll dir sagen, dass sie dich in ein paar Tagen besuchen kommt.«

»Clara.« Ruth sah zum Fenster hinaus. Das war er. Der Name, der ihr gefehlt hatte. Ihre Finger tasteten nach dem Bleistift in ihrem Ärmel. Jetzt war alles gut. Sie lächelte. »Clara.«

Clara atmete tief aus. Ruth ging es »den Umständen entsprechend«, hatte Pater Roman am Telefon gesagt. Was auch immer das heißen mochte. Doch er kümmerte sich um sie, hatte schon mit den Ärzten in der Klinik gesprochen, und er würde sie wieder besuchen. Das war gut. Beruhigend.

Ihr Gespräch mit Willi dagegen verlief etwas anders als geplant. Eigentlich hatte sie nur kurz Bescheid geben wollen, dass es ihr gutgehe und sie morgen Abend wieder zurück sei. Doch als sie seine aufgeregte Stimme hörte und die Sorge darin, die sich mit Erleichterung mischte, konnte sie einige Sekunden lang erst einmal überhaupt nichts sagen. Plötzlich kamen ihr ihre Streitereien und Eifersüchteleien der letzten Tage so lächerlich vor. Sie schluckte, als sie spürte, wie ihr die Tränen in den Hals stiegen, und sagte schnell: »Es tut mir leid, ich war so hirnverbrannt, entschuldige bitte.« Sie fuhr sich mit dem Handrücken über die Augen.

»Was?«, rief Willi aufgeregt ins Telefon. »Ich verstehe dich ganz schlecht, Clara! Wo bist du denn, verdammt noch mal? Mick ist vor Sorge ganz aus dem Häuschen. Er glaubt, du bist irgendwie verrückt geworden. Er hat sogar deine Mutter angerufen, aber die hat nur gelacht und gemeint, an solche Eskapaden sollte er sich mal schnell gewöhnen, wenn er vorhat, mit dir zusammenzubleiben. Und dann hat sie ihn zum Geburtstag deines Vater eingeladen, für den Fall, dass du es vergessen solltest.«

Clara musste wider Willen lachen. Typisch ihre Mutter. Sie schniefte. »Könntest du – äh – bitte, wenn es dir nichts ausmacht, Mick Bescheid geben?«, fragte sie schließlich verlegen.

Willi schnaubte. »Ich denke, das solltest du mal besser selbst in die Hand nehmen.«

Clara stiegen erneut Tränen in die Augen, ohne dass sie genau hätte sagen können, weswegen sie eigentlich heulte. »Ich weiß, aber ich kann das jetzt nicht so am Telefon, bitte Willi, bitte tu mir den Gefallen und sag ihm … ähm, sag ihm …« Sie verstummte.

»Schon kapiert«, brummte Willi. »Ich werd's ihm ausrichten. Hättest du vielleicht noch die Güte, mir zu sagen, wo du eigentlich steckst?«

»In Cadaqués«, sagte Clara schnell, und als nach einer kurzen Schrecksekunde auf der anderen Seite der Leitung Willis Stimme losdröhnte: »In Spanien? Du bist in Spanien? Sag mal, Clara, hast du sie nicht mehr alle? Was um alles in der Welt …«, legte sie auf.

Am Nachmittag bewölkte sich der Himmel über der Bucht mit dünnen Schleierwolken, und der Wind, der seit gestern unablässig geweht hatte, legte sich plötzlich. Eine lauschende, abwartende Stille lag über dem Dorf, und der Himmel schien weiter entfernt zu sein als sonst. Wie ein weites, glattes Tuch wölbte er sich über dem Meer, ohne die geringste Falte oder Unebenheit. Das seltsame, statische Licht, das dadurch entstand, verlieh dem Meer einen leuchtenden Grünton, und die sonst weißen Fassaden der Häuser wirkten fahlgelb. Clara hob immer wieder den Kopf und sah nervös hinauf, während sie mit Elise am Strand entlangging. Etwas Bedrohliches schien in der Luft zu liegen.

Als sie an der Bar anlangte, an der sie gestern bereits einen Kaffee getrunken hatte, blieb sie stehen. In der Ferne zog die Silhouette eines großen Schiffes vorüber, wie ein Schatten ohne Tiefe, blassgrau und ohne Konturen. Statt eines Kaffees bestellte sie dieses Mal einen Fino, diesen staubtrockenen Sherry, der hier überall getrunken wurde. Blassgelb, fast durchsichtig, sah er in dem kleinen hübschen Glas harmlos aus, umso überraschender war deshalb der intensive Geschmack nach Holz und Rauch, irgendwie modrig und gleichzeitig erfrischend. Sie trank ihn zu schnell, zu ungewohnt war er für sie, und nach kurzem Zögern bestellte sie sich ein zweites Glas, an dem sie langsam und genussvoll nippte.

Der Fernseher war heute ausgeschaltet, stattdessen las der junge Mann in der Zeitung, die er zwischen der Spüle und der Gläserablage ausgebreitet hatte. Clara fragte ihn nach dem merkwürdigen Himmel, und sein Blick wanderte zu der offenen Tür.

»*Sì*«, nickte er. »Wir werden Sturm bekommen. In der Nacht. Vielleicht sogar schon heute Abend.«

Sturm. Wie passend, dachte Clara und nahm noch einen kleinen Schluck Sherry. Zum tausendsten Mal fragte sie sich, wie der heutige Abend verlaufen würde. Sie hatte versucht, sich eine Strategie zu überlegen, um Jakob Schelling davon zu überzeugen, sich zu stellen. Sie hatte sogar einen kurzen Moment daran gedacht, die spanische Polizei zu informieren und ihn verhaften zu lassen. Doch davon war sie schnell wieder abgekommen. Wie sollte sie denen alles erklären? Es würde eine Ewigkeit dauern, bis sie sich verständlich gemacht hätte. Außerdem, und das war, wenngleich kein sehr vernünftiger, für sie aber der ausschlaggebende Grund, wollte sie es nicht tun. Basta. Es erschien ihr nicht richtig. Es sollte seine eigene Entscheidung sein. Und vor allem wollte sie endlich die ganze Geschichte erfahren: von ihm selbst und nicht aus irgendwelchen Akten.

Seit sie dies für sich entschieden hatte, hatte sie nicht weiter über eine Strategie nachgedacht. Stattdessen war sie mit Elise durch das Dorf gewandert, durch die engen Gassen, hinauf in die Hügel und am Ende wieder zum Strand. Sie würde heute Abend in diese Kneipe gehen und auf ihn warten. Und dann würde man weiter sehen.

Kommissar Gruber war nervös. Irgendetwas stimmte nicht, etwas machte ihn unruhig und hielt ihn davon ab, nach Hause zu gehen. Dabei hätte er zufrieden sein können. Die gestrige Verhaftung Dr. Selmanys war einem Paukenschlag gleichgekommen. Wie ein Lauffeuer hatte die Nachricht die Runde gemacht, und seit heute Morgen standen die Telefone nicht mehr still. Neben Journalisten hatten sich auch ehemalige Patienten der Klinik gemeldet und wollten über ihre Erfahrungen berichten.

Eine junge Beamtin war eigens dazu abgestellt worden, diese Anrufe entgegenzunehmen, sie zu protokollieren und etwaige Spinner auszusortieren. Wobei, Letzteres war in einem solchen Fall nicht ganz einfach. Grubers frühere Definition davon, wer oder was verrückt war, hatte sich in den letzten Wochen unmerklich verschoben, und plötzlich ertappte er sich immer öfter dabei, dass er sich, wenn er mit der Kollegin die einzelnen Aussagen durchging, nicht sicher war, was er davon halten sollte. Öfters als früher entschied er, eine Aussage nachzuprüfen, einem Vorwurf nachzugehen, auch wenn er auf den ersten Blick abenteuerlich klang.

Früher hätte er für solche Zweifel nur Verachtung übriggehabt. Und jetzt war er selbst drauf und dran, so ein Zögerer und Zauderer zu werden, über die er sich immer lustig gemacht hatte. Einer, der sich nicht ganz sicher war, der plötzlich Angst hatte, Fehler zu machen. Und, das erstaunte Gruber am meisten, dieses Verhalten fühlte sich irgendwie sogar richtig an.

Der Boden tat sich nicht unter ihm auf, um ihn zu verschlingen, wenn er sich gestattete, Zweifel zuzulassen. Er fühlte sich nicht schwächer, wenn er versuchte, sich Dinge vorzustellen, die bisher außerhalb seiner Vorstellungskraft gelegen hatten. Im Gegenteil.

Trotzdem. Das Unbehagen, das ihn heute Nachmittag unvermittelt befallen hatte, blieb. Und wurde stärker, je mehr er versuchte, es mit vernünftigen Argumenten zum Schweigen zu bringen: Er hatte alles richtig gemacht. Alles beachtet. Nichts übersehen.

Nichts übersehen?

Clara fiel ihm wieder ein, wie sie sich bei Ruths Verhaftung so verzweifelt bemüht hatte, mit ihrer Mandantin zu sprechen, sie zu erreichen. Was hatte sie damit bezweckt? Wovor hatte sie Angst gehabt?

Er hatte schon versucht, Clara in ihrer Kanzlei anzurufen und ihr von Selmanys Verhaftung zu berichten, wenngleich er befürchtet hatte, sie würde sich weigern, überhaupt mit ihm zu sprechen. Doch die Sekretärin hatte ihm nur kühl mitgeteilt, Frau Niklas sei »verreist«. Was auch immer das heißen mochte. Wahrscheinlich stimmte es sogar, denn ihr Kompagnon und dieser andere Typ waren ja sogar bei ihm gewesen und hatten nach Clara gefragt.

Wo konnte sie nur sein? Was hatte sie vor? Gruber war natürlich nicht entgangen, dass das Siegel an der Werkstatttür abgerissen worden war, und er hegte keinerlei Zweifel daran, wer das getan hatte.

Die Kollegen von der Spurensicherung hatten schon einen gewaltigen Anpfiff kassiert, weil sie erst mit einer Stunde Verspätung dort angekommen waren. Und sich selbst hatte er ebenfalls Vorwürfe gemacht, weil er mit Ruth mitgefahren war, anstatt dort zu bleiben und auf seine Kollegen zu warten. Was für ein beschissener Anfängerfehler. Das lag alles nur daran, dass er ein schlechtes Gewissen gehabt hatte. Wegen Ruths Verhaftung und der Verachtung in Claras Augen. Er hatte zeigen wollen, dass er sich kümmerte. Persönlich kümmerte. Dass er nicht dieser Mistkerl war, den diese Anwältin in ihm sah. Und sie hatte diesen Fehler sofort ausgenutzt und war in die Werkstatt eingedrungen. Weiß der Himmel, was sie dort gesucht hatte. Verdammte Scheiße.

Gruber stand auf und lief die wenigen Schritte vor den beiden Fenstern seines Büros auf und ab. Er hatte sich gekümmert, verdammt noch mal. Er hatte Ruths Einlieferung persönlich überwacht und mit den Ärzten gesprochen. Er hatte darum gebeten, sofort informiert zu werden, falls sich in Ruths Verhalten irgendetwas ändern sollte, was Anlass zur Sorge gab.

Er lachte bitter auf. Als ob ihr Verhalten nicht schon die ganze Zeit Anlass zur Sorge gegeben hätte. Als ob man dieses leblose Vor-sich-hin-Stieren überhaupt Verhalten nennen konnte.

Er blieb stehen und sah auf die Uhr. Halb sechs. Der Arzt würde wohl noch da sein. Irgendjemand würde da sein. Er ging zurück zum Schreibtisch und wählte die Nummer auf der Visitenkarte, die neben dem Telefon lag. Eine kurze Nachfrage, nichts weiter. Nur damit er endlich beruhigt nach Hause gehen konnte.

Der Arzt, den er schließlich nach mehreren Verbindungsversuchen seitens der Telefonzentrale in der Leitung hatte, gab sich zunächst nichtssagend zugeknöpft. Ja, der Patientin gehe es den Umständen entsprechend, man müsse abwarten, bevor man Näheres über ihre psychische Verfassung sagen könne, noch sei sie sehr verschlossen, wirke traumatisiert …

»Traumatisiert?«, hakte Gruber nach. »Inwiefern traumatisiert?«

Der Arzt hüstelte, offensichtlich konsterniert darüber, dass man das Geplätscher seiner wohlausgefeilten Worthülsen so rüde unterbrach. »Ich weiß nicht, ob das jetzt am Telefon in Kürze verständlich dargelegt werden kann …«

»Das lassen Sie mal meine Sorge sein«, knurrte Gruber wütend. Wenn er etwas nicht ausstehen konnte, dann waren das Mediziner, die glaubten, der Rest der Welt bestünde aus debilen Einfaltspinseln.

»Nun ja, Herr Kommissar, ich werde es versuchen.« Der Arzt hüstelte erneut, und Gruber sah es fast vor sich, wie er genervt auf die Uhr schaute, seinen Mantel schon in der Hand.

»Also, die Patientin hat ein sehr eingeschränktes Reaktionsspektrum gegenüber ihrer Umwelt, sie ist dissoziativ …«

»Und was heißt das?«, schnauzte Gruber.

Der Arzt seufzte demonstrativ. »Hören Sie, Herr Kommissar, es ist Freitagabend, können wir das nicht am Montag in aller Ruhe …«

»Nein. So lange kann ich nicht warten.« Und Ruth auch nicht, schoss es ihm durch den Kopf, und ihm wurde bewusst, dass es genau das gewesen war, was Clara ihm bei der Verhaftung so verzweifelt hatte sagen wollen.

»Also gut: Das bedeutet, sehr vereinfacht ausgedrückt, dass sie sich selbst entfremdet ist, man spricht hier auch von Depersonalisation …«

»Und das bedeutet konkret?« Gruber ließ nicht locker.

»Frau Imhofen kann sich und ihre Situation nicht mehr einordnen, ihre Wahrnehmung gegenüber ihrer eigenen Persönlichkeit, ihr Denken und Fühlen ist gestört, sie fühlt sich selbst nicht mehr zugehörig …« Der Arzt stockte, überlegte einen Augenblick und sagte dann: »Es scheint so, als habe sie den Bezug zu sich selbst vollkommen verloren. Es besteht keine Verbindung mehr zwischen ihren Gefühlen und ihrer Wahrnehmung, zwischen Körper und Geist. Sie sagt beispielsweise, ihr *Innen* habe keine Farben mehr. Man kann auch sagen, es hat gewissermaßen eine Entkoppelung stattgefunden ...«

Gruber hörte nicht mehr zu. Die Wiedergabe von Ruths Worten durch den Arzt hatten in ihm etwas in Bewegung gebracht: Ein Satz brannte ihm auf einmal im Gedächtnis. Ein Satz, den er sich von den Briefen, die Clara ihm gegeben hatte, sogar abgeschrieben hatte, weil er dieses andere Mädchen, Maja betraf. Während der Arzt weiterdozierte, blätterte Gruber in seinen Unterlagen herum. Dort, dort war der Zettel.

Gruber zog ihn heraus, las den Satz: *Ihre Farben gehen ...*

Er ließ den Zettel sinken. Das war es, was die Anwältin gesehen hatte, deshalb war sie so erschrocken gewesen. Sie hatte begriffen, dass Ruths Geist dabei war aufzugeben, und sie hatte versucht, sie zurückzuholen. Und er hirnverbranntes Rindvieh hatte es nicht kapiert.

»Wer ist bei ihr?«, fragte Gruber unvermittelt, und das unbehagliche Gefühl, das ihn schon den ganzen Nachmittag gequält hatte, verwandelte sich angesichts des erschrockenen Zögerns des Arztes in Übelkeit.

»Wie meinen Sie das, bei ihr?«, fragte der Arzt nach ein paar Schweigesekunden zurück. »Ich verstehe nicht ganz ...«

»Sie wird doch überwacht? Jemand sieht regelmäßig nach ihr?«

»Nun ja, sie hat eine Klingel, und wir haben natürlich eine Nachtschwester, die den Dienst von der Tagschicht übernimmt ...«

»Ich komme!«, raunzte Gruber ins Telefon und fügte ungnädig hinzu: »Gottverdammter Idiot«, wobei er damit mehr sich selbst meinte als den verdatterten Arzt.

Als Clara an diesem Abend Miguels Bar betrat, erwartete Pablo sie bereits. Er saß an dem selben kleinen Tisch wie am Vortag, vor sich eine Tasse Tee. Das Päckchen mit den Briefen lag neben der Tasse auf dem Tisch. Clara fand, dass er ein klein wenig besser aussah als am Tag zuvor, sein Blick schien klarer zu sein, wenngleich seine Haut noch immer die Farbe von vergilbten Bettlaken hatte.

Sie nickte ihm zu und setzte sich auf den zweiten Stuhl, ihm gegenüber. Elise streckte sich neben ihr aus. Mit Blick auf seinen Tee bestellte sie keinen Wein, sondern Wasser, und nach einem kurzen fragenden Blick zwei Gläser. Vielleicht würde er ja mehr oder weniger nüchtern bleiben heute Abend. Zumindest schien er das vorzuhaben, da wollte sie seinen Vorsatz nicht ins Wanken bringen.

Miguel brachte eine Flasche Mineralwasser und stellte ihnen das übliche Knabberzeug hin.

Clara hatte keinen Hunger. Am Nachmittag hatte sie versucht, etwas zu essen und sich ein Weißbrotsandwich mit Tomaten und Schinken gekauft, doch nach einer halben Stunde lustlosem Herumgeknabbere hatte sie das halbe Brot Elise überlassen. Trotzdem bestellte sie jetzt bei Miguel eine große Portion Vorspeisen für beide. Schinken, Oliven, Feigen, Brot, Käse. Sie hatte den Eindruck, als könne der Mann, dem sie gegenübersaß, durchaus ein paar Happen gebrauchen.

Schweigend warteten sie auf das Essen. Pablo, der mindestens so nervös zu sein schien wie Clara, griff immer wieder nach den Briefen, schob sie ein wenig hin und her, als wolle er sie in die richtige Position bringen, dann wanderten seine großen, irgendwie steif wirkenden Hände zurück zu seiner Tasse und umschlossen sie, aber er trank nicht.

Nach einer Weile sagte er: »Ich habe sie gelesen. Ich habe jeden Einzelnen von ihnen gelesen.«

Clara bemerkte, dass er Tränen in den Augen hatte. Sie senkte den Blick auf ihren Teller, wollte ihm Zeit geben, sich zu fangen, wollte ihn nicht beschämen, indem sie ihn anstarrte, Zeugin seines Schmerzes wurde.

Als sie sich ihm jedoch wieder zuwandte, hatte er sich nicht bewegt, keine Anstalten gemacht, die Tränen wegzuwischen, die ihm jetzt langsam, eine nach der anderen seine zerklüfteten Wangen hinunterliefen und von seinem Rübezahlbart verschluckt wurden. Pablo war längst jenseits davon, sich von so etwas wie ein paar Tränen in der Öffentlichkeit beschämen zu lassen.

Clara knabberte an einer Feige herum und sagte dann: »Sie haben Ruth vor drei Tagen verhaftet.«

Pablo starrte sie an. »Sie ist wieder ... eingesperrt?«

Clara nickte: »Wegen des Mordes an Johannes Imhofen. Sie glauben, dass Ruth es gewesen ist. Sie hatte sich in Ihrer Werkstatt versteckt, dort haben sie sie gefunden.«

Sie unterdrückte den stechenden Schmerz, der sie bei dem Gedanken daran, dass sie diejenige gewesen war, die die Polizei zu ihr geführt hatte, durchfuhr, und sprach schnell weiter: »Aber sie war es nicht, nicht wahr? Sie haben Johannes Imhofen erschlagen. Mit Ihrem Bildhauerwerkzeug.«

Pablo starrte sie noch immer an, doch er sah sie nicht. Er sah in die Ferne, sein Blick blieb von etwas gefangen, das nur er sehen konnte. »Sie war bei mir«, begann er zögernd, als müsse er die Worte erst suchen, sie von irgendwoher holen. »Sie war bei mir vor ... zwei oder drei Wochen. Plötzlich stand sie in der Tür. Ruth. Nach all den Jahren. Zuerst habe ich geglaubt, sie sei so etwas wie ein Geist. Ich sehe manchmal solche Dinge, wenn ich zu viel Schnaps trinke, dann weiß ich nicht mehr, ist das die Wirklichkeit oder ein Traum?

»Was wollte sie von Ihnen?«, fragte Clara leise.

»Sie ... wollte mich nur sehen, glaube ich. Mich wiedersehen.« Er senkte den Kopf. »Sie hat wohl nicht ganz das gesehen, was sie erwartet hatte.«

»War sie wütend auf Sie?«

Er schüttelte den Kopf. »Nein. Sie war ... sie war langsam,

sie bewegte sich merkwürdig. Aber trotzdem war sie noch die Ruth, die ich ...« Er stockte, und seine Stimme erstarb zu einem Flüstern: »... die ich geliebt habe. Ich habe sie sofort wieder erkannt. Wir haben uns angesehen, eine ganz lange Zeit haben wir uns nur angesehen. Sie stand in der Tür, ohne sich zu rühren, in einem alten Jogginganzug, aber ihre Augen waren die gleichen. Dann hat sie angefangen zu reden. Wir haben stundenlang geredet ...« Er brach ab und verbarg den Kopf in seinen Händen.

»Sie hat Ihnen von der Klinik erzählt, nicht wahr?«

Pablo nickte und ließ die Hände sinken. »Ich wusste das alles nicht. Nichts davon wusste ich.« Er begann zu weinen.

Er wusste es nicht. Clara fielen Ruths Worte wieder ein, und sie nickte: »Erzählen Sie doch von Anfang an«, bat sie. »Wir haben genug Zeit. Erzählen Sie mir von der Party vor vierundzwanzig Jahren.«

Und Pablo begann zu erzählen. Er konnte erstaunlich gut erzählen. Mitunter stockte sein Redefluss ein wenig, er brauchte Zeit, die richtigen Worte zu finden, Clara konnte sehen, wie er in seinem Geist herumkramte wie in einer alten Kiste, die man vom Speicher geholt hatte. Der Alkohol hatte eine Schneise geschlagen, hatte vieles von dem zerstört, was sich einmal in den Kisten befunden hatte. Doch langsam wurde seine Erzählung flüssiger, mit jedem Wort begannen sich die eingerosteten Räder ein wenig leichter in Bewegung zu setzen, und er fand bessere, treffendere Worte.

»Ruth war ein Vogel«, sagte er schließlich. »Einer dieser Vögel, die am schönsten aussehen, wenn man sie fliegen sieht. Fängt man sie, dann flattern sie nur kopflos herum, stoßen gegen die Wände und Fenster und verlieren ihre Anmut. Sie konnte nicht glücklich sein. Es war so, als gäbe es für sie nichts Einfaches, nichts Klares.« Er jedoch hatte sich in dem Moment verliebt, als er sie zum ersten Mal gesehen hatte, doch nicht im Traum daran gedacht, dass sie einmal ein Paar würden.

»Aber an der Nordsee, dort waren Sie glücklich, nicht wahr?«, fragte Clara.

Pablo nickte. »Dort schon.« Kurze Zeit später bekam er dieses Angebot, nach Rom zu gehen und ein halbes Jahr dort bei einem Bildhauermeister zu lernen. Ruth hatte für ihn diese Party organisiert, eine Abschiedsfete bei ihr zu Hause. Am nächsten Morgen um halb sieben ging sein Zug nach Rom.

»Das Fest war ein Reinfall. Udo Reimers ist aufgetaucht und hat mit seinen Szenen die Party gesprengt. Er konnte sich nicht damit abfinden, dass Ruth nichts mehr von ihm wissen wollte. Ich wollte ihn rauswerfen, aber Ruth war dagegen. Ich glaube, er tat ihr irgendwie leid. Dabei hat er sie regelrecht verfolgt, er war so ein besitzergreifender, klammernder Typ und konnte echt unangenehm werden.«

Pablo ließ den Kopf sinken und starrte auf seine Hände. »Wir haben uns den ganzen Abend gestritten, ich war eifersüchtig, ich Trottel, habe gemeint, wenn sie mich liebt, dann müsse sie den Kerl jetzt rauswerfen.« Er schüttelte den Kopf und lachte bitter auf. »Ruth ließ sich nicht unter Druck setzen. Noch nie. Am Ende hat sie mich rausgeworfen.«

»Und Sie sind gegangen und haben sie vierundzwanzig Jahre nicht mehr gesehen?«, fragte Clara ungläubig.

Pablo schüttelte den Kopf. »Nein, ich habe sie an dem Abend noch mal gesehen. Ich bin zurückgekommen.«

Clara hielt unmerklich die Luft an, als Pablo einen Schluck Tee nahm und dann weitersprach. »Ruth hatte viel zu viel getrunken, das hat sie auf solchen Partys oft, und wohl auch noch einiges anderes genommen. Jetzt glaube ich, sie war einfach nur unglücklich, weil ich wegfahren wollte. Aber ich war damals zu blöd, um das zu erkennen. Ich hätte die Sache irgendwann einfach gut sein lassen sollen. Aber ich habe nicht aufgehört.

Irgendwann sind die letzten Gäste gegangen, nur Udo war noch da und lümmelte auf der Couch. Ich war eifersüchtig, habe ihr sonst was an den Kopf geworfen. Sie hat mir eine Ohrfeige gegeben und gemeint, wenn ich sowieso abhauen wollte, dann könne ich es auch gleich tun. Danach hat sie sich im Badezimmer eingesperrt. Udo hat mich ausgelacht, hat gemeint, das war's dann wohl und ich solle jetzt Land gewinnen.«

Clara starrte ihn an. »Und dann haben Sie ihn …«

Pablo lächelte traurig. »Nein. Ich habe ihn nicht umgebracht. Ich hätte es vielleicht tun sollen, dann wäre Ruth viel erspart geblieben und mir vielleicht auch. Ich habe ihm keine Antwort gegeben, habe versucht, sein dummes Gerede zu ignorieren. Aber ich wollte die beiden nicht allein lassen. Doch dableiben wollte ich auch nicht. Also habe ich Johannes Imhofen angerufen und ihn gebeten, sich um seine Schwester zu kümmern, es gehe ihr nicht so gut.«

Clara schüttelte verwirrt den Kopf. »Sie? Sie haben Johannes Imhofen angerufen? In der Akte stand, Ruth habe das getan, nachdem es bereits passiert war. Das hat Imhofen so ausgesagt.«

Pablos Gesicht verzog sich zu einer bitteren Grimasse. »Richtig. Das hat er so ausgesagt. Und ich, ich erbärmlicher Feigling war nicht da, um es richtigzustellen.«

Er wandte sich Clara direkt zu. »Ich habe ihn also angerufen und bin dann hinunter auf die Straße gelaufen. Ich wollte nach Hause. Sollte sie mir doch den Buckel runterrutschen. Morgen würde ich weg sein, und der Rest war egal. Dachte ich mir.«

Er schüttelte den Kopf. »Natürlich hat es nicht geklappt. Ich wäre immer gerne cooler gewesen, als ich war. Nach ungefähr einer halben Stunde bin ich wieder umgekehrt. Johannes Imhofens Auto stand schon vor der Tür. Ich bin die Treppe hochgelaufen und habe aufgeschlossen. Ich hatte einen Schlüssel zu Ruths Wohnung. Und da habe ich es gesehen.«

Er schluckte, seine Hände schlossen sich um die Tasse, dann wanderte sein Blick zu Miguel hinter der Bar, er schien zu überlegen, ob er nicht doch Wein benötigte oder einen Schnaps, um weitersprechen zu können. Clara schenkte ihm ein Glas Wasser ein und schob es ihm hin. Abwesend trank er davon.

»Was haben Sie gesehen?«, fragte sie.

Er überlegte. »Udo Reimers lag im Flur. Ruth saß daneben am Boden. Eigentlich saß sie gar nicht richtig, sie war vollkommen weggetreten und lehnte in der aufgebrochenen Badezimmertür.«

»Und ihr Bruder?«

»Der stand einfach da. Wie erstarrt. Er hat sich nicht bewegt. Nicht einmal, als Udo anfing zu stöhnen.«

»Udo Reimers hat noch gelebt?«, fragte Clara ungläubig. Auch das stimmte nicht mit der Zeugenaussage von Imhofen überein. Nach seinen Angaben war Reimers bereits tot gewesen, als er eintraf.

Pablo nickte. »Er hat noch gelebt. Sein Kopf war voller Blut, überall war Blut, aber er hat sich bewegt und leise gestöhnt. Ich wollte einen Krankenwagen rufen, aber Johannes hat gemeint, er erledige das schon, und ich solle abhauen, sonst käme ich in Schwierigkeiten. Er würde sich jetzt um seine Schwester kümmern.«

»Und was haben Sie getan?«, fragte Clara tonlos.

»Ich bin gegangen.« Pablo beugte sich über den Tisch und sein Gesicht war so nah an Claras, dass sie seinen schalen Atem riechen konnte.

»Ich bin gegangen! Stellen Sie sich das vor! Und am nächsten Morgen bin ich um halb sieben in den Zug gestiegen und nach Rom gefahren. Ich habe geglaubt, die Polizei würde mir womöglich etwas anhängen, und ich könnte meine Karriere vergessen. Ich hatte Angst um mein erbärmliches Stipendium!«

Er lachte auf, und Clara konnte seine Verzweiflung hören. Es lief ihr kalt den Rücken hinunter.

»Ich hatte Angst vor Imhofen. Ich dachte mir, er würde alles tun, um seine Schwester zu schützen, warum dann nicht einfach mir diese Sache in die Schuhe schieben? Es war da so etwas in seiner Stimme, als er sagte, ich solle abhauen, um nicht in Schwierigkeiten zu kommen ...«

Pablo ließ sich wieder zurück auf seinen Stuhl fallen. Dann griff er nach dem Wasserglas und kippte es in einem Zug, als handle es sich um einen doppelten Korn.

Clara zündete sich eine Zigarette an. Sie bot auch Pablo eine an, und er nahm sie und drehte sie langsam mit den Fingern, bevor er sich von Clara Feuer geben ließ. »Ist schon ein paar Jahre her, dass ich geraucht habe«, meinte er und betrachtete die Zigarette nachdenklich. »Muss es irgendwann einfach vergessen haben.«

»Und später«, fragte Clara. »Als Sie zurückkamen? Warum haben Sie Ruth nie besucht?«

»Anfangs habe ich es versucht. Ich war bei Imhofen. Er ... hat sich sehr großzügig mir gegenüber gezeigt, hat mich den richtigen Leuten vorgestellt, mir Aufträge verschafft. Ich habe das alles gerne angenommen, dachte, er hätte vielleicht ein schlechtes Gewissen, weil er seine Schwester und uns alle immer nur als peinliche Unruhstifter betrachtet hat. Ich dachte, es stünde mir zu, Erfolg zu haben, immerhin war ich doch ein so großes Talent, ein *Ausnahmetalent*.«

Pablos Mund verzog sich vor Abscheu. »Aber irgendwie fühlte es sich trotz allem nicht richtig an. So sehr ich mich bemühte, mir einzureden, alles wäre perfekt, es gelang mir nicht, Ruth zu vergessen. Doch was seine Schwester anging, war Imhofen vollkommen unzugänglich. Ich wusste, dass es keinen Prozess gegeben hat und sie in eine Klinik gekommen ist. Ich war sogar einmal dort, aber sie haben mich nicht zu ihr gelassen. Imhofen sagte mir, sie sei schwer krank, die Drogen hätten sie zerstört. Dabei hat sie eigentlich keine harten Drogen genommen. Hie und da mal Kokain geschnupft, ja das schon, aber nicht im größeren Ausmaß. Aber ich habe nicht nachgebohrt. Wahrscheinlich wollte ich es nicht so genau wissen.

Eines Tages erzählte mir Johannes, sie sei entlassen worden und unter einem falschen Namen nach Paris gegangen. Sie wolle nichts mehr von ihrem alten Leben wissen. Und von mir schon gleich gar nicht. Da habe ich aufgehört nachzufragen. Stattdessen habe ich zu trinken begonnen. Nicht nur ab und zu, sondern regelmäßig und mit Methode. Ich habe angefangen, mir mit Absicht ein Bein zu stellen, habe Termine verpasst und bin besoffen zu Vernissagen erschienen.

Und mit der Zeit habe ich mir eingeredet, Ruth habe das große Los gezogen, habe sie mir immer deutlicher vorgestellt, in Paris, schön und extravagant, umgeben von einer Schar Verehrern und mit einem Atelier in Montmartre ... Was für ein schönes Leben sie dort haben musste, kein Wunder, dass sie von mir nichts mehr wissen wollte, von Pablo, dieser lächerlichen Figur, diesem Säufer.«

Er begann zu lachen. Immer lauter, immer heftiger, sein ausgemergelter Körper schüttelte sich, und währenddessen liefen ihm die Tränen über das Gesicht.

Clara sah aus den Augenwinkeln, wie die Gäste an der Theke sich zu ihnen umdrehten, den Kopf schüttelten und leise Bemerkungen machten. Sie beugte sich vor und griff nach Pablos Hand.

Er zuckte zusammen.

»Hören Sie auf«, sagte sie scharf.

Pablo verstummte, als habe man den Ton abgedreht. Zusammengesackt blieb er auf dem Stuhl sitzen und stierte vor sich hin.

Clara schob ihm den Teller mit den Vorspeisen hin. »Nehmen Sie etwas. Essen Sie. Wir haben Zeit.«

Als ob sie ihm damit ein Signal gegeben hätte, begann er zu essen. Schnell, fast gierig, in einer Hand das Brot, in der anderen die Gabel, schaufelte er alles in sich hinein.

Clara lehnte sich zurück, und während sie ihn beobachtete, versuchte sie über das nachzudenken, was sie gehört hatte. Ihre Gedanken wanderten von Pablo weg zu jenem Abend vor vierundzwanzig Jahren. Es verwirrte sie, dass Johannes Imhofen so offensichtlich gelogen hatte. Warum hatte er nicht gesagt, dass es Pablo gewesen war, der ihn angerufen hatte? Die einzige Erklärung war die, die er Pablo schon selbst gegeben hatte, nämlich, dass er ihn aus der Sache heraushalten wollte.

Aber warum? Was hatte es geändert, wenn Jakob Schelling in den Akten aufgetaucht wäre? Das Argument, man hätte Pablo etwas anhängen können, war wenig überzeugend, denn Johannes Imhofen hätte doch aussagen können, dass Pablo zum Tatzeitpunkt nicht in der Wohnung war, dann wäre kein Verdacht auf ihn gefallen. Nur wenn Imhofen ihn hätte bewusst reinreiten wollen, wenn er, um seine Schwester zu schützen, gelogen hätte, dann wäre es für Pablo schwierig geworden.

Aber das hatte Imhofen nicht getan. Im Gegenteil, er hatte ihn gefördert und unterstützt, er hatte ihn ... gekauft. Warum?

Clara starrte angestrengt vor sich hin. Nachdem Imhofen nichts getan hatte, um seine Schwester zu schützen, gab es nur einen Grund, Jakob Schelling aus der Sache herauszuhalten und sich gleichzeitig seiner Dankbarkeit zu versichern, womöglich sogar mit der Drohung im Hintergrund, er könne die Ereignisse des Abends immer noch anders darstellen: um sich selbst zu schützen. Abwesend kramte Clara eine weitere Zigarette aus der Schachtel und zündete sie an, ohne hinzusehen.

Plötzlich fiel ihr Ruth ein, an dem Nachmittag, an dem sie

sie in Pablos Werkstatt gefunden hatte. Sie war so in die Ereignisse von damals zurückgefallen gewesen, dass sie Clara gar nicht richtig bemerkt hatte.

»Warum ist er gekommen?«, hatte sie gefragt, und Clara war der Meinung, sie spräche von Udo Reimers an jenem Abend. Aber das stimmte nicht. Sie hatte von ihrem Bruder gesprochen. Er war es, der für sie überraschend gekommen war, nachdem sie Pablo weggeschickt und sich im Bad eingeschlossen hatte. Sie wusste ja nichts von Pablos Anruf bei ihrem Bruder.

Clara ließ den Blick durch das Lokal schweifen, ohne wirklich etwas zu sehen. Ruth hatte sich erinnert an diesem Nachmittag. Sie hatte sich an Dinge erinnert, die sie damals vor vierundzwanzig Jahren nicht registriert hatte: Johannes Imhofen war gekommen, als sie sich noch im Bad aufgehalten hatte, als die Tür noch verschlossen gewesen war. Und wenn Pablo die Wahrheit sagte und er Udo Reimers nicht umgebracht hatte, dann bedeutete das, Udo Reimers hatte zu dem Zeitpunkt, als Imhofen eingetroffen war, noch gelebt. Und als Pablo eine halbe Stunde später zurückkam, war die Tür eingetreten gewesen, und Udo hatte auf dem Boden gelegen. Noch immer am Leben. Das bedeutete ... das konnte nichts anderes bedeuten, als dass ... Clara schluckte.

»Er ist es gewesen«, sagte sie. Jakob Schelling hob den Kopf und sah sie an. Clara fuhr langsam fort: »Nicht Sie haben Udo Reimers getötet und auch Ruth nicht. Johannes Imhofen war es.«

Sie sah plötzlich so deutlich vor sich, was sich damals abgespielt hatte, als wäre sie dabei gewesen: »Johannes Imhofen fährt nach Ihrem Anruf zu Ruths Wohnung. Er macht sich Sorgen, gleichzeitig ist er wütend, es ist mitten in der Nacht, und seine Schwester schafft ihm ständig Probleme. Doch er fühlt sich für sie verantwortlich, seit sie ihre Eltern verloren haben. Immer noch. Diese Verantwortung ist ihm eine schier unerträgliche Last, aber sie lässt sich nicht abschütteln. Und Ruth dankt sie ihm auch in keiner Weise. Im Gegenteil. Vermutlich verspotten sie und ihre Freunde ihn als Dumpfbacke, als karrieregeilen Spießer, einen Typ Mensch, für den man in ihren Kreisen nur Verachtung übrig hat.

Als er ankommt, hat sich Ruth noch immer im Bad verschanzt. Betrunken, gereizt, unglücklich über ihren Streit. Ihr ist übel, sie übergibt sich, weint. Johannes versucht, mit ihr zu reden, schlägt gegen die Tür. Doch Ruth reagiert nicht, oder sie beschimpft ihn womöglich sogar: Hau ab. Lass mich in Ruhe.

Da mischt sich Udo Reimers ein. Er meint, Imhofen solle sich raushalten, das ginge ihn nichts an. Udo Reimers konnte unangenehm werden. Er stichelt, macht sich über Imhofen lustig, lässt nicht locker.

Jetzt packt Johannes Imhofen die blanke Wut, und er greift nach dem erstbesten Gegenstand, den er zu packen bekommt, die Statue auf der Kommode neben der Badezimmertür, und schlägt Udo Reimers zu Boden. Dann erfasst ihn Panik, er rüttelt an Ruths Tür, will, dass sie aufmacht, doch sie reagiert nicht, und er tritt die Tür ein und zerrt sie heraus. Er weiß nicht, was er tun soll. In dem Moment kommen Sie zurück und sehen ihn dort stehen.«

Sie warf Jakob Schelling einen Blick zu. Er saß völlig bewegungslos da, und seine blutunterlaufenen, matten Augen starrten abwesend in die Ferne. Langsam nickte er, wie in Trance.

»Er hat gar keinen Krankenwagen gerufen«, fuhr Clara fort. »Er hat Udo Reimers einfach auf dem Flur dort sterben lassen, und dann seiner Schwester eingeredet, sie wäre es gewesen.«

Ruths Flehen, als sie in Pablos Werkstatt neben ihr am Boden gekauert hatte, stand Clara in grausiger Deutlichkeit wieder vor Augen: *Er stirbt, bitte tu doch etwas …* Sie spürte, wie sich an ihren Unterarmen vor Entsetzen die Haare aufstellten und es in ihrem Nacken kribbelte. Es war so einfach gewesen. Und so böse.

Und es wäre absolut perfekt gewesen, wenn nicht Jakob Schelling zurückgekommen wäre. Er war der Einzige, der Johannes Imhofen gefährlich werden konnte. Dabei war der sich in dem Augenblick gar nicht bewusst, was er gesehen hatte. Und nachdem er am nächsten Morgen abreiste und Johannes Imhofen dafür gesorgt hatte, dass sein Name gar nicht erst in den Akten auftauchte, wurde er auch nie mit dessen falscher Aussage konfrontiert. Und später hatte Imhofen ihn dann mit seiner großzügigen Unterstützung eingewickelt und ruhiggestellt, seine feige Sorge um die Karriere und seine Schuldgefühle deswegen ausgenutzt.

Gleichzeitig hat er dafür gesorgt, dass seine Schwester in der Klinik verschwand. So konnte sie ihm nicht mehr gefährlich werden, selbst wenn sie sich doch noch an Details erinnern sollte, denn wer würde ihr schon glauben? Außerdem war er sie los, hatte sich endgültig dieser verhassten Verantwortung entledigt. Sie kam ihm nicht mehr in die Quere mit ihren störenden Auftritten, mit ihrer extravaganten Art, mit ihren Exzessen und Peinlichkeiten. Und mit jedem Jahr, mit dem Ruth weggesperrt war, wurde seine Sicherheit größer.

Clara hob den Kopf und sah Pablo an. Seine Hände zitterten. Die Zigarette, die sie ihm gegeben hatte, verglühte im Aschenbecher. Er hatte sie dort vergessen.

Sie nickte bedächtig. Alles ergab jetzt einen Sinn. Einen traurigen, schrecklichen Sinn.

Langsam sagte sie: »Als Ruth zu Ihnen gekommen ist und Ihnen erzählt hat, was mit ihr geschehen ist, da haben Sie erst begriffen, was für ein böses Spiel Johannes Imhofen mit Ihnen beiden gespielt hat. Und dass er damit Ihrer beider Leben zerstört hat.«

Pablo starrte auf seine Hände und nickte ebenfalls. »Da haben wir plötzlich alles verstanden«, sagte er leise, wie zu sich selbst.

»Und dann?«, fragte Clara.

»Es war ein Schock. Keiner von uns hat etwas gesagt.« Er fuhr sich mit einer fahrigen Bewegung über den Bart, und plötzlich schien er nervös. »Sie ist gegangen«, sagte er schließlich.

»Und was haben Sie gemacht?«

»Aber das wissen Sie doch!«, gab er ausweichend zurück.

»Erzählen Sie es mir trotzdem.« Clara spürte, wie eine Veränderung in Jakob Schelling vorging. Die ganze Zeit hatte er so entschlossen gewirkt, reinen Tisch zu machen. Er war offen gewesen, hatte sich ungeschminkt selbst angeklagt, und man hatte das Gefühl gehabt, er habe jeden Widerstand, jeden Schutzmechanismus aufgegeben. Doch jetzt, als sie ihn indirekt nach dem Mord an Johannes Imhofen fragte, wirkte er plötzlich vorsichtig, zog sich zurück, und Clara fragte sich irritiert, was das zu bedeuten hatte.

Er schwieg eine ganze Weile, und Clara drängte ihn nicht.

Als sie schon dachte, er würde überhaupt nicht mehr zu reden beginnen, richtete er sich zögernd auf und straffte seine Schultern ein wenig. Er hatte einen kräftig gebauten Rücken, noch immer, wenngleich ohne jede Muskelmasse, er wirkte unter dem schmuddeligen Hemd wie ein breiter, hölzerner Kleiderständer.

»Ich war so wütend«, begann er schließlich zögernd. »Ich stand da und starrte ihr nach, wie sie ging. So viele Jahre habe ich nicht mehr an all das gedacht, und jetzt, auf einmal kam alles wieder zurück. Ich konnte an nichts anderes als an Johannes Imhofen denken. Was er Ruth angetan hat. Was er uns angetan hat. Immer und immer wieder. Die ganze Zeit. Ich habe etwas getrunken, eine halbe Flasche Schnaps und auch Wein, und plötzlich hatte ich dieses Ding da in der Hand.«

Er senkte den Kopf, und Clara sah, wie sich seine Kiefer bewegten und sich die Haut über seinen Wangenknochen spannte, in der Anstrengung, die Zähne zusammenzubeißen.

»Ich bin zu Imhofen hinausgefahren und habe in der Tiefgarage auf ihn gewartet. Irgendwann kam er angefahren, es war schon Abend, und als er ausstieg, habe ich mich von hinten an ihn herangeschlichen und auf ihn eingeschlagen. Immer und immer wieder. Bis er tot war.«

Er sah sie an. »Er hat es verdient. Das und noch viel mehr.«

Clara nickte unwillkürlich. Sie konnte nicht anders, als ihm recht zu geben, auch wenn ihr anwaltliches Rechtsverständnis empört aufheulte und sofort die Gegenargumente zurechtlegte: »Selbstjustiz ist immer der falsche Weg, niemand hat das Recht, über das Leben eines anderen Menschen zu richten, blablabla…«

Sie schob den erhobenen Zeigefinger in ihren Gedanken rüde beiseite. Das konnte sie jetzt nicht gebrauchen. Sie musste nachdenken. Pablos Schilderung deckte sich genau mit dem Tathergang, wie sie ihn in der Akte gelesen hatte. Sein Blick war offen, kein Ausweichen war mehr zu erkennen. Allerdings auch keine Reue, kein Anzeichen von Abscheu über die Tat, keine Furcht angesichts der Folgen seines Geständnisses. Ein vollkommen reiner Blick, kam es ihr in den Sinn. Ein Blick ohne Schuldbewusstsein. Wie war das so plötzlich möglich? Clara hatte selten jemanden gesehen, bei dem Schuldgefühle so deutlich die Ursache für seinen Untergang waren wie bei diesem Mann. Und jetzt dieser Blick. Kam das daher, dass er sich die Tat hatte von der Seele sprechen können, oder eher davon, dass er das Gefühl hatte, mit diesem Mord etwas gutgemacht, eine alte Schuld beglichen zu haben? Clara wusste es nicht. Und es war im Grunde auch gleichgültig.

Sie stand auf und reichte Jakob Schelling die Hand. »Ich

danke Ihnen«, sagte sie. Ihr Blick fiel auf die Briefe, die noch immer neben ihm lagen.

Unwillkürlich legte er seine Hand darauf und zuckte dann zurück, als habe er etwas berührt, was ihm nicht zustand.

Clara lächelte matt. »Sie können sie behalten. Es sind Ihre.« Im Gehen drehte sie sich noch einmal um. »Ich fahre morgen um acht hier los. Vor diesem Lokal. Es wäre schön, wenn Sie mitkämen.«

Pablo nickte.

Nachdenklich verließ sie die Bar. Elise trottete müde hinter ihr her. Clara ging noch einmal hinunter zum Strand, der vollkommen verlassen dalag. Der angekündigte Sturm war bislang ausgeblieben, doch die Nacht war sternenlos, und hohe Wellen brachen sich draußen vor der Bucht. Der Wind hatte aufgefrischt und riss ihr die Worte von den Lippen, als sie nach Elise rief, die sich, die Nase unermüdlich am Boden, immer weiter entfernte. Clara setzte sich in den Windschatten des umgedrehten Ruderbootes und versuchte, sich eine Zigarette anzuzünden, was mit nicht unerheblichen Schwierigkeiten verbunden war. Als die Spitze endlich zu glühen begann, hatte Clara bereits eine halbe Schachtel Zündhölzer aufgebraucht. Ein, zwei heftige Züge, und das Glühen wurde stärker. Sie sollte froh sein. Es war besser gelaufen als erwartet. Viel besser sogar. Und sie hatte recht behalten. Das sollte sie zufrieden machen.

Aber hatte sie tatsächlich recht behalten? Aus irgendeinem Grund war sie sich plötzlich nicht mehr sicher. Irgendetwas an Pablos Verhalten, irgendeine Kleinigkeit, die sie nicht benennen konnte, hatte sie stutzig werden lassen. Unbemerkt hatte sich ein Zweifel eingeschlichen, der sich nicht mehr so leicht vertreiben ließ.

Sie drehte die Zigarette langsam zwischen den Fingern. Ein

Windstoß riss die Glut herunter, und die Zigarette verlosch. Clara drückte sie in den kalten Sand und stand auf. Sie pfiff mehrmals nach Elise, doch der Wind war zu stark. Kein Ton war zu hören. Fluchend klappte sie den Mantelkragen hoch und stapfte den Strand entlang. In der Ferne entdeckte sie Elises Gestalt. Sie stand mit gesträubtem Fell breitbeinig im Sand und bellte wütend auf etwas ein. Clara lief erschrocken auf sie zu. Was konnte es nur sein, das sie so aufregte? Sie strengte ihre Augen an, um in der Dunkelheit besser sehen zu können. Lag dort nicht etwas im Sand?

Doch es war nichts. Nichts außer dem dunklen, aufgewühlten Wasser, das schäumend an den Strand schwappte und Elise wütend machte. Gespenster, dachte Clara. Elise sieht Gespenster. Genau wie ich.

Als sie am nächsten Morgen hinunter zum Hafen fuhr, war es halb acht. Clara parkte neben Miguels Bar, die noch geschlossen war, und holte eine Brioche aus dem Lunchpaket, das ihr die fürsorgliche Wirtin eingepackt hatte. Ob er wohl kam?, dachte sie kauend und fütterte Elise, die neben ihr auf dem Beifahrersitz saß, mit kleinen Stückchen des Gebäcks, die in Elises Schlund verschwanden, ohne dass sie auch nur eine Kaubewegung machen musste.

Er kam. Um zehn vor acht kam er die Seitengasse links von Miguels Bar herunter, einen alten Rucksack über die Schulter gehängt. Clara stopfte sich den Rest der Brioche in den Mund und richtete sich auf. Sie wusste nicht, womit sie gerechnet hatte.

Die halbe Nacht war sie wach gelegen, hatte dem immer stärker werdenden Wind gelauscht und überlegt. Versucht, die Wahrheit zu ergründen. Nur um dann irgendwann erschöpft festzustellen, dass Denken oft nicht das richtige Mittel war, um der Wahrheit auch nur nahe zu kommen, um einen Zipfel davon zu fassen zu bekommen. Im Gegenteil. Je mehr sie sich anstrengte, desto mehr schien ihr alles zu entgleiten, desto schneller löste sich auf, was sie vor ein paar Stunden noch als Gewissheit empfunden hatte. Sie hatte sich unruhig im Bett hin und her gewälzt und sich bemüht, endlich einzuschlafen. Doch ihre Gedanken hielten sie wach. Und der Wind, der immer heftiger wurde. Er rüttelte an den Läden und pfiff durch die Ritzen der dünnen Fensterscheiben.

Irgendwann hatte sie kapituliert, war wieder aufgestanden und hatte sich ans offene Fenster gesetzt und eine Zigarette geraucht. Und während sie dem wilden Rauschen des Meeres und dem wütenden Wind lauschte, hatte sie versucht, dem einen Gedanken auszuweichen, der sie seit Pablos Geständnis verfolgte: Es könnte alles auch ganz anders gewesen sein.

Clara beobachtete, wie Pablo langsam auf sie zukam. Er trug ein anderes Hemd als an den letzten beiden Tagen. Es war neu oder wenigstens gebügelt. Zumindest sah es aus der Ferne so aus.

Seine ganze Erscheinung schien etwas gepflegter, seine Haare waren feucht und aus der Stirn gekämmt, und sein Bart ... was hatte er mit seinem Bart gemacht? Clara runzelte die Stirn und kniff die Augen zusammen, um besser sehen zu können. Er war gestutzt. Ordentlich geschnitten. Pablo hatte sich für die Reise richtig ins Zeug gelegt.

Fast fröhlich kam er auf sie zu. »Guten Morgen.«

Clara sah ihn prüfend an. »Guten Morgen, Herr Schelling«, sagte sie ruhig und stieg aus. Sie bedeutete Elise, in den Laderaum des Landrovers zu klettern. Elise gehorchte nur zögernd, mit beleidigtem Gesichtsausdruck und betont langsamen Bewegungen.

Clara hob gerade Pablos Gepäck auf den Rücksitz, da fiel es ihr plötzlich wie Schuppen von den Augen: seine Erleichterung, sein befreiter Blick. Natürlich: eine Möglichkeit, Buße zu tun. Seine letzte Möglichkeit. Sie hielt abrupt inne und starrte einen Augenblick wie blind ins Leere. Dann zog sie den Rucksack wieder heraus.

»Ich nehme Sie nicht mit«, sagte sie und stellte ihm den Rucksack vor die Füße.

»Aber ... was ... wie ... warum denn?«, stotterte Pablo, vollkommen perplex. Seine Hand strich über seine dicken grauen Strähnen, die der nasse Kamm am Kopf festgeklebt hatte und die sich jetzt, als sie zu trocknen begannen, in unregelmäßigen Wellen nach oben bogen.

Clara sah ihn mitfühlend an. Er war nüchtern, wahrscheinlich nüchterner, als er in den ganzen letzten Jahren gewesen war. Er war frisch geduscht und hatte sich seinen Bart geschnitten. Seine Hände zitterten, und seine Haut wirkte noch immer fahl, doch seine Augen waren klar. Was würde aus ihm werden, wenn sie ihn jetzt nicht mitnahm?

Er war nicht etwa hierhergekommen, um seiner Strafe zu entgehen, wie Clara zunächst geglaubt hatte. Nein, er war gekommen, um hier zu sterben, sich totzusaufen, zu ertrinken. Sie seufzte, tastete in ihrer Jacke vergeblich nach ihren Zigaretten und ließ dann die Arme wieder sinken.

»Weil Sie es nicht gewesen sind«, sagte sie schließlich. »Ich kann nicht zulassen, dass Sie für etwas büßen, was Sie nicht getan haben.«

»Wie kommen Sie darauf?«, fragte Pablo ruhig und sehr viel weniger erstaunt, als zu erwarten gewesen wäre. Nur seine Hände, die sich zitternd an seiner Hemdleiste festhielten und dort langsam auf und ab wanderten, verrieten, wie aufgewühlt er war.

»Wer soll es denn dann gewesen sein?«, fragte er leise, und seine Stimme zitterte plötzlich wie seine Hände.

Clara hob hilflos die Arme. »Machen Sie es uns doch nicht so schwer. Es war Ruth, und das wissen Sie ganz genau. Für Ruth wollen Sie das tun, für sie wollen Sie büßen. Ich kann Sie ja verstehen, aber es geht doch nicht ...«

»Warum nicht? Warum soll das nicht gehen?«, unterbrach sie Pablo.

»Weil Sie es nicht waren, verdammt noch mal!«, rief Clara verzweifelt und fuhr sich durch die Haare. »Ja, Sie haben Ruth nachgesehen, als sie weggegangen ist, ja, das war so. Und Sie haben auch getrunken. Schnaps, Wein, alles, was da war ...«

»... und dann habe ich den Hammer genommen ...«

»Nein!«, widersprach Clara und schüttelte heftig den Kopf. »Ruth war es, voller Entsetzen darüber, was ihr Bruder Ihnen und ihr angetan hat. Ruth hatte allen Grund der Welt, ihn zu töten. Sie, Pablo, sind nicht der Typ, auf diese Weise zu reagieren. Sie haben nach der einzigen Tröstung gegriffen, die Sie kennen, genauso, wie Sie es in all den Jahren immer getan haben: trinken, trinken, trinken, in der Hoffnung, irgendwann einmal dem dumpfen Schmerz zu entkommen.«

Clara holte tief Luft und versuchte, Pablos Blick auszuweichen, der so voller Schmerz war, dass Sie glaubte, es nicht ertragen zu können. »Aber es hat nicht funktioniert, nicht wahr«, fuhr sie schließlich fort. »Der Schmerz ging nicht weg. Der Schmerz und die Scham und der Ekel vor sich selbst. Und dann, irgendwann haben Sie bemerkt, dass Ihr Werkzeug fehlt. Und da haben Sie begriffen, dass Ruth die Sache selbst in die Hand nehmen würde ...«

Sie unterbrach sich und seufzte. »Sie sind ihr nachgefahren, nicht wahr? Sie waren auch dort, in der Tiefgarage von Imhofens Villa. War Ruth noch da, oder war sie schon weg? Aber ihn, ihn haben Sie dort liegen sehen. Und die Waffe daneben. Sie haben sie aufgehoben und mit nach Hause genommen? Ja? War es so? WAR ES SO??«

Sie schrie ihn an, und ihre Stimme hallte über den leeren Platz und wurde als leises Echo von den Häusern zurückgeworfen. Schwer atmend ließ Clara die Schultern hängen und sah Pablo an. Sie starrte ihm ins Gesicht, als könnte sie die Wahrheit dort herauslesen, unverwandt, sekundenlang.

Er war es, der schließlich den Kopf wegdrehte. Clara sah, wie sein Kinn zitterte, seine Unterkiefer, seine Hände. Der ganze Mann zitterte.

Sie machte keinen Schritt auf ihn zu, versuchte nicht, ihn zu trösten. Sie wartete, reglos, obwohl sie am liebsten geweint hätte.

Endlich drehte er sich wieder ihr zu. Seine Augen waren dunkel, seine Miene versteinert. »Und wenn es so gewesen wäre? Was dann?«, sagte er leise. »Würde es etwas ändern? Würde es irgendetwas ändern?«

Ja, wollte Clara sagen, ja natürlich. Es würde alles ändern. Doch sie sagte kein Wort.

Pablo nickte langsam, und sein verbrauchtes Gesicht verzerrte sich zu einem ungelenken, unbeholfenen Lächeln. »Sie wissen nicht, wie es wirklich war. Es könnte auch ganz anders gewesen sein.«

Clara sah ihn an. Und dann, nach einer Ewigkeit, als ob sie aus einem Traum erwachte, nickte auch sie. »Ja.« Ihre Stimme klang rau, als ob sie sie lange schon nicht mehr benutzt hatte. »Ja. Es könnte auch ganz anders gewesen sein.«

Dann bückte sie sich und packte Pablos Rucksack zurück in den Wagen.

Es war schon später Abend, als sie in München ankamen. Clara verspürte trotz ihrer Erschöpfung und trotz ihres Schmerzes angesichts dieser unendlich traurigen Geschichte ohne Sieger und ohne Trost eine bittersüße Prise Triumphgefühl. Sie hatte es geschafft. Sie hatte ihn zurückgebracht. Genau so, wie sie es Ruth versprochen hatte.

Pablo hatte während der gesamten Fahrt schweigsam neben

ihr gesessen und bei jedem Stopp einen Tee und ein Glas Wasser getrunken. Gegessen hatte er fast nichts, obwohl ihm Clara immer wieder etwas von ihrem Lunchpaket angeboten hatte. Sie hatten während der langen Fahrt kaum ein Wort gewechselt, nichts Persönliches, keine Fragen, keine Geschichten zu erzählen gehabt. Wie eine Wand war Ruth zwischen ihnen gestanden und hatte jedes Gespräch verhindert.

Clara lenkte den Wagen zur Kanzlei. Sie wollte von dort Willi anrufen und ihm Bescheid geben, dass sie zurück war, und dann noch einmal mit Jakob Schelling reden. Gemeinsam überlegen, was sie als Nächstes tun sollten. In ihrem Büro brannte Licht. Clara runzelte die Stirn. Es war Samstagabend. Weshalb arbeitete Willi noch? Es war sonst gar nicht seine Art. Doch auf der Suche nach einem Parkplatz sah sie seinen Volvo am Straßenrand stehen. Also musste er da sein. Sie fand eine Parklücke eine Straße weiter, und sie stiegen steif von der langen Fahrt aus.

Etwas nervös näherte sich Clara ihrer Kanzlei, Jakob und Elise folgten ihr. Sie hatte plötzlich ein ungutes Gefühl bei dem Gedanken, dass Willi noch da war, womöglich auf sie wartete. Beklommen stieß sie die Tür auf.

Willi saß an seinem Schreibtisch und hatte die Hände vor sein Gesicht geschlagen. Als er die Tür hörte, schrak er hoch. »Clara!« Seine Stimme war verhalten, durch irgendetwas gebremst. Er stand auf und ging auf sie zu. Sein Blick wanderte zu dem fremden Mann in Claras Schatten, und Clara stellte ihn hastig vor.

»Das ist Herr Schelling, ein Freund von Ruth Imhofen. Er kann uns helfen. Wir werden es dir erklären …« Sie verstummte, als sie Willis Gesicht sah, und wurde kreidebleich. »Was ist passiert?«, flüsterte sie, und ihre Stimme gehorchte ihr kaum. »Was ist passiert?«

Willi hob hilflos die Hände und schüttelte den Kopf. »Wollt

ihr euch nicht vielleicht erst einmal setzen? Ihr hattet eine lange Fahrt. Wir könnten zu Rita ...«

»Willi! Bitte! Claras Stimme hob sich, und sie hörte selbst, wie nahe sie daran war zu kippen.

Willis Blick wanderte von Jakob Schelling, der stumm und reglos wie eine Statue neben der Tür stand, zu Clara, die ihn mit angstvollen Augen anstarrte.

Er seufzte. »Ruth hat gestern Abend versucht, sich umzubringen, Kommissar Gruber hat sie gefunden, er ist noch einmal in die Klinik gefahren, weiß der Himmel, warum, und da fand er sie, sie hatte versucht, sich aufzuhängen.«

»Versucht?«, wiederholte Clara langsam, und ihre Stimme zitterte. »Aber er hat sie noch rechtzeitig gefunden, ja? Gruber hat sie retten können?«

Willi warf ihr einen langen Blick zu, dann senkte er den Kopf. »Sie hat noch gelebt, war aber ohne Bewusstsein. Die Ärzte haben alles versucht, aber sie ist nicht aufgewacht. Gruber sagte, es hatte den Anschein, als wolle sie nicht mehr aufwachen.«

»Du meinst ... sie ... ist ... ist sie im Koma?« Clara packte seinen Arm. »Wir müssen zu ihr, sofort! Wenn sie hört, dass Pablo zurückgekommen ist, dann wird sie aufwachen. Dann ist alles gut. Ich habe ihn zurückgeholt! Ich hatte es ihr versprochen! Ich hole ihn zurück, habe ich zu ihr gesagt ...«

»Clara!« Willis freie Hand legte sich um ihre Finger, die sich in seinen Unterarm krallten. »Ruth wird nicht mehr aufwachen. Sie ist tot.«

Clara öffnete den Mund, wollte etwas sagen, doch es kam kein Ton heraus.

Willi hielt ihre Hand fest und redete weiter: »Vor einer Stunde hat Gruber mich angerufen, er war die ganze Zeit dabei. Deshalb bin ich noch mal in die Kanzlei gefahren. Ich dachte, du kommst vielleicht hierher.«

»Nein«, sagte sie leise und schüttelte langsam den Kopf. »Nein. Das ist nicht wahr!« Clara fühlte, wie ihr kalt wurde, ihre Fingerspitzen waren plötzlich wie taub. Sie ließ Willis Arm los und entzog sich seiner Hand. »Ich muss da hinfahren. In die Klinik.« Sie wandte sich an Jakob Schelling, der wie ein Geist neben ihr stand und keine Regung zeigte. Clara war nicht einmal sicher, ob er sie verstanden hatte. »Wir fahren jetzt zu ihr, Herr Schelling ...«

»Ich fahre euch«, sagte Willi energisch. »Du fährst heute nirgends mehr hin.«

Clara gehorchte widerspruchslos. Sie war sich nicht sicher, ob es ihr überhaupt gelungen wäre, den Schlüssel im Zündschloss umzudrehen, so kraftlos fühlte sie sich.

Der riesige Gebäudekomplex der Klinik war hell erleuchtet. Wie betäubt folgte Clara Willi durch die leeren Gänge, Jakob Schelling wie ein Fremdkörper aus einer anderen Welt stumm neben ihr. Als sie sich der Intensivstation näherten, zog sich Claras Magen schmerzhaft zusammen. Am Eingang, auf einem der Wartesessel neben den Glastüren, saß, in sich zusammengesunken, eine einsame Gestalt. Es war Gruber. Vornübergebeugt kauerte er da und starrte seine Hände an. Als er die Schritte näher kommen hörte, hob er den Kopf. Sein Gesicht war grau vor Müdigkeit, und die Falten um Nase und Mund hatten sich in tiefe Furchen verwandelt.

In diesem Moment erst begriff Clara, dass es tatsächlich wahr war. Ruth war tot. Sie konnte ihr nichts mehr sagen, sie würde nicht mehr wissen, dass Pablo zurückgekommen war. Sie schluchzte auf und wandte sich ab. Willi legte seinen Arm um sie und schob sie sachte weiter, durch die Glastür hindurch. Gruber, der aufgestanden war, sah ihnen einen Augenblick schweigend nach, dann drehte er sich um und ging den Flur hinunter zum Ausgang.

Pablo berührte plötzlich Claras Arm. Sie zuckte zusammen. Fast hatte sie ihn vergessen.

»Kann ich sie sehen?«, fragte er heiser.

Clara wandte sich an Willi, der nickte zögernd. »Ich denke schon. Ich werde mich darum kümmern.«

Kurz darauf kam er mit einem Arzt zurück, der sie einen nach dem anderen mit Händedruck begrüßte.

»Es tut uns leid, aber wir konnten für Frau Imhofen nichts mehr tun«, begann er, wurde aber von Clara unterbrochen. Sie hatte Tränen in den Augen und rote Flecken auf ihren blassen Wangen.

»Sie hätten dafür Sorge tragen müssen, dass so etwas nicht passiert! Die Frau war in der Obhut Ihrer Klinik!«, fauchte sie.

Der Arzt wandte sich ihr zu. »Sie sind Frau Imhofens Anwältin, nehme ich an?«, fragte er ruhig.

Clara nickte kühl und schwieg.

»Ich verstehe, dass Sie sehr wütend sind. Vor allem nach dem Skandal mit der Klinik, in der sie vorher war …«

Clara runzelte die Stirn. Woher wusste er von den Geschehnissen in Schloss Hoheneck, wieso sprach er von einem Skandal? Sie sah Willi fragend an.

»Sie haben vorgestern Dr. Selmany verhaftet«, flüsterte er ihr zu. »Alle Zeitungen sind voll davon.«

Verhaftet. Selmany ist verhaftet. Die Worte drangen ihr zwar ins Gehirn, sie verstand deren Sinn, aber sie lösten keine Reaktion aus. Zu spät!, höhnte etwas in ihrem Kopf. Alles zu spät.

Der Arzt hatte unterdessen unablässig weitergesprochen. Clara versuchte, ihm zu folgen. »Sie wurde eigentlich gerade noch rechtzeitig gefunden«, sagte er. »Die Sauerstoffversorgung des Gehirns durch die Arterien war nicht unterbrochen, und auch der Druck, der sich normalerweise durch den venösen Rückstau schnell aufbaut, war noch nicht sehr hoch. Es gab eigentlich keinen Grund dafür, das sie nicht mehr aus der Bewusstlosigkeit aufgewacht ist.«

Endlich erreichten Clara seine Worte. »Sie meinen, Sie hätte eigentlich gar nicht sterben dürfen?«, höhnte sie. »Was für ein Pech aber auch! Da sterben einem Patienten weg, die nach medizinischen Erkenntnissen kerngesund sind. Die halten sich nicht an Ihre Regeln. So eine Unverschämtheit von diesen dummen Leuten, einfach zu sterben!«

Willi drückte ihren Arm und warf ihr einen warnenden Blick zu. Das reicht, sollte er besagen.

Clara sah weg. Es reichte noch lange nicht. Mit einer hastigen Bewegung wischte sie sich die Tränen aus den Augen.

Dem Arzt hingegen schien ihr beißender Spott nichts auszumachen. Wahrscheinlich war er so etwas gewöhnt, dachte Clara böse.

Er sprach einfach weiter: »Es gibt Patienten, denen kann man trotz aller medizinischen Kenntnisse nicht helfen. Sie wollen sterben, und sie sterben. In solchen Fällen sind wir machtlos.«

Clara hob das Kinn und sagte bissig: »Für einen Gott in Weiß ist das eine geradezu abenteuerliche Sichtweise.«

Der Mann hob die Schultern und lächelte müde. »Vielleicht, ja.« Dann wanderte sein Blick zu Jakob Schelling. »Sie wollten Frau Imhofen sehen?« Als Pablo stumm nickte, deutete er auf eine Tür am Ende des kurzen Flures. »Wenn Sie Begleitung wollen ...«, begann er, doch Pablo schüttelte den Kopf und ging langsam und mit hängenden Schultern auf die Tür zu.

Clara sah ihm traurig nach.

Der Arzt jedoch wandte sich erneut an sie. »Hätten Sie noch einen Augenblick Zeit für mich?«, bat er. Clara riss sich vom Anblick Jakob Schellings los und meinte: »Was gibt es denn noch?«

Der Arzt zögerte, dann sagte er: »Ich möchte Ihnen etwas

zeigen. Dazu müssen wir jedoch auf die andere Station, in die Abteilung, in der Frau Imhofen untergebracht war.«

Clara sah Willi unschlüssig an.

Er nickte: »Ich bleibe hier und warte auf ihn.«

Der Arzt ging schon voraus: »Es dauert nicht lange«, sagte er.

Sie gingen einen langen Gang entlang, dann nach draußen, überquerten einen stillen Platz, der von Bäumen umgeben war, und kamen in ein anderes Gebäude. Ein rot gestrichener Flur, terrakottafarbenes Linoleum, nagelneu und vor Sauberkeit blitzend.

Der Arzt, der sich inzwischen als Dr. Johansen vorgestellt hatte, öffnete die Tür zu einem der Zimmer, die vom Flur abgingen.

Clara fiel als Erstes das massive Gitter vor dem Fenster auf und die hohe Mauer davor, schwach erleuchtet von einem Scheinwerfer. Sie atmete tief ein und schloss für einen Moment die Augen. Hierher hatte man sie also gebracht, nach der Verhaftung. Hatte sie auf Clara gewartet? Hatte sie noch gehofft, eine Zeitlang wenigstens, oder war es längst schon vorbei gewesen, und sie hatte nur noch auf den richtigen Zeitpunkt gewartet? Clara würde es nicht mehr erfahren. Ruths Worte in ihrem letzten Brief fielen ihr wieder ein: *... bald werde ich wie Maja sein, so wie sie heute Morgen von der Decke hing, eine leere Hülle, mit Augen aus Glas. Und mit nackten Füßen ...*

»Hatte sie Schuhe an?«, fragte sie den Arzt unvermittelt.

»Äh, wie bitte?« Dr. Johansen sah sie leicht irritiert an.

»Schuhe«, wiederholte Clara. »Trug sie Schuhe, oder war sie barfuß?«

Er überlegte. »Ich weiß es nicht. Aber ich kann es in Erfahrung bringen, wenn es wichtig für Sie ist.«

Clara winkte ab. Es war nicht wichtig.

Dr. Johansen deutete an die Wand, an die ein einfaches

Bett geschoben stand. Es war abgezogen, und die nackte Matratze trieb Clara erneut die Tränen in die Augen. Sie schluckte schwer und versuchte, sich zusammenzureißen. Über dem Bett, dort wo der Arzt hinzeigte, stand etwas geschrieben. Mit großen roten Buchstaben, tief in die Wand eingekratzt.

»Das ist eine Nachricht für Sie, glaube ich«, sagte er. »Sie heißen doch Clara, nicht wahr?«

Clara nickte und ging näher heran. *Für Clara!,* stand ganz oben in großen Buchstaben mit Ausrufezeichen. Clara las die Zeilen, langsam, Wort für Wort. Dann konnte sie sich nicht mehr beherrschen. Die Tränen rannten ihr über die Wangen, und sie wischte sie nicht weg. Es war ihr auch egal, dass der Arzt neben ihr stand und sie beobachtete. Sie hatte Ruths Flüstern wieder vor Augen. Und Pater Romans Worte, als sie ihn nach dem Grund gefragt hatte. »Es hilft ihr, nicht verrückt zu werden«, hatte er gemeint, »es hilft ihr, ihren Geist zu wappnen und nicht zu zerbrechen.«

Ein Gedicht. Es war ein Gedicht, das Ruth geholfen hatte zu überleben. Und während Clara dastand und mit blinden Augen auf die Worte an der Wand starrte, fragte sie sich, weshalb sie nicht früher darauf gekommen war. Der Gedichtband in Ruths Versteck, verborgen wie ein kostbarer Schatz, die bildhafte Sprache der Dichterin, ihr Spiel mit Farben. Warum hatte Clara nur nie danach gefragt, was Ruth vor sich hin murmelte? Diese Worte waren der Zugang zu Ruths Geist gewesen, der Schlüssel zu ihrer Seele. In einer feindseligen Wirklichkeit, in der sie gezwungen war, sich immer weiter in sich zurückzuziehen, hatten diese Worte einen Spalt offen gelassen, einen winzigen, geheimen Zugang, der jedoch ihre Rettung bedeutet hatte. So hatte sie in all den Jahren überlebt.

Und Clara hatte nicht danach gefragt.

Sie wusste genau, warum. Weil sie Angst gehabt hatte. Sie hatte Angst davor gehabt, dass dieses Flüstern doch bedeuten könnte, dass Ruth verrückt war. Sie hatte Angst davor gehabt, selbst verrückt zu werden, so als ob es sich um eine ansteckende Krankheit handelte. Nichts fürchten die Menschen mehr, als den Verstand zu verlieren. Und Ruth hatte das erkannt. In ihrer hellsichtigen Art, die Menschen zu durchschauen, hatte sie begriffen, dass sie, obwohl hilflos und weggesperrt, von den anderen, den sogenannten Normalen gefürchtet wurde. Und sie hatte die Freiheit, die in dieser Erkenntnis lag, zu nutzen gewusst, um ihr Überleben zu sichern.

»Die Schneekönigin«, flüsterte Clara und spürte, wie ihre Stimme sie zu verlassen drohte, als sie langsam die ganze Bedeutung dessen begriff, was Ruth ihr hinterlassen hatte. Agnes Thiele, Ruths Gefängniswärterin mit dem aufgeklebten Lächeln, die Frau ohne Farben, hatte Angst vor Ruth gehabt. Vor ihrer vermeintlichen Verrücktheit, die sich so normal gab, oder der Normalität, die so verrückt wirkte, nur weil sie anders war. Sie hatte das monotone Flüstern gefürchtet, ebenso wie Clara sich davor gefürchtet hatte. Sie hatte es als Bedrohung empfunden. Und Ruth hatte es gespürt. »Dieses Flüstern, dieser Rückzug, kann auch eine Waffe sein«, hatte Pater Roman gemeint. Clara hatte es damals nur defensiv verstanden, als ein Schutzschild, doch es war auch eine Angriffswaffe. Aber das verstand Clara erst in diesem Augenblick.

»Sie hat recht gehabt«, Clara wusste nicht, ob sie laut redete oder nur in Gedanken sprach. Eva, die junge Pflegerin, mit der sie bei Frau Pronizius gesprochen hatte, hatte recht gehabt: Agnes Thiele hat vor ihrem Tod ein Gedicht aufgesagt. Ruths Gedicht. Ruth war an jenem Sonntagmorgen, bevor sie zu Pablo gegangen war, bei Agnes Thiele gewesen. Sie wollte sich rächen. Sich und Maja. Und es war ihr gelungen. Sie hatte die richtige Waffe gewählt: Die Schneekönigin war an einem Gedicht gestorben.

Plötzlich verstand Clara auch, was dieser Arzt ihr vorher

hatte sagen wollen. Es war kein billiger Spruch, keine Ausrede gewesen, sondern eine Tatsache: Ruth hatte sterben wollen, sterben müssen, weil es für sie keinen Weg mehr zurück gegeben hatte. Der Spalt hatte sich endgültig geschlossen, und nicht einmal das Gedicht konnte ihn wieder öffnen.

Sie setzte sich auf das leere Bett und weinte. Als sie endlich wieder zu sich kam, war sie allein. Schwerfällig stand sie auf und warf einen letzten Blick auf die roten Buchstaben an der Wand. Ihre Finger glitten sanft darüber, und sie spürte die winzigen Vertiefungen, wo sich der spitze Stift in den Putz gegraben hatte. Ruth hatte ihr ein Geschenk hinterlassen: Ihre ganze Wahrheit. Sie würde das Geschenk gut bewahren.

Dr. Johansen wartete draußen auf sie und begleitete sie zurück. Sie schwiegen eine ganze Weile, doch dann fragte er: »Konnten Sie damit etwas anfangen?«

Clara nickte stumm.

Auf dem Weg zurück in die Intensivstation kam ihnen Pablo entgegen.

»Ist alles in Ordnung? Wo wollen Sie denn hin?«, fragte ihn Clara besorgt.

Er nickte. »Ich gehe nur eine rauchen«, sagte er und setzte seinen Weg fort.

Clara sah ihm nach. Er trug seinen Rucksack auf dem Rücken, und Clara fiel ein, dass er sie, als sie zu Willis Auto gegangen waren, um ins Krankenhaus zu fahren, gebeten hatte, seinen Rucksack aus ihrem Wagen zu holen.

»Ich habe gern alles bei mir«, hatte er gemeint.

Ihr war jedoch nicht aufgefallen, dass er ihn auch mit in die Klinik genommen hatte. Er entfernte sich langsam, Schritt für Schritt, und Clara hätte rufen können. Sie hätte ihm nachlaufen können. Ihn aufhalten. Doch sie tat es nicht. Die Worte des Arztes fielen ihr ein: Manchmal sind wir machtlos. »Leb wohl, Pablo«, flüsterte sie.

Als sie zu Willi zurückkam, hob er den Kopf. »Seid ihr Herrn Schelling nicht begegnet?«, fragte er erstaunt. »Er sagte, er wolle eine rauchen gehen.«

»Pablo raucht nicht«, sagte Clara, und ihr wurde plötzlich seltsam zumute, sie fühlte sich, als ob sie über den Dingen schwebte, sie gewissermaßen von außen betrachtete. Ihre Finger begannen zu kribbeln, und ihre Beine fühlten sich schwach und leicht an, als berührten sie den Boden nicht mehr.

»Er raucht nicht? Aber was wollte er dann ...? Wir müssen ihn suchen!« Willi sprang auf, doch Clara schüttelte den Kopf.

»Lass ihn. Er hat keinen Grund mehr hierzubleiben.«

Gemeinsam gingen sie über den merklich geleerten Parkplatz zurück zum Auto. Wie Clara erwartet hatte, war Pablo nirgends zu sehen. Stattdessen erwartete sie Elise schon sehnsüchtig. Als Clara die Beifahrertür öffnete, sprang ihr die Dogge mit vorwurfsvollem Winseln entgegen. Clara vergrub ihren Kopf in ihrem glatten weichen Fell und kletterte mit ihr zusammen auf den Sitz.

Willi warf dem Hund, der jetzt überlebensgroß neben ihm thronte, einen zweifelnden Blick zu. »Das geht aber nicht ...«, begann er, verstummte dann jedoch achselzuckend, als er sah, wie Clara ihren Arm um den Hund gelegt hatte und erschöpft ihren Kopf an die Schulter der Dogge lehnte. Vorsichtig fuhr er los. »Wenn die Polizei uns aufhält, kenne ich euch nicht«, warnte er. »Ich habe euch noch nie gesehen ...«

VIER WOCHEN SPÄTER

Clara stolperte, und wenn Mick sie nicht geistesgegenwärtig am Arm gepackt hätte, wäre sie mit ihrem leuchtend smaragdgrünen Cocktailkleid und dem schicken Mäntelchen geradewegs in eine Pfütze gesegelt. Diese Slingpumps waren aber auch zu unpraktisch. Vor allem im Dezember und in diesen Breitengraden. Aber Clara hatte sich geweigert, für die Fahrt Stiefel anzuziehen und erst in der Garderobe in ihre neuen todschicken Schuhe mit den Pfennigabsätzen zu schlüpfen. Wenn schon, dann richtig. So lautete von jeher ihre Devise. Doch jetzt, als sie auf das nur spärlich beleuchtete Gebäude zuschwankte, schwer auf Micks Arm gestützt, zweifelte sie daran, ob diese Regel nicht ab und an einer Ausnahme bedurfte. Zumindest in den Fällen, in denen sie solche Spontanaktionen unternahm wie heute Abend, knapp eine Stunde vor Beginn der Geburtstagsparty ihres Vaters.

Mick neben ihr hatte sich ebenfalls in Schale geworfen, er trug tatsächlich einen Anzug, der ihn vollkommen verändert wirken ließ, und ein edel aussehendes Hemd. Auf eine Krawatte hatte er allerdings ebenso verzichtet wie auf eine ordentliche Rasur seines Dreitagebartes, Letzteres jedoch nur auf Drängen von Clara, die ihm den Rasierapparat aus den Händen gerissen hatte mit den Worten, er müsse sich wegen dieser doofen Party ja nicht vollkommen unkenntlich machen. Die Kombination von teurem Anzug, fehlender Krawatte und unrasiertem Gesicht störte zwar den seriösen Gesamteindruck ein wenig, doch Clara fand Mick gerade deswegen umwerfend, und das hatte sie ihm, heftig errötend, auch gestanden, kurz bevor sie sich auf den Weg gemacht hatten.

Vor der Festlichkeit gab es jedoch noch etwas zu erledigen, worauf Clara trotz vielerlei Einwände von Mick eigensinnig bestanden hatte. Sicher, der Zeitpunkt war nicht gerade günstig, und ihr war auch nicht ganz wohl dabei, aber trotzdem. Es musste sein.

Als vor einer Woche die Klinik Hoheneck offiziell geschlossen worden war und die wenigen Patienten, die noch dort geblieben waren, in andere Anstalten verlegt wurden, hatte Gruber sie angerufen. Er wollte ihr unbedingt persönlich mitteilen, dass die Strafverfahren gegen sie – was niemanden überraschte – eingestellt worden waren. Sie hatten sich noch einmal getroffen, und Clara hatte ihm von ihrer Vermutung erzählt, dass es wohl doch Ruth gewesen war, die Johannes Imhofen getötet hatte. Ruths Besuch bei Agnes Thiele hatte sie dabei ebenso verschwiegen wie Pablos Rolle in der ganzen Geschichte. Er war, wie sie vermutet hatte, nicht wieder aufgetaucht, und die Werkstatt, die Clara trotz besseren Wissens zweimal aufgesucht hatte, blieb verlassen und würde im Frühjahr wahrscheinlich unter Giersch und wilden Wicken zusammenbrechen. Clara hatte beim letzten Besuch das marmorne Türschild abgeschraubt und mit nach Hause genommen. Dort hing es jetzt in ihrer Küche neben einer Postkarte, die sie einmal aus Italien von der Mutter eines Mandanten bekommen hatte und die ihr viel bedeutete, und neben Ruths Zeichnung von ihr, die sie aus deren Zimmer mitgenommen hatte.

Gruber hatte bei Claras Worten genickt und dabei bedächtig gemurmelt: »Also doch. Also doch.« Aber seine Miene war unbewegt geblieben, hatte sich nicht aufgehellt, er hatte keine Spur von Selbstgerechtigkeit oder gar Triumph gezeigt. Stattdessen hatte er nachdenklich in seinem Kaffee gerührt, hin und wieder daran genippt und dazwischen immer wieder in Gedanken versunken den Kopf geschüttelt.

Er war tief schockiert gewesen von Ruths Tod. Clara hatte erfahren, dass er sich fast zwei Wochen lang hatte krankschreiben lassen. Doch jetzt war er wieder da. Er war wegen der Aufdeckung des Skandals um die Klinik Hoheneck gefeiert worden, und obwohl er immer wieder betont hatte, es sei nicht sein Verdienst gewesen, sondern das der Anwältin von Ruth Imhofen, war sein Foto in allen Zeitungen auf der Titelseite zu sehen gewesen. Er hatte es in seiner üblichen, mürrischen Art zur Kenntnis genommen und reagierte ausgesprochen ruppig, wenn ihn jemand darauf ansprach.

Und dann hatte Clara ihn um diesen Gefallen gebeten. Ein etwas ungewöhnliches Ansinnen, hatte sich Gruber gedacht, doch Clara war schließlich auch ein wenig ungewöhnlich. Und wer war er schon, entscheiden zu können, was für jemanden wichtig war und was nicht? Deshalb hatte er nach einer kurzen Bedenkzeit gemeint, er würde sehen, was sich machen ließe.

Und so war es gekommen, dass Clara jetzt mit Mick als Begleitschutz vor dem Eingangstor der ehemaligen psychiatrischen Klinik Schloss Hoheneck stand und von einem Beamten, den Gruber hierzu verdonnert hatte, eingelassen wurde. Mit klappernden Absätzen, noch immer am Arm von Mick, folgte sie dem jungen Polizisten beklommen durch die verlassenen Gänge und warf scheue Blicke in die Räume, deren Türen offenstanden. Teilweise waren die Möbel entfernt worden, die Zimmer waren leer und verstaubt, teilweise stand alles noch an seinem Platz, so als würde jeden Moment eine Schwester um die Ecke kommen und sie fragen, was um Himmels willen sie denn hier suchten.

Sie gingen eine Treppe hinauf, dann eine zweite, immer weiter, zum Turm, wie Gruber ihr den Weg beschrieben hatte. Oben an der letzten Tür blieben sie stehen. »Danke«, sagte Clara zu dem jungen Beamten, der gleichgültig nickte und meinte, er sei dann unten, beim Ausgang. Wenn sie nicht zurückfänden, sollten sie einfach rufen. Clara bejahte. In Ordnung. Verstanden. Aber sie würden schon zurückfinden. Ganz sicher. Dann war er weg. Seine Schritte verloren sich auf den Stufen, und zurück blieben Mick und Clara vor der Tür zur weißen Kammer.

Clara drückte auf den Lichtschalter, der außen neben dem Türrahmen angebracht war.

»Ich weiß nicht, ob du da reingehen solltest«, sagte Mick plötzlich unbehaglich. »Wir gehen einfach wieder, o.k.?«

Clara schüttelte den Kopf. »Nein.« Sie öffnete die Tür.

»Ich bin da!«, hörte sie Mick noch rufen. »Wenn du in fünf Minuten nicht wieder rauskommst, hole ich dich!«

Gleißendes Licht empfing sie, und sie schloss geblendet für einen Moment die Augen. Hinter ihr fiel die Tür ins Schloss, und das Geräusch drang ihr bis in Mark. Fast augenblicklich fühlte sie, wie sich ihr Brustkorb zu verengen begann, und sie zwang sich, tief zu atmen und die Augen zu öffnen.

Weiß.

Sie sah nichts als Weiß um sie herum. Clara blinzelte, strengte ihre Augen an, um Konturen zu erkennen, doch es gelang ihr nicht. Noch immer geblendet durch das Licht, tastete sie sich vorwärts, und ihre Hände berührten die Wand. Eine Grenze, ein Halt. Sie presste beide Hände gegen die mit Schallschutz verkleidete Mauer und spürte, wie ihr Atem schneller wurde. Mehr noch als das unerträglich helle Licht, das von nirgendwoher zu kommen schien und alles in dieses konturlose Weiß tauchte, verstörte sie die absolute Stille. Sie konnte nicht hören, wie ihre Hände an der Wand entlangtasteten, sie hörte ihre eigenen Schritte nicht, es war, als ob sie gar nicht vorhanden wäre. Es gab keinen Raum, keine Begrenzung, keine Clara, nur dieses Licht.

Und dann plötzlich ein dumpfes Klopfen, von dem sie nicht wusste, woher es kam. Sie drehte den Kopf, ohne die Wand loszulassen, noch immer fast blind. Woher kam das Klopfen und das Rauschen, das plötzlich in ihren Ohren dröhnte? Sie brauchte einen Moment, um zu erkennen, dass es ihr eigener Herzschlag war, den sie hörte, und das Blut, das in ihren Ohren rauschte. Panik erfasste sie. Es hörte nicht auf, die Geräusche hörten nicht auf, sie dröhnten in ihrem Kopf, als wollten sie ihn zerreißen, es gab nichts anderes mehr als dieses Klopfen, dieses Rauschen. Sie öffnete den Mund, um zu schreien, doch kein Laut kam heraus.

Da, kurz vor dem Moment, in dem die Panik ganz von ihr Besitz ergriff, fiel ihr ein, weshalb sie gekommen war. Und unvermittelt begann Clara die Worte zu flüstern, die sie seitdem aus dem kleinen Büchlein, das ihr von Ruths Sachen geblieben war, auswendig gelernt hatte.

Die Kammer verschluckte die Töne, sobald Clara den Mund aufmachte. Es war, als würde sie in ein dickes weiches Kissen sprechen. Aber das war egal. Sie konnte die Worte trotzdem hören, in ihrem Kopf:

Die Gefangnen im Turm
halten den Wärter gefangen
und üben mit ihm
das Einmaleins der Stunden

Ins Wandgewebe
sind Labyrinthe gestickt
Irrgänge führen zum
Sesam-öffne-dich

Nachts holen die
Gefangnen verstohlen
die Welt in den Turm
verteilen sie gleichmäßig
untereinander
Am Morgen ist alles
spurlos weggeräumt
die Zellen sind wieder
finstre Rechtecke
ohne Vögel und Wasserfälle

Die Gefangnen begrüßen sich
verstohlen
mit Weltabglanz
und üben mit dem Wärter
das Einmaleins der Stunden.

Eine Tür öffnete sich, ein tröstliches dunkles Rechteck im grenzenlosen Weiß. »Alles in Ordnung?«, rief eine Stimme. Micks Stimme.

Claras Hände lösten sich von der Wand. »Ja«, sagte sie, und auch ihre Stimme war wieder zu hören. »Ja. Alles in Ordnung.« Mit festen Schritten verließ sie den Raum und löschte das Licht.

DANKSAGUNG

Mein großer Dank gilt Frau Dr. Astrid Bühren, die mich mit chinesischem Rauchtee und kandierten Orangenscheiben verwöhnt und mit großer Geduld durch das Dickicht der psychiatrischen Fachausdrücke gelotst hat. Etwaige noch verbliebene Fehler gehen ganz allein auf mein Konto. Weiter vielen Dank an Herrn Ortloff, unseren Apotheker, für seine wertvollen Tipps, wie man einen Mitmenschen möglichst schnell und unauffällig in Tiefschlaf versetzen kann, Herrn Waldinger vom LKA, der nicht nur gesagt hat, er würde einer unwissenden Krimiautorin jederzeit weiterhelfen, sondern dies auch tatsächlich tut (ich komme sicher noch öfters darauf zurück!), und einem lieben Freund, der als Vorbild für eine meiner Figuren diente.

Und ein dickes Dankeschön an meine Tante Ruth für ihre schönen Bilder …

Norbert Horst bei Goldmann

„Norbert Horst ist unumstritten das derzeit größte Talent des deutschen Polizeiromans."
WDR

Mehr Informationen unter www.goldmann-verlag.de

GOLDMANN